Der Gambler I

Invasion

von Susanne Gavénis

Science-Fiction-Roman

Impressum

2. Auflage

Covergestaltung: Susanne Gavénis

Coverbild: fotolia, „Astronaut in outer space“ von Sergey Nivens, Nr. 151188990

www.susanne-gavenis.de

www.facebook.com/susannegavenis

1. Kapitel

Allein und unbeachtet bahnte sich Danny Sims seinen Weg durch den überfüllten Speisesaal an Bord der *Gambler-Circus*. Rings um ihn herum stiegen die Stimmen der über hundert Menschen im Saal von den meist voll besetzten Tischen auf und vermischten sich zu einem lautstarken, unentwirrbaren Durcheinander, über das sich nur ab und an das helle Lachen eines Kindes, die klaren Worte einer Frau oder der dröhnende Bass eines Mannes erhoben. Wie kleine Eisberge tauchten sie auf der Oberfläche eines Sees auf und tanzten für eine Weile über den Köpfen der Menschen, bevor sie wieder von einem Anschwellen der gesprächigen Geselligkeit verschluckt wurden.

Danny selbst schwieg, und er hob auch nicht den Kopf, um die Blicke der anderen zu suchen. Sein Bemühen würde doch keine Beachtung finden, das hatte er längst gelernt. Seine Schritte fanden wie von selbst den Weg zum Tisch seiner Eltern, die ihn bereits erwarteten. Wie üblich hatte er sich ihnen nicht sofort angeschlossen, als sie zum Essen gingen, sondern war ihnen nachgefolgt. Es lag ihm nicht viel daran, mehr Zeit als nötig im Gemeinschaftsraum der *Gambler-Circus* zu verbringen.

Ihr Tisch war bei Weitem der kleinste im Saal, und das Gleiche galt auch für seine Familie. Die Verwandtschaft des Direktors Merwyn Gaze etwa war viel größer, allein ihr engster Kreis, bestehend aus seinen Eltern, seiner Frau und seinen Kindern, seinem Bruder Benjamin und dessen Anhang, nahm einen Zwölfpersonentisch voll in Anspruch, und auch alle anderen Ehepaare an Bord des Schiffes zogen zwei, drei oder vier, manche sogar bis zu sechs Kinder auf. Nur Danny hatte keine Geschwister.

Früher hatte er das oft bedauert, oder besser gesagt, die anderen Kinder hatten ihm das Gefühl gegeben, dass er es bedauern müsste, deshalb war er manchmal zu den Tischen der anderen Familien herübergegangen, um in ihr unbeschwertes Lachen und Plaudern einzutauchen. Inzwischen war es schon eine ganze Weile her, seit er das zum letzten Mal getan hatte, da seine Altersgenossen schon vor ein paar Jahren aufgehört hatten, ihn zu fragen, ob er sich ihnen anschließen wollte.

Er nahm es ihnen nicht übel, denn ihm lag seinerseits nicht viel daran, seine Gedanken mit ihnen zu teilen. Als kleines Kind hatte er es getan, aber nie etwas anderes als ungläubige Blicke oder gar ein abfälliges Lachen geerntet, und je älter er wurde, desto größer wurde die Kluft zwischen ihm und den übrigen seines Alters. Alle Kinder der *Gambler-Circus* gaben sich wie die Erwachsenen gänzlich der Welt des Zirkus hin, liebten die Vorstellung und lebten dafür, er hingegen hatte andere Träume, und seit er vor drei Monaten siebzehn Jahre alt geworden war, erfüllte ihn die Sehnsucht nach einer grundlegenden Veränderung drängender als jemals zuvor.

Deshalb vermisste er die Gespräche mit den anderen nicht, sondern gab sich freiwillig dem Schweigen hin, das am Tisch seiner Eltern herrschte. Sie zogen es vor, ihre Gedanken nach dem Essen in aller Ruhe in ihrem Quartier auszutauschen und nicht hier, in dem großen Saal, in dem jeder die Stimme erheben musste, um sich seinem Gegenüber verständlich zu machen.

Danny sah sich mit gerunzelter Stirn um. Manchmal kam es ihm so vor, als hätte der Geräuschpegel in der Messe im Laufe der Zeit dazu geführt, dass jeder viel lauter sprach, als es nötig gewesen wäre, sodass er sich immer weiter hochschaukelte. Ganz ohne Zweifel war der Speisesaal der *Gambler-Circus* ein Ort des Lebens, der Freude und der Ausgelassenheit, doch ihm war es schon lange nicht mehr gelungen, sich von diesen hellen Stimmungen anstecken zu lassen. Wenn er ehrlich war, musste er zugeben, dass er auch nicht sehr viel Wert darauf legte. Der Lärm, die Gespräche und das Lachen ringsum lenkten ihn von den Gedanken ab, die ihm wirklich wichtig waren.

Ein feines Lächeln kräuselte seine Lippen, als er sich vor der Wahrnehmung seiner Sinne verschloss und den Vormittag vor seinem inneren Auge Revue passieren ließ. Er war mit seinem kleinen Gleiter draußen im All gewesen und hatte trainiert. Benjamin Gaze, der beinahe unaufhörlich auf der Brücke residierte und auch die Oberaufsicht über das Training führte, hatte ihm, nachdem er seine üblichen Übungen absolviert hatte, einen Sektor zum freien Training zugewiesen, und er hatte den begrenzten Raum, der ihm dort zur Verfügung gestanden hatte, so gut genutzt, wie es ihm möglich war.

Danny ließ halb die Lider sinken, vergegenwärtigte sich seinen Flug und spürte, wie seine Finger erwartungsvoll zu zucken begannen, so als müssten sie auch jetzt wieder komplizierte Steuerungsmanöver ausführen. Und obwohl der Gleiter keine Andruckkräfte durchließ, konnte er wieder mit jeder Faser seines Körpers fühlen, wie sich das kleine Raumfahrzeug unter seinem Willen in Kurven legte, enge Schleifen zog, Schraubenbewegungen vollführte und komplexe Muster wob, die sich wie das Bild eines abstrakten Künstlers vor dem schimmernden Samt des Alls ausgenommen haben mussten.

Die Erinnerung verblasste, als er das Schmunzeln auf den Lippen seines Vaters entdeckte und dessen strahlend graue Augen ihn belustigt, aber auch voller Verständnis musterten. Als sein Vater bemerkte, dass er mit seiner Aufmerksamkeit wieder in die Gegenwart zurückgekehrt war, zwinkerte er ihm zu. Hastig sah Danny zu seiner Mutter, doch sie schien seinen Gesichtsausdruck zum Glück nicht bemerkt zu haben. Ihr Blick weilte irgendwo in der Ferne und in der Vergangenheit.

Danny seufzte und blinzelte schweren Herzens die Reste der Erinnerung fort. Das Training, vor allem das freie Training, war für ihn die schönste Zeit des Tages, und es dauerte ihn sehr, dass sie für heute schon wieder vorüber war. Für seinen Geschmack war sie viel zu kurz. Merwyn Gaze gestand jedem Artisten, der an der täglichen Show der *Gambler-Circus* beteiligt war, zwei Stunden Raumtraining zu. Diejenigen, die gerade keinen Anteil an den Vorstellungen besaßen, durften sogar nur alle zwei Tage und dann auch nur für eine Stunde ins All.

Der Gedanke daran ließ ihn schaudern, und er hoffte inständig, dass er seinen Platz in der Show bis auf Weiteres behielt. Nicht, dass ihm der Auftritt an sich wichtig gewesen wäre, im Gegenteil, aber seine Trainingszeit wollte er unter gar keinen Umständen verlieren oder auch nur um einen Deut verkürzt sehen.

Objektiv betrachtet reichte sie natürlich völlig aus, war sogar ausgesprochen großzügig. Er selbst hätte, um seine Vorstellung meistern zu können, nicht einmal einen Bruchteil der Trainingszeit benötigt, und für all die anderen Artisten galt das in gleicher Weise. Somit wäre es eine unnötige Verschwendung von teurer Energie, wenn ein jeder von ihnen so lange im Raum bleiben könnte, wie es ihm beliebte, und so etwas konnte sich die *Gambler-Circus* nicht leisten. Soweit er das beurteilen konnte, war die Gewinnspanne des Zirkus ohnehin nicht besonders hoch. Merwyn Gaze musste folglich darauf achten, dass keine Reserven vergeudet wurden.

Aber das zu wissen half ihm nicht, das ungestüme Verlangen in seinem Inneren zu bezähmen. Er wollte fliegen, an jedem Tag, in jeder Stunde, außer vielleicht er aß oder schlief gerade. Es gab noch ein paar andere Tätigkeiten, die ihm ebenfalls Spaß machten, doch an das unendliche Gefühl der Freiheit, das er innerhalb seines Gleiters verspürte, sobald er ihn zwischen den Sternen tanzen ließ, kam nichts heran - nicht einmal annähernd.

Leider war seine Zeit für heute vorbei, und so blieb ihm nichts, als mit einem kargen Ersatz vorlieb zu nehmen. Aber das war immerhin besser als gar nichts. Ruhelos beendete er sein Essen und warf seinem Vater einen fragenden Blick zu, kaum dass er sein Besteck beiseitegelegt hatte. Sein Vater nickte ihm zu.

„Geh nur", sagte er gerade laut genug, um die Gespräche ringsum übertönen zu können.

Unvermittelt sah seine Mutter auf. Ihre langen, braunen Locken, die fast immer ihr Gesicht verdeckten, da sie den Kopf zumeist gesenkt hielt, fielen zurück und gaben ihre hellblauen, stets leicht feucht glänzenden Augen frei. Danny zuckte unwillkürlich zusammen, als ihr Blick ihn traf. Wann immer sie ihn ansah, hatte er das Gefühl, sie würde im nächsten

Moment zu weinen beginnen, und oft genug war er es, der ihr den Anlass dafür gab.

Manchmal reichte es, wenn er begeistert über ein neues Manöver berichtete, um den unsäglich bekümmerten Ausdruck in ihren Zügen zu vertiefen, manchmal war es seine Vorfreude auf das Training, die sie betrübte, und am schlimmsten war es, wenn er durch Worte oder seine Haltung andeutete, welche Gedanken ihn von Zeit zu Zeit erfüllten. Dann schauten ihre Augen nicht nur traurig, sondern weiteten sich ängstlich und füllten sich mit einem Schrecken, der von naher Panik kündete.

Deshalb versuchte er schon seit Langem, seine Träume in sich zu verschließen, aber es wollte ihm nicht so recht gelingen. Sie erkannte immer wieder, was ihn bewegte, und je älter er wurde, desto heftiger reagierte sie darauf. Es fiel ihm schwer, angemessen damit umzugehen, vor allem weil er nicht wusste, warum sie so voller Trauer war. Er war nicht die Ursache dafür, das war ihm klar, es schien nur so zu sein, dass er sie ab und an mit seinem Verhalten an ein schmerzhaftes Erlebnis aus ihrer Vergangenheit erinnerte. Aber was sie erlebt hatte, wusste er nicht, weil seine Eltern niemals darüber sprachen, auch dann nicht, wenn er mehr oder weniger direkt danach fragte, und deshalb war es schwierig, alles zu vermeiden, was ihr Kummer bereiten könnte.

Und so musste er sich damit begnügen, einen möglichst neutralen Gesichtsausdruck aufzusetzen, der ihr nichts von seinen wahren Gefühlen verriet.

„Ich möchte in den Sternenblick", erklärte er wie beiläufig.

Für eine Sekunde schwieg sie, dann noch für eine weitere, und er konnte hören, wie sie tief Luft holte, so wie sie es stets tat, wenn sie ihm eine Antwort gab. Er hatte fast den Eindruck, als glaubte sie, er könne sie nicht verstehen, wenn sie nicht vorher genug Atem sammelte, um laut und einigermaßen gefestigt mit ihm zu reden.

„Hast du dich für heute nicht bereits genug zwischen den Sternen bewegt?", fragte sie, und ihre Stimme zitterte wie ein Wimpel im Sog der Ventilation.

„Der Sternenblick ist anders als der Gleiter, Mom", erwiderte er vorsichtig. Es war ein gutes Argument, aber es ging leider einen Deut zu weit in die richtige Richtung.

Er spürte, wie ihr Blick intensiv auf ihm ruhte, und fühlte, wie die Spannung zwischen ihnen wuchs.

„Sie gleichen sich mehr, als dass sie sich unterscheiden", antwortete sie tonlos. „Die Bewegungen sind fast identisch."

„Sie sind viel langsamer."

„Warum gehst du nicht auf dein Zimmer? Du musst doch sicher noch lernen."

Als Danny an die Schulstunden dachte, die jeden Morgen noch vor dem Training stattfanden, verzog er unwillig das Gesicht. Er sehnte sich nach einer Zeit, in der er sie nicht mehr besuchen musste, aber bis dahin musste er noch neun Monate warten. „Die Aufgaben sind nicht besonders umfangreich. Ich werde sie nachher erledigen."

„Wann?"

„Nach der Show."

„Das halte ich für keine gute Idee. Nach deinem Auftritt wirst du sicher müde sein, deshalb ist es besser, wenn du jetzt nicht in den Sternenblick gehst."

Danny sah ruckartig auf. Ihr gegenüber besonnen aufzutreten war eine Sache, sich deshalb in Ketten legen zu lassen, eine andere. „Die Vorstellung strengt mich schon lange nicht mehr an. Ich könnte zehn von ihnen am Stück fliegen, ohne zu ermüden!"

Ihre Augen weiteten sich und begannen stärker als gewöhnlich zu glänzen.

„Fünf nacheinander", schwächte er ab, obwohl fünfzehn der Wahrheit im Grunde am nächsten gekommen wäre.

Plötzlich legte sein Vater seiner Mutter eine Hand auf den Arm. Sie zuckte leicht zusammen, so wie sie es jedes Mal tat, wenn eine unerwartete Berührung sie traf, dann aber wandte sie sich ihm zu. Er lächelte sie an, und da entspannte sie sich wieder.

Verwundert schüttelte Danny den Kopf. Er begriff nicht, wie sein Vater es immer wieder schaffte, sie zu beruhigen. Er musste nicht einmal etwas sagen, ein Blick, ein Lächeln genügte. Er verstand es, sich so zu geben, dass der Kummer in ihren Augen fast verschwand. Danny wünschte, es würde ihm auch gelingen, doch er fühlte, dass er dazu seine tiefsten und persönlichsten Gedanken und Gefühle hätte aufgeben müssen, und das konnte und wollte er nicht. Es kostete ihn bereits genug, sie gänzlich für sich zu behalten und mit niemandem zu teilen.

Seine Mutter sah wieder zu ihm.

„Ich werde nicht lange bleiben", versprach er ihr.

Sie zögerte, dann lief ein Schauer über ihre schmale Gestalt, der schließlich in ein kaum merkliches Kopfnicken mündete. „In Ordnung."

Danny schaute überrascht drein, sprang aber sofort auf. „Danke, Mom."

Sie sagte nichts, sondern bedachte ihn mit einem Blick, den er schon so oft bei ihr bemerkt hatte, wenn sie ihn musterte, einem Blick, in dem sich Sorge und Angst auf eine Weise mischten, die ihn frösteln ließ.

Hastig verabschiedete er sich mit einem Kopfnicken von seinen Eltern, wandte sich ab und strebte eilig auf das Schott zu. Er verstand seine Mutter zwar nicht, aber er wusste genau, dass er sich ihrem Blick schnell entziehen musste, wenn er nicht riskieren wollte, dass sie es sich doch noch anders überlegte.

Die Unberechenbarkeit seiner Mutter war jedoch nicht der einzige Grund für seine Hast, sondern auch die Aufbruchsstimmung, die an einigen der anderen Tische ausgebrochen war. Vor allem die kleineren Kinder waren unruhig geworden und hüpften wie kleine Gummibälle auf ihren Plätzen auf und ab. Wenn er Pech hatte, würden sie ebenfalls in den Sternenblick gehen, obgleich seine Eltern ihm das früher, als er noch klein gewesen war, so kurz nach dem Essen nie erlaubt hätten.

Der Sternenblick war ein besonderer Ort, einer, an dem es unerfahrenen Besuchern gut und gerne einmal den Magen umdrehen konnte. Ihm war das zum Glück nie passiert, und jetzt bestand die Gefahr überhaupt nicht mehr, da ihm die Bewegungsmuster im Sternenblick viel zu vertraut waren, als dass sie ihm auch nur das geringste Unbehagen bereitet hätten. Im Gegenteil - sie waren das Einzige, was der Erfahrung im freien Raum zumindest entfernt ähnelte, und er war froh über jede Minute, die er außerhalb seiner täglichen Trainingsflüge dort verbringen konnte. Er hoffte inständig, dass die Kinder sich eine andere Beschäftigung suchten, denn er konnte den Aufenthalt im Sternenblick nur dann richtig genießen, wenn er allein war.

Das Schott des Speisesaals öffnete sich vor ihm und schloss sich hinter ihm wieder, nachdem er mit einem schnellen Schritt hindurchgetreten war. Auf der anderen Seite befanden sich direkt neben der Tür eine Reihe kleiner Fächer, die durch stabile Klappen verschlossen waren. Auf jeder Klappe prangte in leuchtender Schrift der Name des Besitzers gleich neben der Sensorplatte, auf die man die Hand legen musste, um das Fach zu öffnen.

Danny presste die Hand auf den Sensor seines Fachs, spürte, wie sich die Platte für eine Sekunde erwärmte, zog die Hand wieder zurück, und die Klappe glitt auf. Kaum war sie offen, langte er ins Innere des Faches hinein, löste das Fly-Board aus seiner Halterung und legte es vor sich auf den Boden.

Das Fly-Board war etwa fünfzig Zentimeter lang und besaß eine ovale Form. Er setzte beide Füße darauf, ging leicht in die Knie und tippte mit der rechten Fußspitze zweimal auf das metallisch schimmernde Brett. Sofort hob es ein paar Zentimeter vom Boden ab und setzte sich in Bewegung.

Viel rascher, als er zu Fuß gewesen wäre, trug es ihn durch die langen Korridore der *Gambler-Circus*. Die Markierungen an den Wänden und die Leuchtkörper an der Decke verwandelten sich in verwaschene Schemen, als er das Fly-Board immer mehr beschleunigte, und doch war die Geschwindigkeit immer noch so lächerlich gering, dass sich weder seine

Pulsfrequenz erhöhte noch er gezwungen war, mehr als einen winzigen Hauch bewusster Konzentration auf seine Lenkbewegungen zu richten.

Natürlich flog er schneller, als Merwyn Gaze, die anderen Erwachsenen und vor allem seine Mutter es gern gesehen hätten, aber da sich im Augenblick niemand in den Gängen aufhielt, konnte auch keiner mitbekommen, dass er die Regeln heute wieder einmal großzügig interpretierte. In Gefahr geriet er dadurch nicht, denn er beherrschte das Fly-Board mit traumwandlerischer Sicherheit. Durch leichte Körperbewegungen steuerte er es um die Ecken, verlangsamte es, wann immer ein Schott vor ihm auftauchte, so weit, dass die Tür vor ihm aufgleiten konnte, bevor er sie erreichte, und beschleunigte danach sofort wieder.

Jeder an Bord der *Gambler-Circus* besaß ein Fly-Board, was auch dringend notwendig war, denn das Schiff war in seinen Ausmaßen schlichtweg überwältigend, immerhin war es die einzige Heimat der zwölf Großfamilien und seiner eigenen kleinen, die zusammengenommen beinahe dreihundert Menschen ausmachten. Ihre Wohnungen, der Speisesaal, die Aufenthaltsräume und ein Sportcenter nahmen ein gesamtes Deck in Anspruch, das mittlere und kleinste, wohlgemerkt. Das obere Deck beherbergte die Andockschleusen für die Fähren, den riesigen Kuppelsaal, von dem aus die Zuschauer die Vorstellung verfolgen konnten, die Brücke und einige Räume, die der Verwaltung unterstellt waren.

In den zwei Zwischendecks befanden sich der Antrieb, die Lebenserhaltungs- und Recyclingsysteme und alle anderen Maschinen, auf die man an Bord eines Raumschiffs nicht verzichten konnte, und im unteren und größten Deck waren die Lagerräume, die Reparaturwerkstatt und der riesenhafte Hangar untergebracht, in dem alle Fahrzeuge, die für die Show benötigt wurden, ihren Platz hatten. Mehr als ein Dutzend Lifts verbanden die fünf Ebenen, trotzdem ergaben sich aus der schieren Größe des Schiffes weite Wege, die niemand zu Fuß gehen wollte; zum Glück blieb ihnen das durch die Fly-Boards erspart.

Danny musste auf seinem Weg zum Sternenblick keinen Lift benutzen, denn er lag auf der gleichen Ebene wie der Speisesaal und die Wohnungen, allerdings genau auf der gegenüberliegenden Seite des Schiffes. Mit dem Fly-Board kam er in kürzester Zeit dort an, ließ es am Ziel zu Boden sinken und verstaute es in einem der Fächer neben dem schlichten Schott, das nichts von dem wundersamen Ort erahnen ließ, der sich hinter ihm auftat.

Das Schott wich automatisch vor Danny zurück, als er in den Erfassungsbereich des Sensors trat, und gab den Blick auf eine kleine Schleuse frei. Sofort spähte er zur rechten Wand der Schleuse hinüber, an der sich eine Steuerungstafel befand. Das Signallicht stand auf grün. Das bedeutete, er war der Erste. Er nickte zufrieden.

Ohne noch länger zu zögern, trat er ein und streifte den Handlauf, der links und rechts in der Schleuse angebracht war, mit einem flüchtigen Blick, ohne ihn jedoch zu berühren. Das wäre früher vielleicht nötig gewesen, heute nicht mehr. Mit sicheren, vertrauten Bewegungen aktivierte er die Schalttafel und gab eine kurze Codefolge ein. Auf dem Display erschien die Zahl hundert. Sie blinkte zweimal auf, bevor sie im Sekundentakt heruntergezählt wurde, und je kleiner die Zahl wurde, desto mehr schwand die künstliche Schwerkraft dahin.

Danny zählte in Gedanken ungeduldig mit, fühlte gleichzeitig in seinen Körper hinein und spürte, wie sein Gewicht nachließ und eine belebende Leichtigkeit ihn ergriff. Noch bevor die Zählung bei null angekommen war, war er leicht wie eine Feder, und es drängte ihn danach, im Wind zu tanzen. Natürlich gab es keinen Wind im Sternenblick, aber die Aufhebung der Schwerkraft verschaffte ihm mehr Bewegungsfreiheit, als irgendein Gegenstand, so leicht er auch sein mochte, in der Anziehungskraft eines Planeten jemals erlangen konnte.

Endlich glitt das Innenschott vor ihm zur Seite. Die Handläufe noch immer ignorierend, stieß sich Danny mit wohlberechnetem Schwung ab und trieb sanft in den Sternenblick hinein. Das Licht unzähliger Sterne begrüßte ihn.

Der Sternenblick trug seinen Namen zu Recht. Er war eine große Kuppel, die sich seitlich an die *Gambler-Circus* schmiegte. Sie besaß einen Durchmesser von etwa fünfzig Metern und war aus einem besonderen Kunststoff gefertigt worden, der stark genug war, um dem Druckunterschied zwischen dem Innenraum und dem Vakuum standhalten zu können, und zudem die lebensfeindliche Kälte des Weltalls fernhielt. Das allein wäre nichts Ungewöhnliches gewesen, denn es gab viele Stoffe mit derartigen Eigenschaften, aber eins zeichnete den Kunststoff vor allen anderen ähnlichen Materialien aus: Er war durchsichtig. Das einzige Licht, das die Kuppel erhellte, kam von den Tausenden naher und ferner Sonnen, die wie Diamanten in der samtenen Schwärze des Weltraums glitzerten und den Sternenblick in einen weichen Schimmer tauchten.

Als sich das Schott wieder schloss und die Schleusenbeleuchtung von der Dunkelheit verschluckt wurde, jauchzte Danny vor Freude laut auf. Er nutzte seinen Schwung, um mehrere Salti zu schlagen, glitt elegant durch die Kuppel und gab sich der Illusion hin, frei und unbeschwert zwischen den Sternen zu schweben. An der gewölbten Wand angekommen, stieß er sich erneut ab, gab sich dabei einen neuen Richtungsimpuls und segelte frei wie ein Vogel in einer erstklassigen Thermik durch die Luft.

Er zog die Arme an den Körper, um die Rotation zu erhöhen, drehte sich um seine eigene Achse, bog sich in immer neuen Mustern durch den Raum, der schon bald viel zu klein zu werden schien. Jedes Mal, wenn er gegen eine der Wände stieß, zerbiss er einen leisen Fluch zwischen den Lippen, und ein schmerzhafter Stich durchzuckte seinen Magen. Die verdammten Mauern zerstörten die Illusion der Freiheit und zwangen ihn, umzukehren und die Richtung zu wechseln. Derartige Begrenzungen gab es im Weltraum nicht. Deshalb war der Sternenblick trotz allem nur seine zweite Wahl. Die erste würde immer sein Gleiter sein.

Nach einer Weile hörte er damit auf, mit seinem Körper verspielte Figuren in der Nullschwerkraft zu zeichnen, und ließ sich geradewegs auf den Scheitelpunkt der Kuppel zutreiben. Als er ihn erreichte, langte er nach den Handgriffen, die unsichtbar für das menschliche Auge überall auf der Halbkugel verteilt waren. Doch er musste sie nicht sehen, um sie zu finden. Er wusste, wo sie angebracht waren, und er fand sie sofort, ohne auch nur um einen Deut nachfassen oder gar seine bewusste Konzentration darauf lenken zu müssen. Er war schon so oft im Sternenblick gewesen, dass keine der Bewegungen, die er in der Schwerelosigkeit ausführte, einer besonderen Anstrengung oder geistigen Anspannung bedurft hätte.

Jetzt, da er ruhig stand, konnte er erkennen, dass sich die Sterne außerhalb der Kuppel bewegten. Richtiger gesagt war es die *Gambler-Circus*, die langsam um ihre eigene Achse rotierte. Sehr bald schon würde am Horizont des Sternenblicks der riesige Gasplanet aufgehen, in dessen Nähe die *Gambler-Circus* schon seit einigen Tagen im Raum schwebte und dem die Bewohner dieses Systems zurecht den Namen *Marble Sphere* gegeben hatten. Es war ein Anblick, den er ungern versäumt hätte.

In Gedanken zählte er seinen eigenen Countdown, und genau in dem Moment, in dem er mit seiner Zählung bei null angekommen war, schob sich der erste Lichtstrahl über den Rand der Kuppel, durchstieß sie wie eine feurige Lanze, nur um auf der anderen Seite den transparenten Kunststoff erneut zu durchdringen und sich auf eine lange, ewig währende Reise durch die Unendlichkeit des Alls zu begeben.

Stück für Stück schob sich der Gasriese ins Bild. Die *Gambler-Circus* war ihm so nahe, dass Danny die Wölbung des Planeten kaum ausmachen konnte. Es war, als wüchse eine Wand aus grellem Licht vom Fuße der Kuppel empor, und er wäre ganz sicher von ihm geblendet worden, wenn nicht ins Material der Halbkugel ein Pigment eingearbeitet gewesen wäre, das sich bei starkem Lichteinfall automatisch verdunkelte, bis das Licht kaum stärker zu strahlen schien, als es die Sterne zuvor getan hatten. Das diamantene Funkeln der fernen Sonnen wurde dadurch leider ebenfalls verschluckt, und so waren die Sterne verschwunden, noch bevor *Marble Sphere* die Sicht auf sie mit seinem gewaltigen Leib verdeckte.

Völlig regungslos blickte Danny auf den Planeten hinab. Ein Gedanke irgendwo tief in seinem Inneren raunte ihm zu, dass er gerade dabei war, das Versprechen zu brechen, das er seiner Mutter gegeben hatte, da er die Zeit im Sternenblick mehr und mehr ausdehnte, doch er ignorierte ihn. Er konnte seine Augen nicht von *Marble Sphere* losreißen. Schweigend beobachtete er die Farben und Formen in der Atmosphäre des Gasplaneten. Weiße Bänder wechselten mit beige- und orangefarbenen, kleinere, gelbliche Wirbel sprenkelten die Oberfläche wie verstreute Kieselsteine, und ein blutroter, ovaler Wirbelsturm glotzte wie das Auge eines Dämons zu ihm herauf.

Mit bloßem Auge waren keine Bewegungen sichtbar, trotzdem glaubte er, einen Hauch der Stürme zu spüren, die über den Gasriesen peitschten, seine Atmosphäre in gewaltige Strudel, Jets und thermische Löcher teilten, die heißen Gase mit kalten vermischten und Gewitter heraufbeschworen, die dem Planeten einen ewigen Wandel aufzwangen und ihm von einer Stunde zur anderen ein neues Gesicht verschafften.

Nach einer Weile begann *Marble Sphere* aus dem Blickfeld der Kuppel herauszuwandern, gleichzeitig verblasste die dunkle Tönung der transparenten Halbkugel allmählich und ließ erneut die fernen Sterne sichtbar werden, die allerdings rasch vom grellen Licht der Sonne Dwarf, dem Zentralgestirn des Systems, überstrahlt wurden.

Danny seufzte schwer, als er sich vorstellte, wie aufgeregt die Besatzung des Raumschiffs gewesen sein musste, als sie *Longway*, den dritten Planeten dieses Systems, vor nunmehr beinahe hundert Jahren, im November 2270, entdeckt hatte. *Longway* war erst die elfte Kolonie der Erde, und ebenso viele Planeten kannten die Menschen, die die richtigen Bedingungen für eine Besiedlung boten. Man hatte sie allesamt genutzt.

Deshalb waren noch heute Raumschiffe, mit wagemutigen Pionieren bemannt, unterwegs, um nach weiteren Planeten zu suchen, die *Longway* oder einer der anderen Welten glichen, auf denen der Mensch bisher Fuß gefasst hatte. Erfolge hatten sie schon lange nicht mehr zu vermelden gehabt, dennoch wünschte sich Danny, er selbst befände sich an Bord eines solchen Forschungsraumschiffs. Es wäre etwas wirklich Besonderes, mit anderen unerschrockenen Abenteurern durch bislang unbekannte Teile der Galaxis zu streifen und der Menschheit neuen Lebensraum zu erschließen, etwas von wahrer Größe und Bedeutung.

Missmutig versetzte er der durchsichtigen Wandung des Sternenblicks einen Stoß, der ihn zu einem anderen Teil der Kuppel treiben ließ. Seine Träume waren groß, doch die Wirklichkeit sah anders aus. Die *Gambler-Circus* war das einzige Raumschiff, auf das er je seinen Fuß gesetzt hatte, wenn man einmal von den kleineren und größeren Fahrzeugen absah, die allesamt zur Ausstattung des Zirkus gehörten. Er war hier geboren worden und hatte von klein auf nichts anderes getan, als in den

Vorstellungen aufzutreten. Fliegen war das Einzige, was er gut konnte, und so gab es nichts, was ihn für die Teilnahme an einer Forschungsexpedition qualifiziert hätte, außer vielleicht, deren Leiter suchte nach einem Piloten. Aber selbst, falls das im Zuge der Ausrichtung einer neuen Expedition einmal der Fall sein sollte, würden sie kaum auf der *Gambler-Circus* danach suchen.

Der Hals wurde ihm eng. „Wenn sie es doch nur täten", flüsterte er leise.

Nur so könnte er dem tristen Alltag an Bord der *Gambler-Circus*, der mit all seinen Regeln und Beschränkungen so statisch war wie die Verhaltensweisen eines Roboters, entkommen. Solange er hier festsaß, lief das Leben einfach an ihm vorbei, und abgesehen davon, dass er im Verlauf der Jahre graue Haare bekommen würde, würde sich nichts und niemals etwas für ihn ändern.

Unwillkürlich sah er zum Gasriesen hinüber, der noch immer fast ein Drittel des Sichtfeldes ausfüllte, und sofort fiel ihm die dunkle, runde Silhouette, die tief unterhalb der *Gambler-Circus* über dem Planeten schwebte und die er bislang absichtlich ignoriert hatte, ins Auge. Es war der Schatten eines kleinen Mondes, der auf *Marble Sphere* fiel. Tief unter der zernarbten Oberfläche des Mondes befand sich eine der insgesamt vierzehn Minenkolonien dieses Systems, in der viele tausend Menschen lebten und arbeiteten, um dort wertvolle Rohstoffe zu gewinnen, die für den Aufbau der noch jungen Kolonie auf *Longway* benötigt wurden. Nach Dutzenden von Vorstellungen, die sie im Bereich von *Longway* gegeben hatten, war die *Gambler-Circus* vor Kurzem nach *Marble Sphere* weitergereist, um auch die Arbeiter der Minenkolonie zu unterhalten.

Nachdenklich kaute Danny auf seiner Unterlippe herum, während er auf die düstere Silhouette herabstarrte. Er würde ebenfalls auftreten und seine Flugkünste zur Schau stellen müssen, doch obwohl er sich nichts Schöneres vorstellen konnte, als in seinem Gleiter zu sitzen und zu fliegen, sah er der Show stets mit gemischten Gefühlen entgegen. Sie war ganz anders als das Training. Es gab keinen freien Kurs, nicht einmal eine freie Wahl der Geschwindigkeit oder der Manöver. Sie war derart strikten Beschränkungen unterworfen, dass ihm der Raum, in dem sich sein Gleiter während der Vorstellung bewegte, noch kleiner vorkam als die Kuppel des Sternenblicks. Ein Vogel in einem Käfig besaß mehr Bewegungsfreiheit als er während seines Auftritts.

Für eine Weile versuchte er, nicht an die Show zu denken, aber es gelang ihm nicht. Sein Zeitgefühl teilte ihm unmissverständlich mit, dass die Zeit der Vorstellung beinahe gekommen war, und je näher sie rückte, desto schwerer fiel es ihm, sich zu entspannen. Zunächst überlegte er, ob er noch einige akrobatische Übungen in der Nullschwerkraft ausführen sollte, entschied sich aber dagegen. Im Augenblick hätte ihm das nur noch wenig Freude bereitet. Stattdessen verhielt er ruhig auf der Stelle, presste eine Hand auf den kühlen Kunststoff und wartete ergeben auf das Unvermeidliche.

Keine Minute später fühlte er einen leichten Ruck, der durch das Schiff ging, und gleich darauf noch einen. Die beiden Fähren waren wie schon unzählige Male zuvor gestartet, um die Zuschauer vom Sammelpunkt der Mine abzuholen. Danny richtete seine Augen auf jenen Teil des Alls, an dem sie gleich darauf sichtbar wurden. Wie kleine, wandernde Sterne glitten sie von der *Gambler-Circus* fort und nahmen Kurs auf den Mond. Er verfolgte ihren Weg mit seinen Augen, bis die Signallampe am Eingang der Kuppel aufleuchtete. Gleichzeitig klang Merwyn Gazes Stimme auf und rief die Artisten zu der kurz bevorstehenden Vorstellung zusammen.

Folgsam, aber mit fest aufeinandergepressten Lippen stieß sich Danny von der Kuppel ab und glitt schwerelos durch den Raum zur Tür hinüber. Er beeilte sich nicht besonders, aber er trödelte auch nicht herum, da er es sich zur Angewohnheit gemacht hatte, seinen kleinen Raumgleiter vor jedem Auftritt selbst auf seine Funktionstüchtigkeit hin zu überprüfen.

Natürlich misstraute er den Technikern nicht, im Gegenteil. Sie verstanden ihr Handwerk gut, aber er wollte wenigstens in einer Hinsicht das Gefühl für sich beanspruchen, etwas Wichtiges zu tun. So einfach sein Auftritt für ihn auch sein mochte, war er doch gefährlich, zumindest falls sein Fahrzeug nicht hundertprozentig in Ordnung war. Das war allerdings noch nie vorgekommen.

Unwirsch verzog Danny das Gesicht. Auch heute würde es nicht anders sein. Er hatte es noch nie geschafft, einen Fehler zu entdecken, den die Techniker übersehen hatten, und er wusste genau, dass sein Gefühl, einen bedeutenden Beitrag zum Gelingen der Vorstellung zu leisten, lediglich eine schale Illusion war.

Er presste die Lippen noch fester aufeinander. So bitter die Erkenntnis auch war, er vermochte sich keinen Weg vorstellen, der ihn von der *Gambler-Circus* in die Freiheit führen konnte, die er sich wünschte. Seit er denken konnte, hatte nur ein einziger Mensch an Bord des Schiffes versucht, einen derartigen Weg zu gehen - ohne Erfolg. Er war sehr bald reumütig zurückgekehrt und hatte danach nie wieder die Ambition gezeigt, die *Gambler-Circus* zu verlassen.

Ein tiefer Seufzer erfüllte seine Brust, doch Danny ließ ihn nicht heraus. Mit hängenden Schultern und dem unschönen Gefühl, schwere Ketten hinter sich her zu schleifen, machte er sich auf den Weg in den Hangar.

2. Kapitel

Als Danny vor dem großen Schott zum Hangar ankam, herrschte dort bereits ein geschäftiges Treiben. Männer, Frauen und auch einige Jugendliche drängten sich vor den Fächern, verstauten ihre Fly-Boards und traten anschließend durch die Tür, die sich angesichts des Ansturms gar nicht mehr zu schließen vermochte. Gesprächsfetzen mischten sich unter das leise Zischen, das die Schotthälften ausstießen, sobald sie sich einander näherten und doch wieder zurückweichen mussten, bevor sie sich berührt hatten, und vom Hangar her erscholl das dumpfe Dröhnen der Wartungsmaschinen und das Vibrieren der Lüftung, die in der riesigen Halle schwere Arbeit leisten musste.

Der Geruch von neuem Plastik wogte ebenso durch die Luft wie der verschiedener Lösungsmittel, mit denen die kleinen Raumschiffe vor jeder Vorstellung auf Hochglanz gebracht wurden, und dazwischen konnte Danny den seltsam süßlichen Duft des besonderen Schmierstoffes wahrnehmen, der für einen reibungslosen Betrieb der Gleiter unerlässlich war. Anders als viele andere Stoffe erstarrte er nicht, sobald er mit der Kälte des Vakuums konfrontiert wurde, sondern wurde lediglich etwas zäher. Tatsächlich erreichte er seine besten Eigenschaften erst unter den Bedingungen, denen die Gleiter im Weltraum ausgesetzt waren.

Eingezwängt zwischen den anderen Artisten der *Gambler-Circus* trat Danny durch das Schott in den Hangar ein, nachdem er sich seines Fly-Boards entledigt hatte. Die Tür erwies sich dabei wie schon so oft zuvor als Nadelöhr. Danny schnaubte entnervt. Wieso nur brachten es die Artisten immer wieder fertig, allesamt zur gleichen Zeit beim Hangar einzutreffen, obwohl sie alle unterschiedlich lange Wege an Bord des Schiffes zurücklegen mussten?

Leider war die Antwort denkbar einfach, schließlich spürte er selbst stets genau, wie viel Zeit noch bis zur Vorstellung blieb, und wäre nie zu spät gekommen. Viele Abläufe an Bord der *Gambler-Circus* waren durch das unfehlbare Zeitgefühl, über das jeder von ihnen verfügte, synchronisiert.

Sein Vater hatte ihm einmal gesagt, dies sei nur auf der *Gambler-Circus* und auf den anderen Schiffen, deren Besatzungen zur gleichen Bevölkerungsgruppe wie sie gehörten, der Fall. Die anderen Menschen hatten ihnen sogar einen Spitznamen gegeben, der auf ihren angeblichen Besonderheiten beruhte: Gambler.

Dennoch konnte Danny sich nicht recht vorstellen, dass es anderswo nicht ähnlich zugehen sollte wie hier. Menschen wie die Artisten der *Gambler-Circus* stellten verglichen mit der Gesamtzahl aller Bewohner der Erde und ihrer Kolonien nur eine verschwindend kleine Minderheit dar, und dass ausgerechnet dieses winzige Grüppchen sich auf so seltsame

Weise vom Rest der Menschheit unterscheiden sollte, erschien ihm wenig glaubwürdig.

Mit einer heftigen Kopfbewegung schüttelte er den Gedanken fort und sah wieder nach vorn. Unmittelbar hinter dem Schott wuchs der Hangar in die Breite, sodass sich die Artisten zum Glück alsbald verstreuten. In Gruppen oder allein strebten sie den Stellplätzen ihrer Fluggeräte zu. Unter den hellen Scheinwerfern der Deckenbeleuchtung blitzten völlig unterschiedliche Raumfahrzeuge auf, vom kleinen, schnittigen Raumgleiter bis hin zu großen, verwegen wirkenden Schiffen oder gar speziellen Anzügen, die ihren Trägern das Aussehen geheimnisvoller Aliens verlieh.

Der Vergleich war allerdings mehr Ausdruck seiner Fantasie als der Wirklichkeit, denn niemand hatte bislang einen echten „Außerirdischen" gesehen. Auf keinem der Planeten, die seit dem nunmehr beinahe vierhundertjährigen Bestehen der interstellaren Raumfahrt erforscht worden waren, waren auch nur Spuren intelligenten Lebens entdeckt worden, das in irgendeiner Weise der Zivilisation der Menschen, so wie sie heute existierte oder in früheren Entwicklungsstadien existierte hatte, glich.

Als Danny sich vorstellte, er selbst könnte einmal einer anderen Rasse begegnen, durchrieselte ihn ein aufgeregtes Kribbeln. Doch leider war der Gedanke daran derart abwegig, dass er ihn sofort wieder verwarf und versuchte, seine Konzentration auf die unmittelbar bevorstehende Show zu richten.

Gleich darauf wurde seine Aufmerksamkeit machtvoll abgelenkt. Er hörte hinter sich die Stimmen von fünf Mitgliedern der Familie Doi, ging langsamer, sah sich zu ihnen um und verfolgte ihren Weg durch den Hangar. Ihr Ziel war, wie er nur zu gut wusste, die *Challenge*, das größte und eigentümlichste Schiff, das in der Vorstellung eingesetzt wurde.

Wie eine erhabene Pyramide ragte der tetraedrische Leib der *Challenge* über dem Boden der Halle auf, und die vier Geschützkanzeln, die an jeder der vier Spitzen des Rumpfes angebracht waren, glitzerten wie geschliffene Diamanten unter den Strahlen der Deckenbeleuchtung. Die Flanken des Schiffes glänzten wie flüssiges Silber, und die kleinen Ausstoßdüsen des Antriebs, die in großer Zahl auf allen vier Seiten des Rumpfes angebracht waren, nahmen sich wie Mosaiksteinchen eines kunstvollen Ornaments aus. Trotz ihrer ungewöhnlichen Form war die *Challenge* das schönste Schiff, das er je gesehen hatte.

Die Dois achteten nicht darauf. Sie hatten schon lange keinen Blick mehr für die elegante Schönheit der *Challenge*, sondern legten wie üblich routiniert die Raumanzüge an und bemannten das Schiff. Mit knirschenden Zähnen sah Danny ihnen zu, ein enges Gefühl umschlang seinen Hals wie ein verwickeltes Stahlkabel, und eine kneifende Zange schien ihm den Magen zusammenzupressen. Wenn er doch nur Teil ihres Teams sein könnte!

Nur ein einziges Mal hatte er die *Challenge* betreten, doch er würde es nie, auch nicht eine einzige Sekunde lang, vergessen. Im Inneren des Schiffes, genau im Schwerpunkt des Tetraeders, befand sich eine weitere Kanzel, die des Piloten. Natürlich hatte er sich die genau angesehen.

Sein Puls beschleunigte sich, als er sich daran erinnerte, wie er sich damals in den Pilotensitz hatte gleiten lassen, wie seine Finger über die komplexen Steuerungsmechanismen getastet waren und wie er selbst im Hangar die Stärke, Schnelligkeit und Wendigkeit der *Challenge* hatte erahnen können.

Anders als sein Gleiter war die *Challenge* kaum Beschränkungen unterworfen; sie konnte enger, schneller und geschmeidiger durch den Raum gleiten als jedes andere Schiff, das er kannte, und während er sich vorstellte, in ihrer Kanzel zu sitzen und sie eigenhändig zu steuern, spürte er, wie ihn ein Gefühl unendlicher Freiheit erfüllte. Er spürte das unterschwellige Vibrieren des Antriebs, die glatten Instrumente unter seinen Fingerspitzen und den leichten Widerstand, den sie ihm entgegensetzten. In seiner Fantasie wurde die *Challenge* zu einer Verlängerung seines eigenen Körpers, zu einem Teil seiner selbst. Allein mit der Kraft seiner Gedanken schien er das Schiff im Weltraum tanzen zu lassen.

Als keine vier Meter rechts von ihm ein Werkzeug lärmend auf den Hangarboden polterte und ein Techniker nicht weniger lautstark zu fluchen begann, zerplatzte seine Vision. Nur die Sehnsucht blieb. Wie gern wäre er die *Challenge* geflogen!

Es drängte ihn danach, seit der das Schiff zum ersten Mal gesehen hatte. Das Zielschießen reizte ihn weniger - dieses Kunststück überließ er gern anderen -, aber die *Challenge* zu steuern war ohne Zweifel eine ganz besondere Art des Fliegens. Der Kurs des Schiffes musste so gewählt werden, dass alle vier Geschütze die besten Schussmöglichkeiten auf die von der *Gambler-Circus* gelenkten Zielobjekte erhielten und sie trotz ihrer Eigenbewegung rasch und präzise zerstört werden konnten. Eine derartige Aufgabe erforderte ein ausgeprägtes räumliches Vorstellungsvermögen, denn sobald man in der *Challenge* saß, gab es kein Oben und kein Unten mehr, man musste sich in allen drei Koordinaten des Raums bewegen können, ohne die Orientierung zu verlieren.

Neiderfüllt blickte er auf den tetraedrischen Leib des Schiffes, in dem die Dois inzwischen verschwunden waren. Bereits mehrfach hatte er bei Merwyn Gaze angefragt, ob es nicht möglich sei, noch eine zweite Vorstellung mit der *Challenge* ins Leben zu rufen, eine Vorstellung, in der er der Pilot sein würde, doch seine Bitte war bisher stets abgelehnt worden.

Vor ein, zwei Jahren hatte er das noch verstanden, da er damals vermutlich noch nicht gut genug gewesen war, um das Schiff sicher bedienen zu können, aber heute sah das anders aus. Soweit er das beurteilen konnte, war er kein schlechter Pilot, natürlich längst nicht so gut wie die erfahrenen Männer und Frauen, die ihm unzählige Flugstunden voraushatten, doch er traute es sich durchaus zu, die *Challenge* beherrschen zu können. An seiner Lage änderte das allerdings nichts. Die *Challenge* blieb für ihn unerreichbar, zumindest solange es nach Merwyn Gaze ging, und an dessen Führung würde sich - wie an allem anderen auf der *Gambler-Circus* - voraussichtlich auf lange Jahre hinaus nichts ändern.

Verstimmt ging Danny weiter und strebte zu dem Platz im Hangar hinüber, der seinem Raumgleiter zugeteilt war. Es war immer wieder dasselbe: Merwyn Gaze sagte, welche Vorstellungen stattzufinden hatten, er teilte die Artisten den einzelnen Vorführungen zu und zog sie wieder davon ab, falls ihm der Sinn danach stand. Ihm blieb somit nur, sich in seinen Gleiter zu begeben und in stupider Monotonie den Asteroidenkurs zu fliegen, so wie er es schon seit fünf Jahren tat.

Die Asteroiden, zwischen denen er sein Raumschiff während der Show hindurchschlängeln musste, waren natürlich keine echten Felsbrocken, die im All trieben, sondern kleine, künstliche Objekte, die zudem mit einem einfachen Steuerungsmechanismus ausgestattet waren. Auf diese Weise konnten die Zuschauer Einfluss auf die Asteroiden nehmen, sie verschieben und sie ihm sogar während des Flugs in den Weg manövrieren.

Trotzdem war seine Aufgabe nicht sonderlich schwer. Er brauchte nur einen einzigen Blick auf die dreidimensionale Darstellung des Asteroidenfelds zu werfen, die zu den Instrumenten seines Raumgleiters gehörte, um zu erfahren, welchen Kurs er einschlagen konnte. Meist sah er gleich ein Dutzend Möglichkeiten auf einmal.

Bei seinem Gleiter traf Danny auf Janet Gedemer, eine drahtige, junge Frau, die er nur selten in einer anderen Kleidung als ihrer dunklen Technikermontur gesehen hatte. Sie war zehn Jahre älter als er, trug ihre dunklen Haare so kurz, dass sie wie ein Rasen steifer Kabelenden von ihrem Kopf abstanden, und auf ihrem stets fröhlich wirkenden Gesicht fanden sich beinahe ebenso viele Spuren ihrer Arbeit wie auf ihrem Overall.

Ihre Ambitionen, ihre Gamblerfähigkeiten in den Vorstellungen des Zirkus einzusetzen, waren ihren eigenen Worten nach nie besonders groß gewesen, dafür liebte sie es, in den Eingeweiden der Raumschiffe zu werkeln, sie zu warten, zu verbessern und dafür Sorge zu tragen, dass keiner der Artisten eine Fehlfunktion fürchten musste. Wenn er seinen Flug durch das künstliche Asteroidenfeld mit ähnlicher Begeisterung sehen könnte, hätte er sicher einige Probleme weniger. Aber dann wäre er wohl auch nicht mehr er selbst.

„Hallo, Danny", rief Janet ihm gut gelaunt zu, als er zu ihr an das kleine Raumschiff trat, legte eine Hand auf die glatte Flanke des Gleiters und tätschelte sie liebevoll. „Ich habe deinen Flitzer durchgecheckt. Es ist alles in Ordnung."

Wie üblich verspürte er den Impuls, selbst noch einen kurzen Check-up durchzuführen, trotzdem rührte er sich nicht. Janet hatte ohnehin nichts übersehen. Eine nochmalige Überprüfung konnte er sich getrost sparen.

Janet war bereits dabei, eine der Wartungsluken zu öffnen. Als sie sah, dass er regungslos blieb, hielt sie inne. „Willst du keinen eigenen Check-up vornehmen?"

„Heute nicht", gab er einsilbig zurück.

Janet wölbte überrascht die Augenbrauen und stieß pfeifend Luft aus. „Hast du dich heute schon einmal im Spiegel angesehen? Du machst ein Gesicht wie unser werter Herr Direktor, wenn die Kasse nicht stimmt. Hattest du Ärger?"

„Nein."

„Geht es dir nicht gut?"

„Ich bin okay."

„Den Eindruck machst du aber nicht auf mich. Was ist los mir dir? Als du heute Morgen nach dem Training aus dem Gleiter geklettert bist, hast du so gestrahlt, dass es selbst einer Supernova schwergefallen wäre, mit dir mitzuhalten. Ich dachte, du liebst das Fliegen!"

„Das tue ich auch!"

„Nur nicht heute Nachmittag, wie mir scheint."

Danny erwiderte nichts darauf, sondern begann schweigend, sich den Raumanzug überzustreifen, der neben dem Gleiter für ihn bereitlag. Janet beobachtete ihn dabei.

„Was ist so unterschiedlich am Training und an der Show?", fragte sie, als er gerade damit beschäftigt war, den Saum vor seiner Brust bis zum Hals zu schließen.

Danny hielt mitten in der Bewegung inne. Warum musste sie danach fragen, wenn sie es doch nicht verstand? Außer ihm schien das niemand zu begreifen. „Ist das nicht offensichtlich?"

„Für mich nicht. Ich fliege nicht jeden Tag, wie du weißt. Erkläre es mir!"

Danny versteifte sich. Vermutlich sollte er besser den Mund halten. Alles, was er sagen konnte, würde seinen Ruf als Sonderling erneut bestätigen. Doch die anderen sahen ihn ohnehin so! Wieso also sollte er schweigen und so tun, als wäre er wie jeder andere an Bord des Schiffes?

„Im Training bin ich frei", erklärte er mit fester Stimme. „Ich kann meine Manöver selbst bestimmen, ich kann die Geschwindigkeit wenigstens halbwegs so hoch ansetzen, wie es mir beliebt, und ich kann die Weite des Raums genießen. Das alles ist während der Vorstellung nicht möglich."

Janet legte die Stirn in Falten. „Wäre es dir lieber, einen der Kunstflüge zu machen? Dann stünden dir keine Asteroiden im Weg."

Danny grub seine Finger in seinen Raumanzug. „Darum geht es nicht. Die Kunstflüge sind noch stärker reglementiert als der Asteroidenkurs. Sie ermöglichen überhaupt keine freie Bewegung mehr, und auf einen derartigen Flug kann ich nun wirklich verzichten!"

„Und was stört dich dann an deinem Auftritt? Soweit ich das beurteilen kann, ist es eine der Nummern, die noch am meisten Raum für freie Manöver lässt."

„Nicht genug. Außerdem ist der Asteroidenkurs so ... so *einfach*!"

Janet zog eine Augenbraue steil in die Höhe und schüttelte gleichzeitig den Kopf. „Das hätte ich mir denken können. Du suchst wieder einmal eine Herausforderung!"

„Wenn du es so simpel ausdrücken möchtest: Ja."

„Ich kann mich an Zeiten erinnern, in denen der Asteroidenkurs durchaus eine Herausforderung für dich war. Als du ihn zum ersten Mal geflogen bist, hast du zwei Tage lang von nichts anderem geredet, so stolz warst du, dass du ihn ohne Fehler gemeistert hast."

„Das ist mehr als fünf Jahre her! Seitdem bin ich den Kurs fast jeden Tag geflogen, und ich bin heute viel besser als damals. Der Kurs ist für mich kaum mehr als ein Kinderspiel."

„Andere würden das nicht so sehen."

„Das glaube ich nicht."

„Tatsächlich nicht? Und was ist mit den Menschen, die sich tagtäglich unsere Show ansehen? Glaubst du, die würden für etwas bezahlen, was sie selbst mit dem kleinen Finger bewerkstelligen könnten?"

Entnervt verdrehte Danny die Augen. Wollte oder konnte sie ihn nicht verstehen? „Davon rede ich nicht, Janet. Es geht um die Menschen an Bord der *Gambler-Circus*. Jeder von ihnen könnte den Kurs fliegen."

„Das stimmt zwar, aber nicht allen ginge es so leicht von der Hand wie dir."

Schlagartig verebbte sein Ärger, und er starrte Janet verblüfft an. „Was meinst du damit?"

Janet bemaß ihn mit einem prüfenden Blick, der so intensiv war, als versuche sie, direkt in ihn hineinzusehen. „Du bist tatsächlich in den letzten fünf Jahren sehr viel besser geworden. Ich habe die anderen Piloten manchmal darüber sprechen hören. Selbst Francis Doi meinte, er würde in einem ernst gemeinten Wettstreit mit dir ganz sicher den Kürzeren ziehen."

„Das ist nicht dein Ernst! Francis ist der beste Pilot, den ich kenne. Niemand kann es mit ihm aufnehmen!"

„Du schon, und du bist der Einzige, dem das noch nicht aufgefallen ist. Warum, glaubst du, hat Merwyn Gaze dir den Asteroidenkurs übertragen?"

„Weil es ihm so gefällt?", schlug Danny sarkastisch vor.

Janet ignorierte seinen Tonfall. „Weil du gut bist und weil du auch mit zwölf schon besser warst als andere in deinem Alter. Ich habe es im Vorstellungslogbuch nachgesehen. Es reicht eine ganze Weile zurück, trotzdem habe ich keinen einzigen Eintrag gefunden, der darauf hinweist, dass jemals ein Junge oder ein Mädchen, die noch jünger oder auch nur im gleichen Alter wie du waren, den Kurs geflogen sind. Die Jüngste nach dir war Patty Doi, und sie war neunzehn, als sie den Kurs bekam. Davor haben ihn nur Erwachsene geflogen."

Danny zog die Stirn in tiefe Falten. Was sollte er davon nur halten? Hatte Janet recht?

Plötzliche Wut kochte in ihm hoch. „Wenn ich tatsächlich so gut bin, wie du behauptest, warum hat mir Merwyn Gaze nicht längst eine Aufgabe übertragen, die mich mehr fordert?"

Janet warf einen beredten Blick an ihm vorbei auf die *Challenge*. „Willst du Francis Doi schon jetzt seinen Platz abspenstig machen?"

„Vielleicht", gab Danny unbestimmt zurück.

Janet lachte. „Alter kommt vor Schönheit, wusstest du das nicht? Im Ernst, du kannst nicht erwarten, dass der Direktor dich jetzt schon zum Star der Vorstellung macht. Bleibe bei deinem Asteroidenkurs, halte dich an die Regeln und warte auf deine Chance. Ich bin sicher, sie wird bald kommen, eher früher als später, wenn du mich fragst."

Missmutig blickte Danny zu Boden. Er glaubte Janets Worten nicht, auch wenn sie es sicher gut meinte und selbst davon überzeugt sein mochte. Fakt war und blieb, der Asteroidenkurs war viel zu leicht für ihn, und selbst wenn er irgendwann einmal die Chance bekommen sollte, die *Challenge* zu fliegen, bedeutete das noch lange nicht, dass er sie so einsetzen durfte, wie es ihm vorschwebte.

Halte dich an die Regeln, hatte Janet gesagt. Das hieß, dass er stets weit unter seinen Möglichkeiten bleiben musste. Sein Unwillen über diese ungerechte Reglementierung wurde jeden Tag größer, so groß, dass er ihn kaum noch vor seiner Mutter und den anderen Menschen an Bord des Schiffes verbergen konnte. Und mit ihm wuchs der Gedanke, es nicht mehr zu tun, sich frei zu äußern und alle Fesseln zu sprengen, die ihn einschnürten und jede Bewegung, jede Veränderung verhinderten.

Er biss sich auf die Lippen, um nichts zu sagen, was er später vielleicht bereut hätte. Mitten in ihrem Schweigen scholl ein Lautsprecherruf durch den Hangar, forderte die Artisten auf, ihre Fluggeräte zu besteigen und beendete so ihr Gespräch. Danny war froh, dass er es nicht selbst tun musste.

Janet warf ihm noch einen seltsamen Blick zu, bevor sie sich zum Gehen wandte. „Guten Flug."

„Danke", erwiderte Danny mechanisch.

Gleich darauf ging Janet über das Deck davon. Er sah ihr nicht nach, sondern beeilte sich, die Säume um Handschuhe und Stiefel seines Raumanzugs zu schließen. Als Letztes klappte er den Helm zu und beobachtete konzentriert die Anzeigen, die ihm mitteilen sollten, ob sein Anzug luftdicht war oder nicht. Er war es.

Der Anzug war nichts weiter als eine Vorsichtsmaßnahme. Die künstlichen Asteroiden waren so beschaffen, dass sie dem kleinen Gleiter, selbst wenn er mit einem von ihnen kollidieren sollte, keinen ernst zu nehmenden Schaden zufügen konnten, dennoch wäre er nie auf die Idee gekommen, ihn nicht ordnungsgemäß anzulegen. Ein gewisses Risiko bestand immer, sobald man sich in den Raum hinauswagte. Da er zeit seines Lebens auf einem Raumschiff gelebt hatte, wusste er das.

Als unvermittelt ein leichter Ruck durch das Schiff ging, schreckte er aus seinen Gedanken auf. Die Fähren waren zurück und hatten an der *Gambler-Circus* angelegt. Merwyn Gaze würde die Zuschauer nun höchstpersönlich an der Schleuse in Empfang nehmen und zu dem hohen Kuppelsaal geleiten, der dem Sternenblick glich, im Gegensatz zu ihm jedoch geradezu gewaltige Ausmaße besaß. Mehr als dreihundert Personen fanden in ihm Platz und konnten von dort aus die Show verfolgen. Für jeden Einzelnen gab es einen Sitz, der sich unabhängig von den anderen verstellen ließ, sodass es jedem Zuschauer möglich war, individuell zu entscheiden, welchen Ausschnitt der Kuppel er betrachten wollte.

Darüber hinaus war an jedem der Sitze ein leichter Helm angebracht, mit dessen Hilfe der Zuschauer direkt in das Geschehen außerhalb der Kuppel eintauchen konnte. Zumindest vermittelte die computererzeugte virtuelle Realität einen solchen Eindruck. Die Gäste konnten sich der Illusion hingeben, selbst im Cockpit der Raumfahrzeuge zu sitzen, oder eine andere Perspektive wählen, ganz wie es ihnen genehm war. Die unzähligen Kameras, die im Showgebiet sowie in und an den Fahrzeugen angebracht waren, ermöglichten eine Vielzahl von Einstellungen. Die von ihnen aufgenommenen Bilder wurden über den Computer der *Gambler-Circus* direkt an die Sitze der Zuschauer weitergeleitet.

Bei einigen Nummern konnte das Publikum sogar tatsächlich aktiv eingreifen. So etwa beim Flug der *Challenge*, deren Zielobjekte von den

Zuschauern gesteuert wurden, oder auch beim Asteroidenfeld, bei dem die Gäste Einfluss auf Kurs, Geschwindigkeit und Ort der Asteroiden nehmen konnten.

Danny stieß missgelaunt Luft aus. Während der Vorstellung wurde wirklich alles dafür getan, das Publikum gut zu unterhalten, nur die wahren Leistungen der Artisten bekam es nicht zu Gesicht. Hin und wieder hatte er seine Eltern gefragt, warum die Einschränkungen überhaupt existierten, doch wann immer er die Sprache darauf gebracht hatte, hatten die Augen seiner Mutter wieder diesen ängstlichen, gehetzt wirkenden Ausdruck angenommen, und sein Vater hatte schnell das Thema gewechselt. Und auch die anderen an Bord der *Gambler-Circus* sprachen nie darüber, ganz gleich, wen er auch gefragt hatte. Seine Unzufriedenheit wurde dadurch nicht gerade geringer.

Ein Signalton scholl durch den Hangar und kündigte an, dass das Ausschleusen unmittelbar bevorstand. Im großen Kuppelsaal warteten die Zuschauer sicherlich bereits ungeduldig und voller Spannung auf den Beginn der Vorstellung. Merwyn Gaze gestaltete sie stets auf die gleiche Weise. Am Anfang erzählte er eine Geschichte, die mit jeder der verschiedenen Nummern weitergeführt wurde.

Der Leiter des Zirkus war ein charismatischer Redner, und früher hatte Danny ihm oft und gern über Funk zugehört. Heute tat er das nicht mehr, denn er kannte all die Geschichten über die wagemutigen Helden, die zu glorreichen Missionen in die Tiefen des Weltalls aufbrachen, kannte die Erzählungen über Forscher, die sagenumwobenen Schätzen nachjagten, und auch die Berichte über die Pioniertage der irdischen Raumfahrt, die Merwyn Gaze ebenfalls in ein Epos ruhmvoller Abenteuer umgewandelt hatte, waren ihm mittlerweile bestens vertraut. Er konnte und wollte sie nicht immer wieder hören.

Ohne noch länger zu zögern, kletterte er in das Cockpit seines Gleiters, das weit offen stand und bereits ungeduldig auf ihn zu warten schien. Kaum hatte er sich in den engen Sitz gezwängt, schloss er das Kanzeldach und atmete tief durch. Das Ausschleusen der Schiffe geschah nach einer genau festgelegten Routine. Die Artisten verließen die *Gambler-Circus* in der Reihenfolge, in der sie in der Show erscheinen würden, deshalb würden einige der anderen vor ihm starten, so etwa die Raumschiffe, die den Formationsflug ausführten. Sein Vater gehörte zu den sieben Artisten, die an diesem Kunststück beteiligt waren.

Endlich war auch seine Zeit gekommen. Benjamin Gaze gab ihm über Funk das entsprechende Kommando, gleichzeitig begann das Signallicht neben der Schleuse in grellem Grün zu pulsieren und zeigte ihm an, dass die Schleuse bereit war, ihn und seinen Gleiter aufzunehmen. Er hob sein kleines Raumfahrzeug sachte vom Boden ab, setzte es in Bewegung und ließ es bis vor das große Hangartor schweben. Die Schotten wichen vor ihm zurück, und er stieß mit dem Gleiter in die Schleuse vor. Hinter ihm schloss sich der Einlass wieder, und der Druckausgleich begann. Gewaltige Pumpen sogen die Luft aus der Schleuse und passten ihr Ambiente an die Bedingungen des Vakuums an.

Wenig später öffnete sich das äußere Schleusentor und gab den Blick auf die Sterne frei. Für einen Moment vergaß Danny seine trüben Gedanken, als er seinen Gleiter aus der Schleuse brachte und ihn mit sanftem Schwung um einige Aufbauten der *Gambler-Circus* herumführte, die wie eine riesige Plattform unter ihm lag.

Der Eindruck täuschte jedoch. Tatsächlich besaß das gewaltige Schiff mehr die Form einer Walze als die einer Plattform. Nur in der Nähe der Hangaröffnungen war die Wölbung der Außenwand abgeflacht.

Auf der dreidimensionalen Holografie, die sich in Augenhöhe befand, verfolgte er die Bewegung seines Gleiters mit, während er die Warteposition anflog. Sie lag unterhalb des Schiffs, falls man den im Augenblick dem Planeten zugewandten Teil der *Gambler-Circus* als unten bezeichnen wollte. Da die große Kuppel des Zuschauersaals auf der gegenüberliegenden Seite der *Gambler-Circus* thronte, konnten die Schiffe vom Publikum nicht gesehen werden, bevor sie ins Zielgebiet einflogen.

Neben den bereits in Stellung gegangenen Raumfahrzeugen brachte er seinen Gleiter zur relativen Ruhe. „Danny Sims auf Warteposition", meldete er ordnungsgemäß an die Brücke.

Eigentlich hatte er lediglich eine Bestätigung erwartet, doch Benjamin Gaze meldete sich persönlich. „Deine Warteposition ist nicht korrekt", knurrte er ungehalten. „Verändere sie um die Koordinaten 35/17/25."

„Das ist doch nur ein lächerlicher Meter nach links", rief Danny ungläubig und verärgert.

„Ich werde dich nicht noch einmal dazu auffordern", gab Gaze bärbeißig zurück.

Danny presste die Zähne aufeinander, bis sie knirschten. „Wird gemacht", würgte er hervor und brachte sein Schiff in die geforderte Position, dieses Mal auf den Millimeter genau. Wütend starrte er auf die Anzeige, die stets aufleuchtete, wenn die Brücke der *Gambler-Circus* mit seinem Gleiter Kontakt aufnahm. Er hatte das alles so satt!

Wenig später begann die Show. Die künstlichen Asteroiden zogen sich, auf einen Steuerungsbefehl hin, der von der Brücke der *Gambler-Circus* ausging, so dicht zusammen, wie es möglich war, und begannen dabei intensiv zu leuchten. Gleich darauf stoben sie auch schon wieder auseinander und hinterließen helle Streifen aus Licht vor dem samtschwarzen All. Sie sollten eine Nova symbolisieren.

Er kannte die Geschichte, die Merwyn Gaze in diesem Augenblick zum Besten gab, nur zu gut. Die Nova war der Impuls für die Entstehung eines neuen Sternensystems, um das sich die weitere Erzählung rankte.

Er sah den Schiffen nicht nach, die als Erste die Warteposition verließen und auf das Showgebiet zustrebten. Für eine Weile blickte er nicht einmal auf die holografische Darstellung, sondern auf einen Bildschirm, der ihm eine unverzerrte Sicht nach draußen bot. Das Dunkel des Alls und die glitzernden Lichter der Sterne zogen seinen Blick auf magische Weise immer wieder auf sich, und obwohl er mitten im Weltraum schwebte, hatte er das Gefühl, weit, viel zu weit von all den Welten entfernt zu sein, die es da draußen zu finden gab.

Die erste Nummer ging schnell vorüber. Das Ballett, an dem auch seine Mutter teilnahm, folgte, und Merwyn Gaze wusste auch zu dieser Vorführung eine Geschichte zu erzählen. Das Ballett stellte die geheimnisvollen Wesen dar, die ein wundersames Artefakt in das System brachten und es dort sorgsam verbargen. Ihm folgte der Zweierflug von Allan Janis und seiner Frau Alexandra. Ihre Geschichte schilderte den Aufbruch der Helden, die auszogen, um das Artefakt zu suchen.

Kurz vor Ende ihres Fluges bekam Danny sein Zeichen von der Brücke. Jetzt war er selbst an der Reihe. Wie schon unzählige Male zuvor ließ er sein Schiff die *Gambler-Circus* umkreisen, sodass es bald direkt über dem Kuppelsaal stand, und verharrte dort kurz. Danach ging es weiter. Er näherte sich dem künstlichen Asteroidenfeld, und gemäß der Geschichte, die Merwyn Gaze dem Publikum erzählte, stieß er vorsichtig auf das Feld zu, zog sich wieder zurück und stieß erneut zu, so als könne er sich nicht entscheiden, welchen Weg er nehmen solle.

Tatsächlich hatte er seinen Kurs längst ausgemacht, und er verlor ihn auch nicht mehr aus den Augen, obwohl die Zuschauer nun eingriffen. Die Asteroiden fingen an, sich zu bewegen.

Das war sein Zeichen. Entschlossen ließ er seinen Gleiter in das Feld eintauchen. Fünf Minuten würde er von jetzt an benötigen, um das lang gestreckte Feld hinter sich zu bringen. So war es zumindest bei den meisten früheren Vorstellungen gewesen.

Die Zuschauer waren gut, oder vielleicht war es auch nur Zufall, auf jeden Fall gelang es ihnen, ihm seinen vorgeplanten Kurs zu verbauen. Er musste auf einen anderen ausweichen. Er tat es und dachte dabei an den Streifen hellen Lichts, den er hinter sich zurückließ. Eine spezielle Veränderung seines Antriebs sorgte dafür, dass auch seine Nummer zu einem aufsehenerregenden Spektakel wurde.

Mürrisch presste er die Lippen zusammen. Er schlug Bögen, flog Schleifen und erzeugte Muster, wich Asteroiden aus - ohne die geringste Mühe, ohne Hast und in vollkommener Routine.

Doch plötzlich änderte sich das Bild. Mehrere Zuschauer kamen zur gleichen Zeit auf die gleiche Idee. Nie zuvor hatte er eine derartig perfekte Synchronisation der Bewegungen der Asteroiden erlebt. Sie war natürlich nicht absichtlich geschehen, trotzdem war er mit einem Schlag hoch konzentriert und veränderte blitzartig den Kurs seines Gleiters, um der Barriere, die unerwartet von allen Seiten auf ihn zukam, zu entgehen. Er musste den Kurs von einem Sekundenbruchteil zum nächsten ändern, um den Gleiter zwischen den Asteroiden hindurchzuschlängeln, bevor sie ihn erreichen konnten. Jemand mit einem schlechteren Reaktionsvermögen hätte eine Kollision wohl nicht mehr vermeiden können.

Aber er konnte es!

Eine Welle der Euphorie stieg in ihm empor, schoss bis in seine Fingerspitzen und beschleunigte seinen Atem und seinen Puls, während sein Gleiter nur Zentimeter an drei künstlichen Felsbrocken vorbeischoss. Die Zuschauer konnten ihn nicht aufhalten. Niemand konnte das!

Die Enge, die noch direkt vor der Vorstellung seine Kehle und seinen Magen fest umschlungen gehalten hatte, zerriss plötzlich, und er fühlte sich mit einem Mal wie ein Pfeil, der von einem übermäßig lange gespannt gehaltenen Bogen endlich abgeschossen worden war und sich nun hoch in die Lüfte erhob. Heißes Blut pulste durch seine Adern, und seine Finger legten sich wie von selbst auf die Beschleunigungstaste. Das Vibrieren des Antriebs nahm zu, und der Gleiter machte einen Satz nach vorn. Gleichzeitig wich er mit einer eleganten Pirouette mehreren Asteroiden aus, obwohl er jetzt viel schneller war.

Ein brodelndes Feuer entflammte in seiner Körpermitte und trieb ihn an. Er wollte es wissen! Er wollte wissen, wie schnell er werden konnte! Zum Teufel mit den Regeln!

Er beschleunigte weiter, sein Kurs wurde enger, härter und führte ihn sehr viel dichter an die künstlichen Asteroiden heran, als dies sinnvoll gewesen wäre - jedenfalls, wenn er ein schlechterer Pilot gewesen wäre.

In seinen Ohren rauschte es, und seine Augen tauchten in die Holografie ein, so als wären sie ein Teil davon. Er erfasste alles, sah die Kurse, die ihm offen standen, wählte in Sekundenbruchteilen aus, und seine Finger setzten den Kurs um, kaum dass er sich für einen entschieden hatte. Der Gleiter erreichte seine Höchstgeschwindigkeit, die künstlichen Asteroiden rasten wie glimmende Sternentrümmer an ihm vorbei, und er ließ es sich nicht nehmen, auch weiterhin die Kurven und Schleifen seiner eigentlichen Show zu fliegen, obwohl er nun mehr als doppelt so schnell war wie zuvor. Da das Licht, das von seinen Triebwerken ausging, nur langsam verblasste, erzeugte er höchst komplexe, leuchtende Muster in der Schwärze des Weltraums. Heute bekamen die Leute für ihr Geld wirklich etwas zu sehen.

Als er mit seinem Gleiter schließlich aus dem Feld hervorstieß, jauchzte er vor Freude. Seine Wangen glühten, und jede einzelne Faser seines Körpers bebte. Endlich hatte er sich anstrengen müssen! Endlich hatte er keinen Spaziergang geflogen, sondern war gefordert worden. Die Geschwindigkeit und der schnelle Wechsel der Kursvektoren, der dadurch nötig wurde, waren völlig neu für ihn gewesen, und doch hatte er keinen einzigen Asteroiden berührt oder war auch nur in die Gefahr geraten, mit einem zu kollidieren. Janet hatte recht. Er war wirklich gut. Er war sogar besser, als er je geahnt hatte.

„Danny Sims, du wirst augenblicklich in den Hangar zurückkehren", klang übergangslos Benjamin Gazes Stimme auf.

Danny erwachte wie aus einem Traum und ging hastig seine sensorische Erinnerung durch. Benjamin Gaze hatte ihn schon mehrfach gerufen, doch er hatte es überhört. In der Ekstase des Fluges war keine einzige Aufforderung, langsamer zu werden, in seine Aufmerksamkeit vorgedrungen. Er hatte sich bewusst davor verschlossen.

Nun war seine Show vorbei, und er konnte sie nicht länger ignorieren, obwohl er am liebsten den Gleiter gewendet hätte, um das Asteroidenfeld gleich noch einmal zu durchqueren.

Als er Benjamin Gazes Befehl bestätigte, bemühte er sich um einen möglichst neutralen Tonfall. Natürlich war ihm klar, dass er die Grenze, die von Merwyn Gaze für alle Artisten des Zirkus gesteckt worden war, weit überschritten hatte. Manöver, wie er sie eben im Feld geflogen war, hätte der Direktor vermutlich nicht einmal im Training geduldet. Das bedeutete ohne jeden Zweifel Ärger für ihn.

Aber auch er selbst war zornig, und er bereute seine Handlung nicht. Zum ersten Mal hatte er das Gefühl uneingeschränkter Freiheit erfahren. Es berauschte ihn noch immer, und es war weder gerecht noch verständlich, dass man ihn so lange davon abgeschnitten hatte. Obwohl er bereits unzählige Stunden im All verbracht hatte, war das sein erster wahrer Flug gewesen. Siebzehn Jahre lang hatte man es ihm verwehrt, sich selbst kennenzulernen, und wenn er nicht aus eigenem Antrieb entschlossen hätte, sich jenseits der Grenzen zu begeben, wäre ihm ein so wichtiger, elementarer Teil seiner eigenen Persönlichkeit noch immer unbekannt. Das konnte und wollte er den Gebrüdern Gaze nicht so schnell verzeihen.

3. Kapitel

Da die meisten Schiffe noch im Raum schwebten, sah der Hangar der *Gambler-Circus* leer und verlassen aus, als Danny seinen Gleiter aus der Schleuse lenkte und ihn auf seinen angestammten Platz zusteuerte. Lediglich die Fluggeräte, die in den drei Nummern vor seinem Flug gebraucht worden waren, standen bereits wieder in der Halle, doch weder von den Artisten noch vom technischen Personal ließ sich jemand blicken. Dafür ragte Benjamin Gaze inmitten des Hangars wie ein tragender Stützpfeiler auf, starrte regungslos zu ihm herüber und warf im grellen Licht der Deckenscheinwerfer eine Vielzahl langer Schatten, die ihn wie eine düstere Korona auf allen Seiten umgaben.

Danny zog unwillkürlich den Kopf ein, bemühte sich aber, vorerst nicht zu ihm herüberzusehen, sondern sich ganz auf die Landung seines Gleiters zu konzentrieren. Leider war er derart routiniert darin, das kleine Fahrzeug durch den Hangar zu dirigieren und es auf seinem Platz sicher niedersinken zu lassen, dass er kaum mehr als einen Deut Aufmerksamkeit darauf verwenden musste. Es blieb ihm also noch genug Raum für andere Gedanken, und die waren alles andere als erfreulich.

Obwohl er seinen Zorn zu bewahren versuchte, nahm nun die Sorge überhand, und die Schlinge um seinen Hals und die Klammer um seinen Magen schlossen sich erneut fest zusammen, sogar noch enger als vor der Show. Dass Benjamin Gaze die Brücke verlassen hatte, zeigte überdeutlich an, wie ernst man seine kleine Eskapade nahm - und dass er am kürzeren Hebel saß.

Mit einem flauen Gefühl in der Magengegend stellte er den Gleiter ab, sicherte ihn und trennte seinen Raumanzug von den Lebenserhaltungssystemen des Raumschiffs. Als er zum Verschluss seines Helms griff, fasste er daneben, etwas, das ihm nicht mehr passiert war, seit er denken konnte. Erst im zweiten Anlauf gelang es ihm, den Helm zu öffnen und abzustreifen. Mit einer Hand hielt er ihn fest, während sich das Kanzeldach über ihm öffnete, und er ließ ihn auch nicht los, als er aus dem Cockpit kletterte.

Benjamin Gaze verfolgte jede seiner Bewegungen mit den Augen. Er fixierte ihn, als wäre er ein fremdartiges und potenziell gefährliches Objekt, das im Zielerfassungsscanner eines Geschützes aufgetaucht war. Danny hielt seinen Blick am Boden, schälte sich aus seinem Anzug und legte ihn zusammen mit dem Helm sorgsam neben dem Gleiter ab.

Die atemlose Stille im Hangar war ihm auf unangenehme Weise bewusst. Er wünschte, es wäre irgendein Laut zu hören, irgendetwas, das darauf hinwies, dass im Hangar trotz allem die üblichen Arbeiten stattfanden, aber nichts rührte sich. Nur das leise Knacken und Knistern, das vom langsam abkühlenden Triebwerk seines Gleiters ausging, brach die Stille. Trotzdem hatte er nicht das Gefühl, dass er und Benjamin Gaze allein waren, und als er sich wieder aufrichtete, sah er tatsächlich Janet Gedemer, die einige Dutzend Meter weit entfernt stand und halb von einer großen Kontrollkonsole verdeckt wurde. Als sie seinen Blick bemerkte, schüttelte sie mit einem indignierten Gesichtsausdruck den Kopf und verschwand gänzlich hinter dem Terminal.

Benjamin Gaze, ein wahrer Riese von einem Mann, sah schweigend auf ihn herab. In der hellen Beleuchtung des Hangars wirkte seine Gestalt noch wuchtiger und massiger, als sie es von Natur aus war. Sein dunkles, kurzes Haar, sein buschiger, schwarzer Vollbart und die ebenso dunklen Augenbrauen schienen das Licht einzufangen und nicht wieder hergeben zu wollen, lediglich seine hellbraunen Augen blitzten, als wäre in ihnen ein ultraheißes Triebwerk entzündet worden. Seine Brauen waren über der Nasenwurzel eng zusammengezogen, sodass eine steile Falte seine Stirn in der Vertikalen spaltete. Wäre er eine Maschine, hätte Danny jederzeit mit ihrer Explosion gerechnet, und tatsächlich grollte Gazes Stimme unheilvoll, als er ihn ansprach.

„Komm mit!"

Er wartete nicht darauf, ob Danny etwas erwidern wollte, sondern drehte sich um und ging zur Tür des Hangars hinüber. Danny folgte ihm hastig. Er musste sich beeilen, um mit den raumgreifenden Schritten des anderen mithalten zu können. Zum Glück konnte er außerhalb des Hangars sein Fly-Board benutzen. Damit fiel es ihm leichter, mit Benjamin Gaze auf einer Höhe zu bleiben, denn der stellvertretende Direktor war nicht geschickter im Umgang mit dem Fly-Board als er selbst.

Sie schwiegen, während sie durch die lang gestreckten Korridore der *Gambler-Circus* zum nächsten Lift schwebten. Niemand begegnete ihnen, und auch der Fahrstuhl, der sie alsbald aufnahm, war leer. Danny schluckte nervös, als sich das Schott hinter ihm und Benjamin Gaze schloss und er zusammen mit ihm der Kommandoebene des Schiffes entgegengetragen wurde.

Dort angekommen schwebten sie am großen Schott zur Brücke vorbei und gelangten gleich darauf in den Verwaltungstrakt der *Gambler-Circus*. Danny war noch nicht sehr häufig auf dieser Ebene gewesen, und er wünschte, dabei wäre es geblieben. Er hatte nicht das Bedürfnis danach, sich das Büro des Direktors anzusehen. Doch genau dort lag ihr Ziel. Benjamin Gaze bedeutete ihm mit einer harten, abrupten Geste, sein Fly-Board zu verstauen, und baute sich dicht hinter ihm auf, sodass ihm gar keine andere Wahl blieb, als in Merwyn Gazes geheiligte Räume einzutreten.

Ein kleiner, gemütlich wirkender Vorraum nahm sie auf. Vor einem breiten Terminal saß eine junge, schwarzhaarige Frau, die sich gerade mit einem gelangweilten Ausdruck im Gesicht durch ihre langen Locken strich. Ihr Name war Charleen. Sie war in Janets Alter und die jüngste Tochter des Direktors. Sie half ihm in der Verwaltung, während ihre drei Brüder und zwei Schwestern einen festen Platz in der Show gefunden hatten. Danny hatte stets geargwöhnt, dass sie freiwillig auf einen aktiven Posten in der Vorstellung verzichtet hatte, da die Verwaltung ihr eine Arbeit bot, in der sie sich nicht mit fast allen anderen Menschen auf der *Gambler-Circus* messen musste.

Als Charleen ihn und Benjamin Gaze eintreten sah, ließ sie die Hand sinken und warf ihm einen langen Blick zu. Ihre Lippen wurden schmal, die Pupillen ihrer Augen verengten sich, und ihre Augenbrauen wanderten ihre Stirn herauf, während sie sich auf ihrem Stuhl zurücklehnte und ihn von Kopf bis Fuß musterte. „Ich möchte jetzt nicht in deiner Haut stecken", sagte sie kühl.

Danny zuckte zusammen und spürte, wie der Knoten in seinem Magen härter wurde. Gleichzeitig begann es in ihm zu brodeln, und er verzögerte seine Schritte. Benjamin Gaze gab ihm jedoch nicht die Gelegenheit zu einer Antwort, sondern fasste ihn hart beim Arm und zog ihn energisch mit sich in das anschließende Büro. Als sich das Schott hinter ihnen geschlossen hatte, sah er ihn streng an.

„Du wartest hier! Merwyn wird mit dir sprechen wollen, sobald die Vorstellung vorbei ist."

„Die Vorstellung dauert noch über eine Stunde!", protestierte Danny.

„Du wirst warten", knurrte Benjamin Gaze eisig.

Danny entzog sich seinem Griff, trat einen Schritt zurück und verschränkte die Arme. „Schön!"

Benjamin Gaze wandte sich abrupt ab und verließ den Raum. Danny starrte ihm nach, und der heiße Zorn, der schon im Vorraum in ihm zu kochen begonnen hatte, quoll erneut in ihm hoch. Er ballte die Fäuste und fixierte das Schott, das sich längst hinter Benjamin Gaze geschlossen hatte. Wenn er jetzt noch einmal zurückkäme, würde er nicht zulassen, dass er ihn noch einmal wie einen Verbrecher behandelte.

Benjamin Gaze kam nicht zurück. Danny blieb allein, und nach einer Weile gab er seine starre Haltung auf und begann, im Büro des Direktors auf und ab zu wandern. Das Zimmer war groß genug, um ausreichend Platz dafür zu bieten, ein Luxus, den sich wohl nur der Direktor leisten konnte. Zwischen dem Schreibtisch, der den hinteren Teil des Büros einnahm und wie ein Bollwerk wirkte, so groß und massig ragte er vom Boden auf, und der Tür befanden sich mehrere Meter freier Raum. Ein königsblauer, weicher Teppich bedeckte den Boden und hob sich in schillerndem Kontrast von den einfarbigen, leicht beige getönten Wänden ab. Unzählige Holobilder schmückten die Wände. Sie zeigten Ausschnitte der Show, darunter auch einen Flug durch das Asteroidenfeld.

Danny stieß verächtlich Luft aus, als er an dem Bild vorbeikam, und schritt schnell weiter. Er ging gerade so weit, dass der Sensor des Schottes seine Bewegung nicht erfassen konnte, dann drehte er sich um, wanderte bis zum Schreibtisch und wechselte erneut die Richtung. Er war so gereizt wie ein gefangener Tiger in einem engen Käfig, doch mit der Zeit wurde er immer langsamer, und schließlich blieb er mitten im Raum stehen.

Nachdenklich ließ er seine Augen über die Bilder schweifen und fand wie von selbst das, das den Asteroidenkurs darstellte. Sein Blick fraß sich an ihm fest. Obwohl er es versuchte, konnte er ihn nicht wieder abwenden. Unwillkürlich tastete er mit der rechten Hand zu seinem Hals hinauf und zog am Kragen seiner Bordmontur. Sie war irgendwie enger als gewöhnlich. Leichter Schweiß trat ihm auf die Stirn. Mit einer fahrigen Geste wischte er ihn ab und schimpfte auf die Klimakontrolle im Büro. Merwyn Gaze mochte die Hitze mögen, ihm war sie unangenehm.

Seine Gedanken kreisten wild in seinem Kopf, schlugen Kapriolen, die seinen Manövern im Asteroidenfeld alle Ehre gemacht hätten, und schüttelten ihn durch, als wären sie kleine Gesteinsbrocken, die auf seinen Gleiter prallten. Er verschränkte die Finger seiner Hände ineinander und versuchte, die raunenden Stimmen in seinem Inneren zu ignorieren, die ihm die schlimmsten Strafen ausmalten, die der Direktor über ihn verhängen mochte. Es misslang ihm, und längst hatte er stärker zu zittern begonnen als vor seinem ersten Alleinflug im Weltraum. Merwyn Gaze konnte ihm alles nehmen.

Die Sekunden verstrichen quälend langsam. Er zählte sie mit, um sich abzulenken, doch er erreichte nicht mehr dabei, als dass ihm in jedem Augenblick genau bewusst war, wann die Vorstellung endete - und wann ihm die Konfrontation mit Merwyn Gaze drohte. Je näher der Zeitpunkt rückte, desto häufiger sah er zum Schott hinüber, und als die Show schließlich vorüber war, ließ er es überhaupt nicht mehr aus den Augen. Doch Merwyn Gaze kam nicht, jedenfalls jetzt noch nicht. Er ließ ihn weiter warten.

Bald begannen Danny die Augen zu tränen, da er kaum zu blinzeln wagte. Immer wieder zerrte er an seinem Kragen, ohne jedoch das Gefühl der Enge lindern zu können.

Als sich eine halbe Stunde später endlich das Schott öffnete, fuhr er erschrocken zusammen. Merwyn Gaze trat ein, und seine große, massige Gestalt, die die seines Bruders an Wuchtigkeit sogar noch übertraf, verdunkelte das hellere Licht des Vorraums. Sein dunkles Haar war leicht grau meliert, das einzige Anzeichen seiner fünfundfünfzig Lebensjahre. Er trug es sehr lang und hatte es im Nacken zu einem Zopf geflochten. Seine eisgrauen Augen leuchteten wie Fixsterne und warfen ihr kaltes Feuer auf Danny, während er sich mit der Macht einer Lawine ins Büro schob und allen Raum darin für sich zu beanspruchen schien.

Danny zog die Schultern ein und wich unwillkürlich einen Schritt zurück. „Sir?", fragte er mit schwankender Stimme und wünschte, Merwyn Gaze würde endlich stehen bleiben. Unsicher trat er noch zwei Schritte zurück, doch der Direktor folgte ihm.

„Was ist nur in dich gefahren, Danny?", dröhnte seine tiefe Stimme durch das Büro und erfasste ihn wie die Bugwelle eines Großkampfschiffs in der Atmosphäre der Erde. „Hast du vollständig den Verstand verloren? Du hast alle Regeln missachtet. Du hast dich und dein Schiff in Gefahr gebracht, und du hast die Vorstellung ruiniert!"

Danny spürte, wie eine feurige Lanze durch seinen Magen stach. Er blieb stehen und schalt sich noch in der gleichen Sekunde einen Narren. In dieser Situation auf der Stelle zu verweilen kam dem Versuch gleich, mit seinem kleinen Gleiter die Kollision mit einem überschweren Erzfrachter zu überstehen. Trotzdem stemmte er die Füße gegen den Boden und ballte die Fäuste. Er war schon so weit gegangen, dass es jetzt auch nicht mehr darauf ankam. Er mochte sich nicht länger ducken und die Zustände auf der *Gambler-Circus* als gegeben hinnehmen - nicht nach diesem Flug.

„Ich habe die Vorstellung *nicht* ruiniert! Ich habe lediglich gezeigt, was ich kann!"

Merwyn Gaze blieb dicht, sehr dicht, vor ihm stehen und funkelte von oben auf ihn herab. „Das siehst du falsch. Du hast gezeigt, was du *nicht* kannst. Du hast klare Anordnungen missachtet. Die Regeln waren dir bekannt, und trotzdem hast du sie gebrochen."

Danny ballte die Fäuste noch fester zusammen. „Ich weiß bis heute nicht, warum die Einschränkungen existieren!"

„Musst du einen Befehl erst verstehen, um ihn befolgen zu können?"

„Ja!"

„Falsch! Die Existenz einer Anordnung muss ausreichen, ansonsten bist du für die Show nicht geeignet. Dies ist mein Schiff und mein Zirkus. Du hast beides in Gefahr gebracht!"

„Das ist nicht wahr! Ich bin während des Fluges nicht einmal in die Nähe der *Gambler-Circus* gekommen!"

„Begreifst du denn noch immer nicht, was du getan hast?"

Danny atmete tief durch, sammelte seinen Mut und seinen Zorn - und blieb bei seiner Linie. „Ich bin nur etwas schneller als üblich geflogen."

Eine Bewegung lief wie eine Welle über Merwyn Gazes Gestalt. Sein Arm hob sich. Danny duckte sich erschrocken. Er war sicher, dass der Direktor ihn schlagen würde. Sein Magen verkrampfte sich bereits in Erwartung des Schmerzes, doch Merwyn Gaze versetzte ihm lediglich einen harten Stoß. Danny taumelte zurück, fing sich jedoch sofort wieder. Verbissen starrte er sein Gegenüber an.

Merwyn Gazes Gesicht verschloss sich plötzlich. „Du hast sehr viel mehr getan als das, junger Mann, und da du das nicht begreifst, bleibt mir keine Wahl. Ab sofort wirst du nicht mehr fliegen. Ich kann unter meinen Artisten niemanden gebrauchen, der meinen Anordnungen nicht Folge leisten kann."

Danny erstarrte. „Sir, ich ..."

„Wage es nicht, auch dieser Anordnung zu widersprechen! Du wirst dich morgen früh bei Janet Gedemer melden. Sie wird dich in die Wartung der Fahrzeuge einweisen. Und jetzt geh!"

„Aber ich ..."

„Geh mir aus den Augen!"

Hastig trat Danny den Rückzug an. Er schlug einen weiten Bogen um Merwyn Gaze, eilte zum Schott und sprang hindurch, als es sich vor ihm öffnete. Charleen Gaze warf ihm einen beredten Blick zu, doch er beachtete sie nicht. Er stürzte an ihr vorbei auf den Korridor und riss sein Fly-Board aus dem Fach. Aber statt es zu benutzen, behielt er es in der Hand und umklammerte es mit seinen Fingern so fest, dass sämtliche Knöchel weiß hervortraten. Langsam und wankend wie ein Schlafwandler setzte er sich in Bewegung und schlich den langen Gang zum Lift hinab. Er musste die Zähne mit Gewalt aufeinanderpressen, ansonsten hätte er laut geschrien. Die schlimmste aller Möglichkeiten war eingetreten. Er durfte nicht mehr fliegen!

Tiefer Schmerz zog ihm die Brust zusammen. Vor dem Flug hatte er sich eingeschnürt und beengt gefühlt, doch nun war ihm, als hätte ihm Merwyn Gaze das Herz aus dem Leib gerissen.

4. Kapitel

Nach dem Albtraum im Büro von Merwyn Gaze flüchtete Danny über die langen Korridore der *Gambler-Circus* und vermied es, die anzusehen, die ihm begegneten. Trotzdem hörte er ihr Getuschel, fühlte ihre Blicke in seinem Rücken und ahnte, was sie über ihn dachten. Sicher hatten sie längst damit gerechnet, dass er sich irgendwann einmal dazu hinreißen ließ, die Regeln zu brechen, und nun hatte er all jene, die in ihm einen rebellischen Störenfried sahen, in ihrer Meinung bestätigt. Dafür konnte er sich wirklich auf die Schulter klopfen.

Es drängte ihn danach, den Blicken der anderen zu entkommen, doch je näher er der Wohnung seiner Eltern kam, desto langsamer ging er. Es war, als müsste er gegen eine unsichtbare Strömung ankämpfen, die ihn immer wieder von der Wohnung fortzutragen drohte, und spätestens, als er das Schott vor sich sah, hätte er sich ihr nur zu gern ergeben. Die Konfrontation mit dem Direktor steckte ihm noch in jeder Faser seines Körpers, und er fühlte sich ganz und gar nicht dazu in der Lage, jetzt auch noch seiner Mutter gegenüberzutreten.

Der Gedanke daran, wie sich ihre Augen verändern würden, sobald ihn ihre Blicke an diesem Abend trafen, jagte ihm einen eiskalten Schauer über den Rücken, und er ballte in einer Mischung aus Verzweiflung und Wut die Hände zu Fäusten. Warum musste es so sein, dass seine Träume sie verletzten? Warum konnte sie ihn nicht verstehen?

Mit zitternden Händen verstaute er das Fly-Board und öffnete das Schott. Instinktiv zog er die Schultern ein und ging ein paar Schritte den Flur hinauf, geradewegs auf das Wohnzimmer zu, doch er war noch ein deutliches Stück davon entfernt, als er wieder innehielt. Wie von selbst glitt sein Blick zu der Tür, hinter der sein Zimmer lag. Früher hatte ihm nie viel daran gelegen, sich dort aufzuhalten, doch heute lockte es ihn. Wenn er sich einschloss, musste er das Gesicht seiner Mutter nicht sehen, nicht, bis sie sich wieder ein wenig beruhigt hatte. Falls sie sich wieder beruhigte.

Er biss sich auf die Lippen, bis sich ein metallischer Geschmack auf seine Zunge legte, gab sich einen Ruck und setzte sich wieder in Bewegung. Er war nicht feige. Er stand zu dem, was er getan hatte, und er würde es ihr erklären. Sie musste doch begreifen, dass das, was sie früher einmal erlebt haben mochte, mit ihm nichts zu tun hatte.

Er hatte noch keine zwei Schritte gemacht, als sich die Tür zum Wohnzimmer öffnete. Seine Mutter trat heraus. Als sie ihn bemerkte, blieb sie stehen, als sei sie gegen eine unsichtbare Barriere geprallt. Ihre Augen weiteten sich, und ihr ohnehin stets heller Teint wurde um mehrere Nuancen bleicher. Für drei, vier Sekunden starrte sie ihn regungslos an, und ein Zittern lief wie eine Bebenwelle über ihren Körper. Ihre schmale, zerbrechlich wirkende Gestalt zuckte so sehr zusammen, als müsste sie entzweibrechen, dann schoss sie plötzlich auf ihn zu, packte ihn mit beiden Händen an den Schultern und schüttelte ihn durch, so als wäre er eine kleine Katze, die von seinem Muttertier zurechtgewiesen wurde.

„Das hättest du nicht tun dürfen! Du hättest niemals so fliegen dürfen!"

Ihre Stimme schrillte in seinen Ohren, ihre Wangenknochen traten spitz unter ihrer blassen Haut hervor, und ihre Augen waren groß und glänzten unter nahen Tränen.

Danny schluckte hart. „Mom, bitte, hör mir zu! Ich kann dir erklären ..."

Seine Mutter schüttelte ihn weiter, und ihre Stimme wurde immer schriller und lauter. „Die anderen Menschen hassen uns! Sie haben uns immer gehasst, und jetzt hast du ihnen noch mehr Grund dazu gegeben. Warum hast du das nur getan? Warum?"

„Ich hatte gute Gründe, Mom, ich ..."

Sie hörte ihm überhaupt nicht zu. „Warum hast du das getan?", schrie sie immer wieder, wie ein defektes Speichergerät, das sich im Leerlauf drehte.

Ihre Finger gruben sich schmerzhaft in seine Schultern, doch er wagte es nicht, sich ihr zu entziehen. Stattdessen presste er die Zähne aufeinander, bis sich seine Kiefermuskeln verkrampften, und kämpfte verbissen darum, die Enttäuschung und den Zorn, die in ihm aufstiegen, unten zu halten. Sie reagierte viel schlimmer, als er erwartet hatte, und einem Teil von ihm tat es leid, ein anderer, stärkerer pulsierte jedoch vor Wut. Er versuchte stets, ihr gegenüber verständnisvoll zu sein, warum also konnte sie nicht ein einziges Mal das gleiche auch für ihn tun? Gerade jetzt hätte er ihr Mitgefühl und ihr Verständnis dringend gebrauchen können, stattdessen behandelte sie ihn wie einen Schwerverbrecher.

Deshalb schwieg er beharrlich, denn falls er den Mund aufmachte, würde er ebenfalls zu schreien beginnen, und das würde alles nur noch schlimmer machen. Die Situation war ohnehin schon verfahren genug.

Ganz plötzlich war sein Vater da. Von der Seite trat er zu ihnen heran. „Sherilyn, Sherilyn, es ist gut! Ich werde mit Danny reden."

Angespannt hielt Danny den Atem an. Er war sich nicht sicher, ob die ruhigen Worte seines Vaters zu ihr durchgedrungen waren. Sie machte den Eindruck, als könnte sie jeden Augenblick zusammenbrechen. Zutiefst bekümmert wandte er den Blick von ihr ab. Sie würde ihn nicht verstehen, nicht heute, nicht morgen - niemals.

Nur zögernd löste seine Mutter die Hände von seinen Schultern. Danny ließ langsam die Luft aus seinen Lungen entweichen, doch er sah sie noch immer nicht an, sondern hielt den Blick schweigend auf dem Boden. Auch seine Mutter sagte nichts mehr, und so war es schließlich sein Vater, der die Stille beendete. Er fasste Danny beim Arm und zog ihn sachte mit sich.

„Komm mit mir, Danny."

Er gehorchte sofort. Sein Vater führte ihn in sein Zimmer. Dort ließ er zu, dass sich Danny auf der Kante seines Bettes niederließ, zog sich selbst einen Stuhl heran und setzte sich ihm gegenüber.

Danny blickte nicht zu ihm auf. Seine Hände gruben sich in das Bettlaken, und er zitterte so heftig, dass er am liebsten sofort wieder aufgesprungen wäre. Noch immer war ihm zum Schreien zumute, doch er schwieg, krümmte sich zusammen und erwartete die Schelte, die ihm auch von seinem Vater unausweichlich schien.

Doch statt zu schimpfen, beugte sich sein Vater zu ihm vor und legte ihm eine Hand auf den Arm. „Was ist im Büro des Direktors vorgefallen? Ist Merwyn Gaze sehr hart mit dir umgesprungen?"

Danny sah ruckartig auf. „Ich darf nicht mehr fliegen! Gaze hat mich aus der Vorstellung geworfen!"

Wilde Gesten unterstrichen seine Worte, ohne jedoch sein Zittern zu mildern. Es durchzog von seinem tiefsten Inneren bis zu seinen Haarspitzen jede Faser seines Körpers. „Fliegen ist doch das Einzige, was mir wirklich etwas bedeutet", flüsterte er erstickt.

Sein Vater seufzte leise. „Das habe ich befürchtet. Merwyn Gaze kann unerbittlich durchgreifen, wenn es sein muss."

Wieder einmal brodelte der Trotz in Danny hoch, und in Gegenwart seines Vaters gab es keine Barriere, die ihn hätte zurückhalten können. „Ich habe nichts getan, was ein hartes Durchgreifen erfordert! Ich habe nur gezeigt, was ich kann."

„Das war nicht alles, was du getan hast. Du hast den Zuschauern mit deinem Flug auch gezeigt, was sie *nicht* können."

Verwirrt riss Danny die Augen auf. „*Das* soll mein Verbrechen gewesen sein?"

Sein Vater nickte stumm.

„Das begreife ich nicht! Was kann daran so schlimm sein? Die Leute kommen doch zu uns, um in unserer Show mit Kunststücken unterhalten zu werden, die sie selbst nicht zuwege bringen können!"

„Das ist nicht ganz richtig, Danny. Natürlich wollen sich die Zuschauer amüsieren, in dieser Hinsicht gebe ich dir recht, aber sie wollen sich auf gar keinen Fall unterlegen fühlen. Es hat ihnen keinen Spaß gemacht, dich zu beobachten, glaube mir."

Danny presste die Lippen aufeinander und schwieg.

„Ich kann dir ansehen, dass du mir nicht glaubst, aber ich werde es dir beweisen." Sein Vater stand auf, trat mit wenigen Schritten zum Schreibtisch, nahm die kleine Fernbedienung, die dort gelegen hatte, in die Hand und richtete sie auf den Bildschirm, der sich gegenüber dem Bett befand. „Ich werde dir eine der Aufzeichnungen vorspielen, die die Zuschauer während deines Auftritts zeigt. Sieh genau hin!"

Missmutig wandte sich Danny dem Schirm zu. Die Aufzeichnung lief bereits. Er sah und hörte, wie die Arbeiter der Minenkolonie auf seine Vorführung reagierten. Aus ihren Gesichtern schwand schlagartig alle Freude und Faszination und wich einem schockierten Unglauben. Das erstaunte Gemurmel wurde rasch von einer tiefgreifenden, grabesähnlichen Stille abgelöst. Es war, als hielten die Menschen in der Kuppel den Atem an.

Die Aufzeichnung endete. Sein Vater legte die Fernbedienung an ihren Platz zurück und schaute ihn ernst an. „Die Menschen im Zuschauerraum haben sofort erkannt, dass sie niemals eine Leistung erbringen könnten, die sich mit deinem Flug messen ließe."

Danny schnaubte verächtlich. „Das ist auch bei den üblichen Vorstellungen nicht anders. Die Leute würden kaum für etwas zahlen, das ihnen selbst leicht fällt. Ich dachte bisher, das wäre das Prinzip, auf dem die Existenz dieses Zirkus beruht."

„Das verstehst du falsch, mein Junge. Die Menschen kommen, um zu staunen, das ist wahr, aber eins ist sehr wichtig: Sie müssen das Gefühl haben, dass sie selbst durch Übung und völlige Hingabe an die Welt des Zirkus die gleichen Leistungen erreichen könnten. Das macht den Reiz für sie aus. Dein Flug ist jedoch für jeden normalen Menschen unerreichbar. Du hast sie daran erinnert, dass wir Gambler sind, und du hast ihnen vor Augen geführt, dass wir ihnen überlegen sind."

„Die Menschen wissen, dass wir Gambler sind, immerhin weist der Name unseres Schiffes sie ziemlich eindeutig darauf hin. Außerdem hast du selbst einmal gesagt, dass es eine bekannte Tatsache ist, dass wir uns in gewisser Hinsicht von der Mehrheit der Menschen unterscheiden. Trotzdem kommen sie zur *Gambler-Circus* und wollen uns sehen."

„Du begreifst es noch immer nicht, und ich kann dir keinen Vorwurf daraus machen. Du weißt nicht genug darüber."

Danny verschränkte die Arme vor der Brust. „Was nicht meine Schuld ist. Ich habe oft genug gefragt und nie eine Antwort bekommen."

„Ich weiß, und es tut mir leid. Mir ist klar, dass dir die Geheimniskrämerei auf der *Gambler-Circus* wie eine willkürliche Schikane vorkommen muss, aber das ist sie nicht. Vor vielen Jahren, lange vor deiner Geburt, als dieses Schiff gebaut wurde und sich abzeichnete, dass es für die Besatzung und ihre Familien zu einer neuen Heimat werden würde, trafen wir die Entscheidung, unsere Kinder von allem, was mit ihrer Herkunft als Gambler zusammenhing, so weit wie möglich abzuschirmen." Sein Vater seufzte. „Es war ein radikaler Einschnitt, und wir sind wahrhaftig nicht stolz darauf, aber es erschien uns damals als der einzige Weg, zukünftige Gambler-Generationen vor dem zu bewahren, was wir selbst durchgemacht hatten. Aus diesem Grund haben wir alle Daten über die Natur der Gambler, ihre historische Entwicklung und ihre Unterschiede zu anderen Menschen aus den Schiffsbibliotheken entfernt. Wir wollten unseren Kindern eine Oase schaffen, in der sie ohne Furcht vor Neid und Missgunst ihr Leben leben konnten."

Danny starrte seinen Vater ungläubig an. „Das klingt fast so, als seien wir auf allen Seiten von sabbernden Unholden umzingelt, die nur darauf warten, über uns herzufallen!" Er ballte die Fäuste. „Wenn das die herrschende Meinung über das Verhältnis zwischen Gamblern und den restlichen Menschen ist, wundert es mich nicht mehr, warum in den Medien niemals über die Gambler berichtet wird. Offenbar ist allein schon die Erwähnung unseres Namens so anrüchig, dass jeder den Kopf in den Sand steckt und so tut, als sähe er uns nicht!"

Sein Vater runzelte die Stirn, schien einen Moment zu überlegen und atmete dann tief durch. „Du irrst dich. In der Welt da draußen wird durchaus über uns geredet. Nur wirst du davon natürlich nichts mitbekommen, solange Merwyn Gazes bordinternes Filterprogramm alle Informationen aussiebt, die in irgendeiner Form mit den Gamblern zu tun haben."

Danny glaubte, sich verhört zu haben. „Das soll wohl ein Witz sein! All die Jahre habe ich gedacht, niemand würde sich für uns interessieren, nur um jetzt zu erfahren, dass ich die ganze Zeit von Merwyn Gaze *betrogen* worden bin! Gehört das etwa auch zu eurem großartigen *Kinderschutzprogramm*?"

Sein Vater nickte stumm, wich seinem flammenden Blick jedoch nicht aus.

Danny knirschte vor Wut mit den Zähnen, dann straffte er seine Gestalt. „Erzähl mir mehr über die Gambler", sagte er gepresst. „Wo wir herkommen. Wer wir sind. Ich habe mich lange genug zum Narren gemacht!"

Sein Vater rieb sich versonnen das Kinn, als suche er nach den richtigen Worten. „Im Grunde gibt es nicht viel zu erzählen. Der erste Gambler wurde vor etwa zweihundert Jahren geboren. Natürlich nannte man ihn damals noch nicht Gambler. Sein Name war Elias McRae, und er hat es wahrhaftig verstanden, sich unvergessen zu machen. Sein Leben lang hat er seine überlegenen Fähigkeiten genutzt, um Spiele zu spielen - und zu gewinnen. Er hat alle Turniere, die es im Bereich der virtuellen Spiele gab, in fulminanter, unvergleichlicher Weise für sich entschieden. Das hat ihm den Spitznamen Gambler eingebracht, und von ihm ist diese Bezeichnung auf alle Menschen übergegangen, die wie er sind. Das hat sich bis heute nicht geändert."

Danny schnitt eine Grimasse. „Wenn der Name auf diese Weise entstanden ist, ist er nicht gerade eine Auszeichnung für uns."

Und noch schlimmer war, dass die Gambler offenbar nichts dafür taten, sich einen anderen zu verdienen. Dazu musste er nur sein eigenes Leben als Beispiel nehmen. Zirkusartist zu sein, war nun wirklich keine besonders ernst zu nehmende Aufgabe. Für ihn jedenfalls nicht.

Sein Vater ignorierte seinen Einwurf. „Als Elias McRae geboren wurde und ihm weitere wie er folgten, hielt man sie zunächst für Einzelfälle, für eine skurrile, aber harmlose Laune der Natur. Niemand hat damit gerechnet, dass auf Dauer immer mehr Kinder mit dieser Mutation geboren werden würden. Trotzdem war es so. Es kamen noch viele Gambler zur Welt, und heute machen wir bereits zwei Prozent der Bevölkerung aus. Das ist, wenn man bedenkt, dass die Veränderung als eine rein zufällige Mutation angesehen wurde, sehr, sehr viel. Wir sind so viele, dass die anderen Menschen beunruhigt sind. Wir sind ihnen überlegen, und wir werden mehr. Vermutlich ist der Prozess eine natürliche Entwicklung."

„Wo liegt dann das Problem?"

„Das Problem ist, dass wir im Augenblick noch die Minderheit sind. Trotzdem könnten wir sehr viel erreichen, gerade weil unsere Fähigkeiten größer sind als die der Allgemeinheit. Das gefällt einer Menge Leute nicht. Sie fühlen sich im Konkurrenzkampf um Arbeit und Wohlstand zurückgedrängt, und das Traurige ist, dass sie zu Recht Angst haben. Wir sind ihnen gegenüber tatsächlich im Vorteil."

„Solange wir nichts anderes tun, als Bälle zu jonglieren, wird kaum jemand eine Bedrohung in uns sehen", gab Danny verärgert zurück.

„Genau darum geht es. Dieser Zirkus und ähnliche Einrichtungen haben den Zweck, die Kluft zwischen uns und den übrigen Menschen zu verringern. Deshalb achtet Merwyn Gaze so sorgsam darauf, dass kein Artist sein gesamtes Können ausschöpft. Wir legen uns diese Beschränkung auf, damit die Menschen denken, dass wir wie sie sind und dass sie wie wir sein könnten, wenn sie nur genug üben."

„Stimmt das denn?"

„Natürlich nicht, aber es ist besser, wenn sie es glauben."

Danny runzelte skeptisch die Stirn. „Ich habe nie erlebt, dass die Menschen gegen uns sind, trotzdem benehmen sich Merwyn Gaze, Mutter und auch du so, als hätte ich einen Feind auf uns aufmerksam gemacht."

„Du hast nie unter normalen Menschen gelebt, vergiss das nicht. Du bist auf der *Gambler-Circus* geboren worden und hier aufgewachsen. All die Jahre deines Lebens hast du stets nur Gambler um dich gehabt. Du kennst es einfach nicht anders."

„Aber wir sind doch keine Monster!" Danny schüttelte störrisch den Kopf. „Du redest immer wieder davon, dass wir den anderen Menschen überlegen sind, dass wir größere Fähigkeiten besitzen, aber ich kann mir nicht vorstellen, dass wir uns tatsächlich so stark von ihnen unterscheiden. Wir können etwas schneller fliegen, das ist alles!"

Sein Vater lachte kurz auf, aber es klang nicht fröhlich. „Das ist bei Weitem nicht alles. Wir können schneller reagieren, schneller denken, und jeder von uns besitzt ein eidetisches Gedächtnis. Nichts, was wir einmal gesehen haben, vergessen wir jemals wieder, und unsere Möglichkeiten, uns räumlich zurechtzufinden, sind so groß, dass ein gewöhnlicher Mensch sie nicht einmal annähernd erreichen könnte. Nimm dich selbst als Beispiel. Würdest du einen Weg, den du einmal gegangen bist, je wieder vergessen?"

„Nein."

„Könntest du ihn auch wieder gehen, wenn du die Augen geschlossen hast?"

„Sicher."

„Jeder Gambler ist dazu in der Lage. Solange man uns nicht in eine Kiste steckt, in der jegliche Reize der Außenwelt ausgeschaltet sind, formt sich stets ein Bild in unserer Vorstellung, das uns so klar wie eine Karte erkennen lässt, wo wir uns befinden und welchen Einfluss eine Richtungsänderung auf das Ziel einer Bewegung hat."

Danny zuckte mit den Achseln. „Daran ist nichts Besonderes."

„Das glaubst du, weil es für dich selbstverständlich ist. Die übrigen Menschen wären da anderer Meinung."

„Selbst wenn das der Fall ist, macht es kaum einen Unterschied."

„Das stimmt nicht. Mit unseren Fähigkeiten sind wir jedem Menschen als Pilot weit überlegen, und auch in anderen Berufen sind unsere Vorteile enorm."

Danny schwieg, die Lippen aufeinander gepresst.

Sein Vater schüttelte den Kopf. „Du kannst dir das alles nicht vorstellen, weil du keinen Vergleich hast. Du bist stets nur gegen andere Gambler geflogen, deshalb denkst du, bei dem, was du tust, wäre nichts Ungewöhnliches. Aber unsere Überlegenheit ist in einigen Bereichen so groß, dass sie den Leuten unheimlich ist. Sie fürchten sich vor uns."

„Das kann ich nicht glauben!"

„Wirst du es glauben, wenn die Zuschauerzahlen zurückgehen? Wirst du es glauben, wenn der Zirkus Drohungen erhält?"

Verblüfft riss Danny die Augen auf. „Drohungen?"

Sein Vater nickte ernst. „Ich habe so etwas bereits erlebt. Manche Menschen reagieren auf diese Weise, wenn sie sich uns unterlegen fühlen. Kurz vor deiner Geburt hatten wir einmal eine Bombendrohung."

Danny erschrak. „War sie ernst gemeint?"

„Das war sie. Zum Glück haben wir die Bombe gefunden." Er lächelte verhalten. „Es ist nicht leicht, etwas vor einem Gambler zu verstecken, immerhin kennt jeder von uns jeden einzelnen Winkel dieses Schiffs.

Dennoch hätte es damals schlimm ausgehen können. Das ist auch der Grund dafür, warum dich Merwyn Gaze von weiteren Vorstellungen ausgeschlossen hat."

„Aber das ist nicht fair! Ich habe von alldem nichts gewusst."

„Ich weiß. Es ist nicht deine Schuld. Ich hätte dich schon längst aufklären sollen."

„Ich hätte die Regeln sicher nicht gebrochen, wenn ich über ihre Hintergründe Bescheid gewusst hätte", rief Danny erbost.

„Bis du dir da ganz sicher, mein Junge?"

„Ja, natürlich, ich ..." Danny brach ab und senkte den Kopf. „Nein."

Sein Verlangen, die Ketten zu sprengen, wäre zu groß gewesen. Das Wissen über die angebliche Überlegenheit der Gambler, das für ihn ohnehin rein hypothetischer Natur war, hätte weder an seinen Gefühlen etwas ändern noch ihn zurückhalten können.

„Wann werde ich wieder fliegen dürfen?", fragte er nach einer Weile bedrückt.

Sein Vater zuckte mit den Schultern. „Ich weiß es nicht. Am besten wird sein, du wartest ab, bis sich die Situation wieder entspannt hat." Er zögerte. „Wenn du möchtest, kann ich versuchen, mit Merwyn Gaze zu reden."

Danny fuhr auf. „Nein, das ist allein meine Sache. Ich will für mich selbst sprechen."

„Ich verstehe. Offen gesagt könnte ich ohnehin nur wenig für dich tun, Danny. Merwyn Gaze hat die alleinige Befehlsgewalt über die *Gambler-Circus*, und ich kenne ihn gut genug, um zu wissen, dass er vorerst keinen Deut von seiner Entscheidung abweichen wird. Ich fürchte, du wirst für geraume Zeit kein Steuer mehr in der Hand halten."

Danny spürte, wie sich sein Magen zu einem harten, unnachgiebigen Knoten verschlang. „Wie lange?"

„Das ist schwer zu sagen. Vielleicht beruhigt sich die Lage in ein bis zwei Wochen wieder."

„Glaubst du daran?"

Sein Vater seufzte. „Nein."

Verbissen presste Danny die Lippen zusammen. Er tat es auch nicht.

5. Kapitel

Der Fahrstuhl summte leise, während er an den unzähligen Stockwerken der Erdorbitalstation vorbeizog. Auf viele Menschen wirkte das Geräusch beruhigend, so hatte es sich Captain Elaine Wilding zumindest sagen lassen. Für sie war es ein Zeichen von Zeit, Zeit, die sie ungenutzt verstreichen lassen musste.

Ungeduldig trat sie in der kleinen Kabine von einem Fuß auf den anderen und begann schließlich, nervös auf und ab zu wandern. Sie war froh, dass sie den Lift heute für sich allein hatte. Es hätte auf ihre Untergebenen vermutlich einen etwas befremdlichen Eindruck gemacht, wenn sie sie dabei hätten beobachten können, wie sie zappelig wie ein Kind, das auf die Weihnachtsbescherung wartete, im Fahrstuhl herummarschierte.

Mit gerunzelter Stirn hielt Elaine inne und warf den Wänden der Kabine einen missbilligenden Blick zu. Sie standen viel zu eng beieinander, sperrten sie auf einer winzigen Fläche ein, die keinen Raum für den Bewegungsdrang ließ, den sie stets verspürte, besonders in einer Stunde wie dieser, nach einem langen, ermüdenden Morgen, den sie ausschließlich in ihrem Büro hatte verbringen müssen, um ihren Verwaltungspflichten nachzukommen. Wie viel schöner war es doch, durch die endlosen Korridore der Station zu streifen, hier und da nach dem Rechten zu sehen, das geschäftige Treiben zu genießen und, wann immer es sich einrichten ließ, persönlich mit den Leitern der Abteilungen zu sprechen, von denen sie für gewöhnlich lediglich die Berichte zu sehen bekam, die sich auf ihrem Schreibtisch auftürmten.

Auch heute lag noch ein ansehnlicher Stapel dort, aber als sich die Anzeige des Chronometers 16.00 genähert hatte, hatte sie nichts mehr in ihrem Büro halten können. Die übrigen Berichte hatte sie ihrem Adjutanten Ian Fellmer zur Durchsicht dagelassen und sich anschließend auf den Weg gemacht. 16.00 war ihre Stunde, die, für die allein es sich lohnte, Captain der Erdorbitalstation zu sein.

Jeden Tag suchte sie zu dieser Zeit die große Funkleitzentrale der Station auf und beobachtete die Frachttransporter, die militärischen Kreuzer, die Passagierschiffe und all die anderen Raumgefährte, die an der Erdorbitalstation andockten oder, sofern ihre Größe das zuließ, in sie einflogen. 16.00 war der Beginn der nachmittäglichen Stoßzeit, und sie zog es vor, die Abwicklung der Kopplungsmanöver selbst zu überwachen. Was nicht bedeuten sollte, dass sie an ihrer Kommandocrew zweifelte. Sie verfügte über einen fähigen Stab, auf den sie sich verlassen konnte, aber welchen besseren Grund hätte es für sie geben können, ihrem Büro zu entkommen, als die Kontrolle über die Hauptverkehrszeit der Erdorbitalstation zu übernehmen?

Als der Lift langsamer wurde und das Summen abschwoll, stahl sich ein Lächeln auf ihre Lippen, und es wuchs in die Breite, als die Schotten vor ihr zurückwichen und den Blick auf die Funkleitzentrale freigaben. Gedämpftes, bläuliches Licht vermischte sich mit dem grellen Schein der Deckenleuchten im Lift und umschmeichelte sie, das unterschwellige Vibrieren aktivierter Maschinen erfüllte die Luft, und Stimmen mischten sich leise mit dem Knistern beanspruchten Materials und den verschiedenen Signaltönen, die an Bord der Erdorbitalstation üblich waren.

Elaine beeilte sich, die Kabine des Lifts zu verlassen, und als sich die Schotten hinter ihr schlossen, blieb auch das helle Licht zurück. Die Funkleitzentrale mit ihrer eigenen, verzaubert anmutenden Atmosphäre nahm sie auf. Sie war riesig, eine gewaltige Kuppel im Herzen der Station, und ihre Lage wurde ihrer Bedeutung gerecht. Ohne die Funkleitzentrale wäre die Abwicklung der mehreren tausend Kopplungsmanöver, die Tag für Tag an den Docks der Station stattfanden, nicht denkbar, ganz zu schweigen von der Koordination der Anflüge. Rings um die Funkleitzentrale saßen zweihundert Fluglotsen in ihren kleinen, gläsernen Kabinen, starrten auf ihre Holoschirme, wiesen den ankommenden Schiffen Flugrouten durch das System zu, schickten Leitstrahlen für massige Frachter aus und gaben Hilfestellung für die Andockmanöver der kleineren Schiffe.

Anders als die anderen Menschen an Bord der Station arbeiteten die Lotsen nicht in vier Schichten a sechs Stunden, sondern in acht Schichten zu je drei Stunden. Nur so konnten sie die enorme Aufmerksamkeit und Konzentration, die nötig waren, um den Verkehr rings um die Erdorbitalstation sicher zu leiten, aufrechterhalten.

Elaine ließ es sich nicht nehmen, das Rund der Funkleitzentrale einmal komplett abzuschreiten und zu jedem einzelnen der Lotsen in die Kabine zu blicken. Befriedigt stellte sie fest, wie professionell und geschickt ein jeder von ihnen seiner Arbeit nachkam. Im Grunde sollte sie ihr Geschick allerdings nicht wundern, da nur die besten Männer und Frauen die Chance erhielten, auf der Erdorbitalstation Lotse zu werden. Sie wurden auf der Erdakademie in einem speziellen Ausbildungszweig auf ihre kommende Aufgabe vorbereitet, nachdem sie harte Prüfungen, die ihre Eignung zeigen sollten, durchlaufen hatten, und auch am Ende der Schulung wurde erneut ein erheblicher Prozentsatz von ihnen ausgesiebt. Wer nicht bestand, war immer noch gut genug, um auf einem Raumschiff zu dienen, doch nur die besten von ihnen durften in der Funkleitzentrale der Erdorbitalstation ihre Arbeit verrichten.

Auch für die anderen wichtigen Posten auf der Station galten ähnlich strenge Auswahlkriterien, vor allem für die Kommandocrew. Sie wurde direkt von der Admiralität bestimmt, die wiederum dem Regierungsrat untergeordnet war. Dieser Rat bestand aus Vertretern der Erde und aller Kolonien, die dort gleichberechtigt ihre Stimmen abgeben konnten, und wurde grundsätzlich bei allen wichtigen Entscheidungen einberufen.

So gesehen war Elaine Teil einer riesigen Institution, der eine noch größere übergeordnet war, nur ein Mensch, der sich gegenüber der Gesamtheit des militärischen und politischen Apparats unbedeutend ausnahm, und doch besaß sie eine Stellung, die sie weit aus der Masse heraushob.

Bereits seit drei Jahren war sie Captain der Erdorbitalstation. Als sie den Posten übernommen hatte, war sie gerade einmal 40 Jahre alt gewesen und damit einer der jüngsten Menschen, die seit Bestehen der Station auf ihr das Kommando geführt hatten. Sie war stolz darauf, so oft sie sich in der Funkleitzentrale umsah und durch den Anblick der Lotsen daran erinnert wurde, wie hart ihr eigener Weg in diese Position gewesen war. Und noch stärker füllte pure Freude ihr Herz.

Captain dieser gewaltigen, erhabenen Station zu sein, war ihr Lebenstraum gewesen, seit sie denken konnte. Schon als kleines Mädchen hatte sie nachts mit täglich neu entflammter Spannung zur Station, die als glänzender Stern am Firmament stand, hochgeschaut und sich geschworen, eines Tages auf ihr zu leben. Allein deshalb hatte sie sich als noch junge Frau an der Erdakademie eingeschrieben, und wann immer ihr Zweifel gekommen oder ihr die Anforderungen der Ausbildung als unerfüllbar erschienen waren, hatte sie zum Himmel emporgeblickt und aus dem Anblick der Station neue Kraft geschöpft.

Und letztlich hatte sie ihr Ziel erreicht. Nachdem sie nur fünf Jahre lang verschiedene Raumschiffe geführt hatte, war sie zum Captain der Erdorbitalstation bestimmt worden. Das war mit Sicherheit der glücklichste Tag ihres Lebens gewesen. Ihr lag nichts am Dienst auf den Schiffen der Flotte, die ihr, trotz ihrer oft imposanten Ausmaße, zu klein und zu begrenzt waren. Die Station besaß ein ganz anderes Kaliber. Hier fühlte sie sich wohl wie nie, dies war ihr Terrain, und sie beherrschte es sicher.

Nachdem sie ihren Rundgang abgeschlossen hatte, betrat Elaine über mehrere Stufen das wuchtige Podest, das einen Großteil des Raums ausfüllte. Auf ihm befand sich ein weiterer Kreis blinkender und piepender Kontrollpulte, aber sie waren nicht wie die der Lotsen der Wand zugewandt, sondern wiesen zum Zentrum des Raumes hin, zum Kernstück der Funkleitzentrale, der großen, kugelförmigen Holografie. Mit ihren über zwanzig Metern Durchmesser bot sie einen Ehrfurcht gebietenden Anblick, der jedem, der sie zum ersten Mal sah, einen Laut ungläubigen Staunens entlockte, und auch Elaine erlag immer wieder ihrer abstrakten Faszination.

Die Holografie stellte das Sonnensystem komplett nach. Die Planeten und ihre Bahnen fanden sich als rote Punkte und gleichfarbige Ellipsen ebenso darin wieder wie die Hauptraumschiffsrouten, die als gelbe Linien quer durch die Kugel liefen. Kleine grüne und rote Markierungen kennzeichneten die Positionen der Schiffe im System, und da diese sich ständig änderten, war die Holografie von stetigem, pulsierendem Leben erfüllt. Vor allem in den Ballungsgebieten wie der Erdorbitalstation, der Erde oder den Stationen auf den anderen Planeten des Sonnensystems herrschte immenser Betrieb. Elaine kam es so vor, als trippelten Horden von Ameisen, deren Rücken mit leuchtenden Punkten versehen worden waren, vor den Eingängen zu ihrem Bau wild durcheinander.

Für eine Weile gab sie sich der Anziehungskraft der Holografie hin, anschließend wandte sie sich ihrem Kommandosessel zu. Links und rechts davon erkannte sie im sanft schimmernden Licht der holografischen Kugel vertraute Gesichter und lächelte freundlich. Sie kannte alle höheren Offiziere der Erdorbitalstation, aber der Commander und der Lieutenant, die heute an den Pulten neben ihrem Sitz Platz genommen hatten, waren ihr die liebsten von allen.

Commander Benton Morley war in ihrem Alter und fungierte als ihr Verbindungsoffizier zu den Schiffen oder den anderen Sektionen der Station, mit denen sie Kontakt aufnehmen wollte. Lieutenant Tom Aston, der mit seinen 25 Jahren noch ziemlich jung für einen Offizier seines Ranges war, war ihr Ortungsexperte. Beide waren ausgesprochen zuverlässig, fähig und ehrgeizig, und sie galten als ein eingespieltes Team, eine Vertrautheit, die sich in vielen gemeinsamen Schichten, die sie in der Funkleitzentrale Dienst getan hatten, herausgebildet hatte. Elaine hätte sie nicht missen wollen und hoffte, dass ihr beide noch für eine Weile erhalten blieben, bevor sie befördert wurden und nach anderen Posten strebten.

Lieutenant Aston sah nur kurz zu ihr auf und konzentrierte sich sofort wieder auf seine Kontrollen, als sie zu ihnen trat, Commander Morley erhob sich, grüßte und erstattete ihr Bericht.

„Der zivile Verkehr bewegt sich in den üblichen Bahnen, Captain. Das Aufkommen entspricht dem Durchschnitt, und es gab keine besonderen Vorkommnisse. Eine Ausnahme bildet der Konvoi von *Brightlight,* aber die Lotsen haben auch das im Griff."

„Wo steht der Konvoi im Augenblick?"

Commander Morley beugte sich über sein Pult, tippte einige Tasten, und mehrere Marker im Inneren der Holografie begannen heller zu leuchten und zu blinken. „Das sind die ersten zehn Schiffe des Konvois. Ihr Einsprungpunkt befindet sich auf Route 12 auf Höhe der Marsbahn. Zehn weitere Schiffe werden noch erwartet. Sie springen im Abstand von 15 Minuten in das System ein."

Elaine nickte zufrieden. Der zeitliche Abstand war großzügig bemessen und überschritt sogar die dafür vorgesehenen Sicherheitsbestimmungen. Mit diesem Konvoi würde es sicher keine Probleme geben.

„Wie weit sind die Startvorbereitungen der *Arrow-Wing*?“, fragte sie weiter.

„Sie sind so gut wie abgeschlossen. Sie können den Countdown mitverfolgen, Captain.“

Elaine trat hinter Benton Morleys Sessel. Der Commander hatte sich wieder gesetzt und rief ihr auf seinem zentralen Bildschirm die Innenansicht des Hangars auf, in dem das Kampfgeschwader *Arrow-Wing* stationiert war. Zwischen den gewaltigen Aufbauten nahm sich das Flaggschiff *Arrow* wie eine kleine Fliege aus, die kopfüber an einer Wand hing.

„Verbinden Sie mich mit Captain Stockard, Commander.“

„Aye, Captain.“

Die Innenansicht des Hangars verschwand und machte dem Blick auf die Brücke der *Arrow* Platz. Captain Hal Stockard, ein drahtiger, erfahrener Offizier, nickte ihr grüßend zu. „Mein Flaggschiff ist zum Ausschleusen bereit, Captain Wilding. Sobald ich die Bestätigung der anderen Schiffe habe, werden wir starten.“

„Einverstanden, Captain Stockard.“

Er deutete ein Lächeln an. „Wünschen Sie uns Glück, Captain Wilding.“

Elaine lachte verhalten. „Glück? Ich glaube nicht, dass Sie das brauchen werden. Sie haben eine gute Crew und ein ebenso gutes Geschwader. Es dürfte für Sie also kein Problem sein, ein paar Felsbrocken aus dem Weg zu räumen.“

„Sie haben natürlich recht, Captain. Meine Leute freuen sich schon auf den Einsatz. Die heutige Mission ist weitaus wichtiger als die Patrouillen, die wir üblicherweise fliegen.“

Elaine nickte. Captain Stockard hatte recht. Auf der Höhe der Jupiterbahn waren vor Kurzem ein paar Asteroiden gemeldet worden, die auf eine der Raumschiffsrouten zudrifteten. Wenn sie dort den Schiffen, die sich mit hoher Geschwindigkeit der Erde näherten oder auf ihre Absprungpunkte zuschossen, in den Weg gerieten, konnte das katastrophale Folgen haben.

In der Geschichte der Raumfahrt der Erde waren derartige Kollisionen mehr als einmal der Grund für hohe Verluste gewesen, und das galt es in Zukunft unbedingt zu vermeiden. Gegenüber einer Patrouille war das tatsächlich eine ernst zu nehmende Aufgabe, da auf den routinemäßigen Flügen, die die Schiffe der Erdorbitalstation täglich durch das System unternahmen, noch nie Schwierigkeiten aufgetreten waren. Es gab im näheren und auch weiteren Umkreis der Erde und ihrer Kolonien keine anderen Völker und damit auch nichts, worauf das Militär ein besonderes Auge hätte haben müssen.

Dennoch hatten die Entscheidungsträger im Regierungsrat bisher davon abgesehen, die Macht der Admiralität zu beschneiden und ihre Gelder in vermeintlich sinnvollere gesellschaftliche Bereiche zu investieren, was zwangsläufig zu einer Reduzierung der Flottenstärke und einem Abbau des militärischen Personals geführt hätte.

Elaine hoffte, dass auch in Zukunft die besonneneren Köpfe innerhalb der Politik die Oberhand behielten, denn das Weltall war tief und weitgehend unerforscht. Trotz der bereits vierhundert Jahre währenden Raumfahrt kannten die Menschen lediglich einen verschwindend kleinen Teil der Milchstraße. *Longway*, die jüngste und am weitesten draußen liegende Kolonie, war gerade einmal knappe 36 Lichtjahre entfernt, und der Durchmesser des Bereichs, den die Pionierschiffe der Erde erforscht hatten, konnte noch sehr bequem mit einer zweistelligen Zahl ausgedrückt werden.

Was jenseits davon lag, war vollständig unbekannt, und es war nicht auszuschließen, dass sich von dort einmal etwas der Erde und ihren Kolonien nähern konnte, was sich als Gefahr herausstellte. Auf eine solche Möglichkeit mussten sie, um der zivilen Bevölkerung willen, vorbereitet sein, und nur eine schlagkräftige Flotte konnte im Zweifelsfall ausreichend Schutz gewähren.

Der Start der *Arrow-Wing* lenkte Elaine von ihren düsteren Gedanken ab. Das Flaggschiff flog zuerst aus dem Hangar aus, dichtauf folgten vier weitere Kreuzer, die der *Arrow* bis zur kleinsten Schraube hin glichen. Dahinter schoben sich die zehn kleineren Schiffe des Geschwaders, die wegen ihrer eigenwilligen Form im Flottenjargon als *Bottles* bezeichnet wurden, aus der Station.

Die *Bottles* kamen mit 55 Meter Länge nur auf das halbe Ausmaß der Kreuzer und mit 30 Mann war ihre Besatzung nur ein Drittel so groß. Auch ihre Feuerkraft war geringer, doch dieser Nachteil wurde durch ihre größere Beweglichkeit und ihr besseres Beschleunigungsvermögen mehr als wettgemacht.

Zusammen bildeten die fünfzehn Schiffe eine schnelle, gut ausgerüstete Einheit, und Elaine hatte höchstpersönlich dafür gesorgt, dass die Mannschaften in Form waren. In regelmäßigen Abständen hielt sie Übungen für alle Sektionen der Station ab, und das schloss die Jägerpiloten und die Besatzungen der Kampfschiffe ebenso ein wie die Crew der Funkleitzentrale oder der Gefechtsstände der Erdorbitalstation.

Doch obwohl der Sinn der Manöver von allen eingesehen wurde, würde es den Männern und Frauen der *Arrow-Wing* sicher gut tun, einen Einsatz zu fliegen, der endlich einmal ein konkretes Ziel besaß. Die Gelegenheiten dazu waren viel zu selten.

In der Nähe der Erdorbitalstation nahm die *Arrow-Wing* zunächst eine einfache Formation ein. Wie Perlen auf einer Schnur reihten sich die Schiffe hintereinander auf, erst als der vorgeschriebene Sicherheitsabstand erreicht war, brachte Hal Stockard sein Geschwader in eine pfeilförmige Formation, die von seinem Flaggschiff angeführt wurde. Die Schiffe beschleunigten und rasten der Jupiterbahn entgegen.

Während Elaine ihren Kurs in der Holografie verfolgte, dankte sie im Stillen dem Erfinder der Anti-Dilatationsgeneratoren. Jedes Schiff war heutzutage mit diesen Maschinen ebenso selbstverständlich ausgestattet wie mit Andruckabsorbern und künstlicher Schwerkraft. Es hatte Zeiten gegeben, in denen das anders gewesen war, und das hatte angesichts der hohen Geschwindigkeiten, mit denen sich die Schiffe durch den Raum bewegten, zu nicht unerheblichen Problemen geführt, die sich vor allem in der Kommunikation niederschlugen. Wie könnte man auch mit einem Schiff sprechen, auf dem die Zeit langsamer verging als auf der Gegenstation, wie etwa der Erde oder der Erdorbitalstation?

Über derartige Schwierigkeiten musste man sich heute zum Glück keine Gedanken mehr machen. Die Zeitverschiebungseffekte wurden durch die Generatoren vollständig aufgehoben, und der überlichtschnelle Funk sorgte dafür, dass auch die Entfernungen zwischen Sender und Empfänger kein Hindernis für einen flüssigen Kontakt darstellten.

Während die *Arrow-Wing* auf das Zielgebiet zustrebte, lief Elaine vor der Holografie auf und ab. Ihren Sessel ignorierte sie wie gewöhnlich. Nach ihrem Empfinden hatte sie heute ohnehin bereits genug gesessen und genoss die Freiheit, die die riesige Funkleitzentrale ihr bot. Erst als die Schiffe den Asteroiden bereits sehr nahe gekommen waren, blieb sie erneut hinter Benton Morleys Sessel stehen.

„Schalten Sie die Holografie auf das Zielgebiet der *Arrow-Wing* um, Commander Morley, Durchmesser eine Astronomische Einheit um das Flaggschiff."

„Aye, aye, Captain. Ich generiere das Bild aus den Daten der Sensorphalanx der *Arrow*."

„Lieutenant Aston, Sie behalten von Ihrer Station aus das gesamte System im Auge. Informieren Sie mich, falls sich etwas Ungewöhnliches tun sollte."

„Aye, Captain."

Elaine trat an den Konsolen vorbei an das Geländer, das die Holografie von allen Seiten umgab, legte die Hände auf den kühlen Handlauf und beugte sich leicht vor. Die Ansicht im Inneren der Kugel hatte sich bereits geändert. Bunte Markierungen kennzeichneten die Felsbrocken, und in ihrer Nähe glommen die Lichter der Raumschiffe in kräftigen Farben vor dem schwarzen Samt des Alls. Commander Morley hatte sie gesondert hervorgehoben, damit sie sie gut erkennen konnte.

„Öffnen Sie erneut den Kanal zu Captain Stockard", wies sie ihn an.

„Sie möchten sich offenbar kein Detail unseres Einsatzes entgehen lassen", klang nur einen Moment später Captain Stockards Stimme durch die Funkleitzentrale.

„Sie haben es erfasst, Captain", gab Elaine schmunzelnd zurück. „Ich hoffe, meine Neugier macht Sie nicht nervös."

Hal Stockard lachte. „Im Gegenteil. Genießen Sie die Show."

„Das werde ich."

Nichts hätte sie davon abhalten können. Mit ungeteilter Aufmerksamkeit verfolgte sie die Manöver der *Arrow-Wing* mit. Das Flaggschiff überließ den *Bottles* den ersten Schuss. Sie stießen in zwei Reihen vor, zogen sich auseinander und pulverisierten mehrere kleine Felsbrocken, die den eigentlichen Asteroiden vorgelagert waren. Danach zogen sie sich zurück und machten Platz für die Kreuzer, die nacheinander die größeren Ziele angriffen. Unter den schillernden Energiebahnen zerstoben die scharfkantigen Felsen zu ungefährlichen Staubpartikeln, die sogleich in alle Richtungen des Systems davon drifteten.

Elaine war zufrieden. Die Schüsse saßen gut im Ziel, und Hal Stockard sorgte dafür, dass jede Crew einmal zum Zug kam. Der Eifer, mit dem die Soldaten zu Werke gingen, war selbst über die große Entfernung hinweg zu spüren, und es schien, als zahlten sich die regelmäßigen Manöver aus. Das Zusammenspiel der Besatzungen klappte ausgezeichnet, wie sie über den offenen Funkkanal mitverfolgen konnte.

Die kleine Asteroidenansammlung war beinahe gänzlich aufgelöst, als Lieutenant Aston nach ihr rief. „Captain, ich denke, Sie sollten sich die Daten ansehen, die gerade über Relaisstation Jupiter 45 hereingekommen sind."

Elaine riss sich sofort von der Holografie los, eilte mit schnellen Schritten zu Tom Aston und stellte sich hinter ihn. Ihr fiel auf, dass er ungewöhnlich ernst wirkte. Meist lag ein Lächeln oder zumindest doch ein freundlicher Ausdruck auf seinem jungen Gesicht, nicht so in diesem Augenblick. Zwei tiefe, sorgenvolle Falten hatten sich in seine hohe Stirn eingegraben.

„Was haben Sie entdeckt, Lieutenant?"

Tom Aston holte ein paar Daten auf den Schirm und vergrößerte sie, sodass auch sie sie bequem ablesen konnte. „Auf der Höhe der Relaisstation ist ein Einsprung ins System erfolgt, aber es ist keines unserer Schiffe, auch kein ziviler Transporter oder irgendetwas anderes, was von der Erde stammen könnte. Vermutlich ist es nicht einmal ein Raumschiff, und wenn doch, haben wir möglicherweise ein echtes Problem. Was auch immer aus dem Hyperraum gefallen ist, besitzt einen Durchmesser von circa vier Kilometern."

„Das ist so groß wie diese Station!", entfuhr es Elaine verblüfft.

„Das unbekannte Objekt ist sogar noch größer, Captain. Die Erdorbitalstation ist flach, der Eindringling besitzt hingegen Kugelform."

„Haben Sie eine Ahnung, worum es sich handeln könnte?"

„Nein, die Daten sind unvollständig, und die, die ich hereinbekommen kann, ergeben keinen Sinn. Vom Volumen her ist das Objekt um ein Vielfaches gewaltiger als die Erdorbitalstation, aber seine Masse scheint deutlich geringer zu sein. Ich kann mir keinen Reim darauf machen, und alle wichtigen Parameter, wie etwa Energieortung, Strukturerfassung oder Antriebsfeldscan liefern keine klaren Daten. Die Werte sind ungenau, so als könnten die Scanner das Objekt nicht richtig erfassen. Vielleicht liegt es hinter einem Tarnschild oder einem schützenden Energiefeld."

„Welchen Kurs hat es eingeschlagen?"

„Es fliegt Richtung Erde."

Elaine sog scharf Luft ein. „Sind Sie sicher, Lieutenant?"

„Ja, Captain, am Ziel des Objekts besteht keinerlei Zweifel. Es bewegt sich außerhalb der Standardrouten und nähert sich direkt der Erde."

„Kreuzt es die Anflug- und Abflugkorridore der Planeten?"

„Ja, Route 2, 12 und 24 sind betroffen."

„Danke, Lieutenant. Behalten Sie den Eindringling im Auge."

„Aye, aye, Captain."

Elaine wandte sich bereits Benton Morley zu. „Commander, teilen Sie den Lotsen, die für die entsprechenden Routen zuständig sind, mit, dass sie sie räumen sollen. Ich möchte nicht, dass irgendwelche zivilen Schiffe in die Nähe dieses *Dinges* kommen. Lassen Sie auch die angrenzenden Routen sperren."

Der Commander führte ihren Befehl aus, danach sah er sie fragend an. „Glauben Sie, dass Gefahr besteht, Captain?"

„Ich bin mir nicht sicher, aber wir können es uns nicht leisten, auch nur das geringste Risiko einzugehen. Es ist wichtig, dass wir umgehend herausfinden, womit wir es zu tun haben. Lieutenant Aston, welche Schiffe stehen dem Eindringling am nächsten?"

„Die *Arrow-Wing*, Captain. Ihre Scanner sind leistungsfähiger als die der Relaisstation. Wenn sie noch etwas dichter an das Phänomen herangehen, können sie sicherlich eine genauere Analyse liefern."

Elaine nickte ihm zu und nahm gleichzeitig Kontakt mit dem Flaggschiff der *Arrow-Wing* auf. „Captain Stockard, Ihr Einsatz wird abgebrochen. Ihr neuer Auftrag lautet, das Objekt, das auf Höhe von Relaisstation Jupiter 45 ins System gesprungen ist, zu untersuchen. Haben Sie es bereits bemerkt?"

„Ja, Captain Wilding. Wir bekommen eine klare Ortung herein. Was auch immer da draußen ist, ist verdammt groß."

„Gehen Sie näher heran und versuchen Sie, einen Allroundscan durchzuführen. Jedes Quäntchen Information, das Sie gewinnen können, könnte sich später als nützlich herausstellen."

„Die *Arrow-Wing* geht auf Abfangkurs."

„Eins noch: Riskieren Sie nichts, Captain Stockard. Seien Sie vorsichtig und nähern Sie sich dem fremden Objekt nicht geradlinig. Falls es mit intelligentem Leben bemannt ist, könnte es eine solche Handlungsweise als feindseligen Akt betrachten."

Hal Stockard stieß hörbar Luft aus. „Wenn das ein Raumschiff ist ..."

Er ließ den Rest offen, aber Elaine verstand ihn auch so gut genug. „Ziehen Sie diese Möglichkeit in Betracht und programmieren Sie einen entsprechenden Ausweichkurs. Seien Sie auf alles gefasst."

Hal Stockard lachte rau. „Ich verstehe. David soll Goliath nicht unnötig reizen. Da bleibt mir nur zu hoffen, dass er nicht bereits zornig ist."

„Es ist Ihre Aufgabe, das herauszufinden", erwiderte Elaine.

„Ich bringe die *Arrow-Wing* auf einen tangentialen Annäherungskurs, Captain Wilding. Das Rendezvous wird in fünfzehn Minuten erfolgen, den hochauflösenden Scan kann meine Crew bereits in sieben Minuten durchführen."

„Gut. Lassen Sie den Kanal ständig offen. Ich möchte mitverfolgen können, wie sich die Lage bei Ihnen entwickelt."

„Aye, Captain."

Elaine wandte sich an Commander Morley. „Sorgen Sie dafür, dass sich ein zweites Geschwader zum Start bereit macht und so schnell wie möglich die Erdorbitalstation verlässt. Außerdem sollen vier Jägerstaffeln in den Einsatz gehen. Machen Sie allen Beteiligten klar, dass wir noch nicht wissen, worum es sich bei dem Eindringling handelt, und benachrichtigen Sie auch die Erde. Die Admiralität muss erfahren, was sich hier abspielt."

Benton Morley machte sich sofort an seine Aufgabe. Elaine sah sich kurz in der Funkleitzentrale um. Einige Lotsen waren in ihren Kabinen unruhig geworden. Sie sah es an ihrer starren Körperhaltung, und manche von ihnen blickten sogar nervös zu ihr herüber. Unter anderen Umständen hätte sie sie für ein derartig grobes Nachlassen ihrer Aufmerksamkeit gerügt, doch das Eindringen des Fremden machte ihre Reaktion nur allzu verständlich.

Ihr selbst klopfte das Herz bis in den Hals, und in ihren Ohren rauschte es. Ihre Hände waren versucht, über ihre hochgesteckten, langen Haare zu streichen, so wie sie es stets tat, wenn sie nervös wurde, aber sie unterdrückte die Geste mit Gewalt. Die Lotsen und natürlich auch Commander Morley und Lieutenant Aston kannten sie gut genug, um ihre Unsicherheit aus einer derartigen Handlung ablesen zu können, und das hätte ihre eigene Sorge noch verstärkt. Das durfte sie nicht zulassen.

Entschlossen stemmte sie die Hände in die Seiten. Sie musste um jeden Preis Ruhe bewahren, auch wenn es schwer war angesichts des Ungeheuerlichen, das sich von Höhe der Jupiterbahn her der Erde näherte. Tom Aston hatte keinen Zweifel daran gelassen, dass es ins System gesprungen war, aber sie konnte sich kein Sprungschiff vorstellen, das ein Ausmaß von vier Kilometern besaß. Die Menschheit war technisch noch Lichtjahre davon entfernt, Energien zu meistern, die für einen derartigen Sprung nötig gewesen wären. Andererseits hatte der Lieutenant gemeldet, dass das Objekt kaum Masse besaß. Folglich war der Sprung vielleicht nicht so energiezehrend gewesen, wie das Volumen des Eindringlings es vermuten ließ. Doch wie man es auch drehte und wendete, bedrohlich war das fremde Objekt allemal, und sie hatte kein gutes Gefühl bei der Sache.

„Captain Stockard", rief sie, als ihre Ungeduld und Nervosität unbezwingbar wurden. „Wie weit sind Sie mit der Analyse?"

„Der Scan ist nahezu abgeschlossen, Captain Wilding. In zwanzig Sekunden erhalten Sie das komplette Ergebnis. Ich werde es an die Station Ihres Ortungsoffiziers übertragen."

„Tun Sie das."

In Gedanken zählte sie mit, dann sah sie Lieutenant Aston über die Schulter. Eine geballte Datenflut raste über seine Schirme, doch er griff ein, verlangsamte, filterte und strukturierte sie, sodass sich in kürzester Zeit ein sinnvolles Gesamtbild herausformte. Elaine kannte niemanden, der so schnell dazu in der Lage war wie der junge Lieutenant.

„Es ist kein Schiff, so wie wir es kennen, Captain", berichtete Tom Aston und schaffte es, seine Emotionen weitgehend aus seiner Stimme herauszuhalten. „Der Eindringling ist kein massiver Körper, sondern besteht aus circa zwei Millionen Einzelwesen. Sie bewegen sich im Inneren einer Kugel, die durch ein starkes Energiefeld gebildet wird. Dieses Feld hat die Sensoren der Relaisstation gestört, erst die besseren Filter der *Arrow-Wing* konnten es durchdringen."

Elaine krallte die Finger um die Lehne von Lieutenant Astons Sitz. „Wie groß sind die Wesen?"

„Sie scheinen etwa faustgroß zu sein, und soweit ich das anhand der Daten beurteilen kann, besitzen sie keine feste Form, sondern sind amöboid. Aber das ist auch schon alles, was ich dazu sagen kann."

„Wie konnten sie einen Sprung ausführen?"

„Ich weiß es nicht. Die Scans haben keinerlei Technik innerhalb des Schwarms erfasst."

„Das kann ich bestätigen", mischte sich Hal Stockard ein. „So etwas Seltsames habe ich mein Lebtag noch nicht gesehen!"

„Das gilt für uns alle, Captain", gab Elaine mit fester Stimme zurück. Sie durfte nicht zulassen, dass sich ihre Offiziere zu sehr von ihrer

Faszination einfangen ließen. „Der Schwarm stellt eine potenzielle Bedrohung dar. Versuchen Sie, mit ihm Kontakt aufzunehmen."

„Aber wie? Diese Wesen werden kaum einen Empfänger oder einen Sender besitzen."

„Das ist nicht sicher", erwiderte Elaine energisch. „Der Schwarm konnte einen Raumsprung vollführen, also muss er über Eigenschaften verfügen, die einer hoch entwickelten Technologie gleichwertig sind. Seien Sie kreativ, Captain Stockard. Funken Sie auf allen Frequenzen, benutzen sie die Standardsprache, unterschiedliche Codes und von mir aus auch das Morsealphabet. Wenn das alles nichts hilft, können Sie auch Ihre Geschütze verwenden, um alphanumerische Codefolgen zu signalisieren, aber ich will eine Reaktion von dem Schwarm, und ich will sie bald!"

Ein Blick auf die Holografie, die längst wieder das gesamte Sonnensystem umfasste, genügte, um ihr die Bedrohlichkeit der Situation aufzuzeigen. Der Schwarm näherte sich unaufhaltsam der Erde.

„Ich beginne mit den Sendungen", erklärte der Captain des Flaggschiffs gleich darauf.

Elaine hielt angespannt die Luft an.

„Bisher keine Reaktion ...", murmelte Stockard. Es klang, als rede er mit sich selbst.

Elaine schritt zu ihrem Pult und betrachtete über einen ihrer Schirme die Lage auf der Brücke der *Arrow*. Ein Ruf aus dem Hintergrund ließ sie genauso wie Captain Stockard zusammenfahren.

„Der Schwarm sendet ein Signal", meldete der Funkoffizier der *Arrow*.

Elaine beugte sich tiefer über den Sichtschirm. „Ist es codiert? Welchen Inhalt besitzt es?"

Captain Stockard gab ihre Fragen weiter und wiederholte die Antworten für sie. „Der Schwarm hat ohne Zweifel reagiert, aber nicht so, wie ich es gehofft habe. Das Signal war nicht an uns gerichtet, sondern besaß einen überlichtschnellen Impuls. Einen Inhalt konnte mein Funker nicht feststellen, aber er ist davon überzeugt, dass das Signal stark genug war, um über viele Lichtjahre hinweg eine genaue Ortung seines Ursprungs zuzulassen. Wer auch immer es auffängt, kann die Position des Schwarms und damit auch die des Sonnensystems erfahren."

Elaine presste die Zähne aufeinander. „Das gefällt mir nicht."

Hal Stockard machte ein ernstes Gesicht. „Mir auch nicht. Es scheint, als hätte der Schwarm seiner Heimatwelt die Entdeckung der Erde gemeldet und Unterstützung angefordert. Es fragt sich nur, wofür."

„Ist er immer noch auf Kurs zur Erde?", fragte Elaine Tom Aston.

„Ja, Captain. Wenn sich seine Geschwindigkeit nicht verändert, wird er die oberen Atmosphärenschichten in weniger als zwanzig Minuten erreichen."

Elaine schüttelte grimmig den Kopf. Das würde sie nicht zulassen. „Captain Stockard, senden Sie ein Ultimatum an den Schwarm. Fordern Sie ihn auf, innerhalb der nächsten fünf Minuten den Kurs zu ändern oder auf Nullgeschwindigkeit zu gehen."

„Aye, Captain. Und was soll ich tun, wenn ich erneut keine Reaktion erhalte?"

Plötzlich stand Elaine im Zentrum aller Aufmerksamkeit. Hal Stockards Augen brannten sich selbst über den Bildschirm in die ihren, und auch Benton Morley und Tom Aston musterten sie angespannt und besorgt. Elaine holte tief Luft. Ihr war die Tragweite der Entscheidung, die sie treffen musste, durchaus bewusst, doch sie zögerte keine Sekunde lang. Sie hatte sich ihren Posten ausgesucht, und sie liebte ihn auch in Momenten wie diesem.

„Wenn der Schwarm das Ultimatum ignoriert, eröffnen Sie das Feuer!"

Hal Stockard nickte leicht und warf einen kurzen Blick dorthin, wo sich auf seinen Kontrollen der Ortungsbildschirm befand. „Dafür werde ich Unterstützung benötigen."

„Die bekommen Sie. Ein zweites Geschwader und vier Jägerstaffeln sind bereits auf dem Weg zu Ihnen. Außerdem werde ich eine Nachricht an die Erde durchgeben und die Empfehlung aussprechen, einige Staffeln der Atmosphärengleiter in Alarmbereitschaft zu versetzen."

„Das ist eine gute Idee" entgegnete Captain Stockard. „Ich beginne jetzt mit der Sendung."

Elaine lauschte mit einem Ohr auf seine Stimme, mit dem anderen hörte sie Benton Morley zu, der sich bereits mit der Oberkommandantur der atmosphärengebundenen Streitkräfte in Verbindung gesetzt hatte.

„Zehn Staffeln werden in Kürze starten", meldete er ihr unmittelbar darauf.

„Danke, Commander." Damit war sie eine Sorge los. Auf der Erde teilte man offenbar ihre Bedenken. Das war beruhigend. Weniger beruhigend war die Stetigkeit, mit der der Schwarm auf die Erde zuhielt.

„Ich bekomme keine Antwort", brach Captain Stockard das Schweigen, nachdem die Zeit des Ultimatums verstrichen war.

Elaine ballte die Hände zu Fäusten. „Lassen Sie Ihre Schiffe nach eigenem Ermessen feuern!"

„Aye, aye, Captain."

Die *Arrow-Wing* löste sich nur Sekunden später aus ihrer tangentialen Annäherung und ging auf einen direkten Abfangkurs. Die *Arrow* eilte den anderen Schiffen voraus und ließ die erste Salve auf das Schirmfeld niedergehen.

„Unsere Waffen zeigen keine Wirkung", meldete Hal Stockard. „Das Feld schluckt die Energie der Strahlen. Aber das war nur ein Warnschuss. Im nächsten Anflug werden wir schwerere Geschütze auffahren!"

Er ließ seinen Worten Taten folgen, aber der Effekt blieb der gleiche.

Elaine hörte den Captain der *Arrow* leise fluchen. „Das habe ich noch nie erlebt. Der Schild schluckt selbst konzentriertes Punktfeuer, als würden wir mit Wasserpistolen schießen! Mit den Energien, die wir auf seiner Oberfläche freisetzen, könnte ich mein Schiff bis nach *Longway* katapultieren!"

„Versuchen Sie es weiter, Captain, und beziehen Sie auch die anderen Schiffe Ihrer Staffel mit in den Angriff ein", wies Elaine ihn an.

Er setzte ihren Befehl sofort um. Die fünfzehn Schiffe der *Arrow-Wing* eröffneten gemeinsam das Feuer und zielten dabei auf so eng begrenzte Abschnitte des Schildes, dass sich die Wirkungsbereiche ihrer Waffen überschnitten und ihre Wucht sich potenzierte. Doch der Schild schwankte nicht einmal. Ein stetiges, enervierendes Schillern ging von ihm aus, das wogte und waberte wie die bunten Schlieren auf einer Seifenblase.

„Wir schaffen es nicht", rief Captain Stockard schrill.

Elaine warf einen Blick auf die Holografie. „Das andere Geschwader und die Jägerstaffeln sind gleich bei Ihnen. Setzen Sie den Angriff gemeinsam fort."

Nur zwei Minuten später erfolgte das Rendezvous. Der Raum um den Schwarm wurde trotz seiner Größe eng. Konzentriert starrte Elaine auf die Holografie, behielt mit einem Auge gleichzeitig den Schirm im Blick, der ihr die Brücke der *Arrow* zeigte, und lauschte auf die Audiokanäle, die Commander Morley zu den anderen Einheiten geöffnet hatte. Aber auch ihre vereinten Kräfte führten nicht zum Erfolg.

„Wir können den Schwarm nicht aufhalten, Captain", rief Hal Stockard. Sein Gesicht zeigte eine Mischung aus Wut, Furcht und Hilflosigkeit.

„Sie müssen es", gab Elaine schroff zurück. „Der Schwarm ist nur noch sechs Minuten von der Atmosphäre der Erde entfernt!"

„Das ist mir bewusst, aber ..."

Ein Schrei, der über einen der Audiokanäle hereinkam, unterbrach Hal Stockard abrupt. Elaine fuhr erschrocken zu Commander Morley herum.

„Was ist passiert?"

„Ein Jäger hat die Kontrolle verloren. Er rast direkt auf das Energiefeld des Schwarms zu!"

„Wie konnte das geschehen?"

„Ich fürchte, einer seiner Kameraden hat ihn mit einem Streifschuss erwischt."

Elaine fluchte heftig, trat zum Geländer, legte die Hände darauf und starrte angespannt in die Holografie. „Komm schon, Junge, zieh hoch, dann schaffst du es", flüsterte sie.

Aber der Jägerpilot schaffte es nicht. Elaine zuckte zusammen, als das kleine Raumschiff den Schirm berührte, und erwartete in der gleichen Sekunde die Verlustmeldung. Doch nichts geschah.

„Captain, der Jäger konnte den Schild durchdringen!“, rief Lieutenant Aston atemlos.

„Ich sehe es“, erwiderte sie. Das Raumschiff bewegte sich frei innerhalb des Schwarms, schoss wild um sich, und zum ersten Mal zeigten seine Strahlen Wirkung. Aber nur etwa dreißig Sekunden, nachdem der Jäger in den Schwarm eingetaucht war, stellte er plötzlich das Feuer ein.

Elaine warf Benton Morley einen fragenden Blick zu. „Der Staffelführer meldet, dass er den Kontakt zu dem Jägerpiloten verloren hat“, erklärte dieser.

Elaine unterdrückte ein zorniges Knurren, dann wandte sie sich der Sichtsprechverbindung mit der *Arrow* zu. „Der Jäger hat uns soeben die verwundbare Stelle der Wesen aufgezeigt, Captain Stockard. Führen Sie Ihr Schiff in den Schwarm und versuchen Sie, ihn von innen heraus zu vernichten!“

„Aye, aye Captain“, bestätigte Hal Stockard sofort, obwohl sein Gesicht um eine Nuance bleicher wurde.

„Seien Sie auf der Hut“, riet Elaine ihm. „Der Jägerpilot ist nicht mehr in der Lage, sein Schiff zu steuern oder zu schießen. Das könnte an dem Defekt liegen, den der Streifschuss verursacht hat, es wäre aber auch denkbar, dass der Schwarm dafür verantwortlich ist.“

Captain Stockard nickte nur, seine Worte galten bereits seiner Kommandocrew. Sie bereiteten den Anflug in den Schwarm vor.

Elaine biss sich auf die Unterlippe, bis sie Blut schmeckte. Die Zeit wurde allmählich knapp. „Viel Glück“, flüsterte sie kaum hörbar. Jetzt konnte er es wahrlich gebrauchen!

Die *Arrow* näherte sich dem Schirmfeld im spitzen Winkel. Elaine hielt den Atem an. Falls das Feld das Schiff nicht so wie den Jäger passieren ließ, würde es an ihm zerschellen, denn bei der hohen Geschwindigkeit wäre ein tödlicher Aufprall unausweichlich.

Irgendjemand schrie leise auf, als die *Arrow* das Energiefeld berührte. Elaine wusste nicht, wer es gewesen war, vielleicht Lieutenant Aston, aber wenn sie ehrlich war, hätte der erschrockene Laut auch ebenso gut von ihr selbst stammen können.

„Wir sind im Schwarm!“, meldete Hal Stockard, und seine Worte klangen klar und deutlich auf. Auch die Sichtverbindung war tadellos. Wie auch immer das Energiefeld beschaffen war, es störte die Kommunikation nicht im Mindesten.

Doch ein Grund zum Aufatmen war das noch lange nicht. Die *Arrow* schoss aus allen Rohren und riss Tausende, vielleicht sogar Zehntausende der Wesen in den Tod, aber es waren viel zu viele, als dass das eine allzu große Wirkung gezeigt hätte.

„Es sind so verdammt viele“, knurrte auch Captain Stockard. Sein Gesicht war noch immer bleich.

Plötzlich klangen Schreie im Hintergrund der Brücke der *Arrow* auf. Captain Stockard fuhr herum und sprach mit einem jungen Offizier, der offensichtlich kurz davor stand, die Fassung zu verlieren.

„Wie ist Ihre Lage?“, fragte Elaine, als der Captain sich ihr wieder zuwandte.

„Nicht gut. Die Wesen sind in die *Arrow* eingedrungen und greifen meine Crew an!“

„Wie ist das möglich?“

„Ich habe nicht die geringste Ahnung. Sie tauchen aus dem Nichts auf. So wie es scheint, können sie massives Metall ungehindert durchdringen. Entschuldigen Sie mich, Captain Wilding.“ Seine nächsten Worte richtete er an seine Mannschaft. „Achtung, Eindringlingsalarm! Jeder bleibt auf seinem Posten, aber bewaffnet euch und achtet auf die Amöboiden. Schießt sie ab, wenn sie euch zu nahe kommen!“

Plötzlich sah Elaine einen Schemen durchs Bild huschen. Er war so schnell, dass man ihn kaum erkennen konnte, aber der satte Laut, mit dem er sich auf einen Mann der Brückencrew heftete, ging ihr durch Mark und Bein. Der Mann riss entsetzt die Augen auf und sackte in die Knie. Nur eine Sekunde später fiel er lang hin und blieb regungslos liegen. Hal Stockard sprang sofort zu ihm hin, drehte ihn auf den Rücken und tastete nach seinem Puls. Auf der Stirn des Mannes klebte eine weißliche Masse, die übelkeitserregend zuckte und waberte.

Gleich darauf richtete sich Hal Stockard wieder auf, schwankte für eine Sekunde und wich hastig von dem Befallenen zurück. Mit starrem Gesicht sah er zu ihr hin. „Er ist tot, Captain Wilding. Diese elenden Biester töten meine Crew!“

Auch aus anderen Abteilungen des Schiffes wurden die ersten Toten gemeldet, gleichzeitig drangen neue Schemen in die Zentrale ein. Trotzdem fragte Captain Stockard nicht, ob er den Einsatz abbrechen sollte, und auch Elaine schwieg. Sie konnte ihm nicht den Rückzug befehlen. Sein Schiff vernichtete noch immer in jeder Sekunde Tausende der Wesen. Im Moment war es ihre einzige Chance, sie zu stoppen, und da sich die Amöboiden inzwischen als eine tödliche Bedrohung herausgestellt hatten, war es wichtiger als je zuvor, sie von der Erde fernzuhalten.

Auf der Brücke der *Arrow* brach das Chaos aus. Schüsse peitschten durch den Raum und verschmorten Kontrolltafeln und Schaltpulte, Menschen schrien und suchten Deckung, und zwischen ihnen huschten die weißen Schemen wie Irrwische hin und her. Keine zwei Minuten später hatten sie mehr als die Hälfte der Brückencrew getötet, und immer mehr von ihnen fielen. Die bizarren Wesen waren zu schnell, als dass die verängstigten Männer und Frauen sie mit den plumpen Strahlenwaffen hätten erwischen können. Hal Stockard stand direkt im Erfassungsbereich der Kamera, als ein Amöboid ihn traf. Er klatschte ihm wie ein nasser Lappen auf die Stirn, und im gleichen Moment weiteten sich seine Augen so sehr, als wollten sie ihm aus den Höhlen quellen. Ein erstickter Laut kam über seine Lippen, sein Blick brach, und er sackte leblos zu Boden.

Elaine eilte zu ihrem Pult, gab den Kommandocode ein, der ihr den Zugang zu allen Sensoren der *Arrow* ermöglichte, und rief die Daten ab. Nur eine Sekunde später wandte sie sich steif von ihrem Schirm ab.

„Sie sind alle tot", presste sie mühsam hervor. Für einen Moment rang sie um ihre Beherrschung, dann fasste sie sich wieder. „Commander Morley, melden Sie der Erde sofort die höchste Alarmstufe. Wir werden von feindlichen Aliens angegriffen!"

„Der Schwarm hat die Atmosphäre fast erreicht", sagte Lieutenant Aston mit dünner Stimme.

Elaine hatte es bereits selbst gesehen und wollte eben einen weiteren Befehl erteilen, als plötzlich das Schirmfeld zusammenbrach. Der Schwarm floss auseinander, verlor seine kugelförmige Gestalt und drang wie ein heftiger Regenschauer in die Atmosphäre ein.

„Die Amöboiden zerstreuen sich", rief Tom Aston.

„Die Jäger sollen ihnen folgen und sie abschießen!"

„Die Gleiterstaffeln, die von der Erdoberfläche aus starten, sind unterwegs, um die Wesen abzufangen", erklärte Benton Morley.

„Halten Sie mich auf dem Laufenden, Commander."

„Aye, aye, Captain."

Sekunden vergingen in tiefem Schweigen, dann meldete sich erneut Benton Morley zu Wort. „Die Jäger und die Gleiter verfolgen die Amöboiden, haben aber ernste Probleme. Die Wesen sind zu klein für die Zielerfassungsscanner, und ihre Struktur behindert ein sicheres Anvisieren ebenfalls."

„Wie hoch ist die Trefferquote?"

„Kaum 25 %."

„Das ist zu wenig. Viele der Wesen werden bis zur Erde durchkommen, und dann ..."

Sie unterbrach sich. Die erschrockenen Blicke ihrer Offiziere zeigten ihr, dass sie längst begriffen hatten, was geschehen würde.

Ihre düstere Ahnung bestätigte sich. Nur wenige Minuten später erreichten die ersten Schreckensmeldungen die Station. Amöboide waren über verschiedenen Städten der Erde aufgetaucht, und wo immer das geschah, starben gleich darauf Menschen. Erst waren es nur einzelne, gleich darauf bereits Dutzende, und nur wenig später stieg die Zahl der

Opfer weit über die Hundertergrenze hinaus. Und noch immer waren große Teile des Schwarms in der Atmosphäre unterwegs.

Erschüttert ließ sich Elaine in ihren Sessel fallen. Ihre Hände umklammerten die Lehnen so fest, dass ihre Knöchel weiß hervortraten. Mit starrer Miene verfolgte sie das Gemetzel. Es war ein Albtraum, und er schien kein Ende zu nehmen.

6. Kapitel

Drei Stunden später war alles vorüber, und Elaine befand sich in einem kleinen Shuttle auf dem Weg zur Erde. Admiral Lloyd Jennings, der als Verbindungsmann zwischen der Erdorbitalstation und der Admiralität fungierte und damit ihr direkter Vorgesetzter war, hatte sie, kaum dass sich der Schwarm gänzlich auf die Oberfläche herabgesenkt hatte und die Gleiter sowie die Jäger keine Ziele mehr in der Atmosphäre hatten finden können, zum Flottenhauptquartier gerufen. Das HQ war ein gewaltiger Komplex elegant in den Himmel ragender Verwaltungstürme, riesiger Reparatur- und Wartungshallen und weitläufiger Landefelder, der tief im Herzen Australiens errichtet worden war.

Das Shuttle wurde von einem fähigen Piloten gesteuert, somit hatte Elaine auf dem Flug mehr als genug Zeit, ihre Gedanken zu ordnen und das bohrende Gefühl, das seit Auftauchen des Schwarms ihren Unterleib verkrampfte, mit aller gebotenen Disziplin zu bekämpfen. Trotz aller Willenskraft hatte sie jedoch keinen Erfolg damit, wobei es sich nicht gerade als hilfreich erwies, dass sie nach der Hälfte der Strecke auf die Idee kam, sich in die Programme der öffentlichen Sender einzuklinken. Das Shuttle war für Flüge hochgestellter Persönlichkeiten, die stets vielfältige Kommunikationswege benötigten, konstruiert, und so fand sich in der Kabine auch eine Komstation, von der aus sie alle Teile der Welt hätte erreichen können und von der aus sie auch die Möglichkeit hatte, die Berichte in den Medien zu verfolgen.

Kaum hatte sie die entsprechenden Frequenzen aktiviert, quoll ihr ein aufgeregtes Stimmengewirr entgegen, und eine Flut wirrer Bilder zuckte über die vier kleinen Bildschirme, die in die Station integriert waren. Sie schaltete durch, ohne die Berichte im Einzelnen zu beachten, und sehr bald wurde klar, dass es nicht einen einzigen Sender gab, der sich nicht mit dem Angriff auf die Erde befasste. Alle anderen Programmpunkte waren ersatzlos gestrichen worden, und obwohl es noch nicht einmal annähernd genug fundierte Informationen über die Amöboiden gab, um damit eine längere Sendung zu füllen, machte keine der Reportagen den Eindruck, als wollte sie alsbald ans Ende gelangen.

Nach einer Weile sortierte Elaine den Sender der EBC, der Earth-Broadcasting-Company, aus, schaltete die anderen ab und lauschte dem Beitrag. Die EBC war einer der renommiertesten Sender, und anders als sein Name vermuten ließ, wurden seine Programme nicht nur auf der Erde gesehen, sondern füllten auch in den entferntesten Winkeln der Kolonien die Schirme. Man konnte getrost davon ausgehen, dass das, was Thema in den Reportagen der EBC war, der Mehrheit der Menschen, seien sie nun auf der Erde, auf *Horizon* oder auf *Longway* beheimatet, bekannt wurde, und das bedeutete auch, dass sich die Nachricht über den Angriff der Amöboiden längst über alle von Menschen bewohnten Welten ausgebreitet hatte.

Missmutig verzog sie die Lippen, während sie dem Beitrag folgte. Sie konnte sich nur zu gut vorstellen, dass die Berichterstattung bereits kurz nach dem Auftauchen des Schwarms begonnen hatte. Die meisten großen Sender, allen voran natürlich die EBC, besaßen leistungsfähige Ortungsstationen, die denen der Erdorbitalstation alle Ehre gemacht hätten, und waren somit stets über die wichtigsten Vorkommnisse im Sonnensystem informiert. Es würde sie auch nicht wundern, wenn ein Raumschiff der EBC gestartet wäre, um dem Schwarm entgegenzufliegen und seine Annäherung an die Erde zu filmen. Wahrscheinlich war das Material sogar live an alle Stationen auf der Erde und den Kolonien ausgestrahlt worden.

Sie hatte sich nicht getäuscht. Kaum war sie fünf Minuten im Programm dabei, zeigte der Sender Aufnahmen, die nur aus einem Raumschiff stammen konnten, das sich dicht an der Kampfzone aufgehalten hatte. Sie wäre jede Wette darauf eingegangen, dass das Senderschiff dabei die Aufforderung der Lotsen, sich von den Routen, die der Schwarm kreuzte, fernzuhalten, geflissentlich ignoriert hatte, und genauso wenig hatte es offensichtlich die Vorschrift beachtet, die es zivilen Raumschiffen untersagte, sich einem Operationsgebiet des Militärs über einen klar definierten Sicherheitsabstand hinaus zu nähern. Hätte es im Augenblick nicht so viele andere Probleme gegeben, wäre sie versucht gewesen, eine Kommission ins Leben zu rufen, die sich mit den Verstößen der Presse gegen bestehende Regeln befasste und auch entsprechende Strafen aussprach, aber im Moment hatte sie andere Sorgen.

Leider fügten die Medien eine weitere hinzu. Die Bilder, die die EBC ausstrahlte, waren erschreckend und überaus bedrohlich. Sie brachten nicht nur Ortungsaufnahmen, sondern zeigten auch, wie der Schwarm durch die Atmosphäre raste, wie die unzähligen Wesen den Himmel verschleierten und in Gleiter eindrangen, die daraufhin die Kontrolle verloren und abstürzten. Und natürlich hatten es sich die Reporter auch nicht nehmen lassen, die Opfer der Amöboiden direkt zu filmen, in Großaufnahme auf ihre starren, gebrochenen Augen und die weißlichen, glitschigen Wesen, die an ihren Köpfen klebten, zu zoomen, so als wäre der Angriff an sich nicht bereits ausreichend, um eine Panik unter der Erdbevölkerung auszulösen.

Die Menschen waren vor Angst wie gelähmt, das bewiesen andere Aufnahmen. Die Straßen der Städte waren wie leer gefegt, der Verkehr war fast vollständig zum Erliegen gekommen und das öffentliche Leben zusammengebrochen. Die Menschen versteckten sich in ihren Häusern, obwohl die Medien zu berichten wussten, dass sie auch dort nicht sicher waren.

Verärgert verfolgte Elaine die Nachrichten und wünschte, die Presse hätte nicht so schnell mitbekommen, dass die Amöboiden in Raumschiffe, Gleiter und letztlich auch in Gebäude eindringen konnten; nur leider war das nicht zu verhindern gewesen. Überall auf der Erde hatten die Menschen die unheimlichen Vorgänge mitverfolgen können, und nicht wenige waren plötzlich in ihren eigenen vier Wänden, die sie für sicher gehalten hatten, von einem der todbringenden Wesen gejagt worden.

Die Zahl der Opfer hatte inzwischen eine traurige, nie vorstellbare Höhe erreicht. Über 560.000 Tote waren bislang gemeldet worden, und die Zahl stieg weiter. Vermutlich würde die endgültige Zählung erst morgen früh bekannt gegeben werden, doch schon jetzt war klar, dass der Schwarm schlimm gewütet hatte. Seit den letzten Kriegen auf der Erde, die schon vor sehr langer Zeit stattgefunden hatten, waren nicht mehr so viele Menschen an einem Tag zu Tode gekommen.

Mit einer heftigen Bewegung schaltete Elaine die Übertragung ab und kehrte in ihren eigenen Sitz zurück. Während der letzten Flugminuten ging sie gedanklich die letzten Stunden noch einmal durch, angefangen vom Auftauchen des Schwarms bis hin zum Verlassen der Station. Angestrengt überlegte sie, ob sie an der einen oder anderen Stelle anders und vor allem klüger hätte entscheiden können, doch sie kam immer wieder zu dem Schluss, dass sie all ihre Möglichkeiten ausgeschöpft hatte. Sie hatte keine offensichtlichen Fehler gemacht, trotzdem war es viel zu wenig gewesen, um die Amöboiden aufzuhalten. Es würde vieles überdacht und geändert werden müssen, damit sich eine derartige Katastrophe nicht noch einmal wiederholte. In ihren Gedanken formte sich bereits eine Vorstellung von dem, was getan werden musste, und sie baute sie aus, bis das Shuttle zur Landung ansetzte.

Ein junger Soldat holte sie mit einem Gleiter am Raumhafen ab und brachte sie direkt zum Admiralitätsgebäude, ein anderer führte sie zu Admiral Jennings' Büro. Der Adjutant im Vorzimmer grüßte knapp und bedeutete ihr, sofort in den Raum des Admirals einzutreten.

Lloyd Jennings' Büro war ein großer, gemütlich eingerichteter Raum. Ein beigefarbener Teppich verschluckte die Geräusche ihrer Schritte und dämpfte auch alle anderen Laute. In den zwei Ecken links und rechts neben der Tür standen Kübel mit Zimmerpflanzen, deren saftiges Grün unter eigens für sie installierten Lampen erstrahlte. Ein süßlicher Duft hing in der Luft, und Elaine ahnte, dass er von den großen, rosa gefärbten Blütenkelchen ausging, die eine der Pflanzen über und über bedeckten.

In der Mitte des Raumes ragte ein wuchtiger Schreibtisch auf, der ohne Zweifel ein würdiger Arbeitsplatz für einen Admiral war. Die hintere Wand des Zimmers bestand komplett aus einer Fensterfront, und da sich das Büro des Admirals im zehnten Stockwerk befand, war die Aussicht fantastisch. Das gewaltige Areal des nahen Raumhafens glänzte unter den

Strahlen der untergehenden Sonne wie die Oberfläche eines riesigen Ozeans, und die silbrigen Leiber der Raumschiffe sahen aus, als seien sie in flüssiges Gold getaucht worden.

Es wäre ein wahrhaft atemberaubender Anblick gewesen, hätten nicht die Ereignisse des Tages so düstere Wolken über der Erde zusammengezogen, deren Schatten auch jetzt noch sichtbar waren. Selbst aus dieser großen Höhe und obwohl sie noch nicht einmal dicht an das Fenster herangetreten war, konnte Elaine erkennen, dass es auf dem Raumhafen und zwischen den Gebäuden des Flottenhauptquartiers weit weniger lebhaft zuging als an anderen Tagen. Der Schrecken des Angriffs lähmte auch hier die Menschen, obwohl die Soldaten anders als die Zivilbevölkerung nicht die Möglichkeit hatten, sich zu verstecken, den Lauf der Dinge einfach abzuwarten und das Beste zu hoffen. Sie mussten aktiv werden.

Doch im Augenblick war nicht einmal in diesem Zimmer die so zwingend notwendige Aktivität zu spüren. Admiral Lloyd Jennings stand regungslos wie eine Statue vor der großen Scheibe und blickte auf den Raumhafen hinunter. Er hatte ihr den Rücken zugewandt, und seine Gedanken schienen weit entfernt zu sein. Elaine bezweifelte, dass er die Worte seines Adjutanten, der ihm ihr Kommen gemeldet hatte, gehört oder ihr Eintreten bemerkt hatte.

Nachdenklich musterte sie ihren Vorgesetzten. Lloyd Jennings war groß, dabei jedoch auffallend schlank, fast feingliedrig. Silbrige Strähnen durchzogen sein dunkles Haar, seine Körperhaltung aber war straff und gerade wie die eines Jungen. Die Hände hielt er, wie sie es schon oft bei ihm gesehen hatte, hinter dem Rücken verschränkt, und sie bemerkte, dass seine Finger ab und an leicht zuckten oder aneinander rieben.

„Admiral", sprach sie ihn leise an. Ein lautes Wort schien ihr in der gedämpften Atmosphäre des Zimmers nicht angemessen zu sein.

Lloyd Jennings drehte sich mit einer langsamen, überaus kontrolliert wirkenden Bewegung zu ihr um. Er rührte sich um keinen Deut zu viel, trotzdem hatte er ihr nur wenige Sekunden später sein leicht gebräuntes, schmales Gesicht mit den aristokratischen hohen Wangenknochen zugewandt. Seine eisgrauen Augen brannten sich in die ihren.

Elaine nahm Haltung an und salutierte. Für eine Sekunde musterte Lloyd Jennings sie regungslos, dann wies er mit einer knappen Geste auf einen der Sitze vor seinem Schreibtisch. „Setzen Sie sich, Captain Wilding. Wir haben viel zu bereden."

„Danke, Sir", erwiderte Elaine und schob sich in einen der Sessel.

Der Admiral nahm ebenfalls Platz, und er schaffte es auch jetzt, sich so sparsam zu bewegen, dass es Elaine so vorkam, als hätte er beinahe übergangslos eine starre Haltung gegen eine andere ausgetauscht.

Ebenso reglos wie sein Körper war auch seine Mimik. Es war Elaine bislang nur selten gelungen, aus ihr eine Emotion abzulesen, und es gelang ihr auch heute nicht, dabei hätte es ihr angesichts der Katastrophe im Grunde leichtfallen müssen. Doch wenn der Admiral Trauer über die unzähligen Opfer empfand, so zeigte er sie nicht. Er strahlte eine tiefe Ruhe aus, um die Elaine ihn beneidete, seit sie ihm vor mehreren Jahren zum ersten Mal begegnet war.

Ihr eigener Bewegungsdrang und ihre Unfähigkeit, länger als ein paar Minuten ruhig auf einem Fleck zu verweilen, mochten auf der weitläufigen Erdorbitalstation angemessen sein oder wenigstens nicht übermäßig auffallen, aber wenn sie sich mit Admiral Jennings in einem Raum befand, fühlte sie sich stets wie ein zappeliges, unreifes Kind, das seinem ehrwürdigen Lehrer gegenübersaß.

Angestrengt versuchte sie, stiller zu sitzen, obwohl es Admiral Jennings heute vermutlich nicht einmal aufgefallen wäre, wenn sie wie ein nervöser Teenager auf ihrem Sessel hin und her gerutscht wäre. Seine Augen zeigten eine tiefere, intensivere Farbe als gewöhnlich, ein Zeichen seiner großen inneren Konzentration.

„Der Regierungsrat wird in einer Stunde zusammentreten und gemeinsam mit der Admiralität eine Sitzung abhalten", erklärte er ihr bedächtig.

Elaine horchte auf. Eine solche Zusammenkunft war ungewöhnlich, doch angesichts des schrecklichen Angriffs auf die Erde mehr als angemessen. „Ich nehme an, dass man dort meinen Bericht erwartet."

„So ist es. Zuvor jedoch werden Sie mich über die Ereignisse auf der Erdorbitalstation in Kenntnis setzen."

Darüber war Elaine nicht überrascht. Admiral Jennings war lange genug Offizier und Führungsperson, um nicht unvorbereitet in eine derart wichtige Sitzung zu gehen, und er würde sicherlich auch ihre Vorschläge hinsichtlich der Verteidigungsstrategie hören wollen. Er war bekannt dafür, dass er stets die Meinung all jener einholte, die über die meisten Informationen verfügten, und in diesem Fall war sie es, die am meisten über die Amöboiden wusste, denn niemand außer ihr und ihrer Kommandocrew hatte so direkt mit ihnen zu tun gehabt. Nur die Besatzung der *Arrow* war noch dichter herangekommen, aber auf deren Aussage konnte man nun nicht mehr zurückgreifen.

Das schmerzhafte Gefühl der Trauer zog ihr den Magen zusammen, als sie Captain Stockard und seiner Crew gedachte. Abgesehen von einigen bedauernswerten Unfällen, die immer wieder in einer so riesigen Einrichtung wie der Erdorbitalstation geschehen konnten, waren die Männer und Frauen der *Arrow* die ersten Menschen gewesen, die unter ihrem Kommando gestorben waren. Sie fühlte sich betroffen, fast gelähmt vor Schreck, aber gleichzeitig kochte auch kalter Zorn in ihr, peitschte ihren Puls hoch und nährte ihre Entschlossenheit.

Sie würde wieder in gleicher Weise handeln wie vorhin, sie würde weiterhin Soldaten in potenziell lebensbedrohliche Einsätze schicken, ohne zu zögern, denn die Sicherheit der Erdbevölkerung war weitaus wichtiger als das Leben einzelner. Um sie zu schützen, war das Militär ins Leben gerufen worden, und wenn es diese Aufgabe nicht unter Einsatz aller Möglichkeiten und Inkaufnahme aller Fährnisse erfüllte, besaß es keine Existenzberechtigung. So hatte sie es immer gesehen, und durch den Angriff war ihre Einstellung stärker gefestigt worden als je zuvor.

Mit einer gehörigen Portion Wut im Bauch schilderte sie dem Admiral, was auf der Station seit dem Auftauchen des Schwarms geschehen war. Sie ließ nicht die kleinste Einzelheit aus und hielt sich streng an die chronologische Abfolge der Ereignisse, da sich gerade darin wichtige Details verstecken konnten, die dem Admiral andernfalls entgehen mochten. Lloyd Jennings hörte ihr schweigend zu, nickte hier und da und unterbrach sie nicht ein einziges Mal.

Während sie sprach, wurde sein Gesicht noch verschlossener, lediglich seine Schultern sanken herab und zeigten, dass auch er die Last der grauenvollen Geschehnisse auf sich ruhen fühlte. Elaine schloss ihren Bericht schließlich mit der Anzahl der Opfer ab.

„Bislang sind mehr als 560.000 Tote gezählt worden, aber ich fürchte, dass es in den nächsten Stunden noch weitaus mehr werden werden."

„Da haben Sie leider recht, Captain", erwiderte der Admiral mit unbewegtem Gesicht. „Es gab eine neue Schätzung, kurz bevor Sie in meinem Büro eintrafen. Die 600.000 ist fast erreicht."

Elaine schluckte, aber sie konnte das würgende Gefühl, das sich wie eine enge Drahtschlinge um ihren Hals gelegt hatte, nicht sprengen.

Admiral Jennings beugte sich plötzlich halb über seinen Schreibtisch, eine für ihn ungewöhnlich heftige Bewegung. „Captain Wilding, Sie haben sich sicherlich bereits Gedanken darüber gemacht, wie man gegen die Amöboiden beim nächsten Mal vorgehen kann. Ich möchte sie hören!"

„Als Erstes müssen wir alles über die Wesen herausfinden", erklärte sie sofort. „Wir müssen erfahren, wie sie beschaffen sind, denn bislang ist nur klar, dass man sie mit einem gezielten Energiestrahl töten kann, wenn sie sich nicht hinter dem Schild ihres Schwarms befinden. Vielleicht offenbaren sie noch andere Schwächen, wenn wir erst einmal mehr über ihre Physiologie wissen."

„Das sehe ich genauso. Die Admiralität plant, Professor Sherman Hewitt hinzuzuziehen."

Elaine hatte von dem Mann gehört. „Professor Hewitt ist Xenobiologe und Mediziner. Das ist eine vielversprechende Kombination für die Untersuchung der Amöboiden."

„Richtig. Außerdem ist sein Spezialgebiet die Wechselwirkung fremder Organismen mit der Physiologie des Menschen. Damit ist er genau der Fachmann, den wir brauchen."

„Ist er bereits informiert?"

„Noch nicht. Die allgemeine Aufregung hat das bislang verhindert. Sie können sich vorstellen, dass die Kommunikationsleitungen auf der Erde zeitweilig zusammengebrochen waren. Mittlerweile ist jedoch ein Shuttle unterwegs, das den Professor abholen soll. Ich hoffe, dass er schon morgen früh im Flottenhauptquartier eintrifft und damit beginnen kann, die ersten Leichen zu obduzieren."

„Wir sollten alle Leichen so schnell wie möglich unter Quarantäne stellen", sagte Elaine mit rauer Stimme. „Es wäre durchaus denkbar, dass von den Befallenen später etwas ausgeht, das sich erneut als tödliche Gefahr erweist."

„Das ist bereits geschehen. Es gibt Sammelstellen in den Städten, und überall werden im Augenblick Teams ins Leben gerufen, die an dem gleichen Ziel arbeiten sollen wie Professor Hewitt. Aber er wird die Leitung innehaben, die Informationen sammeln und zu einem Gesamtbild zusammenfügen. Es ist ungemein wichtig, dass wir so schnell wie möglich herausfinden, wie die Amöboiden die Menschen getötet haben - und warum sie an den Körpern ihrer Opfer haften blieben."

Ein eisiger Schauer lief Elaine den Rücken hinunter. „Das war unser Glück. Es wäre nicht auszudenken gewesen, wenn sich die Amöboiden nach einer Berührung mit einem Menschen sofort wieder von ihm gelöst hätten und weitergezogen wären. In diesem Fall hätte es um ein Vielfaches mehr Opfer gegeben."

Admiral Jennings' Blick wurde finster. „Auch so ist der Angriff des Schwarms eine Katastrophe, und wir müssen alles daransetzen, um zu verhindern, dass sich ein derartiges Fiasko wiederholt."

„Ich rechne fest mit einem weiteren Schwarm", sagte Elaine bestimmt. „Das Signal, das die *Arrow* aufgefangen hat, war mit größter Sicherheit ein Richtstrahl, und ein solcher Strahl macht nur Sinn, wenn anderen der Weg gewiesen werden soll."

„So ist es. Vermutlich bleibt nur wenig Zeit, bis ein weiterer Schwarm auftaucht. Wir brauchen deshalb so schnell wie möglich eine wirksame Abwehrstrategie."

„Der Schild ist ein großes Problem, Sir. Kein Schiff unserer Flotte besitzt Waffen, die ihn durchdringen können. Selbst die vereinte Schlagkraft der *Arrow-Wing* war dazu nicht in der Lage."

„Aber die Raumschiffe selbst können in den Schwarm eindringen."

„Das ist richtig. Doch weder die Besatzung der *Arrow* noch der Jägerpilot haben im Schwarm lange überlebt, da sich die Amöboiden Zutritt in die Schiffe verschaffen konnten."

„Das müssen wir in Zukunft verhindern."

Elaine hob die Schultern. „Vermutlich könnte sich nur ein Schiff für längere Zeit im Schwarm halten, das keinerlei tote Winkel besitzt. Die Besatzung müsste in der Lage sein, sich nach allen Seiten in gleicher Weise zu verteidigen, andernfalls werden wir bei jedem weiteren Angriff mehrere gute Crews verlieren. Leider kenne ich keine derartigen Schiffe."

„Es gibt sie, Captain Wilding. Erst vor Kurzem wurden die beiden Prototypen einer völlig neuen Raumschiffsklasse fertiggestellt."

Admiral Jennings betätigte ein paar Tasten auf seinem Schreibtisch, und nur eine Sekunde später flammte eine schimmernde Holografie über der Tischplatte auf. Sie zeigte ein tetraedrisches Schiff, das an seinen Spitzen mit vier gefährlich aussehenden Geschützkanzeln ausgestattet war.

„Das ist ein Gambler-Schiff", entfuhr es Elaine erstaunt.

„Das ist nicht ganz richtig", korrigierte der Admiral. „Die Prototypen wurden nach der Vorlage der Gambler-Schiffe gebaut, aber sie sind größer, schneller, leistungsfähiger, können Raumsprünge vollziehen und sind scharf bewaffnet."

Elaine betrachtete die Holografie eindringlich. „Mit einem derartigen Schiff besteht immerhin eine hypothetische Chance, dass eine Crew im Schwarm überlebt", murmelte sie nach einer Weile. „Nur, wer soll die Prototypen fliegen? Verfügen Sie über Piloten, die speziell dafür ausgebildet sind, Admiral?"

Admiral Jennings schüttelte bedauernd den Kopf. „Nein, dazu sind die Schiffe zu neu. Es war noch keine Zeit, Piloten eingehend mit ihnen vertraut zu machen."

„Es wird schwierig werden, das unter dem Zeitdruck, unter dem wir stehen, nachzuholen."

Das Gesicht des Admirals wurde plötzlich völlig starr, lediglich seine Worte zeigten eine Spur der Hoffnung. „Auf der Erdorbitalstation gibt es viele fähige Piloten, und unter denen der auf der Erde stationierten Flotten befinden sich ebenfalls sehr viele erfahrene Männer und Frauen. Wir müssen lediglich die Besten heraussuchen und sie mit den neuen Schiffen trainieren lassen."

„Ich könnte eine Liste der besten Piloten der Erdorbitalstation erstellen", schlug Elaine vor.

Admiral Jennings nickte. „Tun Sie das. Ich werde das Gleiche auf der Erde tun und mich außerdem nach geeigneten Kanonieren für die Prototypen umsehen. Die Admiralität plant, das gesamte Flottenpersonal testen zu lassen, um die Personen zu finden, die über die kürzesten Reaktionszeiten verfügen sowie die Ausdauer besitzen, diese über längere Zeit aufrechtzuerhalten."

Elaine begann, tatendurstig auf ihrem Sessel herumzuzappeln. „In diesen Test sollten Sie auch die Kadetten der Akademie einbeziehen. Sie sind jung und dürften vermutlich schneller sein als die gestandenen Soldaten, die zehn oder gar zwanzig Jahre älter sind. Außerdem braucht es im Gegensatz zum Fliegen nicht viel Erfahrung, um ein Geschütz sauber und effektiv bedienen zu können. Eine kurze Einweisung dürfte genügen."

„Das ist ein guter Vorschlag. Der Test wird also auch auf die Akademie ausgedehnt, und natürlich müssen sich unsere Piloten derselben Prüfung unterziehen. Auch für sie sollte gelten, dass nur die schnellsten und geschicktesten für die Prototypen ausgewählt werden."

Elaine ließ ihren Blick nachdenklich über den kantigen Leib des Tetraederschiffes wandern. „Gibt es einen Simulator?"

„Nur einen Einzigen. Damit beschränkt sich auch die Anzahl der Soldaten, die wir für einen Einsatz mit den neuen Schiffen trainieren können."

„Es wird wohl am besten sein, das Training nach dem üblichen Schichtrhythmus auf der Erdorbitalstation abzuhalten", überlegte Elaine laut. „Damit ergäben sich vier Schichten, und in jeder sollten zwei Mannschaften ausgebildet werden. Durch den internen Wechsel innerhalb der Schicht könnte sich ein Team jeweils erholen, während das andere fliegt."

„Einverstanden. Insgesamt müssen wir durch den Test also erst einmal acht Piloten und 32 Kanoniere aussortieren. Wenn die gut trainiert sind, stünden uns zwei komplette Besatzungen und auch genügend Ersatz zu Verfügung."

Elaine rieb sich unwillkürlich den Hals. Es war eine bittere, aber unleugbare Tatsache, dass sie eher früher als später auf die Ersatzcrews zurückgreifen mussten. „Es wäre gut, wenn schnellstmöglich weitere Schiffe und Simulatoren zum Einsatz kämen", sagte sie gepresst.

Der Admiral schaute sie mit ausdrucksloser Miene an. „Es sind noch zwei weitere Schiffe im Bau, allerdings wird es noch eine Weile dauern, bis sie für die Verteidigung der Erde zur Verfügung stehen."

Elaine schüttelte beklommen den Kopf. Ihre Gedanken waren längst so finster wie die Nacht, die bald über das Flottenhauptquartier hereinbrechen würde. „Hoffentlich werden alle Vorbereitungen abgeschlossen sein, bevor ein neuer Schwarm auftaucht."

Admiral Jennings faltete die Hände auf der Tischplatte und atmete tief durch. „Wir werden alle Anstrengungen unternehmen, die notwendig sind, um das zu gewährleisten. Vor allem der Ausbildung der Piloten müssen wir besondere Aufmerksamkeit widmen. Sie werden Übermenschliches leisten müssen."

„Die Prototypen sind Gambler-Schiffen nachempfunden", meinte Elaine voller Sorge. „Glauben Sie wirklich, dass ein gewöhnlicher Pilot mit ihnen zurechtkommen wird?"

„Haben wir eine andere Wahl, als darauf zu vertrauen?"

„Nein." Elaine senkte den Kopf. Es gab keine Gambler in der Flotte, nicht einen Einzigen, denn bislang war noch nie ein Gambler in die Akademie, geschweige denn in den aktiven Dienst aufgenommen worden. Die Eignungstests, die jeder vor der Aufnahme in die Akademie absolvieren musste, dienten nicht nur dazu, die zu wenig qualifizierten Personen auszusortieren, sondern sie sollten auch die Gambler erfassen. Ihren Bewerbungen war bisher niemals stattgegeben worden, wenn auch offiziell andere Gründe als die Tatsache, dass sie Gambler waren, dafür ins Feld geführt wurden.

Trotzdem war es der einzige Grund. Die Führung der Flotte befürchtete Unfrieden in den eigenen Reihen, falls man Gambler rekrutierte. Mit Hilfe ihrer angeborenen Fähigkeiten hätten sie jeden anderen innerhalb kürzester Zeit überflügeln können, und da man ihre Fähigkeiten bislang nicht gebraucht hatte, verzichtete man lieber ganz auf sie, als Unruhe im Inneren zu riskieren. Nun, angesichts der tödlichen Bedrohung durch die Amöboiden, mochte sich diese Entscheidung allerdings bitter rächen.

„Könnte man vielleicht einen Gambler anwerben?", fragte Elaine vorsichtig.

Admiral Jennings schüttelte den Kopf. „Das dürfte schwierig sein. Die Gambler führen eine Existenz am Rande. Unsere Gesellschaft wollte es so, und warum sollten sich die Gambler nun dazu berufen fühlen, uns zu helfen?"

„Das ist leider nur zu wahr", gab Elaine zu. „Aber vielleicht erkennen sie, dass die Amöboiden auch für sie eine Gefahr sind. Es wäre denkbar, dass sich einer von ihnen freiwillig meldet."

„Das ist unwahrscheinlich. Tatsache ist, dass seit Auftreten der ersten Gambler nur vier von ihnen versucht haben, sich an den Akademien der Erde oder der Kolonien zu bewerben. Die anderen blieben und bleiben bei dem, was sie zu ihrem Lebensinhalt erklärt haben: ihren Spielen. Ich glaube nicht, dass sich das durch das Auftauchen der Amöboiden ändern wird. Die meisten Gambler leben in der Gamblerstadt auf *Shape* und in den kleineren Vereinigungen auf *Brightlight* und *Cascade,* und die restlichen sind auf zwei Dutzend Raumschiffe verteilt. Solange diese drei Planeten nicht angegriffen werden, sind die Gambler nicht gezwungen, zu reagieren, und die auf den Schiffen können der Gefahr ohnehin einfach ausweichen. Es gibt also keinen Grund für sie, sich ihr zu stellen."

Elaine seufzte schwer. „Es scheint, als müssten wir ohne sie zurechtkommen."

Sie wusste wirklich nicht, ob sie froh oder unglücklich darüber sein sollte. Das würde vermutlich erst die Zukunft zeigen.

7. Kapitel

Es kam, wie Danny es befürchtet hatte. Merwyn Gaze hob die Strafe nicht auf. Eine Woche lang arbeitete er bereits zusammen mit Janet Gedemer in der Wartungsabteilung. In dieser Zeit bekam er das Innenleben sämtlicher Fahrzeuge, die in den Hangars des Zirkus zu finden waren, zu Gesicht, und nach nur kurzer Zeit war ihm klar geworden, wie überflüssig seine eigenen pedantischen Check-ups vor einer Vorstellung gewesen waren.

Bereits nach dem ersten Hinsehen kannte er die Schaltungen der Fluggeräte so exakt, dass er sich jede Einzelne von ihnen wie eine Karte ins Gedächtnis rufen konnte, und deshalb hätte er, nachdem er sie einmal in all ihren Details erfasst hatte, jeden Fehler augenblicklich erkennen können. Janet sollte dazu folglich auch in der Lage sein, immerhin war sie ebenfalls eine Gamblerin, und sie hatte das technische Innenleben der Gleiter und kleinen Raumschiffe sehr viel öfter als er selbst studiert. Ganz sicher hätte sie die Schaltungen jedes einzelnen Fahrzeugs an Bord der *Gambler-Circus* auch mit geschlossenen Augen überprüfen und reparieren können, falls das notwendig gewesen wäre. Er selbst hätte es ebenfalls vermocht.

Trotzdem war er nicht stolz auf das, was er tat. Er vermisste das Fliegen viel mehr, als er es jemals für möglich gehalten hätte. Er konnte sich nicht daran erinnern, wann er das letzte Mal über eine Woche nicht hinter dem Steuer eines Raumschiffs gesessen hatte. Das musste irgendwann sehr früh in seiner Kindheit gewesen sein.

Einmal hatte er im Verlauf der letzten Tage Janet darum gebeten, ihn mit einem kleinen Gleiter, den sie zuvor repariert hatten, zu einem Testflug ins All starten zu lassen, aber sie hatte es ihm mit einem Hinweis auf einen entsprechenden Befehl des Direktors verweigert. Merwyn Gaze hatte ihm wirksam jeden Zugang zu den Fluggeräten abgeschnitten, und doch musste er jeden Tag direkt an ihnen arbeiten und zusehen, wie die anderen die *Gambler-Circus* mit ihren Raumschiffen verließen, während er hier festsaß. Wie zum Hohn war ihm ausgerechnet der Gleiter zur Wartung übertragen worden, mit dem er den Asteroidenkurs geflogen war, und er wusste genau, dass Merwyn Gaze diese kleine Schikane mit voller Absicht arrangiert hatte.

Auch an diesem Nachmittag war er gerade damit beschäftigt, den Gleiter - *seinen* Gleiter - zu warten und auf den Flug durch das künstliche Asteroidenfeld vorzubereiten, als Merwyn Gaze über die Komanlage der *Gambler-Circus* die Artisten für die kurz bevorstehende Vorstellung in den Hangar rief. Schon beim ersten Wort des Direktors zuckte Danny zusammen, starrte grimmig auf seine dreckigen Hände und den blauen Overall, den er im Hangar statt der dünnen Montur trug, über die er früher seinen Raumanzug gestreift hatte, und biss die Zähne zusammen, bis sie protestierend knirschten.

Doch er sah nicht von seiner Arbeit auf und fuhr mit der Überprüfung des Gleiters fort, noch bevor Merwyn Gaze seine knappe Durchsage beendet hatte. Er konzentrierte sich weitaus mehr, als es nötig gewesen wäre, aber er wollte nicht das geringste Risiko eingehen. Was er in seiner augenblicklichen Situation ganz bestimmt nicht gebrauchen konnte, wäre ein Unfall, der auf seine mangelnde Sorgfalt zurückginge.

Als sich die Türen zum Hangar öffneten und die ersten Artisten hereinströmten, hatte er seine Arbeit soeben beendet. Janet Gedemer stand neben ihm und begutachtete sein Werk, aber da er längst keine Anleitung mehr benötigte, hatte er den Eindruck, als wollte sie ihm auf die Finger schauen. Vermutlich war auch das eine Anweisung des Direktors. Gaze schien ihm in keinerlei Hinsicht mehr zu trauen.

Sal Janis, ein schlaksiger, junger Mann mit rötlichem Haar, das zumeist wüst von seinem Kopf abstand, sodass er wie siebzehn aussah, obwohl er vor Kurzem seinen einundzwanzigsten Geburtstag gefeiert hatte, kam als einer der Ersten in den Hangar. Sofort steuerte er auf den Gleiter zu, denn ihm war der Asteroidenkurs zugeteilt worden. Danny konnte ihm ansehen, wie aufgeregt er war. Sals dürre Figur schlenkerte noch mehr als üblich bei jedem Schritt hin und her, und seine hohen Wangenknochen stachen unter seiner Haut hervor, als wäre sie aus Pergament, das bis zum Zerreißen gespannt war.

Danny wartete, bis Sal dicht an den Gleiter herangetreten war, fuhr unwillkürlich mit der Hand zum Kragen herauf und zerrte kurz daran, bevor er Sal vorschriftsmäßig Meldung erstattete. „Der Gleiter ist einsatzbereit", sagte er gepresst und biss sich auf die Lippen. Seine Worte waren kaum zu hören gewesen und hatten einen peinlich krächzenden Unterton besessen.

Sal fixierte ihn einen Moment mit seinen kleinen, stechend blauen Augen, dann wandte er sich, ohne ihm zu antworten, an Janet.

„Ist alles in Ordnung?"

Danny sog scharf Luft ein.

Janet nickte Sal zu und warf Danny gleichzeitig einen warnenden Blick zu. „Du kannst beruhigt starten."

Danny ballte die Fäuste und starrte Sal wütend an, doch der nahm nicht die geringste Notiz von ihm. Er wandte sich dem Gleiter zu, nahm den Raumanzug auf, der dort für ihn bereitlag, und streifte ihn über, ohne ihn dabei auch nur eines einzigen Blicks zu würdigen.

Angespannt verfolgte Danny jede seiner Bewegungen, sah ihm nach, als er in das Cockpit kletterte, und spürte, wie sich sein Magen zu einem harten Knoten verschlang, als sich das Kanzeldach schloss und der Antrieb summend zum Leben erwachte. Sal schien seine Blicke nicht zu bemerken. Er schaltete den Antrieb hoch, ließ den Gleiter abheben und zwang Danny, hastig zurückzuweichen, andernfalls hätte ihn der Rumpf gestreift; aber vermutlich wäre Sal nicht einmal das aufgefallen.

Abrupt wandte sich Danny ab. Er wollte nicht sehen, wie Sal den Gleiter in die Schleuse bugsierte. Er konnte es nicht ertragen. Er sollte jetzt da draußen sein! Sicher hatte er die Vorstellungen nicht besonders gemocht, doch wenn er nicht fliegen durfte, gab es gar nichts mehr, was für ihn von Bedeutung war.

„Danny, warte!", klang plötzlich Janets Stimme hinter ihm auf.

Er sah sich nicht zu ihr um, sondern ging weiter, beschleunigte seine Schritte.

Aber auch Janet ging schneller und fasste ihn beim Arm, als sie ihn erreicht hatte. Gezwungenermaßen blieb er stehen.

„Was ist nur los mit dir?", fragte sie kopfschüttelnd.

Es kostete Danny einige Mühe, nicht zu schreien. „Siehst du das nicht? Seit einer Woche bist du außer meinen Eltern die einzige Person, die mit mir spricht! Es ist, als sei ich plötzlich unsichtbar geworden!"

„Du bist ganz und gar nicht unsichtbar", gab Janet mit ernster Miene zurück. „Im Gegenteil - du bist das unübersehbare Fanal dafür, wer an Bord der *Gambler-Circus* das Sagen hat."

Danny warf ihr einen säuerlichen Blick zu. „Das ist genau die Antwort, die mich in diesem Moment aufmuntert."

Janet hob beschwichtigend die Hände. „Sei mir nicht böse, und nimm es auch den anderen nicht übel. Sie fühlen mit dir, aber sie sind alle besorgt um ihren eigenen Platz. Das gilt ganz besonders für Sal. Er hat ihn doch nur bekommen, weil du nicht mehr fliegen sollst. Vermutlich glaubt er, dass er ihn wieder verliert, wenn er nur ein einziges Wort mit dir wechselt."

„Das ist lächerlich!"

„Nein, das ist es nicht. Alle an Bord sind verunsichert, immerhin hat Merwyn Gaze niemals zuvor zu einer derart drastischen Maßregelung gegriffen. Es war bisher nicht ..."

„Es war bisher nicht nötig, nicht wahr?"

„Bislang noch nicht."

„Na großartig, ich bin also der Erste an Bord, der Dummheiten gemacht hat! Fast dreihundert Menschen leben auf der *Gambler-Circus*, und sie alle sind schlau genug, Merwyn Gaze zu gehorchen, nur ich nicht."

Janet musterte ihn mitleidlos. „Das ist sicher etwas hart formuliert, aber im Grunde zutreffend."

Danny grub die Finger seiner Hände in den Stoff des Overalls. „Und was soll ich deiner Meinung nach tun? Soll ich auf die Knie fallen und darum betteln, meinen Platz in der Show zurückzubekommen?"

„An deiner Stelle würde ich das ernsthaft in Erwägung ziehen."

„Das werde ich nicht tun!", stieß Danny hervor, und seine Hände zerrten noch stärker an seiner Kleidung. Wenn er nur daran dachte, vor Merwyn Gaze zu Kreuze zu kriechen, wurde ihm schon übel. „Ich werde nicht mehr buckeln!"

Janet zog die Augenbrauen in die Höhe. „Trotzdem wird der Gang zu Merwyn Gaze auf lange Sicht der einzige Weg sein, der dir offen steht. Du willst doch wieder fliegen, oder etwa nicht?"

„Natürlich will ich das, aber nicht zu diesem Preis! Ich will mir auch morgen noch im Spiegel ins Gesicht sehen können, und das kann ich nicht, wenn ich Merwyn Gaze die Füße küsse."

„Eine Entschuldigung dürfte sicher reichen."

Danny lachte bitter auf. „Das glaubst du doch selbst nicht, Janet. Merwyn Gaze beherrscht die *Gambler-Circus* wie ein Diktator aus früheren Zeiten der Menschheitsgeschichte. Mit ihm kann man nicht vernünftig reden. Außerdem habe ich versucht, ihm meine Beweggründe klarzumachen. Er hat sie vor einer Woche nicht verstanden und wird es ganz gewiss auch heute nicht tun. Es interessiert ihn auch nicht; für ihn ist allein wichtig, was er denkt!"

„Mit solchen Bemerkungen wäre ich sehr vorsichtig, oder du kannst es dir endgültig abschminken, jemals wieder einen Fuß in einen Gleiter zu setzen."

„Es gibt andere Möglichkeiten, als auf Gazes Gnade zu hoffen."

„So? Nenn mir welche."

„Durch meinen Flug ist mir klar geworden, dass du recht hattest. Ich bin ein guter Pilot. Vielleicht kann ich mit noch ein wenig Übung sogar Francis Doi übertreffen, und wenn es stimmt, was mein Vater sagt, bedeutet das, dass es außerhalb der *Gambler-Circus* oder der anderen Gambler-Vereinigungen nur sehr wenige Menschen gibt, die sich mit mir messen können. Ich kann mir vorstellen, dass mir das einige Türen öffnen könnte."

„Denkst du etwa darüber nach, die *Gambler-Circus* zu verlassen?"

Als Danny Janets erschrockenes Gesicht sah, wurde ihm klar, dass er zu viel gesagt hatte. Janet würde seine Träume doch nicht verstehen. Keiner an Bord der *Gambler-Circus* könnte es. „Vielleicht", gab er unbestimmt zurück.

„Daran solltest du nicht einmal denken", riet Janet ihm eindringlich. „Die Welt der Menschen ist uns nicht freundlich gesonnen!"

Danny verschränkte die Arme. „Das habe ich inzwischen schon öfter gehört, aber entspricht es überhaupt der Wahrheit? Hast du jemals Schwierigkeiten mit den übrigen Menschen gehabt?"

„Das nicht, aber ich lebe so wie du seit meiner Geburt auf diesem Schiff. Deshalb gab es nur wenig Gelegenheit für Kontakte mit anderen Menschen."

„Ausgenommen die vielen hundert Zuschauer, die jede Woche in den Kuppelsaal strömen. Ich bin ihnen oft begegnet, trotzdem bin ich nie beschimpft, bedroht oder in anderer Form abgelehnt worden. Die Reaktion des Direktors ist mit Sicherheit übertrieben. Mag sein, dass er oder andere Gambler irgendwann einmal schlechte Erfahrungen mit der Mehrheit gemacht haben, aber ganz offensichtlich haben sich die Bedingungen inzwischen geändert."

„Vergiss nicht, dass dein Flug *tatsächlich* Auswirkungen hatte. Die Zuschauerzahlen sind weitaus geringer als bei vergleichbaren Vorführungen. Merwyn Gaze denkt sogar darüber nach, vorzeitig in ein anderes System weiterzufliegen."

„Und alle glauben natürlich, das sei meine Schuld, nicht wahr?"

„Das kannst du ihnen nicht verübeln. Du bist dafür verantwortlich, daran gibt es nicht den geringsten Zweifel, und du solltest begreifen, wie schwer dein Stand auf der *Gambler-Circus* im Augenblick wirklich ist. Die Existenz des Zirkus hängt von dem Erfolg der Vorstellungen ab. Zu hohe Verluste in einem System können ihn durchaus in Gefahr bringen, immerhin ist ein so großes Raumschiff, nicht zu vergessen die vielen anderen Raumfahrzeuge, die an der Show beteiligt sind, eine äußerst kostspielige Angelegenheit. Die *Gambler-Circus* ist unsere Heimat, daran solltest du immer denken."

„Ich glaube nicht, dass ein geringer Erfolg bei nur einer Station ihrer Tournee durch die Kolonien der Erde die *Gambler-Circus* in den Ruin stürzen kann."

Janet sagte nichts dazu, doch ihr Schweigen sprach Bände.

„Wenn mein Flug in diesem Licht gesehen wird, wird eine Entschuldigung bei Merwyn Gaze auf gar keinen Fall reichen, um meine Lage zu verändern", knurrte Danny verbittert. Und selbst wenn es so wäre, wäre er trotzdem nicht dazu bereit.

8. Kapitel

Nach dem Ende seiner Arbeitszeit zog sich Danny ohne Umschweife auf sein Zimmer zurück. Als es Zeit zum Abendessen wurde, kam sein Vater zu ihm, um ihn abzuholen, doch Danny winkte mürrisch ab. Er hatte keinen Appetit, und auch sein Vater konnte ihn nicht davon überzeugen, wenigstens eine kleine Mahlzeit zu sich zu nehmen, denn er verspürte nicht die mindeste Lust, das beredte Schweigen und die ungnädigen Blicke der anderen über sich ergehen zu lassen. Es war schon schlimm genug, dass er den tränenerfüllten, vorwurfsvollen Blicken seiner Mutter nicht ausweichen konnte.

Seine Eltern gingen schließlich ohne ihn in den Speisesaal, und er verließ sein Zimmer auch nicht, als sie längst wieder von dort zurückgekehrt sein mussten. Noch vor Kurzem hätte er sich zu dieser Zeit im Sternenblick aufgehalten, nun aber war er schon seit über einer Woche - seit er nicht mehr fliegen durfte - nicht mehr dort gewesen. Stattdessen verbrachte er viele Stunden in seinem Zimmer - eigentlich alle, die er nicht zusammen mit Janet im Hangar arbeiten musste oder mit den anderen Kindern und Jugendlichen im Unterricht saß.

Im Augenblick kauerte er auf seinem Bett, die Beine angezogen und den Rücken gegen die harte Kabinenwand gedrückt. Neben ihm lag das Kissen, das er ebenso achtlos wie das Laken beiseitegeschoben hatte. Ihm lag nichts an Bequemlichkeit. Mit einem Arm umschlang er seine Knie, mit der anderen Hand hielt er die Fernbedienung fest und richtete sie auf den Bildschirm, der an der Kabinenwand direkt gegenüber seinem Bett angebracht war. Er hatte sich auf die Fernsehstation der Minenkolonie eingeklinkt und klickte sich missmutig durch das Programmangebot.

Die lokalen Nachrichten, die der Sender der Kolonie brachte, interessierten ihn nicht, eine Reportage über die letzte Pioniermission zur Erkundung neuer Welten schaltete er hastig wieder fort, Musiksendungen waren im Augenblick überhaupt nicht nach seinem Geschmack, und auch den verschiedenen, grellen Unterhaltungsshows konnte er nur wenig abgewinnen. Ohnehin hatte sich sein Bedürfnis nach medialer Ablenkung drastisch verringert, seit er von Merwyn Gazes verachtenswerten Eingriffen in die Informationsfreiheit auf der *Gambler-Circus* erfahren hatte.

Zu wissen, dass nur die harmlosesten, für seine konkrete persönliche Situation gänzlich irrelevanten Themen und Inhalte die unerbittliche Zensur des Direktors unbeschadet überstanden, erfüllte ihn mit Wut und ohnmächtiger Hilflosigkeit. Es war, als wäre er ein Blinder, der weiß, dass die Welt um ihn herum voller faszinierender Lebewesen ist, doch diese versammelten sich gerade außerhalb der Reichweite seiner ungeschickt tastenden Hände, ohne ihm jemals den Trost einer flüchtigen Berührung zu gewähren.

Schließlich blieb er bei einem Film hängen. In der Szene, in die er eingestiegen war, stritten sich zwei Männer, offenbar Vater und Sohn, lautstark über irgendeine Banalität. Er verfolgte ihren Disput eine Weile, dann glitten seine Gedanken ab. Erinnerungen blitzten wie kleine Lichter in ihm auf, und er wusste, wohin sie ihn führen würden, wenn er ihnen Raum gab. Rasch richtete er seine Aufmerksamkeit erneut auf den Film, aber es half nicht viel. Die Erinnerungen waren stärker. Er sah sich wieder in seinem Gleiter sitzen, sah, wie er den Asteroidenkurs flog, und spürte, wie der Gleiter den Befehlen seiner Hände gehorchte. Jeder einzelne Flug war in seinem Gedächtnis gespeichert, jeder, angefangen mit seinen ersten Flugversuchen, über die Stunden, die er im Training verbracht hatte, bis hin zu den unzähligen Vorführungen im Asteroidenfeld.

Wie von selbst trugen ihn seine Gedanken zu seinem letzten Flug. Der Hals wurde ihm eng, und er wusste, dass er der Erinnerung lieber nicht nachgegeben hätte, aber er schaffte es nicht, ihr den Raum zu verweigern, den sie einzunehmen gedachte. Die Bilder rissen ihn mit sich. Er spürte, wie sich sein Puls beschleunigte, so wie es auch im realen Flug geschehen war, fühlte, wie sich der Gleiter in die gewagten Manöver hineinwand, die er ihm auferlegte, und erahnte die Leistungsgrenze des kleines Fahrzeugs sowie seine eigene.

Ohne einen bewussten Entschluss dazu gefasst zu haben, schloss er die Augen und gab sich völlig seiner Erinnerung hin. Er vollzog jedes einzelne Detail seines Fluges nach, ohne ein einziges zu vergessen, und für einen Moment glaubte er, tatsächlich wieder zu fliegen. Doch als seine Erinnerung an ihr Ende gelangte, der Flug vorbei war und er sich an Benjamin Gazes Aufforderung entsann, sofort zum Schiff zurückzukehren, fiel der Zauber von ihm ab. Was blieb, waren ein bitterer Geschmack auf seiner Zunge und das Gefühl, gerade einen Faustschlag in den Magen bekommen zu haben.

Eilends öffnete er die Augen wieder, um nicht auch das wieder vor sich zu sehen, was nach dem Flug geschehen war. Ein gequälter Seufzer steckte irgendwo tief in seiner Kehle, doch er ließ ihn nicht heraus. Sich selbst zu bemitleiden, half ihm nicht dabei, seine drängende Sehnsucht zu überwinden. Nichts - außer das Fliegen selbst - konnte ihm helfen.

Nachts träumte er bereits davon, sah sich wieder in seinem Raumschiff sitzen und durch das Asteroidenfeld gleiten. In seinen kühnsten Fantasien flog er gar die *Challenge*, obwohl er nun von der Erfüllung dieses Wunsches weiter als jemals zuvor entfernt war.

Übergangslos brodelte zornige Hitze in ihm hoch. Ganz gleich, was die anderen auch denken und erwarten mochten, er würde sich nicht entschuldigen. Er würde nicht vor Merwyn Gaze im Staub kriechen.

Mochten die anderen es tun, er nicht. Dass er nicht mehr fliegen durfte, war schlimm genug, er wollte nicht auch noch seine Selbstachtung verlieren. Es lohnte sich nicht, nicht für das, was er dadurch gewinnen konnte.

Wenn er sich mit Merwyn Gaze gut stellte und seinen Platz zurückbekam, würde er sich sowohl in der Show als auch im Training mehr vergewaltigen müssen als je zuvor. Er dürfte niemals mehr seinen Unmut äußern, nicht einmal durch das winzigste Fingerzucken anzudeuten wagen, dass er die Regeln erneut zu brechen gedachte, und damit wären die Grenzen noch erheblich enger gesteckt als vor seiner kleinen Eskapade im Asteroidenfeld.

Er konnte und wollte sie jedoch nicht einhalten, nicht, nachdem er einmal gespürt hatte, wozu er als Pilot tatsächlich fähig war. Wenn er wieder flog, wollte er alles geben, sein gesamtes Können einsetzen und nicht wie eine flügellahme, fette Wachtel durchs Weltall torkeln. Schon vor seinem letzten Auftritt hatte es ihn immer mehr geschmerzt, sich so sehr kontrollieren zu müssen, dass der Flug jede natürliche Anmut verlor, und jetzt wäre es unerträglich für ihn, es wieder zu tun. Er wollte sich erst wieder in ein Raumschiff setzen, wenn ihn keine Regeln und Richtlinien mehr banden.

Erst als seine Zähne lautstark knirschten, bemerkte er, wie fest er sie aufeinander biss. Es war dumm und unvernünftig, so zu denken. Sein Vater hatte ihm genau erklärt, warum Merwyn Gaze auf der Einhaltung der Beschränkungen für die Artisten bestand, und das würde sich nicht ändern, heute nicht und auch nicht in einer Woche, einem Monat oder einem Jahr. Wenn er danach verlangte, ohne Regeln fliegen zu dürfen, würde Merwyn Gaze ihn nie wieder in eins der Raumfahrzeuge steigen lassen, soviel war sicher.

Es war ein unsägliches Dilemma. Er war gefangen zwischen seiner Sehnsucht und seinem Stolz, und er vermochte weder das eine noch das andere aufzugeben. Aber wenn er es nicht tat, gab es überhaupt keine Lösung.

Frustriert schüttelte Danny den Kopf, versuchte, seine Kiefermuskulatur zu entspannen, drängte alle Gedanken an seine deprimierende Situation mit Macht zur Seite und richtete seine Aufmerksamkeit wieder auf den Film.

Der Streit zwischen Vater und Sohn schien inzwischen eskaliert zu sein. Danny forschte kurz in seinem Gedächtnis, wie es dazu gekommen war, denn er hatte nicht darauf geachtet. Er runzelte missbilligend die Stirn, als der Sohn mit Waffengewalt auf den Vater eindrang. Eine Katastrophe schien unausweichlich zu sein. Plötzlich jedoch verschwand das Bild und machte dem stilisierten Symbol des Senders Platz.

„He!“, rief Danny verblüfft. Es kam ausgesprochen selten vor, dass ein Programm durch eine technische Störung unterbrochen wurde.

Es war jedoch kein mechanischer oder elektronischer Fehler, wie sich gleich darauf herausstellte. Das Logo des Senders trat in den Hintergrund, und die Kamera schwenkte auf eine junge, dunkelhaarige Frau, die mit großem Ernst zu sprechen begann.

„Hier spricht Sally Bright von EBC. Wir entschuldigen uns für die Unterbrechung Ihres Programms, aber soeben hat sich ein Vorfall ereignet, der uns dazu veranlasst hat, eine Live-Verbindung zur Erde zu schalten.“

Damit hatte sie sofort seine Aufmerksamkeit. Er kannte Sally Bright. Sie war die Starreporterin des Senders, und dass ausgerechnet sie die Programmunterbrechung erklärte, war ebenso erstaunlich wie eine direkte Übertragung von der Erde. Trotz Hyperfunk war das ein kostspieliges Unterfangen, und es musste schon etwas außerordentlich Bedeutsames geschehen sein, wenn die EBC sich dennoch dazu entschloss. Hinzu kam, dass das hereinkommende Signal offenbar mühelos Merwyn Gazes teuflisches Filterprogramm hatte passieren können, was wiederum eindeutig für die Dringlichkeit der Meldung sprach. Oder ihre Ungewöhnlichkeit! Womit man nicht rechnete, konnte man auch nicht ausschließen.

„Rede schon“, murmelte er ungeduldig, obwohl seit dem letzten Wort der Reporterin gerade einmal zwei Herzschläge vergangen waren.

Das Logo im Hintergrund verschwand nun gänzlich und wurde durch eine vereinfachte Darstellung des irdischen Sonnensystems ersetzt. Auf Höhe der Jupiterbahn blinkte ein gelber Punkt. Danny gab die Umklammerung seiner Knie auf, beugte sich weit nach vorn und starrte angespannt auf den Bildschirm.

„Vor wenigen Minuten wurde der Einsprung eines unbekannten Objekts ins System der Erde registriert. Seitdem nähert sich das fremde Raumschiff der Erde.“

Danny blieb vor Aufregung fast das Herz stehen. Das war wahrhaftig bedeutsam!

„Das Schiff ist, obwohl die Ortungsstationen es nicht richtig erfassen können, mit Sicherheit nicht von Menschenhand erbaut“, fuhr Sally Bright fort. „Es ist kugelförmig und besitzt einen Durchmesser von vier Kilometern.“

Er konnte sich lebhaft vorstellen, wie die Annäherung eines derart gewaltigen Fremdkörpers auf die Regierung und die Admiralität wirken musste. „Ich würde die Flotte schicken, um das Ding genauer unter die Lupe zu nehmen“, flüsterte er atemlos.

„Die Erdorbitalstation hat bereits reagiert und ein Geschwader in Bewegung gesetzt“, erklärte Sally Bright, als hätte sie seine Bemerkung gehört, „und auch wir von der EBC werden ein Raumschiff in die Nähe unseres Besuchers bringen. Meine Kollegin True Yeatman befindet sich an Bord der *Spaceline*. Ich werde jetzt an sie übergeben. Bleiben Sie dabei und erleben Sie mit, wie die Erde zum ersten Mal in ihrer Geschichte einen Kontakt mit fremden Intelligenzen knüpft!"

Doch es kam anders. Nicht lange, nachdem True Yeatman die Liveübertragung von der *Spaceline* aus übernommen hatte, kamen neue Ortungsdaten herein, die die wahre Natur des Raumschiffs enthüllten und es als Schwarm kleiner, amöboider Wesen auswiesen, die weder auf Kommunikationsversuche reagierten noch von ihrem Ziel abließen. Wie Motten, die von grellem Licht angezogen wurden, hielten sie zielstrebig auf die Erde zu.

Angespannt krallte Danny seine Hände in sein Bettlaken. Er hatte kein gutes Gefühl bei der Sache. In den nächsten Minuten erstarrte er zur Regungslosigkeit. Mit voller Konzentration verfolgte er mit, wie der Schwarm von der *Arrow-Wing* angegriffen wurde, sah, wie der Jäger und gleich darauf die *Arrow* in den Schwarm eintauchten und nur wenig später ihr Feuer einstellten. Er begriff, was das zu bedeuten hatte, noch bevor True Yeatman den entsprechenden Schluss zog und ihre Stimme das Schreckliche mit schrillem Unterton verkündete.

Sally Bright mischte sich wieder in die Reportage ein und berichtete von Gegenmaßnahmen, die auf der Erde getroffen wurden, um den Schwarm abzufangen. Die Übertragung ermöglichte es, dass er die Flugmanöver der Atmosphärengleiter und der Jäger, die den Amöboiden begegnen sollten, unmittelbar mitverfolgen konnte.

Schon nach kurzer Zeit war Danny dicht davor, aufzuspringen und zu schreien. Er konnte nicht fassen, dass das Militär derart ungeschickte Piloten aussandte. Die meisten von ihnen flogen bei Weitem zu langsam und zu wenig vorausschauend, um ihren Kanonieren das Anvisieren der kleinen, flinken Amöboiden effektiv zu gewährleisten. So würden sie es nie schaffen, die Angreifer aufzuhalten.

Es gelang ihnen tatsächlich nicht. Bilder des Schreckens folgten, Bilder, in denen Amöboide wie Regentropfen vom Himmel fielen und sich an den nächstbesten Menschen hefteten, den sie erreichen konnten, Bilder, die unbarmherzig die starren Augen der Opfer zeigten, ihre von Furcht, Schmerz und Tod entstellten Mienen und die Panik der Überlebenden, die aus der Nähe der Angreifer zu entkommen suchten. Nicht alle schafften es.

Danny war zutiefst erschüttert. Immer wieder zuckten seine Hände, so als säße er selbst hinter dem Steuer eines Gleiters und müsste die Amöboiden jagen. Er könnte es! Er könnte weit mehr von ihnen erwischen als die tölpelhaften Piloten, die das Militär auf der Erde ausgeschickt hatte!

Eine feurige Lanze stach durch seinen Magen, kaum dass er diesen Gedanken beendet hatte, und im gleichen Moment begann sein Puls zu rasen. Mit zittrigen Händen griff er zur Fernbedienung und schaltete den Bildschirm ab, doch er starrte ihn noch an, als er schon längst dunkel geworden war. In seinen Ohren rauschte es, seine Hände waren zu Fäusten geballt, und in seinem Inneren stiegen Gedanken empor, die ebenso hoffnungsvoll wie verzweifelt waren.

Nach dem Überfall der Amöboiden würde man auf der Erde alles tun, um für ein erneutes Auftauchen der tödlichen Wesen gewappnet zu sein. Es lag auf der Hand, dass der Schwarm offenbar nur von Schiffen gestoppt werden konnte, die sich in ihm bewegten, und das wiederum stellte ganz eindeutige Anforderungen an diese Schiffe. Die *Challenge* wäre, wäre sie nur scharf bewaffnet, bestens dafür geeignet, und er zweifelte nicht daran, dass das Militär Raumschiffe, die ihr glichen oder doch zumindest sehr ähnlich waren, gegen die Amöboiden einsetzen würde. Aber solche Schiffe allein reichten nicht; man brauchte auch fähige Piloten, damit ihre volle Stärke ausgenutzt werden konnte.

Mit gerunzelter Stirn dachte er an die Piloten zurück, deren Manöver er im Verlauf der Reportage hatte verfolgen können. Offenbar hatte sein Vater doch nicht übertrieben, als er behauptet hatte, die Gambler seien den anderen Menschen weit überlegen. Fakt war, keiner der Männer und Frauen, die vorhin in ihren Jägern gegen die Amöboiden geflogen waren, wäre in der Lage, ein Schiff wie die *Challenge* gut genug zu beherrschen, um das Überleben der Crew im Schwarm zu garantieren. Natürlich war es möglich, dass die Erdflotte noch über andere, fähigere Piloten verfügte, die beim Angriff aus welchen Gründen auch immer nicht zum Einsatz hatten kommen können, doch wenn die nicht entscheidend besser waren als ihre erfolglosen Kameraden, stand die Erde vor einem nicht unerheblichen Problem - einem Problem, das er lösen konnte.

Danny schluckte hart. Er könnte die *Challenge* fliegen, dessen war er sich sicher - und das bedeutete, dass die Erdflotte ihn und seine Fähigkeiten sehr gut gebrauchen könnte.

Die Versuchung war groß. Aber um seine Träume zu erfüllen, müsste er die *Gambler-Circus* verlassen. Unwillkürlich glitt sein Blick zur Tür, so als könnte seine Mutter selbst durch die verschlossenen Schotten seine Gedanken erahnen. Das Herz schlug ihm heftig gegen die Rippen, als er sich vorstellte, wie sie darauf reagieren mochte. Sein Flug hatte sie bereits zu einem hysterischen Ausbruch veranlasst, doch wenn er ihr mitteilte, dass er ging, um unter den Menschen zu leben, die sie so sehr fürchtete, würde sie ganz sicher völlig zusammenbrechen.

Der Hals wurde ihm eng. Er wollte ihr nicht wehtun, aber wenn er jetzt Rücksicht auf sie nahm, hieß das nicht mehr und nicht weniger, als dass er ihr die einzige hoffnungsvolle Perspektive opferte, die ihm noch geblieben war. Auf der *Gambler-Circus* erwartete ihn eine düstere Zukunft, in der er nur noch die Alternativen besaß, entweder seinen Stolz und seine Fähigkeiten und damit auch sich selbst aufzugeben oder nie wieder zu fliegen. Weder mit dem einen noch mit dem anderen könnte er auf Dauer leben. Der Angriff auf die Erde bot ihm hingegen die Möglichkeit, sich zu engagieren, sein Können adäquat einzusetzen und sogar Leben zu schützen. Er würde etwas tun können, was wirklich von Bedeutung war!

Es war eine schwere Entscheidung, und er machte es sich nicht leicht. Immer wieder wog er die Folgen, die sich aus der einen wie der anderen Wahl ergeben mochten, gegeneinander ab, und je öfter er es tat, desto klarer wurde ihm, dass er nur auf eine einzige Art und Weise handeln konnte. Er musste versuchen, in der Erdflotte Aufnahme zu finden, denn wenn er es nicht tat, würde er nie wieder die Gelegenheit erhalten, die Fesseln zu sprengen, die ihn an die *Gambler-Circus* banden und in ihrem unerträglichen Alltag gefangen hielten. Es bekümmerte ihn sehr, dass seine Mutter darunter leiden würde, aber er konnte es nicht ändern. Um seiner selbst willen musste er seinen Entschluss unabhängig von ihr fassen.

Langsam, beinahe bedächtig stand er auf, ging zu seinem Schreibtisch und zog ein Diktierpad aus einer der Schubladen. Für eine lange Minute starrte er es einfach nur an, dann aktivierte er es und sprach seine Nachricht. Der Text kam ihm wie von selbst in den Sinn. Es lag auf der Hand, was er der Akademie der Erdflotte schreiben musste. Natürlich wäre es besser gewesen, seine Botschaft direkt an die Erdorbitalstation zu schicken, schließlich wollte er nicht die Akademie durchlaufen, sondern sofort gegen die Amöboiden eingesetzt werden, aber er hatte keine Ahnung, an welche Stelle er sich wenden könnte. Deshalb wählte er als Zieladresse die Akademie, schilderte jedoch explizit seinen Einsatzwunsch. Er musste darauf vertrauen, dass die Sachbearbeiter seine Nachricht an die zuständigen Stellen weiterleiteten. Aber um das sicherzustellen, musste er sie noch auffälliger machen. Jeder Narr konnte verlangen, dass er gegen die Amöboiden fliegen wollte, deshalb musste er ihnen ohne jeden Zweifel verdeutlichen, dass er dazu tatsächlich imstande war.

Mit dem Pad in der Hand trat er aus seinem Zimmer und spähte geduckt den Flur entlang. Zum Glück war weder von seiner Mutter noch von seinem Vater eine Spur zu sehen. Vermutlich saßen sie im Wohnzimmer beisammen und plauderten, und er hoffte, dass sie noch eine Weile dort blieben. Sie mussten nicht unbedingt erfahren, wohin er ging und was er vorhatte. Am besten wäre es, wenn sie nicht einmal bemerkten, dass er die Wohnung verließ. Das würde ihm eine Menge unangenehmer Fragen ersparen.

Hastig schlüpfte er durch das Schott nach draußen, holte sein Fly-Board aus seinem Fach und steuerte es über die langen Korridore der *Gambler-Circus* dem Filmarchiv entgegen. Dort wurden alle Aufzeichnungen über die Vorstellungen gespeichert, bis die *Gambler-Circus* ein System verließ und das nächste aufsuchte. Vor dem Schott angekommen, ließ er sein Fly-Board zurück und betrat das Archiv. Eine Wand, die mit unzähligen Monitoren übersät war, lag direkt gegenüber der Tür und wirkte in dem kleinen Raum geradezu erdrückend. Keiner der Bildschirme war erleuchtet, lediglich auf dem wuchtigen Kontrollpult, das sich vor den Monitoren befand und ebenfalls die gesamte Breite des Raums einnahm, blinkte ein Stand-by-Signal.

Er eilte zu einem der Stühle, setzte sich und stieß sich mit dem Fuß ab, bis der Stuhl in der Schiene, in der er befestigt war, genau vor den Haupteingabeterminal rollte. Dort fing er die Bewegung ab, legte das Datenpad auf einen freien Platz zwischen den Kontrollen und ließ seine Finger über die Tastatur huschen. Er hatte das Archiv bislang nie selbst benutzt, aber er hatte einmal gesehen, wie sein Vater es tat, und das genügte ihm, um jede Schaltung und jeden Befehl, die das Archiv zum Leben erwachen ließen, nachvollziehen zu können.

Die Reaktion auf seine flinke Eingabe erfolgte prompt. Der größte Bildschirm, der sich direkt oberhalb der Tastatur befand, blitzte auf und zeigte ihm das Optionsmenü. Danny klickte sich sofort weiter, und während seine Finger über die Tasten flogen, kaute er voller Nervosität auf seiner Unterlippe herum. Er wollte den Mitschnitt seines letzten, spektakulären Fluges aufrufen, aber er war sich nicht sicher, ob Merwyn Gaze ihn nicht gelöscht hatte. Es wäre immerhin denkbar, dass der Direktor befürchtete, auch andere Gambler könnten auf die Idee kommen, die Regeln zu brechen, wenn sie sich die Aufzeichnung ansahen.

Einen Moment später atmete er auf. Die Aufzeichnung von seinem Flug war noch da. Er konnte sogar aus den unterschiedlichen Blickwinkeln, die den Zuschauern während der Show möglich waren, wählen. Nach kurzem Zögern entschied er sich für zwei der Perspektiven, eine, die seine Vorführung aus der Sicht einer außerhalb des Asteroidenfelds stehenden Kamera zeigte, und eine, die die Innenansicht des Cockpits wiedergab. Er überspielte beide auf das Pad und fügte sie seiner Bewerbung als Anlage hinzu, dann nickte er zufrieden. Erst durch die Aufzeichnung würde seine Bitte um Aufnahme in die Erdflotte das nötige Gewicht bekommen.

Nachdem er das Archiv wieder in seinen schlafenden Zustand zurückversetzt hatte, verließ er den Raum und machte sich auf den Weg zur Postabteilung des Schiffes. Die *Gambler-Circus* hatte ihre eigene Postadresse. Von dort aus konnten Nachrichten in jede Kolonie und natürlich auch an die Erde gesendet werden. Das entsprach zwar keiner direkten Funkverbindung, aber die wäre über so viele Lichtjahre hinweg ohnehin viel zu teuer gewesen. Außerdem musste jede Direktverbindung von Merwyn Gaze genehmigt werden, und damit würden auch seine Eltern davon erfahren.

Doch damit nicht genug: Über Funksprüche wurde ein internes Logbuch geführt, das Merwyn Gaze jederzeit einsehen konnte. Aber gerade der sollte als Letzter erfahren, was er vorhatte. Eine Einwegbotschaft war deshalb viel besser. Er konnte sie absenden, ohne erst um Erlaubnis betteln zu müssen, und sie verschwand aus den Speichern der Postabteilung, sobald sie abgeschickt worden war.

Zum Glück erfüllte eine digitalisierte, überlichtschnelle Botschaft ihren Zweck genauso gut wie eine direkte Funkverbindung, und sie konnte die Erde ebenfalls in wenigen Sekunden erreichen. Der einzige Nachteil war, dass er auf eine Antwort warten musste, da nicht sicher war, wann man seine Nachricht abspielte und wie schnell sie einem verantwortlichen Offizier vorgelegt werden würde.

Sein Herz stotterte einen Moment lang unter dem Ansturm unterschiedlichster Gefühle. Ungeduld, Aufregung, Sorge und Angst rangen miteinander, bis er ihnen energisch seine Entschlossenheit entgegensetzte. Trotzdem würde ihm das Warten sehr, sehr schwer fallen.

Als Danny die Postabteilung betrat, war er froh, dort niemanden anzutreffen. Er beeilte sich, das Terminal zu aktivieren und mit seinem Pad zu verbinden. Keine halbe Minute später hatte er seine Botschaft eingegeben. Ein Druck auf die Sendetaste würde nun genügen, um sie an die nächste Relaisstation zu schicken, von der aus sie zur Erde weitergeleitet werden und diese, mitgerissen von der überlichtschnellen Trägerwelle, in nur wenigen Sekunden erreichen würde.

Mit rasendem Puls und zitternden Fingern berührte Danny die Taste, erst dann atmete er erleichtert auf. Seine Botschaft war unterwegs. Weder Merwyn Gaze, noch seine Mutter, noch er selbst würden sie jetzt noch aufhalten können.

9. Kapitel

Leise stöhnend rieb sich Elaine die Augen, die unter dem Einfluss des erbarmungslos grellen Lichts in ihrem Büro zu brennen begonnen hatten. Trotzdem senkte sie das Helligkeitsniveau nicht herunter, denn sie ahnte nur zu gut, dass nicht der Schein der Deckenlampen, sondern Überanstrengung und Erschöpfung der Grund für ihre schmerzenden Augen waren.

Zweieinhalb Tage waren vergangen, seit der Schwarm die Erde heimgesucht hatte. In dieser Zeit hatte sie nur sehr wenig Ruhe gefunden, und wenn sie einmal die Gelegenheit gehabt hatte, ihre Augen zu schließen, so war das hier in ihrem Büro geschehen. Ihre kleine Wohnung an Bord der Erdorbitalstation hatte sie seit dem Angriff nicht mehr betreten, und sie begann, sich immer stärker nach ihrem Bett zu sehnen. Der Gedanke daran, sich auszustrecken, die Augen einfach zufallen zu lassen und in einen tiefen, traumlosen Schlaf zu sinken, war für sie längst so verlockend geworden wie der Anblick einer Oase nach fünf Tagen Fußmarsch durch die Wüste ohne Wasser.

Doch sie versagte sich das Ziel ihrer heimlichen Sehnsucht, blieb wach und - was noch wichtiger war - jederzeit in ihrem Büro erreichbar. Nicht einmal den Ausflug in die Funkleitzentrale hatte sie sich in den vergangenen zwei Tagen gegönnt; es gab einfach zu viel, was getan werden musste, und sie stand als Captain der Erdorbitalstation inmitten aller Vorbereitungen.

Die Prototypen der neuen Schiffe, von denen Admiral Jennings ihr erzählt hatte, waren heute Morgen um 03.30 auf der Station eingetroffen, und der entsprechende Simulator war bereits gestern installiert worden. Der vereinte Rat aus Regierung und Admiralität hatte ihrem Einsatz zugestimmt und darüber hinaus auch alle weiteren Punkte des Schlachtplanes, den sie und der Admiral noch vor der Sitzung entworfen hatten, abgesegnet.

Innerhalb der Flotte lief die Suche nach geeigneten Piloten und Geschützleuten längst auf Hochtouren. Sie selbst hatte die Liste der möglichen Piloten bereits an Admiral Jennings übersandt, damit er eine Auswahl traf, und wartete darauf, dass er ihr mitteilte, wen sie gegen die Amöboiden einsetzen konnte. Sie hoffte inständig, dass sich Männer und Frauen fanden, die mit den Prototypen zurechtkamen, woran sie noch immer unangenehme Zweifel hegte.

Aber nicht nur aus diesem Grund bereiteten ihr die Schiffe nach wie vor Kopfzerbrechen. Die beiden Prototypen waren so neu, dass sie einen erheblichen Unsicherheitsfaktor darstellten. Der Flug zur Erdorbitalstation war neben einigen wenigen anderen kurzen Flügen der bisher einzige wirkliche Test der Schiffe gewesen. Ob sie sich im Kampf bewähren würden, musste sich erst noch herausstellen. Hoffentlich ließen die Amöboiden ihnen wenigstens genug Zeit, die Schiffe noch eingehender zu prüfen und gegebenenfalls zu verbessern. Falls sie Mängel in der Konstruktion besaßen, konnte sich das für die Besatzungen bei einem Einsatz gegen den nächsten Schwarm als tödlich erweisen.

Den Amöboiden war indessen ein Teil ihrer Geheimnisse entrissen worden. Professor Sherman Hewitt war sofort bereit gewesen, sich ihrer Erforschung anzunehmen, und er hatte mittlerweile herausgefunden, warum eine Berührung mit ihnen den Tod brachte. Die Amöboiden lösten durch Kontakt mit der Haut eines Menschen in dessen Nervensystem einen tödlichen Kollaps aus.

Ein präventives Mittel dagegen hatte er nicht in Aussicht stellen können, lediglich die leichte Hoffnung formuliert, dass ein Mensch, der von einem der fremden Wesen berührt worden war, gerettet werden konnte, wenn er innerhalb kürzester Zeit von ihm befreit und einer speziellen Behandlung unterzogen wurde, an der er gerade intensiv arbeitete. Aber das war, falls die Amöboiden einen erneuten Angriff starteten und sich dabei wiederum über die gesamte Erde verteilten, kaum eine geeignete Methode, um die Zahl der Opfer zu reduzieren.

Aufgrund seiner wichtigen Ergebnisse war Professor Hewitt die Ehre zuteilgeworden, den Wesen einen Namen geben zu dürfen. Das hatte er auch sogleich getan; dummerweise war dieser Name so kompliziert, dass ihn sich nur wenige Menschen merken konnten, geschweige denn ihn über die Zunge brachten. Da der Professor aber seit dem Angriff von nichts anderem als dem Schwarm gesprochen hatte, hatten die Amöboiden schnell ihren Spitznamen bekommen - unter der Erdbevölkerung und selbst unter den Soldaten der Erdorbitalstation hießen sie die *Hewitts*.

Ob das nach dem Gemetzel, das die Amöboiden auf der Erde angerichtet hatten, auch noch eine Ehre für den Professor war, wagte Elaine jedoch zu bezweifeln. Die endgültige Zahl der Opfer war erst gestern Abend bekannt gegeben worden: 974.996 Menschen aus allen Teilen der Erde waren dem Angriff erlegen. Damit hatte gerade einmal die Hälfte der Wesen abgewehrt werden können, und es wären noch mehr von ihnen durchgekommen, wenn nicht die *Arrow* zuvor in den Schwarm eingedrungen wäre und viele Hewitts unschädlich gemacht hätte - eine Aufgabe, die beim nächsten Angriff die neuen Schiffe übernehmen sollten, die man in einem Anflug von subtilem Humor, was ihre Herkunft sowie ihren zukünftigen Verwendungszweck betraf, *Joker* und *Ace* getauft hatte.

Gedankenverloren schüttelte Elaine den Kopf und erhob sich langsam aus ihrem Sessel. Ihre vom langen Sitzen steifen Glieder protestierten gegen die Bewegung, und ihre Gelenke knirschten vernehmlich, als sie sich reckte. Missmutig schürzte sie die Lippen. Hoffentlich fand sie bald wieder die Gelegenheit dazu, ihre ausgedehnten Rundgänge durch die Station zu machen. Ihr Büro besaß bei Weitem nicht genug Beinfreiheit.

Ein Signal unterbrach ihre unruhige Wanderschaft von Wand zu Wand, noch bevor sie richtig begonnen hatte. Seufzend zwängte sie sich wieder hinter ihren Schreibtisch und aktivierte den kleinen Bildschirm, der darauf stand. Das Gesicht ihres Adjutanten Ian Fellmer zeichnete sich auf dem Monitor ab. „Captain, Commander Birch möchte Sie sprechen."

„Lassen Sie ihn herein, Ian. Ich erwarte bereits seinen Bericht."

Commander Greg Birch war ihr erster Offizier. Sie hatte es ihm übertragen, sich um die Prototypen zu kümmern und dafür zu sorgen, dass sie von den Technikern bestmöglich auf den Einsatz vorbereitet wurden. Commander Birch war ein wahrer Riese von einem Mann. Wann immer sie dicht vor ihm stand, musste sie den Kopf in den Nacken legen, um zu ihm aufzusehen, doch der Rollenverteilung in der Hierarchie der Station tat das keinen Abbruch. Er respektierte sie als Vorgesetzte, und sie schätzte seine Arbeit, der er stets mit großer Gewissenhaftigkeit nachging. Oberflächlich betrachtet besaßen sie sogar eine Gemeinsamkeit. Wie sie war er ein Mensch, der ständig in Bewegung sein musste. Doch was bei ihr Temperament und Lebensart war, war bei ihm Anspannung und ein Zeichen von Stress.

Und gerade im Augenblick schien er eine Menge davon zu haben. Als er eintrat und salutierte, fühlte sie sich durch seine hochgewachsene, schlanke Gestalt an einen gespannten Langbogen erinnert. Er stand leicht nach vorn gebeugt und trat so unstet von einem Fuß auf den anderen, als wäre er am liebsten bereits an dem Ort, den er als Nächstes aufsuchen musste, um dort nach dem Rechten zu sehen. Seine braunen Augen lagen tief in den Höhlen, und sein Blick huschte in ihrem Büro ungeduldig hin und her. Auch er schien mehr auf das Kommende als auf die Gegenwart gerichtet zu sein.

Elaine konnte es ihm nicht verdenken. Die Hewitts und ihre mögliche Wiederkehr schwebten wie ein drohendes Fanal über der Erde und damit vor allem über ihrem Kopf und denen ihrer Kommandocrew, denn an ihnen würde es sein, die Amöboiden aufzuhalten.

Sie winkte dem Commander, damit er bequem stand - so bequem, wie seine innere Anspannung es zuließ - und sprach ihn an. „Wollen Sie mir über die technische Umrüstung der Prototypen Bericht erstatten?"

„Ja, Captain Wilding. Die Techniker haben die Bewaffnung der Schiffe hinsichtlich des Einsatzes neu justiert. Die Strahlen sind so eingestellt worden, dass sie die Hewitts auf breiter Front vernichten können, allerdings um den Preis, dass sie nicht tief in den Schwarm eindringen können. Der Hauptabstrahlpol der Geschütze gibt einen Strahlenkegel von nur dreihundert Metern Höhe ab. Die Fläche, die er an seinem äußersten Bereich bestreicht, hat einen Durchmesser von zweihundert Metern."

Elaine runzelte die Stirn. „Es wäre wünschenswert gewesen, wenn die Reichweite und Auffächerung größer gewesen wären."

„Die Techniker haben es versucht, aber die Energiekapazität der Prototypen ist nicht unbegrenzt. Die derzeitige Einstellung ist der beste Kompromiss, den sie finden konnten."

„Wo liegt das Problem?"

„Im Grunde ist es kein Problem, Captain, sondern eine Frage der Missionsprioritäten. Als die Prototypen entworfen wurden, wollte man Schiffe, die im Gegensatz zu den meisten Schiffen der Innersystemverteidigung Raumsprünge ausführen und zudem extreme Sublichtmanöver fliegen können, die den anderen Jägern nicht möglich sind. Dazu benötigten die Prototypen ungewöhnlich starke, unterlichtschnelle Triebwerke und gleichzeitig sehr leistungsfähige Andruckabsorber, damit die Crew während eines Fluges nicht zu Tode gequetscht wird. Die Triebwerke und Sekundäraggregate haben den Platz, der im Raumschiff für andere Maschinen zur Verfügung steht, schon beinahe ausgeschöpft. Leider ist das Volumen der Prototypen, verglichen mit dem anderer Schiffe, nicht besonders groß, und so hat es unweigerlich in einem der Systeme zu Einschränkungen kommen müssen."

Elaine nickte. „Ich verstehe. Man kann vermutlich nicht erwarten, dass die Prototypen schneller, wendiger und kleiner sind als alle bekannten Schiffstypen und dazu auch noch besser bewaffnet."

„Richtig. Deshalb hat man sich bei ihrer Planung dafür entschieden, das Waffensystem nicht so stark zu berücksichtigen, um dafür die Manövrierfähigkeit bis auf ein Maximum steigern zu können. Trotzdem sind die Schiffe für den Einsatz gegen die Hewitts bestens geeignet. Innerhalb des Schwarms benötigen sie keine starken Waffen, da die Hewitts selbst mit einem Schuss aus einer normalen Strahlenpistole getötet werden können; dafür wird ihre Beweglichkeit ausgesprochen nützlich sein, sodass der Nachteil der vergleichsweise geringen Waffenkapazität mehr als ausreichend ausgeglichen wird. Außerdem dürfte es für die Besatzungen ohnehin am wichtigsten sein, die Hewitts in der unmittelbaren Nähe zu vernichten. Die Fächerung der Waffen ist deshalb viel entscheidender als eine große Reichweite."

„In Ordnung, Commander. Sorgen Sie dafür, dass die Schiffe ständig bereitstehen."

„Aye, aye Captain", erwiderte Greg Birch und verabschiedete sich. Seine Füße trugen ihn so schnell aus dem Büro, als fürchteten sie, ihr Träger könne es sich noch einmal anders überlegen.

Elaine sah ihm nicht nach, sondern ließ sich seufzend in ihren Sessel zurücksinken. Für einen Moment war sie versucht, die Augen zu schließen und ein paar Sekunden lang ihre Gedanken treiben zu lassen, aber sie bekam nicht die Gelegenheit dazu. Ihr Adjutant meldete sich erneut bei ihr.

„Captain, Admiral Jennings ist auf Leitung drei."

Augenblicklich war Elaine wieder wach. „Stellen Sie ihn zu mir durch, Ian!"

Nur eine Sekunde später wechselte das Bild auf dem Schirm und zeigte Admiral Jennings' hageres Gesicht.

„Admiral Jennings", begrüßte sie ihn förmlich.

Der Admiral wirkte ungewöhnlich entspannt; fast meinte sie, ein Lächeln auf seinen schmalen Lippen zu erkennen. „Captain Wilding, ich habe gute Nachrichten. Die Suche nach geeigneten Soldaten, die die Geschütze der *Joker* und der *Ace* besetzen sollen, ist erfolgreich abgeschlossen. Unter den 32 Leuten mit den besten Ergebnissen befinden sich zwölf Kadetten sowie 14 Fähnriche und sechs Lieutenants von der Orbitalstation und der Erde."

Elaine gestattete sich ein leichtes Aufatmen. „Übertragen Sie mir bitte die Daten der Personen. Wann kann ich mit der Ankunft der Soldaten rechnen?"

„Ein Transporter steht bereits bereit. Die Kadetten packen derzeit ihre Sachen, werden um 11.00 von der Erde abfliegen und können gegen 11.35 auf der Station sein. Von den übrigen befinden sich die meisten bereits an Bord der Erdorbitalstation. Die Liste wird Ihnen zeigen, wen Sie von seinem bisherigen Posten abziehen müssen. Die Fähnriche und Lieutenants, die sich in meinem Wirkungskreis aufhalten, sind ebenfalls informiert. Sie werden im Verlauf des Nachmittags bei Ihnen eintreffen. Jeder Einzelne von ihnen ist eindringlich darauf hingewiesen worden, dass wir keine Zeit zu verlieren haben."

Elaine nickte nachdenklich. „Je eher wir damit beginnen können, sie im Simulator auf den nächsten Angriff der Hewitts vorzubereiten, desto besser. Wie steht es mit den Piloten? Wann können die hier sein?"

Der Admiral beugte sich leicht nach vorn. „Ich habe die acht besten Männer und Frauen ausgewählt. Fünf befinden sich auf Ihrer Station, drei gehören zu den Flottenteilen, die auf der Erde stationiert sind."

Ein zweiter, kleinerer Bildschirm blitzte auf, und eine Liste von Namen erschien. Elaine überflog sie hastig und blieb nur bei einem der Genannten, bei Lieutenant Thad Thornsburg, länger hängen. Es überraschte sie nicht, seinen Namen auf der Liste, ja sogar am Kopf der Aufzählung derer zu finden, die die Prototypen fliegen sollten. Er war ihr im Verlauf der Jahre, die er nun schon auf der Station arbeitete, immer wieder durch überdurchschnittliche Leistungen und seinen unermüdlichen Ehrgeiz aufgefallen. Sie hätte sich denken können, dass er es verstand, sich durch den Test von der Masse der anderen Soldaten abzuheben.

„Unterstellen Sie die Teams, die in den Schichten am Simulator trainieren, dem Befehl der Piloten, Captain Wilding", fuhr Admiral Jennings fort. „Über den Oberbefehl entscheidet die Rangfolge innerhalb der Piloten."

„Aye, aye, Sir. Ich hoffe nur, dass die Piloten auch wirklich mit den Prototypen zurechtkommen werden."

Admiral Jennings' Augen begannen plötzlich eigentümlich zu schimmern, als seien sie von einem verirrten Lichtstrahl getroffen worden, der sich irgendwie einen Weg ins Flottenhauptquartier gesucht hatte. „Vielleicht wird diese Sorge bald von unseren Schultern genommen werden. Mir ist vorgestern von einem meiner Mitarbeiter eine Bewerbung vorgelegt worden. Ein Siebzehnjähriger hat um Aufnahme in die Erdflotte gebeten."

Elaine furchte die Stirn. Sie hätte nicht erwartet, dass sich die Admiralität angesichts der angespannten Lage um derartige Nichtigkeiten kümmerte. Außerdem gab es einen guten Grund, warum sie der Bewerbung eigentlich keine Beachtung hätte schenken sollen. „Der Verfasser ist zu jung, um selbst in die Akademie aufgenommen zu werden."

„Er will weit mehr als das, Captain Wilding. Er hat sich angeboten, gegen die Hewitts zu fliegen."

Hätte ihr jemand anderer davon berichtet, hätte sie das Handeln des Jungen sofort als eindeutiges Zeichen von Größenwahn abgetan und sich nicht länger damit befasst, doch da der Admiral ihr davon erzählt hatte, war sie sich nicht sicher, wie sie die Bewerbung einordnen sollte. „Wieso sollten wir dieses Angebot ernst nehmen?"

„Weil er nicht lediglich ein Schreiben verfasst, sondern auch einen Film mitgeschickt hat, der sein Können unter Beweis stellen soll. Ich werde ihn auf Ihren Bildschirm übertragen lassen."

Bevor Elaine eine weitere Frage stellen oder protestieren konnte, dass sie im Augenblick für so etwas nun wirklich keine Zeit habe, verschwand das Gesicht des Admirals vom Schirm und machte einer anderen Darstellung Platz. Durch die Fenster eines Gleiters konnte Elaine in den Weltraum sehen. Direkt in der Mitte des Bildes befand sich eine kleine, dreidimensionale Holografie, auf der die unmittelbare Umgebung des Raumschiffs und damit auch die vielen kleinen Objekte, die um den Gleiter herumwirbelten, zu erkennen waren.

Links und rechts ragten die Hände des Piloten ins Bild. Sie waren unermüdlich in Bewegung und steuerten den Gleiter mit einem Geschick und mit einer Geschwindigkeit, dass Elaine ungläubig die Augen aufriss. Angespannt verfolgte sie die Manöver des rasend schnellen Raumschiffs und vergaß beinahe zu atmen. Kein Mensch hätte diesen Kurs fliegen können, nicht mit dieser Präzision und schon gar nicht in einem derart höllischen Tempo.

Als die kurze Filmsequenz endete, stieß sie hörbar Luft aus. „Der wäre der Richtige für uns!"

Admiral Jennings' Gesicht kehrte auf den Bildschirm zurück. Um seine Lippen spielte nun eindeutig ein Lächeln, und seine Augen schimmerten noch intensiver als zuvor. „Ich sehe, der Junge hat es verstanden, auch Sie von sich zu überzeugen."

„Er ist ein Gambler", sagte Elaine staunend.

„Das ist offensichtlich. Es scheint, als wären unsere Gebete erhört worden, Captain. Zum Glück hat der Offizier, der den Posteingang der Akademie verwaltet, sofort die Bedeutung des Schreibens erkannt und die Admiralität informiert. Es wäre eine Schande gewesen, wenn die Nachricht des Jungen in irgendeiner Schreibtischschublade verrottet wäre."

„Denkt die Admiralität daran, seine Bewerbung zu akzeptieren?"

„Was würden *Sie* tun?"

Elaine schaute den Admiral fest an. „Ich würde nicht zögern, ihn zur Erdorbitalstation kommen zu lassen. Wenn mir dieser Gambler zur Verfügung stünde, hätte ich eine Sorge weniger. Dann wüsste ich, welcher Pilot gegen den Schwarm antritt - vorausgesetzt, er ist wirklich so gut, wie der Film es vermuten lässt."

Admiral Jennings nickte bedächtig. „Ich bin ganz Ihrer Meinung, und einige andere Admiräle ebenso - allerdings erst, nachdem ich eine gewisse Überzeugungsarbeit geleistet hatte. Zum Glück genügten mir die Stimmen, um eine Mehrheit im Flottenoberkommando zu erreichen. Die Bewerbung des Gamblers wird angenommen."

Elaine hob skeptisch eine Augenbraue. „Ohne Vorbehalte?"

„Nicht ganz. Die anderen Admiräle haben einstimmig gefordert, dass man den Gambler zunächst einer Prüfung unterziehen müsste, damit festgestellt werden kann, ob er tatsächlich als Pilot für die Prototypen geeignet ist. Da er noch so jung ist, hegen die anderen einen nicht unberechtigten Zweifel daran. Wir sind uns alle einig, dass wir kein Risiko eingehen können. Es wird an Ihnen liegen, die Fähigkeiten des Jungen auszutesten, Captain. Lassen Sie ihn im Simulator der Prototypen mehrere Missionen gegen die Hewitts fliegen. Vermutlich wird sich dabei sehr schnell zeigen, was Sie von ihm erwarten können - und auch erwarten *sollten*. Und noch etwas, Captain Wilding: Halten Sie die Ankunft des Gamblers vorerst geheim. Sie wird erst offiziell bekannt gegeben, wenn er Ihren Test erfolgreich bestanden hat, und auch dann nur innerhalb des Kreises, der mit der Verteidigung der Erde gegen die Hewitts befasst ist. Stellt sich, aus welchen Gründen auch immer, das Gegenteil heraus, oder kommt er gar nicht erst, wird niemand erfahren, dass seine Aufnahme überhaupt in Betracht gezogen worden ist."

Ein leichter Anflug von Sorge stieg in Elaine auf. „Glauben Sie denn, dass allein die Tatsache, dass die Admiralität der Bewerbung eines Gamblers stattgeben will, bereits Unruhe in der Bevölkerung auslösen wird?"

Der Admiral nickte ernst. „Es wäre denkbar. Auf jeden Fall sind wir nicht bereit, einen öffentlichen Aufruhr zu riskieren, solange nicht klar ist, ob der Gambler für die Erde fliegen wird oder nicht. Wenn er es tut, müssen wir uns noch früh genug damit auseinandersetzen, doch wenn nicht, ist es nicht nötig, Unfrieden zu stiften. Bis zu Ihrem Test reicht es, wenn Sie, ich und die Admiralität von dem Jungen wissen."

„Aye, aye, Sir", erwiderte Elaine; unwillkürlich blickte sie zum elektronischen Kalender, der auf ihrem Schreibtisch gleich neben dem Chronometer installiert war.

„Wann kann er hier sein?"

„Als seine Adresse hat er die *Gambler-Circus* angegeben. Das Schiff steht im Augenblick im System von *Longway*. Die Aufforderung, zur Erdorbitalstation zu kommen, wird er heute Mittag erhalten; wenn man die Zeit berücksichtigt, die er zum Packen und zum Abschied benötigt, wird er vermutlich morgen früh aufbrechen."

Rasch überschlug Elaine die Dauer des Fluges, der dem Gambler bevorstand. Das Ergebnis war nicht gerade ermutigend. „Selbst wenn er den erstbesten Transport zur Erde nimmt, wäre er vier Tage unterwegs. Wäre es nicht besser, ein Schiff der Flotte *Longways* brächte ihn hierher? Das könnte Zeit sparen. Wir wissen schließlich nicht, wann die Hewitts erneut zuschlagen."

Admiral Jennings schüttelte den Kopf. „Sie haben zwar recht, trotzdem werden wir es nicht tun. Der Gambler ist selbst für die Akademie noch zu jung, er hat keine Ausbildung, die sich mit der eines Soldaten der Flotte vergleichen ließe, und doch wird er vermutlich schon bald unser wichtigster Pilot sein. Ganz sicher wird das dem einen oder anderen sauer aufstoßen. Deshalb hat das Flottenoberkommando beschlossen, jede weitere Bevorzugung zu unterlassen - zumindest offiziell."

„Und inoffiziell?"

„Wir wissen, welche Transporter in den nächsten Tagen von *Longway* zur Erde fliegen. Sie haben die Anweisung bekommen, ihre üblichen Routen zu ändern und die Erde direkt anzusteuern. Das spart dem Gambler die Hälfte der Flugzeit. Mehr können wir nicht tun. Wir müssen auf ihn warten."

Das klang überraschend unsicher. „Zweifeln Sie daran, ob er unserer Aufforderung folgen wird?", fragte Elaine besorgt.

Der Admiral hob die Schultern. „Ich bin mir tatsächlich nicht sicher. Der Junge hat seine Bewerbung keine Stunde, nachdem der Angriff nach *Longway* übertragen worden ist, abgesendet. Das heißt, es war ein sehr schneller Entschluss."

„Fürchten Sie, er könnte es sich noch anders überlegen?"

Gambler waren dafür bekannt, dass sie ihre überragenden Fähigkeiten für Spiele aller Art einsetzten und sich ansonsten von anderen Menschen fernhielten. Elaine konnte nur hoffen, dass der junge Gambler nicht kalte Füße bekam, sobald er bemerkte, dass das, worauf er sich eingelassen hatte, ganz und gar kein Spiel war.

Ein Schatten fiel auf Admiral Jennings' hageres Gesicht. „Das wäre möglich. Außerdem hat er seine Entscheidung vermutlich nicht mit seinen Eltern abgesprochen. Da er noch jung ist, könnten sie ihn davon abhalten zu gehen. Es bleibt uns nichts anderes übrig, als zu hoffen."

Damit verabschiedete sich der Admiral. Elaine sprang aus ihrem Sessel auf, kaum dass sein Bild verblasst war, und nahm eine hastige, unruhige Wanderung durch ihr Büro auf. Es gefiel ihr nicht, ihre Planung auf einer derart unvorhersehbaren Variablen aufzubauen, und sie beschloss, den Gambler vorerst nicht zu berücksichtigen. Erst wenn er eingetroffen war, würde sie in Betracht ziehen, auf ihn zu setzen. Alles Weitere musste der Test zeigen.

10. Kapitel

Der lange Korridor, der an den Türen der riesigen Hörsäle der Erdakademie vorbeiführte, lag still und verlassen vor Madelaine Thompson. Es war eine Ruhe, die so gar nicht ihren Gefühlen entsprach. Mady, wie sie von ihren Freunden und Bekannten gerufen wurde, eilte mit schnellen Schritten durch das helle Sonnenlicht, das durch die großen Fenster flutete und sich glitzernd auf den Vitrinen und Schaukästen brach, die in regelmäßigen Abständen die Wände säumten. Trotz ihrer Hast fühlte sie sich durch ihren Anblick auf eigentümliche Weise berührt.

Wie oft hatte sie sich bereits die Nase an ihnen platt gedrückt, um die Bilder der jungen Männer und Frauen zu bestaunen, die vor ihr die Akademie durchlaufen und sich durch ihre herausragenden Leistungen ausgezeichnet hatten. Die Champions der sportlichen Wettkämpfe hatten dort ebenso wie die Sieger der wissenschaftlichen und flugtechnischen Wettbewerbe einen Ehrenplatz gefunden, und ganz besonders hatte sie stets jene bewundert, deren Einsatz für die Erde und die Kolonien nach dem Abschluss ihrer Ausbildung so vorbildlich und von Hingabe erfüllt gewesen war, dass die Leitung der Akademie voller Stolz ihren Besuchern und gegenwärtigen Schülern zeigte, wo die Karriere der heute berühmten Männer und Frauen der Flotte ihren Anfang genommen hatte.

Am Tag, an dem Mady in die Akademie eingetreten und diesen Korridor zum ersten Mal mit ehrfürchtigem Staunen heruntergeschritten war, hatte sie sich vorgenommen, eines Tages ebenfalls an der Seite jener zu stehen, an denen man sich als junger Kadett ein Vorbild nahm, aber im Augenblick war sie noch weit davon entfernt. Noch war sie nichts weiter als ein Greenhorn, das mit großen Kinderaugen zu den bedeutenden Namen aufschaute, die vor allem das Pionierzeitalter der Raumfahrt geprägt hatten, und auch die hektische Eile, die sie an den Tag legte, trug nichts dazu bei, diesen Eindruck zu mindern. Sie hastete, in Ausgehuniform und mit einer kleinen Reisetasche in der Hand, den schier endlosen Korridor entlang, an dessen Ende sich ein Zugang zum schnellen Bandsystem befand, das die Lehrgebäude der Akademie mit dem nahe gelegenen Raumhafen verband.

Während die Reflexionen der Sonnenstrahlen in Windeseile an ihr vorbeihuschten, wünschte sie inständig, die Wohnbereiche der Kadetten wären auf ähnliche Weise mit dem Rest der Akademie verbunden, aber es schien, als wolle man die Kadetten zu Disziplin und vorausschauender Planung erziehen, indem man sie auf dem weitläufigen Gelände möglichst lange Strecken zu Fuß gehen ließ. Aber wie sollte man vorausschauend handeln, wenn man erst kurz vor dem Start der Fähre darüber informiert wurde, dass man dort erwartet wurde?

Mady fluchte im Stillen und wünschte, man hätte ihr eher Bescheid gesagt. Sie hasste es, sich abhetzen zu müssen und möglicherweise zu spät zu kommen, und in diesem Fall wäre das ganz gewiss keine Bagatelle. Die Fähre würde sicher nicht auf sie warten, und es würde dem Captain der Erdorbitalstation bestimmt nicht gefallen, wenn sie feststellen musste, dass ein Passagier zu wenig im Shuttle gesessen hatte.

Das Ganze war ohnehin mehr als merkwürdig. Verstohlen zerrte Mady am engen Kragen ihrer Ausgehuniform, die sie bislang bestenfalls ein Dutzend Mal getragen hatte. Der Stoff fühlte sich noch immer steif und ungewohnt an, und auch das Gewicht ihrer Reisetasche lastete seltsam in ihrer Hand. Sie hätte nie damit gerechnet, so schnell wieder aus der Akademie abreisen zu müssen.

Nicht, dass sie nicht auch eine gewisse Dankbarkeit empfunden hätte, als einer der Ausbilder sie am Morgen vor der Tür zum Hörsaal abgefangen und ihr erklärt hatte, dass sie sich um 10.45 auf dem Raumhafen einfinden sollte, damit sie mit dem Shuttle zur Erdorbitalstation hinaufgebracht werden konnte, immerhin hätte ihr gerade heute Morgen eine endlose Reihe zumeist langweiliger Vorlesungen bevorgestanden. Doch die Hast, mit der man sie zum Aufbruch gedrängt hatte, warf ebenso wie ihr Ziel eine Menge Fragen auf.

Ihr Ausbilder hatte ihr natürlich nichts erklärt und sie hatte auch nicht gefragt, aber da sie zur Erdorbitalstation fliegen sollte, hatte sie daraus geschlossen, dass sie dorthin verlegt werden sollte, und das war mehr als ungewöhnlich. Sie hatte noch nie davon gehört, dass ein Kadett noch vor Ende seiner Ausbildung zu einer der Stationen im Orbit der von Menschen besiedelten Planeten abberufen wurde - und sie selbst war noch weit davon entfernt, ihre Ausbildung zu beenden. Sie hatte erst vor neun Monaten damit begonnen, damit hätten ihr normalerweise noch drei Jahre und drei Monate auf der Erdakademie bevorgestanden.

Andererseits herrschten zurzeit keine normalen Bedingungen. Die Menschen der Erde waren von dem Angriff der Hewitts noch immer zutiefst verängstigt, und so war es durchaus denkbar, dass die Führungsriege der Erdflotte Maßnahmen ergriff, die sie unter anderen Umständen nicht in Betracht gezogen hätte. Zwar wusste niemand, ob die Hewitts ein weiteres Mal zuschlagen würden, aber die Admiralität war dafür bekannt, jede Eventualität einzuplanen. Ein derartiges Bild vermittelte sie zumindest den Kadetten.

Im Fall der Hewitts schien die Vorsicht zu greifen. Der Test, den alle Mitglieder der Erdakademie und, soweit Mady informiert war, sogar alle Menschen, die dem militärischen Personal der Erde angehörten, vorgestern und gestern über sich hatten ergehen lassen müssen, hatte mit Sicherheit etwas mit den Verteidigungsmaßnahmen zu tun, die das Flottenoberkommando gegen die Amöboiden zu ergreifen gedachte.

Es war offensichtlich gewesen, welche Fähigkeiten in dem Test geprüft werden sollten: Reaktionsgeschwindigkeit und Ausdauer schneller Reaktionen. Das waren beides Qualitäten, die in einem Kampf gegen die gerade einmal faustgroßen Hewitts von Vorteil waren. Man konnte sich vorstellen, dass eine enorme Schnelligkeit dazu nötig war, ein so kleines Ziel anzuvisieren, zu verfolgen und auch zu treffen.

In stiller Verwunderung zog Mady die Stirn kraus, als sie an ihren eigenen Test dachte. Sie war schon immer gut in diesem Bereich gewesen, und sie hatte auf gar keinen Fall eine schlechte Stunde erwischt, als sie geprüft worden war, dennoch überraschte es sie, dass ausgerechnet sie zur Fähre gerufen worden war. Die Erdakademie besaß mehr als vierhundert Kadetten, und sie konnte sich nicht vorstellen, sie alle geschlagen zu haben. Ja mehr noch, sie musste sich in dem Test auch dem übrigen Personal der Akademie und der Erdflotte überlegen gezeigt haben, anders konnte sie sich ihre frühzeitige Versetzung zur Erdorbitalstation nicht erklären. Das war einfach unglaublich.

Und so drehten sich ihre Gedanken wild im Kreis, während sie endlich das Ende des Korridors erreichte, auf eins der Transportbänder sprang und sich dem Raumhafen entgegentragen ließ. Die Fahrt führte durch einen gläsernen Tunnel, durch den ein stetig kühler Wind blies. Angesichts der grellen Sonnenstrahlen, die wie üblich heiß vom Himmel Australiens herniederbrannten, war er eine reine Wohltat.

Mady streckte ihm ihr Gesicht entgegen und hoffte, dass er ihren vom Laufen erhitzten Wangen ihre normale Farbe zurückgab, bevor sie einem höherrangigen Soldaten begegnete. Es schien ihr nicht ratsam, abgehetzt wie ein gejagtes Kaninchen zu wirken und leichtfertig das Missfallen ihrer Vorgesetzten zu erregen. Unwillkürlich strich sie ihre Uniform glatt, eine Bewegung, die ihr längst in Fleisch und Blut übergegangen war. Solche Dinge schliffen sich auf der Akademie ziemlich schnell ein.

Als sie den Raumhafen erreichte, sprang sie vom Band und betrat das Abfluggebäude. Eine riesige Halle, in der eine emsige Betriebsamkeit herrschte, nahm sie auf, doch anders als in der Abflughalle eines zivilen Raumhafens kam hier keinesfalls das aufgeregte Kribbeln auf, das sie früher verspürt hatte, wenn sie mit ihren Eltern in eine der Kolonien in Urlaub geflogen war, dazu fehlten das fröhliche Stimmengewirr, der Geruch von Kaffee und Kuchen und der Duft der herzhaften Snacks, wie sie an allen Ecken der zivilen Raumhäfen angeboten wurden.

Die Halle des Militärraumhafens glänzte dagegen durch ihr pragmatisches, schmuckloses Design. Es gab keine bunten Holografien, die von exotischen Urlaubsorten schwärmten, nur glatte Wände, keine Kinder, die aufgeregt hin und her liefen oder sich die Zeit bis zum Abflug mit Spielen vertrieben, sondern bestenfalls junge Kadetten, die sich wie sie selbst eifrig darum bemühten, einen guten Eindruck zu machen, selbst wenn niemand hinsah, und keine entspannten Gesichter der Menschen, die wussten, dass sie nun ein paar Wochen Erholung vor sich hatten, sondern nur die geschäftigen, ernsten Mienen der Soldaten, die ohne Hast und doch bestimmt ihren Zielen entgegenschritten.

Mady wünschte inständig, sie könnte ebenso zielstrebig sein. Nervös schaute sie sich nach der Kennung des Startplatzes um, auf dem das Shuttle auf sie wartete. Es dauerte eine Weile, und je länger sie danach suchen musste, desto häufiger sah sie zur Uhr. Als sie die Kennung endlich fand, atmete sie erleichtert auf. Ein Soldat bewachte das Gate, ließ sie aber widerspruchslos passieren, nachdem sie sich ausgewiesen und ihren Zielort genannt hatte.

Hinter dem Schott erwartete sie erneut ein Transportband. Es brachte sie rasch aus dem Gebäude heraus und trug sie über die riesige Landefläche des Raumhafens. Eine große, wuchtige Versorgungsmaschine rollte brummend eine Weile neben dem Band her, schwenkte schließlich ab und hielt auf einen Truppentransporter zu. Weiter hinten auf dem Raumhafen hob ein Frachter unter urtümlichem Getöse ab, und die Windböen, die er durch seine schiere Masse verdrängte, tosten über den Platz, wirbelten Staub auf und ließen ihn hoch in die Luft schweben, bevor sie an den gewaltigen Leibern der anderen Schiffe und den überall auf der weiten Fläche hoch in den Himmel aufragenden Windbrechern zerstoben. Nur noch ein Restlüftchen kam bis zu ihr durch, strich sanft über ihre Haut und hinterließ ein paar Sandkrumen auf ihrer Uniform.

Gedankenverloren schnippte sie sie weg und sah dem Transporter nach. Wie eine düstere Gewitterwolke schwebte er über dem Hafen, gewann jedoch schnell an Höhe und war bald nicht mehr größer als der Schemen eines Raubvogels, der weit oben am Himmel seine Bahnen zog. Schließlich verlor er sich im leuchtenden Blau des Firmaments und dem gleißenden Schein der Sonne.

Verstohlen wischte sich Mady den Schweiß ab und hoffte, dass die Fahrt unter offenem Himmel nicht mehr allzu lange dauern mochte. Sie war nicht gerade das, was man als eine Naturpflanze bezeichnen konnte. Im Freien hielt sie sich schon seit früher Jugend nicht länger auf als unbedingt nötig; eine Umgebung, die sich durch technisches Ambiente auszeichnete, hatte sie von jeher mehr angezogen.

Sie lächelte, als sie daran dachte, dass sie als Kind die meiste Zeit in einem Spiele-Center verbracht hatte. Sie war gut gewesen, ein Crack in den unterschiedlichsten Cyberspacespielen, und es hatte ihr enormen Spaß gemacht, sich immer wieder mit anderen Kindern und Jugendlichen zu messen. Vielleicht war das auch der Grund dafür, warum sie im Test so gut abgeschnitten hatte. Sie besaß Erfahrung mit Übungen, die Reaktionsschnelligkeit und Ausdauer forderten, und manche der Spiele, die sie früher exzellent beherrscht hatte, waren schwerer als der Test gewesen. Das schien ihr einen Vorteil verschafft zu haben. Ob es allerdings wirklich ein Vorteil war, ausgerechnet jetzt zur Erdorbitalstation versetzt zu werden, musste sich erst noch herausstellen.

Nach zehn Minuten, in denen sie unter Australiens heißer Sonne hatte schwitzen müssen, erreichte sie endlich das Shuttle. Wie ein schlafender Elefant kauerte es massig auf dem Boden. Die Rampe war heruntergelassen, und neben ihr stand eine durch und durch selbstbewusst wirkende Frau in einer blauen Uniform. Sie wippte lässig auf ihren Zehenspitzen auf und ab, so als wolle sie sich nach langem Sitzen ein wenig Bewegung verschaffen, und im Takt ihrer Bewegung blitzte das Abzeichen an ihrem Kragen in den Strahlen der Sonne wie ein geschliffener Diamant. Mit einer Mischung aus Neid und Ehrfurcht starrte Mady auf den silbernen, sechsstrahligen Stern, der die Frau als Lieutenant auswies, und an der Farbe ihrer Uniform war zu erkennen, dass sie Pilotin war.

Mady stand vor ihr stramm und grüßte vorschriftsmäßig. „Kadett Madelaine Thompson meldet sich zur Stelle!"

Die Frau winkte, ohne ihre lockere Haltung aufzugeben. „Sie können passieren, Kadett. Suchen Sie sich einen Platz und machen Sie es sich bequem. Wir starten erst, sobald alle Kadetten an Bord sind."

„Danke, Ma'am", erwiderte Mady und schritt die Rampe hinauf. Erst als sie oben war und ein kurzer Blick über die Schulter ihr zeigte, dass die Pilotin nicht in ihre Richtung schaute, gestattete sie sich ein erleichtertes Aufatmen. Sie war nicht zu spät gekommen, und selbst wenn, man hätte auf sie gewartet. Was allerdings, wie einiges andere an diesem Morgen, im Grunde reichlich seltsam war.

Mit einem Achselzucken betrat Mady das Shuttle und seufzte, als die kühle, klimatisierte Luft in der Schleuse sie umschmeichelte. Direkt hinter der Schleuse befand sich ein niedriger Gang, der sowohl ins Cockpit als auch in den Stauraum und die Passagierkabine führte. Sie brachte ihr Gepäck im Frachtraum unter und begab sich danach in die Kabine. Sie war nicht besonders groß, doch aufgrund ihrer schlichten Ausstattung fanden in eng nebeneinanderstehenden Zweierreihen 32 Sitze darin Platz. Erst drei von ihnen waren besetzt. Mady ging an den zwei jungen Männern, die in ein Gespräch vertieft waren, vorbei und hielt auf den dritten, weiblichen Passagier zu. Ihr Blick suchte automatisch das Abzeichen auf den Uniformen der drei anderen, und sie erkannte, dass sie wie sie Kadetten waren. Die Mondsichel an ihrem Kragen bewies es.

Im Gegensatz zu ihr schienen sie jedoch nicht dem ersten, sondern höheren Jahrgängen anzugehören, denn sie hatte noch nie einen von ihnen in den Lehrveranstaltungen gesehen, die sie selbst hatte besuchen müssen. Sie kannte ihre Gesichter lediglich aus der Cafeteria oder der Messe. Die Frau hatte sie auch des Öfteren im Schwimmbereich der Akademie gesehen. Das Schwimmen war vielleicht eine Leidenschaft, die sie mit ihr teilte.

Mady beschloss, sich zu ihr zu setzen und mit ihr zu reden. Vielleicht wusste sie, warum sie zur Erdorbitalstation fliegen würden. Sie war zwar auch nur ein Kadett, deshalb dürfte man ihr genauso wenig gesagt haben wie ihr selbst, doch manche Leute waren geschickter als sie darin, den Gerüchten, die laufend in den Gängen der Erdakademie kursierten, jedes Fünkchen Wahrheit zu entreißen und sich so ihr eigenes Bild zu formen.

Neben dem Platz der anderen blieb Mady stehen und wies auf den leeren Sitz neben ihr.

„Darf ich?"

„Natürlich", antwortete die junge Frau und streckte ihr gleichzeitig die Hand entgegen. „Ich bin Jennifer Goddard. Sieht so aus, als würden wir die Reise gemeinsam unternehmen."

„Madelaine Thompson", gab Mady zurück. „Die meisten nennen mich allerdings Mady."

Die Frau grinste. „Und mich nennt man Jenn. Das ist auch einfacher so."

Mady nickte und musterte ihr Gegenüber interessiert. Jenn war eine südländische Erscheinung mit einem hübschen, gebräunten Gesicht, walnussbraunen Haaren und dunkelbraunen Augen, die voller Lebenslust blitzten. Ihre Haare schienen länger zu sein, als man es auf der Akademie gern sah, deshalb hatte Jenn sie zu einer festen Frisur geflochten, die dicht am Kopf anlag. Es waren mindestens vierzig kleine Zöpfchen, die ihre Haarpracht im Zaum hielten. Ihr Körper war schlank, weiblich und darüber hinaus ausgesprochen sportlich, das aber hatte Mady bei jemandem, der so regelmäßig schwamm, wie sie es von Jenn wusste, auch nicht anders erwartet.

„Weißt du, warum wir zur Erdorbitalstation gebracht werden?", fragte sie Jenn neugierig, während sie sich in den Sessel schob.

„Also, sicher bin ich mir nicht - du weißt, Kadetten wie uns sagt man nicht besonders viel -, aber ich habe mir gedacht ..." Sie unterbrach sich, blickte zu der Gestalt, die eben zur Tür hereinkam, und winkte. „Val!"

Die Kadettin, die gerade die Fähre betreten hatte, sah zu ihnen herüber, und Mady bemerkte das Erkennen, das in ihren Augen aufblitzte. Sie schien Jenn zu kennen.

„Das ist Valerie Haver", erklärte ihr Jenn, während die andere ihr Gepäck in den Stauraum brachte. „Sie ist noch einen Jahrgang weiter als ich. Vielleicht weiß sie etwas."

Sie warteten, bis Valerie ihr Gepäck verstaut hatte und zu ihnen kam. Sie war ein ganz anderer Typ als Jenn, besaß einen hellen Teint, blassblaue Augen und blonde Haare, die sie so kurz geschoren trug wie viele der männlichen Kadetten, wodurch ihr kantiges Gesicht einen noch herberen

Ausdruck erhielt, als es bei einer anderen Frisur der Fall gewesen wäre. Ihre Figur war nicht gänzlich unweiblich, aber deutlich breiter als Jenns, und die Bizepse, die sich selbst unter der steifen Ausgehuniform abzeichneten, gaben ein gutes Bild davon ab, welchen Sport Valerie bevorzugte. Mady tippte auf Bodybuilding oder eine ähnliche Kraftsportart, und sie konnte sich gut vorstellen, dass sie sich mit den männlichen Kadetten durchaus messen konnte. Kräftig genug dazu schien sie zu sein.

Trotzdem schnaufte sie, als sie sich auf einem Sitz in der Reihe vor ihnen niedergelassen hatte, so als hätte sie gerade schwer tragen müssen, und Mady argwöhnte sofort, dass Valerie einer der Menschen war, die es liebten, lautstärker als andere aufzutreten.

Jenn stellte sie einander vor. „Val, das ist Mady. Mady, Val."

Sie nickten einander zu, und kaum war die Begrüßung abgeschlossen, gab Jenn die Frage, die Mady ihr gestellt hatte, an Val weiter.

„Hast du eine Ahnung, warum wir zur Erdorbitalstation versetzt werden?"

„Ich denke, es gibt nur einen Grund für unsere Versetzung", antwortete Val ohne Zögern. Ihre Stimme war für ein Mädchen ungewöhnlich tief, doch ihre blassblauen Augen glänzten aufgeregt wie die eines Teenagers vor seinem ersten Rendezvous. „Wir werden gegen die Hewitts kämpfen."

Mady stöhnte leise, doch Jenn beugte sich vor und umfasste mit den Händen die Rückenlehne von Vals Sitz. „Das glaube ich auch", rief sie erregt. „Wozu hätten sie sonst den Test mit uns machen sollen? Ich nehme an, sie wollten die besten Leute finden, die sie bekommen können. Wir alle scheinen sehr gut abgeschnitten zu haben, sonst wären wir nicht hier."

Mady schürzte die Lippen. „Wir haben doch gar keine Erfahrung! Die können doch nicht im Ernst Kadetten gegen die Hewitts fliegen lassen! Wir haben noch nie einen Kampfeinsatz hinter uns gebracht."

Val machte eine wegwerfende Handbewegung. „Das hat noch niemand. Die Erde ist nie zuvor angegriffen worden, also stehen die alten Hasen vor dem gleichen neuen Terrain wie wir."

„Aber die älteren Soldaten haben wenigstens an zahlreichen Manövern teilgenommen, wir nicht. Wir stehen noch ganz am Anfang."

„Trotzdem sind wir besser. Der Test hat es bewiesen."

„Ich weiß nicht", murmelte Mady unsicher.

Jenn klopfte ihr leicht auf den Unterarm. „Mach dir keine Sorgen. So wie ich das sehe, werden wir nicht selbst fliegen müssen, sondern eher an den Geschützen sitzen. Deshalb haben sie unsere Reaktionszeiten getestet."

„Das kommt letztlich auf das Gleiche heraus. Ich kann mir einfach nicht vorstellen, dass wir besser für die Verteidigung der Erde geeignet sind als Soldaten, die schon seit Jahren in der Flotte dienen."

„Die Jahre sind ihr Nachteil, nicht ihr Vorteil", warf Val sofort ein. „Es ist nur logisch, dass man uns ausgewählt hat. Wir sind jung und damit schneller als das Gros der Soldaten. Die Reaktionszeiten lassen nach, je älter man wird, das weißt du sicher auch. Hast du schon einmal versucht, einen Zwölfjährigen in einem Cyberspacespiel zu schlagen?"

Mady verdrehte die Augen. „Das habe ich allerdings, aber ohne großen Erfolg." Das war sogar der Grund, warum sie nicht mehr so häufig gespielt hatte, als sie älter geworden war. Es machte einfach keinen Spaß, sich von vorlauten Kindern aus der Spitze der Rangliste verdrängen zu lassen.

„Da siehst du es", konstatierte Val. „Wir sind bestens für den Job geeignet."

„Einfach unglaublich", flüsterte Jenn und bekam vor Begeisterung ganz glasige Augen. „Wir gegen die Hewitts ..."

Mady spürte, wie sich ihr Magen zusammenzog, und ihr drängte sich unwillkürlich die Erinnerung an die Vitrinen im Korridor vor den Hörsälen auf, in denen die gefallenen Helden der Erdflotte geehrt wurden. Sie hatte eigentlich nicht geplant, dass ihr Abbild ausgerechnet in einem *dieser* Schaukästen landete.

„Das könnte verdammt gefährlich für uns werden. Denkt nur an die *Arrow*. Die gesamte Besatzung des Schiffes ist beim Angriff der Hewitts umgekommen. Wer garantiert uns, dass wir mehr Glück haben werden?"

„Wir werden kein Glück brauchen", gab Val kategorisch zurück. „Die Besatzung der *Arrow* ist gestorben, weil sie und die Oberen der Station nicht auf den Angriff vorbereitet waren. Das ist jetzt anders. Ich bin mir sicher, dass alles getan worden ist, um die Natur der Hewitts zu enträtseln, und diese Kenntnisse werden unsere Chancen erhöhen."

„Seit dem Angriff ist noch nicht viel Zeit vergangen. Ich glaube nicht, dass man in einem so geringen Zeitraum eine perfekte Verteidigungsstrategie erarbeiten kann."

„Du bist eine echte Unke, Mady. Was ist los mit dir? Hast du nie davon geträumt, einer der ganz großen Namen in der Erdflotte zu werden?"

„Man muss den Ruhm auch noch genießen können, sonst hat man nichts davon."

„Also, da muss ich Mady recht geben", mischte sich Jenn ein, und nun glänzten ihre Augen schon nicht mehr so stark. „Es wäre schon gut, wenn wir erst einmal wüssten, was uns erwartet, und ob tatsächlich alle Möglichkeiten ausgeschöpft worden sind, uns im Kampf gegen die Hewitts zu unterstützen - falls es wirklich das ist, was man für uns vorgesehen hat."

Val blickte sie abwechselnd an, dann schüttelte sie den Kopf. „Ich sehe ein großes Abenteuer vor uns, und euch flattern die Hemden! Wieso seid ihr zur Erdflotte gekommen, wenn euch der Gedanke vor Kampfeinsätzen Angst macht?"

„Ich habe keine Angst", protestierte Jenn lautstark, versteckte jedoch ihre Hände hinter der Rückenlehne. Nur Mady konnte sehen, dass sich ihre Finger ineinander verschränkten.

Vals herausfordernder Blick traf sie. Mady atmete tief durch. „Es ist offensichtlich, dass uns ein Einsatz gegen die Hewitts in größte Gefahr brächte. Ist es da nicht mein gutes Recht, mir Sorgen zu machen? Was bringt es mir, mich in eine Situation zu stürzen, ohne die Risiken zu bedenken? Glaubst du nicht, dass es vernünftiger ist, die Chancen, die man hat, vorher genau abzuwägen? Das hat nichts mit Angst zu tun, sondern mit dem Wunsch zu überleben. Und ich für meinen Teil möchte noch eine Weile leben."

Val schnaubte verächtlich. „Zerbrich dir nur nicht dein hübsches Köpfchen, Mady. Die Admiräle und der Captain der Erdorbitalstation werden für uns die Situation analysieren und die Möglichkeiten abschätzen, so wie üblich. Wenn du es tust, dann doch nur aus Angst!"

Mady richtete sich in ihrem Sessel auf und funkelte Val an. „Hast du die Nachrichten über den Angriff nicht verfolgt? Hast du die Aufnahmen der Opfer nicht gesehen? Was auch immer die Hewitts mit den Menschen anstellen, es ist sicher kein schöner Tod!"

„Ich habe die Berichte gesehen, und deshalb weiß ich, dass die Opfer im Grunde sofort gestorben sind."

„Nicht so schnell, als dass sie nicht noch Schmerz und Entsetzen gefühlt hätten. Es stand in ihren Gesichtern geschrieben. Das kannst du nicht übersehen haben! In der Akademie ist zum Glück keiner der Amöboiden aufgetaucht, ansonsten würdest du jetzt nicht so eine dicke Lippe riskieren."

Val brummte unwillig und wandte sich ruckartig ab.

Jenn hob beschwichtigend die Hände. „Ruhig, Leute, wir wissen doch noch gar nicht, ob wir tatsächlich gegen die Hewitts eingesetzt werden. Wir sollten uns nicht über etwas streiten, das vielleicht nie stattfinden wird. In Ordnung, Mady? Val?"

Mady holte tief Luft. Es fiel ihr schwer, die Mischung aus Sorge, Angst und Ärger zurückzudrängen, aber schließlich nickte sie. „In Ordnung."

„Val?"

Val zögerte, dann winkte sie ab. „Schon gut. Ich schätze, wir sind alle ein wenig kribbelig wegen der Angelegenheit."

Mady empfand das anders und hätte ihr am liebsten widersprochen, aber sie ließ es sein, sonst wäre ihr Wortwechsel vermutlich sofort erneut entflammt. Stumm verfolgte sie, wie weitere Kadetten das Shuttle betraten. Sie zählte, sich selbst eingeschlossen, zwölf, als die Stimme der Pilotin in der Kabine aufklang.

„Die Fähre wird in sechzig Sekunden starten."

Ohne einen bewussten Gedanken daran zu verschwenden, schloss Mady den Sicherheitsgurt. Nötig war es eigentlich nicht, aber Vorschrift war nun einmal Vorschrift. Tatsächlich bemerkten sie den Start der Fähre nicht einmal, und da ihnen in der Kabine auch kein Bildschirm mit Sicht nach draußen zur Verfügung stand, konnten sie ihn auch nicht mitverfolgen. Nur ein unterschwelliger Ruck kündete vom Abheben des Shuttles.

Mady seufzte leise. Ob Abenteuer oder nicht, sie flogen ihm direkt entgegen.

11. Kapitel

Die kleine, spartanisch eingerichtete Kabine lag im schummerigen Halbdunkel. Thad Thornsburg hatte die Deckenleuchte in voller Absicht so weit heruntergedimmt, dass er eben noch genug Licht besaß, um die Einrichtung erkennen zu können. Sein Bett stand an der hinteren Wand des Zimmers. Es war so ordentlich hergerichtet, als hätte er nie auch nur eine Minute darin verbracht. Der schmale Schrank, der sich gleich neben dem Bett erhob, war verschlossen, und anders als viele andere Lieutenants oder Fähnriche, mit denen zusammen er Dienst auf der Erdorbitalstation tat, hatte er die Türen des Schranks nicht mit unzähligen Bildern seiner Heimat beklebt.

Er war zu Hause, denn die Station war mehr als jeder andere Ort, an dem er sich bislang aufgehalten hatte, seine Heimat. Er brauchte kein Bild von dem öden, heruntergekommenen Kaff, in dem er aufgewachsen war und in dem es nichts als Staub gegeben hatte. Die Häuser waren vorsintflutlich, die Infrastruktur erbärmlich und die Möglichkeiten für junge Leute, sich zu profilieren, kaum nennenswert. Auf der Erde gab es derart hinterwäldlerische Flecken längst nicht mehr, und er hatte sich früher mehr als alles andere gewünscht, er wäre dort und nicht auf dem rückständigen Kolonialplaneten *Horizon* zur Welt gekommen.

Der Name seiner Geburtswelt ließ ihn verächtlich schnauben. Trefflicher hätte man den Planeten nicht benennen können, denn der Horizont war tatsächlich das Einzige, das man auf ihm zu sehen bekam, und es gab in allen Himmelsrichtungen mehr als genug davon, ganz gleich, auf welche Stelle des Planeten man seinen Fuß setzte. *Horizon* war eine Farmerkolonie, und abgesehen vom Raumhafen, der den Auflagen verschiedenster Sicherheitsbestimmungen genügen musste, existierten dort kaum Gebäude und Plätze, die der Erwähnung wert gewesen wären. Es gab keine größeren Städte, keine modernen Meeresplattformen und keine ausgeprägte Industrie, die diese Welt zu etwas Besonderem im Reigen der von Menschen bewohnten Planeten gemacht hätte, sondern lediglich Dörfer, Farmen und Felder, so weit das Auge reichte. Und wo sie endeten, herrschte *Horizons* natürliche Flora.

Von der Erde aus gesehen lag *Horizon* im Sternbild des Herkules, und seine Sonne *Whitefire* besaß aus früheren Zeiten der Astronomie auch den Namen Ruticulus. Der Stern lag 31 Lichtjahre von der Erde entfernt - eine gewaltige Kluft, die nicht nur räumlich bestand. Andere, selbst jüngere Kolonien waren der Erde viel ähnlicher als *Horizon*, da sie der technischen Entwicklung der Menschheit nicht um Jahrhunderte hinterherhinkten. Wann immer er jedoch an seinen Geburtsplaneten dachte, fühlte sich Thad an die Vergangenheit der Erde erinnert, an eine Zeit im siebzehnten oder achtzehnten Jahrhundert, und er verstand bis heute nicht, warum es den Bewohnern *Horizons* gefiel, so armselig zu leben.

Aber das traf bei Weitem nicht auf alle zu. Er hatte die erste Gelegenheit genutzt, um den Planeten zu verlassen, und viele andere junge Leute taten das Gleiche. Nur wenige blieben und fühlten sich, wie die Alten sagten, mit ihrer Scholle verbunden. Thad hatte die Bemerkung von jeher gehasst. Sein Vater hatte sie oft benutzt und versucht, ihm die gleiche Einstellung zu vermitteln, aber das hatte bei ihm eher Ablehnung als Bindung erzeugt.

Mochte sein Vater damit zufrieden sein, auf *Horizon* ein kleines, unbedeutendes Fleckchen Land zu bestellen und wie ein Bauer aus der Vergangenheit der Erde sein kärgliches Dasein zu fristen, er war es nicht! Schon als Kind hatte er sich nicht vorstellen können, ewig auf *Horizon* zu bleiben, und um wenigstens ein winziges Stückchen an den faszinierenden technologischen Wundern teilzuhaben, die sich die Menschen überall sonst, nur nicht auf *Horizon* erschlossen hatten, hatte er von klein auf mehr Zeit in seinem Zimmer und hinter seinem Computer verbracht als auf den Feldern seines Vaters.

Sein Vater hatte ihn gewähren lassen - was sein Glück gewesen war -, andernfalls hätte Thad den Planeten vermutlich noch viel früher verlassen, als er es schließlich getan hatte. Stolz füllte sein Herz, als er an sein vierzehntes Lebensjahr zurückdachte. Seit er eingeschult worden war, hatte er mit aller Macht daran gearbeitet, besser zu sein als alle anderen, und seine Anstrengungen waren belohnt worden. Die Direktion seiner Schule hatte ihm ein Stipendium in einem namhaften Internat auf der Erde verschafft, da sie wohl erkannt haben mussten, dass seine Fähigkeiten und Talente auf *Horizon* verschwendet waren. Das war seine Fahrkarte in eine andere, bessere Welt gewesen, und er hatte nicht gezögert, sie zu nutzen.

Seitdem hatte er auf der Erde gelebt und mit unauslöschlichem Ehrgeiz seinen Weg gemacht. Obwohl im Internat die Konkurrenz viel härter gewesen war als auf *Horizon*, hatte er stets zu den Spitzenschülern gehört, und wann immer seine Position gefährdet schien, hatte er verbissen daran gearbeitet, sie zu festigen oder zurückzuerobern. Mittelmäßigkeit mochte seinem Vater und den Leuten auf *Horizon* gefallen, er hingegen wollte mehr - viel mehr. Das Leben besaß nur dann einen Sinn, wenn man mehr leistete als andere. Mit weniger gaben sich nur die Schwachen und Ängstlichen zufrieden, die, die sich den Herausforderungen des Lebens nicht stellen wollten oder konnten, da sie über keine ausreichenden Kapazitäten verfügten. Zu denen wollte er nicht gehören. Es war schlimm genug, dass sein Vater, seine Mutter und selbst seine Schwester Tammy von solcher Natur waren.

Beim Gedanken an Tammy schüttelte er verärgert den Kopf. Sie hatte *Horizon* ebenfalls vor einiger Zeit verlassen und war zur Erde gekommen, doch was hatte sie aus ihren Möglichkeiten gemacht? Nichts! Sie fühlte sich wohl dabei, in einem kleinen Reiseunternehmen die Gesellschafterin zu spielen, und das war wahrlich keine Aufgabe, die auch nur im Geringsten ihren Stand erhöht hätte.

Somit war es allein an ihm, die Fahne der Familie hochzuhalten. Die Schule hatte er als einer der besten seines Jahrgangs abgeschlossen, und aufgrund seiner weit gefächerten Fähigkeiten hätte er unzählige Möglichkeiten gehabt, Karriere zu machen. Tatsächlich hatte er eine Weile mit dem Gedanken gespielt, ein Informatikstudium aufzunehmen, da ihm der Umgang mit den Computern aufs Natürlichste vertraut war, doch es war vermutlich gerade die Nähe dazu gewesen, die ihn davon abgehalten hatte. Er wollte keinen Weg gehen, der ihm leicht fiel, sondern er wollte eine echte Herausforderung, wollte etwas tun, zu dem nicht jeder in der Lage war.

Ein Bericht über die Erdflotte hatte ihn schließlich auf die richtige Idee gebracht. Als er die schnellen, präzisen und komplexen Manöver der Jägerstaffeln gesehen hatte, war ihm klar geworden, dass nur das sein Weg sein konnte, und sein Wunsch, Pilot zu werden, war geboren worden. Deshalb hatte er sich in die Erdakademie eingeschrieben und seine Kadettenzeit mit Bravour durchlaufen. Anschließend war er sofort auf der Station zum Einsatz gekommen, ein Privileg, das nur wenigen zuteilwurde.

Aber er hatte es sich verdient. Er war schon in der Grundausbildung zum Piloten stets herausragend gewesen, und heute war er mit Sicherheit einer der besten Piloten auf der gesamten Station. Es hatte sich bewährt, dass er die Höchstleistungen anderer stets zu dem Maßstab erhob, an dem er sich messen musste, und versuchte, sie zu überbieten. Meistens schaffte er es, und wenn es ihm nicht sofort gelang, dann doch sehr bald. Er duldete es nicht, dass ihm andere seinen Spitzenplatz über längere Zeit hinweg streitig machten.

Doch obwohl er nun Pilot war, zog es ihn immer wieder an seinen Computerterminal; so auch an diesem Morgen. Es war sein freier Tag in dieser Woche, und er hatte seinen Laptop mit dem zivilen Teil des Stationscomputers verbunden, gleich nachdem er in der nächstgelegenen Messe sein Frühstück eingenommen hatte und danach in sein Quartier zurückgekehrt war. Deshalb war es so dunkel in seinem Zimmer, denn er schätzte es nicht, wenn ihn Eindrücke seiner Umgebung von seiner Arbeit ablenkten. Er hatte bereits in seiner letzten Freizeitperiode damit begonnen, einem Datenpfad zu folgen, der ihn zu den Logbüchern der Andockstationen trug. Er suchte ihn wieder auf und drang dieses Mal noch tiefer in die Daten der zivilen Raumfahrtbehörde auf der Station ein.

Natürlich gab es eine Vielzahl von Sicherungen, die so etwas vermeiden sollten, aber er hatte sich schon als kleiner Junge auf *Horizon* darin versucht, derartige Barrieren zu knacken, deshalb besaß er eine Menge Übung, obwohl sich die Computersoftware *Horizons* kaum mit der der Erde vergleichen ließ. Die Programme auf seinem Heimatplaneten waren gegen das, womit er es jetzt zu tun hatte, Dinosaurier gewesen, groß, alt, träge und leicht zu überlisten. Die Software, in die er nun eindrang, war moderner, lebendiger und stets für eine Überraschung gut, aber genau das war es, was den Reiz für ihn ausmachte. Er wollte seine Fähigkeiten als Programmierer und Hacker nicht brachliegen lassen, und was könnte ihn mehr auf Trab halten, als sich als Laie mit beruflichen Informatikern zu messen?

Zumeist schnitt er ziemlich gut dabei ab. Erst einmal waren seine Bewegungen im Netz beinahe entdeckt worden, woraufhin er schleunigst den Rückzug angetreten hatte. Soviel Spaß ihm das Hacken auch bereitete, er wollte nicht riskieren, dass es sich auf seine militärische Karriere auswirkte. Deshalb beschränkte er sich während seiner Datenstreifzüge ausschließlich auf die zivile Matrix der Station, denn die militärische war ungleich besser abgesichert.

Zudem mochte es, falls er doch einmal entdeckt werden sollte, als Bagatelle abgetan werden, dass er sich im zivilen Netz umgesehen hatte, da er ja niemals Veränderungen oder gar Schäden hervorrief, die er nicht sogleich wieder korrigierte. Sollte er allerdings dabei erwischt werden, wie er in geheimen Dateien des Militärs herumschnüffelte, würde das weitreichende Konsequenzen haben, vor allem da er selbst dazugehörte und damit anders als ein ziviler Hacker den Regeln des Militärs und somit auch seinem Strafvollzug unterworfen war. Das würde er, trotz der enormen Herausforderung, die das Militärnetz für ihn darstellte, nicht riskieren. Seine Karriere als Offizier war ihm wichtiger.

Ein akustisches Signal zog plötzlich seine Aufmerksamkeit auf sich. Verblüfft riss er die Augen auf, als er erkannte, dass irgendjemand im Netz seiner Spur folgte. Hastig zog er sich zurück. Seine Finger flogen über die Tasten, legten falsche Fährten und Hinweise aus, die den Verfolger ablenken sollten, aber der andere blieb ihm auf den Fersen. Verbissen suchte Thad nach einem neuen Weg, um ihn abzuschütteln, aber was auch immer er tat, schien von seinem Gegner bereits vorhergesehen zu werden.

Der Junge war gut, viel besser als die meisten anderen, mit denen er sich bislang hatte messen müssen, und Thad wollte verdammt sein, wenn er nicht seine persönliche Handschrift wiedererkannte. Er klinkte sich abrupt aus dem Netz aus, starrte auf den schlagartig dunkel gewordenen Bildschirm und wartete, bis erneut Leben in ihn kam. Es dauerte nicht lange, bis der Schirm aufflammte, doch anstelle der Datenpfade, Befehlszeilen und netzinternen Hinweisschilder tauchte nun das Gesicht eines jungen Mannes auf.

„Hallo Thad", begrüßte ihn der andere grinsend. „Ich dachte mir, dass du das bist. Dein Stil hat sich nicht verändert."

„Deiner auch nicht, Floyd", erwiderte Thad kühl.

Die Lachfalten gruben sich noch tiefer um Floyds helle Augen, und seine mit unzähligen Sommersprossen bedeckten Wangen spannten sich, als sich sein Grinsen verbreiterte. „Es hätte mich schwer enttäuscht, wenn du ihn nicht erkannt hättest. Als mein alter Rivale solltest du dazu in der Lage sein, immerhin kennst du ihn besser als selbst meine Kollegen auf der Station."

Thad dachte unwillkürlich an alte Zeiten zurück. Floyd Merson hatte das gleiche elitäre Internat wie er selbst besucht, und sie waren dort tatsächlich stets Konkurrenten gewesen. Floyds Fähigkeiten als Programmierer waren damals schon sehr ausgeprägt gewesen, und es war ihm oft schwergefallen, ihn zu schlagen. Heute vermochte er es, wie er sich bitter eingestehen musste, nicht mehr, denn Floyd war den Weg gegangen, den er selbst abgelehnt hatte. Er hatte ein Informatikstudium aufgenommen und war ein echter Profi geworden.

Doch obwohl sich ihre Wege getrennt hatten, hatten sie sporadisch immer wieder Kontakt miteinander gehabt. Manchmal trafen sie sich im Netz, so wie es heute geschehen war, ein anderes Mal rief Floyd ihn an und forderte ihn zu einem Hackerduell heraus. Im letzten Jahr hatte er allerdings nichts mehr von ihm gehört, außer dass Floyd nun ebenfalls auf der Erdorbitalstation arbeitete.

„Was willst du, Floyd?"

„Steht dir der Sinn nach einem kleinen Wettstreit?"

„Gegen dich?"

„Nein, gegen eine neuartige Software. Sie ist mir und meinem Team gestern in den Schoß gelegt worden, und wir sollen sie durchchecken, aber meine Leute sind ein wenig schwach auf der Brust. Als ich dich im Netz entdeckte, dachte ich mir, du könntest mit einsteigen. Soweit ich es den Logbüchern der Station entnehmen kann, hast du heute deinen freien Tag."

„Du solltest nicht im Militärnetz schnüffeln, Floyd."

„Das tue ich nicht. Ich bin seit einiger Zeit offizielles Mitglied im militärischen Computerkorps der Station, wusstest du das nicht?"

„Nein", knurrte Thad.

„Die haben mir sogar einen Rang verliehen."

„Andere müssen dafür arbeiten."

„Das tue ich auch. Ich analysiere die Programme der Station auf Schwachstellen, und das gleiche soll ich auch mit der neuen Software tun. Bist du interessiert, sie dir einmal anzusehen?"

„Ich habe keinen Zugang zum Militärnetz, wie du weißt."

Floyd grinste schon wieder. „Das kann ich ändern. Ich besitze den Generalschlüssel."

Plötzlich war Thad hellwach. „Tatsächlich?"

„Ja, und ich könnte ihn dir zusammen mit der Software auf deine Station übertragen, dann kannst du dich ungehindert darin umsehen."

„Ich weiß nicht. Ich schätze, deine Vorgesetzten wären nicht besonders begeistert, wenn sie davon erfahren sollten, und meine gewiss auch nicht."

„Sie werden es nicht erfahren, und wenn doch, könnte ich behaupten, dass ich dich als Berater hinzugezogen habe." Floyd setzte eine Unschuldsmiene auf. „Ich bin noch neu hier und weiß noch nicht, dass das über meine Befugnisse geht. Und du kannst das auch nicht wissen, oder?"

Thad legte die Stirn in Falten. „Wenn du es so formulierst, nein, das ist mir nicht bekannt."

„Dann bist du also dabei?"

„Wieso bist du so erpicht darauf, mich dafür zu gewinnen?"

Floyd verzog die Lippen zu einem säuerlichen Ausdruck. „Weil ich eigentlich schon im Urlaub sein sollte. Offiziell hat er gestern begonnen, aber meine Vorgesetzten haben ihn aufgeschoben, bis ich die Software durchgecheckt habe. Erst danach kann ich die Station verlassen." Er leckte sich genießerisch die Lippen. „Vier Wochen an den weißen, endlosen Stränden *Brightlights* warten auf mich."

„Und was springt für mich dabei raus?"

„Ich kenne dich, Thad, deshalb weiß ich, dass der Zugang zum Militärnetz für dich Lohn genug ist."

Thad presste verstimmt die Zähne aufeinander. Floyd hatte recht. Es kribbelte ihn in den Fingern, sich endlich einmal mit den harten Anforderungen der militärischen Software zu messen, aber es passte ihm nicht, dass Floyd ihn so leicht durchschauen konnte. Seinem Empfinden nach kannten sie sich zu gut.

„Komm schon, Thad, dieser Herausforderung willst du doch gar nicht widerstehen", drängte Floyd.

Thad entschied sich innerhalb einer Sekunde. Eine derartige Gelegenheit würde sich nicht wiederholen. Er musste sie ergreifen, oder das Militärnetz würde auf immer für ihn verschlossen bleiben. Natürlich wollte er seine Karriere nicht gefährden, aber Floyd gab ihm die Möglichkeit, seinem ehrgeizigen Streben ohne Risiko für sich selbst nachzugehen. „In Ordnung, du kannst mir die Daten übertragen."

Floyds Gesicht wurde kleiner und rutschte in einen Kasten am unteren Bildrand. Über den Schirm begannen gewaltige Datenmengen zu laufen. Thad studierte sie mit gerunzelter Stirn.

„Was ist das für ein Programm?"

„Es sind im Grunde viele Einzelprogramme. Eine Sektion in Sektor Omega wird umgebaut und soll komplett neu ausgestattet werden. Da der Umbau massiv vorangetrieben und vermutlich schon in wenigen Tagen abgeschlossen sein wird, bleibt nicht die Zeit, ein neues Softwarepaket für die Sektion zu schreiben. Die Programmierer haben die Routinen verschiedener Bereiche zusammengefasst und zu einem neuen Komplex verknüpft, aber es ist nicht sicher, ob das alles reibungslos funktionieren wird. Mein Team und ich sollen das überprüfen."

Thad rümpfte die Nase. „Deine Untergebenen scheinen nicht besonders gut zu sein, wenn sie dazu nicht in der Lage sind."

Floyd hob leicht die Achseln an. „Gut sind sie schon, aber leider ziemlich unkreativ. Du bist da anders, Thad."

Thad richtete sich in seinem Sessel auf. „Du brauchst also meine Hilfe", konstatierte er.

„Sagen wir, ich bitte dich um einen Gefallen."

„Den kannst du bekommen. Ich werde mich sofort an die Arbeit machen."

„Gut, ich melde mich in fünf Stunden wieder. Ach, ehe ich es vergesse: Zu niemandem ein Wort darüber, dass ich dir den Schlüssel gegeben habe."

„Das versteht sich von selbst."

„Ich werde ihn anschließend auch wieder zurücknehmen müssen."

„Das ist mir klar", erwiderte Thad scheinbar unbeteiligt. In seinen Gedanken aber formte sich bereits ein Plan. Sobald Floyd den Kontakt zu ihm abgebrochen hatte, würde er den Schlüssel kopieren. Man konnte nie wissen, wozu man ihn später noch gebrauchen konnte.

12. Kapitel

In den folgenden fünf Stunden versank Thad in einem rauschähnlichen Zustand. Konzentriert erforschte er die Programme, folgte den Hauptpfaden, schuf neuartige Verknüpfungen und erprobte Fälle, die auf das System zukommen mochten. Innere Barrieren überwand er dabei ebenso souverän wie Programmfehler und andere Hindernisse, und als Floyd ihn schließlich unterbrach, war er so weit, dass das Bild, das die Verknüpfungen innerhalb der Programmteile ergaben, offen vor ihm lag.

Mit glühenden Wangen und heiserer Stimme schilderte er Floyd die Fehler, die er entdeckt hatte, entlarvte Unstimmigkeiten und gab ihm Verbesserungsvorschläge durch.

Floyds Grinsen wuchs wieder einmal unverschämt in die Breite, während er ihm zuhörte. „Du hackst genauso, wie du fliegst, Thad: schnell, aggressiv und einfallsreich."

„Als Pilot bin ich besser", erwiderte Thad sofort heftig.

Floyd winkte ab. „Das glaube ich dir aufs Wort. Trotzdem hast du gute Arbeit geleistet. Deine Daten fügen sich perfekt in das Bild ein, das ich mir bereits von der Angelegenheit gemacht habe. Ich denke, ich bin mit deiner Hilfe ein gutes Stück weitergekommen."

Thad sonnte sich in dem Lob. „Das war mir ein Vergnügen. Ich schätze, ich kann noch mehr finden, wenn ich noch ein wenig mehr Zeit ..."

Ein akustisches Signal unterbrach ihn. „Sorry, Floyd, der Stationskom ruft mich." Er betätigte eine Taste auf seinem Schreibtisch, in den ein Kommunikationsterminal integriert war. Augenblicklich klang eine Stimme durch den Raum.

„Commander Birch ruft Lieutenant Thornsburg."

„Thornsburg hier. Ich höre, Sir."

„Der Rest Ihres freien Tages muss leider gestrichen werden. Finden Sie sich um 12.00 in Sektor Eta auf Ebene 02U, Sektion K, Raum 385 ein."

Thad warf einen schnellen Blick auf das Chronometer. Es zeigte 11.37.

„Aye, aye, Sir."

Der erste Offizier der Station schaltete ab.

„Ich kann heute nicht mehr an dem Programm weiterarbeiten", wandte sich Thad an Floyd.

„Ich weiß, ich habe es gehört. Das lässt sich wohl leider nicht ändern. Wenn dich die Pflicht ruft, musst du ihr folgen."

„Ich könnte später weitermachen. Lass die Daten auf meinem Computer, dann sehe ich sie mir in meiner nächsten Freizeitperiode noch einmal an."

Floyd runzelte die Stirn. „Das ist mir zu riskant. Ich möchte nicht, dass man doch noch entdeckt, was ich dir überspielt habe. Ich speise jetzt einen

Virus ein, der alle Daten über die neue Software und den Schlüssel löscht."

„Ich hoffe, den Rest meiner Dateien wird er unbeschädigt lassen."

„Keine Sorge, ich habe die Daten, die ich dir übertragen habe, gesondert markiert. Der Virus wird gezielt nur nach dieser Markierung suchen und alle anderen Informationen ignorieren."

„In Ordnung, du kannst loslegen."

Wenig später begann der Computervirus seine Arbeit. Die komplexen Programme und Datenmengen, an denen Thad am Vormittag gearbeitet hatte, verschwanden vom Schirm und mit ihnen auch das kleine, aber höchst wirksame Programm, das als Generalschlüssel zur gesamten Software des militärischen Netzes diente. Während Thad dem Verfall zusah, klopfte er verstohlen auf den Speicherstick, auf dem er eine Kopie des Schlüssels gespeichert hatte. Es war nicht einfach gewesen, die Sicherung auszuschalten, die eine Vervielfältigung des Schlüssels verhindern sollte, aber es war ihm dennoch gelungen, wobei ihm zugegebenermaßen der Zufall geholfen hatte.

Als die Löschung abgeschlossen war, verabschiedete er sich von Floyd, deaktivierte den Computer und zog seine Uniform an. Nachdem er ihren Sitz und sein gesamtes Erscheinungsbild sorgsam begutachtet hatte, nickte er zufrieden und machte sich auf den Weg zum Treffpunkt.

Während ihn eins der Transportbänder, die sich überall auf den Hauptkorridoren der Station fanden, zum nächsten Fahrstuhl trug, überlegte er, warum Commander Birch seine freie Zeit vorzeitig beendet hatte. Das war ungewöhnlich, und er hatte so etwas seit Antritt seiner Dienstzeit auf der Station noch nicht erlebt. Trotzdem fiel es ihm nicht schwer, den Grund zu erraten. Die Hewitts mussten dafür verantwortlich sein, so wie sie auch der Grund für den Test gewesen waren, den er vorgestern hatte absolvieren müssen. Alle Piloten der Erdorbitalstation waren geprüft worden, was ein ziemlich aufwendiges und zeitraubendes Unterfangen gewesen war. Zwei Tage hatte es gedauert, bis alle Piloten den Test durchlaufen hatten. Dass er nun aus seiner Freizeit herausgerissen wurde, konnte nur eins bedeuten: Der Test war inzwischen ausgewertet worden und man hatte ihn aufgrund seines Ergebnisses ausgewählt, gegen die Hewitts zu fliegen.

Thad straffte seine Gestalt und sah sich hochaufgerichtet um. Hier und da erkannte er auf seinem Weg durch die Station das Gesicht eines anderen Piloten, aber ihr Weg war nicht der seine. Sie waren nicht zur Besprechung gerufen worden, nur er und vielleicht noch ein paar andere.

Es überraschte ihn nicht, dass ausgerechnet er den Test bestanden hatte, immerhin hatte er sich ihm mit dem gleichen Eifer und der gleichen Hingabe gewidmet, die er stets auf jede Aufgabe, die ihm gestellt wurde, verwandte. Er hatte sein Bestes gegeben, und das war mehr, als die meisten anderen zu leisten vermochten. Es würde ihn nicht einmal wundern, wenn er als einsamer Spitzenreiter aus dem Test hervorgegangen wäre, denn auch im internen Pilotenvergleich der Station hatte er derzeit, wie sollte es auch anders sein, eine der führenden Positionen inne.

Das Band war zu Ende. Thad sprang herunter und ging gemessenen Schrittes zum Fahrstuhl, der nur wenige Meter entfernt war. Nach außen hin gab er sich kühl und beherrscht, aber in seinem Inneren tobte die Aufregung wie ein wildes Feuer, das von einem auffrischenden Wind angeheizt wurde, beschleunigte seinen Puls und seine Atmung.

Seit die Hewitts im System der Erde aufgetaucht waren, hatte er gegen sie antreten wollen. Er hätte sich sogar freiwillig dazu gemeldet, während andere froh gewesen waren, dass sie nicht für den ersten Einsatz herangezogen worden waren. Ärgerlicherweise hatte man ihn beim letzten Mal übergangen. In keiner der vier Staffeln, die gegen den Schwarm geflogen waren, besaß er einen Platz, und er wünschte noch jetzt, Captain Wilding hätte sich für seine Staffel entschieden. Er hatte schließlich gesehen, wie ungeschickt die meisten Piloten agiert hatten. Er wäre nicht so betulich und übervorsichtig wie ein halbseniles Großmütterchen gewesen, sondern hätte sich mit aller Entschlossenheit in den Kampf gestürzt und gewiss mehr von den Hewitts ins Vakuum geblasen als sie. Wenn man ihn nur gelassen hätte ...

Doch so wie es aussah, würde er seine Chance bekommen. Der Test musste gezeigt haben, dass er am ehesten für einen Einsatz gegen die Hewitts qualifiziert war, und er schwor sich, dass er alles daran setzen würde, um dieses Ergebnis zu bestätigen. Captain Wilding konnte auf ihn vertrauen. Er würde sie nicht enttäuschen.

Raum Eta 02U-385K stellte sich schließlich als kleine Halle in unmittelbarer Nähe der Hangars in Sektion K heraus. Helle Lampen schienen von der hohen Decke auf den blank polierten Boden hinab, hoben hier und da eine Schramme hervor, die unzählige Füße und unvorsichtig verrückte Möbel hinterlassen hatten, und erfüllten die Luft mit einem leisen, elektrostatischen Knistern und Summen.

Thad kannte Räume wie diesen nur zu gut. Auch in der Nähe des Hangars, in dem seine Staffel untergebracht war, gab es einen ähnlichen. Dort wurden die Einsatzbesprechungen der Staffelpiloten abgehalten. Diese Halle schien jedoch einige Zeit brachgelegen zu haben, denn sie wies weder Stühle noch Tische auf und wirkte deshalb größer, als sie ihren tatsächlichen Maßen nach war. Kahle Wände in stumpfem Grau fingen die Schatten der jungen Menschen auf, die sich in der Mitte der Halle herumdrückten und wenig professionell durcheinander schnatterten.

Konsterniert musterte Thad die zwölf Männer und Frauen. Ihre Abzeichen wiesen sie allesamt als Kadetten aus.

Als sie ihn eintreten sahen, verstummten ihre Gespräche weitgehend, sie salutierten und schauten ihn erwartungsvoll an, so als erwarteten sie von ihm eine Erklärung. Ärgerlich winkte er ihnen, bequem zu stehen, und schritt abseits von ihnen im Raum auf und ab, nicht ohne sie hin und wieder mit einem missbilligenden Blick zu bedenken. Hatte er sich geirrt? War er doch nicht hierher gerufen worden, weil man ihn als Piloten gegen die Hewitts einsetzen wollte? Und wenn doch, was machten dann die zwölf Kadetten hier? Es konnte nicht ernsthaft Captain Wildings Bestreben sein, Kinder in den Kampf gegen die feindlichen Aliens zu schicken!

Und mehr als Kinder waren sie nicht, das bewiesen allein schon ihr lautstarkes Geplapper und ihre aufgeregten Gesichter, in denen er wie in aufgeschlagenen Büchern lesen konnte. Sie hatten es noch nicht gelernt, wie Soldaten zu denken und zu handeln, vermochten es noch nicht, ihre Emotionen zu kontrollieren und in sich zu verschließen und mit Geduld auf die nächsten Befehle zu warten.

Um ihnen ein gutes Beispiel zu geben, bezog er ein Dutzend Schritte von der Wand entfernt genau gegenüber dem Schott Aufstellung, verschränkte die Hände hinter dem Rücken, streckte den Rücken durch und setzte eine neutrale Miene auf. Er konnte warten, bis ein höherrangiger Offizier ihm die Lage erklärte.

Während er regungslos dastand, musterte er die Kadetten aus dem Augenwinkel. Eine der Frauen fiel ihm besonders auf. Sie war mehr als zehn Zentimeter kleiner als die anderen und besaß eine schlanke, fast knabenhafte Figur. Ihr Gesicht wirkte ausgesprochen jugendlich, wofür vermutlich das halbe Dutzend Sommersprossen verantwortlich war, das jede ihrer Wangen zierte. Ihre rötlich braunen Haare besaßen einen frechen, kurzen Schnitt, der ihr schmales Gesicht noch zusätzlich betonte, und ihre graugrün gesprenkelten Augen sahen sich aufmerksam, aber auch mit einem nicht zu verkennenden Schimmer der Sorge um.

Insgeheim stöhnte Thad entnervt. Das Mädchen hatte vermutlich nicht einmal das erste Jahr an der Akademie hinter sich gebracht, und die meisten anderen mochten bestenfalls im zweiten oder dritten Lehrjahr sein. Keiner der Kadetten machte den Eindruck, als stünde er kurz vor dem Ende der Ausbildung. Wie sollten derart unerfahrene Leute erfolgreich im Kampf eingesetzt werden?

Seine Zweifel, ob das Treffen tatsächlich dazu diente, Mannschaften zu formen, die gegen die Hewitts fliegen sollten, wuchsen, aber als kurze Zeit später mehrere Fähnriche und vier Lieutenants in blauen Uniformen die Halle betraten, schwanden sie wieder, und er musste sich arg zusammennehmen, um nicht frustriert den Kopf zu schütteln. So wie es aussah, hatte nicht nur er beim Test gut abgeschnitten, sondern auch die Lieutenants, deren blaue Uniformen sie als Piloten auswiesen. Er kannte sie und wünschte inständig, der Test hätte ihm andere Gegner beschert.

Unzählige Male hatte er sich mit diesen vier Männern und Frauen bereits Kopf-an-Kopf-Rennen geliefert, hatte gegen sie in Scheinkämpfen gefochten und verbissen um jeden Punkt gerungen, und nicht selten hatten sie ihn für kurze oder auch längere Zeit von der Spitze der Tabelle verdrängt. Vor nicht allzu langer Zeit hatte er sie zwar zurückerobert, aber dass gerade seine ärgsten Konkurrenten offenbar ebenfalls gegen die Hewitts zum Einsatz kommen sollten, machte klar, dass seine Spitzenposition unsicherer als jemals zuvor geworden war. Er würde darum kämpfen müssen, damit nicht sie, sondern er den wichtigsten Platz in der Verteidigungslinie einnehmen durfte.

Als insgesamt 25 Soldaten im Raum versammelt waren, kam Commander Birch hinzu. Er erklärte ihnen nichts, sondern wies sie lediglich an, in mehreren Reihen Aufstellung zu beziehen. Thad ahnte sofort, was das bedeutete. Captain Wilding würde die Einweisung persönlich vornehmen. Stolz reckte er sich zu seiner vollen Größe auf.

Um Punkt 12.00 öffnete sich das Schott, und es war tatsächlich Captain Wilding, die mit forschem Schritt eintrat.

„Achtung!", schrie Commander Birch mit strenger Miene.

Thad und die anderen schlugen die Hacken zusammen und salutierten. Aus dem Augenwinkel heraus sah er, dass die Bewegung nicht synchron war, sondern eher wie eine Welle über die Reihen hinweglief und nach und nach alle der jungen Männer und Frauen erfasste.

Captain Wilding nahm den Gruß entgegen, winkte Commander Birch an ihre Seite und ergriff das Wort.

„Stehen Sie bequem."

Ein zweites Mal ging die Welle über die Wartenden, und als sie abebbte, sahen die Reihen nicht mehr ganz so erstarrt und reglos aus, ohne jedoch unordentlich zu wirken. Captain Wilding ließ ihren Blick flüchtig über die Soldaten streifen - nur bei ihm verhielt sie etwas länger, wie es Thad schien - und sah dann Commander Birch an.

„Fünf der ausgewählten Piloten sind bereits anwesend", verkündete dieser und deutete auf die links stehende Reihe.

Thad tadelte den Commander im Stillen. Der Captain hätte ihn und die anderen vier Piloten auch ohne diesen Hinweis erkannt. Nur sie trugen die typischen, blauen Fliegermonturen, und an ihren Kragen blitzten ausnahmslos sechsstrahlige Sterne, ein Abzeichen, von dem die Kadetten im Augenblick nur träumen konnten.

„Ich werde die Namen nacheinander aufrufen", fuhr Commander Birch fort. „Lieutenant Thad Thornsburg."

Sofort trat Thad einen Schritt seitwärts aus der Reihe. „Hier“, meldete er sich mit fester Stimme.

Captain Wilding nickte ihm zu, während der Commander sich bereits wieder auf die Liste konzentrierte.

„Lieutenant Mace Hearley“

Thad trat zurück, dafür wiederholte der Mann hinter ihm die Bewegung.

„Lieutenant Josie Tannen.“

„Hier.“

„Lieutenant Tamara Hearne.“

„Hier.“

„Lieutenant Michael Yate.“

„Hier.“

Unwillig musterte Thad die anderen Piloten, vor allem Michael Yate. Der Lieutenant war ihm in jeder Beziehung stets dicht auf den Fersen. Er würde sich anstrengen müssen, damit er ihm nicht seinen Platz streitig machte.

Greg Birch rief indessen auch die zukünftigen Kanoniere auf. Den Fähnrichen und Lieutenants gönnte Captain Wilding nur einen knappen Blick, lediglich die Kadetten sah sie sich genauer an, und besonders lang verweilte ihr Blick auf dem Mädchen, das auch ihm schon aufgefallen war. Vermutlich machte sie sich die gleichen Gedanken über die Eignung der jungen Frau, die auch er gehabt hatte.

„Kadett Madelaine Thompson.“

Das Mädchen trat vor. „Hier.“

Thad sah, wie sich ihre Wangen röteten, als sie in die Reihe zurücktrat, und sie schien es sich nur mit Mühe verkneifen zu können, nervös von einem Fuß auf den anderen zu treten. Im Stillen verdrehte er die Augen.

Die nächste Kadettin, die aufgerufen wurde, wirkte ebenfalls aufgeregt, aber sie hatte sich besser unter Kontrolle.

„Kadett Valerie Haver.“

„Hier.“

Nachdem alle Kadetten ihre Anwesenheit bestätigt hatten, trat Commander Birch einen Schritt zurück und überließ dem Captain das Wort.

„Wie Sie bereits ahnen werden, hat man Sie aufgrund Ihrer Testergebnisse zur Erdorbitalstation beordert“, erhob Captain Wilding ihre klare, befehlsgewohnte Stimme über die Stille. „Sie sind als die Besten daraus hervorgegangen, deshalb erwartet Sie nun eine neue Aufgabe. Sie werden dafür ausgebildet werden, mit den neuartigen Tetraederschiffen gegen die Hewitts zu fliegen.“

Thads Herz tat einen erfreuten Sprung. Er hatte sich nicht geirrt. Er war ausgewählt worden, um gegen die Feinde der Erde zu kämpfen, und dass er in die Prototypen eingearbeitet werden sollte, war das Sahnehäubchen auf der erfreulichen Entwicklung.

Ein Lächeln stahl sich auf seine Lippen, und er ließ es gewähren. Captain Wilding würde es ihm sicher nachsehen, wenn er im Moment des Triumphs seine Selbstkontrolle ein Stück weit aufgab. Sollte sie doch sehen, wie sehr er sich freute, daraus konnte sie sofort schließen, mit welchem Eifer er sich daran machen würde, der beste Pilot der Prototypen zu werden.

Auch die anderen Soldaten waren von der Eröffnung nicht überrascht. Es ging nicht einmal ein Raunen durch die Reihen, nur hier und da bemerkte er ein leichtes Nicken. Die meisten jedoch hingen an Captain Wildings Lippen und blickten ihr erwartungsvoll entgegen. Thad tat es ihnen gleich. Auch ihn drängte es danach, möglichst schnell alles über den bevorstehenden Einsatz zu erfahren.

„Derzeit verfügen wir nur über zwei der Prototypen und bloß über einen Simulator", fuhr Elaine Wilding fort. „Das bedeutet für Sie, dass Sie den Simulator schichtweise benutzen müssen. In jeder Schicht werden zwei Piloten und acht Kanoniere trainieren, also zwei komplette Mannschaften. Die Mannschaften werden sich abwechseln und dabei immer neue Konstellationen bilden. Einen genauen Plan über das Rotationsverfahren findet sich in den Unterlagen, die ich den Piloten gleich aushändigen werde. Lieutenant Thornsburg, Lieutenant Tannen, Lieutenant Hearne und Lieutenant Hearley leiten das Training der vier Schichten. Lieutenant Thornsburg, Ihr Team macht den Anfang und wird mit Beginn der Nachmittagsschicht um Punkt 16.00 antreten. Der Simulator befindet sich in Omega 40D-03S."

Thad frohlockte. Dass sie ihm das erste Team gab, konnte nur eins bedeuten: Er hatte als bester im Test abgeschnitten. „Aye, aye, Captain", erwiderte er fest.

„Die anderen Teams folgen in der Reihenfolge, in der ich die Lieutenants aufgerufen habe. Ist soweit alles klar?"

„Ja, Captain", erscholl die Antwort der Soldaten in vielstimmigem Chor.

„Gut. Die Piloten werden sich um 14.00 beim Simulator einfinden. Chief Prent wird Ihnen eine Einführung in die Bedienung der Tetraederschiffe geben."

Wieder klang die Bestätigung auf.

Captain Wilding nickte nicht einmal. „Lieutenant Thornsburg, zu Ihrem Team gehört als zweiter Pilot Lieutenant Michael Yate. Die Kanoniere sind Lieutenant Robert Connay, Fähnrich Elisabeth Craine und Fähnrich John Raff sowie die Kadetten Alexander Dow, Jennifer Goddard, Valerie Haver, Gary Kaley und Madelaine Thompson."

Commander Birch winkte, und die Genannten formierten sich in zwei neuen Reihen. Thad betrachtete seine Mitstreiter mit gemischten Gefühlen. Dass ihm ausgerechnet Michael Yate, sein schärfster Konkurrent, untergeordnet worden war, beflügelte ihn, aber dass seinem Team gleich fünf der unerfahrenen Kadetten, darunter auch die noch kindlich wirkende Madelaine Thompson, angehören sollten, gefiel ihm weniger. Allerdings kannte er Captain Wilding gut genug, um die Gedanken erraten zu können, die ihrer Auswahl zugrunde lagen.

Die zehn Soldaten, die dem ersten Team angehörten, mussten sich durch den Test als die besten herausgestellt haben, und sie wollte sicherlich, dass sie sich gegenseitig zu neuen Höchstleistungen anspornten. Dass fünf Kadetten ebenfalls in der kleinen Spitzengruppe zu finden waren, erstaunte ihn, doch vielleicht war es besser, junge, unerfahrene Leute zu haben, als ältere, die dafür aber langsamer waren. Sollte sich erweisen, dass sie wirklich gut waren, konnte er sich mit ihnen arrangieren, und wenn nicht, würden sie sehr schnell durch andere ersetzt werden, dessen war er sich sicher. Im Zweifelsfall würden die Hewitts selbst eine Auslese treffen.

Seine Zähne knirschten leise, als er die Kiefer fest aufeinander presste und gleichzeitig Captain Wilding zuhörte, die die anderen Teams einteilte. Es gab nur zwei Prototypen, dennoch standen hier acht potenzielle Crews versammelt. Das ließ einige unschöne Schlussfolgerungen darüber zu, welche Chancen auf Erfolg die Admiralität ihren Soldaten bei einem Einsatz gegen die Hewitts zugestand. Es gab genug Ersatz für jede der Positionen. Entschlossen ballte er die Fäuste. Für ihn würde man keinen Ersatz benötigen. Wenn er flog, würde er das Schiff zum Sieg führen. Etwas anderes kam für ihn überhaupt nicht infrage.

Captain Wilding erklärte indessen, dass die noch fehlenden Kanoniere und Piloten im Laufe des Tages zu den Teams stoßen würden, und übergab anschließend die Trainingsprotokolle an ihn und die anderen Teamführer. „Sie werden das Training genau nach den Anweisungen durchführen, Lieutenants, und mich persönlich nach dem Ende Ihrer Schicht über die Ergebnisse informieren. Ich erwarte bestmögliche Resultate, und das so schnell wie möglich. Wir wissen nicht, wann die Hewitts ein zweites Mal angreifen werden. Wenn es geschieht, müssen wir vorbereitet sein, also geben Sie Ihr Bestes."

„Aye, aye, Captain", erwiderten Thad und die anderen Soldaten einstimmig.

Elaine Wilding winkte die Teamführer zu sich heran. „Im Gegensatz zu den Kadetten sind Sie mit der Erdorbitalstation vertraut. Zeigen Sie den Mitgliedern Ihres Teams ihre Quartiere. Die Raumbezeichnungen finden Sie in den Anweisungen auf dem Pad. Das gilt besonders für Sie,

Lieutenant Thornsburg. Kümmern Sie sich um Ihr Team, damit es pünktlich mit dem Training beginnen kann."

„Aye, aye, Captain", gab er zackig zurück, obwohl er nicht gerade begeistert war. Er war Pilot und Offizier, kein Fremdenführer!

„Wegtreten."

Als Thad, die anderen Soldaten und die Kadetten salutierten und sich zum Gehen wandten, fiel ihm auf, dass vor allem Alexander Dow und Madelaine Thompson sich darum bemühten, seine Haltung und Bewegungen möglichst genau nachzuahmen, ohne dass es ihnen recht gelingen wollte, und er verzog verächtlich die Lippen. Die Kadetten hatten wahrlich noch sehr viel zu lernen.

13. Kapitel

Nachdem Thad die Kadetten in ihren Quartieren in Omega 58U Sektion P abgeliefert hatte, blieb ihm noch ein wenig Zeit, bis er den Simulatorraum aufsuchen musste. Er nutzte sie, um in einer der Messen der Station zu Mittag zu essen, denn da seine Schicht um 16.00 begann, würde er im Anschluss an die Einweisung keine Gelegenheit mehr dazu finden. Erst kurz vor 14.00 machte er sich auf den Weg zu Raum 40D-03S.

Er hatte keine Angst, zu spät zu kommen, denn in den fünf Jahren, die er bereits auf der Station stationiert war, hatte er es gelernt, sich auf ihr zurechtzufinden, und so gelangte er auch in jenen Bereichen, die er bislang noch nicht betreten hatte, schnell ans Ziel, auch ohne die Informationsdisplays zu benutzen, die überall in den Korridoren an den Wänden angebracht waren, um Verirrten auf ihren Weg zurückzuhelfen. Er war stolz auf seinen Orientierungssinn, denn er wusste nur zu gut, dass viele Soldaten es selbst nach Jahren noch nicht vermochten, sich ohne die Displays sicher auf der Station zu bewegen.

Seine Rechnung ging auf. Er traf vier Minuten zu früh im Simulatorraum ein, und er war nicht einmal der Letzte. Lieutenant Mace Hearley und Lieutenant Josie Tannen waren noch nicht anwesend, lediglich die beiden anderen Piloten und ein dritter Mann, den Thad nicht kannte. Mit einem schnellen, prüfenden Blick musterte er den anderen. Seine beigefarbene Uniform wies ihn als Techniker aus, sein saturnförmiges Abzeichen kennzeichnete seinen Rang als Chief, und auf der rechten Seite seiner Brust prangte ein kleines Namensschild mit dem Schriftzug Prent.

Chief Prent grüßte gelassen. Thad gab den Gruß ohne große Aufmerksamkeit zurück, fasste jedoch das Aussehen des Mannes genauer ins Auge. Chief Prent war ungewöhnlich klein und untersetzt. Sein zu groß wirkender Kopf saß auf einem bulligen Stiernacken, sein kantiges Gesicht fiel besonders durch seine ungesunde Rötung auf, und seine kleinen, blauen Augen lagen so tief in ihren Höhlen, als wollten die Wangen sie gänzlich verschlingen.

Die kurz geschorenen, blonden Haare standen kerzengerade von seinem Schädel ab, trotzdem sah sein Kopf aus, als sei er in einer Form gegossen worden - eine perfekte Kugel. Seine Bewegungen wirkten abgehackt und gleichzeitig träge, so als müsste er sich vor jeder Regung zwingen, eine innere Barriere zu überwinden. Insgesamt vermittelte sein Auftreten nicht den Eindruck der körperlichen Fitness, die Thad für einen Soldaten für angemessen hielt, aber der Chief war eben kein Pilot, die stets mit peinlicher Genauigkeit darauf achteten, ihre Kondition zu wahren.

Schon bald zog Thad seine Aufmerksamkeit von Chief Prent ab und nutzte die Zeit, die ihm blieb, bis die fehlenden Piloten eintrafen, um sich umzusehen. Der Simulatorraum hatte eine lang gestreckte, rechteckige Form, an dessen einem, schmalen Ende sich der Eingang befand. Der Simulator selbst bestand aus fünf plump wirkenden Kapseln, die jede für sich eine eigene Aufhängung, Versorgungszuleitung und Computersteuerung besaßen. Die Größte von ihnen stand in der Mitte, die anderen waren zu zweit links und rechts davon aufgereiht. Sie entsprachen der Pilotenkanzel und den vier Geschützständen der Tetraederschiffe.

Hinter ihnen liefen die Rohre und Kabel in diversen Aggregaten zusammen, die wuchtig den gesamten rückwärtigen Teil des Raumes einnahmen. Gegenüber den Kapseln befand sich eine gläserne Wand, die den eigentlichen Simulatorraum schalldicht von der Kontrollkabine trennte. Das war auch bitter nötig. Bereits eine aktivierte Simulatoreinheit konnte einen Heidenlärm verursachen, fünf von ihnen jedoch erzeugten eine Geräuschkulisse, die kaum länger als ein paar Sekunden zu ertragen war.

Im Augenblick war davon allerdings nicht viel zu hören. Die Kapseln hingen still wie schlafende Ungeheuer in ihren Aufhängungen, lediglich von den Maschinen im Hintergrund des Raumes ging ein unterschwelliges Brummen aus, das nur einmal etwas stärker anschwoll, als Chief Prent an einem Aggregat eine neue Einstellung vornahm.

Die Kapseln selbst glänzten unter dem weißen Licht der Deckenlampen und warfen ihren Schein verschwenderisch zurück. Ihre glatten, wie poliert wirkenden Außenflächen, die noch bar jeden Staubs oder anderer Spuren langen Gebrauchs waren, teilten selbst einem ungeübten Beobachter mit, dass die Anlage neu und vermutlich noch fast gänzlich unbenutzt war.

Gleichzeitig trieben die charakteristischen Gerüche fabrikneuer Kunststoffe und frischer Farben wie Schleier durch den Raum und zitterten im Sog der Ventilation, ohne jedoch von ihr in ihrer Intensität beeinträchtigt zu werden. Erst nach längerem Gebrauch würden sie von den Ausdünstungen der Trainierenden überdeckt werden oder sich einfach verflüchtigen.

Die restlichen Piloten trafen auf die Minute genau ein, und Chief Prent begann sofort damit, sie in die Prototypen einzuweisen. Thad runzelte verärgert die Stirn. Prent traktierte sie mit einem völlig überflüssigen Schwall technischer Daten, bevor er endlich zur Sache kam und sie mit der Bedienung des Simulators, die über die Kontrollkabine erfolgte, vertraut machte, ihnen die Geschützstände erklärte und sie zu guter Letzt über die Steuerungselemente der Pilotenkanzel in Kenntnis setzte, die in jedem noch so kleinen Detail denen der Prototypen entsprachen. Zuvor händigte er ihnen Datenpads aus, auf denen alle Informationen, die er ihnen gab, gespeichert waren, trotzdem hörte Thad ihm angespannt zu und versuchte, sich sofort so viel wie möglich zu merken. Er konnte, wenn er später gegen die Hewitts flog, schließlich auch nicht im Handbuch nachschlagen, wie ein bestimmtes Manöver ausgeführt wurde.

Im Anschluss an seine Erläuterungen ließ Chief Prent jeden von ihnen eine kurze Trainingseinheit fliegen, damit sie sich mit dem Schiff vertraut machen konnten, während die anderen von der Kabine aus zusahen. Thad hatte nichts dagegen, dennoch wäre es ihm lieber gewesen, wenn er sofort eine Mission gegen die Hewitts hätte starten können. Als die Reihe allerdings an ihm war, in die Pilotenkanzel zu steigen, musste er zugeben, dass es doch nicht schaden konnte, sich zunächst im Umgang mit der Steuerung zu üben, denn die Bedienungselemente waren zum Teil gänzlich anders als in den Raumschiffen, die er bislang geflogen war, und er erkannte auch nicht alle von ihnen sofort wieder, obwohl Chief Prents Beschreibung vollständig gewesen war. Es ärgerte ihn, dass es ihm nicht gelungen war, auf Anhieb alles im Kopf zu behalten, und so führte er das Trainingsprogramm zähneknirschend und mit einer gehörigen Portion Verbissenheit durch. Sein einziger Trost war, dass sich die anderen auch nicht schneller zurechtfanden.

Chief Prent wiederholte mehrfach Details seiner Schulung, erweiterte das Trainingsprogramm und ließ sie eine ganze Weile üben, und je länger die Einweisung dauerte, desto zufriedener wurde Thad. Ihm gelang es als Erstem, sich so gut auf die neuen Schiffe einzustellen, dass den Kadetten und Fähnrichen, die gleich zum Training zu ihm stoßen würden, nicht auffallen würde, dass er die Prototypen nur wenige Stunden länger kannte als sie selbst. Das war ein guter Anfang, einer, auf dem er aufbauen konnte.

Gegen 15.25 beendete Chief Prent seine Einführung, entließ sie und zog sich zurück. Die übrigen Piloten verließen ebenfalls den Simulatorraum, Thad jedoch blieb. Das war seine Chance, seinen Vorsprung vor den anderen Piloten auszubauen. Ohne zu zögern begab er sich in die Kontrollkabine, aktivierte die Grundprotokolle für eine Mission gegen die Hewitts und eilte in die Pilotenkanzel, nachdem er mit einer einfachen Schaltung dafür gesorgt hatte, dass die Simulation auch von dort aus gestartet werden konnte.

Sein Herz schlug vor Aufregung hart gegen seine Rippen, als er den Simulator mit einer entschlossenen Bewegung zum Leben erweckte. Er überging die Startsequenz und stieg sofort in die Kampfsimulation ein.

Kaum hatte er den letzten Kommandobefehl bestätigt, ging ein heftiger Ruck durch die Kapsel, akustische Signale klangen auf, Warnlampen blinkten und eine kugelförmige Holografie entfaltete sich direkt vor seinen Augen. Sie zeigte den Schwarm und die Hewitts, doch noch ehe er Details erfassen konnte, raste sein Schiff in eine Ballung der Amöboiden, und der Computer meldete sich zu Wort.

„Verlust des Gamma-Geschützes."

Thad fluchte unbeherrscht, riss sich aus seiner Überraschung heraus und begann, das Schiff zu steuern. Es war schwer, im Schwarm sicher zu manövrieren, viel schwerer, als er es sich vorgestellt hatte, und nur seinen unzähligen Stunden Flugerfahrung und seinem untrüglichen Instinkt hatte er es zu verdanken, dass es beinahe zwei Minuten dauerte, bis der Computer die Simulation beendete.

„Totalverlust", meldete die mechanische Stimme neutral, während die Lichter der Kontrollen erloschen und die Holografie wie eine Seifenblase zerplatzte.

Thad schluckte hart. Das Ergebnis war ein Debakel. Wie hatte er nur derart schlecht sein können? Ergrimmt starrte er auf die komplexen Kontrollen und aktivierte die Simulation von Neuem. Dieses Mal begann er jedoch mit der Startsequenz, ein Zugeständnis, das ihm den Magen zusammenschnürte.

Energisch fokussierte er seine gesamte Konzentration auf die Holografie, als die Simulation ihn abermals in den Schwarm warf. Ein zweites Mal sollte es den Hewitts nicht gelingen, ihn zu überrumpeln. Doch obwohl er nun auf ihren Anblick gefasst war, schnitt er kaum besser ab. Der Flug durch den Schwarm verlangte Unmögliches. Wie sollte er die Bewegungsvektoren des Schiffs im Auge behalten, die Geschützstellungen auf die Hewitts ausrichten und gleichzeitig darauf achten, dass keins dieser verfluchten Wesen dem Schiff zu nahe kam?

Immerhin verlor er nicht sofort ein Geschütz, sondern konnte den ersten Verlust etwas hinauszögern. Das war eine Steigerung zum ersten Durchgang, trotzdem war auch die zweite Simulation nach nur wenigen Minuten beendet.

„21%", stöhnte Thad ungläubig auf, als er die Gesamtabschussquote ablas, die der Computer ihm für diesen Durchgang zugestand. Das war erbärmlich. Seit er denken konnte oder zumindest seit er fliegen konnte, hatte er weder in einem Simulator noch im Manöver ein derart miserables Ergebnis erzielt. Er konnte es nicht fassen. Die Prozentangabe brannte sich in seine Augen.

Hastig blickte er auf die Uhr. Er hatte noch Zeit. Sogleich flog er eine dritte Mission. Verbissen umklammerte er die Kontrollen und verfluchte den Computer, der die Geschütze steuerte und so langsam war, dass er sich am liebsten die Haare gerauft hätte. Es mussten jämmerliche Schützen gewesen sein, nach deren Reaktionszeiten der Computer programmiert worden war. Er konnte nur hoffen, dass seine Untergebenen besser waren. Was nützte der beste Pilot, wenn die Kanoniere Versager waren?

Als der Bildschirm dieses Mal eine Abschussquote von 24% anzeigte, schrie Thad triumphierend auf. Und wieder hatte er die Zeit verlängern können. Wenn er nur lange und intensiv genug übte, würde er bald 100%

erreichen können. Aber um das zu ermöglichen, musste er die Kadetten und die anderen Kanoniere drillen, bis jeder von ihnen uneingeschränkt sein Bestes gab.

Der Gedanke an seine Untergebenen, die jede Minute im Simulatorraum auftauchen konnten, brachte ihn in die Wirklichkeit zurück. Er schnallte sich los und verließ die Kapsel. Seine Ergebnisse hatte er zuvor gelöscht, schließlich war das nur ein Test gewesen, mit dem er hatte prüfen wollen, ob der Simulator den Trainingsansprüchen gerecht werden konnte. Den Eindruck hatte er gewonnen, und mehr hatte er nicht gewollt.

14. Kapitel

Die Kabine, die Lieutenant Thornsburg Mady zugeteilt hatte, war klein, viel zu klein für ihren Geschmack. Sie hatte ihre Reisetasche neben dem Bett abgestellt, ohne sie bislang zu öffnen, und durchmaß die Breite des Raums immer wieder mit mehreren langen Schritten. Noch war Zeit bis zum Beginn des Trainings, und sie hätte sie besser nutzen sollen, um sich auszuruhen, aber sie brachte es nicht einmal fertig, sich zu setzen.

Die harten Kunststoffsohlen ihrer Stiefel erzeugten rhythmische, klackende Laute auf dem glatten Kabinenboden, die von den kahlen Wänden widerhallten und sich als verklingendes Echo zur einsamen Deckenleuchte emporschwangen, bevor der nächste Schritt den Takt weiterführte. Mady sah nach oben und starrte zur Lampe hoch, ohne innezuhalten. Das Licht kam ihr kalt vor, schien sich wie eine bleiche Decke auf ihre Haut zu legen und erzeugte eine ungemütliche Stimmung, obwohl es sich vermutlich vom Spektrum her nicht von dem Licht unterschied, das die Quartiere der Kadetten auf der Erde erleuchtete.

Trotzdem war hier alles anders. Auf der Akademie waren stets vier Kadetten in einem Zimmer untergebracht, in diesem Raum jedoch war sie allein, allein mit sich und ihren Ängsten. Kein Lachen, kein Gezänk, kein Pfeifen und Singen oder die Diskussion über Themen, die im Verlauf des Tages in den Vorlesungen zur Sprache gekommen waren, konnten sie ablenken.

Mit einem tiefen Seufzer ließ sie sich auf das Bett fallen. Es war schon komisch. Als sie ihre Ausbildung begonnen hatte, hatte es sie manches Mal gestört, nicht allein sein zu können, aber jetzt erfüllte sie die Stille ihres Quartiers mit tiefem Unbehagen. Natürlich war sie erstaunt über den Luxus, den eine Einzelkabine nun einmal bedeutete, aber leider erinnerte er sie auch daran, warum man sie auf die Station geholt hatte, und das verursachte ihr Magendrücken.

Die Hewitts - sie waren tatsächlich der Grund für ihre Abberufung aus der Akademie und ihre Verlegung auf die Erdorbitalstation. Sie hatte es geahnt, und doch hatte sie sich im Verlauf der Besprechung, die von Captain Wilding und ihrem ersten Offizier abgehalten worden war, sehr zusammennehmen müssen, um nicht die Sorge preiszugeben, die sie angesichts eines möglichen Einsatzes gegen die Amöboiden erfüllte. Ihr einziger Trost war derzeit, dass noch 31 andere Kanoniere im Simulator ausgebildet werden würden. Wenn die anderen besser waren, würde man sie und nicht sie selbst gegen den nächsten Schwarm schicken.

Mady presste die Lippen aufeinander, ließ sich auf ihrem Bett nach hinten sinken und starrte an die kahle Decke. Als sie sich um Aufnahme in der Akademie beworben hatte, war ihr klar gewesen, dass sie durchaus mit gefährlichen Situationen konfrontiert werden würde, wenn sie erst aktiven Dienst schob, aber sie war stets davon ausgegangen, dass sie ihnen mit einer soliden Ausbildung und einer gehörigen Portion Erfahrung begegnen könnte. Im Augenblick besaß sie weder das eine noch das andere, und das war alles andere als beruhigend.

Ein verlockender Gedanke schob sich mit einem Mal machtvoll in ihre Aufmerksamkeit. Der Weg aus dieser vertrackten Situation war einfach, sehr einfach sogar. Sie musste lediglich in ihren Leistungen nachlassen. Vermutlich hatten jene, die klüger als sie selbst gewesen waren und sofort erkannt hatten, worauf der Test abzielte, sich zurückgehalten und waren deshalb überhaupt nicht erst in die Auswahl aufgenommen worden. Sie könnte nachträglich den gleichen Effekt erzielen.

„Verdammt!"

Mit dem Fluch auf den Lippen setzte sie sich abrupt auf. Sie konnte es nicht tun, ganz gleich, wie viel Angst sie hatte. Sie hatte Soldat werden wollen, nun gut, jetzt wurde sie es früher, als sie angenommen hatte, und jetzt zu kneifen, hieße das Ziel zu verraten, das sie sich für ihr Leben gesteckt hatte. Das konnte und das wollte sie nicht. Ihre Träume waren ihr noch immer viel zu wichtig, nur sah es so aus, als würde der Weg zu ihrer Erfüllung härter und dorniger werden, als sie erwartet hatte. Aber das war schließlich auch eine Herausforderung.

Ihre Hände gruben sich in ihr Bettlaken. Sie würde alles geben, und wenn sich herausstellte, dass sie gut genug war, um gegen die Hewitts zu fliegen, dann würde sie es eben tun. Ein neuer Schwarm konnte nur dann aufgehalten werden, wenn die besten Leute gegen ihn antraten, und es wäre schändlich von ihr, sich dieser Verantwortung zu entziehen, nur weil ihr, wie Val es so blumig ausgedrückt hatte, das Hemd flatterte. Entschlossen kämpfte Mady ihre Furcht nieder. Sie war kein Feigling, und sie wollte sich auch am nächsten Tag noch offen ins Gesicht sehen können. Es war beschämend genug, dass sie überhaupt daran gedacht hatte, sich absichtlich dumm zu stellen. Lediglich die Tatsache, dass so völlig überraschend die Möglichkeit, in einem Einsatz ihr Leben zu verlieren, in ihrer nahen Zukunft aufgetaucht war, ließ sie als Entschuldigung vor sich selbst gelten. Vermutlich würde sie noch eine ganze Weile brauchen, bis sie die emotionalen Konsequenzen dieser Situation verarbeitet hatte. Sie nahm sich vor, sich möglichst schnell damit auseinanderzusetzen, denn wenn man sie in den Einsatz schickte, wollte sie nicht erleben, dass sie angesichts der tödlichen Gefahr vor Furcht erstarrte wie eine Maus beim Anblick einer hungrigen Schlange. Sie musste sich geistig auf einen neuen Angriff vorbereiten. Wenn die Amöboiden sich noch ein wenig Zeit mit ihrer Rückkehr ließen, schaffte sie es vielleicht sogar, aber endgültig würde sich das wohl erst dann zeigen, wenn sie in der Kanzel saß und die Geschütze aktivierte.

Deshalb war es gut, dass sie alle zunächst im Simulator trainiert wurden. Es war eine sinnvolle, vielleicht sogar die beste Möglichkeit der Vorbereitung, obwohl es natürlich ein Unterschied war, ob man sein Leben tatsächlich in Gefahr wusste oder nicht.

Mit einem leisen Seufzer erhob sie sich und blickte auf die Uhr. Bis zum Beginn des Trainings war noch eine gute halbe Stunde Zeit, doch angesichts der Größe der Station und ihrer verwirrenden Gänge und verschlungenen Korridore war das vermutlich genau der richtige Zeitpunkt, um aufzubrechen. Lieutenant Thornsburg schätzte es sicher nicht, wenn man zu spät eintraf.

Mady verließ ihr Quartier und wandte sich der Tür zu, die zu der Kabine neben ihrer eigenen führte. Es war Jenns neues Reich. Nach einem kurzen Zögern legte sie die Hand auf die ovale Fläche, die in Schulterhöhe neben der Tür angebracht war und wusste, dass daraufhin ein Signal im Inneren der Kabine ertönen würde.

Wenig später öffnete sich die Tür, und Jenn lugte zu ihr heraus. Sie wirkte ziemlich schlaftrunken.

„Habe ich dich geweckt?“, fragte Mady. „Das tut mir leid.“

Jenn gähnte herzhaft. „Ist schon gut. Was ist denn los? Kannst du keine Ruhe finden?“

Mady zuckte mit den Schultern. „Ich wollte zum Training gehen.“

„Jetzt schon? Es ist doch noch mehr als eine halbe Stunde Zeit.“

„Aber ich dachte ...“

Jenn unterbrach sie kopfschüttelnd. „Mady, Mady, man merkt, dass du noch nicht lange auf der Akademie warst.“

„Wieso?“

„Du kennst offensichtlich die goldene Regel nicht.“

„Und die lautet?“

„Nutze jede Pause, die du bekommen kannst.“

„Davon habe ich gehört, aber ich für meinen Teil bin doch lieber pünktlich.“

Jenn grinste. „Du wirst schon nicht zu spät kommen.“

„Wir kennen aber den Weg nicht.“

„Wir können fragen, oder nicht?“

„Mag sein.“

„Also ich werde keine Minute früher losgehen, als ich muss. Warum kommst du nicht rein? Wir könnten noch ein wenig plaudern.“

Mady zögerte. „Ich denke, ich gehe doch besser in meine Kabine zurück.“

„Entspanne dich“, empfahl ihr Jenn. „Uns steht ein Simulatortraining bevor, keine Hinrichtung.“

Angesichts der Tatsache, dass das Training sie auf den Einsatz gegen die Hewitts vorbereiten sollte, konnte Mady die Unterscheidung nicht ganz nachvollziehen. Dennoch nickte sie. „Du hast recht. Entschuldige die Störung."

„Macht nichts. Soll ich dich abholen, sobald ich aufbreche?"

„Das ist nicht nötig", gab Mady schnell zurück und errötete. Jenn ahnte nun bestimmt, dass sie nie vorgehabt hatte, in ihre Kabine zurückzukehren.

Ihre Kameradin sagte jedoch nichts, winkte ihr nur und trat zurück, sodass sich die Tür wieder schließen konnte. „Bis gleich", vernahm sie noch Jenns Worte, danach war sie wieder allein.

Ihr Blick wanderte unschlüssig über die Türen der anderen sechs Teammitglieder, aber sie ahnte, dass die jungen Männer und Frauen ganz ähnlich wie Jenn reagieren würden. Außerdem hatte sie außer mit Val noch kein Wort mit den anderen gewechselt, und Val wollte sie nicht fragen, ob sie sie begleitete. Das hätte ihr doch nur einen tadelnden Blick oder eine spöttische Bemerkung eingetragen.

„Dann gehe ich halt allein", murmelte sie und wandte sich in Richtung des nächsten Aufzugs. Der Lift trug sie rasch in das richtige Stockwerk. Dicht neben der Tür befand sich ein Informationsdisplay. Sie aktivierte es, ließ sich den Grundriss der Etage aufzeigen und suchte mit ihren Blicken nach Sektion S, in der der Simulator untergebracht war. Sie fand sie, suchte sich einen Weg dorthin und ging weiter. Natürlich hätte sie auch den Computer anweisen können, ihr die Sektion sofort farbig hervorzuheben und ihr den kürzesten Weg dorthin auf dem Display sichtbar zu machen, aber sie besaß einen gewissen Stolz, was solche Dinge anging. Außerdem wollte sie schnell lernen, sich in der Station zurechtzufinden, und das gelang ihr sicher nicht, wenn sie sich gänzlich auf den Computer verließ.

Trotzdem erreichte sie nach kurzer Zeit und mit nur einem einzigen kleinen Umweg den Raum, in dem der Simulator installiert worden war. Sie hielt inne, sah auf ihr Armbandchronometer und beschloss, dass es noch zu früh war, den Raum zu betreten. Vermutlich wäre sie die Erste, und der Gedanke, mehrere Minuten mit Lieutenant Thornsburg, der als Leiter des Teams sicher bereits Vorbereitungen für das Training traf, allein zu sein, gefiel ihr nicht. Er war ihr in der Halle, in der die Besprechung stattgefunden hatte, sofort aufgefallen, und das nicht gerade in positiver Hinsicht. Die Blicke, mit denen er sie und die anderen Kadetten gemustert hatte, hatten vor Herablassung geradezu getrieft. Ganz gleich, was der Test ergeben hatte, er hielt offensichtlich nichts von dem Einsatz der Kadetten, und ganz sicher würde er sie das spüren lassen.

Mady wartete ein paar Minuten und vertrieb sich die Zeit, indem sie auf einem weiteren Display den Aufbau der Etage studierte und versuchte, sich so viel wie möglich davon zu merken. Normalerweise besaß sie ein gutes Orientierungsvermögen, aber die Station war ziemlich verwirrend strukturiert, und sie war auch aus der Übung. Sie wünschte, sie hätte in der Akademie die Zeit gefunden, sich mehr mit Cyber-Spielen zu beschäftigen, die die Orientierungsfähigkeit schärften, dann wäre es ihr sicher leichter gefallen, zurechtzukommen. Andererseits hatte sie den Simulatorraum gefunden und war sogar eine beträchtliche Zeitspanne zu früh angekommen. Damit konnte sie vorerst zufrieden sein.

Um 15.50 betrat sie den Raum. Lieutenant Thornsburg war tatsächlich bereits anwesend, hatte sich in steifer Haltung vor den fünf Simulatorkapseln aufgebaut und wartete auf die Ankunft seiner Untergebenen. Seine Augen zogen sich leicht zusammen, als er sie erblickte.

Mady salutierte. „Kadett Thompson meldet sich wie befohlen zum Training."

Lieutenant Thornsburg sah von oben auf sie herab. Er war groß, sehr groß sogar, und sein muskulöser, durchtrainierter Körper ragte wie ein Berg vor ihr auf. Statt sie aus ihrer starren Haltung zu entlassen, musterte er sie mit einem unangenehm stechenden Blick seiner wässrigblauen Augen und verzog seine ohnehin schon dünnen Lippen zu einem schmalen Strich.

„Warum sind Sie so früh, Kadett? Hatten Sie Schwierigkeiten, den Weg zu finden?"

Mady stöhnte im Stillen. Es ging also sofort los. „Nein, Sir."

„Tatsächlich nicht? Haben Sie nach dem Weg gefragt?"

„Nein, Sir, ich habe das Informationsdisplay benutzt."

„Einmal?"

„Zweimal."

Thornsburgs Mundwinkel bogen sich leicht nach unten. „Mir scheint, Sie sind deshalb bereits hier, weil sie befürchtet hatten, den Raum nicht rechtzeitig zu finden."

„Das ist nicht ganz korrekt, Sir. Ich bin gern pünktlich, das ist alles."

Thornsburgs Augenbrauen gingen in die Höhe, und er trat einen Schritt auf sie zu. „Dagegen ist nichts einzuwenden, Kadett. Ich hoffe für Sie, dass Sie bald in der Lage sein werden, sich ausreichend zu orientieren. Captain Wilding kann im Kampf gegen die Hewitts keine Grünschnäbel gebrauchen, die sich nicht einmal in der Station zurechtfinden können."

„Ja, Sir", presste Mady zwischen den Zähnen hervor.

Lieutenant Thornsburg warf ihr noch einen letzten abschätzenden Blick zu, dann entließ er sie aus ihrer starren Haltung. „Rühren."

Mady folgte seiner Anweisung. Nur mit Mühe konnte sie den Zorn unterdrücken, der in ihr hochzukochen drohte. Thornsburg hatte in einer Minute alle Gerüchte über aufgeblasene, arrogante Offiziere bestätigt. Er suchte nach Mängeln, die er bekritteln konnte, auch wenn es gar keine gab. Das ließ sie für die bevorstehende Ausbildung unter seiner Führung nichts Gutes ahnen.

Der Lieutenant beachtete sie nicht weiter, trotzdem war Mady froh, als endlich zwei weitere Kadetten eintrafen, Alexander Dow und Gary Kaley. Mady musterte sie. Beide waren hochgewachsen, reichten aber nicht an Lieutenant Thornsburgs Körpergröße heran, und vor allem Alexander Dow war ziemlich schlank und wirkte deshalb wohl etwas schlaksig. Er besaß hellbraunes, kurzes Haar und graue Augen, Gary Kaley hingegen war aschblond, trug die Haare etwas länger, als das eigentlich zulässig war, und in seinem blassen Gesicht fielen seine blauen Augen besonders auf. Beide meldeten sich korrekt zur Stelle und grüßten weitaus besser, als es ihr selbst gelungen war. Damit war ihr Thornsburgs beredter Blick sicher.

Nacheinander trafen nun auch Lieutenant Yate, Lieutenant Connay, die Fähnriche Elisabeth Craine, John Raff und die restlichen Kadetten ein. Jenn und Val tauchten zuletzt auf, und Mady warf unwillkürlich einen Blick auf die Uhr, als sie durchs Schott traten, doch zum Glück gaben sie Thornsburg keinen Anlass für eine Zurechtweisung. Die beiden waren auf die Minute genau pünktlich, sogar 26 Sekunden zu früh, wenn man es genau nahm.

Nachdem sich Val und Jenn in die Reihe eingefügt hatten, die die anderen vor der gläsernen Kabine gebildet hatten, sah Lieutenant Thornsburg sie nacheinander durchdringend an, als könne er so etwas über ihre Eignung für den bevorstehenden Einsatz gegen die Hewitts erfahren. Als sein geringschätziger Blick sie streifte, ahnte Mady, dass er zumindest über ihre Teilnahme an der Simulation wenig begeistert war, und auch Lieutenant Yate bedachte er mit einem recht unfreundlichen Blick.

Wenig später beendete Thornsburg seine stumme Musterung und begann zu sprechen. „Jede Simulation wird von fünf Soldaten geflogen werden. Lieutenant Yate und ich werden uns in der Rolle des Piloten abwechseln und zunächst zwei feste Mannschaften bilden. Da nur ein Simulator zur Verfügung steht, muss eine jeweils aussetzen, aber Sie werden auch diese Zeit nutzen. In der Kontrollkabine befinden sich Bildschirme, über die Sie den Ablauf der Mission, so wie er sich in Echtzeit und im Raum darstellen würde, verfolgen können. Lieutenant Yate, Sie werden als Erster den Pilotensitz einnehmen. Ihre Kanoniere sind die Kadetten Madelaine Thompson, Valerie Haver, Jennifer Goddard und Gary Kaley."

Mady schnitt in Gedanken eine Grimasse. Es war ganz sicher kein Zufall, dass Thornsburg die Geschütze komplett mit Kadetten besetzen ließ. Sie warf Lieutenant Yate einen flüchtigen Blick zu. Der Lieutenant verzog keine Miene, und auch sein Tonfall blieb neutral. „Aye, aye, Sir."

„Die anderen kommen mit mir in die Kabine“, fuhr Thornsburg fort und wandte sich ab. Die Soldaten, die er als seine Mannschaft bestimmt hatte, folgten ihm. Lieutenant Yate musterte sie, Jenn, Val und Gary Kaley kurz und winkte ihnen.

„Nehmen Sie Ihre Plätze ein, Kadetten.“

Mady bestätigte den Befehl und wandte sich rasch einem der Geschützstände zu. Als sie darauf zutrat, legte sich plötzlich eine Schlinge um ihren Hals, die sich enger und enger zusammenschnürte, je dichter sie dem Simulator kam. Sie versuchte, die Enge zu vertreiben, aber nicht einmal ein kräftiges Räuspern half. Sie gab es auf und zwängte sich in die kleine Kanzel.

Nachdem sie sie vorschriftsmäßig abgesichert und sich selbst im Sitz angeschnallt hatte, betrachtete sie mit klopfendem Herzen die Kontrollen. Sie hatte noch nicht oft in einem Raumschiff gesessen, und noch viel seltener war sie in die Nähe der Steuerungselemente eines Geschützes gekommen, deshalb war ihr die Bedienung der Waffen fremd. Sie erkannte zwar einige Tasten und Hebel wieder, aber das war bei Weitem nicht genug, um die Geschütze sicher beherrschen zu können, soviel war ihr klar.

Lieutenant Thornsburg beließ sie und die anderen unerquicklich lange in ihrer Unwissenheit, bevor er begann, ihnen etwas über die Schiffe zu erzählen und ihnen die Kontrollen zu erklären.

„Machen Sie sich zunächst mit der Steuerung vertraut“, sagte er generös, nachdem er seine Einführung schließlich abgeschlossen hatte. „Ich habe aus den Speichern des Computers eine kleine Trainingseinheit geladen, die nichts mit dem Kampfeinsatz zu tun hat, Ihnen aber die Bedienung der Kapsel in der späteren Simulation leichter machen wird. Führen Sie sie durch, danach werden Ihnen die Kontrollen nicht mehr so fremd erscheinen.“

Kurz darauf begann das Training. Mady war hoch konzentriert, und soweit sie es beurteilen konnte, unterlief ihr bei der Bedienung des Geschützes kein Fehler. Auch die anderen schienen es richtig gemacht zu haben, andernfalls hätte der Lieutenant sicher nicht gezögert, sie eindringlich darauf hinzuweisen. Sie bleckte die Zähne. Offenbar hatten sie und die übrigen Kadetten sich nicht so dumm und ungeschickt angestellt, wie Thornsburg es vermutlich von ihnen erwartet hatte. Allerdings flogen sie im Augenblick nur ein Trainingsprogramm. Die eigentliche Simulation hatte noch nicht begonnen.

Nach einigen Minuten meldete sich Lieutenant Thornsburg wieder zu Wort. „Ihre Kapseln sind über den Computer direkt miteinander verbunden. Auf diese Weise werden Ihre Reaktionen aufeinander die Wirkung haben, wie es der Fall wäre, säßen Sie alle gemeinsam in der

Joker oder der *Ace*. Zunächst wird der Computer eine Startsequenz durchspielen. Lieutenant Yate?"

„Ich bin bereit, Sir", meldete sich der Pilot sofort. Seine Stimme klang fest und entschlossen.

„Die Simulation beginnt."

Der Computer übernahm von nun an alle Funktionen, die bei einem tatsächlichen Start der *Ace* oder der *Joker* von der Flugleitzentrale geleistet werden würden. Mady erkannte, dass sich Michael Yate genau ans Abflugprotokoll hielt. So viel hatte man ihr in der viel zu kurzen Zeit ihrer Ausbildung immerhin schon beigebracht, dass sie das erkennen konnte.

„Gleich wird es ernst", informierte sie Lieutenant Thornsburg. „Jedes Detail Ihrer Mission wird aufgezeichnet werden und letztlich der Entscheidungsfindung darüber dienen, ob Sie tatsächlich gegen die Hewitts zum Einsatz kommen werden, also geben Sie sich Mühe."

„Aye, aye, Sir", erklang die einstimmige Antwort.

„Bereit?"

„Bereit", bestätigten die Besatzungsmitglieder des Simulators nacheinander.

„Ich beginne die Kampfsimulation - jetzt."

Beim letzten Wort startete Lieutenant Thornsburg das Programm. Irgendjemand schrie auf, eine Frauenstimme, doch Mady konnte sie nicht zuordnen, dazu blieb ihr keine Zeit. Der Zielcomputer bot ihr ein unübersichtliches Gewimmel der Hewitts, dessen Anblick sich so rasch änderte, wie Lieutenant Yate das Schiff in blitzschnelle Ausweichmanöver zwang. Wie gelähmt starrte sie auf den Schirm, während ihre Hände die Steuerung der Geschütze umklammerten, ohne dass sie auch nur einen einzigen Schuss abgab.

„Nun schießt doch endlich!", schrie Lieutenant Yate ihnen zu.

Erst da begriff Mady, dass auch die anderen wie unter Schock gestanden hatten. Sie riss sich zusammen und aktivierte ihre Geschütze. Keine Sekunde später folgten die anderem ihrem Beispiel. Breite Kegelstrahlen verließen die Abstrahlpole der Waffen - zumindest ließ die Simulation es so erscheinen - und rissen große Breschen in die Reihen der Hewitts. Dennoch wurden bei Weitem nicht genug von ihnen vernichtet.

„Verlust des Beta-Geschützes", meldete der Computer zweieinhalb Minuten nach Beginn der Simulation.

„Verdammt", knurrte Gary Kaley zornig.

Mady wurde der Hals eng. Lieutenant Yate versuchte krampfhaft, die nach dem Ausfall schutzlose Flanke des Schiffs aus der Nähe der Hewitts herauszuhalten, aber es gelang ihm eher schlecht als recht. Ab und an rief er ihr und den anderen etwas zu, um sie auf kommende Kurven und Schleifen, die er fliegen wollte, vorzubereiten, doch auch das half ihnen nichts. Aus dem Jäger war längst der Gejagte geworden.

„Verlust des Delta-Geschützes."

Val fluchte unterdrückt.

Mady war eher zum Weinen zumute. Das Ende der Simulation stand unmittelbar bevor. Den Verlust zweier Geschütze konnte Lieutenant Yate nicht mehr ausgleichen.

Tatsächlich war kaum eine halbe Minute später alles vorbei.

„Totalverlust", meldete der Computer und schaltete alle Kontrollen des Simulators ab.

Stille senkte sich über die Kadetten herab. Mady starrte bedrückt auf die roten Lichter, die auf ihren Kontrollen ihr Ausscheiden aus der Simulation anzeigten. Sie hatten lediglich eine Abschussquote von 26% erzielt.

„Das war eine miserable Vorstellung", brüllte Thornsburg unvermittelt los. „Nach nur sechs Minuten und sechzehn Sekunden haben Sie einen Totalverlust erlitten. Ich hoffe, Ihnen ist klar, was das bedeutet. Wären Sie gegen die Hewitts geflogen, wären Sie alle tot und die Hewitts in fast unverminderter Stärke zur Erde unterwegs."

Betroffenes Schweigen breitete sich unter den Kadetten aus, und auch Lieutenant Yate schwieg, obwohl er es sich anders als die Kadetten im Grunde nicht so widerspruchslos gefallen lassen müsste, angeschrien zu werden. Allerdings war er trotz seines gleichen Ranges Thornsburg während des Trainings unterstellt.

„Haben Sie überhaupt begriffen, wovon ich rede?"

Mady bohrte ihre Fingernägel in die Handflächen. „Ja, Sir", sagte sie mit fester Stimme, und auch die anderen schlossen sich dem an.

„Wir werden diese Simulation sofort wiederholen", erklärte Thornsburg noch immer lautstark. „Behalten Sie Ihre Plätze bei."

Mady fragte sich verärgert, wie gut er wohl abgeschnitten hätte, wenn er und nicht Lieutenant Yate geflogen wäre. Vielleicht hätte er nicht so gepoltert, wäre ihm klar gewesen, wie schwer die Simulation war. Da er es vorgezogen hatte, zunächst den Kommandooffizier zu spielen, wusste er das nicht, aber irgendwann würde auch er den Pilotensitz einnehmen müssen, und dann würde sich zeigen, ob er besser als Lieutenant Yate war.

Lieutenant Thornsburg gönnte ihnen nur wenige Minuten Pause, bevor er die neue Simulation startete. Dieses Mal hielten sie sich etwas länger, doch einen Totalverlust konnten sie dennoch nicht vermeiden.

Bis zum Ende der Schicht flogen sowohl Lieutenant Thornsburg als auch Lieutenant Yate mehrere Missionen, und die Besetzung der Geschütze wechselte ständig, doch die Resultate waren und blieben haarsträubend. Das beste Abschussergebnis, das erzielt werden konnte, war 32%, und das war viel zu wenig. Außerdem hatte jede Simulation mit dem Totalverlust der Besatzung geendet.

Mady hastete aus dem Raum, kaum dass Lieutenant Thornsburg sie entlassen hatte. Sie wartete nicht auf Jenn oder Val, denn ihr war nicht danach, mit ihnen zu reden, obwohl sie bezweifelte, dass die beiden den Einsatz gegen die Hewitts jetzt immer noch als Abenteuer sahen. Die Ergebnisse waren so schlecht, dass sie kaum Hoffnung boten.

Zwar war heute erst der erste Übungstag gewesen, und es war zu erwarten, dass sie alle noch besser werden würden, aber das würde Zeit brauchen - und wer mochte wissen, ob sie Zeit bekommen würden. Die Hewitts konnten jederzeit ein zweites Mal auftauchen. So wie es im Augenblick aussah, war ihr Team weder bereit, eine Realsimulation im Raum abzuhalten noch gegen den nächsten Schwarm zu kämpfen, und das bedeutete, dass die Erde bei einem weiteren Angriff schutzlos sein würde. Falls die Hewitts abermals zuschlugen, würden sie unweigerlich neue Opfer finden, und einige davon kämen aus den Reihen der Besatzungen der *Joker* und *Ace*.

15. Kapitel

Voller Spannung wartete Elaine auf das Ende der Nachmittagsschicht. Sie versuchte zwar, sich von der drängenden Frage, wie Lieutenant Thornsburg und Lieutenant Yate sich im Simulator schlugen, abzulenken, und sie hatte ja auch genug zu tun, da sich unzählige Berichte auf ihrem Schreibtisch türmten, die sich mit den Verteidigungsmaßnahmen gegen die Hewitts befassten, trotzdem schweiften ihre Gedanken immer wieder ab, und sie musste sich bremsen, um nicht vorzeitig im Simulatorraum anzurufen und nach einem Zwischenergebnis zu fragen. Als das Chronometer 22.00 anzeigte, hielt es sie schließlich nicht mehr hinter ihrem Schreibtisch. Sie sprang auf und wanderte unruhig in ihrem Büro auf und ab. Immer wieder starrte sie auf das Schott, durch das schon bald Lieutenant Thornsburg treten musste.

„Warum braucht er nur so lange?“, murrte sie, nachdem schier endlose Minuten vergangen waren. Leicht verärgert lenkte sie ihre Schritte zum Schreibtisch, warf einen Blick auf die Uhr und stellte fest, dass sie ihm Unrecht getan hatte. Der Lieutenant konnte überhaupt noch nicht bei ihr sein, außer er hatte das Training vorzeitig beendet, und das hätte ihr auch nicht gefallen. Sie musste sich wohl oder übel noch ein paar Minuten in Geduld üben.

Aber das fiel ihr unsagbar schwer. Sie war kurz davor, ihr Büro zu verlassen und zum Simulatorraum zu eilen, als ihr Adjutant Ian Fellmer endlich meldete, dass Lieutenant Thornsburg im Vorraum stand.

„Schicken Sie ihn sofort herein“, rief sie angespannt, konnte sich jedoch weit genug zusammennehmen, um sich in ihren Sessel zu zwingen.

Lieutenant Thad Thornsburg trat ein, baute seine hünenhafte Gestalt vor ihrem Schreibtisch auf und salutierte korrekt. Bei ihm sah jede Bewegung stets wie aus dem Lehrbuch aus, und Elaine fragte sich unwillkürlich, wie viel Zeit er als Kadett vor dem Spiegel verbracht haben mochte, um sie derart zu perfektionieren. Inzwischen war ihm der Gruß längst in Fleisch und Blut übergegangen, trotzdem wirkte er stets viel kontrollierter als die meisten anderen jungen Offiziere auf der Station.

Elaine entließ ihn aus der starren Haltung und brachte es trotz ihrer Ungeduld fertig, sich in ihrem Sessel zurückzulehnen. „Erstatten Sie mir über das Training Bericht, Lieutenant.“

Thornsburg legte ein Datenpad auf ihrem Schreibtisch ab. „Das ist eine genaue Auflistung der Ergebnisse, Captain.“

Elaine nahm das Pad zur Hand, drehte es einmal zwischen ihren Fingern, rief die Daten jedoch nicht auf, sondern musterte Lieutenant Thornsburg intensiv. Sein Gesicht war starr und verbarg jede Regung, lediglich seine Augen verrieten, was in ihm vorging. Er schlug sie nieder, als ihr Blick ihn traf. Elaine sog erschrocken Luft ein. Wenn sie sich nicht täuschte, war der Lieutenant alles andere als zufrieden. Augenblicklich nahm ihre Anspannung überhand, und jetzt fand sie erst recht nicht mehr die Muße dazu, sich durch die unzähligen Daten des Trainings zu kämpfen.

„Liefern Sie mir eine Zusammenfassung, Lieutenant."

Thad Thornsburg schaute kurz zu Boden, eine Unsicherheit, die sie in dieser Form nur selten bei ihm erlebt hatte. „Die Simulation war nicht besonders erfolgreich, Captain. Wir werden sie noch oft wiederholen müssen, bis wir gegen die Hewitts bestehen können."

„Werden Sie genauer, Lieutenant", forderte Elaine scharf. Sie war es nicht gewöhnt, dass ein Offizier, der Meldung erstatten sollte, sich derart vage ausdrückte.

„Jede der Missionen war ein Fehlschlag. Wir konnten die Hewitts weder vollständig abwehren noch ohne Verluste aus dem Kampf hervorgehen."

„Ich möchte Zahlen von Ihnen hören, Lieutenant Thornsburg!"

Thornsburg fuhr zusammen, im nächsten Moment nahm er jedoch Haltung an. „Aye, Captain." Dann begann er endlich, ihr brauchbare Daten zu liefern.

Elaine erschrak, als sie von der desolaten Leistung beider Piloten erfuhr, und die katastrophal geringe Abschussquote, die die Kanoniere erreicht hatten, war eine direkte Folge davon. Es war erschütternd. Die zehn Soldaten hätten nicht die geringste Chance, falls man sie im Augenblick auf die Hewitts losließ. Sie wären verloren.

Verärgert presste sie die Zähne aufeinander, aktivierte das Display auf dem Datenpad und rief die taktische Darstellung der einzelnen Simulationsmissionen auf. Bereits die Erste schlug sie in den Bann. Sie ignorierte Lieutenant Thornsburg, der nach wie vor steif vor ihrem Schreibtisch stand, und konzentrierte sich völlig auf die Mission. Sie verfolgte sie vom schwachen Anfang bis zum bitteren Ende - Totalverlust.

Auch die nächsten zwei Missionen gaben das gleiche Bild ab, und in der verzweifelten Hoffnung, die Resultate könnten durch Übung vielleicht besser geworden sein, sprang sie zum Ende der Trainingszeit und studierte die letzten beiden Missionen, doch leider war deren Ergebnis um keinen Deut besser als das der vorangegangenen. Lediglich die Kanoniere schienen sich mit der Zeit etwas eingeschossen zu haben, die Piloten aber waren weit davon entfernt, akzeptable Leistungen zu erbringen, und zumindest eine Ursache für ihr Versagen ging aus den Simulationsergebnissen klar hervor.

„So geht es nicht, Lieutenant", konstatierte sie entschieden.

„Captain?"

„Ist Ihnen und Lieutenant Yate nicht aufgefallen, dass die Geschütze während Ihrer Simulation keine effektive Durchschlagskraft besaßen?"

„Die Kadetten sind noch jung, Captain. Sie besitzen kaum Erfahrung und deshalb ..."

„Das Versagen während der Simulation geht nicht auf die Kadetten zurück, Lieutenant", fiel Elaine ihm harsch ins Wort. „Ich weiß, dass Sie und Lieutenant Yate bislang fast ausschließlich Jäger geflogen sind, aber die Prototypen sind nun einmal keine Jäger. Sie sollten sich schnell an den Gedanken gewöhnen, dass Sie nicht allein fliegen, andernfalls werden Sie keine besseren Ergebnisse erzielen. Sie müssen nicht nur das Schiff, sondern auch Ihre Mannschaft führen. Weisen Sie die Kanoniere dazu an, sich miteinander abzustimmen, und teilen Sie ihnen klare Aufgaben zu."

Sie aktivierte das Pad erneut und spielte eine Sequenz ein, die ihr besonders aufgefallen war. „Sehen Sie sich das an", forderte sie Lieutenant Thornsburg auf und reichte ihm das Pad.

Er nahm es mit einer ruckartigen Bewegung entgegen und ließ die Sequenz laufen. Während er sie verfolgte, wurde sein Gesicht noch starrer als zuvor.

„Die Strahlen des Alpha- und des Beta-Geschützes kreuzen sich über weite Strecken, während ein großer Teil des Schiffs ungedeckt bleibt", kommentierte Elaine. „So etwas darf nicht passieren, denn über kurz oder lang wird dieser Mangel an Koordination stets zum Verlust der Besatzung führen."

„Ich habe verstanden, Captain", erklärte Thornsburg gepresst. „Ich werde Lieutenant Yate informieren."

„Setzen Sie sich auch mit Lieutenant Tannen in Verbindung und geben Sie die Anweisung an sie weiter, damit ihr Team in der nächsten Schicht den Fehler sofort vermeiden kann."

Plötzlich begann in Thornsburgs Gesicht ein Kiefermuskel nervös zu zucken. „Aye, aye, Captain."

„Wegtreten."

Thornsburg salutierte und verließ das Büro mit steifen Schritten, die jedoch deutlich ausgreifender waren als die, mit denen er eingetreten war. Elaine sah ihm nach, sprang auf, kaum dass das Schott hinter ihm zugeglitten war, und fluchte lauthals. Es ärgerte sie, dass er nicht von allein darauf gekommen war, die Kanoniere effektiver einzusetzen. Er war zwar sehr ehrgeizig und ein ausgezeichneter Pilot, aber offenbar fehlte ihm das Vermögen, mit Menschen umzugehen.

Wahrscheinlich war es gerade sein Ehrgeiz, der ihn schon so weit gebracht hatte, der das verhinderte. Thornsburg richtete seinen Blick viel mehr auf sich selbst als auf andere, deshalb war er auch noch nicht befördert worden, obwohl sowohl seine Dienstzeit als auch seine Leistungen einen solchen Schritt durchaus gerechtfertigt hätten. Ganz sicher wartete er bereits voller Spannung darauf, aber sie würde nichts dergleichen tun, bevor er ihr nicht bewiesen hatte, dass er tatsächlich

Führungsqualitäten besaß. Heute hatte er versagt, aber vielleicht nutzte er das folgende Training besser.

Nachdem sie noch eine Weile in ihrem Büro auf und ab getigert war, verrauchte ihr Ärger. Sie ließ sich schwer in ihren Sessel fallen und schüttelte den Kopf. Erst jetzt kam ihr zu Bewusstsein, wie entmutigend das Ergebnis des Trainings tatsächlich gewesen war. Sie hatte zwar befürchtet, dass ihre Piloten mit dem Tetraederschiff nicht gut zurechtkommen würden, aber dass es so schlimm sein würde, hatte sie nicht erwartet. Sie konnte nur um der Erde willen hoffen, dass sich Lieutenant Thornsburg und die anderen Piloten rasch an die fremdartigen Schiffe gewöhnten, die nicht für normale Menschen erdacht worden waren.

Mit gerunzelter Stirn fragte sie sich, wie das Simulationsergebnis wohl ausgesehen hätte, wenn nicht Lieutenant Thornsburg oder Lieutenant Yate, sondern der Gambler die Simulation geflogen wäre, und ihre Hände umklammerten unwillkürlich die Kante der Schreibtischplatte. Diese Frage würde es ihr noch schwerer machen, auf die Ankunft des Jungen zu warten.

16. Kapitel

„Danny!", gellte Janets Stimme lautstark durch den Hangar.

Er schrak zusammen, ging hastig seine Erinnerung durch und bemerkte, dass er sich seit ein paar Minuten überhaupt nicht mehr bewegt hatte. Er hielt zwar ein Werkzeug in der Hand, und an dem kleinen Raumflitzer, auf dessen Leib er sich rittlings niedergelassen hatte, stand direkt vor ihm eine Wartungsluke offen, doch die Schaltung, die er eigentlich neu hatte justieren sollen, lag unverändert vor ihm.

Janet kauerte auf dem schlanken Rumpf eines benachbarten Raumfahrzeugs und warf ihm einen vorwurfsvollen Blick zu. „So wirst du nie fertig."

Danny hob abwehrend die Hände. „Ich weiß. Es tut mir leid."

„Wo hast du nur deine Gedanken?"

„Hier und da", erwiderte er ausweichend.

„Auf jeden Fall nicht bei der Arbeit", konstatierte Janet.

„Ich werde mich bessern", versprach er und wandte sich wieder seinen Pflichten zu. Leicht fiel es ihm jedoch nicht, sich darauf zu konzentrieren. Es ging ihm zu viel im Kopf herum. Seit zweieinhalb Tagen wartete er nun schon auf eine Antwort von der Erdflotte, und genauso sehr wie er sich wünschte, sie möge bald eintreffen, fürchtete er es auch. Es war möglich, dass sie ihn ablehnten. Er hatte keine militärische Ausbildung, deshalb würden sie ihn vielleicht nicht akzeptieren, auch wenn seine Leistungen gut genug waren. Damit musste er rechnen, obwohl ihm allein der Gedanke daran auf den Magen schlug.

Daneben plagte ihn aber auch die Sorge, was sein würde, sollte er einen positiven Bescheid erhalten. Er wollte nach wie vor zur Erde, doch der Weg dorthin führte unweigerlich über die Konfrontation mit seiner Mutter. Immer wieder überlegte er, wie er ihr seine Entscheidung schonend beibringen konnte, aber auf ein Patentrezept war er bislang nicht gekommen. Er musste sich wohl darauf verlassen, dass sein Vater vermittelnd und beruhigend eingriff, so wie er es schon oft zuvor getan hatte. Nur leider war er sich ganz und gar nicht sicher, wie sich sein Vater zu seinen Plänen stellen würde. Er würde sie besser aufnehmen als seine Mutter, das war klar, aber dazu gehörte nicht viel. Es war denkbar, dass auch er ihn nicht gehen lassen wollte. Wenn das der Fall war, würde es ein harter Gang für ihn werden.

Trotzdem weigerte er sich, schon jetzt darüber nachzudenken, wie er in einem solchen Fall handeln würde. Zunächst musste er ohnehin erst einmal die Bestätigung erhalten. Über alles andere konnte er sich später Gedanken machen.

„Danny, du träumst ja schon wieder!", tadelte Janet plötzlich.

Er seufzte.

„Der Gleiter muss für die Show heute Nachmittag einsatzbereit sein, hast du das vergessen?"

„Nein, natürlich nicht."

„Dann mach dich endlich ernsthaft an die Arbeit! Es würde Allan Janis sicher nicht gefallen, wenn ihm während des Formationsflugs die Steuerung versagt."

Danny blickte ruckartig zu ihr hin. „Das wird nicht geschehen."

„Das will ich hoffen. Die Artisten verlassen sich auf uns. Du solltest das am besten wissen, immerhin bist du lange genug den Asteroidenkurs geflogen."

Es war symptomatisch für die Stimmung, die derzeit zwischen ihnen herrschte, dass sie ihn daran erinnerte. Seit sie ihm vorgeschlagen hatte, zu Merwyn Gaze zu gehen und sich zu entschuldigen und er das entschieden abgelehnt hatte, kamen sie nicht mehr besonders gut miteinander aus. Sie sprach zwar nicht mehr davon, dass er sich den bestehenden Regeln fügen müsste, doch sie fand immer wieder Kleinigkeiten, an denen sie etwas auszusetzen hatte, auch wenn sie nicht weiter bedeutsam waren oder er sie nur eine Sekunde später korrigiert hätte.

„Das habe ich nicht vergessen", gab er zurück, ohne ihrem Blick auszuweichen.

Sie hielt ihm ein paar Augenblicke lang stand, dann wandte sie sich ab und schüttelte betont den Kopf. „Ich sage das nur ungern, Danny, aber wenn sich deine Konzentration und dein Einsatz nicht bald wieder bessern, muss ich mit Merwyn Gaze reden. Die Wartung der Raumfahrzeuge ist eine zu verantwortungsvolle Aufgabe, als dass ich zulassen könnte, dass dabei geschludert wird."

Danny zuckte zusammen. Er hatte nicht geahnt, dass ihre Beziehung so schlecht geworden war. Für einen Moment lag ihm eine bissige Bemerkung auf der Zunge, doch er schluckte sie herunter. Er tat sich selbst keinen Gefallen, wenn er nun auch noch mit Janet Streit anfing. Aber einlenken wollte er ebenso wenig, deshalb sagte er überhaupt nichts, sondern setzte seine Arbeit so ungerührt fort, als hätte ihr Gespräch überhaupt nicht stattgefunden. Und dieses Mal hielt er seine Gedanken beisammen.

Eine Weile fühlte er noch Janets Blicke in seinem Rücken, dann schien auch sie zu dem Schluss gekommen zu sein, die Angelegenheit nicht weiter zu verfolgen. Aus dem Augenwinkel bemerkte er, dass sie sich wieder ihrem Raumschiff widmete.

Nach einer schier endlosen Stunde war endlich die Zeit für die Mittagspause gekommen. Danny eilte in die Wohnung seiner Eltern, machte sich ein wenig frisch und ging mit ihnen zusammen in den Speisesaal. Auf dem Weg dorthin und auch in der Messe selbst hielt er den Blick gesenkt. Er wollte nicht die Mischung aus Mitleid und Unverständnis in den Augen der anderen sehen, denn er konnte sowohl auf das eine als auch auf das andere sehr wohl verzichten.

Die Stille am Tisch seiner Eltern war in den letzten Tagen schwer und lastend geworden, wofür vor allem die angespannte Haltung seiner Mutter verantwortlich war, die sich seit seinem rasanten Flug noch nicht entscheidend abgebaut hatte.

Ihren Blick mied er besonders, und er hatte mit ihr seit seinem Fauxpas kaum mehr als eine Handvoll Worte gewechselt. Er wollte ihre glänzenden Augen, in denen die Tränen näher als je zuvor schimmerten, und ihre gehetzte, angsterfüllte Miene nicht sehen, denn wenn er sie zu lange betrachtete, wäre er in seinem Entschluss vielleicht doch noch wankend geworden, und das wollte er nicht.

Das Mittagessen war beinahe ebenso qualvoll gedehnt wie die Stunden, die er am Morgen im Hangar gearbeitet hatte, obwohl er sich mit seiner Mahlzeit beeilte und die erstbeste Gelegenheit nutzte, um aufzuspringen und sich zum Gehen zu wenden. Seinen Eltern sagte er, dass er zur Arbeit zurück musste, aber das stimmte nicht ganz. Er hatte noch fast eine halbe Stunde Zeit, bis er sich bei Janet zurückmelden musste.

Und so führte ihn sein Flug auf dem Fly-Board nicht zum Hangar, sondern zur Poststation. Dreimal am Tag suchte er sie auf, um nachzusehen, ob eine Antwort eingegangen war, und er versuchte stets Zeiten abzupassen, zu denen sich nur wenig Menschen auf den Korridoren des Schiffes aufhielten. Die anderen mussten nicht unbedingt mitbekommen, dass er auf eine Nachricht wartete.

In der Poststation angekommen, gab er sofort den Code ein, der ihn dazu befugte, seine Post abzurufen. Jedem anderen blieb der Zugang dazu verwehrt. Und dieses Mal zeigte der Bildschirm des Terminals den Eingang einer Nachricht an.

Augenblicklich begann sein Herz heftig gegen seine Rippen zu hämmern. Jetzt würde es sich entscheiden. Seine gesamte Zukunft hing von dieser Botschaft ab.

Er zögerte, holte tief Luft und versuchte, seinen Puls wieder unter Kontrolle zu bekommen - vergeblich. Angst, Hoffnung und fiebernde Erregung hatten sich zu einem komplizierten Knoten verschlungen. Es gab nur einen Weg, ihn zu lösen.

Ruckartig griff er nach vorn und ließ sich die Botschaft abspielen. Schriftzeichen erschienen auf dem Bildschirm, und gleichzeitig klang eine Stimme auf, die den Wortlaut der Nachricht wiedergab.

„Sehr geehrter Mr. Sims, Ihre Ankunft auf der Erdorbitalstation wird erwartet. Suchen Sie sie so schnell wie möglich auf und melden Sie sich dort bei Captain Elaine Wilding. Sie wird nach Prüfung Ihrer Fähigkeiten über Ihren Einsatz entscheiden."

Unterzeichnet war die Botschaft mit dem Siegel der Admiralität der Erde, und im Nachsatz wurde er eindringlich darauf hingewiesen, dass er den Zweck seiner Reise zur Erde geheim halten und sich, solange ihm nichts Gegenteiliges gesagt wurde, nicht offen als Gambler zu erkennen geben sollte.

Es wunderte ihn ein wenig, doch er dachte nicht weiter darüber nach. Anderes war jetzt wichtiger. Zum ersten Mal seit Tagen stahl sich ein Lächeln auf seine Lippen. Er hatte die erste und vermutlich schwierigste Hürde genommen. Zwar sprachen sie noch von einer Prüfung seiner Fähigkeiten, aber wenn es stimmte, was Janet über sein Talent als Pilot gesagt hatte, und wenn es zutraf, was sein Vater über die Gambler erzählt hatte, hatte er eine mehr als gute Chance, einen Test seiner Fähigkeiten zu bestehen. Sein Flug musste sie bereits halb überzeugt haben, ansonsten würden sie ihm kaum die Möglichkeit geben, sich zu beweisen. Und er würde sie nutzen!

Doch nur Sekunden später erstarb sein Lächeln. Zwischen ihm und dem Flug zur Erde stand noch ein weiteres, nicht unerhebliches Hindernis - seine Mutter. Jetzt war es unausweichlich geworden; er musste ihr von seinen Plänen berichten.

Hastig überspielte er die Botschaft der Erdakademie auf ein Datenpad. Sie war sein Beweis. Ohne sie würden seine Eltern ihm vermutlich nicht glauben. Es würde auch so schwer genug werden, sie zu überzeugen.

Mit einem flauen Gefühl im Magen ließ er sich von seinem Fly-Board der Wohnung entgegentragen. Da auf der *Gambler-Circus* im Augenblick die Ruhephase zwischen dem Training und der Vorstellung herrschte, würde er sie mit Sicherheit dort antreffen.

Er täuschte sich nicht. Seine Eltern hielten sich im Wohnzimmer auf. Sein Vater saß in einem Sessel und las in einem elektronischen Buch. Seine Mutter hatte sich auf dem Sofa ausgestreckt, richtete sich jedoch auf, als er hereinstürzte.

„Solltest du jetzt nicht bei Janet sein?", fragte sie leise, trotzdem hörte er den angespannten Unterton in ihrer Stimme.

Danny biss sich auf die Lippen. Es drängte ihn danach, sofort mit der Nachricht herauszuplatzen, aber es war sicher besser, seine Eltern langsam auf seine Eröffnung vorzubereiten.

„Ich werde sie gleich anrufen und ihr sagen, dass ich heute Nachmittag nicht kommen werde", begann er vorsichtig und ohne seine Mutter aus den Augen zu lassen.

Sofort hoben sich ihre Augenbrauen ein Stück. „Warum nicht?"

„Ich habe etwas and..."

Er brach ab, als er sah, wie sich der Blick seiner Mutter veränderte. Sie war mit einem Mal hellwach, und ihre Augen brannten sich in die seinen.

Er schluckte nervös, doch der Klumpen, der sich unvermittelt in seiner Kehle gebildet hatte, wuchs weiter. „Ich ... ich bin heute nicht besonders konzentriert gewesen“, fuhr er stockend fort. „Ich fürchte, ich wäre Janet nur im Weg, wenn ich wieder in den Hangar ginge.“

Die Augen seiner Mutter wurden noch größer. „Geht es dir etwa nicht gut? Bist du krank?“

Und schon besaß ihre Stimme den schrillen Klang, den er gern noch ein wenig länger vermieden hätte. Sofort hob er beschwichtigend die Hände.

„Nein, das ist es nicht. Es geht mir gut, aber ich muss ständig über etwas nachdenken.“

„Worüber?“, fragte plötzlich sein Vater ruhig.

„Habt ihr von dem Angriff der Amöboiden auf die Erde gehört?“

Sein Vater nickte gelassen, das Gesicht seiner Mutter wurde um eine Nuance blasser.

„Die Hewitts haben ziemlich viele Menschen getötet, und ganz bestimmt sucht die Erdflotte jetzt nach guten Piloten“, sagte er lahm und schalt sich gleichzeitig selbst einen Narren. Seine Worte waren viel zu plump.

Tatsächlich glitt ein Schatten über das Gesicht seines Vaters und seine Mutter starrte ihn fassungslos an.

„Danny!“

Mehr sagte sie nicht, aber das war auch bei Weitem genug. Ihre Augen ließen die seinen nicht mehr los, und ihre Lippen formulierten bebend eine lautlose Frage.

Danny nahm all seinen Mut zusammen und beantwortete sie. „Ich habe mich um Aufnahme in die Erdflotte beworben und soeben eine Bestätigung erhalten. Sie wollen mich. Ich werde die *Gambler-Circus* verlassen und zur Erde fliegen.“

„Das glaube ich nicht“, rief seine Mutter erstickt.

„Es ist so, Mom.“ Er streckte ihr das Pad entgegen, doch sie rührte sich nicht. Dafür trat sein Vater zu ihm, nahm ihm das Pad ab und las die Nachricht.

Als er das Pad wieder sinken ließ, wandten sich Danny und seine Mutter ihm gleichermaßen zu.

„Danny hat nicht übertrieben, Sherilyn.“

„Das kann nicht sein“, hauchte sie.

„Seine Aufnahme wurde sogar durch die Admiralität abgesegnet.“

Von einer Sekunde zur anderen sprang seine Mutter abrupt vom Sofa auf, lief zu ihm und packte ihn mit beiden Händen bei den Schultern.

„Du darfst nicht zur Erde gehen!“, rief sie gequält. „Die übrigen Menschen haben niemals etwas für uns getan! Sie verdienen nicht, dass du dich für sie in Gefahr begibst, hörst du?“

Danny verschloss sich vor ihr. „Sie sind Menschen wie wir, Mom. Jeder von ihnen hat es verdient, geschützt zu werden.“

„Sie sind nicht wie wir, und ich werde nicht zulassen, dass du dich an sie auslieferst!“

„Aber Mom ...“

„Du bist unter den Menschen nicht sicher! Sie werden dich hassen! Sie werden dir wehtun. Sie werden ...“

„Das ist nicht wahr“, unterbrach Danny sie hastig, bevor ihre Anschuldigungen völlig ausuferten. Er sah sie eindringlich an. „Die Menschen *brauchen* gute Piloten. Sie brauchen *mich*, und das ist weit mehr, als ich über Merwyn Gaze oder irgendjemand anderen auf diesem Schiff sagen kann.“

Ihre Finger gruben sich schmerzhaft in seine Schultern. „Die *Gambler-Circus* ist dein Zuhause!“

Danny hielt ihrem Blick verbissen stand. „Das mag ja früher so gewesen sein, aber nun ist das vorbei. Wenn ich nicht mehr fliegen darf, bin ich hier fehl am Platze.“

Seine Mutter begann plötzlich zu weinen. „Ich werde zu Merwyn Gaze gehen“, erklärte sie unter Tränen. „Ich werde mit ihm reden. Ganz bestimmt lässt er dich wieder auftreten. Wenn du wieder in der Show fliegen darfst, gibt es keinen Grund mehr für dich zu gehen.“

„Das wird nicht klappen, Mom, und selbst wenn Merwyn Gaze es sich anders überlegte, würde ich trotzdem gehen. Den Grund dafür gab es schon vorher. Bitte, verstehe mich doch. Ich möchte nicht länger ein bedeutungsloser Artist sein. Ich möchte etwas tun, worauf ich stolz sein kann.“

„Du könntest sterben!“

„Ich werde auf mich aufpassen. Ich verspreche es.“

„Nein, Danny, das dulde ich nicht! Du bleibst auf der *Gambler-Circus*! Nur hier bist du sicher.“

Mit diesen Worten schlang seine Mutter die Arme um ihn und presste ihn eng an sich. Danny versuchte, sich wieder von ihr zu lösen, aber bei jeder Bewegung, die er machte, umklammerte sie ihn nur noch stärker. Ihre Schultern zuckten, und ihre Tränen benetzten seinen Overall.

Flehend sah er sich zu seinem Vater um, bat ihn stumm um Hilfe. Dieser legte das Pad auf dem Tisch ab und trat zu ihnen.

„Hast du dir das gut überlegt, mein Junge?“

„Das habe ich, und deshalb weiß ich, dass es das Richtige ist.“

„In einem Punkt hat deine Mutter recht. Du begibst dich tatsächlich in Gefahr, wenn du gegen die Hewitts kämpfst.“

„Das wird mich nicht davon abhalten zu gehen. Ich muss das einfach tun, Dad."

Sein Vater schwieg für einen Moment, runzelte die Stirn, dann nickte er. „In Ordnung. Ich werde dir das Geld für die Passage zur Erde geben."

Die Umklammerung seiner Mutter wurde noch fester.

„Ich werde dir so viel geben, dass du jederzeit zurückkommen kannst, falls du das möchtest."

Die Arme seiner Mutter lösten sich abrupt von Danny. Sie fuhr überstürzt herum. „Tray, das darfst du nicht! Du lässt den Jungen in sein Verderben laufen!"

„Das kannst du nicht wissen, Sherilyn. Lass Danny gehen. Er muss seine eigenen Erfahrungen machen. Sie werden sicher besser sein als die deinen."

„Und wenn nicht?"

„Dann wird er zurückkommen."

Danny hörte dem Disput schweigend zu. Noch immer wusste er nicht, welche traumatischen Erfahrungen seine Mutter mit den anderen Menschen gemacht hatte, doch in diesem Augenblick wollte er es auch gar nicht wissen. Das waren ihre Erlebnisse, nicht seine. Sein Entschluss stand fest, und er würde sich ganz gewiss nicht durch etwas, das weit in der Vergangenheit lag und nicht einmal ihn selbst betraf, davon abbringen lassen.

„Ich möchte so schnell wie möglich aufbrechen", erklärte er energisch. „Am besten schon morgen. Deshalb werde ich jetzt zu Merwyn Gaze gehen und ihm mitteilen, dass ich die *Gambler-Circus* verlasse."

„Ich könnte das für dich tun", bot sein Vater ihm an.

„Nein, das ist schon in Ordnung so. Es ist meine Entscheidung, und ich werde sie selbst vertreten." Außerdem war die Begegnung mit dem Direktor kaum mehr als ein Kinderspiel, nachdem er die mit seiner Mutter hinter sich gebracht hatte.

Sein Vater legte ihm wortlos eine Hand auf die Schulter und nickte ihm zu. Danny sah zu ihm auf und erkannte erstaunt und erfreut, dass nicht nur er allein daran glaubte, dass er die richtige Entscheidung getroffen hatte.

Mit einem dankbaren Blick verabschiedete er sich von ihm, auf dem Weg zur Tür hielt seine Mutter ihn jedoch noch einmal auf. Sie ergriff seinen Arm und hielt sich daran fest, als sei er der sprichwörtliche Strohhalm, an den sich ein Ertrinkender klammerte.

„Danny", presste sie erstickt hervor.

Er zögerte kurz, dann legte er seine Hand auf die ihre, strich über ihren Handrücken und löste ihre Finger schließlich vorsichtig von seinem Arm. „Ich werde gehen, Mom."

Sie schluchzte auf und wich einen Schritt von ihm zurück. Danny bedachte sie mit einem traurigen Lächeln. Er wollte ihr nicht wehtun, aber er konnte auch nicht zulassen, dass ihr Schmerz sein Leben bestimmte.

Sie hielt ihn nicht noch einmal auf, als er sich von ihr abwandte und auf das Schott zustrebte. Er sah sich nicht mehr zu ihr um, obwohl er ihre Blicke in seinem Rücken fühlte. Er trat durch das Schott, holte tief Luft, als es sich hinter ihm schloss, streckte den Rücken durch und nickte entschlossen.

Gleich darauf flog er mit seinem Fly-Board lächelnd Merwyn Gazes Büro entgegen. Janet hatte ihm prophezeit, dass er diesen Weg beschreiten würde, doch anders, als sie vorhergesagt hatte, tat er es nicht als Bittsteller, sondern als jemand, der für sich selbst entschied.

17. Kapitel

Eine leichte Enge legte sich trotz seiner Entschlossenheit um seinen Hals, als Danny dem Büro des Direktors immer näher kam. Er versuchte, sie zu bekämpfen, aber die Erinnerung an seine letzte Begegnung mit Merwyn Gaze war noch zu frisch, als dass er sich ihr gänzlich hätte erwehren können. Nach seiner Eskapade in der Show war der Direktor nicht gerade gut auf ihn zu sprechen gewesen, und das hatte sich bis heute nicht geändert. Ganz sicher würde er es nicht gerne sehen, dass er den Zirkus verließ.

Allerdings konnte er nur wenig dagegen tun. Er konnte ihm nicht verbieten, zur Erde zu fliegen, er konnte ihm schlimmstenfalls die Rückkehr verweigern, aber diese Vorstellung schreckte Danny nicht. Seinen Platz hatte er ohnehin schon verloren, also spielte es für ihn keine Rolle, ob er später hierher zurückkehren durfte oder nicht.

Im Vorzimmer zum Büro traf er auf Charleen, Gazes Tochter. Ihre Augenbrauen gingen ein Stück in die Höhe, als sie ihn eintreten sah, und ihr Blick war ziemlich geringschätzig. Offenbar war sie fest davon überzeugt, dass er gekommen war, um bei ihrem Vater um Entschuldigung zu bitten.

Es ärgerte ihn, dass sie ihm das so deutlich zu erkennen gab. „Ich möchte zu deinem Vater", erklärte er schroff und ohne sie zu begrüßen.

„Er ist da. Du kannst gleich zu ihm hineingehen", erwiderte Charleen mit schnippisch verzogenen Lippen.

Danny ignorierte sie, marschierte an ihr vorbei und betrat das Büro des Direktors. Merwyn Gaze stand mitten im Raum. Danny argwöhnte, dass er dort unruhig auf und ab gewandert war, im Augenblick verhielt er jedoch auf dem Fleck und hatte sich der Tür zugewandt.

Als Danny auf ihn zutrat, fiel ihm wieder einmal auf, wie groß Merwyn Gaze war, aber davon würde er sich nicht einschüchtern lassen. „Ich werde die *Gambler-Circus* verlassen", erklärte er bestimmt.

Gaze musterte ihn ruhig. „Ich hatte einen anderen Grund für dein Kommen vermutet."

Wut kochte in Danny hoch. „Ich werde mich nicht dafür entschuldigen, dass ich zu schnell geflogen bin. Zugegeben, ich habe die Regeln missachtet, aber der eigentliche Fehler lag nicht bei mir, und wenn ich nicht mehr in der Vorstellung fliegen darf, werde ich es eben woanders tun."

Ein Schatten fiel auf Merwyn Gazes Gesicht. Instinktiv duckte sich Danny, erwartete, dass der Direktor ihn anbrüllte, so wie bei ihrem letzten Gespräch, doch nichts dergleichen geschah. Merwyn Gaze sah ihn einfach nur an und schwieg.

Abrupt wandte sich Danny ab. Er hatte gesagt, was er sagen wollte. Bevor er jedoch die Tür erreicht hatte, sprach der Direktor ihn an.

„Es geht um die Erde."

Danny blieb stehen, sah sich aber nicht um.

„Mir kannst du es ruhig sagen, Danny. Ich weiß von deiner Bewerbung um Aufnahme in die Erdflotte."

Danny fuhr herum. „Woher?"

„Hast du geglaubt, die würden dich aufnehmen, ohne sich vorher genau über dich zu informieren? Ein Admiral der Erdflotte rief mich gestern an."

„Was haben Sie ihm erzählt?", fragte Danny gepresst, und plötzlich schlug ihm das Herz bis in den Hals.

„Ich habe ihm deine Personaldatei übertragen und ihm bestätigt, dass der Film, den du deiner Bewerbung beigelegt hast, tatsächlich deinen Flug zeigt."

„War das alles?"

„Nein. Ich erklärte ihm auch, dass ich dich im Anschluss an den Flug suspendiert habe, weil du die Regeln missachtet hast."

Danny ballte die Fäuste. „War das wirklich nötig? Wollten Sie meine Chance zerstören, bevor ich sie überhaupt bekommen konnte?"

Merwyn Gaze musterte ihn eindringlich. „Du siehst es tatsächlich als Chance an, gegen die Hewitts zu kämpfen?"

„Ja."

„Du weißt nicht, worauf du dich einlässt. Das ist kein Spiel."

Ärgerlich starrte Danny zum Direktor hoch. „Ich weiß, was ich tue, und mir ist klar, dass es kein Spiel sein wird. Ist es so schwer zu glauben, dass ich die *Gambler-Circus* verlassen will, gerade weil ich des Spielens überdrüssig bin?"

„Das ist es in der Tat. Du bist noch ein Junge, Danny. Du solltest besser bleiben, wo du bist."

„Das werde ich nicht. Ich gehöre nicht mehr auf die *Gambler-Circus*, dafür haben nicht zuletzt Sie selbst gesorgt."

„Und wohin gehörst du dann? Auf die Erde? Wohl kaum! Du kennst die Erde und ihre Bevölkerung nicht einmal."

„Ich kann sie kennenlernen."

„Oh, das wirst du ganz sicher, aber ich glaube nicht, dass es dir gefallen wird."

Danny schob trotzig das Kinn vor und schwieg dazu.

Merwyn Gaze nahm ihn plötzlich bei den Schultern. „Denkst du wirklich, dass dich die Menschen mit offenen Armen empfangen werden?"

Danny entzog sich ihm, indem er einen schnellen Schritt zurücktrat. „Sie brauchen gute Piloten gegen die Hewitts, und ich bin ein guter Pilot."

„Das wird vielleicht nicht reichen, Danny. Die Amöboiden sind noch fast gänzlich unerforscht. Du könntest sterben, wenn du gegen sie fliegst."

„Das Risiko gehe ich ein."

„Und was ist mit deinen Eltern? Willst du sie tatsächlich allein lassen?"

Danny zuckte zusammen. Für einen Moment sah er das angstverzerrte Gesicht seiner Mutter vor sich, aber er begriff sofort, dass Merwyn Gaze mit seinen Worten genau das hatte bezwecken wollen.

„Worum geht es Ihnen eigentlich? Warum versuchen Sie, mich auf der *Gambler-Circus* zurückzuhalten?"

„Du lebst seit deiner Geburt auf dem Schiff, Danny, deshalb bist du ein Teil der Familie - *meiner* Familie -, und ich versuche nur, dich zu schützen."

„Haben Sie deshalb dem Admiral erzählt, dass ich Ihre Anordnungen nicht befolgt habe? Dachten Sie, dass er meine Bewerbung dann nicht akzeptiert?"

Merwyn Gaze hob beschwichtigend die Hände. „Glaube nicht, dass ich schlecht von dir gesprochen habe. Da du mir mitgeteilt hast, dass du das Schiff verlassen wirst, gehe ich davon aus, dass deinem Antrag um Aufnahme in die Erdflotte stattgegeben worden ist. So schlecht kann der Eindruck also nicht gewesen sein, den ich dem Admiral von dir vermittelt habe."

„Vielleicht ist aber auch der Mangel an guten Piloten so groß, dass die Führung der Flotte über so etwas hinwegsieht", gab Danny beißend zurück.

Merwyn Gaze legte betont die Stirn in Falten. „Wenn das so ist, hat möglicherweise meine Aussage, dass du einer der begabtesten und besten Piloten bist, die ich jemals in meinem Zirkus zur Verfügung gehabt habe, den Ausschlag gegeben."

Danny starrte ihn verblüfft an. „Das haben Sie dem Admiral gesagt?"

„Ja."

Danny schüttelte den Kopf. Er konnte es nicht fassen. „Danke", brachte er nach einer Weile hervor.

Merwyn Gaze sah ernst auf ihn herab. „Danke mir nicht. Es wird sich erst noch zeigen müssen, ob ich dir damit einen Gefallen getan habe. Ich bleibe bei meiner Meinung, dass du nicht gehen solltest. Die Probleme der Erde gehen dich nichts an."

„Dort sterben Menschen", rief Danny aufgebracht. „Das sollte sehr wohl etwas sein, was mich - was uns alle angeht!"

„Vielleicht, vielleicht aber auch nicht. Steht dein Entschluss unverrückbar fest?"

„Ja."

„Also schön. Sage deinem Vater, dass er eins der kleinen Shuttles benutzen kann, um dich zur Orbitalstation von *Longway* zu bringen. Dort kannst du in ein Passagierschiff umsteigen. Soweit ich informiert bin, fliegt das Raumschiff *Journey* morgen früh in Richtung Erde ab, und wenn mich nicht alles täuscht, haben sie noch eine Menge Plätze frei."

„Sie haben sich danach erkundigt?", fragte Danny erstaunt.

„Das habe ich, obwohl ich im Grunde nicht vorhatte, deine Entscheidung auch noch zu unterstützen. Doch ich ahnte bereits, dass ich dich nicht umstimmen kann. Also bleibt mir wohl nur noch, dir viel Glück zu wünschen."

„Danke, Sir."

„Du wirst es bitter nötig haben."

Mit diesen Worten wandte sich der Direktor einem der Bildschirme zu, die eine Sicht nach draußen vermittelten, für Danny das unübersehbare Zeichen, dass er entlassen war.

„Auf Wiedersehen, Sir."

Merwyn Gaze erwiderte den Gruß nicht, sondern bemaß ihn mit einem eindringlichen Blick, aber auch das konnte nichts bewirken, was seine Worte zuvor versäumt hatten. Danny zögerte nicht länger, das Büro des Direktors zu verlassen. Pure, wilde Aufregung pulsierte durch seine Adern und beschleunigte seine Atmung. Endlich stand ihm nichts mehr im Weg, endlich hatte er die letzte Hürde genommen. Er würde zur Erde fliegen!

18. Kapitel

Reglos schaute Danny auf den kleinen Bildschirm, der dicht neben seinem Sitz die Wand des Passagierraumschiffs *Journey* zierte. Er vermittelte die Sicht nach draußen, so als wäre er ein Fenster, obwohl die Gastzelle des Schiffes tief und geschützt in seinem Inneren lag. Im Augenblick war der Monitor dunkel und doch voller Bewegung. Kleine, weiße Lichter zogen von rechts nach links vorbei, stoisch und in einer Gleichförmigkeit, die ebenso beruhigend wie hypnotisierend wirkte. Er hatte im Verlauf seiner Reise mehrere Männer und Frauen beobachten können, die lange Zeit fasziniert auf ihren Schirm starrten und es nicht müde wurden, die Lichter ferner Sterne am Schiff vorüberziehen zu sehen.

Dabei war das Bild auf dem Monitor nichts weiter als eine Illusion, die man sich zu Beginn der Raumfahrt erdacht hatte, um die langen Reisen durch den Hyperraum erträglich zu machen, denn es hatte sich bald herausgestellt, dass die Dunkelheit, die die Schirme im Hyperraum füllte, auf Dauer eine bedrückende Wirkung besaß oder gar zu Depressionen führen konnte. Deshalb hatte man die Darstellung gewählt, die die meisten Menschen erwarteten.

Tatsächlich wanderten die Sterne nicht wirklich an der *Journey* vorbei, denn im Hyperraum, in dem sie sich derzeit bewegte, gab es keine Sonnen, jedenfalls nicht so, wie das im Normalraum der Fall war. Es gab lediglich Parallelen. Orte im Weltall, an denen lebensspendende, aber auch potenziell todbringende Glutbälle standen, durften auch im Hyperraum nicht durchflogen werden, obwohl hier Bedingungen herrschten, die weder einen physikalischen Ausdruck von Temperatur noch von Strahlung zuließen. Dafür gab es andere Erscheinungen, Wirbel, die man am ehesten mit einem Strudel auf der sturmgepeitschten Oberfläche eines rauen Meeres vergleichen konnte und die genau dort existierten, wo im Normalraum Sonnen brannten. Sie warteten gierig darauf, nach Schiffen zu greifen, die ihnen durch Unvorsichtigkeit der Piloten oder dem Versagen eines Computers zu nahe kamen.

Einmal in einem solchen Trichter gefangen, war das Schiff verloren, denn es gab keine Möglichkeit, es wieder daraus zu befreien. Es hieß, dass die Menschen an Bord das zuerst gar nicht bemerkten, nur die Besatzung konnte durch ihre feinen Instrumente die Katastrophe erahnen. Die Passagiere wurden wohl erst unruhig, wenn die Flugzeit deutlich überschritten wurde, und wenn die Besatzung ihnen die Wahrheit nicht mehr verschweigen konnte, würde sich eine tiefe Stille auf sie herabsenken. Der Tod ließ ihnen Zeit, ihre Gedanken zu ordnen und mit dem Leben abzuschließen, bis die letzten Energiereserven des Schiffes verbraucht waren, die Lebenserhaltungssysteme versagten, die Schilde erloschen und das fremdartige Kontinuum des Hyperraums über die

Menschen hereinbrach und sie verschlang, was sowohl ihren Tod als auch das Ende ihrer physikalischen Existenz bedeutete.

Danny schauderte und intensivierte seinen Blick auf den Schirm, so als könne er ihn mit seinen Augen durchdringen und das erkennen, was tatsächlich jenseits der schützenden Schiffshülle lag. Aber selbst wenn es dort draußen Licht gegeben hätte, hätte er doch nichts sehen können, denn im Hyperraum existierte nichts, das Masse besaß und damit Strahlen hätte auffangen oder gar reflektieren können. Hier galten weder die Gesetze von Zeit noch die von Raum, es gab lediglich masselose Materie ohne Volumen, die in komplexen, verwundenen Bahnen strömte, ohne dabei die Lichtgeschwindigkeit je zu unterschreiten. Was im Normalraum der absolute Nullpunkt war, war hier die Lichtmauer. Sie trennte den Normalraum vom Hyperraum, zwei Dimensionen, die sich im Grunde ergänzten und doch so unterschiedlich waren, wie sie es nur sein konnten.

Nachdenklich resümierte Danny, was er über Raumsprünge gelernt hatte. Durch einen speziellen Impuls konnten die Schiffe die Lichtmauer durchqueren und von einem Raum in den anderen wechseln, wobei die Schilde es ihnen ermöglichten, in den überlichtschnellen Strom einzutauchen. Aber wehe dem, der diesen Schutz verlor. Wenn sie hielten, konnte sich ein Schiff relativ frei im Hyperraum bewegen. Es gab Ströme, die an jeden beliebigen Punkt des Universums verliefen, und es war längst kein Problem mehr, sich in den einzufädeln, der zum gewünschten Zielpunkt führte.

Nicht so frei konnte die Geschwindigkeit gewählt werden, obwohl es neben den langsamen Strömen, die derzeit genutzt wurden, auch welche gab, die um ein Vielfaches schneller waren, doch auf ihnen zu navigieren, war extrem schwierig und gefährlich. Die Computer schafften es einfach nicht, trotz genauer Vorgaben und exakt geplanter Kurse das Schiff so zu steuern, dass es nicht in den Wirbel einer vorüberziehenden Sonne geriet. Erst verbesserte Chipgenerationen würden das eines Tages vielleicht möglich machen.

Danny seufzte schwer, als er an dieser Stelle seiner Überlegungen den Faden verlor und an den Abschied von der *Gambler-Circus* und seine Mutter zurückdachte, etwas, das er lieber vermieden hätte. Seit er aus dem Büro des Direktors in die Wohnung zurückgekehrt war, hatte sie pausenlos geweint, bis er am nächsten Morgen sehr früh zusammen mit seinem Vater eine der Fähren bestiegen hatte und damit zur Orbitalstation von *Longway* aufgebrochen war. So bekümmert, traurig und verzweifelt hatte er sie noch nie zuvor erlebt, und der Hals wurde ihm eng, so oft er an ihr eingefallenes Gesicht dachte, das nass vor Tränen und starr vor Sorge war.

„Es ist nicht für immer", flüsterte er, aber er spürte, noch während das Echo der Worte in ihm widerhallte, dass es eine Lüge war. Er hatte die

Gambler-Circus in dem Wissen verlassen, dass es dort keinen Platz für ihn gab, und er würde ganz sicher nicht zu ihr zurückkehren, außer er fand auch außerhalb von ihr keinen Ort, an den er gehörte.

Unvermittelt begann sein Herz heftig zu schlagen. Tiefe Angst füllte seine Adern mit Adrenalin, schnürte ihm den Atem ab und ließ seinen Hals so eng werden, als hätte er sich in einem undurchdringlichen Gewirr dünner Kabel verfangen, die sich mit jeder Bewegung enger um ihn zogen. Es tat ihm leid, dass er seine Mutter in Kummer zurückgelassen hatte, doch der Gedanke an ihre Tränen war nichts gegen die Furcht, die ihn erfüllte, sobald er an die Möglichkeit dachte, dass ihn Captain Wilding testen und für unzureichend befinden würde. In diesem Fall müsste er wohl oder übel reumütig zur *Gambler-Circus* zurückkehren. Die bloße Möglichkeit beschwor bereits quälende Übelkeit herauf.

Ein galliger Geschmack legte sich auf seine Zunge, und sein Magen verkrampfte sich. Es kostete ihn gehörige Kraft, diese erschreckende Vorstellung zu verdrängen und seinen Puls und seine Atmung auf ein normales Maß zurückzuzwingen, und vermutlich schaffte er es nur deshalb, weil er inzwischen Übung darin hatte. Seit das Schiff von *Longways* Orbitalstation aus gestartet war, war er von einer Aufregung in die andere verfallen. Anfangs hatte er sie überhaupt nicht bezwingen können, sondern war ruhelos in der Passagierzelle auf und ab gewandert, bis ihn die verärgerten Blicke seiner Mitreisenden eindringlich darauf hingewiesen hatten, dass sein Verhalten sie störte.

Danach war er zwar in seinem Sitz geblieben, hatte jedoch die Lehnen derart durchgeknetet, dass ihm noch jetzt die Knöchel jedes einzelnen Fingers schmerzten und die vormals harten Polster deutlich weicher geworden waren. Die erste Hälfte der Reise hatte er nicht eine einzige Stunde Ruhe gefunden, während andere sich im Schlafsaal ausgestreckt hatten oder gar in ihren Sesseln schnarchten, im nächsten Viertel war es ihm zumindest gelungen, für wenige Minuten zu dösen, und vorhin hatte er sogar drei Stunden am Stück geschlafen, bis ihm sein untrügliches Zeitgefühl durch all seine Träume hindurch zugerufen hatte, dass die *Journey* bald aus dem Hyperraum fallen würde und ihn damit wirksamer als jeder Wecker aus dem Schlaf gerissen hatte.

Jetzt saß er hier, starrte angespannt auf den Bildschirm und zählte mit einem Teil seiner Aufmerksamkeit die Minuten und Sekunden mit, die noch bis zum Ende des Sprungs verblieben, und je kleiner die Zahl wurde, desto brüchiger wurde seine Selbstbeherrschung und desto heftiger rumorten die Emotionen in ihm. Inständig wünschte er, er hätte noch ein wenig länger geschlafen, nicht nur, weil er damit dem Chaos in seinem Herzen entronnen wäre, sondern auch, weil er sich übernächtigt fühlte, und das war ganz gewiss kein Pluspunkt in dem Test, den man ihm angekündigt hatte.

Dabei konnte er noch froh sein, dass die Reise der *Journey* nur 48 Stunden statt der ursprünglich angesetzten doppelten Anzahl dauern würde. Ein Blick in die Runde der Kabine machte klar, warum der Inhaber des Schiffs darauf verzichtet hatte, noch weitere Gäste von anderen Planeten aufzunehmen, denn bis auf eine Handvoll Leute, die in den insgesamt vierhundert Sitzen des Schiffes ziemlich verloren wirkten, war die *Journey* leer.

Er musste nicht lange über die Gründe nachdenken. Vermutlich waren auch auf den anderen Kolonien aufgrund der Bedrohung der Erde durch die Hewitts viele der Buchungen storniert worden, sodass es sich für den Betreiber der *Journey* nicht gelohnt hätte, auch dorthin zu fliegen. Ihm war es recht, denn wenn die Reise noch einen weiteren Tag länger angedauert hätte, wäre er wahrscheinlich so müde gewesen, dass er sich nicht mehr auf den Beinen hätte halten und schon gar keinen Beweis seiner Fähigkeiten hätte liefern können. Heute war er dazu, so hoffte er zumindest, noch in der Lage.

Als sich seine lautlose Zählung dem Ende näherte, hielt er unwillkürlich den Atem an und lauschte in die Stille der Kabine. Ein Signal erscholl, und im gleichen Moment veränderte sich das Bild auf den Schirmen. Die wandernden Sterne verschwanden und machten einer realistischeren Darstellung Platz. Weiße, bläuliche und hier und da auch rötliche Lichter schwebten regungslos vor der erhabenen Schwärze des Alls. In ihnen erkannte er augenblicklich die Konstellationen wieder, die in dieser unverwechselbaren Form nur vom Sonnensystem der Erde aus zu sehen waren. Er ließ die angehaltene Luft hörbar entweichen, während seine Finger wieder einmal nach den Lehnen tasteten. Die Reise mit der *Journey* stand dicht vor ihrem Ende.

Angespannt beugte er sich nach vorn, fixierte den Bildschirm und wartete darauf, dass die Erde und mit ihr die Erdorbitalstation in Sichtweite kam. Weder das eine noch das andere war ihm fremd, da die *Gambler-Circus* bereits mehrfach durch das System der Erde getourt war, trotzdem war es heute etwas ganz anderes. Er befand sich nicht mehr auf der *Gambler-Circus*. Er war allein und er kam, um zu bleiben.

Seine Finger verkrampften sich. Hastig versuchte er, seine Gedanken zu beschäftigen, stellte sich selbst die Aufgabe, alle Schaltungen zu memorieren, die er im Verlauf seiner Arbeit im Hangar gesehen hatte, aber auch das half nur wenig. Erst der Anblick der Station erlöste ihn für einen Moment aus seiner Furcht.

Er pfiff leise, als sich die Station ins Bild schob, und auch von den anderen Sitzen drangen verwunderte, verblüffte oder gar ehrfürchtige Äußerungen zu ihm herüber. Danny gab jeder einzelnen der Bemerkungen recht, auch wenn er nicht alle in ihrem Wortlaut verstand. Doch er wusste, was die Leute murmelten, denn das, was jeder über die

Station sagte, war immer dasselbe, ganz gleich, ob man sie nun zum ersten oder zum zwanzigsten Mal sah. Die Erdorbitalstation war, ganz anders als die Stationen der noch relativ jungen Kolonie *Longway*, wunderschön und so ästhetisch, als hätte sie ein Künstler entworfen, der von Legenden sagenumwobener Feenreiche inspiriert worden war.

Das Schiff näherte sich der Erdorbitalstation von oben, sodass ihre elegante, einzigartige Form gut zu erkennen war. Wollte man einen groben Vergleich wählen, sah sie wie ein durchbrochenes Zahnrad aus, doch diese Beschreibung wurde ihr wahrhaftig nicht gerecht, sie erinnerte Danny vielmehr an eine filigrane, kristalline Schneeflocke. Und so lautlos, wie eine Schneeflocke vom Himmel fiel, zog auch die Station ihre Bahn durch den Raum.

Sie befand sich 35.800 Kilometer von der Erdoberfläche entfernt und umrundete die Erde am Tag genau einmal, sodass sie wie ein strahlender Fixstern fest am Himmel stand. Man hatte ihre kreisförmige, geostationäre Bahn gut gewählt, sie lag wie ein Ring um den Äquator der Erde, und ein starker Lichtstrahl, der von der Station aus zur Oberfläche des Planeten gesendet wurde, würde genau den Punkt der Erdkruste treffen, an dem sich der Äquator mit dem Nullmeridian schnitt.

Zusätzlich zu ihrer Bewegung um die Erde besaß die Station auch eine Rotation um die eigene Achse. Da sie ihre flächenmäßig größte Ausdehnung in der Ebene einnahm, die durch ihre Kreisbahn ausgespannt wurde, wandte sie dem Planeten stets ihren gezackten Rand zu, was beim Anflug so anmutete, als rolle die Station wie ein großes Rad um die Erde.

Ihr Anblick nahm einen Teil seiner Konzentration gefangen, und er mühte sich darum, auch den Rest darauf zu richten und so jene Gedanken aus seinem Bewusstsein fernzuhalten, die ihm die Knie so weich werden ließen, dass er schon daran zweifelte, dass er sich nach der Landung aus seinem Sitz würde erheben können.

Die *Journey* hielt zügig auf einen der sechzehn Zacken, die die Station im äußeren Bereich aufwies, zu. Acht der Zacken, das wusste er von früheren Besuchen her, besaßen eine Öffnung, durch die kleinere Schiffe in die Station einfliegen konnten, die anderen acht verfügten über Apparaturen, an denen große Schiffe außen an der Hülle andocken konnten.

Die *Journey* war ziemlich klein, deshalb würde sie ohne Schwierigkeiten in einen der Zacken einfliegen können, die von Außenwand zu Außenwand hundert Meter breit und zweihundert Meter hoch waren. Für sich genommen war das ein beachtliches Ausmaß für einen Einflugtunnel, doch gemessen an der Größe der gesamten Station verloren sie ihre Bedeutung. Die Station hatte einen Durchmesser von gewaltigen vier Kilometern und war damit die größte aller

Orbitalstationen, über die die Menschen verfügten, zeichnete sich allerdings nicht wie die von *Longway*, *Distance* oder *Horizon* durch eine pragmatische und optimale Raumausnutzung aus. Ihre elegante Form ließ das nicht zu, dennoch zog Danny sie einem Zylinder oder gar einer Kugelform, bei der das Verhältnis vom Volumen zur Oberfläche am besten war, bei Weitem vor. Sie bot einfach einen weitaus ästhetischeren Anblick.

Als das Schiff langsam in den Tunnel hineinschwebte, meldete sich der Captain der *Journey* zu Wort.

„Sehr geehrte Passagiere, ich hoffe, der Flug mit der *Journey* hat Ihnen gefallen. Wir werden in wenigen Minuten an einer der Rampen der Erdorbitalstation anlegen. Damit Sie sich in der Station zurechtfinden, werde ich Ihnen kurz erläutern, wie die Räume systematisiert sind. Wie Sie beim Anflug sehen konnten, besitzt die Station einen zentralen Kern, vier innere und acht äußere Sektoren. Der Kern wird mit dem Buchstaben Omega bezeichnet, die vier inneren Sektoren mit Alpha bis Delta und die äußeren mit Epsilon bis Mü. Diese Kennung ist jeder Bezeichnung eines Raums vorangestellt.

Daran schließt sich die Bezeichnung des Stockwerks an. Die Erdorbitalstation besitzt eine Mittelebene mit der Bezeichnung 00L. Alle Stockwerke, die sich oberhalb von ihr befinden, bekommen zusätzlich zu ihrer Nummer den Buchstaben U zugeordnet, alle, die sich unterhalb befinden, den Buchstaben D. U steht dabei für Up, D für Down. Die letzte Zahlen- und Buchstabenkombination bezeichnet den jeweiligen Raum näher. Jeder Raum besitzt eine Nummer und einen bis drei Buchstaben, die den jeweiligen Funktionsbereich eines Stockwerks charakterisieren.

Wir selbst werden im Sektor Lambda anlegen, im Bereich des Stockwerks 17U. Ihr Gepäck können Sie gleich nach der Landung im Raum Lambda 17U-35B abholen. Weitere Informationen erhalten Sie an jedem Terminal der Station und natürlich auch in der zentralen Halle für ankommende und abfliegende Passagiere, die sich in Lambda 00L-01P befindet. Hiermit verabschiede ich mich und wünsche Ihnen einen angenehmen Aufenthalt auf der Station und einen guten Weiterflug zur Erde oder den anderen Kolonien."

Danny hörte dem Captain nur mit halber Aufmerksamkeit zu. Er kannte die Aufteilung der Station, da er sie vor einigen Jahren zusammen mit seinem Vater nach langem Bitten und Betteln an die Adresse seiner Mutter einmal besucht hatte, als sich die *Gambler-Circus* im System aufhielt. Das war für ihn eine wirklich große Sache gewesen, da er für gewöhnlich die *Gambler-Circus* nie verließ. Und nun war er hier, um für immer zu bleiben.

Er schüttelte staunend den Kopf, so unglaublich kam ihm mit einem Mal der Weg vor, den er eingeschlagen hatte, und gleichzeitig begann sein

Herz wieder einmal zu rasen. Es fiel ihm unsagbar schwer, seine Aufregung unter Kontrolle zu halten, und er fürchtete, dass er, falls er von irgendjemandem angesprochen werden sollte, keinen einzigen Ton herausbringen würde. Zum Glück hatte er noch ein wenig Zeit, bis er dem Captain gegenübertreten musste. In einer so riesigen Station war das kaum zu vermeiden.

Endlich ging ein Ruck durch das Schiff und kündete davon, dass es an der Station angelegt hatte. Danny atmete tief durch, erschauerte heftig, dann sprang er aus seinem Sitz auf und eilte zum Ausgang. Dort hatte die gleiche Angestellte, die ihn auch schon beim Betreten des Schiffs begrüßt hatte, erneut Aufstellung bezogen.

„Ich hoffe, Sie hatten einen guten Flug", murmelte sie die übliche Floskel herunter.

Danny nickte knapp, dann hastete er die Rampe hinunter, die die *Journey* mit der Station verband. Natürlich war sie in sich geschlossen, immerhin wurden Schiff und Station vom Vakuum umgeben. Am Ende der Rampe befand sich eine Schleuse. Mit Hilfe seiner Bordkarte, die er auch beim Betreten des Schiffes benutzt hatte, konnte er sie passieren.

Nachdem er die Schleuse hinter sich gelassen hatte, warf er einen Blick in die Runde. Vor ihm lag ein breiter, hoher Korridor, in dessen Mitte sich zwei Transportbänder befanden, die in gegenläufige Richtungen liefen. Reisende, die mit anderen Schiffen gekommen sein mussten oder gerade auf dem Weg waren, die Station zu verlassen, wurden auf ihnen an ihm vorübergetragen. Sie beachteten ihn nicht, und auch er widmete ihnen kaum mehr als einen flüchtigen Blick, dann suchten seine Augen nach der Kennung dieses Sektors. Lambda 17U-08L stand direkt neben dem Schott, durch das er die Station betreten hatte.

Für einen Moment musste er der Versuchung widerstehen, mit den Fingerspitzen über die Zahlen und Buchstaben zu streichen, dann spähte er den langen Gang hinab, entdeckte weitere Kennungen neben weiter hinten liegenden Schotten und wusste augenblicklich, wohin er sich wenden musste. Mit einer flüssigen Bewegung schwang er sich auf das Transportband, das ihn in die richtige Richtung führte, und ließ sich von ihm mittragen.

Eine flüchtige Erinnerung an die *Gambler-Circus* blitzte in ihm auf, und er runzelte die Stirn darüber, dass die Menschen den großen, massigen und platzraubenden Transportbändern den Vorzug vor dem Fly-Board gegeben hatten. Er wusste, dass es auf keiner der Orbitalstationen Fly-Boards gab. Früher hatte er sich nie etwas dabei gedacht, doch heute fragte er sich zum ersten Mal, ob das Fly-Board vielleicht auch eines der Dinge war, die er für selbstverständlich hielt und damit weit neben der Wahrheit lag.

Sein Vater hätte die Antwort darauf gewusst, er hingegen war auf Vermutungen angewiesen, und das brachte ihn nicht weiter. Tröstlich war nur, dass er wohl erfahren würde, wie viel Wahres an den Worten seines Vaters gewesen war, wenn er nur die Gelegenheit dazu bekam, für eine Weile zu bleiben. Damit das möglich wurde, mussten sie allerdings der Wahrheit entsprechen.

Danny gab es auf, über die Frage nachzugrübeln, wie verschieden die Gambler und die übrigen Menschen sein mochten, und schaute sich stattdessen aufmerksam um. Bald darauf hatte er den Raum gefunden, in dem das Gepäck seines Fluges ausgegeben wurde. Bevor er die Tür öffnete, warf er einen langen Blick in den Gang zurück, sah kurz ein trauriges Gesicht vor sich und seufzte. Rasch gab er sich einen Ruck und betrat den Raum.

Eine einsame Maschine empfing ihn und wies ihn mit einer sanft modulierten Computerstimme an, seine Bordkarte in einen dafür vorgesehenen Schlitz zu stecken. Er tat es, und keine Minute später konnte er sein Gepäck aus einem Fach entgegennehmen. Seine Karte erhielt er nicht zurück, aber die benötigte er nun auch nicht mehr. Mit dem Koffer in der Hand trat er wieder auf den Korridor hinaus und wandte sich nach rechts. Zwar wusste er nicht genau, wohin ihn dieser Gang führen würde, aber ihm zu folgen war ganz sicher sinnvoller, als in Richtung des Schiffs zurückzugehen.

Er behielt recht mit seiner Einschätzung. Nach gar nicht allzu langer Zeit gelangte er an die Tür eines Aufzugs. Er musste nicht lange warten, bis eine Kabine kam. Er stieg ein und wies den Computer an, ihn in Stockwerk 00L zu bringen. Der Fahrstuhl setzte sich geschmeidig in Bewegung, hielt nur ein einziges Mal, als ein junges Ehepaar zustieg, und glitt anschließend rasend schnell nach unten. Während der Fahrt wechselte Danny seinen Koffer zweimal von einer Hand in die andere, obwohl sein Gepäck nicht schwer war. Im Gegenteil, wenn man bedachte, dass er für unbestimmte Zeit bleiben wollte, war es sogar erstaunlich leicht. Ein paar Kleidungsstücke und die notwendigsten Toilettenartikel nahmen den meisten Raum ein, persönliche Gegenstände hatte er außer einem kleinen Holobild seiner Eltern nicht mitgenommen.

Mit gerunzelter Stirn dachte er an das Packen zurück, das nicht einmal zehn Minuten gedauert hatte. Es gab einfach nicht viel, was es wert gewesen wäre, einen Platz in seinem Koffer zu finden. Andere auf der *Gambler-Circus* besaßen Sammlungen digitaler Bücher, Holozines oder gar echte Papierbücher, und manche brachten von jeder Station ihrer Tournee ein kleines Souvenir mit und schmückten damit ihre Räume, doch alles, was ihm wichtig gewesen war, stand im Hangar der *Gambler-Circus*, und von dort hatte er nichts mitnehmen können. Und wenn alles gut lief, hatte er das auch nicht nötig.

Das Paar stieg vor ihm wieder aus, und er blieb in der Kabine allein, bis eine Zahl oberhalb der Tür ankündigte, dass er sein Ziel erreicht hatte. Die Schotten glitten auf und gaben den Blick auf Stockwerk 00L frei. Vor ihm lag die Empfangshalle, von der der Captain der *Journey* gesprochen hatte. Danny starrte unentschlossen hinein, erst als sich die Schotten bereits wieder zu schließen begannen, trat er rasch aus dem Lift.

Die Halle war riesig, so groß, dass er den Kopf in den Nacken legen musste, um ihre Decke zu sehen. Sie besaß eine lang gestreckte Form, und in Höhe eines jeden Stockwerks führten Galerien rings um die Wände. Danny zählte zehn, erst dann gingen die senkrecht aufsteigenden Wände des Saals in eine gewölbte Kuppel über, die wie ein gewaltiges Himmelszelt anmutete. Hunderte von Lampen hingen von oben herab, tauchten die Halle in ein warmes, leicht gelbliches Licht und badeten die unzähligen Menschen, die in ihr durcheinanderliefen, in ihrem samtigen Schein.

Ein Raunen, das aus tausend Kehlen stammen musste, wogte durch den Saal und vermischte sich mit den verschiedensten Geräuschen, die in großer Zahl aus jeder Ecke, jeder Nische und jedem Flecken der Halle erklangen. Gleich links von ihm bahnte sich ein junger Mann pfeifend seinen Weg durch die Menge, weiter hinten schrie ein Kind wütend auf, als es von einer ungeduldigen Mutter am Arm gepackt und mitgeschleift wurde, und von einem bunten Verkaufsstand, der mitten in der Halle platziert worden war, ging leise Musik aus, die die verzweifelten Bemühungen des Verkäufers, die Aufmerksamkeit der eilig vorüberhastenden Reisenden auf sich zu ziehen, untermalte. Die einzige Ordnung in dem heillosen Durcheinander aus Stimmen, Gerüchen, Leibern und Bewegungen schufen die hoch über den Köpfen der Menschen schwebenden Hologrammtafeln, die auf ankommende Raumschiffe oder kurz bevorstehende Abflüge hinwiesen, und die klaren, lauten Durchsagen der Stationsleitung, die die gleiche Botschaft verbreiteten.

Plötzlich wurde ihm bewusst, dass er schon seit ein paar Sekunden regungslos dicht vor dem Schott des Lifts verharrt hatte. Andere Menschen strebten auf die Kabine zu, und er stand ihnen im Weg. Hastig tat er ein paar Schritte in den Raum hinein und entschied währenddessen, zur Mitte der Halle zu gehen, da er dort einen Informationsterminal vermutete. Mit dessen Hilfe konnte er sicher herausfinden, wohin er sich wenden musste.

Ab und an wurde es schwierig, sich zwischen den vielen umherwuselnden Menschen hindurchzuschlängeln, doch er schaffte es, ohne auch nur mit einem von ihnen zusammenzustoßen oder jemanden mit seinem Koffer zu berühren. Er schmunzelte, denn irgendwie erinnerte ihn dieses Unterfangen an seinen Flug durch das künstliche

Asteroidenfeld, nur dass es hier sehr viel einfacher war, schließlich musste er nur zwei und nicht drei Dimensionen berücksichtigen.

Trotzdem dauerte es eine Weile, bis er sich bis zur Mitte der Halle durchgekämpft hatte, doch seine Geduld wurde belohnt, denn er fand dort tatsächlich ein Informationsterminal. Um die Säule herum waren mehrere Bänke und große Kübel mit Blumen angeordnet, die auf wenigen Metern die Atmosphäre eines Parks erschufen und die kleine Fläche in der betriebsamen Geschäftigkeit, die die Halle erfüllte, wie eine Insel der Ruhe wirken ließen. An ihrem Rand erhob sich sogar ein kleines Café, zweifellos die Quelle der Aromen warmer Getränke und süßer Kuchen, die verlockend in der Luft hingen. Danny hatte jedoch nicht vor, etwas zu essen oder zu trinken. In dieser Hinsicht war er auf der *Journey* gut versorgt worden, und da er endlich hier war, wollte er keine Zeit mehr verlieren.

Kurz bevor er den Terminal erreicht hatte, sprach ihn plötzlich ein Mann an. Er saß in entspannter Haltung auf einer der Bänke, an denen er vorbeiging, und hatte die Augen geschlossen, sodass man hätte glauben können, er schliefe, doch als Danny mit ihm auf einer Höhe war, hob er die Lider und erfasste ihn mit einem einzigen neugierigen Blick.

„He, Junge, bist du eben erst angekommen?“

Danny blieb stehen und betrachtete den Mann, der die Montur eines Technikers trug. Offenbar arbeitete er auf der Station und machte gerade eine Pause. „Ja, Sir.“

„Und jetzt möchtest du zum Terminal, um herauszufinden, wohin du dich wenden musst?“

„Ja.“

Der Mann winkte jovial ab. „Das kannst du dir sparen. Die Karten sind kaum zu gebrauchen. Aber vielleicht ich kann dir helfen. Welchen Raum suchst du?“

Danny glaubte zwar nicht, dass ihm die Karten der Station auch nur die geringsten Schwierigkeiten bereitet hätten, trotzdem ging er auf das Angebot des Technikers ein. Es wäre wohl unhöflich gewesen, es nicht zu tun, außerdem konnte er von ihm sicher schneller erfahren, was er wissen musste, als über den Terminal. Der Mann kannte sich vermutlich gut auf der Erdorbitalstation aus.

„Können Sie mir sagen, wie ich zum Büro des Captains komme?“

Der Techniker riss verblüfft die Augen auf und starrte ihn ungläubig an. „Du meinst den Captain der Station? Captain Elaine Wilding?“

Danny hätte sich am liebsten auf die Zunge gebissen. Er hätte die Reaktion des Mannes voraussehen müssen, denn vermutlich kamen nicht jeden Tag Siebzehnjährige auf die Station und verlangten den Captain zu sprechen, vor allem wenn man in Betracht zog, dass die Flotte eigentlich erst Achtzehnjährige aufnahm. Dass er danach gefragt hatte, brachte ihm mehr Aufmerksamkeit ein, als ihm lieb war, doch leider konnte er das jetzt nicht mehr ändern.

„Ja, Sir", gab er mit möglichst ausdrucksloser Miene zurück.

Der Mann stand auf und musterte ihn von oben bis unten. „Du bist reichlich jung für die Flotte, findest du nicht?"

Augenblicklich dachte Danny an das Antwortschreiben der Erdflotte, in dem es geheißen hatte, er solle seine Ankunft auf der Erdorbitalstation nicht an Dritte preisgeben. „Der äußere Eindruck kann täuschen", erwiderte er steif. „Könnten Sie mir bitte sagen, wie ich dorthin komme?"

Der Techniker trat noch einen Schritt näher und musterte ihn nun unverhohlen. „Was willst du denn beim Captain? Bist du irgendwie mit ihr verwandt?"

Danny knirschte mit den Zähnen. Er hatte es eilig, und dieser Narr hatte nichts Besseres zu tun, als ihn in den Stationstratsch zu verwickeln.

„Entschuldigen Sie mich", knurrte er, nur mit Mühe höflich bleibend, und schob sich an dem Mann vorbei. Hastig ging er zum Terminal.

„Computer, zeige mir eine dreidimensionale Karte der Station."

Eine Holografie blitzte direkt vor ihm auf, und er betrachtete sie neugierig. Die Station und ihre Sektoren wurden durch hauchzarte, grünliche Linien aus Licht geformt, und auch einige Stockwerke wurden gezeigt.

Der Techniker hatte noch nicht aufgegeben. Vielleicht dachte er, er könnte von ihm ein neues Gerücht über Captain Wilding in Erfahrung bringen, und war dicht hinter ihn getreten. Danny war versucht, einen Schritt beiseitezutreten, ließ es aber bleiben und konzentrierte sich auf die Abbildung.

„Computer, markiere alle Teile der Station, die vom Militär kontrolliert werden. Zeige mir gleichzeitig meinen eigenen Standort und die Kennzeichnung der einzelnen Sektoren."

Die Holografie veränderte sich. Ein Teil der Station - der überwiegende Teil - wurde durch rotes Licht umgrenzt, zugleich erschienen griechische Buchstaben im Inneren der Darstellung. Danny sah den Buchstaben Omega für den Kern, Alpha bis Delta für die vier inneren Sektoren und Epsilon bis Mü für die acht äußeren. Der Kern, der Alpha- und der Beta-Sektor und die Sektoren Epsilon bis Theta unterstanden dem Militär. Er entdeckte auch den Lambda-Sektor, in dem er selbst sich befand. Ein kleiner gelber Punkt markierte dort seinen Standort.

„Zeige mir das Büro des Captains", forderte Danny den Computer auf und ignorierte den Blick, den der Techniker über seine Schulter warf.

„Diese Informationen sind nicht allgemein zugänglich. Können Sie den Sicherheitscode vorweisen, der Ihnen einen Zugriff auf diese Daten gestattet?", kam die Nachfrage der Maschine.

Danny schwieg. Natürlich hatte er keinen Code, mit dem er sich ausweisen konnte, aber im Grunde benötigte er diese Angabe nicht mehr. Er wusste, in welchen Sektoren sich das Militär aufhielt. Wenn er erst dort war, konnte er sich weiter durchfragen.

„Computer, Darstellung löschen."

Die Holografie verschwand. Danny drehte sich um und wäre beinahe gegen den Techniker geprallt, der noch immer dicht hinter ihm stand. Mit einer schnellen Bewegung wich er ihm aus.

Der Mann grinste. „Ich sagte dir doch, dass man mit den Informationen, die der Terminal zu bieten hat, nichts anfangen kann", erklärte er selbstgefällig.

Danny schnaubte verächtlich. Es mochte ja sein, dass andere Probleme damit hatten, der dreidimensionalen Darstellung der Station die gewünschten Informationen zu entnehmen, auf ihn traf das jedenfalls nicht zu. Den Weg, den er gehen wollte, hatte er mit dem ersten Blick auf die Holografie erfasst. Er würde die Rundbahn benutzen, die alle äußeren Sektoren der Station miteinander verband. Auf diese Weise gelangte er am schnellsten zu dem vom Militär kontrollierten Teil der Erdorbitalstation.

„Ich weiß jetzt, was ich erfahren wollte", sagte er knapp und schickte sich an, an dem Techniker vorbeizumarschieren.

Der packte ihn plötzlich beim Arm und hielt ihn fest. „Sag bloß, du konntest die Holografie lesen?"

Danny starrte für den Bruchteil einer Sekunde auf die Hand des anderen, dann entwand er sich ihm blitzschnell. Greller Ärger loderte in ihm auf. „Natürlich kann ich das. Was sollte so schwer daran sein?"

Die Augen seines Gegenübers weiteten sich. „Bist du etwa ein Gambler?"

Danny erschrak, schaffte es aber, seine Gefühle in sich zu verschließen. Mit ausdrucksloser Miene ging er an dem Techniker vorbei, als existiere er gar nicht, und tauchte gleich darauf in der Menge unter.

19. Kapitel

Müde fuhr sich Elaine mit der Hand über die Stirn. Seit dem Erscheinen der Hewitts waren inzwischen viereinhalb Tage vergangen. Einen weiteren Angriff hatte es zum Glück bislang noch nicht gegeben, trotzdem war die Lage auf der Station weit von einer Entspannung entfernt, und das Kontingent an Schlaf, das sie täglich fand, hatte noch immer keine normalen Ausmaße angenommen. Das Signal, das vom Schwarm ausgegangen war, war Warnung genug. Die Hewitts waren nicht zum letzten Mal im irdischen Sonnensystem aufgetaucht, und wenn sie kamen, musste die Verteidigung stehen.

Mit einem Satz sprang Elaine aus ihrem Sessel auf und begann eine unruhige Wanderung durch ihr Büro. Die für die *Joker* und die *Ace* ausgewählten Soldaten trainierten in vier Schichten hart im Simulator, doch die Erfolge ließen wie schon am ersten Tag noch sehr zu wünschen übrig. Ihre Chancen standen, falls sie sich nicht entscheidend verbesserten, bestenfalls 30:70, einen Angriff zu überleben, und die, dass sie den Schwarm aufhielten, bevor er die Erde erreichte, waren sogar noch schlechter.

Die Ergebnisse waren so mager, dass Elaine die Teams noch nicht einmal mit den echten Schiffen in den Weltraum geschickt hatte. Das würde sie erst tun, wenn die endgültigen Crews der *Joker* und der *Ace* feststanden, und dazu fehlte ihr noch eine einzige, aber nichtsdestotrotz wichtige Information: Wie gut war der Gambler?

Abrupt hielt sie auf ihrer Wanderung inne und warf einen ungeduldigen Blick zum Chronometer hinüber. Es zeigte 12.46. Sie stieß einen triumphierenden Laut aus. Das Passagierschiff, das von *Longway* aus gestartet war, musste, wenn es seinen Zeitplan einhielt, in dieser Stunde eintreffen. Vielleicht hatte es sogar schon angelegt.

„Computer, hat das Fährschiff *Journey* die Station bereits erreicht?"

„Die *Journey* ist soeben in Sektor Lambda verankert worden", erwiderte die ruhige, weich modulierte Frauenstimme.

„Gut." Elaine gestattete sich einen erleichterten Seufzer. Wie sie geahnt hatte, war es ihr sehr, sehr schwergefallen, auf den Gambler zu warten, und je klarer sich abgezeichnet hatte, dass die Piloten, die ihr zur Verfügung standen, mit den Prototypen noch auf lange Sicht nicht besser als gerade eben ausreichend zurechtkommen würden, desto stärker hatte sie gehofft, dass sich Admiral Jennings' Befürchtungen, der Junge könnte umkehren oder gar nicht erst kommen, nicht bestätigen würden.

Zumindest eine Sorge war sie schon vor zwei Tagen losgeworden. Der Gambler hatte sich auf der *Journey* eingecheckt und war zur Erde gestartet, so viel hatte das Militär auf *Longway* ihr gleich nach dem Start des Schiffes in einer überlichtschnellen Botschaft mitgeteilt. Aber alles andere war noch ungewiss - ob er bleiben würde, ob er der Verantwortung gewachsen sein würde und ob er sich überhaupt durch den Test, den sie in den letzten beiden Tagen anhand der Parameter der Simulationen erstellt hatte, würde qualifizieren können.

Denn soweit es sie anging, waren die legendären Fähigkeiten der Gambler nichts weiter als ein Gerücht, und obwohl sie den Film gesehen hatte, den der Gambler seiner Bewerbung beigefügt hatte, waren ihr in den vergangenen Tagen immer stärkere Zweifel daran gekommen, wie ernst sie ihn nehmen konnte. Sie musste es schon mit eigenen Augen erleben, dass ein siebzehnjähriger Junge einen Flug bewältigen konnte, den kein ausgebildeter und erfahrener Pilot der Erdflotte auch nur in annähernder Form zu wiederholen vermocht hätte.

Wieder etwas wacher geworden, ließ sich Elaine in ihren Sessel fallen, beugte sich nach vorn, um den Monitor auf ihrem Schreibtisch besser ablesen zu können, und wies den Computer an, ihr die Namen aller Passagiere, die das Schiff verließen, zu präsentieren. Der, nach dem sie suchte, war gleich der Erste, der auf dem Schirm erschien.

Sie runzelte die Stirn. „Mr. Sims scheint es sehr eilig zu haben."

Tatsächlich musste der Gambler aufgesprungen sein, sobald das Schiff angelegt hatte. Es dauerte volle zwei Minuten, bis die nächste Person die *Journey* verließ.

Übergangslos löschte sie die Darstellung auf ihrem Monitor und lehnte sich in ihrem Sessel zurück. Der Gambler war also wirklich gekommen. Angestrengt versuchte sie, sich vorzustellen, was in ihm vorgehen mochte, aber es gelang ihr nicht, dazu gab es zu viele Fragezeichen. Wäre er ein normaler Siebzehnjähriger gewesen, hätte sie sein fluchtartiges Verlassen des Schiffs als ein Zeichen von Aufregung gedeutet, aber sie wusste nicht, ob sie bei einem Gambler gleiche Maßstäbe anlegen durfte.

Sie war noch nie einem von ihnen begegnet. Alles, was sie über sie wusste, waren die Gerüchte, die über die Gambler die Runde machten, und sie wünschte, sie hätte die Zeit gefunden, sich offizielles Informationsmaterial über sie zu beschaffen, bevor der Junge bei ihr eintraf. Ärgerlicherweise hatten die Hewitts das vereitelt. Sie musste wohl oder übel ins kalte Wasser springen und sich auf ihre Menschenkenntnis verlassen. Und natürlich auf den Test.

Neugierig sah sie auf die Uhr. Sie war gespannt, wie lange der Gambler benötigte, bis er in ihrem Büro war. Es hieß doch, dass sie einen hervorragenden Orientierungssinn besaßen. Das, was gewöhnliche Neuankömmlinge auf der Station regelmäßig in den Wahnsinn zu treiben drohte - ihre Größe und die Unüberschaubarkeit, die damit einherging - dürften für ihn eigentlich kein Problem sein.

Eins hatte sie dabei allerdings unberücksichtigt gelassen, das wurde ihr klar, als sich ihr Adjutant bei ihr meldete.

„Captain, Petty Officer Elders, der zurzeit am Zugang Epsilon 00L-01D Wache steht, hat soeben bei mir Bericht erstattet, dass ein junger Mann Einlass zum militärischen Teil der Station erbittet und angibt, er würde von Ihnen erwartet. Danny Sims ist sein Name."

Elaine seufzte leise, so leise, dass es nicht über die Anlage übertragen wurde. Sie hätte daran denken sollen, dass der Gambler, solange er noch nicht offiziell in die Flotte aufgenommen worden war, keinen freien Zugang zum militärischen Bereich der Erdorbitalstation besaß. Ihr kleines Experiment hatte somit keinen Erfolg haben können.

„Ian, weisen Sie Mr. Elders an, Mr. Sims persönlich in mein Büro zu führen und bestimmen Sie eine Wache, die seinen Posten solange übernimmt. Ich erwarte Mr. Sims tatsächlich."

„Aye, aye, Captain", erwiderte Ian Fellmer, ohne Zögern und ohne eine Frage zu stellen, obwohl er sich sicherlich Gedanken darüber machte, warum ein junger Zivilist zu ihr vorgelassen werden sollte. Das schätzte sie, wie viele andere gute Eigenschaften, so sehr an ihm.

Während sie wartete, befahl sie dem Computer, ihr den Aufenthaltsort von Lieutenant Thornsburg zu zeigen. Augenblicklich leuchtete eine Holografie vor ihren Augen auf, in der ein heller Punkt rhythmisch pulsierte, und die Frauenstimme des Computers setzte die Information in Ton um.

„Lieutenant Thornsburg hält sich derzeit in Raum Omega 23D-234M auf."

Elaine nickte zufrieden. Sie kannte den Raum. Es war eine Messe im Bereich der Quartiere, in dem der Lieutenant und die übrigen Mitglieder seines Teams untergebracht worden waren. Sie informierte ihn, dass das Simulatortraining für ihn und die anderen neuen Mitglieder seines Teams erst um 17.00 statt wie bisher um 16.00 beginnen würde, denn sie war sich nicht ganz sicher, wie lange der Test, dem sie den Gambler unterziehen wollte, dauern würde.

Nur eins war klar - sie brauchte dazu den Simulator, und deshalb stellte sie als Nächstes eine Verbindung zu Lieutenant Hearley her, der derzeit mit seinen Leuten im Simulator trainierte, und brach das Training ab. Sie wusste zwar, dass sie noch eine Weile mit dem Gambler reden würde, bevor sie ihn in den Simulator schickte, aber es war ihr lieber, wenn der Raum bereits leer stand, wenn sie dort mit ihm auftauchte. Die Geheimhaltung galt noch immer, solange, bis er den Test erfolgreich abgeschlossen hatte - falls er das konnte.

Elaine hatte nicht vor, ihn zu schonen. Der Einsatz eines Gamblers wäre nur dann gerechtfertigt, wenn er deutlich besser war als die anderen Piloten, und das würde er ihr zunächst beweisen müssen. Natürlich wusste sie, dass er direkt im Anschluss an eine zweitägige Raumreise nicht seine optimalen Leistungen erbringen konnte, doch auch das war ein

Parameter in ihrem Test. Sie wollte wissen, ob er sich sofort fügte oder die Reise als Grund vorschob, um den Test hinauszuzögern.

Sie war so gespannt auf das Ergebnis, dass sie sich nur mit Mühe in ihrem Sessel halten konnte, und tatsächlich war es allein der Gedanke daran, dass der Gambler nun jede Minute in ihrem Vorzimmer eintreffen musste, der sie davon abhielt, ihren Sitz zu verlassen und einen neuen Trampelpfad in den Teppich ihres Büros zu laufen.

Zum Glück musste sie nicht mehr lange warten. Ian Fellmer meldete ihr die Ankunft des Postens von Epsilon 00L und seiner Begleitung.

„Schicken Sie Mr. Sims zu mir herein", wies sie ihn an. „Der Posten kann auf seine Station zurückkehren."

„Aye, Captain", erklang die Antwort, und nur wenig später öffnete sich die Tür.

Unwillkürlich richtete sich Elaine in ihrem Sessel zu ihrer vollen Größe auf, um den Neuankömmling besser betrachten zu können. Der Gambler trat ein, in einer Hand einen kleinen Koffer haltend.

Elaine umfasste seine Erscheinung mit einem einzigen geübten Blick und musste an sich halten, um nicht schockiert aus ihrem Sessel aufzufahren. Der Gambler war noch ein halbes Kind. Sie hatte das Foto, das er seiner Bewerbung sicherlich hinzugefügt hatte, nie gesehen, sie hatte nur gewusst, dass er das offizielle Alter für eine Aufnahme in die Akademie noch nicht erreicht hatte, doch irgendwie hatte sie dennoch jemanden erwartet, der ein wenig älter aussah.

Ärger quoll ihn ihr hoch. Ihr war schon nicht wohl dabei, die Kadetten gegen die Hewitts fliegen zu lassen, aber bei diesem Jungen konnte sie sich das noch weniger vorstellen. Wie sollte sie es verantworten, falls ihm etwas zustieß? Und wie sollte sie es verantworten, dass er eine derart wichtige Aufgabe übernahm, an der selbst erfahrene Soldaten schwer zu tragen haben würden? Was hatte er sich nur dabei gedacht, als er sich freiwillig für den Einsatz gegen die Hewitts gemeldet hatte? Glaubte er, das Ganze sei nur ein Spiel? Und wieso hatten seine Eltern ihn überhaupt gehen lassen?

Sie selbst hatte keine Kinder, aber sie konnte sich lebhaft vorstellen, dass sie dem Jungen, wenn er ihr Sohn gewesen wäre, ganz gewiss gehörig den Kopf gewaschen hätte, um ihm seine Flausen auszutreiben. Entweder brachten die Gambler ihren Kindern weniger Fürsorge entgegen als normale Menschen oder es waren hier Überlegungen im Spiel, die sie nicht nachvollziehen konnte und im Grunde auch nicht nachvollziehen wollte. Fakt war, der Junge war hier, und ihr erster Impuls war, ihn ohne Umschweife zurückzuschicken. Die Erdorbitalstation war weiß Gott kein Kindergarten!

Angestrengt rief sie sich zur Ordnung und zwang sich zu einer genaueren Musterung. Der Gambler war nicht gerade hochgewachsen, sondern nur etwa einsfünfundsiebzig groß. Er besaß glänzendes, leicht gewelltes schwarzes Haar, aber keinen dunklen, sondern einen sehr hellen Teint.

Am auffälligsten waren seine Augen. Sie waren strahlend blau mit einem leichten Grauschimmer und bildeten einen starken Kontrast zu seinem dunklen Haar. Der Junge hielt ihren Blicken eine Weile stand, dann sah er fort, und seine Augen huschten hin und her und schienen in Sekundenschnelle jedes Detail in ihrem Büro zu erfassen. Er schien nervös zu sein, oder besser gesagt, sie erwartete, dass er nervös war, doch als sein Blick sie wieder traf, konnte sie kein Anzeichen übermäßiger Anspannung in seinen Augen entdecken. Seine gesamte Haltung war eher abwartend als unruhig, jedenfalls interpretierte sie sie so. Es fiel ihr schwer, aus seiner Mimik Gefühle herauszulesen, dazu wirkte sie zu neutral. Ihr kam der Gedanke, dass ein Mensch schon reichlich naiv sein musste, um angesichts der wichtigen Entscheidung, die dem Jungen bevorstand, derart unberührt zu bleiben.

Insgeheim stöhnte sie auf. Ihr zweiter Eindruck war nicht besser als der erste, und wenn sie den Gambler trotzdem für sich fliegen ließ und herauskam, wie jung er war, würde sich die Presse mit der Zielstrebigkeit eines gnadenlosen Jägers auf seine Fährte setzen und jede seiner Bewegungen verfolgen. Dagegen könnte sie kaum etwas unternehmen. Der Gedanke an den unvermeidlichen Medienrummel ließ sie fast hoffen, der Gambler möge im Test versagen, und sie hatte die düstere Vorahnung, dass seine Anwesenheit möglicherweise mehr Probleme schuf als löste.

Doch als sie sich an den Angriff der Hewitts erinnerte, wischte sie all diese Bedenken energisch beiseite. Um der Erde willen musste der Gambler seine Chance bekommen, ganz gleich, wie die Öffentlichkeit dazu stehen mochte.

Elaine beendete das Schweigen abrupt, beugte sich nach vorn und stützte die Hände auf ihren Schreibtisch, so wie sie es oft tat, wenn ihr neue Leute gegenüberstanden.

„Sie sind Danny Sims?"

Ihre Frage klang schärfer, als sie es im Grunde beabsichtigt hatte, trotzdem blieb der junge Gambler unbeeindruckt. Es wunderte sie, denn sie hatte schon eine Menge Leute erlebt, die älter waren als er, die bei einem derartigen Tonfall zusammengezuckt waren. Er hingegen schien ihn nicht einmal bemerkt zu haben.

„Ja, Ma'am."

Elaine hob leicht die Augenbrauen. Ma'am war keine Anrede, die sie besonders schätzte, aber sie machte sich nicht die Mühe, ihn darüber aufzuklären. Dazu war später noch Zeit.

Erst einmal musste sie gegen eine erneute Welle des Zorns kämpfen. Nur selten zuvor hatte sie eine derart jugendliche Stimme gehört. Sie war das Sahnehäubchen, das den Eindruck kindlicher Unbedarftheit auf vollendete Weise abrundete, und mit jeder Sekunde, die sie dem Gambler gegenüberstand, verstand sie besser, warum der Posten ihn aufgehalten hatte. Er mochte ja vielleicht siebzehn Jahre alt sein, doch von seinem Aussehen und seiner Stimme her wirkte er höchstens wie fünfzehn. Kein Wunder, dass der Posten geglaubt hatte, er hätte im militärischen Bereich nichts verloren, und sie stimmte ihm zu.

Allerdings wäre Admiral Jennings wohl wenig erbaut darüber, falls sie ihm mitteilte, dass sie den Gambler abgelehnt hatte, nur weil er jünger aussah, als er war. Wenn es ihr auch schwerfiel, das zu glauben, er war eine mögliche Hoffnung im Kampf gegen die Hewitts. Das waren die Maßstäbe, die sie an ihn anlegen musste, nicht sein Alter. Außerdem wusste sie ohnehin nicht, was ein Gambler zu leisten vermochte, ganz gleich wie alt er war. Aber das ließ sich immerhin herausfinden.

„Ich habe die Aufzeichnung, die Ihrer Bewerbung beigefügt war, gesehen. War das Ihr Flug?"

„Ja, Captain."

Überrascht hob Elaine erneut eine Augenbraue. Jung war der Knabe, aber nicht dumm, immerhin war ihm nicht entgangen, dass sie die erste Anrede, die er benutzt hatte, nicht passend fand, und eine andere gewählt, dieses Mal die richtige. Das war ein Pluspunkt für ihn - der Erste.

Elaine beugte sich etwas weiter nach vorn. „Erzählen Sie mir mehr über sich, Mr. Sims."

„Das Schiff, von dem ich komme, ist ein Zirkus", erklärte der Gambler sofort. „Wir geben in regelmäßigen Abständen Vorstellungen. Mein Anteil an der Show war es seit fünf Jahren, durch ein künstliches Asteroidenfeld zu fliegen, während die Zuschauer den Kurs der Asteroiden beeinflussen. Bei dieser Gelegenheit entstand der Film."

„Ist das nicht eine ziemlich gefährliche und komplizierte Aufgabe?"

„Nein, Captain, die Asteroiden können den Gleiter nicht beschädigen, selbst wenn sie mit ihm kollidieren sollten."

„Sind Sie mit ihnen kollidiert?"

„Nein."

„Und Sie sind den Asteroidenkurs täglich geflogen?"

„Ja, Captain, in sechs Vorstellungen in der Woche."

Elaine musterte den Jungen mit unverhohlener Skepsis. „Ich kann mir kaum vorstellen, dass Ihnen in fünf Jahren niemals ein Fehler unterlaufen ist. Sind Sie sich darüber im Klaren, dass der Flug, den Sie Ihrer Bewerbung beigefügt haben, selbst von den besten Piloten der Erdflotte kaum bewältigt werden könnte?"

Zum ersten Mal zeigte sich in seinem Gesicht eine emotionale Regung, aber sie glitt so schnell darüber hinweg, dass sie sie nicht einordnen konnte, und seine Stimme klang weiterhin unbeteiligt.

„Man hat mir gesagt, dass ich gut geflogen bin, aber ich wusste nicht genau, wie ich meine Leistung einschätzen sollte."

Sie erwartete, dass er noch mehr dazu sagte, doch er schwieg.

„Das müssen Sie mir schon ein wenig genauer erklären, Mr. Sims."

Er zögerte einen Moment länger als bei seinen vorherigen Antworten und holte tiefer Luft als zuvor. „Der Flug, den ich beigefügt habe, war eine Ausnahme. Ich bin nie zuvor so schnell geflogen. Alle Auftritte davor habe ich mit der Hälfte der Geschwindigkeit absolviert."

Elaine konnte sich lebhaft vorstellen, dass das immer noch schnell genug war, um die Zuschauer in atemloses Staunen zu versetzen.

„Wir durften nie unsere gesamten Fähigkeiten einsetzen", fuhr der Gambler plötzlich heftiger fort. „Unser Direktor war dagegen. Wir mussten uns zurückhalten, und wer das nicht tat, bekam Ärger."

„Und Sie wissen, wie dieser Ärger aussieht?"

„Ja, Captain. Ich wurde nach meinem Flug suspendiert. Ich durfte nicht mehr fliegen."

Elaine hielt es kaum in ihrem Stuhl. „Sind Sie deshalb zur Erde gekommen, Mr. Sims? Haben Sie befürchtet, dass die Suspendierung nie aufgehoben wird, und sich deshalb nach einer anderen Beschäftigung umgesehen? Wenn das so ist, sollten Sie schleunigst den Rückzug antreten! Wenn die Hewitts zurückkommen, wartet ein *echter* Kampf auf Sie! Das ist mit einer Show nicht zu vergleichen."

Ein rötlicher Schimmer legte sich auf die Wangen des Jungen, und im gleichen Augenblick wandelte sich seine Haltung grundlegend. Seine Schultern strafften sich, er streckte seinen Rücken durch, sodass er mit einem Mal ein paar Zentimeter größer wirkte, und sah sie geradewegs an. In seinen Augen blitzte es.

„Ich bin mir über die Gefahren völlig im Klaren, Captain. Ich habe den Angriff der Hewitts durch die Übertragung der EBC mitverfolgen können, deshalb weiß ich, worauf ich mich einlasse. Außerdem war meine Suspendierung von der Show lediglich der Auslöser, aber nicht der Grund, warum ich die *Gambler-Circus* verlassen wollte. Ich habe durch meinen Flug erkannt, dass ich eine wirkliche Fähigkeit besitze, und ich möchte etwas Sinnvolles damit anfangen. Schon vorher war mir die Vorstellung, mein Leben lang lediglich ein Pilot des Zirkus zu sein, unangenehm, aber jetzt ist sie völlig inakzeptabel geworden."

Elaine begriff, dass der Junge zornig war, und nahm es staunend zur Kenntnis. Es schien ihm sehr ernst zu sein. Er war tatsächlich ein Gambler, der nicht mehr spielen wollte, und seine klaren Worte machten deutlich, dass er weit weniger Kind war, als sein Aussehen es vermuten ließ. So wie er es eben getan hatte, sprach niemand, der bloß einer Laune oder einem spontanen Impuls folgte. Das war allerdings eine Überraschung, von der sie sich erst einmal erholen musste.

„Das Flottenoberkommando hat Ihrer Bewerbung stattgegeben, deshalb sind Sie hier“, wechselte sie abrupt das Thema. „Mir bleibt es vorbehalten zu überprüfen, ob Ihre Fähigkeiten ausreichend sind.“

„Darüber bin ich im Antwortschreiben der Erdflotte informiert worden“, erwiderte der Gambler. Den Ärger hatte er aus seiner Stimme verbannen können, seine Haltung jedoch zeigte weiterhin Entschlossenheit.

„Sind Sie bereit für den Test?“, fragte Elaine und wartete gespannt auf seine Antwort.

Sie fiel deutlich kürzer aus, als sie erwartet hatte.

„Ja, Captain.“

Elaine schaute ihn an, aber der Junge fügte nichts hinzu. Er nahm keine Zuflucht zu ausweichenden Antworten oder der Erklärung, dass er im Augenblick zu müde sei, nicht einmal seine Selbstbeherrschung bröckelte, obwohl sie erwartet hatte, dass er zumindest einen Hauch Unsicherheit und Sorge zeigen würde.

„Ich möchte Sie warnen, Mr. Sims. Ich werde Sie im Simulator testen und eine Mission fliegen lassen, die einem Einsatz gegen die Hewitts entspricht.“

„Damit habe ich gerechnet.“

„Tatsächlich? Dann wissen Sie sicher auch, dass Sie Ihre gesamten Fähigkeiten benötigen werden, um den Test zu bestehen.“

Der Gambler zuckte kaum wahrnehmbar zusammen, seine Stimme jedoch blieb weiterhin kontrolliert. „Ja, Captain.“

„Wollen Sie sich nicht zunächst ausruhen?“, bohrte Elaine weiter.

„Nein.“

„Sind Sie sicher? Sie werden von mir nur eine einzige Chance bekommen, sich zu beweisen. Wenn Sie versagen, wird es Ihnen nichts nützen, Ihre Müdigkeit als Grund vorzuschieben.“

Da blitzten die Augen des Jungen plötzlich wieder. „Das habe ich nicht vor, Captain. Ich werde Ihnen zeigen, was ich kann! Wenn das nicht genügen sollte, werde ich das akzeptieren, aber es wäre mir lieb, wenn ich die Simulation bald beginnen könnte.“

Verblüfft musterte Elaine den Gambler. Sie kannte niemanden, der so leicht in Rage geriet, dabei jedoch derart beherrscht blieb. Nur seine Augen vermittelten ihr für eine Sekunde einen Eindruck des Zorns, der in ihm tobte wie ein Unwetter über schwerer See, dann verschlossen auch sie sich wieder. Sie runzelte die Stirn.

„Das ist auch in meinem Sinne, Mr. Sims“, erwiderte sie und winkte ihm, damit er einen Schritt näher trat. Danach aktivierte sie die Holoprojektoren in ihrem Schreibtisch, und ein Abbild der *Joker* entstand mitten im Raum direkt vor dem jungen Gambler.

„Das ist das Schiff, mit dem Sie die Simulation fliegen werden.“

Der Junge schien ihre Worte kaum zu hören. Er starrte mit großen Augen auf die Holografie, seine Lippen bewegten sich, als flüstere er einen Namen, und noch immer wirkte er weder nervös noch besorgt. Was sie jedoch am meisten verwunderte war, dass er nicht überrascht schien. Sie hätte schwören können, sogar ein leichtes Nicken bei ihm zu sehen, so als hätte er längst damit gerechnet, die *Joker* zu fliegen, dabei waren alle anderen, die bislang von dem Einsatz der Prototypen erfahren hatten, zumindest angemessen beeindruckt gewesen. Allerdings musste sie wohl bedenken, dass die *Joker* und die *Ace* nach dem Vorbild von Gamblerschiffen erbaut worden waren; der Junge konnte deshalb vermutlich besser als alle anderen einschätzen, welche Möglichkeiten sie besaßen.

„Das ist die *Joker*", erklärte sie ihm. „Wir werden dieses Schiff und ein weiteres gleicher Bauart gegen die Hewitts einsetzen. Wie Sie sehen, sind die Prototypen Raumschiffen nachempfunden worden, die auch in Gambler-Vereinigungen verwendet werden. Sind Sie bereits mit einem derartigen Schiff geflogen?"

„Nein, Captain, ich kenne lediglich seine Steuerungselemente und ein paar technische Details."

Elaine musste sich Mühe geben, um ihre Enttäuschung zu verbergen. Es wäre optimal gewesen, wenn der Gambler nicht mehr für die Prototypen hätte ausgebildet werden müssen. So musste das nachgeholt werden - vorausgesetzt, er war gut genug, um ihren Ansprüchen zu genügen -, und das würde Zeit kosten, Zeit, die sie wahrscheinlich nur noch wenig besaßen.

„Sie werden die Gelegenheit bekommen, sich kurz mit den Kontrollen der *Joker* vertraut zu machen, bevor ich den eigentlichen Test beginne."

Er nickte nur. „Wo kann ich für die Zeit der Simulation mein Gepäck unterbringen?"

„Stellen Sie es neben der Tür ab."

Er tat, wie sie ihm geheißen hatte, dann sah er sie abwartend an.

Elaine stand abrupt auf, trat hinter ihrem Schreibtisch hervor und winkte dem Gambler, ihr zu folgen. „Gehen wir."

20. Kapitel

Danny zitterte, als er Captain Wilding folgte, aber es waren nicht nur die Aufregung und Sorge über den bevorstehenden Test, die in seinem Inneren tobten. Reste seiner Wut schüttelten ihn. Nach seinem Empfinden war das Gespräch mit Captain Wilding nicht gerade optimal verlaufen, und er begriff nicht, warum er es offenbar nicht mehr fertigbrachte, länger als ein paar Minuten mit einem anderen Menschen zu reden, ohne dabei zornig zu werden. Aber warum musste auch jeder seine Entschlossenheit anzweifeln? Warum behandelten ihn alle wie ein Kind, das nichts entscheiden konnte und auch nichts entscheiden durfte?

Elaine Wilding machte in dieser Hinsicht keine Ausnahme, ihre Haltung im Verlauf des Gesprächs hatte ihn im Gegenteil frappierend an Merwyn Gaze erinnert. Sie traute ihm anscheinend nicht viel zu, und er hatte fast den Eindruck, als wäre es ihr lieb gewesen, wenn er plötzlich verkündet hätte, er habe es sich anders überlegt und wolle zur *Gambler-Circus* zurückkehren. Vermutlich hatte sie deshalb darauf herumgeritten, dass er im Augenblick zu müde sei, um den Test bestehen zu können, und er argwöhnte, dass sie ihn fortgeschickt hätte, wenn er sich darauf eingelassen hätte.

Verspätete Panik blitzte in ihm auf. Die Entscheidung des Captains hatte buchstäblich auf Messers Schneide gestanden. Ein falsches Wort von ihm, eine falsche Bewegung, und sie hätte ihm nicht einmal die Gelegenheit zum Test gegeben, dessen war er sich sicher. Und er hätte es beinahe verdorben. Als sie ihn wie einen dummen Jungen angefahren hatte, war er so wütend geworden, dass er nur mit größter Willensanstrengung dafür hatte sorgen können, nicht das zu sagen, was ihm auf der Zunge lag, sondern statt dessen Worte zu wählen, die rationaler und weniger emotional gefärbt waren. Er würde sich auf der Erdorbitalstation noch sehr viel stärker als auf der *Gambler-Circus* beherrschen müssen, wenn er sich nicht sehr viel früher, als ihm lieb war, auf der Rückreise nach *Longway* befinden wollte.

Entschlossen drängte er die Spuren seiner Wut zurück, fegte sie aus seinem Geist, wie ein Sturm Federwolken vom Himmel vertrieb, und versuchte, Ruhe und Klarheit in den exakten Konturen der *Joker* zu finden. Es war nicht einfach, denn sobald er an das Schiff dachte, machte sein Herz einen wilden Sprung, aber Aufregung war auch in Ordnung, solange sie ihm half, die Wut zu bezwingen. Und sie würde ihn beflügeln.

Bereits jetzt löschte allein die Vorstellung, ein Schiff wie die *Challenge* fliegen zu dürfen, wenn es auch vorerst nur eine Simulation war, jegliche Müdigkeit aus, trieb das Blut schneller durch seine Adern und schärfte seine Sinne. Licht und Schatten auf den freien Flächen und in den Nischen des Büros und des Vorraums, den sie gleich darauf passierten, wirkten plötzlich viel kontrastreicher, ebenso wie die unterschiedlichen Gerüche, Farben und Formen, die die Räume erfüllten. Das dunkle Grau der Uniform, die Captain Wildings Adjutant trug, stach vor dem hauptsächlich beige gehaltenen Hintergrund des Vorraums grell hervor, und in ähnlicher Weise hob sich ein kleines Holobild vom Schreibtisch ab, auf dem drei Kinder auf einer leuchtend grünen Wiese spielten.

Der Vorraum blieb zurück, dafür nahm sie ein breiter Korridor auf. Elaine Wilding betrat eins der Transportbänder mit einer geschmeidigen Bewegung, die viel Übung verriet. Danny folgte ihr dichtauf und spürte sofort den leichten Fahrtwind, der ihm durch die Geschwindigkeit der Fortbewegung ins Gesicht getragen wurde. Unter seinen Füßen vibrierte das Band, wann immer es über eine Aufhängung glitt.

Captain Wilding sprach nicht mit ihm, was ihm die Gelegenheit gab, sich ihr Aussehen ins Gedächtnis zu rufen. Er musste sie dazu nicht anschauen, denn ein einziger Blick hatte genügt, um ihm alle Details ihrer äußeren Erscheinung zu offenbaren. Captain Elaine Wilding besaß lange, braune Haare, die sie zu einer sorgfältigen Frisur zusammengeflochten hatte, rehbraune Augen und eine schmale Figur. Sie war ziemlich klein, kaum mehr als einssechsundsechzig groß, und dementsprechend besaßen ihre Schritte auch keine raumgreifenden Ausmaße.

Trotzdem wirkte sie nicht wirklich klein. Sie hielt sich kerzengerade aufrecht, was jedoch nicht etwa steif aussah, sondern eher eine Folge des Elans zu sein schien, der wie pulsierende Lichtwellen von ihr ausstrahlte. Es schien fast so, als besäße sie tief im Inneren eine Energiequelle, die sie von innen heraus zur Entfaltung brachte und die auf ganz natürliche Weise dafür sorgte, dass sie größer wirkte, als sie war, und gleichzeitig all ihren Worten das nötige Gewicht verlieh.

Und wieder fühlte er sich an Merwyn Gaze erinnert, obwohl der Direktor der *Gambler-Circus* und der Captain der Erdorbitalstation Menschen waren, wie sie unterschiedlicher kaum sein konnten. Elaine Wilding war nicht nur klein, sie war auch sehr schlank, ja fast von zierlicher Statur, während Merwyn Gaze groß, breit und massig gebaut war. Dennoch schien ihr die gleiche Dynamik innezuwohnen wie ihm, und er war sich sicher, dass es nicht weniger unangenehm war, sich Captain Wildings Zorn zuzuziehen als den des Direktors der *Gambler-Circus*. Ihr Auftreten verriet einen starken Willen, ihre Wortwahl einen scharfen Intellekt. Er würde sich sehr vorsehen müssen, damit er nicht mit ihr aneinandergeriet, so wie es ihm mit Merwyn Gaze ergangen war, denn dass er in einem solchen Fall immer den Kürzeren ziehen würde, hatte das Desaster auf der *Gambler-Circus* eindrucksvoll bewiesen.

Auf dem Weg zum nächsten Aufzug begegneten sie mehreren Soldaten. Sie alle grüßten Elaine Wilding respektvoll, und je häufiger er das sah, desto entschlossener wurde er, sich so schnell wie möglich die üblichen Umgangsformen an Bord der Erdorbitalstation anzueignen. Noch war vieles, was er sah, fremd für ihn, doch falls man ihn aufnahm, musste er sich rasch einfügen. Aber das war zum Glück etwas, das er in der Hand hatte. Es gab zwar eine Menge, was er nicht wusste, auch über sich selbst, aber eins war sicher: Er konnte schnell lernen.

Beim Aufzug angelangt, betätigte Captain Wilding den Rufknopf, und nur wenig später öffnete sich die Tür. Ein leichter Ozongeruch schlug Danny entgegen, als er die Kabine betrat. Er hatte ihn auch schon in den anderen Aufzügen und im Bereich der Rundbahn bemerkt. Der Geruch verflog jedoch sehr rasch, oder vielleicht gewöhnte er sich einfach auch nur daran, zumindest konnte er ihn schon kurz nach Betreten des Lifts nicht mehr wahrnehmen.

„Stockwerk 40D", wies Elaine Wilding den Computer des Aufzugs an.

40D - das bedeutete, dass sie vierzig Etagen nach unten fahren würden. Vermutlich waren das mehr als zweihundert Meter. Trotzdem hielt der Aufzug nach kurzer Zeit bereits wieder und die Anzeige oberhalb der Tür wies das richtige Stockwerk aus. Sie stiegen aus und folgten einem langen Korridor. In der Mitte des Korridors gab es wie in den meisten Gängen der Station ein Transportband, auf dem man sich schnell von einem Punkt eines Sektors zum anderen bewegen konnte, doch sie benutzten es nicht, da ihr Ziel nicht weit entfernt lag. Vor einer Tür mit der Kennung Omega 40D-03S hielt der Captain inne.

„Wir sind da."

Danny folgte ihr in den angrenzenden Raum und erkannte sofort den Simulator, der aus insgesamt fünf Kapseln bestand und den Großteil der freien Fläche einnahm. Jede Kapsel war so montiert, dass sie in alle Richtungen beweglich war, sodass ohne jeden Zweifel eine hinreichend gute Simulation eines Raumflugs möglich war. Ähnliche Geräte kannte er auch von der *Gambler-Circus*, doch dieser Simulator war sehr viel größer als alle, die er dort zu Gesicht bekommen hatte, und vermutlich auch deutlich leistungsfähiger.

Im Augenblick lag der Raum verlassen vor ihnen, aber er schien noch vor kurzer Zeit benutzt worden zu sein. Der charakteristische Geruch überaus strapazierter Materialien kitzelte seine Nase, und als er genau hinsah, konnte er sogar erkennen, dass über einigen Stellen des Simulators die Luft leicht flimmerte, ein Zeichen dafür, dass sie dort wärmer war als ihre Umgebung. Ganz sicher war der Simulator bis vor wenigen Minuten in Betrieb gewesen und wohl nur für den Test, den Captain Wilding mit ihm durchführen wollte, geräumt worden.

Der Captain wies abrupt auf die größte Kapsel, in der sich das eigentliche Herz des Simulators befand. „Die Kontrollen sind denen der *Joker* und der *Ace* nachempfunden. Sie sind genauso angeordnet wie in den Schiffen und reagieren auch wie diese. Die Unterschiede in der

Steuerung der Schiffe und des Simulators sind vernachlässigbar gering. Kein Mensch kann sie wahrnehmen."

Sie zögerte für einen Moment und sah ihn mit einem nachdenklichen, fast fragenden Ausdruck im Gesicht an. Er erwiderte ihren Blick offen und aufmerksam, denn er wollte sich keins ihrer Worte entgehen lassen.

„Ich werde die Simulation selbst leiten", fuhr Elaine Wilding gleich darauf fort. „Dazu werde ich die Kontrollkabine aufsuchen und Ihnen von dort aus die weiteren Anweisungen erteilen." Sie deutete in die Richtung der gläsernen Wand, die einen Teil des Raums abtrennte. Durch das durchsichtige Material konnte Danny ein großes Schaltpult erkennen. Über seinen Zweck musste er keine Vermutungen anstellen, er war offensichtlich.

„Begeben Sie sich jetzt in die Kapsel", forderte Captain Wilding ihn auf.

Danny folgte ihrer Aufforderung, ohne zu zögern, obwohl ihm das Herz unvermittelt heftig gegen die Rippen zu schlagen begann, als wolle es sie von innen her sprengen. Mit leicht zitternden Händen zog er sich über eine kurze Leiter in die Pilotenkapsel, verschloss sorgsam die Tür, sicherte sie und nahm in dem Sitz Platz. Automatisch schloss er die Sicherheitsgurte, eine Maßnahme, die ihm im Laufe der unzähligen Flugstunden, die er bereits im Raum verbracht hatte, derart in Fleisch und Blut übergegangen war, dass er kaum noch darüber nachdachte. Erst als sich Captain Wilding über die Sprechverbindung bei ihm meldete, wurde sie ihm wieder bewusst.

„Ich sehe, Sie sind mit den Sicherheitsvorschriften vertraut."

Irgendein Kontrollinstrument musste ihr zeigen, dass er die Kanzel vorschriftsmäßig verschlossen und seinen Platz ebenfalls gesichert hatte. Er sah sich kurz um und entdeckte die Linse einer Kamera, die das Innere der Kanzel erfasste und das Bild vermutlich direkt zu der gläsernen Kabine übertrug, in der sich der Captain aufhielt. Er selbst konnte sie nicht sehen, da die Bildschirme noch nicht aktiviert waren, und selbst wenn sie es wären, hätten sie ihm wahrscheinlich lediglich einen Ausblick in die simulierte Umgebung der *Joker* verschafft.

„Ja, Captain", antwortete er ihr. Da er sich offenbar richtig verhalten hatte, konnte es keine bedeutsamen Unterschiede zwischen den Vorschriften auf der *Gambler-Circus* und der Erdorbitalstation geben.

Captain Wilding ging nicht weiter darauf ein. „Sehen Sie sich die Kontrollen des Simulators in aller Ruhe an. Die *Joker* und die *Ace* sind zwar Tetraederschiffen nachempfunden, wie sie sicherlich auch in den Vorstellungen Ihres Zirkus' zum Einsatz gekommen sind, aber wir haben bei der Konstruktion einige Veränderungen vorgenommen. Zunächst einmal ist die *Joker* größer als die Tetraederschiffe, die Sie kennen dürften. Die Kanten besitzen, wenn man sie gedanklich bis zu den Geschützkugeln verlängert, eine Länge von 36 Metern. Das müssen Sie bei all Ihren Manövern einplanen."

Danny nickte und warf zugleich einen zweiten Blick auf die Kontrollen. Er hätte es nicht tun müssen, da er die Unterschiede zu der *Challenge*, die er immerhin eine Woche lang zusammen mit Janet gewartet hatte, sofort erkannt hatte, aber er wollte nichts riskieren. Lieber nahm er sich die Zeit dafür, seinen Eindruck zu überprüfen, als bei der Simulation auf unerwartete Schwierigkeiten zu stoßen. Nach dem zweiten Blick wandte er sich an Captain Wilding.

„Die Kontrollen im oberen Bereich des Paneels sind anders. Wenn ich die Anzeigen richtig deute, gehören sie zu einem Hyperraumtriebwerk."

„Das ist korrekt. Anders als die ursprünglichen Tetraederschiffe können die *Joker* und die *Ace* kurze Ausflüge in den Hyperraum unternehmen. Die entsprechenden Triebwerke sind nicht für lange, aber dafür für sehr genaue Sprünge ausgelegt. Die Reichweite beträgt maximal zwanzig Lichtminuten, die Sprunggenauigkeit liegt bei plus/minus zehn Metern. In der Simulation werden Sie sie jedoch nicht benötigen. Sie können sie also vernachlässigen. Haben Sie noch weitere Fragen?"

„Ja. Gehören die Bedienungsleisten links unten zum Geschützsystem?"

„So ist es. Die Kapsel, in der sie sich befinden, ist der Pilotenkapsel der *Joker* nachgestellt worden, dennoch haben Sie auch die Möglichkeit, von dort aus die Geschütze zu bedienen. Das ist auch bei der realen *Joker* der Fall. Während der Simulation wird allerdings der Computer die Geschütze übernehmen."

Sie hielt inne und schien auf weitere Fragen zu warten, doch Danny hatte keine mehr. Die restlichen Instrumente waren ihm vertraut.

„Ich bin bereit", meldete er ihr.

„Gut, beginnen wir mit einer Startsequenz. Die *Joker* und die *Ace* befinden sich nicht in den äußeren Sektoren der Station, sondern in einem Hangar im oberen Bereich des Kerns. Sie werden das Schiff aus diesem Hangar in den Raum steuern."

„Aye, aye, Captain", erwiderte Danny.

Im nächsten Moment erwachte der Simulator rings um ihn zum Leben. Vormals erloschene Lampen blitzten auf, blinde Schirme erhellten sich und ein urtümliches Summen ließ die Kapsel vibrieren. Ein leichter Ruck ging durch den Simulator, als er sich in seine Ausgangsstellung begab. Danny atmete tief durch, dann legte er seine Hände, die noch immer leicht zitterten, auf die Kontrollen. In der nächsten Sekunde war seine Nervosität wie weggeblasen. Seine Finger umschlossen sicher die Steuerungselemente, und im Geiste nahm er bereits die ersten drei Dutzend Bewegungen vorweg, die gleich nötig werden würden.

Ein weiterer Bildschirm leuchtete vor ihm auf und zeigte ihm den Hangar der *Joker*, so wie er von dem echten Schiff aus zu sehen sein musste. Ein riesiges Tor lag nur vierzig Meter von ihm entfernt. Danny erfasste sofort, dass es groß genug war, um die *Joker* passieren zu lassen. Zehn Meter weiter rechts befand sich ein zweites Tor in der Wand des Hangars. Er schloss daraus, dass jedes der beiden Tetraederschiffe seine eigene Schleuse besaß, was ganz gewiss auch sinnvoll war, wenn man den Hewitts schnell begegnen wollte.

Die Simulation begann. Der Captain übernahm den Part der Abflugkontrolle, und er hielt sich peinlich genau an ihre Anweisungen. Der Start gelang ihm tadellos. Er hob das Schiff sanft vom Hangarboden ab und führte es schnurgerade auf das Tor zu. Das Schott glitt nach oben weg und öffnete ihm den Einflug in die Schleuse, die in Gestalt eines quaderförmigen Raumes mit einer Kantenlänge von schätzungsweise siebzig Metern vor ihm lag. Das war genug, um ein sicheres Manövrieren zu ermöglichen; er wäre sogar mit einer weitaus kleineren Schleuse zurechtgekommen.

Einem verspielten Impuls folgend, hielt er das Schiff exakt zwischen den Wänden, und auch zum Boden und der Decke wahrte er den größtmöglichen Abstand, sodass sich der Schwerpunkt des Tetraederschiffs und damit die Kapsel, in der er saß, genau im Mittelpunkt der Schleuse befand, während er wartete, dass sie sich hinter ihm schloss und anschließend vor ihm wieder öffnete. Nur wenig später zog sich das äußere Schleusenschott auf, und Captain Wilding meldete sich erneut zu Wort.

„Bringen Sie das Schiff aus der Schleuse und nehmen Sie eine Warteposition oberhalb der Spitze des Omega-Sektors ein. Die Koordinaten finden Sie auf dem Bildschirm links neben den Steuerungskontrollen.“

Danny hatte sie längst gesehen, und er zögerte nicht, die *Joker* zu beschleunigen. Er brachte sie punktgenau auf die Koordinaten, die der Captain ihm übermittelt hatte. Nachdem das Schiff zum relativen Stillstand gekommen war, war er für einen Moment atemlos über den Anblick, den die direkt unter ihm liegende Station ihm bot, auch wenn er genau wusste, dass das Bild genauso wie die Bewegungen, die er mit dem Schiff ausführte, nur eine Simulation war.

„Sie können sich nun eine Weile mit der *Joker* vertraut machen“, sagte Elaine Wilding und riss ihn aus seiner stummen Faszination. „Ich gebe Ihnen freie Hand. Lernen Sie das Schiff kennen, bevor ich die richtige Simulation starte.“

„Aye, Captain.“

Diesem Befehl folgte er nur zu gern, immerhin hatte er schon lange davon geträumt, einmal die *Challenge* fliegen zu dürfen, und die *Joker* war noch besser als die *Challenge*, besser im Antrieb und in der Manövrierfähigkeit, soviel konnte er bereits jetzt erahnen.

Mit einer knappen Bewegung aktivierte er die dreidimensionale Holografie, die ihm seine Umgebung und alle darin enthaltenen Objekte aufzeigte, und dimmte die Bilder auf den zweidimensionalen Schirmen auf die Hälfte ihrer Leuchtkraft zurück, damit sie ihn nicht störten. In der Schleuse waren die Schirme ein gutes Hilfsmittel, aber im Raum konnte nur eine dreidimensionale Darstellung eine ausreichende Orientierung gewährleisten. Das Hologramm zeigte ihm auf einen Blick alles, was er wissen musste, um sicher manövrieren zu können.

Langsam brachte er die *Joker* aus ihrer Ruhestellung und ließ sie in einer geschwungenen Bewegung in den Zenit über der Station aufsteigen. Dabei ließ er das Schiff rotieren, nicht nur um eine Achse, sondern um alle Achsen zugleich, sodass jede der Geschützstellungen einmal in die Fortbewegungsrichtung wies.

Konzentriert verfolgte er die Bewegung des Schiffs auf der Holografie mit. Auf die Steuerungselemente sah er nun nicht mehr herab, aber das musste er auch nicht. Obwohl er die *Joker* nie zuvor geflogen war, waren sie ihm längst vertraut. Bereits mit dem ersten Blick hatte er sie sich eingeprägt, sodass sich seine Finger auch blind mit traumwandlerischer Sicherheit über die Hebel, Tasten und Sensorfelder bewegen konnten.

Sein Kurs führte ihn von der Station fort. Er verlangsamte die Rotation und beschleunigte dafür die Vorwärtsbewegung. Am Rande der Holografie leuchtete eine Zahl, die ihm Aufschluss über seine Geschwindigkeit gab. Sie nahm zusehends größere Werte an.

Als sie stabil blieb, begann er mit seinen Manövern. Inzwischen hatte er sich so weit von der Station entfernt, dass er sie nicht berücksichtigen musste, sondern die Richtung frei wählen konnte. Er flog kurze, abgehackte Schleifen, die die echte *Joker* bis an die Grenze ihrer Leistungsfähigkeit beansprucht hätten, sanfte Kurven mit gleichzeitiger Schraubenbewegung und tauchte unvermittelt und fast auf der Stelle aus seiner bisherigen Bewegungsrichtung ab.

Bei allen Manövern nutzte er die Antriebsdüsen der *Joker* voll aus. Er testete ihre Grenzen, indem er das Schiff ständig um alle Achsen rotieren ließ, während er gleichzeitig immer wieder den Kurs wechselte, und es kam nicht einmal vor, dass sich dabei nur ein Vektor seiner Fortbewegungsrichtung verändert hätte. Er flog komplexe dreidimensionale Figuren und Muster, die einer Vorstellung der *Gambler-Circus* alle Ehre gemacht hätten, nur dass er dieses Mal keine bunten Lichter hinter sich herzog.

Später reduzierte er die Geschwindigkeit um die Hälfte und fand heraus, wie die *Joker* unter diesen Bedingungen auf seine Kommandos reagierte. Nicht lange, und er war restlos begeistert. Die *Joker* war nicht nur sehr viel wendiger als die *Challenge,* sondern sie war auch so konstruiert, dass sie allen Manövern auch bei Höchstgeschwindigkeit standhalten konnte. Die Integrität der Hülle, ja selbst die der beweglich angebrachten Geschützstände kam nicht einmal in den kritischen Bereich, obwohl er das Schiff wirklich nicht schonte.

Auch für ihn selbst bot die *Joker* einen ausreichenden Schutz. Er wusste von den Dois, dass die *Challenge* bei sehr plötzlichen Kurswechseln ab und an Andruckkräfte durchließ, doch in der Simulation war davon nichts zu spüren, obwohl er weitaus heftigere Manöver geflogen war, als die Dois es jemals gewagt hätten. Eine Weile argwöhnte er, dass die Simulation vielleicht nicht gänzlich mit der Realität übereinstimmte, kam aber letztlich zu dem Schluss, dass das doch der Fall sein musste. Die künstliche Schwerkraft konnte beliebig beherrscht werden. Es wäre somit technisch gesehen kein Problem gewesen, Andruckkräfte naturgetreu nachzuahmen, und selbst in den nicht so ausgefeilten Simulatoren an Bord der *Gambler-Circus* war das der Fall gewesen. Es gab keinen Grund, warum es hier anders sein sollte.

Nachdem er die Gewissheit erlangt hatte, dass er das Schiff ausreichend beherrschen konnte, kehrte Danny auf direktem Kurs zu seiner Warteposition über der Station zurück. Es dauerte einen Moment, aber das störte ihn nicht. Er hatte seine Probeflüge absichtlich aus der Nähe der Station ferngehalten, denn selbst wenn es nur eine Simulation war, sollte der Captain doch nicht den Eindruck von ihm gewinnen, er sei ein Draufgänger, der im Übermut seine eigene Sicherheit und, was gewiss schlimmer wäre, die der Station gefährdete.

Während er seine Position einnahm, tastete ein Rest seiner Konzentration nach seinem Zeitgefühl, das er bis eben völlig vernachlässigt hatte. Erschrocken stellte er fest, dass er sich über zwanzig Minuten mit dem Schiff beschäftigt hatte, viel länger, als er ursprünglich geplant hatte. Seine Begeisterung für die *Joker* hatte ihn einfach mitgerissen. Er konnte nur hoffen, dass er Captain Wildings Geduld nicht übermäßig strapaziert hatte.

„Ich denke, ich bin jetzt mit dem Schiff vertraut, Captain", meldete er hastig.

Die Stimme des Captains ließ nicht erkennen, ob sie ungeduldig geworden war. Sie klang ruhig und viel neutraler als zuvor in ihrem Büro.

„Ich werde Sie jetzt in eine Kampfsimulation schicken. Ihr Ziel ist es, den Schwarm der Hewitts zu zerstreuen. Zu diesem Zweck werden Sie innerhalb des Schwarms operieren, und dabei darf keines der Wesen das Schiff berühren. Für jedes, dem es doch gelingt, verlieren Sie einen Ihrer Geschützmänner. Die Geschütze werden vom Computer gesteuert und es werden die Reaktionszeiten zugrunde gelegt, die andere Soldaten in den entsprechenden Simulationen erzielt haben."

„Wie werde ich auf den Schwarm zufliegen?", fragte Danny und fuhr sich nervös mit der Hand über die Augen. Kleine Schweißtropfen hatten sich unvermittelt auf seiner Stirn gesammelt. Er konnte sich noch nicht recht vorstellen, wie es ihm gelingen sollte, in den Schwarm einzudringen, ohne dass dabei der eine oder andere Hewitt das Schiff berührte.

„Gar nicht", gab Captain Wilding zurück. „Es wird keine vollständige Simulation sein. Sie beginnen zu einem Zeitpunkt, zu dem Sie sich bereits innerhalb des Schwarms aufhalten. Damit Sie eine Vorstellung von dem haben, was Sie erwartet, werde ich Ihnen die Bedingungen, die innerhalb des Schwarms herrschen, kurz beschreiben. Der Schwarm der Hewitts war annähernd kugelförmig und besaß einen Durchmesser von vier Kilometern. Etwa 250.000 der Wesen halten sich dicht an der Oberfläche der Kugel auf, die restlichen 1.750.000 verteilen sich in ihrem Inneren. Sie ballen sich in unterschiedlich großen Pulks zusammen, mal zehn, mal hundert, manchmal auch tausend von ihnen auf engem Raum. Dazu kommen noch die einzelnen Hewitts. Zwischen ihnen gibt es große Gebiete leeren Raums, trotzdem ist die Navigation innerhalb des Schwarms schwierig, da die Hewitts nicht stillstehen, sondern sich schnell bewegen können. Zudem ist eine Kugel mit einem Durchmesser von vier Kilometern kein besonders großes Operationsgebiet."

Danny fühlte, wie ihm das Blut aus den Wangen wich. Die Worte des Captains kamen einer haarsträubenden Untertreibung gleich. In den Nachrichten hatte es geheißen, dass die Hewitts nach vierzig Minuten die Atmosphäre der Erde erreicht hatten. Bei einem ursprünglichen Abstand von zweieinhalb Astronomischen Einheiten mussten sie folglich mit circa fünfzig Prozent der Lichtgeschwindigkeit unterwegs gewesen sein, und damit musste sich auch die *Joker*, sobald sie in den Schwarm eingetaucht war, mit der gleichen Geschwindigkeit bewegen. Vier Kilometer schrumpften angesichts dessen zu einer geradezu lächerlichen Distanz zusammen.

Unruhig rieb er sich die Stirn. Er war zwar ein guter Pilot, aber dieser Mission war selbst er nicht gewachsen, und er konnte sich nicht vorstellen, dass es überhaupt jemanden gab, der sie bewältigen konnte.

„Ich habe eine Frage, Captain."

„Heraus damit."

„Besitzt die *Joker* einen Semiautopiloten, der dafür sorgt, dass sie sich gleichförmig mit dem Schwarm mitbewegt?"

Er hörte, wie Captain Wilding scharf Luft einsog. „Woher wissen Sie davon?"

„Es ist nur eine Vermutung. Ohne einen derartigen Autopiloten dürfte es fast unmöglich sein, im Schwarm Manöver zu fliegen, ohne dabei über die Grenze des Energiefelds hinausgetragen zu werden."

Es dauerte drei lange Sekunden, bis Captain Wilding antwortete, doch als sie es tat, klang ihre Stimme wieder kühl und beherrscht. „Sie haben völlig recht, Mr. Sims, sowohl die *Joker* als auch die *Ace* sind mit einer entsprechenden Apparatur ausgerüstet worden. Für Sie bedeutet das, dass Sie sich nicht um die Positionsveränderung des Schwarms an sich kümmern müssen. Lediglich die Bewegungen innerhalb des Schwarms spielen eine Rolle."

Danny atmete erleichtert auf. Dadurch bekamen die Simulation und mögliche reale Flüge gegen die Hewitts wieder den Charakter einer erfüllbaren Aufgabe.

„Sind Sie bereit, um mit der Simulation zu beginnen?", fragte Captain Wilding unvermittelt und klang plötzlich ungeduldig.

„Eine Frage habe ich noch", sagte Danny hastig. „Kann ich den fiktiven Geschützmännern Anweisungen erteilen?"

„Natürlich, das wird auch im Ernstfall möglich sein. Sie können und müssen Ihre Kanoniere dirigieren."

„Das ist mir bewusst, Captain", gab er zurück, wandte sich sogleich an den Computer und wies jedem der Geschütze die Aufgabe zu, jeweils eine Flanke der *Joker* zu schützen. Gleichzeitig erhielten sie eine Hauptzielrichtung. So konnte er vermeiden, dass sich die Strahlen ihrer Geschütze zu sehr überschnitten und andere Bereiche ungedeckt ließen.

„Ich bin jetzt soweit", erklärte er, nachdem er seine Vorbereitungen abgeschlossen hatte.

Elaine Wilding erläuterte ihm noch kurz, welche Reichweite die Strahlengeschütze besaßen, dann zögerte sie nicht länger. Sie aktivierte die Mission, und unversehens tauchten auf der Holografie unzählige Lichtpunkte auf.

Im ersten Moment war Danny erschrocken. Die Masse der Hewitts wirkte erdrückend auf ihn, obwohl sie laut der Holografie weit auseinander standen. Eine hundertstel Sekunde später hatte er sich von seinem Schreck erholt und wollte loslegen, doch es dauerte beinahe noch eine Ewigkeit, bis die Geschütze ansprachen.

Als sie es endlich taten, setzte er die *Joker* auf einen schraubigen Kurs, um den Geschützen möglichst viele Ziele zu bieten. Seine Augen brannten sich in die Holografie, und er erkannte augenblicklich ein Muster in den bizarren, oft zickzackförmigen Bewegungen der Hewitts und sah, wo sich im nächsten Moment eine Ballung herausformen würde. Unverzüglich brachte er die *Joker* in Position und ließ sie so rotieren, dass das Alpha-Geschütz die Ballung direkt vor sich haben würde, wenn ihre Ansammlung ein Maximum erreicht hatte. Doch das Geschütz verfehlte sie. Es war zu langsam gewesen, und als es gefeuert hatte, hatte die Eigenbewegung der *Joker* die Zielrichtung des Geschützes längst verändert.

Danny biss hart die Zähne aufeinander und riss die *Joker* abrupt auf einen neuen Kurs. Haarscharf glitt die Beta-Flanke des Schiffes an einem kleineren Pulk Hewitts vorbei. Seinen Fehler hatte er längst erkannt. Er war davon ausgegangen, dass er selbst das Geschütz bediente, von seinen eigenen Reaktionszeiten. Die, die der Computer verwendete, waren länger, sogar erheblich länger.

Obwohl er alle Hände voll zu tun hatte, musste er in diesem Augenblick an die Worte seines Vaters denken, daran, wie er gesagt hatte, die Unterschiede zwischen den Gamblern und den normalen Menschen seien keine Bagatelle. Wenn die Reaktionszeiten, auf die der Computer zurückgriff, tatsächlich von Soldaten stammten, die im Simulator geübt hatten, gewannen diese Worte auf einmal erheblich an Gewicht.

Angespannt beugte er sich nach vorn, so weit, wie es die Gurte zuließen. Er veränderte seine Strategie, versuchte, die Reaktionszeiten des Computers in seine Manöver einzuplanen. Es war schwer, aber es war auch eine echte Herausforderung. Nur an dem plötzlichen Auftreten eines metallischen Geschmacks in seinem Mund bemerkte er, dass er sich heftig auf die Unterlippe biss, alles andere besaß keinen Raum in seiner Aufmerksamkeit. Seine gesamte Wahrnehmung war auf die Holografie und die Steuerung gerichtet.

Mehr als einmal gelang es den Hewitts, bis dicht zur *Joker* vorzustoßen. Es schien, als würden sie geradezu magisch von ihr angezogen, doch wann immer sie sie zu berühren drohten, weil die Kanoniere zu langsam waren, griff er ein. Er aktivierte von sich aus die entsprechenden Geschütze. Ob das so vorgesehen war oder nicht, wusste er nicht, er hatte auch keine Zeit, sich darüber Gedanken zu machen. Für ihn zählte allein der Erfolg. Kein Hewitt berührte das Schiff, so wie der Captain es verlangt hatte.

Irgendwann war es vorbei. Der letzte Hewitt verging unter den Strahlen des Delta-Geschützes. Danny stieß hörbar Luft aus, und für eine Sekunde ließ er das Schiff noch weiter rotieren, so plötzlich war das Ende der Simulation für ihn gekommen. Dann brachte er es zum relativen Stillstand und lauschte angespannt auf die Stimme des Captains. Sein Herz klopfte so laut in seinen Ohren, dass er schon befürchtete, ihr Urteil nicht verstehen zu können.

Doch noch gab sie keines ab, sie ließ nicht einmal erkennen, ob sie mit seiner Leistung zufrieden war.

„Das war nur ein kleiner Vorgeschmack“, erklärte sie distanziert. „Sie werden jetzt eine Simulation fliegen, die der Kampfsituation noch mehr entspricht.“

Sie setzte einfach voraus, dass er bereit war, und ließ ihm auch keine Gelegenheit, sich andersartig zu äußern. Von einem Moment zum anderen steckte sein simuliertes Schiff erneut tief in einem Schwarm der Hewitts. Als die Geschütze dieses Mal zu feuern begannen, merkte er, dass sich die Reaktionszeiten leicht geändert hatten. Offenbar rief der Computer die Zeiten anderer Personen ab als beim ersten Mal. Die Veränderungen waren allerdings nicht groß, und da er nun auf das grobe Ausmaß der Reaktionsschnelligkeit eingestellt war, kam er besser zurecht als beim ersten Durchgang.

Trotzdem war es hart. Die Hewitts bewegten sich schnell wie rasende Derwische und suchten wie Motten, die von einem grellen Licht angelockt wurden, die Nähe der *Joker*.

In den nächsten Minuten ging Danny vollständig in seiner Aufgabe auf. Niemals zuvor hatte er sich derart konzentrieren müssen, aber obwohl ihm schon nach kurzer Zeit der Schweiß in den Augen brannte, ließ er nicht locker. Er wollte nicht einen der Hewitts an das Schiff herankommen lassen.

Es gelang ihm beim zweiten Flug und auch bei den beiden folgenden, das zu verhindern, obwohl sich im Verlauf der dritten Mission der fehlende Schlaf deutlich bemerkbar zu machen begann, und nach der vierten Kampfsimulation war er so erschöpft, dass seine Hände wieder zu zittern begannen. Voller Sorge wartete er auf neue Anweisungen, denn sollte der Captain noch eine weitere Mission von ihm fordern, könnte er sie vermutlich nicht mehr erfolgreich abschließen.

Zum Glück beendete der Captain die fiktiven Einsätze. „Das genügt fürs Erste. Steuern Sie das Schiff zum Hangar zurück. Wenn Sie es dort gelandet haben, ist die Simulation abgeschlossen."

Danny atmete auf. „Aye, aye, Captain."

Er wendete das Schiff, sodass es Kurs auf die Station nahm. Normalerweise hätte er schneller fliegen können, als er es tat, aber er sah davon ab. Das leichte Beben seiner Hände würde sich bei den empfindlichen Kontrollen der *Joker* bemerkbar machen, wenn er auch nur um einen Deut beschleunigte. Es fiel ihm schwer genug, sich trotz seiner tiefgreifenden Erschöpfung so weit zu konzentrieren, dass er eine perfekte Landung vollziehen konnte.

Kaum stand das fiktive Schiff im Hangar, erlosch der Bildschirm, auf dem die virtuelle Umgebung der *Joker* zu sehen gewesen war, und auch die Holografie verschwand. Nach und nach schalteten alle Systeme des Simulators ab.

Erst jetzt fand er Zeit, sich den Schweiß von der Stirn zu wischen und sich die Augen zu reiben. Sie brannten, und es wurde nicht besser, als er durch das Reiben den Schweiß auch noch in ihnen verteilte, aber es tat gut, sich einfach zu bewegen und etwas anderes zu tun, als die Steuerung zu umklammern.

Drei-, viermal atmete er tief durch, bevor er die Gurte löste. Wie er befürchtet hatte, war ihm ziemlich weich in den Knien. Er musste sich konzentrieren, um sicher auftreten zu können. Mit ungewöhnlich langsamen Bewegungen stand er auf und löste die Verriegelung des Simulators. Die Tür schwang auf.

Captain Wilding stand bereits am Ende der Leiter. Sie sah zu ihm hoch, als er die Sprossen herunterstieg. Ihre dunklen Augen musterten ihn prüfend, ansonsten war ihr Gesicht starr wie eine Maske.

Danny schluckte nervös und versuchte, jeden Ausdruck seiner Müdigkeit zu verbergen. Er durfte Captain Wilding nicht zeigen, wie erschöpft er sich fühlte, wenn sie nicht den Eindruck gewinnen sollte, dass er für die Missionen gegen die Hewitts nichts taugte. Denn wer mochte wissen, wie viel Durchhaltevermögen die anderen Soldaten gezeigt hatten?

Unsicher, aber wenigstens nach außen hin ohne Schwanken verließ er die Leiter und sah den Captain an. Sie nickte ihm zu.

„Gehen wir in mein Büro zurück."

21. Kapitel

Elaine schwieg, obwohl sie nur zu gut ahnte, dass Danny Sims wissen wollte, ob und wie gut er den Test bestanden hatte, doch ihr war nicht danach, sofort darüber zu reden, nicht einmal mit ihm oder besser, *gerade* nicht mit ihm. In Gedanken schüttelte sie immer wieder den Kopf, während sie und der Junge schweigend den Weg zurückgingen, den sie gekommen waren. Sie konnte es einfach nicht glauben; sie konnte nicht fassen, was der Gambler ihr eben geboten hatte.

Wahrlich - sie musste erst einmal verdauen, wie gut er gewesen war. Im Verlauf ihrer Karriere hatte sie die Ausbildung vieler Piloten verfolgen können, war selbst viele Stunden in Raumschiffen unterwegs gewesen, und sie konnte die Simulationen von Thad Thornsburg und den anderen Piloten, die als beste und reaktionsschnellste Männer und Frauen unter allen Piloten der Erdflotte ausgewählt worden waren, zum Vergleich heranziehen. All das ließ nur einen einzigen Schluss zu: Mit nichts, was sie jemals zuvor an Flugkunst zu Gesicht bekommen hatte, waren die Fähigkeiten des Gamblers zu vergleichen.

Ein Beben ging durch ihre Seele, so tief unten, dass es sich für sie wie das Grollen eines noch entfernten, aber stetig näher kommenden Gewitters anfühlte. Sie hatte nicht einmal in ihren kühnsten Fantasien geahnt, dass jemand so fliegen konnte, und sie würde es nicht glauben, wenn sie es nicht mit eigenen Augen gesehen hätte. Und obwohl sie sich gerade persönlich von den Fähigkeiten des Gamblers hatte überzeugen können, fiel es ihr schwer, sie nicht anzuzweifeln.

Danny Sims hatte nicht nur weit mehr gebracht, als sie erwartet hatte, seine Leistung war geradezu übermenschlich gewesen. Während die anderen Piloten bislang im besten Fall kaum mehr als ein Drittel der Hewitts hatten aufhalten können und nur selten eine Simulation geflogen waren, in der lediglich ein oder zwei Crewmitglieder als Verlust zu beklagen gewesen waren (genau genommen hatte es meistens Totalverluste gegeben und wenn nicht, beruhte das vermutlich eher auf Glück oder Zufall als auf Können), hatte der junge Gambler jede der vier Missionen mit einer hundertprozentigen Abschussquote beendet, ohne dass es auch nur einen einzigen Verlust auf Seite seiner Mannschaft gegeben hatte. Damit hatte sie nicht gerechnet, auch wenn alle Gerüchte über die Gambler ihre überragenden Reaktionszeiten und ihr fantastisch anmutendes Orientierungsvermögen anpriesen. Zum ersten Mal in ihrem Leben hatte sie den Eindruck, als wäre das Gerede der Leute eher unter- als übertrieben.

Aber wenn er lediglich die Missionen erfolgreich absolviert hätte, wäre sie damit vielleicht noch zurechtgekommen, doch seine Fähigkeiten gingen weit über die Steuerung des Schiffs hinaus. Danny Sims hatte erkannt, dass das Schiff einen Semiautopiloten besitzen musste - eine Tatsache, die keiner der anderen Piloten bedacht hatte -, und ihm war, anders als Lieutenant Thornsburg oder Lieutenant Yate, sofort einsichtig gewesen, dass die *Joker* nur dann effektiv arbeiten konnte, wenn jedes Geschütz eine klare Aufgabe bekam. Ganz offensichtlich war er ein besserer Taktiker als die beiden Lieutenants, obwohl sie eine militärische Ausbildung hinter sich hatten, während der Junge von Strategie und Taktik vermutlich in seinem gesamten Leben noch nichts gehört hatte.

Damit hatte er alle Vorurteile, die sie aufgrund seines jugendlichen Aussehens gefasst hatte, gründlich widerlegt. Seine Fragen waren klar und präzise gewesen, seine Anweisungen an die Geschütze wie aus dem Lehrbuch und seine Manöver jenseits aller Vorstellungen. Sie würde sich sehr hüten, auf ihn noch einmal Kategorien anzuwenden, die auf dem Normalen, Alltäglichen beruhten.

Nur mit Mühe konnte Elaine einen heftigen Schauder unterdrücken. Nachdem sie Danny Sims im Simulator gesehen hatte, war ihr klar, warum niemals zuvor ein Gambler in die Flotte der Erde oder die der anderen Kolonien aufgenommen worden war. Sich mit einem Gambler vergleichen zu müssen hieß, in völlige Bedeutungslosigkeit abzugleiten. An derartige Leistungen konnte niemand, außer einem anderen Gambler, heranreichen.

Dabei hatte der Junge seine Grenze nicht einmal erreicht. Sie besaß genug Gespür und Menschenkenntnis, um erkennen zu können, wenn sich jemand noch nicht völlig im Klaren über die eigenen Fähigkeiten war, und das war bei Danny Sims der Fall. Wenn das, was er über die Vorstellungen der *Gambler-Circus* erzählt hatte, richtig war, hatte er bislang allerdings auch noch keine Gelegenheit dazu gehabt, sein Potenzial auszuschöpfen, und es würde sicherlich eine Weile dauern, bis er sich an seine Grenzen heranwagte.

Elaine stand kurz davor, unbeherrscht zu fluchen. Der Junge hatte tatsächlich alle Maßstäbe, die sie aufgrund ihrer bisherigen Erfahrungen entwickelt hatte, gründlich durcheinandergewirbelt, dabei war er nur ein Kind. Sie wagte sich nicht vorzustellen, was ein erwachsener Gambler zu leisten vermochte; allein eine Ahnung davon verursachte ihr Magendrücken. Aber stimmte ihr erster Eindruck überhaupt noch? War Danny Sims tatsächlich nur ein Kind?

Unauffällig musterte sie den Jungen, der schweigend neben ihr ging. Eine seltsame Wandlung war mit ihm vorgegangen, die noch immer anhielt und die ihren Anfang in dem Moment genommen hatte, in dem er im Simulator nach den Kontrollen gegriffen hatte. In dieser Sekunde hatte sich plötzlich ein Ausdruck höchster Konzentration auf seine weichen, knabenhaften Züge gelegt, hatte die sanften Linien gestrafft und die Kontraste in seinem Gesicht verstärkt.

Die Röte auf seinen Wangen zeichnete sich deutlich auf seiner sonst eher blassen Haut ab, seine schwarzen Augenbrauen trugen mit einem Mal wie schmale, klar gezeichnete Striche seine hohe Stirn, und der blaue Farbton seiner Iris hatte sich so sehr vertieft, dass sie sich umrahmt vom Weiß seiner Augen strahlend hervorhob. Das war nicht mehr das Gesicht eines Jungen, obwohl es nicht wirklich älter aussah als zuvor. Und doch schien sie plötzlich einem Menschen gegenüberzustehen, der über eine beträchtliche Erfahrung und Reife sowie über einen starken, von großer Intelligenz geführten Willen verfügte, die so gar nicht zu seinem geringen Alter zu passen schienen. Das war ihr - gelinde gesagt - unheimlich.

Der Gedanke, dass seine Anwesenheit auf der Station tatsächlich zu großen Schwierigkeiten führen konnte - wenn auch nicht nur aus dem Grund, den sie zunächst dafür vermutet hatte -, stahl sich erneut in ihr Bewusstsein. Es würde Probleme geben, soviel war sicher.

Trotzdem stand ihr Entschluss längst fest. Danny Sims hatte sich soeben seinen Platz in der Verteidigungslinie der Erde erkämpft. Er musste der erste Pilot der *Joker* werden, wenn die Menschen, die sich gegen die Hewitts stellten, überhaupt eine Chance haben sollten. Die Vorstellung, dass der Gambler nach dem ersten richtigen Einsatz kneifen würde, war durch sein Auftreten so substanzlos wie eine in Auflösung begriffene Wolke geworden.

Er war nicht aus einem Holz geschnitzt, das bei einer leichten Berührung brach; im Gegenteil - seine Persönlichkeit wirkte auf sie wie eine elastische Gerte, die um so heftiger in ihre Ausgangslage zurückschnellte, je stärker der Druck war, der auf sie ausgeübt wurde. Wenn sie sich nicht völlig in ihm täuschte, musste es ihm eine solche Eigenschaft auch ermöglichen, mit der psychischen Belastung, die mit einem Einsatz gegen die Hewitts einherging, zurechtzukommen.

Mit diesen und ähnlichen Gedanken trug sie sich, während sie zu ihrem Büro zurückkehrten. Sie sprach auf dem gesamten Weg kein einziges Wort mit ihm, und auch er verhielt sich so leise, dass sie seine Anwesenheit hätte vergessen können, wenn nicht er das Zentrum all ihrer Überlegungen gewesen wäre.

In ihrem Büro angekommen verstaute sie als Erstes das Datenpad, auf dem sie alle Aufzeichnungen über seine Simulationen gespeichert hatte, in ihrem Schreibtisch. Aus dem Speicher des Simulationscomputers hatte sie sie hingegen gelöscht. Lieutenant Thornsburg und die anderen würden sehr bald ihr Training aufnehmen, und sie wollte vermeiden, dass sie die Daten zu Gesicht bekamen. Noch sollten die jungen Soldaten nicht erfahren, wer auf ihrer Seite zum Einsatz kommen würde.

Nachdem das Pad sicher in einer der Schubladen verschwunden war, ließ sie sich erleichtert in ihren Sessel fallen. Sie war lange nicht mehr so froh darüber gewesen, sich setzen zu können. Sie lehnte sich in ihrem

Sessel zurück und betrachtete den Gambler, der vor ihrem Schreibtisch Aufstellung bezog. Nach nur wenigen, knappen Bewegungen stand er stocksteif und rührte sich nicht mehr, lediglich ein leichtes Zittern lief über seine Gestalt.

Da begriff Elaine, dass der Junge so müde sein musste, dass er sich kaum noch auf den Beinen halten konnte. Sie wusste nicht, wie viel er auf der zweitägigen Reise zur Erde geschlafen hatte, vermutete aber, dass er keine ausgeprägte Ruhe hatte finden können. Das allein genügte, um ihn in einen übernächtigten Zustand zu versetzen, darüber hinaus hatte sie ihn wahrhaftig nicht geschont.

Aus dem Training wusste sie, dass die Piloten der Erdflotte nur zwei Missionen gegen die Hewitts fliegen konnten, ohne einen rapiden Leistungsabfall zu zeigen, deshalb hatte sie für seine Prüfung vier angesetzt. Im Verlauf der vierten Simulation hatte sie in jeder Sekunde damit gerechnet, dass er einbrach, aber das war nicht geschehen. Trotzdem hatte der Test seinen Tribut gefordert, das konnte sie ihm ansehen, auch wenn er sich ausgezeichnet unter Kontrolle hatte.

Während sie Danny Sims noch immer schweigend musterte, ging plötzlich erneut eine Verwandlung mit ihm vor. Die Anspannung und Härte in seinen Zügen ließen nach, so als hätte er von einer Sekunde zur anderen nicht mehr die Kraft dazu, seine Konzentration zu halten. Sein Gesicht wurde wieder weich, jugendlich, und im gleichen Moment wich der entrückte Ausdruck in seinen Augen tiefgreifender Sorge, die sich sogar in seinem Gesicht widerspiegelte.

Da begriff sie, dass er auch bei seiner Ankunft in ihrem Büro nervös gewesen sein musste, nur hatte er es hervorragend verstanden, seine Gefühle in sich zu verschließen. Jetzt schien er zu erschöpft zu sein, um das weiterhin in der vorherigen Perfektion zu tun. Verblüfft erkannte sie, dass er offenbar nicht sicher war, wie sie zu seinem Testergebnis stand. Er schien sogar zu fürchten, dass sie ihn abweisen könnte, dabei lag ihr dieser Gedanke so fern, wie es überhaupt nur möglich war. Er sollte und er würde die *Joker* fliegen. Wenn sie jedoch in Betracht zog, was er ihr über seine Vergangenheit erzählt hatte, war es wohl nicht verwunderlich, dass er seine Leistungen nicht objektiv beurteilen konnte. Er besaß einfach keinen Vergleich.

In Gedanken machte sie sich eine Notiz, ihm bald genauen Aufschluss darüber zu geben, inwieweit er anderen Menschen überlegen war, denn er würde nicht mit Gamblern fliegen, sondern mit gewöhnlichen Menschen, die zwar überdurchschnittlich gute Reaktionszeiten besaßen, gegen den jungen Danny jedoch wie Greise wirkten. Mit ihren geringeren Fähigkeiten musste er vertraut sein, sonst konnte der erste Einsatz gegen die Hewitts fatal enden. Andererseits hatte er es gut verstanden, im

Simulator mit den unterlegenen Fähigkeiten der computergesteuerten Geschützmänner auszukommen. Das ließ sie hoffen.

An dieser Stelle brach sie ihr Schweigen. Sie wollte den Jungen nicht länger auf die Folter spannen.

„Ich bin mit Ihren Ergebnissen sehr zufrieden", erklärte sie in möglichst neutralem Tonfall, lediglich innerlich stöhnte sie leise auf. Ihre Worte waren die gröbste Untertreibung, derer sie sich jemals bedient hatte.

Trotzdem genügte das geringe Lob, um das Gesicht des Jungen zum Leuchten zu bringen.

„Danke, Captain", erwiderte er und hatte seine Stimme weitaus weniger unter Kontrolle als vor der Simulation. Sie schwankte und klang noch jugendlicher, als das bisher schon der Fall gewesen war. Damit war die Rückverwandlung in sein kindliches Erscheinungsbild komplett. Elaine nahm es erleichtert zur Kenntnis.

Mit einer flüssigen Bewegung zog sie eine Schublade ihres Schreibtischs auf und entnahm ihr eine kleine, etwa vier Zentimeter durchmessende Metallscheibe. Sie war dünn, nur etwa vier Millimeter dick, und bestand aus einem sehr leichten Material. Sie wog kaum mehr als eine Feder.

„Das ist Ihre Identifikationsplakette", erklärte sie und schob Danny Sims die Scheibe über die Tischplatte hinweg zu.

Er nahm sie auf, zögerte eine Sekunde und drückte sie dann gegen den Kragen seines Hemdes. Offenbar hatte er bei den Soldaten der Station gesehen, dass sie dort getragen wurde, und vollzog es nach. Sie nickte zufrieden.

„In der Plakette befindet sich eine Kommunikationseinheit, über die Sie jederzeit an jedem Ort der Station erreicht werden oder auch selbst Kontakt zu anderen aufnehmen können. Die Plakette dient außerdem als Ausweis. Sie werden sich mit ihr in den militärischen Bereichen der Station bewegen können, ohne als Eindringling angehalten zu werden."

Er sagte nichts, doch seine Augen waren eine einzige Frage.

Sie beschloss, sie endgültig zu beantworten. „Durch den Test haben Sie sich als Pilot in der Verteidigungslinie der Erde qualifiziert, Mr. Sims. Willkommen an Bord."

Der Gambler salutierte. Elaine unterdrückte einen gequälten Laut. Der Junge war nicht nur allen Menschen, die sie kannte, in vielerlei Beziehung überlegen, er lernte auch noch schnell, und das offenbar nur durch Beobachtung. Wie es schien, war auch an dem Gerücht, dass Gambler nichts, das sie einmal gesehen hatten, je wieder vergaßen, mehr dran, als sie erwartet hatte. Sie würde sich darauf einstellen müssen, von ihm in den nächsten Tagen noch öfter überrascht zu werden.

Mit einer knappen Geste entließ sie ihn aus seiner starren Haltung, doch noch bevor sie sich von ihrer Überraschung erholt hatte, sprach er sie seinerseits an.

„Captain?“

„Ja?“

„Dürfte ich meine Eltern darüber informieren, dass ich vorerst auf der Station bleiben werde? Sie warten sicher auf eine Nachricht.“

Elaine erinnerte sich sofort an die Klausel im Antwortschreiben des Admirals, in dem Danny Sims zur Verschwiegenheit aufgefordert worden war. Er schien es ziemlich genau damit zu nehmen.

„Natürlich dürfen Sie Ihren Eltern schreiben. Sagen Sie ihnen, dass Sie in die Erdflotte aufgenommen worden sind, aber nennen Sie keine Details, die Sie aus der Simulation erschließen konnten oder auf andere Weise erfahren haben und noch erfahren werden.“

„Das versteht sich von selbst, Captain.“

„Gut. Für Sie geht der Tag folgendermaßen weiter. Um 20.30 werden Sie sich im Raum Omega 04D-74F zum Einkleiden melden. Sie bekommen eine angemessene Uniform und weitere Ausrüstung, die Sie benötigen werden. Zuvor haben Sie Zeit, sich auszuruhen. Ihr Quartier befindet sich in Omega 58U-709P. Sie können die Zeit auch nutzen, um in einer der Messen der Station etwas zu essen. Sie erhalten dort von nun an jederzeit Zutritt. Die zu Ihrer Kabine nächstgelegene Messe befindet sich in Omega 58U-20P. Ich werde gleich jemanden kommen lassen, der Ihnen diese Räumlichkeiten zeigt.“

„Das wird nicht nötig sein. Wenn Sie mir eine Karte der jeweiligen Stockwerke zeigen könnten, werde ich mich allein zurechtfinden.“

Elaine hob zweifelnd die Augenbrauen, tat aber, worum er sie gebeten hatte. Über ihrem Schreibtisch leuchtete eine Holografie der Station auf. Mit einigen Tastenberührungen vergrößerte sie die entsprechenden Stockwerke und machte die Räume sichtbar, die sie ihm genannt hatte. Sie wusste allerdings nicht, ob ihm das wirklich helfen konnte.

„Ich könnte den Computer anweisen, die Wege von den Aufzügen zu den Räumen zu markieren“, bot sie ihm an.

Der Junge schaute sie erstaunt an. „Ich kenne den Weg bereits.“

„Tatsächlich?“

„Ja, Captain.“

Elaine seufzte im Stillen. Da war sie also schon, die nächste Überraschung. „In Ordnung“, gab sie möglichst ruhig zurück. „Um 22.00 suchen Sie Raum Omega 01U-34C auf. Dort wird die erste Einsatzbesprechung stattfinden.“

„Aye, Captain.“

Er salutierte erneut, drehte sich um, nahm seinen Koffer, der bis eben verwaist neben der Tür gestanden hatte, und verließ den Raum.

„Du meine Güte", flüsterte Elaine, nachdem sich die Tür geschlossen hatte. „Der ist kein Kind, der ist ..."

Sie brach ab, als ihr klar wurde, dass sie mit sich selbst redete, eine schlechte Angewohnheit, die sie schon vor Jahren abgelegt hatte. Das hatte sie zumindest geglaubt. Aber der Gambler hatte sie mit seinen monströsen Fähigkeiten derart auf dem falschen Fuß erwischt, dass sie erneut in Selbstgespräche verfiel, so wie sie es als Teenager oft getan hatte, wenn sie aufgeregt oder durcheinander war. Das Schlimme war, es half ihr noch immer, ihre Gedanken zu ordnen, und so ließ sie ihren Worten schließlich doch freien Lauf, obwohl es ihr lieber gewesen wäre, sich auf eine andere Weise von ihren Erlebnissen zu erholen. Aber sie musste sich schnell wieder sammeln, denn Admiral Jennings wartete sicher schon gespannt auf das Ergebnis des Tests.

Nachdem sie die wüsten Wogen, zu denen sich ihre Gefühle auftürmten, einigermaßen geglättet hatte, nahm sie Kontakt zur Erde auf. Sie wurde sogleich verbunden, und nur wenig später zeigte der Bildschirm auf ihrem Schreibtisch das schmal wirkende Gesicht des Admirals. Als er sie erkannte, vertiefte sich der graue Farbton seiner Augen; er sagte jedoch nichts, sondern wartete, bis sie das Wort ergriff.

„Admiral Jennings, ich habe soeben Mr. Sims im Simulator geprüft", platzte Elaine heraus - nicht gerade ein angemessener Beginn für eine Unterhaltung mit einem Admiral.

Er verzog keine Miene. „Übertragen Sie mir die Ergebnisse, Captain Wilding."

„Aye, Sir."

Elaine nahm das Datenpad, auf dem sie den Ausgang des Simulatortests festgehalten hatte, aus der Schublade, schloss es an die Komverbindung an und sorgte dafür, dass der Admiral die Werte auf seinen Bildschirmen einsehen konnte. Sie ließ ihn nicht aus den Augen, während er in aller Ruhe die Daten studierte, aber sein Gesicht blieb, wie stets, ausdruckslos und verriet ihr nichts von seinen Gefühlen.

Ungeduldig krallte sie ihre Finger um die Kante ihres Schreibtischs. „Was halten Sie von dem Jungen, Sir?", fragte sie, als sie sein Schweigen nicht mehr aushielt.

Er blickte auf, und für eine Sekunde konnte sie noch einen Anklang tiefer Konzentration in seinen Augen entdecken. Es schien, als wäre er mit seinen Gedanken wieder einmal Pfaden gefolgt, die sie nicht einsehen konnte. Einen Moment später jedoch richtete er seine Aufmerksamkeit übergangslos auf sie.

„Mr. Sims ist gut", erklärte er ruhig, ohne dass seine Stimme auch nur einen Deut der Verblüffung erkennen ließ, die sie selbst angesichts der unglaublichen Leistungen des Gamblers empfunden hatte und noch immer empfand.

„Gut?“, rief Elaine entgeistert und sprang abrupt aus ihrem Sessel auf. „Der Junge ist fantastisch! Ich habe nie zuvor jemanden derart furios fliegen sehen!“

Admiral Jennings machte eine knappe, besänftigende Geste. „Sie haben mich falsch verstanden, Captain Wilding. Ich meinte, er ist gut für einen Gambler.“

Elaine runzelte die Stirn. „Woher wissen Sie das? Gibt es Vergleichswerte?“

Ihr selbst war keine einzige wissenschaftliche Untersuchung bekannt, die sich mit den überragenden Fähigkeiten der Gambler befasst hätte. Sie war weder zufällig in den Medien darüber gestolpert, noch hatten die Gambler in ihrer Ausbildung oder während ihrer Dienstzeit auf verschiedenen Raumschiffen der Erdflotte auch nur die geringste Rolle gespielt.

Tatsächlich schienen die Gambler kaum mehr als ein Phantom zu sein, das irgendwo in einem dunklen, vergessenen Hinterhof der Gesellschaft herumspukte, und es war für Elaine niemals eine Frage gewesen, dass auch die Führungsspitze des Militärs diese Ansicht vertrat. Wenn sogar auf der Akademie die seltsamen Mutanten nicht mehr als eine belanglose Fußnote im gewaltigen Stoffpensum, durch das sich die zukünftigen Offiziere hindurcharbeiten mussten, darstellten, dann schien sowohl die von ihnen ausgehende Gefahr als auch ihr mögliches sozialpolitisches und militärisches Potenzial von Regierung und Admiralität als vernachlässigbar gering eingestuft zu werden. Doch nun fragte sie sich, ob sie sich nicht vielleicht geirrt hatte.

Sie glaubte, die Andeutung eines Lächelns über das Gesicht des Admirals huschen zu sehen, und hatte plötzlich das unangenehme Gefühl, als könne er mühelos in ihren Gedanken lesen. „Nachdem Mr. Sims' Bewerbung ihren Weg zu mir gefunden hatte, habe ich mir alle Daten angesehen, die über Gambler zur Verfügung stehen, angefangen mit den Prüfungsergebnissen jener Gambler, deren Aufnahme in die Akademie verweigert wurde, bis hin zu Aufzeichnungen von Spielen und Vorstellungen, die die Gambler geben. Danny Sims ist selbst im Kreis seiner Leute herausragend.“

Er lehnte sich in seinem Sessel zurück. „Im Übrigen habe ich mich eingehend über ihn informiert. Bereits bevor ich ihm die Aufforderung zukommen ließ, zur Erde zu reisen, habe ich mit Merwyn Gaze, dem Direktor der *Gambler-Circus*, gesprochen. Er sagte mir, dass Danny Sims ein bemerkenswertes Talent besitzt.“

Elaine war nahe daran gewesen, sich wieder zu setzen, doch nun blieb sie stehen. „Wussten Sie etwa auch, dass der Junge von der Show ausgeschlossen wurde?“

„Ja, Captain Wilding, das war mir bekannt.“

Elaine stützte sich schwer mit den Händen auf ihren Schreibtisch auf und beugte sich dicht zum Bildschirm vor. „Bei allem Respekt, Sir, glauben Sie nicht, dass es besser gewesen wäre, wenn Sie mir diese Informationen vor der Ankunft des Gamblers hätten zukommen lassen?"

Admiral Jennings erwiderte ihren herausfordernden Blick ungerührt. „Nein, der Meinung bin ich nicht."

„Aber wenn ich mehr über Danny Sims gewusst hätte, hätte ich mich besser auf ihn einstellen können. Ich hätte ..."

„Sie wären voreingenommen gewesen, Captain."

„Das war ich so auch. Die Gerüchte über die Gambler sorgen dafür, auch wenn ich versucht habe, mich davon nicht beeinflussen zu lassen."

„Damit habe ich gerechnet, deshalb habe ich bewusst die Informationen über den Jungen von Ihnen ferngehalten. Was glauben Sie, wie Sie der Begegnung mit ihm entgegengesehen hätten, hätten Sie gewusst, dass er auf seinem Schiff einer disziplinarischen Maßnahme unterworfen worden ist?"

„Ich weiß nur, wie ich reagiert *habe*, als er mir davon berichtet hat. Ich war versucht, ihn abzuweisen."

„Was hat Sie davon abgehalten?"

„Der Junge kann recht überzeugend wirken."

„Er hat Ihnen also klargemacht, warum er die *Gambler-Circus* verlassen hat?"

„Ja, Sir."

„Und Sie haben ihm zugehört?"

„Ja, Sir."

„Dann wissen Sie, warum ich Ihnen vorher nichts über Mr. Sims' spezielles Problem auf der *Gambler-Circus* erzählt habe. Menschen neigen dazu, anderen nicht mehr zuzuhören, wenn sie sich bereits eine feste Meinung gebildet haben. Da Sie erst im Gespräch davon erfahren haben, hat Mr. Sims die Gelegenheit gehabt, sich dazu zu äußern, und allein darauf kam es mir an. Ich wollte nicht, dass ein kleiner Fehler, den der Junge gemacht hat, der Möglichkeit, ihn für den Kampf gegen die Hewitts zu gewinnen, im Weg steht. Im Übrigen sollten Sie es als positiv ansehen, dass er Ihnen davon erzählt hat."

„Das tue ich auch", knurrte Elaine widerwillig, denn ihr war klar, dass er das durchaus hätte verschweigen können. Zudem musste sie zugeben, dass die Argumente des Admirals stichhaltig waren, obwohl ihr die Tatsache, dass er ihr wichtige Informationen vorenthalten hatte, nicht gefiel. Sie war versucht zu fragen, ob es noch mehr gab, von dem sie im Augenblick noch nichts wissen sollte, aber damit hätte sie ihre Kompetenzen weit überschritten. Viel wichtiger war es, zum zentralen Punkt des Gesprächs zurückzukehren.

„Durch die Simulation ist eindrucksvoll bestätigt worden, dass wir keinen besseren Piloten für den Einsatz gegen die Amöboiden bekommen können als Mr. Sims. Das ist meine ehrliche und von Vorurteilen bereinigte Einschätzung, Admiral."

Lloyd Jennings nickte. „Es ist die Einzige, zu der man aufgrund seiner Simulationsergebnisse kommen kann. Damit ist es entschieden. Danny Sims wird in die Erdflotte aufgenommen und gegen die Hewitts eingesetzt werden. Für welchen Zeitpunkt haben Sie die erste Einsatzbesprechung angesetzt?"

„Sie beginnt um 22.00."

„Warum so spät?"

„Ich wollte Mr. Sims zunächst die Gelegenheit geben, sich zu erholen. Lieutenant Thornsburg und die anderen Piloten sind bislang höchstens zwei Missionen am Stück geflogen, der Gambler hingegen vier."

Ein Schatten glitt über das Gesicht des Admirals, war jedoch so schnell wieder verschwunden, dass Elaine nicht einmal sicher war, ihn überhaupt gesehen zu haben, und Lloyd Jennings' Stimme blieb gelassen.

„Ich verstehe."

„Glauben Sie mir, Sir, der Junge braucht eine Pause."

„Ich habe nichts dagegen einzuwenden", winkte der Admiral ab. „Außerdem ist es gut, dass wir noch genügend Zeit haben, die Verteidigungsstrategien neu zu überdenken. Durch Mr. Sims' Einsatz werden sich einige Parameter ändern."

Elaine ließ sich schwer in ihren Sessel fallen und fuhr sich fahrig mit der Hand über die Stirn. Es war ihr unbegreiflich, wie es Admiral Jennings fertigbrachte, schon wieder derart zu untertreiben. Durch die Möglichkeit von Danny Sims' Einsatz hatte sich alles geändert: der strategische Aufbau, die Chancen - und die Probleme.

22. Kapitel

Leise Musik schwebte in sanften Tönen über den Köpfen der Menschen, die sich in der Messe Omega 23D-234M zum Mittagessen versammelt hatten, als Mady den Raum betrat. Das war eine Veränderung gegenüber dem riesigen Speisesaal auf der Akademie, in dem nie etwas anderes als die unzähligen Stimmen und das an- und abschwellende Gemurmel der über vierhundert Kadetten zu hören war, und sie gefiel ihr. Wer auch immer die Messe betreute, verstand es, Melodien zu wählen, die entspannend wirkten, eine gemütliche Atmosphäre schufen und gleichzeitig so unaufdringlich waren, dass sich niemand von ihnen gestört fühlen konnte.

Mady lauschte der Musik, während sie dicht neben dem Schott verweilte und mit ihren Blicken nach einem freien Tisch Ausschau hielt. Nach ihren Teamkolleginnen suchte sie erst gar nicht. Sie hatten sich um 13.00 in der Messe verabredet, und da die Chronometer, die deutlich sichtbar an jeder der vier Wände des Raumes hingen, erst 12.50 zeigten, konnte sie getrost davon ausgehen, dass die anderen noch in ihren Kabinen waren. Vor allem Jenn zeigte niemals die Ambition, zu einem Treffen, sei es nun offizieller Natur oder lediglich ein lockeres Zusammenkommen von Kameraden, auch nur eine Minute zu früh zu erscheinen. Nach ihr konnte man tatsächlich die Uhr stellen, und Val hatte sich dieser Eigenart angepasst.

Von den über vierzig Tischen im Saal waren die meisten voll besetzt. Mannschaften und Offiziere mit niedrigen Rängen umgaben jeweils zu sechst einen Tisch, warteten auf ihr Essen, das aus einer Vorrichtung im Tisch entnommen werden konnte, oder schoben ihr Tablett eben dorthin zurück, von wo aus es seinen Weg in die Küchensektion nahm.

Kleine Dampfwolken kräuselten sich über Tellern mit heißen Speisen, und die Gerüche herzhafter Gerichte und Soßen hingen in der Luft, tanzten mit den Tönen der Musik munter über den Saal hinweg, schwangen sich mit den feinen Dampftropfen zur Decke auf und wogten dort in zarten Schlieren hin und her, bis sie vom Sog der Ventilation erfasst und zerstreut wurden.

Mady holte tief Atem, genoss die vielfältigen Aromen, die an ihren Sinneszellen vorbeistrichen, und setzte sich in Bewegung. Während sie auf einen freien Tisch in der Mitte der Messe zustrebte, begann ihr Magen zu knurren, und so hoffte sie, dass die anderen pünktlich sein würden.

Am Tisch angelangt, ließ sie sich schwer in den Sessel fallen und lehnte sich zurück. In der Akademie hätte sie es nie gewagt, eine derart wenig repräsentative Haltung einzunehmen, doch auf der Erdorbitalstation liefen einige Dinge anders, das hatte sie bereits mitbekommen. In der Messe achtete niemand auf den anderen, rangniedrige Offiziere kümmerten sich nicht um die Mannschaften, und die einfachen Soldaten grüßten nicht, selbst wenn ein Fähnrich oder ein Lieutenant vorbeikam. Die Messe war eine Art Pufferzone, in der die üblichen Regeln nicht galten, sodass man sich hier im Grunde wie ein Zivilist fühlen und betragen konnte, auch wenn natürlich jeder Einzelne im Raum seine Uniform trug.

Das würde vielleicht nicht funktionieren, wenn höhere Offiziere ebenfalls im Speisesaal gegessen hätten. Zum Glück war das nicht der Fall. Die Soldaten, die einen Rang vom Lieutenant Commander aufwärts besaßen, verfügten über ihre eigene Messe. Mady war das ganz recht so, sie wünschte nur, auch Lieutenants wären von den unteren Rängen abgesondert worden, denn dann wäre ihr Thornsburgs Anblick beim Essen erspart geblieben. Es reichte ihr schon, im Simulatortraining mit ihm in einem Raum eingepfercht zu sein.

Sie entdeckte das Gesicht des Lieutenants an einem Tisch weiter hinten im Saal. Er suchte die Messe stets vor ihnen auf, und sie hatte bisher noch nicht erlebt, dass er sich zu seinen Untergebenen gesellte oder sie auch nur eines Blickes würdigte, solange sie nicht im Dienst waren. Im Grunde wäre dagegen nichts einzuwenden gewesen, allerdings ärgerten sie die Gedanken, die bei ihm dahinter steckten. Es war ganz offensichtlich unter seiner Würde, sich mit Fähnrichen oder gar Kadetten abzugeben, außerdem war er ihr direkter Vorgesetzter, und er ließ keine Gelegenheit aus, das alle Mitglieder ihrer Schicht spüren zu lassen.

Dabei wäre es, falls sie tatsächlich einmal gegen die Hewitts fliegen mussten, sicherlich besser, es als Team zu tun. Sie mussten sich aufeinander verlassen können, doch der Lieutenant, der bei jeder passenden und unpassenden Gelegenheit zu schreien begann und sie grob auf ihre Mängel und Fehler hinwies, besaß ihrer Meinung nach nicht die Qualitäten eines vertrauenswürdigen Mitstreiters in einem Kampf auf Leben und Tod.

Sie hoffte sehr, dass sie, falls sie dafür ausgewählt werden sollte, gegen die Amöboiden zu fliegen, nicht in Thornsburgs Crew geriet, schließlich hing vom Piloten alles ab, und sie würde sich nicht wohl dabei fühlen, ihr Leben in Thornsburgs Hand zu wissen. Viel lieber würde sie mit Lieutenant Yate fliegen, der sich stets korrekt, aber auch sehr freundlich gab. Im Grunde wäre ihr sogar jeder der anderen sieben Piloten lieber als der widerliche Lieutenant, obwohl sie sechs von ihnen kaum kannte und auch nichts über ihre Leistungen wusste.

Mady stieß einen leisen Seufzer aus, ignorierte Thornsburg ihrerseits und blickte in Richtung Tür. Das Display des Chronometers war inzwischen auf 12.55 umgesprungen, also konnte sie damit rechnen, dass ihre Kameradinnen bald zu ihr stießen. Während sie wartete, begann sich die Messe zu leeren. Mehrere Tische wurden auf einmal frei, dafür betraten wieder neue Männer und Frauen den Raum und nahmen an ihnen Platz. Auch die vier jungen Männer, die mit ihnen zusammen im Simulator trainierten, waren darunter, doch sie bemerkten sie nicht, da sie sich gleich an einem Tisch weit vorn im Saal niederließen.

Um 12.58 tauchte erneut ein bekanntes Gesicht auf. Mady hob die Hand, um Ellie auf sich aufmerksam zu machen. Ihr richtiger Name war Elisabeth Craine. Anders als die anderen Mädchen im Team war sie bereits Fähnrich, aber das hinderte sie nicht daran, sich zu ihnen zu setzen und einen so vertrauten Umgang mit ihnen zu pflegen, als seien sie alle noch Kadetten. Sie war im Team mit Abstand die Größte und die Älteste, doch im Gegensatz zu Val, die einen ziemlich kräftigen Körperbau besaß, wirkte Ellie schlank, beinahe dürr. Ihre Haare trug sie militärisch kurz geschnitten, wodurch in ihrem schmalen Gesicht die Wangenknochen noch schärfer hervortraten, als es bei einer anderen Frisur der Fall gewesen wäre. Der vorteilhafteste Schnitt war das nicht gerade für sie, aber pragmatisch. Hier zeigte sich offensichtlich, dass sie kein Kadett mehr war, sondern bereits seit über einem Jahr als Fähnrich auf der Station gedient hatte.

Ellie kam zu ihr herüber, nickte ihr zum Gruß zu und ließ sich ihr gegenüber auf einem der freien Sitze nieder. Dann beugte sie sich leicht nach vorn und musterte Mady prüfend.

„Bist du bereit für die nächste Trainingsrunde?"

Mady stöhnte. „Musst du jetzt davon anfangen? Bis zum Beginn des Trainings bleiben uns noch gute drei Stunden. Ich möchte die Zeit nicht damit zubringen, darüber zu reden."

Ellies Mundwinkel gingen ein Stück weit herab, und ihr Gesicht verschloss sich. „Wird dir das Training bereits zu viel?"

„Das habe ich nicht gesagt."

„Aber du siehst müde aus."

„Das bin ich auch. Die Simulationen sind anstrengend, und ich habe Mühe, in den Zeiten zwischen den Trainingsphasen abzuschalten. Deshalb wäre es mir auch lieber, nicht schon beim Essen an die Hewitts erinnert zu werden, sonst vergeht mir noch der Appetit."

Ellie machte eine lässige Handbewegung und setzte eine herablassende Miene auf. „Das ist ein typisches Anfängerproblem, Mady. Die meisten jungen Kadetten wissen noch nicht, wie sie ihren Kopf freihalten können, aber sie lernen es mit der Zeit. Du wirst dich sicher auch noch daran gewöhnen."

Mady spürte, wie sie ärgerlich wurde. Ellies Worte mochten zwar richtig sein, aber ihre kühle, manchmal fast arrogante Art konnte sie auf die Palme bringen. „Ich bin kein ..." setzte sie an, doch da sprang das Chronometer über der Tür auf 13.00, und im gleichen Moment traten Jenn und Val ein. Jenn erblickte sie sofort, zupfte Val am Arm, damit sie ihr folgte, und kam mit ihr zu ihnen herüber. Mit einem hörbaren Seufzer ließ sie sich neben Mady in den Sessel fallen.

„Ich dachte mir, dass ihr schon hier seid", rief sie gut gelaunt.

„Unser Küken war wie üblich die Erste", grinste Ellie.

Mady krallte die Finger um die Tischplatte. „Nenn mich nicht immer Küken", fuhr sie Ellie erbost an.

Ellie zog indigniert eine Augenbraue in die Höhe. „Warum denn nicht? Du bist mit Abstand die Jüngste im Team."

„Aber ich bin kein Baby!"

„Dafür bist du aber ziemlich leicht eingeschnappt."

„Das ist nicht wahr. Ich mag es nur nicht, wenn man mich wie einen Idioten behandelt."

„Ich werde es mir merken", gab Ellie pikiert zurück.

Plötzlich langte Jenn über den Tisch, legte Ellie eine Hand auf die Schulter und sah sie und Mady nacheinander an. „Hört schon auf, ihr zwei", sagte sie und stupste Ellie an. „Du, Val und ich leben nach der goldenen Regel der Akademie, aber Mady hat ihre eigene."

Sie grinste breit, und Mady ahnte, was kommen würde.

„Und die wäre?", fragte sie trotzdem.

Jenn kicherte. „Nur nicht zu spät kommen."

Val und Ellie lachten. Mady verzog zunächst das Gesicht, doch als Jenn sie leicht anstieß, stimmte sie ins Lachen mit ein. Jenns Fröhlichkeit konnte ziemlich ansteckend wirken, außerdem konnte Mady einen Spaß, der von ihrer Adresse ausging, weitaus besser vertragen, als wenn Ellie ihn gemacht hätte, denn Jenn fehlte der überhebliche Touch, der Ellie oft wie eine zweite Haut umgab.

Nachdem sie ihr Gelächter beendet hatten, bestellten sie ihr Essen. Es kam gleich darauf, und ihr Gespräch verstummte vorerst. Während sie aßen, schaute Mady hin und wieder zum Tisch der Jungen hinüber, die wie sie in den zweifelhaften Genuss eines Simulatortrainings unter Lieutenant Thornsburgs Leitung kamen. Zumindest Alexander Dow sah ebenfalls müde aus, also war es nicht nur ihr Problem, dass sie sich zwischen den Schichten nicht genügend entspannen konnte.

Plötzlich hatte sie eine Idee. „Warum sitzen wir eigentlich für uns allein? Wir könnten uns zu den Jungs gesellen. Der Tisch neben ihnen ist frei."

Sie war schon halb aus dem Sitz, als Jenn ihr eine Hand auf den Arm legte und sie zurückhielt. Und wieder hatte sie ein schalkhaftes Grinsen aufgesetzt.

„Jetzt mach aber halblang, Mady. Wir wollen uns doch nicht unseres einzigen angenehmen Gesprächsthemas berauben, oder?"

Für einen Moment sah Mady sie verständnislos an, doch der lange Blick, den Jenn zu dem Tisch der Jungen hinüberwarf, sprach Bände.

Gleich darauf beugte sie sich nach vorn und senkte ihre Stimme zu einem verschwörerischen Flüstern.

„Ist euch aufgefallen, wie süß Robert aussieht?“, fragte sie, ohne dabei den Blick von Lieutenant Robert Connay zu nehmen.

Ellie nickte beipflichtend, doch Val zog die Stirn in Falten.

„Wenn man auf dunkle Typen steht ...“, begann sie und musterte den Lieutenant abschätzend.

Mady tat es ihr gleich, wenn auch nicht so auffällig. Robert Connay besaß kurzes, dunkelbraunes Haar und einen von Natur aus dunklen Teint, was ihn ziemlich düster wirken ließ. Neben Lieutenant Thornsburg war er mit 25 Jahren der Älteste in ihrer Gruppe.

„Und was gefällt deinem Auge, Val?“, fragte Jenn vergnügt.

Vals Blicke huschten schnell durch den Saal, stoppten kurz, kehrten jedoch zu ihrem Tisch zurück, bevor Mady erkennen konnte, wen Val angesehen hatte.

„Also ich mag blonde, hellhäutige Männer“, begann Val zögernd und ihre Wangen röteten sich.

„Und blaue Augen?“, neckte Jenn.

„Ja.“

„Das kommt mir irgendwie bekannt vor“, schloss Jenn.

„Mir auch“, fügte Ellie hinzu und warf einen raschen Blick über die Schulter.

Doch wieder konnte Mady nicht erkennen, um wen es ging. „Hat dein Angebeteter auch einen Namen?“, fragte sie Val.

Vals Gesicht wurde noch röter.

Ellie spitzte die Lippen und sah von oben auf Mady herab. „Wie es scheint, hat unser Küken wieder einmal nichts mitbekommen.“

Mady funkelte Ellie wütend an. „Im Gegensatz zu euch habe ich in den vergangenen Tagen nicht an Männer, sondern an die Hewitts gedacht.“

Ellie wollte eben den Mund öffnen, als Jenn ihr ins Wort fiel.

„Es ist Thad Thornsburg.“

„Jenn“, knurrte Val und schlug nach ihr.

Jenn tauchte unter ihrem Arm durch und grinste.

Mady vergaß Ellie und starrte Val ungläubig an. „Thornsburg? Ausgerechnet Thornsburg?“

Im nächsten Moment biss sie sich auf die Lippen und sah sich erschrocken um. Hoffentlich hatte sie nicht so laut gesprochen, dass der Lieutenant seinen Namen vernommen hatte. Zum Glück regte er sich nicht und sah auch nicht in ihre Richtung.

„Hast du irgendwelche Einwände dagegen?“, fragte Val bissig.

„Abgesehen davon, dass er ein Schinder ist, keine.“

„Er versucht nur, uns auf den Einsatz gegen die Hewitts so gut wie möglich vorzubereiten.“

„Es gäbe weitaus bessere Wege, das zu tun."
„Er will uns anspornen."
„Also für mich ist es kein Ansporn, angebrüllt, beschimpft und für inkompetent erklärt zu werden."
Val verschränkte die Arme. „Der Lieutenant ist halt bessere Leistungen gewöhnt, als wir sie bieten können."
„Das glaube ich nicht. Wir sind gut."
„Nicht gut genug, sonst würden wir nicht so schlechte Ergebnisse erzielen."
„Das liegt nicht allein an uns", widersprach Mady heftig. „Ich weiß nicht, wie es euch geht, aber für mich sieht es ganz so aus, als sei Lieutenant Thornsburg mit der Steuerung der Prototypen ein klein wenig überfordert."
„Das ist nicht fair von dir, Mady. Thad gibt sein Bestes."
„Das tun wir auch, aber das kümmert ihn trotzdem nicht."
Ellie zog die Augenbrauen nach oben, ein sicheres Zeichen dafür, dass sie gleich ihren Kommentar zu der Angelegenheit abgeben würde. Da kam er auch schon.
„Als unser Vorgesetzter hat der Lieutenant jedes Recht, auf seine Weise zu verfahren", erklärte sie in belehrendem Tonfall.
Mady schüttelte den Kopf. „Auch für Offiziere sollten gewisse Regeln im Umgang mit anderen Menschen gelten. Es ist schlicht und ergreifend inakzeptabel, dass er seine Launen in dieser Form an uns auslässt."
Ellie schnaubte verächtlich. „Du bist viel zu empfindlich."
„Mag sein, trotzdem habe ich nicht vor, mich an sein Gebrüll zu gewöhnen."
„Das verlangt ja auch niemand von dir", ergriff Val wieder das Wort, „aber behalte deine Meinung über den Lieutenant in Zukunft für dich. *Mich* interessiert sie jedenfalls nicht."
Mady hatte bereits eine harsche Entgegnung auf der Zunge, als Jenn sie mit dem Ellenbogen in die Rippen stieß. „Achtung", rief sie leise.
Sofort verstummte das Gespräch, und Ellie und Val wandten sich um, sodass sie in die gleiche Richtung wie Jenn blicken konnten. Mady hatte den Grund für Jenns Warnung längst entdeckt. Lieutenant Thornsburg hatte sich von seinem Platz erhoben und steuerte auf ihren Tisch zu. Val sah ihm hoffnungsvoll entgegen, doch wenn sie geglaubt hatte, er würde sich zu ihnen setzen, wurde sie enttäuscht. In gemessenem Abstand vor ihrem Tisch blieb er stehen und sprach sie an.
„Captain Wilding hat mich soeben darüber informiert, dass das Training erst um 17.00 Uhr und nicht wie bisher um 16.00 fortgesetzt werden wird. Ich erwarte Ihr pünktliches Erscheinen im Simulatorraum."

Val, Jenn und Ellie nickten. „Aye, aye, Sir“, antworteten sie wie aus einem Mund. Val sah dabei so verzückt zu Thornsburg auf, dass Mady in Gedanken die Augen verdrehte.

Der Lieutenant wollte sich sogleich wieder abwenden, doch Mady stand hastig auf und sprach ihn ihrerseits an. „Lieutenant Thornsburg?“

Er sah sie von oben bis unten an, und es lag eine gehörige Portion Geringschätzung in seinem Blick. Mady biss sich auf die Lippen.

„Sir, können Sie uns sagen, warum das Training verschoben wird?“

Thornsburgs Augen verengten sich kurz, dann kehrte der verächtliche Ausdruck in sie zurück. „Wenn der Captain geglaubt hätte, dass Sie über diese Information verfügen sollten, hätte er mir das sicherlich mitgeteilt, Kadett.“

Damit wandte er sich ab und ging zu dem Tisch hinüber, an dem die jungen Männer ihres Teams saßen.

„Eingebildeter Affe“, flüsterte Mady so leise, dass Val und Ellie es nicht hören konnten. Jenn mochte es jedoch verstanden haben, denn sie nickte ihr leicht zu. Mady wusste, dass sie ihre Meinung über ihren allzu eifrigen Vorgesetzten mit ihr teilte. Offenbar hatte nur Val einen guten Eindruck von dem Lieutenant, und Ellie gab sich zu erwachsen, um in dieser Hinsicht ehrlich zu sein.

Als sie sich wieder auf ihren Sitz gleiten ließ, sah Mady, dass Val Thornsburg noch immer mit entrücktem Gesichtsausdruck hinterher blickte. Sie sah ihm ebenfalls nach, doch ihre Gedanken waren ganz anders als die ihrer Kameradin. Ihr war Thornsburgs Zögern nicht entgangen, als er ihr antwortete, und sie wäre jede Wette darauf eingegangen, dass er selbst nicht wusste, warum das Training verschoben worden war. Captain Wilding hatte es also auch nicht für nötig befunden, *ihn* zu informieren, und das musste den ehrgeizigen Lieutenant ziemlich kränken.

Sie grinste in sich hinein. Das geschah ihm ganz recht. Und dem Himmel dankte sie dafür, dass Thornsburg in der Befehlshierarchie letztlich nur eine mittlere Stellung besaß. Nicht auszudenken, wie unerträglich er gewesen wäre, wenn er den Rang eines Commanders oder gar eines Captains bekleidet hätte.

Jenn hatte sich indessen genüsslich in ihrem Sitz zurückgelehnt. „Ich habe wirklich nichts dagegen, die Pause auszudehnen“, erklärte sie erleichtert. „Das ist auf jeden Fall besser, als wieder im Simulator zu schuften. So haben wir noch etwas mehr Zeit, miteinander zu plaudern.“

Val und selbst Ellie stimmten ihr zu und machten es sich ebenfalls noch einmal in den Sitzen bequem. Die Tabletts mit dem Geschirr waren längst wieder in der dafür vorgesehenen Vorrichtung verschwunden.

Mady jedoch erhob sich. Die anderen schauten sie fragend an. „Ich gehe lieber auf mein Zimmer. Wer weiß, wann wir die nächste längere

Erholungsphase zugestanden bekommen. Ich fürchte, in allzu kurzer Zeit wird das nicht mehr der Fall sein."

Niemand versuchte, sie zurückzuhalten, lediglich Jenn sah ihr bedauernd nach.

23. Kapitel

Das Training blieb erfreulich kurz. Es begann heute nicht nur später, sondern endete auch eine Stunde früher. Allerdings ließ Captain Wilding ihnen durch Lieutenant Thornsburg ausrichten, dass sie sich alle um 22.00 in Raum Omega 01U-34C zu einer Einsatzbesprechung einzufinden hatten.

Die Nachricht hatte genügt, um Mady jeden Gedanken daran, sich in der kurzen Zeit zwischen dem Ende des Trainings und dem Beginn der Besprechung zu entspannen, auszutreiben. Sie war schrecklich nervös. Dass der Captain eine solche Zusammenkunft anberaumt hatte, konnte nur eins bedeuten: Der tatsächliche Einsatz gegen die Hewitts war ein gutes Stück näher gerückt. Deshalb würde Captain Wilding sie über weitere Einzelheiten informieren, und vielleicht hatte sie sogar schon festgelegt, wer in vorderster Front gegen die Hewitts starten sollte.

Mady schluckte hart und kämpfte vergeblich gegen die Enge, die ihren Hals und Magen umschlungen hielt. Die Vorstellung, bald mit der *Joker* oder der *Ace* im Weltraum zu fliegen oder gar in ein reales Gefecht ziehen zu müssen, machte ihr mehr Angst, als ihr lieb war. Sie konnte einfach nicht den Gedanken daran loswerden, wie schlecht sie alle in den Simulationen gewesen waren. Himmel, normale Menschen waren für die neuartigen Prototypen vermutlich nicht einmal geeignet!

Die anderen mochten es nicht bemerkt oder vielleicht sogar absichtlich übersehen haben, aber sie konnte die Tatsache, dass Lieutenant Thornsburg und Lieutenant Yate weit davon entfernt waren, die Tetraederschiffe effektiv gegen die Amöboiden einsetzen zu können, nicht ignorieren. Wenn sie erst einmal gegen die realen Schwärme flogen, mochte es ein-, vielleicht auch zweimal für sie gut gehen, doch falls die Hewitts mehrmals angriffen, würde es einem von ihnen oder im schlimmsten Fall sogar ihnen allen über kurz oder lang das Leben kosten.

„Ich wünschte, ich wäre nicht hier“, flüsterte sie in die Stille ihrer Kabine hinein. Im Augenblick lag sie auf dem Bett, doch lange hielt sie es dort nicht aus. Sie stand auf, rief auf dem kleinen Bildschirm, der sich in jeder der Kabinen befand, die Karte der Station auf, die ihr das Stockwerk 01U zeigte, auf dem der Konferenzraum 34C lag, und wies den Computer an, ihr den kürzesten Weg von ihrem Quartier dorthin zu markieren. Sie prägte ihn sich ein, bis sie sicher war, dass sie ihn einigermaßen im Kopf hatte, danach verließ sie ihr Zimmer.

Auf dem Korridor hielt sie unschlüssig inne. Sie kannte ihre Kameradinnen inzwischen gut genug, um zu wissen, dass es wenig Sinn hatte, die anderen Mädchen danach zu fragen, ob sie sie in den Konferenzraum begleiten wollten, jedenfalls zu diesem Zeitpunkt. Das hätte ihr doch nur wieder den Spitznamen „Küken“ eingetragen. Aber in ihrer Kabine mochte sie nicht mehr bleiben, und da die anderen nicht mit ihr würden gehen wollen, musste sie sich eben allein auf den Weg machen. Den Raum fand sie bestimmt auch ohne Hilfe.

Nachdem sie in das entsprechende Stockwerk hinabgefahren war, war sie sich dessen allerdings nicht mehr so sicher. Auf der Karte hatte der Weg einfach ausgesehen, aber der Halle vor dem Fahrstuhlschacht entsprangen gleich mehrere Korridore, und sie hatte schon wieder vergessen, in welche Richtung sie sich wenden musste, um die Sektion C zu erreichen.

Als sie sich eben dem nächsten Display zuwenden wollte, um den Weg zum Konferenzraum erneut aufzurufen, öffnete sich hinter ihr die Tür zum Fahrstuhl. Mady trat zur Seite, um Platz zu machen, denn sie stand noch immer dicht vor dem Lift, gleichzeitig drehte sie sich um und hoffte, Jenn oder eine der anderen ihres Teams würde zu ihr stoßen.

Doch ihre Hoffnung wurde enttäuscht. Es war nur ein Junge, der aus dem Fahrstuhl trat, und obwohl er wie sie selbst die hellgraue Uniform trug, die für Kadetten, Fähnriche und Lieutenants Junior Grade die Standardkleidung der Erdflotte war, konnte sie sich nicht vorstellen, dass er tatsächlich dazugehörte. Auf den ersten Blick schätzte sie sein Alter auf etwa fünfzehn Jahre, und damit könnte er frühestens in drei Jahren in die Akademie aufgenommen werden; dass er auf der Erdorbitalstation als Fähnrich Dienst tat, war somit noch unwahrscheinlicher.

Dennoch - er trug eine Uniform, und die offensichtliche Diskrepanz zwischen seinem augenscheinlichen Alter und dem, das er als Soldat der Erdflotte eigentlich aufweisen müsste, ließ sie neugierig werden. Sie sah sich den Jungen genauer an.

Er war kaum größer als sie selbst, besaß kurze, leicht gewellte schwarze Haare, hübsche, weiche Gesichtszüge und helle Haut. Am auffälligsten an ihm waren seine strahlend blauen Augen, da sie einen so deutlichen Kontrast zu seinem dunklen Haar bildeten. Sie musste zugeben, dass sein Aussehen sie sogar von den Gedanken an die Hewitts ablenken konnte, obwohl sie Ellie, Jenn und Val beim Mittagessen für ein solches närrisches Verhalten noch kritisiert hatte. Aber dieser Junge sah so gut aus, dass es sich lohnte, einen zweiten Blick an ihn zu verschwenden, und sie wäre sicher noch großzügiger damit gewesen, wenn er ein oder zwei Jahre älter gewesen wäre.

Seine Uniform war neu. Mady konnte sogar noch die Falten erkennen, die immer dann entstanden, wenn das Kleidungsstück sorgfältig aufbewahrt wurde, und es kam ihr so vor, als hätte der Junge sie gerade erst angezogen. Am Kragen haftete eine Identifikationsplakette, aber kein Rangabzeichen. Insgesamt war er eine ziemlich ungewöhnliche Erscheinung im militärisch geführten Bereich der Erdorbitalstation. Vielleicht war er der Sohn eines höherrangigen Offiziers und durfte in den

Betrieb der Station hineinschnuppern, lange bevor das anderen gestattet wurde.

Das hieß aber auch, dass sie normal und ohne den Zwang, irgendwelche Ranghierarchien beachten zu müssen, mit ihm reden konnte. Sie beschloss, ihn anzusprechen. Falls er schon länger auf der Station war, konnte er ihr vielleicht sagen, in welche Richtung sie gehen musste, um Sektion C zu erreichen.

Er war schon beinahe an ihr vorbei, als sie endlich diesen Entschluss gefasst hatte.

„Warte", rief sie ihm nach.

Er hielt auf der Stelle inne und wandte sich mit einer exakt abgezirkelten Bewegung zu ihr um. Die Frage, warum sie ihn aufgehalten haben mochte, huschte wie ein Schatten über sein Gesicht und ließ ihn unvermittelt älter erscheinen.

Trotzdem dachte sich Mady nichts dabei, ihn zu duzen. „Kannst du mir helfen?"

„Ich weiß nicht. Das kommt darauf an, was Sie wünschen."

Nachdenklich zog Mady die Stirn in Falten. Die Stimme ihres Gegenübers klang jung, so jung, wie sie ihn auf den ersten Blick geschätzt hätte, trotzdem wirkte er im Grunde nicht wie jemand, der noch ein paar Jahre Schule vor sich hatte. Seine Haltung war abwartend und kontrolliert, und seine blauen Augen musterten sie so intensiv, als könne er Details ihres Erscheinungsbildes erfassen, die nicht einmal ihr selbst aufgefallen waren. Das war kein Blick, den sie von einem Fünfzehnjährigen erwartet hätte.

Er war nicht aufdringlich oder in anderer Weise unangenehm, nur ein wenig seltsam. Es schien ihr, als würde der Junge mit größter Aufmerksamkeit seine Umgebung sondieren und doch einen guten Teil seiner Gedanken nach innen richten, damit sie das Gesehene verarbeiteten und einordneten. 'Wache Augen' traf am ehesten auf die Art zu, mit der er sie anblickte. Früher hatte sie den Begriff nicht gemocht und ihre ältere Schwester belächelt, die ihn mit Vorliebe auf jedes Kind unter drei Jahren angewendet hatte, das ihr über den Weg gelaufen war, aber bei dem Jungen war er nicht verfehlt.

Und ihr Gefühl sagte ihr, dass er ihr tatsächlich den Weg zum Konferenzzimmer zeigen konnte. „Ich suche die Sektion C. Ich bin noch relativ neu auf der Station, deshalb finde ich mich noch nicht so gut zurecht."

Sie erwartete, dass er verständig nickte, so wie es alle taten, wenn sie einem Neuling auf die Sprünge helfen mussten, da jeder sich noch gut an die Zeit erinnern konnte, in der er selbst hilflos auf der Station umhergeirrt war, doch das Gesicht des Jungen blieb unbewegt.

„Bei diesem Problem kann ich Ihnen weiterhelfen", erwiderte er sofort. „Ich bin selbst auf dem Weg zur Sektion C. Welchen Raum suchen Sie?"

Mady musterte ihn irritiert. Es fiel ihr immer schwerer, ihn einzuschätzen. In Sektion C gab es keine Quartiere, sondern nur Büroräume, Besprechungszimmer und andere Verwaltungsstellen. Sie konnte sich nicht vorstellen, was ihn dorthin führen könnte.

„Raum 34", sagte sie.

Die Augenbrauen des Jungen gingen leicht in die Höhe. „Der große Konferenzraum?"

„Ja."

„Dann haben Sie das gleiche Ziel wie ich. Wollen Sie auch zu der Besprechung für den Einsatz gegen die Hewitts?"

„Sie etwa auch?", fragte Mady überrascht und schwenkte unwillkürlich auf eine förmliche Anrede um. Nun war sie sich überhaupt nicht mehr sicher, wen sie vor sich hatte. In Gedanken schalt sie sich einen Narren. Sie hatte sich vom ersten Eindruck täuschen lassen. Der Junge musste ein Kadett sein und wie sie aufgrund eines guten Testergebnisses zur Erdorbitalstation berufen worden sein. Vermutlich kannte sie ihn nur nicht, weil er einem anderen Team angehörte. Zwar war sie sich sicher, dass sie sein Gesicht nicht vergessen hätte, wenn sie es schon einmal gesehen hätte, aber das musste nichts heißen. Die anderen Teams waren bei der ersten Einsatzbesprechung noch nicht vollzählig gewesen. Er konnte also durchaus später hinzugestoßen sein.

Der Junge streckte ihr die Hand entgegen. „Duzen Sie mich ruhig. Ich bin Danny Sims."

Mady ergriff seine Hand und schüttelte sie. „Das Gleiche gilt dann aber auch für dich. Ich heiße Madelaine Thompson, aber das sagen nur die Offiziere. Du kannst mich Mady nennen, das tun die anderen in meinem Team auch."

„Was für ein Team ist das?", hakte er sofort nach.

Mady runzelte verwirrt die Stirn. „Weißt du nichts davon?"

„Nein."

Sie seufzte. Offenbar hatte sie sich schon wieder getäuscht, und nun gab sie es auf, ihn einordnen zu wollen. „Captain Wilding hat vier Teams gebildet, die aus jeweils zwei Piloten und acht Kanonieren bestehen", erklärte sie ihm. „In vier Schichten trainieren wir im Simulator für den Einsatz gegen die Hewitts."

„Das sind acht komplette Mannschaften", murmelte Danny; sein Gesicht wurde ausdruckslos und seine gesamte Aufmerksamkeit schien übergangslos nach innen gekehrt zu sein.

„Captain Wilding braucht genügend Ersatz", erwiderte Mady bitter.

Von einem Moment zum anderen waren Dannys Augen wieder ganz auf sie gerichtet. Sie schluckte. Sein intensiver Blick konnte einen durchaus nervös machen, doch er schien das nicht einmal zu bemerken.

„Ziehst du diesen Schluss aus den Ergebnissen des Trainings?"

„Ja. Unser Team war bislang ziemlich miserabel, und den anderen ist es nicht besser ergangen."

Danny versank jäh erneut in ein tiefes Grübeln. Mady schüttelte insgeheim den Kopf. Sie hatte noch nie jemanden kennengelernt, bei dem angespannte Aufmerksamkeit und selbstversunkene Nachdenklichkeit so dicht und so abrupt aufeinanderfolgten. Aber das machte sie erst recht neugierig.

„Du bist kein Soldat, oder?"

Sie sah, wie er aus seinen Gedanken hochschreckte, eine Sekunde zögerte, während sein Blick noch nach innen gerichtet war, dann wandte er sich ihr zu.

„Nein, jedenfalls noch nicht. Ich bin erst heute Mittag auf der Station angekommen, und ich denke, über meinen zukünftigen Status muss Captain Wilding noch befinden."

„Du weißt nicht, was auf dich zukommt?", fragte Mady verblüfft.

Er antwortete ihr mit einem Schulterzucken. „Nicht genau."

„Und welche Position wünschst du dir?"

Danny zögerte.

Mady winkte rasch ab. „Du musst es mir nicht sagen, wenn du nicht möchtest."

Er warf ihr einen entschuldigenden Blick zu, während sie langsam den Korridor hinunterschlenderten. „Ich möchte nicht unhöflich erscheinen, aber in dem Schreiben, das mich zur Erdorbitalstation rief, bin ich aufgefordert worden, über meine Ankunft und den Zweck meiner Reise zur Station vorerst Stillschweigen zu bewahren, und Captain Wilding hat nicht angedeutet, dass diese Anweisung nun nicht mehr gilt."

Mady schüttelte den Kopf. „Das ist merkwürdig."

„Findest du?"

„Ja. Natürlich gilt im militärischen Teil der Station eine gewisse Verschwiegenheit, aber so geheimnisvoll geben sich die Obersten selten. Die Mitglieder der vier Teams, die gegen die Hewitts eingesetzt werden sollen, wurden jedenfalls nicht dazu aufgefordert, anderen Soldaten gegenüber darüber den Mund zu halten."

„Vielleicht liegt es daran, dass ich als Zivilist auf die Station gekommen bin."

„Das ist möglich", gab Mady zu; gleichzeitig fiel ihr etwas anderes ein. „Bist du tatsächlich erst heute angekommen?"

„Ja."

„Das ist erstaunlich."

„Warum?“

„Weil du den Weg besser kennst als ich.“

Danny zuckte mit den Schultern. „Daran ist nichts Besonderes. Ich habe mir die entsprechende Karte angesehen.“

„Das habe ich auch, aber ich hatte schon wieder vergessen, wohin ich mich wenden muss, als der Fahrstuhl auf diesem Stockwerk ankam. Geht es dir nicht ähnlich?“

„Nein, ich vergesse nie etwas.“

Mady stutzte. Das waren ziemlich großspurige Worte, doch Danny hatte sie dahergesagt, als rede er über das Wetter. Und seine Miene war ernst, also hatte er auch keinen Witz gemacht.

„Damit besitzt du einen erheblichen Vorteil. Die Station ist so groß und unübersichtlich, dass ich ständig Sorge habe, mich zu verlaufen.“

„Falls du gegen die Hewitts zum Einsatz kommst, musst du dir darüber keine Gedanken mehr machen“, erklärte Danny trocken.

„Was meinst du damit?“, fragte Mady erschrocken.

„Der Aktionsradius der Mannschaften, die gegen die Hewitts fliegen, wird sich auf einen geringen Kreis beschränken.“

Mady stieß hörbar Luft aus. Für einen Moment hatte sie befürchtet, Danny wolle damit sagen, ihre Chancen seien so schlecht, dass sie ohnehin nicht lange genug überlebten, um sich über andere Dinge den Kopf zu zerbrechen. Das waren wohl nicht seine Gedanken gewesen, trotzdem verstand sie nicht genau, wovon er sprach.

„Wie kommst du darauf? Hast du von Captain Wilding bereits etwas in der Richtung erfahren?“

„Nein, ich habe nur nachgedacht. Im Einsatz gegen die Amöboiden zählt vor allem Schnelligkeit, deshalb werden die Crews sehr dicht neben dem Hangar ihre Quartiere besitzen.“

Mady runzelte die Stirn. „So habe ich das bislang noch nicht betrachtet, aber du hast sicher recht. Das hört sich logisch an.“

Und sie fragte sich, wieso gerade er darauf kam, während die, die schon seit Tagen auf der Station waren und für den Einsatz gedrillt wurden, keine Ahnung gehabt hatten. Offenbar besaß er nicht nur ‘wache Augen’, sondern war auch ein kluger Kopf. Und er wurde immer mehr zu einem Rätsel für sie. Wieso wurde ein Zivilist, noch dazu ein so junger, zur Erdorbitalstation gerufen und auch zur Einsatzbesprechung, in der es um den Kampf gegen die Hewitts ging, hinzugezogen? Welche Rolle sollte er bei der Verteidigung der Erde spielen?

Sie stellte mehrere Vermutungen an, aber keine davon schien passend zu sein. Es war einfach zu ungewöhnlich, was hier geschah, als dass sie sich einen Reim darauf hätte machen können. Und auch Danny Sims selbst war ungewöhnlich, das spürte sie, auch wenn sie nicht den Finger darauf hätte legen können. Fakt war, sein Alter und sein Auftreten standen im deutlichen Missverhältnis zueinander - vorausgesetzt natürlich, sie hatte sich nicht völlig verschätzt.

„Wie alt bist du?", platzte sie spontan heraus.

Danny zögerte, und sie hätte schwören können, dass er überlegte, ob genauere Informationen zu seiner Person auch unter das Gebot des Stillschweigens fielen, das man ihm auferlegt hatte.

„Siebzehn", antwortete er ihr schließlich und warf einen schnellen Blick in die Runde, so als fürchte er, er hätte zu viel gesagt und könne dafür bestraft werden.

Zumindest interpretierte sie sein Verhalten so, denn seine Miene zeigte kaum etwas von der Unsicherheit, die sie von einem Jugendlichen erwartete, der allein fern von Zuhause war.

„Siebzehn", wiederholte Mady nachdenklich. Sie hatte also doch nicht gänzlich daneben gelegen. Danny Sims war zu jung für den Dienst in der Erdflotte, er war sogar zu jung für die Akademie. Andererseits war er damit höchstens anderthalb Jahre jünger als sie selbst, und das war nicht viel.

Sie versuchte, einen Blick aus seinen blauen Augen aufzufangen, doch er hielt den Kopf gesenkt. Sie hatte fast den Eindruck, als vermeide er es absichtlich, sie anzusehen. Sie wurde wirklich nicht schlau aus ihm.

Trotzdem fragte sie nicht weiter. Im Verlauf der Besprechung würde sie ganz sicher mehr über ihn erfahren.

„Wir sind da", erklärte Danny übergangslos und wies nach vorn.

Mady hob ihren Blick und erkannte an der Signatur, die auf den beiden Hälften des Schottes dicht vor ihnen prangte, dass sie ihr Ziel tatsächlich erreicht hatten. Sofort kehrten ihre Aufregung und auch ihre Angst, die sie über ihrer Unterhaltung mit Danny für eine Weile vergessen hatte, zurück.

Das Schott teilte sich, als sie darauf zutraten, und gab den Blick auf Raum 34C, einen hohen, quaderförmigen Saal, frei. Zwei Drittel seiner Grundfläche wurden von sechs hintereinanderliegenden Bankreihen eingenommen, die jeweils zur vorhergehenden leicht angehoben waren, so wie Mady es aus den Hörsälen der Akademie kannte. Den Bänken gegenüber befand sich ein breites Pult, hinter dem fünf einzelne Sitze aufgestellt worden waren. Das Pult selbst verfügte nicht nur über Mikrofone, sondern auch über eine Kontrolleinheit, die sie sofort als Steuerungsgerät einer Holografie erkannte. Mit geübtem Blick fand sie in der Decke und im Boden die Projektionslinsen, aus denen die Holografie erschaffen werden konnte. Sie würde zwischen den Bänken und dem Pult entstehen.

Einige der Plätze im Saal waren bereits besetzt. Mady erkannte drei der Piloten, die auch an der ersten Einsatzbesprechung teilgenommen hatten. Sie saßen zusammen und waren in ein Gespräch vertieft. Da ihre

Gesichter ausnahmslos ernst und angespannt waren, vermutete sie, dass sie ihre Erfahrungen über ihre Misserfolge im Simulator austauschten.

Auch ein paar der Kadetten, die mit ihr zusammen zur Station heraufgebracht worden waren, und drei Fähnriche waren bereits anwesend. Sie verteilten sich in kleinen Grüppchen im Saal, doch niemand hatte bisher die erste Bankreihe in Anspruch genommen. Mady wunderte sich nicht darüber. Manches änderte sich eben nie, ganz gleich, ob man noch Kadett war oder bereits aktiven Dienst schob. Die einzige echte Veränderung wäre es, auf der anderen Seite der Holografie zu stehen, aber davon konnte sie im Augenblick nur träumen.

Sie hatte jedoch nichts dagegen, dass die erste Reihe noch frei war. Zielstrebig ging sie darauf zu und rutschte bis zu einem Platz in der Mitte durch. Danny folgte ihr und nahm neben ihr Platz.

„Von hier hat man den besten Blick auf die Holografie", erklärte sie ihm.

Er nickte stumm, und sein Blick huschte schnell über die beiden Projektionslinsen. Sie sah es, und es überraschte sie schon nicht mehr, dass er sie längst entdeckt hatte, obwohl die meisten anderen sie zeit ihres Lebens übersahen.

Aber die Holografie war nicht der einzige Grund, warum sie die erste Reihe bevorzugte. Ihr lag auch viel daran, die Gesichter ihrer Vorgesetzten deutlich erkennen zu können, vor allem wenn es um eine derart wichtige Angelegenheit wie die Hewitts ging. Oft wurde nicht alles ausgesprochen, was sie wissen musste, also musste sie zwischen den Zeilen lesen, und das gelang ihr am besten, wenn sie dabei die Offiziere gut im Auge hatte.

Obwohl das Chronometer, das unübersehbar über dem Eingang des Saals hing, erst 21.45 zeigte, nahm sie ihr Gespräch mit Danny nicht wieder auf, und auch er sagte nichts. Stattdessen schaute er sich im Raum um, lauschte den Gesprächen und erfasste nacheinander die Gesichter der anwesenden Personen, ihre Uniformen und ihre Abzeichen. Sie konnte sehen, dass es hinter seiner Stirn arbeitete, und das Blau seiner Augen hatte sich plötzlich vertieft, so konzentriert nahm er seine Umgebung in sich auf. Offenbar hatte er tatsächlich nicht angegeben oder übertrieben. Ein Blick in seine Augen ließ sie ohne Zweifel glauben, dass er nie etwas vergaß.

Für einen Moment wirbelten alle Ungereimtheiten, die Danny betrafen, in ihrem Kopf wild durcheinander. Sie versuchte, einen roten Faden zu finden, und fast wäre es ihr gelungen, doch da betrat Lieutenant Thornsburg den Raum, und ihre Gedanken entglitten ihr. Sie nahm den Blick nicht von Thornsburg, bis er sich gesetzt hatte. Er ließ sich ebenfalls in der ersten Reihe nieder, allerdings ganz am Rand. Ihr wäre es lieber gewesen, einen größeren Abstand zwischen sich und dem Lieutenant zu wissen.

Der Saal füllte sich, und bald waren alle acht Piloten, die leicht an ihren blauen Uniformen zu erkennen waren, und dreißig Kanoniere anwesend. Val und Jenn fehlten natürlich noch. Sie trafen als letzte ein, gerade als die Uhr auf 21.59 sprang, eilten zu zwei freien Plätzen hinüber und setzten sich. Keine zwanzig Sekunden nach ihnen betraten die Offiziere den Raum und nahmen ihre Plätze hinter dem Pult ein.

Wie schon bei der ersten Einsatzbesprechung kam Captain Wilding persönlich. Commander Birch begleitete sie, und in dem anderen Mann an ihrer Seite erkannte Mady Professor Sherman Hewitt. Augenblicklich bildete sich ein harter Knoten in ihrem Magen. Wenn Hewitt hier war, war die Sache wirklich ernst.

Die versammelten Soldaten sprangen von ihren Plätzen auf und salutierten; auch Danny folgte ihrem Beispiel. Captain Wilding entließ sie sofort wieder und forderte sie auf, sich zu setzen. Das Rascheln der Uniformen erfüllte für einen Moment den Raum, dann herrschte plötzlich atemlose Stille. Alle Augen waren auf den Captain der Station gerichtet.

Sie ließ sich Zeit. Ihr Blick wanderte über die Kadetten, Fähnriche und Lieutenants, streifte jeden von ihnen - und blieb bei Danny hängen. Einen Moment später sahen auch Sherman Hewitt und Greg Birch in die gleiche Richtung, der Professor mit unverhohlener Neugier, der Commander mit tief gerunzelter Stirn. Captain Wilding hingegen verzog keine Miene, ließ nicht erkennen, was sie über Danny dachte. Mady hatte sie bislang nur in der ersten Besprechung persönlich kennengelernt, dennoch ahnte sie, dass es für Captain Wilding ungewöhnlich war, eine derartige Pokermaske aufzusetzen. Verstohlen musterte sie Danny von der Seite. Allmählich wurde sie wirklich neugierig, was es mit ihm auf sich hatte.

Nach einer Weile erhob Captain Wilding ihre Stimme. „Diese Besprechung wird dazu dienen, die bisherigen Ergebnisse, die bei der Vorbereitung gegen einen erneuten Angriff der Hewitts“ - sie warf dem Professor einen kurzen, entschuldigenden Blick zu, und er nickte, wohl um zu zeigen, dass er gegen die Verwendung dieses für ihn wenig schmeichelhaften, aber eben praktischen Namens keine Einwände erhob - „erzielt worden sind, zusammenzutragen und eine Strategie für das Vorgehen gegen die Amöboiden festzulegen. Außerdem werden aus dem Kader der hier anwesenden Piloten und Kanoniere die beiden Crews bestimmt werden, die in erster Linie gegen die Hewitts zum Einsatz kommen sollen, während die anderen weiterhin im Simulator trainieren, um später die Schiffe zu bemannen, die in nächster Zeit fertiggestellt werden dürften. Sie alle werden in dieser Besprechung die Informationen erhalten, die Sie für die Bewältigung Ihrer Aufgaben benötigen.“

Mit einer Geste forderte sie Sherman Hewitt auf, seinen Bericht zu beginnen. Angespannt betrachtete Mady den Professor, der herzlich wenig mit dem Bild des verknöcherten, kurzsichtigen

Universitätsgelehrten gemein hatte, das sich seit ihrer Kindheit hartnäckig in ihrer Vorstellungswelt gehalten hatte, obwohl sie es mittlerweile natürlich besser wusste. Er war groß, besaß kurz geschnittenes, weißes Haar und einen ebenso weißen Schnauzbart. Seine Augen und sein Teint waren dunkel, von unzähligen Stunden, die er unter den Strahlen ferner Sonnen zugebracht hatte, gebräunt. Hörsäle sah er vermutlich nur selten von innen, und ganz sicher verbrachte er weitaus mehr Zeit damit, Neues und Unerklärliches zu erforschen, als damit, unbedarfte Studenten mit angestaubtem Wissen zu traktieren.

Er wirkte dynamisch, und es schien ihr, als würde er für jede seiner Bewegungen mehr Kraft verschwenden, als dazu eigentlich nötig war. Offenbar hatte er genug davon, obwohl er sicherlich älter als 55 Jahre war. Allerdings wünschte sich Mady, er hätte eine etwas ernstere Miene gemacht. Doch stattdessen leuchteten die Augen des Professors, sein Gesicht war vor Enthusiasmus leicht gerötet, und die Enden seines Schnauzbartes zuckten so wie die Barthaare einer Maus, die es gar nicht erwarten konnte, überall herumzuschnüffeln und ihre Nase in all die Dinge zu stecken, die sie eigentlich nichts angingen.

„Wie Sie vielleicht wissen, ist mein Name Sherman Hewitt", stellte sich der Professor vor. „Seit dem Auftauchen des Schwarms habe ich die Amöboiden untersucht und werde Ihnen nun mitteilen, welche Resultate sich aus meinen Forschungen bisher ergeben haben."

Mady seufzte im Stillen. Hewitt schien es tatsächlich kaum erwarten zu können, ihnen alles über die Amöboiden zu erzählen. So gesehen war er eben doch ein *echter* Professor.

Mit Hilfe einer Tastatur erweckte Sherman Hewitt die holografische Projektion zum Leben. Sie blitzte kurz auf, und nur Sekundenbruchteile später schwebte mitten im Saal ein annähernd kugelförmiges, weißliches Gebilde.

Mady hörte auf, den Professor zu mustern, und sah, wie sich Danny leicht vorbeugte. Sie tat es ihm gleich, um sich keine Einzelheit entgehen zu lassen; viel zu sehen war dennoch nicht, denn der Hewitt ließ keine besonderen Konturen erkennen. Auch seine fahle, weißliche Färbung, die sie an das Licht des Mondes erinnerte, gab wenig Aufschluss über seine Natur.

„Das hier ist ein Amöboid", erklärte der Professor. „Die Darstellung gibt nicht seine tatsächliche Größe wieder, ist aber maßstabsgetreu. Die Hewitts sind etwa faustgroß und besitzen eine kugelförmige Gestalt, die allerdings wandelbar ist."

Er betätigte einige Tasten, und die Gestalt des Hewitts veränderte sich. Zunächst zog sie sich zu einem Oval auseinander, wurde dann unregelmäßig und kehrte schließlich zur Kugelform zurück.

Mady verfolgte den Vorgang atemlos, ohne die Augen auch nur eine Sekunde von der Abbildung zu nehmen.

„Der Aufbau der Hewitts entspricht keiner anderen Lebensform, die bislang von Menschen beobachtet worden ist. Sie sind weder tierischer noch pflanzlicher Natur, und wenn ich ehrlich sein soll, ist uns der Stoffwechsel dieser Wesen ein absolutes Rätsel. Bislang lässt sich nur sagen, dass die Amöboiden nicht vollständig aus organischer Materie bestehen, sondern ein Teil ihres Körpers scheint auf der Grundlage hyperdimensionaler Energien zu beruhen."

Er machte eine Kunstpause und sah sich aufmerksam im Saal um. Mady schluckte hart. Wonach suchte er? Nach angespannter Faszination in den Gesichtern der Soldaten? Darauf konnte er lange warten. Die Begeisterung, die er selbst über die Fremdartigkeit der Amöboiden empfand, würde in diesem Saal niemand mit ihm teilen.

Mady konnte sich ja nicht einmal vorstellen, welche Konsequenzen sich aus den Erkenntnissen des Professors für den kommenden Einsatz und damit auch für sie selbst ergaben. Nur eins war leider überdeutlich: Die Hewitts würden noch viele Überraschungen für sie parat halten. Vermutlich würde nichts von dem, was sie in ihrer kurzen Zeit auf der Akademie bereits über Raumkämpfe gelernt hatte, auf die spezielle Bedrohung durch die Hewitts zutreffen. Sie stellten eine Gefährdung ganz eigener Art dar.

„Wir wissen nicht, wie es möglich ist, dass solche Wesen überhaupt existieren können", fuhr der Wissenschaftler mit gehobener Stimme und blitzenden Augen fort. „Sie entziehen sich allen Untersuchungsmethoden, die im Allgemeinen auf fremdartige Organismen angewandt werden; außerdem waren wir leider gezwungen, die Amöboiden so schnell es ging zu vernichten, um der Gefahr zu begegnen, dass sie weitere Menschen töten. Deshalb stehen uns nur wenige Ergebnisse zur Verfügung. Die genügen allerdings, um ein ebenso erschreckendes wie faszinierendes Bild zu zeichnen."

Mady hielt unwillkürlich die Luft an, und um sie herum vertiefte sich die Stille. Alle lauschten atemlos, während Hewitt weiter sprach.

„Die Amöboiden sind in der Lage, weite Hyperraumsprünge durchzuführen, sobald sie sich zum Schwarm zusammenschließen. Auch Einzelne von ihnen vermögen das, die Länge der Sprünge ist dann allerdings begrenzt. Beim Angriff auf die Erde wurde mehrfach beobachtet, wie die Hewitts unvermittelt aus einer Wand auftauchten. Messungen, die an einigen Stellen zufälligerweise erfolgt sind, machten deutlich, dass sie die Wände mit Hilfe kurzer Hyperraumsprünge durchquert haben. Die Reichweite dieser Sprünge dürfte zwischen zwei und sechs Metern liegen."

Ein unruhiges Murmeln erhob sich, und auch Mady fühlte sich nicht ganz wohl in ihrer Haut. „Das bedeutet, dass die Hewitts jederzeit in unser Raumschiff gelangen können", raunte sie Danny zu. Er nickte kaum wahrnehmbar, und seine Gedanken schienen wieder einmal weit fort zu sein.

Der Professor schien ausgezeichnete Ohren zu besitzen, oder es war ihm klar gewesen, zu welchem Schluss seine Ausführungen sie hatten kommen lassen müssen. „Sie haben ganz recht, Kadett. Die Wandung der *Joker* oder der *Ace* ist keinerlei Hindernis für die Hewitts. Wenn Sie den Einsatz unbeschadet überstehen wollen, müssen Sie unter allen Umständen vermeiden, eins der Wesen näher als sechs Meter an sich herankommen zu lassen, und das gilt sowohl für das Raumschiff als auch für Sie selbst."

Wenigstens wirkte er jetzt nicht mehr so aufgekratzt, sondern eher besorgt. Und das zu Recht! Mady schüttelte heftig den Kopf. Wie sollte unter derartigen Bedingungen ein Kampf gegen die Hewitts überhaupt möglich sein? Wie konnten sie es wagen, mitten im Schwarm zu operieren, so wie sie es in den Simulationen getan hatten? Das kam ihr angesichts der neuen Informationen geradezu selbstmörderisch vor.

„Ihrem Schweigen und Ihren Gesichtern kann ich entnehmen, dass Sie sich sehr wohl darüber im Klaren sind, welch großes Risiko ein Einsatz gegen die Amöboiden birgt", sagte Sherman Hewitt mit nun deutlich gedämpfter Stimme. „Leider wird es kaum möglich sein, die Gefahren auf ein geringeres Niveau zu senken."

Er warf Elaine Wilding einen fragenden Blick zu. Sie nickte, und er fuhr fort. „Sie kennen das Schicksal der Besatzung der *Arrow*. Sie haben versucht, den Schwarm aufzuhalten, sind aber innerhalb kürzester Zeit den fremden Organismen zum Opfer gefallen." Er betätigte einige Tasten, und statt eines Hewitts aus der Nähe war ein kompletter Schwarm zu sehen. Eine schimmernde Hülle umgab ihn.

„Wir wissen aus den Logbüchern der Schiffe der *Arrow-Wing*, dass der Schwarm mit einem starken Energiefeld umhüllt ist, das nach unseren bisherigen Erkenntnissen für unsere Waffen eine undurchdringliche Barriere darstellt. Deshalb konnte die *Arrow* von außen nicht gegen die Angreifer vorgehen. Das Schiff selbst hingegen ließ der Schirm ungehindert passieren, und es gelang der Crew daraufhin, im Inneren des Schwarms mehrere Schüsse abzufeuern, die einige der Hewitts vernichtet haben. Leider konnte die Besatzung nicht verhindern, dass die Amöboiden dichter als sechs Meter an die *Arrow* herankamen. Nach nicht einmal zwei Minuten war jeder an Bord von einem der fremden Organismen befallen worden."

Ein beklommenes Schweigen breitete sich im Konferenzraum aus, als sie der Toten gedachten.

Sherman Hewitt kappte die Stille mit einer knappen Handbewegung. „Ich will mich nicht lange über das äußern, was Sie tun können, um im Inneren des Schwarms zu überleben. Die Anweisungen dazu werden Ihnen Captain Wilding und Commander Birch geben. Ich werde Ihnen nur berichten, was mit einem Menschen geschieht, der von einem Hewitt berührt wird."

Mady fühlte, wie sich ihr Magen verkrampfte. Ihre Angst stand im Begriff, Substanz zu gewinnen.

„Die Berührung mit einem Hewitt wirkt auf einen Menschen wie ein starkes Nervengift. Wir wissen nicht genau, wie sie das anstellen, da sie keinerlei giftige Substanzen aussondern, sicher ist jedoch, dass sie das Nervensystem der berührten Person zum Zusammenbruch bringen. Die Synapsen entfalten ein Vielfaches ihrer normalen Aktivität, und das führt dazu, dass weitaus mehr Botenstoffe ausgeschüttet werden, als der Körper abbauen und regenerieren kann. Die Folge sind krampfartige Lähmungen und schließlich der Tod. Soweit wir es feststellen konnten, tritt der Herzstillstand lediglich eine halbe bis eine Minute nach der Berührung durch den Hewitt ein."

Mady stöhnte leise auf. Das bedeutete nicht weniger, als dass niemand, der bei einem Einsatz gegen die Hewitts berührt wurde, die Chance besaß, lebend daraus hervorzugehen.

„Ich sehe, dass Ihnen nicht wohl bei dem Gedanken daran ist", fuhr der Professor fort. „Zum Glück kann ich Ihnen auch eine optimistischere Perspektive bieten. Mit Hilfe meines Stabes habe ich eine Therapie entwickelt, die es ermöglichen sollte, einen Menschen zu retten, falls die Berührung durch den Hewitt nicht länger als sechs Minuten zurückliegt. Nach Ablauf dieser Zeitspanne kann allerdings kein Arzt der Welt mehr etwas für Sie tun."

Sechs Minuten - eine leichte Übelkeit erfasste Mady. Was waren schon sechs Minuten? Falls der Kampfplatz gegen die Hewitts nicht gerade direkt neben der Station lag, war es unmöglich, so schnell dorthin zurückzukehren. An ihren Aussichten hatte sich also nichts geändert, auch wenn der Professor geglaubt hatte, ihnen Mut zusprechen zu können.

Sie sah sich um, suchte Jenns Blick und fand in ihm einen Spiegel ihrer eigenen Angst. Mochte Jenn beim Abflug noch unbedarft gewirkt haben, inzwischen wusste sie längst, dass ihr Leben auf dem Spiel stand. Alle im Saal schwiegen bedrückt, selbst Thornsburg wirkte noch ein wenig bleicher als gewöhnlich. Die Aussicht, gegen derart abstruse Wesen kämpfen zu müssen, setzte ihnen allen zu.

Die Stille dauerte fast eine Minute an, dann nickte Captain Wilding Professor Hewitt zu. „Ich danke Ihnen für Ihren Bericht, Professor."

Hewitt lehnte sich zurück, ein Zeichen, dass er mit seinen Erklärungen am Ende war. Die Holografie ließ er jedoch bestehen, ein sichtbares Fanal der drohenden Gefahr.

„Gibt es von Ihrer Seite aus noch Fragen zu der Natur der Amöboiden?“, sprach Captain Wilding die anwesenden Soldaten an.

Mady schüttelte benommen den Kopf. Aus den Augenwinkeln heraus sah sie Danny ebenfalls wortlos verneinen; die meisten anderen blieben einfach stumm.

Captain Wilding nickte. „Gut, dann wird Commander Birch damit fortfahren, Ihnen das grundsätzliche Vorgehen gegen die Hewitts zu erläutern.“

Sie sah ihren Stellvertreter an. Commander Birch lehnte sich abrupt vor und betätigte die Tastatur. Der Schwarm verschwand, dafür zeigte die Holografie nun das System der Erde im Überblick.

„Als die Hewitts das erste Mal angriffen, erschien ihr Schwarm zweieinhalb Astronomische Einheiten von der Erde entfernt“, begann er, und er machte den Eindruck, als wolle er die Besprechung so rasch wie möglich hinter sich bringen; zumindest sprach er deutlich schneller, als Captain Wilding es getan hatte.

Mady wunderte sich nicht darüber. Commander Birch besaß den zweifelhaften Ruf, ein Effektivitätsfanatiker zu sein. Vermutlich dachte er, dass man ihnen allen die nötigen Informationen auch auf einem Datenpad hätte zukommen lassen können.

Hastig konzentrierte sie sich wieder, denn der erste Offizier hatte länger weiter gesprochen.

„Die Hewitts bewegten sich mit fünfzig Prozent der Lichtgeschwindigkeit auf die Erde zu und haben etwas mehr als vierzig Minuten benötigt, um die oberen Schichten der Erdatmosphäre zu erreichen. Dort hat sich der Schwarm aufgelöst und die Hewitts sind einzeln zur Oberfläche hinuntergestoßen, wobei sich ihre Geschwindigkeit noch einmal deutlich reduziert hat. Wir gehen davon aus, dass sich ein neuer Schwarm in gleicher oder zumindest sehr ähnlicher Weise verhalten wird.

Die beiden Mannschaften, die für den Einsatz gegen die Hewitts ausgewählt worden sind, werden sich, sobald ein Schwarm gemeldet wird, in ihre Schiffe begeben. Mit dem entsprechenden Training sollte es Ihnen möglich sein, innerhalb von fünf Minuten zu starten, und weitere fünf Minuten werden vergehen, bis Sie Ihre endgültige Verteidigungsposition erreicht haben. Da die Schiffe mit Hilfe eines Kurzsprungs an den Schwarm herangeführt werden, verbleiben somit noch etwa 30 Minuten, um die Amöboiden aufzuhalten, und das müsste laut unserer Berechnungen genügen. Damit bleibt Ihnen die Qual erspart, in Ihren Schiffen im Weltraum Patrouille zu fliegen.

Trotzdem sollte Ihnen klar sein, dass Sie sich, solange die Gefahr durch die Hewitts nicht gebannt ist, in einem permanenten Alarmzustand befinden werden. Das Training aller Teams geht weiter, allerdings werden Sie mit Beginn Ihrer nächsten Schicht Simulationen fliegen, die den Bedingungen im Schwarm noch exakter angepasst sind. Die Teamführer werden im Anschluss an die Sitzung die erweiterten Trainingsprotokolle von mir erhalten."

Die vier dienstältesten Piloten nickten knapp.

Commander Birch wartete ihre Bestätigung kaum ab. „Wir werden alles tun, um Sie alle, besonders aber die Besatzungen der *Joker* und der *Ace*, auf die Ihnen bevorstehende Aufgabe sinnvoll vorzubereiten. Tatsache ist leider, dass wir noch immer nur sehr wenig über die Hewitts wissen, und das kann unsere Taktik schließlich doch zum Scheitern verurteilen. In Ihrem und im Interesse der Erde hoffe ich, dass das nicht der Fall sein wird."

Es kostete Mady einige Mühe, nicht scharf Luft einzuziehen. Der Tonfall des Commanders war leicht säuerlich gewesen, so als sei er ein Theaterintendant, dem durch ein unvorhergesehenes Ereignis eine sorgsam geplante Aufführung ruiniert wurde. Dabei sprach er hier über ihren möglichen Tod!

Commander Birch achtete weder auf sie noch auf andere Reaktionen. „Professor Hewitt hat Sie bereits darüber informiert, wie die Amöboiden in die Schiffe eindringen können", hastete er in seinem Bericht weiter. „Falls das geschehen sollte, bedeutet es nicht unbedingt Ihren Tod. Wie sich herausgestellt hat, lassen sich die Hewitts durch einen gezielten Schuss aus einer Handfeuerwaffe töten. Wir werden also jeden von Ihnen mit einer Strahlenpistole ausrüsten. Falls es einem Hewitt gelingen sollte, zu Ihnen in die Geschützkanzel vorzudringen, verlieren Sie nicht die Nerven. Bleiben Sie ruhig und schießen Sie, sobald Sie das Wesen sicher erfasst haben. Allerdings sollten Sie genau zielen, denn eine zweite Chance werden Sie vermutlich nicht bekommen. Die Hewitts können sich sehr schnell bewegen. Mit dieser Fähigkeit der Amöboiden werden Sie sich ohnehin noch auseinandersetzen müssen."

Anders als der Professor hielt sich der Commander nicht damit auf, sich zu vergewissern, dass niemand mehr Fragen hatte. Er fuhr rasch fort.

„Falls ein Hewitt eindringen und es ihm trotz Ihrer Gegenwehr gelingen sollte, Sie zu berühren, wird die Mission sofort abgebrochen und das Ersatzschiff übernimmt den Einsatz. Wie Sie vorhin erfahren haben, sind nur sechs Minuten Zeit, um Sie in einem solchen Fall zu retten. Es ist vorgesehen, dass der Ausfall eines Geschützmanns über ein Warnsignal dem Piloten gemeldet wird, der danach sofort einen Notkurzsprung einleitet. Die Koordinaten werden von der Erdorbitalstation aus in die Navigationscomputer eingespeist werden und das Schiff bis auf eine geringe Distanz an die Station heranführen. Die verbleibende Zeit müsste dem Piloten genügen, das Schiff in den Hangar zu steuern. Ein medizinisches Notfallteam unter der Leitung von Professor Hewitt wird dort stets bereitstehen und darauf vorbereitet sein, das Wesen zu entfernen und alle erdenklichen Wiederbelebungsmaßnahmen zu ergreifen."

Trotz des wenig einfühlsamen Vortragstils des Commanders atmete Mady auf. Die düstere Vision, die Sherman Hewitt durch seinen Bericht gezeichnet hatte, begann sich ein wenig aufzuhellen. Zwar war die Gefahr nicht wirklich geringer geworden, doch ihre Chancen, einen Einsatz zu überleben, schienen immerhin etwas besser zu sein, als sie befürchtet hatte.

Commander Birch ließ ihr keine Zeit für weitere Überlegungen. „Ich werde Ihnen nun erklären, wie der Angriff auf den Schwarm erfolgt."

Die Holografie änderte sich erneut und zeigte die nähere Umgebung der Erde, die Erdorbitalstation und eine ganze Anzahl weiterer Lichtpunkte. „Was Sie dort sehen, ist eine große Staffel Abfangjäger. Sie werden eine Halbkugel zwischen der Erde und dem anrückenden Schwarm bilden. Der Schwarm selbst wird zunächst von unbemannten Verteidigungsdrohnen angegriffen werden. Da die *Arrow* in den Schwarm einfliegen konnte, sollte das auch den Robotern möglich sein. Gelingt der Plan, werden die Drohnen den Schwarm von innen heraus unter Beschuss nehmen und zerstreuen. Verschiedene Berechnungen und Simulationen zeigen, dass das Energiefeld nur durch eine bestimmte Anzahl der Hewitts aufrechterhalten werden kann. Werden achtzig Prozent von ihnen abgeschossen, erlischt der Schild, und in diesem Moment können auch die Jäger eingreifen und die Reste des Schwarms vernichten. Damit wäre der Einsatz der *Joker* und *Ace* unnötig und Ihre Leben müssten nicht in Gefahr gebracht werden."

Ein Raunen ging durch den Saal. Mady konnte kaum glauben, was sie eben gehört hatte. Es schien, als hätte sie sich ihre Sorgen umsonst gemacht. Doch so einfach konnte es nicht sein, und da sah sie auch schon, wie Sherman Hewitt unruhig wurde und den Blick des Commanders suchte, als wolle er ihn an etwas erinnern. Greg Birch nickte leicht. Was auch immer der Professor ihm hatte mitteilen wollen, er schien es nicht vergessen zu haben.

„Professor Hewitt vermutet allerdings, dass die Drohnen den Schirm des Schwarms nicht durchdringen können." Er sah zu Sherman Hewitt hinüber. „Professor, erklären Sie kurz, worauf Sie Ihre These stützen."

Hewitt nickte und ergriff erneut das Wort. „Wir kennen weder die Ziele noch die Motive der Hewitts, doch es besteht kein Zweifel daran, dass sich die Amöboiden in irgendeiner Weise von Menschen angezogen fühlen. Ihr Weg führte sie geradewegs zur Erde, also dorthin, wo sich die größte Menschenansammlung in diesem System befindet. Hinzu kommt das seltsame Verhalten des Schwarms gegenüber der *Arrow*. Die Schüsse konnten den Schild nicht durchdringen, also ist er zumindest für Energie nicht passierbar, die *Arrow* selbst aber konnte problemlos in den Schwarm einfliegen. Allerdings hat sie den Schirm nicht etwa mit Hilfe kinetischer Energie und durch ihre schiere Masse durchstoßen, sondern die Logbücher und Aufzeichnungen, die die *Arrow* während des Angriffs gemacht hat, bestätigen einwandfrei, dass sich der Schild vor dem und für das Schiff geöffnet hat."

Die Holografie veränderte sich ein weiteres Mal und gab wieder, was geschehen war, als sich das Flaggschiff des Abfanggeschwaders den Hewitts entgegengestellt hatte. Obwohl es nur eine vom Computer simulierte Aufbereitung der Geschehnisse war, zog die Szenerie Mady in ihren Bann. Es war gut zu erkennen, wie der Schild vor der *Arrow* zurückwich, und sie hätte schwören können, dass auch die Hewitts im Inneren des Schwarms eine Gasse freigaben, die dem Schiff den Einflug ermöglichte.

„Aber wieso sollten sie das tun?", entfuhr es ihr. Gleich darauf hätte sie sich am liebsten auf die Zunge gebissen, denn der Captain, der Commander und der Professor wandten sich ihr zu. Auch Lieutenant Thornsburg sah zu ihr herüber, und sie erkannte in seinen Augen Verachtung über ihre Disziplinlosigkeit. Doch wenigstens schien der Professor nicht über ihre Unterbrechung erbost zu sein.

„Das ist eine gute Frage", stellte er sachlich fest. „Tatsächlich haben sich die Hewitts selbst geschadet, indem sie dem Schiff den Einflug in den Schwarm gewährten, da die Besatzung der *Arrow* anschließend auf sie schießen konnte. Offenbar hat sich an Bord der *Arrow* etwas befunden, was für die Hewitts so wichtig war, dass sie dafür einige Mitglieder ihres Schwarms geopfert haben."

„Menschen", flüsterte Danny so leise, dass Mady ihn kaum verstand, und auch Professor Hewitt hatte das Wort sicherlich eher von seinen Lippen abgelesen, als dass er es gehört hatte.

„Das ist richtig", bestätigte er. „Nach allem, was wir über die Amöboiden wissen, sind sie allein daran interessiert, Menschen zu berühren. Was sie den Menschen antun, und wieso sie an den Körpern kleben bleiben, auch nachdem ihre Opfer gestorben sind, ist nicht klar. Vielleicht handelt es sich um irgendeine Art der Nahrungsaufnahme, die nicht vorzeitig unterbrochen werden kann."

Mady schauderte. Menschen als Nahrung für die Hewitts - das war ein reichlich makaberer Gedanke.

„Alles in allem befürchte ich, dass die Hewitts sehr wohl die Möglichkeit besitzen, darüber zu entscheiden, wer oder was in ihren Schwarm eindringt. Den Verteidigungsdrohnen werden sie es vermutlich nicht gestatten, da bin ich mir so gut wie sicher. Die Roboter besitzen nichts, was die Hewitts interessieren könnte. Deshalb habe ich den Captain und die anderen verantwortlichen Stellen darauf hingewiesen, nicht allein auf eine mechanische, ferngelenkte Verteidigung zu setzen, sondern auch Schiffe zu bemannen, die im Notfall die Aufgabe der Drohnen übernehmen können."

Der plötzliche Ernst, mit dem der Professor sprach und der so gar nicht mehr seiner Begeisterung vom Anfang glich, erschreckte Mady, und sie glaubte ihm jedes Wort.

Commander Birch fuhr indessen mit seinen Erläuterungen fort. „Die Erdflotte hat dafür gesorgt, dass im gesamten System der Erde zusätzliche Sonden installiert worden sind, die das Eindringen der Hewitts melden können. Wir werden somit auf jeden Fall rechtzeitig gewarnt sein. Tauchen sie erneut auf, werden zunächst nur die Verteidigungsdrohnen zum Einsatz kommen. Behält der Professor recht und es gelingt den Robotern nicht, den Schild zu durchstoßen, wird die *Joker* den Schwarm anfliegen. Damit Sie eine möglichst gute Ausgangslage erhalten, wird die *Joker* einen kurzen Hyperraumsprung durchführen, der das Schiff in die Mitte des Schwarms befördert.

Da die Computer der Prototypen für einen so genauen Sprung externe Unterstützung benötigen, wird die Funkleitzentrale, die extra für diesen Zweck eingerichtet wird, die Berechnung übernehmen und an die *Joker* übertragen. Der Endpunkt des Sprungs und die Sekunde des Eintauchens in den Schwarm stellen den kritischen Moment dar. Allerdings ist anzunehmen, dass die Hewitts durch die leichte Schockwelle, die die *Joker* durch ihr Auftauchen verursachen wird, bis mindestens hundert Meter von der Außenhülle des Schiffs her gesehen auseinandergetrieben werden. Damit besitzen Sie eine ausreichende Sicherheitsspanne, selbst wenn man bedenkt, dass sich die Hewitts schnell bewegen können und auch die *Joker* innerhalb des Schwarms nicht stillstehen wird."

Mady starrte den ersten Offizier ungläubig an. Es ist anzunehmen, hatte er gesagt, es ist *anzunehmen* und nicht etwa, wir sind uns sicher oder es wurde berechnet! Sie ballte die Hände zu Fäusten, bis ihre Knöchel weiß hervortraten und zu schmerzen begannen. Es durfte einfach nicht wahr sein, doch so, wie es aussah, hing das Leben der Besatzungen von einer bloßen Hypothese ab. Das war weit weniger als der berüchtigte seidene Faden.

„Die Hewitts selbst sind nicht das einzige Problem, mit dem die angreifenden Schiffe zu kämpfen haben werden", erklärte Commander Birch weiter. „Der letzte Schwarm besaß eine annähernde Kugelform und einen Durchmesser von vier Kilometern. Sie können sich vielleicht vorstellen, wie schwierig es ist, innerhalb eines derart kleinen Zielgebiets zu bleiben, das sich selbst mit hoher Geschwindigkeit fortbewegt. Damit die Navigation nicht zu einer unlösbaren Aufgabe wird, wird das Schiff halb automatisch fliegen. Der Computer wird so mit der Steuerung verknüpft sein, dass jedem Flugmanöver der *Joker* automatisch der Bewegungsvektor des Schwarms hinzugefügt wird. Im Klartext bedeutet das, dass der Schwarm relativ zum Schiff stillsteht, so wie Sie es bislang auch in Ihren Simulationen erlebt haben. Das Einzige, worum sich die Piloten kümmern müssen, sind die Bewegungen der Hewitts innerhalb des Schwarms."

Mady hatte dem Commander verblüfft zugehört. Das war wieder einmal eine Entwicklung, mit der sie nicht gerechnet hatte. Sie warf rasch einen Blick zu der Seite, an der Lieutenant Thornsburg saß. Auch er wirkte überrascht, also hatte er ebenfalls nichts davon gewusst.

Da Danny zwischen ihr und dem Lieutenant saß, konnte sie auch seine Reaktion erkennen. Er verzog keine Miene, nickte sogar verhalten. Es schien, als hätte er eine derartige Vorgehensweise vorausgesehen. Sie bedachte ihn mit einem fragenden Blick, aber er sah ihn nicht, sondern war vollständig auf den ersten Offizier der Station konzentriert, der mit seiner Darstellung der Verteidigungsmaßnahmen noch nicht am Ende war.

„Sobald die *Joker* achtzig Prozent der Hewitts ausgeschaltet hat, wird sich das Schirmfeld auflösen und die Abfangjäger und die *Ace* können sich an der endgültigen Vernichtung des Schwarms beteiligen. Leider ist es nicht möglich, beide Schiffe zur gleichen Zeit in den Schwarm zu schicken. Sie würden sich gegenseitig behindern oder gar beschädigen, denn der Schwarm ist, wie ich bereits erwähnte, nicht besonders groß. Auch für ein Schiff allein wird das keine einfache Aufgabe. Beim letzten Schwarm standen die zwei Millionen Organismen in kleineren und größeren Ballungen zusammen, die manchmal nur sechzig Meter voneinander entfernt waren, und zwischen ihnen gab es auch einzelne der Wesen. Natürlich gibt es aufgrund der Kleinheit der Hewitts innerhalb des Schwarms auch ausgeprägte freie Bereiche, das heißt, die Organismendichte ist insgesamt betrachtet nicht sonderlich hoch, aber die Amöboiden bewegen sich schnell, und die *Joker* wird ihre Geschwindigkeit dem anpassen müssen. Wenn man bedenkt, dass das Schiff selbst eine Kantenlänge von 36 Metern besitzt, wird die Schwierigkeit der Aufgabe deutlich. Daher wird sich die *Ace* stets im Hintergrund halten und auf die Auflösung des Schwarms warten oder die Stelle der *Joker* übernehmen, falls diese vorzeitig ausfällt."

Inständig betete Mady, dass sie nicht für die Besatzung der *Joker* eingeteilt werden würde. Sollte doch Thornsburg in die Höhle des Löwen fliegen, wenn er so nach Ruhm gierte! Ihr war ihr Leben lieber. Noch besser wäre es jedoch, wenn die Hewitts eine einmalige Erscheinung bleiben würden.

Captain Wilding stand auf. „Ich kann Ihren Gesichtern ablesen, dass keiner von Ihnen gern gegen die Hewitts fliegen wird. Ich ahne auch, wie sehr Sie sich wünschen, sie würden nicht mehr wiederkommen, doch ich fürchte, genau das wird geschehen. Als das Flaggschiff der Verteidigungsstaffel *Arrow-Wing* mit dem Schwarm Kontakt aufzunehmen versuchte, sandte er ein Signal aus, das ein großes Hyperpotenzial und die Qualität eines Richtstrahls besaß. Ohne jeden Zweifel haben die Hewitts mit seiner Hilfe ihrer Heimatwelt mitgeteilt, wo sich unsere Sonne befindet. Die Konsequenz können Sie sich selbst leicht ausmalen."

Das konnte Mady allerdings, und den anderen schien es genauso zu gehen. Bevor es jedoch unruhig im Saal werden konnte, ergriff Captain Wilding erneut das Wort. „Ich werde jetzt die beiden Mannschaften benennen, die der *Joker* und der *Ace* zugewiesen wurden, wodurch auch Ihre Aufgaben während eines Angriffs der Hewitts festliegen. Die Einteilung erfolgte aufgrund der Ergebnisse im Simulator und in Absprache mit Admiral Jennings, der, wie Sie wissen, die Verteidigungsmaßnahmen der Erde gegen die Hewitts koordiniert."

Mady schlug das Herz bis zum Hals. Die Spannung, die über allen im Raum hing, war plötzlich fast greifbar geworden. Elaine Wilding ließ sie nicht lange warten.

„Die Geschütze der *Joker* werden von folgenden Personen besetzt: Valerie Haver, Elisabeth Craine, Madelaine Thompson und Jennifer Goddard."

Mady erstarrte, und ihr Herz setzte einen Schlag lang aus. Sie war für die *Joker* eingeteilt! Sie flog in vorderster Front!

„Die Geschützmänner der *Ace* sind Robert Connay, John Raff, Gary Kaley und Alexander Dow", fuhr Captain Wilding fort.

Mady schaffte es irgendwie, sich umzudrehen und die Reihen hinaufzublicken. Sie erkannte viele erleichterte Gesichter und ein paar, die so bleich waren, wie ihres sein musste. Sie hatte das Gefühl, als wäre sämtliches Blut aus ihren Wangen gewichen.

Ihr Blick fiel auf Thornsburg. Sie wusste, dass er gut war, aber hoffentlich war er nicht der Beste gewesen. Sie wollte nicht mit ihm fliegen. Beinahe flehend sah sie in Captain Wildings Richtung.

Der Captain setzte eine feierliche Miene auf. „Den Pilotensitz der *Ace* wird Lieutenant Thad Thornsburg übernehmen."

Mady atmete erleichtert auf, gleichzeitig huschte ein Grinsen über ihr Gesicht. Da Val so offensichtlich helle Typen bevorzugte, hätte sie in diesem Moment noch mehr Freude an Thornsburg gehabt, denn so bleich wie in dieser Sekunde hatte sie ihn noch nie gesehen. Für einen Mann mit seinem Ehrgeiz musste es unvorstellbar sein, dass er nur das Ersatzschiff flog. Aber wer mochte besser als er gewesen sein?

Sie schaute sich noch einmal um, sah den anderen Piloten ins Gesicht, doch die blickten sich gegenseitig ratlos an.

Und da fiel ihr plötzlich auf, dass Danny steif wie ein Brett neben ihr saß und seine gesamte Aufmerksamkeit so ausschließlich auf Captain Wilding gerichtet hatte, als hinge sein Leben von ihr ab.

Aber er konnte doch nicht im Ernst erwarten, dass man ihn gegen die Hewitts fliegen ließ! Er war viel zu jung, und er war kein ausgebildeter Pilot. Oder vielleicht doch? Objektiv betrachtet sprach sein geringes Alter nicht dagegen.

Captain Wilding sah Danny ihrerseits an und nickte leicht. „Der Pilot der *Joker* ist Danny Sims."

Danny atmete tief durch, schloss für eine Sekunde die Augen, und als er die Lider wieder hob, jagten zum ersten Mal für sie erkennbare Gefühle wie Wolken an einem sturmgepeitschten Himmel offen über sein Gesicht: Freude, Erleichterung, Sorge und auch Furcht.

Mady starrte ihn verblüfft an. Sie konnte es nicht fassen! Er sollte ihr Pilot werden?! Wer in aller Welt war dieser Danny Sims, dass er am Nachmittag auf die Erdorbitalstation kommen konnte und schon am Abend der wichtigste Mann bei der Verteidigung der Erde war?

Ein unruhiges Raunen ging durch den Saal. Viele sahen sich um, suchten nach einem Gesicht, das sie nicht kannten, und fanden es bei Danny. Bald stand er im Mittelpunkt der allgemeinen Aufmerksamkeit.

Captain Wilding ließ sich von den Reaktionen nicht ablenken. „Lieutenant Yate, Sie werden aus dem Team von Lieutenant Thornsburg abgezogen und in ein anderes versetzt, das sich zurzeit im Aufbau befindet. Sie werden dort die Teamführung übernehmen."

„Aye, aye, Captain", klang Michaels Yates Stimme heiser durch den Raum.

„Die Besatzungen der *Joker* und der *Ace* werden weiterhin unter der Führung von Lieutenant Thornsburg trainieren, ab morgen aber bereits zur Vormittagsschicht antreten. Lieutenant Hearley rückt mit seinem Team in die Nachmittagsschicht."

Lieutenant Thornsburg und Lieutenant Hearley bestätigten den Befehl, doch beide sahen eher in Dannys als in ihre Richtung. Captain Wilding fuhr ungerührt fort.

„Die Kadetten einschließlich Mr. Sims erhebe ich mit sofortiger Wirkung in den Rang eines Fähnrichs. Commander Birch wird Ihre Namen verlesen, Sie treten vor und nehmen Ihr neues Abzeichen entgegen."

Der Commander tat, wie ihm geheißen wurde, rief die ehemaligen Kadetten auf und übergab ihnen ein kleines Kästchen, in dem sich der dreistrahlige Stern, das Abzeichen eines Fähnrichs, befand. Mady klopfte das Herz bis in den Hals, als sie ihres entgegennahm, doch noch heftiger schlug es gegen ihre Rippen, als Danny nach vorn trat.

Der Commander hatte ihn, entgegen der alphabetischen Reihenfolge, die er zuvor eingehalten hatte, zuletzt aufgerufen. Die Unruhe im Raum breitete sich sprunghaft weiter aus, als auch die letzten Soldaten nun sehen konnten, wer Danny war, und nahezu alle im Saal starrten ihn an. Auch Mady konnte ihre Augen nicht von ihm nehmen, und Lieutenant Thornsburg schien ihn mit seinen Blicken geradezu durchbohren zu wollen.

Danny war sich, wie es ihr schien, des Starrens der anderen durchaus bewusst, zumindest sah er sich aufmerksam um und erfasste die Gesichter der übrigen im Raum mit einer Intensität, die sie erstaunte und ihr selbst kaum möglich gewesen wäre, obwohl er jeden Einzelnen nie länger als ein oder zwei Sekunden anschaute.

Captain Wilding griff ein, bevor erste fragende Stimmen laut werden konnten. „Normalerweise halte ich nichts davon, meine Anordnungen zu begründen", erklärte sie mit gehobener Stimme, die jedes noch so leise Geflüster sofort zum Verstummen brachte, „doch in diesem besonderen Fall werde ich eine Ausnahme machen. Mr. Sims' Gesicht ist Ihnen nicht bekannt, weil er erst heute auf der Erdorbitalstation angekommen ist. Trotzdem hat er den Pilotensitz der *Joker* erhalten, und ich werde Ihnen auch sagen warum: Fähnrich Sims wurde von mir im Simulator in vier aufeinanderfolgenden Missionen getestet. Er hat jedes Mal eine hundertprozentige Abschussquote erreicht, keinen einzigen Kanonier verloren und die Missionen stets in weniger als 25 Minuten abgeschlossen."

Irgendjemand stieß einen erstickten Laut aus, ein anderer lachte gepresst, und Mady riss fassungslos die Augen auf. Das war unmöglich! Von einem solchen Ergebnis waren Lieutenant Thornsburg und Lieutenant Yate noch Lichtjahre weit entfernt - falls sie es überhaupt jemals schafften, woran sie starke Zweifel hegte -, und zumindest Thornsburg musste einer der besten Piloten im Training gewesen sein, ansonsten hätte er nicht den Pilotensitz der *Ace* bekommen. Wie also konnte Danny das nur vollbracht haben? Wie war es möglich, dass ...

Ihre Gedanken stoppten, als ihr plötzlich klar wurde, was das Ergebnis des Simulatortests bedeutete. Mit einem Mal fügte sich alles zusammen: Dannys geringes Alter und die Tatsache, dass er dennoch zur Erdorbitalstation gebeten worden war; die Mühelosigkeit, mit der er sich in der Station zurechtgefunden hatte; seine Ungezwungenheit, als er gesagt hatte, er würde nie etwas vergessen; Sherman Hewitts neugieriger Blick und Commander Birchs Skepsis und nicht zuletzt die Geheimniskrämerei ergaben plötzlich ein klares, eindeutiges Bild. Danny war ein Gambler! Er musste einer sein, anders waren seine Leistungen nicht zu erklären.

Ungläubig starrte sie ihn an, so wie fast jeder im Raum es tat. Dannys Haltung wurde übergangslos noch starrer als zuvor.

„Ich habe noch nicht so viel Erfahrung mit dem Simulator. Ich werde sicher noch besser werden", erklärte er entschuldigend.

Eine Frau stöhnte leise auf. Mady konnte nicht erkennen, wer es war, doch das Schweigen, das sich daraufhin im Raum ausbreitete, sprach Bände. Sie selbst hätte am liebsten die Hände vors Gesicht geschlagen und den Kopf geschüttelt. Es konnte nicht wahr sein, dass Danny bei diesem fantastischen Ergebnis glaubte, er würde *kritisiert* werden!

Nur Captain Wilding blieb von der allgemeinen Erschütterung unberührt, was aber nicht weiter verwunderlich war, immerhin musste sie gewusst haben, wen sie zu sich auf die Station kommen ließ. „Sie brauchen sich nicht zu entschuldigen, Fähnrich Sims. Ihre Leistungen waren bereits jetzt deutlich besser als die der anderen, sodass es mehr als gerechtfertigt erscheint, Ihnen den Pilotensitz der *Joker* anzuvertrauen."

„Danke, Captain", entgegnete Danny. Seine Stimme klang ruhig und beherrscht, lediglich ein wenig zu tonlos.

Mady konnte nicht umhin, ihn für seine Selbstbeherrschung zu bewundern. Hätten auf ihr so viele Blicke geruht wie auf ihm in diesem Augenblick, hätte sie wohl kein einziges Wort herausgebracht. Die meisten glotzten ihn an, als sei ihm plötzlich ein zweiter Kopf gewachsen, und er musste sich fühlen wie ein Fisch im Aquarium, doch er zeigte es nicht.

Trotzdem tat er ihr leid. Energisch rief sie sich selbst zur Ordnung und schaffte es endlich, ihren erstaunten Blick von ihm loszureißen. Es war nicht fair, ihn derart anzugaffen.

Aber da gab es die Gerüchte über die Gambler, Gerüchte, die vermutlich den meisten im Saal im Augenblick durch den Kopf gingen. Sie hatte schon viele seltsame Geschichten über die Gambler gehört. Ihre Fähigkeiten als Piloten und Spieler waren legendär, ihr Orientierungsvermögen unschlagbar und ihr Gedächtnis absolut, und all das schien nicht nur Gerede zu sein. Danny war der lebende Beweis dafür, dass es stimmte, andernfalls wäre er niemals Pilot der *Joker* geworden.

Daneben existierten allerdings noch weitere, weit weniger schöne Gerüchte, doch sie weigerte sich, ihnen Raum in ihrem Denken zu geben. Es war ihr stets viel daran gelegen gewesen, sich ihr eigenes Urteil zu bilden, und Danny hatte auf sie bislang lediglich einen etwas seltsamen, aber insgesamt doch netten Eindruck gemacht. Ganz sicher war er nicht viel anders als jeder andere Mensch, wenn man sich nur die Mühe machte, ihn näher kennenzulernen.

Ein merkwürdiges Gefühl war es dennoch, neben jemandem zu sitzen, der so jung war wie Danny und trotzdem besser fliegen konnte als jeder ausgebildete Pilot der Erdflotte.

Captain Wilding unterbrach ihre Gedanken. „Bevor ich die Sitzung schließe, möchte ich Ihnen noch einmal Gelegenheit dazu geben, Fragen zu stellen. Sie alle, allen voran natürlich die Crews der *Joker* und der *Ace*, werden bald für die Verteidigung der Erde ihr Leben riskieren, deshalb sagen Sie es frei heraus, falls Ihnen etwas unklar sein sollte."

Eine Frage hing tatsächlich spürbar im Raum, doch niemand sprach sie aus, vielleicht deshalb nicht, weil sie eigentlich schon beantwortet, die Antwort nur nicht bestätigt worden war. Danny musste ein Gambler sein. Eine andere Möglichkeit gab es nicht.

Captain Wilding ergriff nach einer kurzen Pause wieder das Wort. „Da Sie keine Fragen mehr haben, werde ich die Sitzung beenden. Sie alle sollten sich ausruhen, damit Sie für das morgige Training bereit sind. Das gilt besonders für die Besatzungen der Prototypen. Sie haben die längste Zeit im Simulator verbracht. Die Hewitts können jederzeit wiederkommen, und mit jedem Tag, der verstreicht, wird das wahrscheinlicher. Deshalb werden Sie schon sehr bald im Weltraum trainieren und dort mit Bedingungen konfrontiert werden, die Sie auch bei einem realen Angriff der Hewitts vorfinden werden."

Damit schloss sie die Sitzung endgültig. Die Mitglieder der vier Teams blieben wie erstarrt auf ihren Plätzen sitzen und sahen sich gegenseitig an. Es sprach kaum jemand, dazu war zu viel gesagt worden, was erst einmal verdaut werden musste. Nur eins fiel Mady auf: Lieutenant Thornsburg warf Danny einen langen, unfreundlichen Blick zu, der nur wenig Gutes verhieß. Vermutlich würde der arme Kerl sehr bald mit den liebenswerten Umgangsformen ihres Teamführers Bekanntschaft machen, obwohl der ihm, falls Danny wirklich ein Gambler war, sicherlich nicht das Wasser reichen konnte und ihn schon gar nicht würde ausbilden können.

Mady beschloss, Danny zu warnen, damit Thornsburgs Gebrüll ihn nicht so unvorbereitet traf, wie das bei ihr der Fall gewesen war.

24. Kapitel

Nach dem Ende der Versammlung verließen Captain Wilding, Commander Birch und Sherman Hewitt als Erste den Raum, doch auch als sie außer Sicht waren, regten sich die verbliebenen Männer und Frauen nicht. Danny sah und spürte, dass die meisten Blicke noch immer auf ihm ruhten.

Doch er zuckte erst leicht zusammen, als sich die Augen des Soldaten, der von Captain Wilding mit Lieutenant Thornsburg angesprochen worden war, auf ihn richteten. Sie musterten ihn unangenehm stechend, trugen den unverhüllten Ausdruck von Wut und gleichzeitig eine deutliche Warnung in sich. Er hielt dem Blick ein paar Sekunden lang stand, versuchte zu begreifen, welche Gedanken den Lieutenant bewegen mochten, und sah fort, als er zu einem eindeutigen Schluss gelangt war. Es lag ihm nichts daran, sofort einen Konfrontationskurs mit seinem direkten Vorgesetzten zu fahren, nicht wegen eines einzigen Blicks.

Aus dem Augenwinkel sah er, dass der Lieutenant abrupt aufsprang und aus dem Saal hastete. Sein Abgang schien auf alle anderen die Wirkung eines geheimen Zeichens zu haben. Ganz plötzlich löste sich die Starre der Soldaten, und sie erhoben sich fast wie ein Mann und strebten zügig dem Ausgang zu.

Das Rascheln von Kleidung, das Klappen der Stühle, die ihre vorherige Position wieder einnahmen, und die Laute, die die unzähligen harten Kunststoffsohlen auf dem glatten Boden des Raums erzeugten, vermischten sich zu einem eigentümlichen, hektischen Rhythmus, doch auch der war nicht dazu in der Lage, die tiefgreifende Stille, die sich über den Saal gesenkt hatte, zu durchbrechen. Die Versammlung löste sich in völligem Schweigen auf, etwas, das Danny noch nie erlebt hatte.

Auf der *Gambler-Circus* verursachten Menschen, vor allem junge Menschen wie diese, stets eine Menge Lärm, und sie hatten auch immer etwas zu sagen. Nur hier und heute schien das nicht der Fall zu sein, und er würde gern glauben, dass der Schrecken, den die Hewitts in ihren Herzen gesät hatten, dafür verantwortlich war, aber er wusste es besser. Er selbst war der Grund dafür.

Die anderen sahen ihn an, auch wenn jeder versuchte, einen direkten Blickkontakt zu vermeiden; manche betrachteten ihn neugierig, manche distanziert und einige sogar ablehnend, und in allen Augen stand eine offene Frage. Aber weder sprach ihn jemand an, noch tuschelten sie miteinander, so als befürchteten sie, er könne selbst die Gespräche mitbekommen, die am anderen Ende des Saals geführt wurden - was auch der Fall gewesen wäre.

Danny schaute ihnen nach und zögerte, sich unter sie zu mischen. Er trug die gleiche Uniform wie sie, besaß einen Rang, der dem der meisten anderen im Raum gleichkam, und doch war er keiner von ihnen, das sagte ihre Haltung unmissverständlich aus. Sie mussten erkannt haben, was er war, und es hatte, von den intensiven, bohrenden Blicken, die ihn getroffen hatten, gar nicht zu reden, schon einen seltsamen Beigeschmack, dass sie offenbar eine unüberwindliche Scheu davor verspürten, es auszusprechen. Wie es schien, hatte sein Vater recht gehabt. Es bestanden Ressentiments gegenüber den Gamblern.

Doch er tat es mit einem versteckten Achselzucken ab. Er war nicht gekommen, um einer von ihnen zu werden, sondern um etwas Vernünftiges mit seinen Fähigkeiten anzufangen und um endlich das Gefühl zu erleben, dass er gebraucht wurde. Jetzt hatte er die Chance, seinem Leben einen Sinn zu geben, und er würde sie nutzen, auch wenn er auf Widerstand traf. Den war er schließlich auch von der *Gambler-Circus* her gewöhnt.

Noch immer ungläubig über sein Glück schüttelte er den Kopf. Als Captain Wilding ihm gesagt hatte, er hätte sich durch den Test einen Platz in der Verteidigungslinie erkämpft, war ihm bereits zum Jubeln zumute gewesen, doch er hatte nicht damit gerechnet, dass er ganz vorn stehen würde. Er betrachtete die Situation von allen Seiten, aber wie er es auch drehte und wendete, er war in der Verteidigung der Erde, soweit es die Hewitts anging, der wichtigste Mann. Es war wie ein Traum.

Allerdings ließ seine Stellung auch einige weitreichende Schlüsse über die Leistungen der Teams zu, die im Simulator auf den Einsatz mit den Prototypen vorbereitet worden waren. Mady hatte angedeutet, dass sie bislang nicht besonders erfolgreich gewesen waren, aber Genaueres wusste er noch immer nicht.

Überhaupt wurde ihm immer deutlicher bewusst, wie wenig er über die Unterschiede zwischen den normalen Menschen und den Gamblern wusste, und er ärgerte sich darüber. Wenn er an Bord der *Gambler-Circus* nicht derart sorgsam davon abgeschirmt worden wäre, hätte er sich viel besser auf seine Begegnung mit Captain Wilding einstellen können, hätte weniger Angst gehabt, ihren Ansprüchen nicht zu genügen, und er hätte angemessener reagieren können, als sie eben von seinem Abschneiden im Test sprach, denn als er sich nun die Äußerungen und Blicke der anderen im Saal noch einmal vergegenwärtigte, wurde ihm klar, dass er sich vermutlich wie ein Volltrottel benommen hatte.

Eine tiefe Entschlossenheit stieg in ihm empor. Er würde alles daran setzen, um so schnell wie möglich alles über die Fähigkeiten der Soldaten in Erfahrung zu bringen, denn nur dann, wenn er gut informiert war, würde er bei seinem Einsatz gegen die Hewitts alle Parameter richtig einschätzen können. Er musste lernen, mit den Reaktionen der anderen umzugehen, und das bedeutete sicher auch, dass er einiges von dem, was ihm auf der *Gambler-Circus* selbstverständlich vorgekommen war, vergessen musste.

Nachdenklich sah er Mady an. Sie konnte ihm bestimmt mehr über die Simulationen der Teams erzählen. Sie war wie er selbst eben erst aufgestanden und stand noch dicht bei ihm. Ihre Blicke kreuzten sich mit denen dreier anderer Mädchen. Zwei von ihnen, eine große, dürre Frau und eine eher massige Erscheinung, wandten sich sofort von ihr ab, die dritte zögerte, zuckte leicht mit den Schultern und suchte länger Madys Blick, bevor auch sie sich umwandte und im Strom der übrigen Soldaten den Raum verließ.

Danny verließ die Bankreihe hinter Mady, dann blieb er stehen. Sie schien es zu spüren, denn sie hielt ebenfalls inne, während alle anderen bald durch die Ausgänge verschwunden waren. Sie blieben schließlich allein zurück.

Mady drehte sich zu ihm um, sah ihm lange und tief in die Augen, und in ihrem Blick stand überdeutlich die Frage, die auch alle anderen beschäftigt hatte. Er sagte nichts, sondern duldete ihre Musterung ruhig und abwartend.

Plötzlich ging ein Ruck durch ihre Gestalt. „Bist du tatsächlich ein Gambler?", fragte sie und sah gleichzeitig fort. Ihre Augen hefteten sich auf die Plakette an seinem Kragen.

„Ja."

Sie blickte ihn kurz an, nickte, sah dann wieder fort.

Danny wartete, doch als sie nichts sagte, ergriff er nach ein paar Sekunden das Wort. „Es wundert mich, dass du danach fragst. Ich hatte den Eindruck gewonnen, der Begriff sei tabu."

„Das ist er nicht. Die anderen waren nur überrascht."

„Und was ist mit dir?"

Mady errötete. „Ich ebenfalls. Sehr sogar."

Er schwieg.

Das Rot auf ihren Wangen vertiefte sich. „Ich hätte nicht gedacht, dass du ein Pilot bist."

Oder ein Gambler, fügte er in Gedanken hinzu.

Mady löste ihren Blick von seinem Kragen und sah ihn direkt an. „Wie lange fliegst du schon?"

Er erkannte die unausgesprochene Frage. „Du möchtest wissen, wie gut ich bin?"

„Ja."

„Mein Vater hat mich das erste Mal auf einen Flug mitgenommen, als ich drei war, ein Jahr später habe ich meinen ersten Alleinflug unternommen."

„So früh?"

„Das ist auf der *Gambler-Circus* so üblich."

„Ist das das Schiff, von dem du kommst?"

„Ja."

„Ist es ein Zirkus, so wie der Name sagt?"

„Ja."

„Bist du auch in den Vorstellungen aufgetreten?"

Danny nickte und verzog unwillkürlich das Gesicht. „Ich bin in verschiedenen Teilen der Show dabei gewesen. Am Anfang waren das zumeist einfache Kunstflüge, später auch Zielschießen und komplexere Formationsflüge. Und die letzten fünf Jahre habe ich damit verbracht, mit einem kleinen Gleiter durch ein künstliches Asteroidenfeld zu fliegen."

Mady lächelte. Es wirkte ein wenig gezwungen, aber es war doch auch bemüht freundlich. „Damit dürftest du gut auf den Kampf gegen die Hewitts vorbereitet sein."

„Ich weiß nicht. Als ich heute im Simulator war, hatte ich den Eindruck, dass der Einsatz gegen einen Schwarm gänzlich andere Anforderungen stellt als mein Asteroidenkurs."

„Ist es schwerer?"

„Viel schwerer. Der Flug durch das Asteroidenfeld war nicht besonders schwierig, die Simulation schon. Ich hätte keine Fünfte mehr fliegen können, ohne deutlich schlechter zu werden."

Mady sagte nichts, schüttelte lediglich den Kopf.

„Was denkst du?", fragte er.

„Wir sind im Training nie mehr als zwei Missionen am Stück geflogen. Lieutenant Thornsburg wollte anfangs, dass wir drei nacheinander durchführen, aber es hat sich schnell herausgestellt, dass das keinen Sinn macht. Keiner von uns konnte mehr als zwei Missionen durchhalten."

Danny biss sich auf die Unterlippe. „Und wie waren eure Ergebnisse?"

Mady zog die Schultern ein. „Du wirst darüber lachen."

„Bestimmt nicht. Dazu ist die Angelegenheit viel zu ernst."

Sie musterte ihn prüfend, als wolle sie herausfinden, was hinter seiner Stirn vor sich ging, dann nickte sie. „Soweit ich informiert bin, hat keins der Teams bislang eine Abschussquote über 33% erzielt, und kein einziger Einsatz ging ohne Verluste ab. Meistens gab es sogar einen Totalverlust."

Danny schüttelte schockiert den Kopf. Der Unterschied war viel größer, als er geahnt hatte. Sein Zorn auf die Verschwiegenheit an Bord der *Gambler-Circus* wuchs. „Verdammt!"

„Was hast du?", fragte Mady irritiert.

„Nichts, außer dass ich mich wie ein Idiot benommen habe."

Mady starrte ihn verständnislos an.

„Als Captain Wilding mein Testergebnis bekannt gab, dachte ich für einen Moment, die anderen im Saal wären verärgert, dass sie mir trotz meines schlechten Abschneidens den Sitz der *Joker* zuspricht."

„Also, *das* hat ganz sicher niemand gedacht."

„Das ist mir jetzt auch klar", erwiderte er und verdrehte die Augen. „Ihr müsst mich für einen fürchterlichen Aufschneider halten."

„Ich nicht. Ich habe gespürt, dass du es ernst meinst, und einige andere sicher auch. Damit ist die Kluft allerdings noch größer geworden."

„Ich hatte keine Ahnung, wie ich mein Ergebnis einordnen sollte. Captain Wilding hat mich nach dem Test in die Erdflotte aufgenommen, also dachte ich, dass es akzeptabel wäre und ungefähr dem der besten Piloten der Flotte gleicht."

„Damit lagst du ziemlich weit daneben", entgegnete Mady trocken.

„Das wusste ich nicht. Ich wusste nicht, dass eure Leistungen so ... so ..."

Er brach ab.

„... so beschränkt sind?", vervollständigte Mady den Satz.

„Das wollte ich nicht sagen."

Sie zuckte mit den Schultern. „Es stimmt aber, und wer ehrlich ist, gibt das auch offen zu."

„Und wer nicht ehrlich ist?"

„Der wird dein Abschneiden für Zufall oder Glück halten."

„Keins von beiden ist der Fall."

Mady schauderte plötzlich. „Das hoffe ich", sagte sie leise.

Danny suchte ihren Blick und hielt ihn mit seinen Augen fest. „Ich weiß nicht, was die Menschen auf der Station über die Gambler denken oder sagen, aber ich versichere dir, dass ich genau weiß, worauf ich mich eingelassen habe, und ich bin fest entschlossen, alles zu tun, um gegen die Hewitts erfolgreich zu sein. Ich kann es schaffen. Es war keine Angabe, als ich sagte, ich könne mich noch steigern. Es ist wahr."

„Das ist beruhigend."

„Wirklich?"

Mady zögerte kurz, dann lächelte sie, und es wirkte schon sehr viel freier als zu Beginn ihres Gesprächs. „Ja. Ich bin froh, dass ich mit dir fliegen kann."

„Und nicht mit Lieutenant Thornsburg?", hakte er nach.

Madys Stirn umwölkte sich. „Entgeht dir eigentlich auch irgendetwas?"

„Sicher." Er wusste nur nicht was, aber wer hätte das schon zu sagen vermocht?

„Du verstehst dich nicht besonders gut mit ihm, nicht wahr?", fragte er, um Madys skeptischen Blick zu beenden.

In ihren Augen blitzte es auf. „Nein, das kann man wirklich nicht behaupten. Thornsburg ist mir von Herzen unsympathisch."

„Warum?"

„Er ist mir und den anderen Kadetten gegenüber voreingenommen. Er denkt, wir seien nicht geeignet, und wann immer eine Simulation nicht so erfolgreich ist, wie er sich das vorstellt, brüllt er uns an und sucht den Fehler bei uns."

„Hat schon einmal eine Mission seinen Vorstellungen entsprochen?"

„Nein."

„Ich verstehe."

Mady wirkte plötzlich besorgt. „Bislang hatte Thornsburg vor allem mich und Alexander Dow im Visier, aber jetzt wird er sich vermutlich ganz auf dich konzentrieren, immerhin bist du noch jünger als wir anderen."

„Außerdem bin ich ein Gambler."

Sie zuckte mit den Schultern.

„Und ich habe den Lieutenant aus der ersten Reihe verdrängt."

„Ich sehe, du hast ziemlich genau erfasst, worum es geht", konstatierte sie.

Er schaute sie ernst an. „Das alles sollte im Grunde kein Problem sein. Ich werde gegen die Hewitts fliegen, um die Erde zu schützen, und der Lieutenant tut mit der *Ace* das Gleiche. Es ist nicht wichtig, wer welche Position einnimmt, solange es nur dem Gesamtziel dient. Mir selbst würde es nichts ausmachen, Pilot der *Ace* zu sein, ich wäre sogar damit zufrieden, einen der Abfangjäger zu steuern."

Mady zog die Augenbrauen hoch. „Du stapelst ganz schön tief."

„Es ist mein voller Ernst."

„Das mag sein, aber Lieutenant Thornsburg denkt ganz sicher anders. Sein Eifer im Training ist nicht selbstlos. Er hat sich von den Hewitts bestimmt einen kräftigen Schwung für seine Karriere erhofft. Dadurch, dass nicht er, sondern du in der ersten Reihe stehst, wird der allerdings geringer ausfallen, als er gehofft hat, und dafür wird er dich verantwortlich machen."

Danny seufzte. „Das bedeutet vermutlich, dass der Lieutenant ein sehr genaues Auge auf mich haben wird."

„Mehr als das. Er wird auf deine Fehler warten wie ein hungriger Geier."

„Ich werde mich bemühen, keine Fehler zu machen."

Mady schüttelte den Kopf. „Ich glaube dir zwar, dass du dazu in der Lage bist, aber sieh dich dennoch vor. Wenn du keine Fehler machst, wird Thornsburg trotzdem welche finden. Er wird nicht eher Ruhe geben, als bis er das geschafft hat, glaub mir."

Danny sah sie lange an. „Danke für die Warnung."

Mady wurde plötzlich wieder rot. „Gern geschehen."

Er wartete, ob sie noch etwas hinzufügte, doch als das nicht der Fall war, setzte er sich in Bewegung. Gemeinsam verließen sie den Saal und strebten dem Fahrstuhl entgegen, der sie zur Etage bringen sollte, auf der sich ihre Quartiere befanden.

Auf dem Weg dorthin ließ sich Danny das Gespräch mit Mady noch einmal durch den Kopf gehen. Er hatte kein gutes Gefühl dabei, dass Lieutenant Thornsburg in ihm offenbar eine unlautere Konkurrenz sah. Es hätte ihn nicht gestört, wäre er ihm gleichgestellt gewesen, aber der Lieutenant war sein Vorgesetzter, und das konnte die Angelegenheit zu einem echten Problem auswachsen lassen. Er hoffte zwar, das möge nicht geschehen, aber eine große Wahrscheinlichkeit gab er nicht auf die Erfüllung seines Wunsches. Hinsichtlich seiner Leistungen im Simulator machte er sich nun keine Gedanken mehr, doch sein eigenes Temperament bereitete ihm dafür umso mehr Sorgen. Er musste es um jeden Preis im Zaum halten.

Ein bitterer Geschmack legte sich auf seine Zunge. Er befand sich nun zwar auf der Erdorbitalstation und nicht mehr auf der *Gambler-Circus*, aber eins hatte sich ganz offensichtlich nicht geändert: Er war auch weiterhin der Sonderling, und er würde sich anstrengen müssen, um das vor den anderen zu verbergen, wenn er nicht bei ihnen anecken wollte.

25. Kapitel

Mit weit ausgreifenden Schritten eilte Thad seinem Quartier entgegen. Er wollte mit niemandem reden, niemanden um sich haben und schon gar nicht in den Blicken der anderen erkennen müssen, wie sie über seine Zurücksetzung dachten. Womöglich hielten sie sie gar für gerechtfertigt!

Er war kurz davor, laut und unbeherrscht zu schreien, gleichzeitig krallten sich seine Finger um das Plastikgehäuse des Datenpads, das er in einer Hand hielt und auf dem die neuen Trainingsanweisungen gespeichert waren, und umklammerten es so fest, als wollten sie es zerquetschen.

Tatsächlich musste er eisern an sich halten, um das Pad nicht gegen die nächste Wand zu schleudern und so lange auf den Überresten herumzutrampeln, bis sie gänzlich zermalmt waren. Nie zuvor in seinem gesamten Leben war er derart wütend gewesen, niemals so dicht davor, seine Selbstbeherrschung zu verlieren. Allerdings war er auch noch nie zuvor derart gedemütigt worden. Als er zur Besprechung aufgebrochen war, hatte er angenommen, seine große Stunde sei nun endlich gekommen und man würde ihm die Leitung des Einsatzes gegen die Hewitts übertragen. Stattdessen hatten sich alle Gewissheiten, an die er bislang geglaubt hatte, unversehens in einen entsetzlichen Albtraum verwandelt.

Er begriff es einfach nicht. Wie hatte das nur geschehen können? Was hatte er nicht alles auf sich genommen, um die Kadetten und die anderen Soldaten seines Teams auf den Angriff der Hewitts vorzubereiten! Er hatte sie im Simulator gedrillt, ihnen den Ernst der Lage eindringlich klargemacht und sich in jeder erdenklichen Weise dafür eingesetzt, die Verteidigung der Erde zum Erfolg werden zu lassen. Doch das alles hatte ihm nichts genützt. Captain Wilding hatte ihn weggestoßen, jede Leistung, die er im Laufe seiner Karriere für die Erdflotte erbracht hatte, ignoriert und den Einsatz, den er mehr als alles andere hatte fliegen wollen, einem Kind überlassen.

Voller Zorn dachte er an Danny Sims. Es war undenkbar, dass dieses Bürschchen den Pilotensitz der *Joker* zugesprochen bekommen hatte. Seine Ergebnisse mochten ja beeindruckend gewesen sein, aber das sprach eher gegen als für ihn, wenn es stimmte, was er über seine Herkunft vermutete. Und er lag ganz sicher nicht daneben. Die Art, wie sich der Kerl umgesehen hatte, wie er mit einem einzigen arroganten Blick die Lage erfasst, alles in seiner Umgebung sondiert und im gleichen Maße beurteilt hatte, sprach Bände.

Thad lief ein Schauder über den Rücken. Die kalten Augen des Jungen zeigten besser als alles andere, wer und was er war. Er war ein Gambler!

Er war nie zuvor einem begegnet, aber er hatte genug über sie gehört, um Danny Sims sofort als einen von ihnen entlarven zu können. Es stimmte offensichtlich, was über die Gambler erzählt wurde. Es hieß, sie seien gute Piloten, na schön, das hatte sein Ergebnis im Simulator bestätigt, aber dieser Vorteil wurde von den Nachteilen mehr als vollständig aufgewogen. Gambler waren verschlagen, emotionslos und berechnend, und das hatte sich heute Abend eindrucksvoll bestätigt. Das Auftreten des Jungen war nichts weiter als eine raffinierte Show gewesen. Vor allem seine lächerliche Entschuldigung hatte er sehr geschickt platziert.

Thad stieß verächtlich Luft aus. Wieso wollte ihnen der Gambler Sand in die Augen streuen? Wieso wollte er sie glauben lassen, er sei noch nicht am Ende seiner Fähigkeiten angelangt? Das konnte nur bedeuten, dass es mit seinen Qualitäten doch nicht so weit her war. Sicher konnte er nicht mehr bringen, als er im Simulator bereits gezeigt hatte, und da er das wusste, versuchte er schon jetzt, die anderen so sehr von sich einzunehmen, dass jeder über seine mangelnden Leistungen hinwegblicken würde.

Leider war ihm das hervorragend gelungen. Captain Wilding war so sanft mit ihm umgesprungen, als wäre er ein rohes Ei, Sherman Hewitt hatte ihn mit unverhohlener Faszination begafft, und auch die Soldaten im Saal hatten den Kerl beinahe ehrfürchtig angestarrt. Begriffen sie denn nicht, dass es pure Arroganz und Berechnung war, die aus den Worten des Gamblers sprach?

Ganz davon abgesehen gab es vieles, was einen Einsatz des Jungen fragwürdig erscheinen ließ, und das waren nicht nur die Gerüchte. Danny Sims war viel zu jung. Als normaler Mensch würde er nicht einmal auf der Akademie aufgenommen werden, wie also konnte Captain Wilding ernsthaft daran denken, ihm die Verteidigung der Erde zu überlassen? Vermutlich besaß er nicht einmal eine ausreichende Flugerfahrung.

Zu gern hätte Thad gewusst, ob er damit richtig lag. Wenn er nur genügend Fakten über Danny Sims sammeln könnte, fände er ganz sicher objektive Tatsachen, die sich gegen den Gambler einsetzen ließen.

Plötzlich durchzuckte eine Idee seine Gedanken wie ein greller Blitz in dunkler Nacht. Er besaß die Möglichkeit, alles über Danny Sims in Erfahrung zu bringen, was in den Computern der Station gespeichert war. Dazu musste er lediglich den Schlüssel zum Militärnetz benutzen.

Thad presste hart die Zähne aufeinander und ging noch schneller. In seinem Quartier angekommen, stieß er endlich den wütenden, frustrierten Schrei aus, der ihn zum Platzen gebracht hätte, wenn er ihn nur einen Moment länger hätte zurückhalten müssen. Noch bevor sein Echo zwischen den kahlen Wänden seiner Kabine verhallt war, nahm er seinen Platz hinter seinem Computer ein, aktivierte ihn und zog gleichzeitig den Datenträger mit Floyds Schlüssel aus seinem Versteck hervor. Er schloss die Finger darum wie um einen Rettungsanker und lobte sich selbst für seine Voraussicht. Er hatte doch gleich gewusst, dass er den Schlüssel noch einmal würde gebrauchen können.

Kurz darauf hatte er ihn installiert und tauchte ins Netz. Der Schlüssel war gut, viel besser als er erwartet hatte. Er war auch weit abseits der Programme, an denen er für Floyd gearbeitet hatte, von großem Nutzen. Mühelos und ohne auch nur die geringste Spur zu hinterlassen, surfte er durch die Datenbahnen der Matrix und fand schon bald, wonach er gesucht hatte - die Personaldateien der auf der Erdorbitalstation stationierten Soldaten.

Doch unter ihnen fand er keine, die den Gambler betraf; er musste erst kreativ werden, um sie aufzuspüren. Die Informationen über den Gambler waren im Datenpaket der Verteidigungsstrategie gegen die Hewitts untergebracht und gesondert codiert worden. Mit Hilfe seines Schlüsselprogramms gelang es Thad jedoch schnell, einen Zugang zu den Daten zu erhalten. Danny Sims' Personalakte erschien auf seinem Schirm.

Ein Speer aus kaltem Eis fraß sich in sein Herz, als er den Namen des Schiffs las, von dem Danny Sims gekommen war. *Gambler-Circus* - das ließ einige Schlüsse auf den Jungen zu. Er war tatsächlich ein Gambler, und so wie es ihre Art war, hatte er sich offensichtlich sein ganzes Leben lang mit nichts beschäftigt, was in irgendeiner Weise ernst zu nehmen gewesen wäre. Ein Artist - Thad verzog verächtlich das Gesicht.

Seine Finger huschten über die Tasten, als er auf andere Daten zugriff. Er glaubte nicht, dass der Bursche tatsächlich ausreichend Erfahrung besaß, was reale Raumflüge anging, doch als die Zahl gleich darauf vor seinen Augen blinkte, erstarrte er. Knapp 14.000 Flugstunden sollte Danny Sims absolviert haben.

Thad fluchte heftig. Das konnte nicht sein! Das war ein Vielfaches von dem, was er selbst vorzuweisen hatte. Wie war das nur möglich?

Eine enge Schlinge schien sich um seinen Hals zu legen und erstickte ihn beinahe, als er mit zittrigen Fingern nach weiteren Informationen suchte. Er fand die Antwort auf seine Frage rasch. Danny Sims war von seinem vierten Lebensjahr an beinahe tagtäglich zwei bis vier Stunden im Weltraum gewesen. Wenn es um reine Flugerfahrung, gezählt in Flugstunden, ging, war der Gambler tatsächlich jedem Soldaten, der nur wenige Jahre älter als er war, weit überlegen.

Erschüttert zog sich Thad aus dem Netz zurück, löschte alle Daten, die er über Danny Sims auf seinen Computer heruntergeladen hatte, und entfernte auch den Schlüssel wieder aus seinem System. Erst als er den Computer abschaltete, wich der Schock und die Wut kehrte zurück.

Seine Flugerfahrung und seine Ergebnisse im Simulator waren passabel, daran konnte er nicht rütteln, doch was hatte dieses Kind bislang schon geleistet? Er war im Zirkus aufgetreten, und das war keine Beschäftigung, die ihn auch nur im Mindesten auf das vorbereitete, was ihn beim Einsatz gegen die Hewitts erwartete. Er würde dem Druck, den die Verantwortung für seine vier Geschützleute mit sich brachte, nicht gewachsen sein und im Ernstfall unweigerlich versagen.

Eine unbändige Entschlossenheit erfüllte Thad plötzlich. Falls der Gambler tatsächlich versagen sollte, war zum Glück noch die *Ace* unter seiner Führung zur Stelle. Er würde alles tun, um die Erde vor den Hewitts zu schützen. Seine Crew und er würden anders als der Gambler bereit sein, sich den Amöboiden zu stellen.

Angesichts der Tatsache, wie viele Menschenleben von dem Einsatz gegen den Schwarm abhingen, war es schlichtweg unverantwortlich, dass er und seine Besatzung in die zweite Reihe gedrängt worden waren. Bislang hatte er Captain Wilding für einen überaus fähigen Captain gehalten, doch jetzt war er sich dessen ganz und gar nicht mehr sicher. Wie konnte sie nur ernsthaft glauben, der Gambler könnte bei der Verteidigung der Erde erfolgreicher sein als er? Jeder wusste, dass sich die Gambler für nichts außer sich selbst und ihre kleinen Spiele interessierten. So ein Luftikus konnte keinen Planeten und seine Bewohner schützen. Er würde seine Aufgabe einfach nicht ernst nehmen.

Der Kerl war sicher nur deshalb zur Erde gekommen, weil er den Kampf gegen die Hewitts als Herausforderung betrachtete. Für ihn war das ein neues Spiel, aber die Menschenleben, die vom Erfolg des Einsatzes abhingen, waren ihm gleichgültig. Wie sonst wäre zu erklären, dass er keinerlei Regung gezeigt hatte, als Captain Wilding ihn zum Piloten der *Joker* gemacht hatte? Jeder normale, vernünftige Mensch hätte angesichts der enormen Bürde, die man so unvermittelt auf seine Schultern gelegt hatte, Angst oder zumindest eine winzige Spur von Nervosität erkennen lassen, doch der Gambler hatte seine Ernennung zum wichtigsten Mann der Erdflotte mit dem stoischen Gesichtsausdruck eines gelangweilten, übersättigten Wohlstandsbalges hingenommen, das sich auf der Flucht vor seiner eigenen banalen Existenz in eine riskante Unternehmung nach der anderen stürzt und das Eingeständnis seines kläglichen Scheiterns durch den hemmungslosen Konsum immer neuer, sinnentleerter Vergnügungen vor sich selbst zu verbergen versucht. Entweder hielt er sich für unbesiegbar, oder sein eigenes Leben und damit auch das anderer Menschen spielte für ihn keine Rolle. Für ihn zählte allein der Spaß.

Thad schüttelte heftig den Kopf. Er würde nicht abwarten, bis der Gambler im realen Einsatz versagte. Er würde alles daransetzen, um seine Fähigkeiten bereits in der Simulation auszuloten, und ihm eindringlich klarmachen, welche Verantwortung er für die Erde und für seine Crew trug. Er musste dafür sorgen, dass der Gambler die richtigen Prioritäten setzte, und um jeden Preis verhindern, dass eine der jungen Frauen starb, nur weil sich Mr. Sims nicht schnell genug von seinem Spiel losreißen konnte.

„Das werde ich dir schon austreiben“, flüsterte er. Es war für ihn ein heiliger Schwur.

26. Kapitel

Müde von der Reise, dem Test und der Besprechung kehrte Danny in seine Kabine zurück, hielt sich aber noch so lange wach, bis er einen Blick auf alle frei zugänglichen Karten der Station geworfen hatte, schließlich konnte es nicht schaden, wenn er sich dort ohne Mühe orientieren konnte. Danach wies er den Computer an, ihn rechtzeitig am nächsten Morgen zu wecken, und ging schlafen. Ein tiefer, traumloser Schlaf umfing ihn, kaum dass er sich in seinem Bett ausgestreckt hatte. Er erwachte noch vor dem Weckruf des Computers, wenn auch sein Bewusstsein nur langsam aus dem schlaftrunkenen Zustand auftauchte.

Trotzdem sickerten die Geräusche der Station in seine Wahrnehmung, noch bevor er die Augen geöffnet hatte - das unterschwellige Vibrieren, das auf der Erdorbitalstation allgegenwärtig war, das Knistern in den Wänden und das leise Knacken der Lüftung. Er erkannte die Unterschiede zur *Gambler-Circus* sofort, obwohl er noch nicht richtig munter war, und sie brachten die Erinnerung mit der Macht eines Blitzschlags in seine Aufmerksamkeit zurück.

Von einer Sekunde zur anderen war er hellwach, fuhr mit klopfendem Herzen in seinem Bett auf und ließ in kurzen Sequenzen die Erlebnisse des gestrigen Tages Revue passieren. Bilder, Stimmungen, gesprochene Sätze und Worte, die zwischen den Zeilen verborgen geblieben waren, huschten durch seinen Kopf, vergegenwärtigten ihm von Neuem die Ankunft auf der Station, das Gespräch mit Captain Wilding, den Test, das Ankleiden und die Einsatzbesprechung.

Einiges (wenn er ehrlich war, sogar vieles) war nicht so gut gelaufen, wie er es sich gewünscht hätte; lediglich Mady war ein echter Lichtblick gewesen. Sie war hübsch und nett, und sie versuchte wenigstens, ihre Handlungen nicht von ihren Vorbehalten bestimmen zu lassen. Natürlich war sie überrascht und verunsichert gewesen, aber sie war sicher auch noch keinem Gambler begegnet, also war ihre Reaktion nur verständlich, vor allem wenn man bedachte, wie groß die Unterschiede zu gewöhnlichen Menschen tatsächlich zu sein schienen. Er hoffte sehr, dass auch die anderen, mit denen er im Laufe der nächsten Zeit zusammenarbeiten musste, Madys Einstellung zu ihm übernahmen. Er würde es zwar auch ertragen, falls sie es nicht täten, aber es wäre doch unschön, nur ablehnende Blicke zu erfahren. Andererseits war er das von der *Gambler-Circus* her gewöhnt; besonders die letzte Woche hatte ihn abgehärtet.

Mit einem leisen Seufzer wies er den Computer an, Licht zu machen, zog sich aus dem Bett, tappte in das kleine Bad, das zu seiner Kabine gehörte, und wusch sich. Danach streifte er mit einem tiefen Schmunzeln die Unterwäsche über, die er gestern beim Einkleiden erhalten hatte.

Offenbar nahm man es mit der Uniformität auf der Erdorbitalstation sehr genau. Anschließend ging er zum Schrank hinüber, öffnete ihn und fuhr mit einer Hand über den Stoff der Uniformen, die er sorgsam darin verstaut hatte.

Man hatte ihm zwei hellgraue und zwei blaue Uniformen gegeben. Gestern Abend hatte er eine graue getragen, da es die Farbe war, die er am häufigsten auf der Station gesehen hatte, doch im Verlauf der Besprechung hatte er bemerkt, dass alle Piloten, die Captain Wilding ansprach, blaue Uniformen trugen, deshalb wäre das im Grunde auch für ihn die angemessene Bekleidung.

Trotzdem hatte er ein seltsames Gefühl dabei, als er eine der blauen Uniformen überstreifte und die Identifikationsplakette an einer Seite des Kragens, das Rangabzeichen an der anderen befestigte. Er war jetzt zwar offiziell ein Pilot der Erdflotte, aber er konnte nicht umhin, daran zu denken, wie unterschiedlich sein Weg von dem derjenigen gewesen war, die ebenfalls Blau trugen. Das war eine Kluft, die von der identischen Kleidung nicht überdeckt und schon gar nicht ausgeglichen werden konnte. Die anderen, allen voran Lieutenant Thornsburg, würden sich stets daran erinnern, und er selbst ebenfalls.

Nachdem er sich vollständig angekleidet und sein Erscheinungsbild gewissenhaft überprüft hatte, verließ er sein Quartier. Zwar zeigte das Chronometer an, dass er bis zum Beginn des Trainings noch gute zwei Stunden Zeit hatte, aber er hatte nicht vor, sie in der Abgeschiedenheit seiner Kabine zu verbringen. Es war wichtig, dass er sich auf der Station umsah, die Soldaten beobachtete und so viel wie möglich lernte, damit er jeden zusätzlichen Reibungspunkt vermeiden konnte. Auf der *Gambler-Circus* hatte er zuletzt wenig darauf gegeben, Streit aus dem Weg zu gehen, aber dort war ihm sein Platz im Grunde gleichgültig gewesen. Hier war das anders.

Auf dem Korridor schlug er den Weg zur nächsten Messe ein, zögerte aber, als er an Madys Kabinentür vorbeikam. Er überlegte kurz, ob er sie fragen sollte, ob sie ihn begleiten mochte, denn von ihr könnte er bestimmt noch eine Menge über die Gepflogenheiten auf der Station erfahren, und es wäre sicher auch nett gewesen, beim Frühstück nicht allein zu bleiben, aber er sah davon ab. Er hatte Mady und den anderen ihres Teams gestern Abend die Anstrengung des Trainings deutlich angemerkt, deshalb war anzunehmen, dass sie noch schlief, und er wollte sie nicht stören. Seine Fragen konnten warten, außerdem würden sich die meisten ohnehin von selbst klären.

In der Messe bestätigten sich seine Gedanken. Er fand kein einziges bekanntes Gesicht, da die einen noch im Simulator trainierten und die Mitglieder der drei übrigen Teams wohl noch schliefen. Insgesamt war der Speisesaal nur mäßig besetzt. Danny suchte sich einen Platz in der hinteren Ecke des Raums, von wo aus er alles gut im Blick behalten konnte. Er achtete darauf, ob die Männer und Frauen in der Messe ihm ein besonderes Interesse entgegenbrachten, aber das war nicht der Fall. Vermutlich wussten sie nicht, wer er war, und im Grunde war ihm das auch ganz recht so.

Während er sein Frühstück zu sich nahm, musste er plötzlich an die *Gambler-Circus* denken. Heute war der erste Morgen, an dem er nicht zusammen mit seinen Eltern frühstückte. Natürlich waren sie auch auf der *Journey* nicht bei ihm gewesen, aber auf der Reise war ihm das nicht aufgefallen. Nun wurde ihm jedoch schlagartig bewusst, dass er vielleicht nie wieder mit seinem Vater und seiner Mutter im Speisesaal der *Gambler-Circus* sitzen würde.

Ein Anflug von Heimweh überkam ihn. Natürlich bereute er seine Entscheidung nicht, aber es war doch auch seltsam, nur fremde Gesichter ringsum zu sehen, nicht die vertrauten Gesprächsfetzen zu hören und keine stummen, verständigen Blicke mit seinem Vater tauschen zu können. Alle üblichen Routinen waren fort, und erst jetzt fiel ihm auf, dass er sie überhaupt besessen hatte.

Kopfschüttelnd setzte er sein Mahl fort. Er würde sich sicher schnell neue Routinen zulegen, und was die fremden Gesichter anging, erledigte sich das Problem auch sehr bald. Wenn morgen früh wieder die gleichen Männer und Frauen in der Messe erschienen, würde er sie wiedererkennen, und damit waren sie nicht mehr gänzlich fremd.

Er schüttelte ein weiteres Mal den Kopf, verärgert über diesen dummen, wenig rationalen Gedanken, und wünschte, er wäre nicht so früh aufgewacht, hätte seine Kabine später verlassen und wäre in der Messe auf Mady getroffen. Auf der *Gambler-Circus* hatte es ihm nichts ausgemacht, die Mahlzeiten am Tisch seiner Eltern im Schweigen zu verbringen, doch er spürte genau, dass er das auf der Erdorbitalstation nicht fortsetzen wollte. Es blieb allerdings abzuwarten, ob er die Möglichkeit erhielt, daran etwas zu ändern.

Danny zog sein Frühstück absichtlich in die Länge, doch als er schließlich aufstand, war bis zum Beginn des Trainings um 8.00 noch immer eine Stunde Zeit. Er beschloss, den Trainingsraum trotzdem aufzusuchen. Da sich das vierte Team derzeit dort aufhielt, war der Raum auf jeden Fall besetzt, und er könnte die anderen beim Üben beobachten, noch bevor er selbst in den Simulator steigen musste. Das wäre sicherlich sinnvoll, wenn er seine eigenen Leistungen verbessern wollte.

Er verließ den Speisesaal und fuhr in das Stockwerk 40D hinunter. Obwohl er den Weg zum Simulatorraum erst einmal gegangen war, fand er ihn sofort wieder. Er war ihm längst vertraut. Normalerweise hätte er sich nichts dabei gedacht, doch heute versuchte er, sich in die Möglichkeiten normaler Menschen hineinzudenken, und das hieß, sich vorzustellen, wie es wäre, nicht von dem einmaligen Anblick einer Karte ableiten zu können, welchen Weg man gehen konnte und sich nicht nach einem Mal genau daran erinnern zu können.

Es gelang ihm nicht. Die Vorstellung war ihm einfach zu fremd. Mit einem Schulterzucken gab er es auf, nahm sich jedoch vor, es später noch einmal zu versuchen.

Als er vor dem Schott zum Simulatorraum ankam, blinkte über der Tür ein rotes Licht, was bedeutete, dass der Simulator in Betrieb war. Er blieb stehen und wartete, bis es erlosch, erst danach betrat er den Raum. Der Geräuschorkan, der eben noch den Raum erfüllt haben musste, war noch nicht gänzlich verklungen. Sein Echo hallte von den glatten Wänden wider, bis es sich im Summen der Maschinen verlor, die langsam heruntergefahren wurden. Die fünf Kapseln kamen gerade erst in ihrer Ausgangsstellung zur Ruhe. Über ihnen waberte die heiße Luft, und ein Hauch davon strich auch über seine Wangen, bevor sie in den Sog der Ventilation geriet, verwirbelt und abgesogen wurde.

Ein Blick zeigte ihm, dass sich die Hälfte des Teams in der gläsernen Kabine aufhielt. Drei von ihnen waren bereits auf ihn aufmerksam geworden und sahen zu ihm herüber, der Vierte blickte auf, als ihn einer der anderen anstieß, und die Frau in der blauen Uniform hob nur eine Sekunde später den Kopf. Zuvor hatten sich ihre Lippen bewegt, nun aber legten sie sich stumm aufeinander. Es dauerte fast drei Sekunden, bis sie ihre Augen wieder von ihm nahm und sich wieder dem Gespräch über die Bordkommunikation zuwandte, das sie zuvor geführt hatte.

Danny vermutete, dass sie den Männern und Frauen im Simulator neue Anweisungen erteilte, und beeilte sich, die gläserne Kabine aufzusuchen, damit er den Fortgang des Trainings nicht behinderte. Schweigen empfing ihn. Es mochte daher rühren, dass die Teamführerin noch immer mit den Soldaten im Simulator sprach, aber er sah die Blicke der anderen und wusste es besser. Tief in ihm regte sich eine Flamme des Zorns, aber er unterdrückte sie, bevor sie Raum in ihm gewann.

Als die Teamführerin ihr Gespräch beendet hatte, richtete sie sich auf und sah ebenfalls zu ihm herüber. Danny nahm sofort das Namensschild auf ihrer Uniform wahr. Lieutenant Tannen stand vor ihm. Er salutierte.

„Fähnrich Sims meldet sich zum Training zur Stelle", erklärte er und hoffte inständig, dass seine Stimme in den Ohren der anderen nicht so heiser klang wie in seinen eigenen.

Lieutenant Tannen winkte ab. „Lieutenant Thornsburg ist Ihr Teamführer, nicht ich. Wenn Sie strammstehen und salutieren wollen, warten Sie auf ihn."

Danny spürte, wie ihm das Blut ins Gesicht schoss. „Aye, Lieutenant."

Sie musterte ihn eindringlich. „Das war kein Befehl, Mr. Sims. Ehrlich gesagt, bin ich mir nicht sicher, welche Stellung Sie im hierarchischen

System der Erdflotte einnehmen, deshalb überlasse ich es denen, die Captain Wilding zu Ihren direkten Vorgesetzten erklärt hat, Ihnen Anweisungen zu erteilen."

Danny strich unwillkürlich über den dreistrahligen Stern an seinem Kragen. „Ich bin ein Fähnrich."

„So sagt es Ihr Abzeichen, aber ...", Lieutenant Tannen unterbrach sich und zuckte mit den Schultern.

Danny konnte sich denken, was sie hatte sagen wollen. „Wäre es Ihnen lieber, wenn ich wieder gehe?"

Die Stille wurde plötzlich noch tiefer, und die Blicke der vier Teammitglieder gingen zwischen ihm und Lieutenant Tannen hin und her. Auch sie sah es, wie ihre Augen verrieten, straffte ihre Gestalt und versuchte ein Lächeln.

„Das ist nicht nötig, Fähnrich Sims. Bleiben Sie, wenn Sie möchten, und sehen Sie zu. Die Simulation, die gleich beginnen wird, ist die Letzte, die wir in dieser Schicht durchführen werden."

„Danke, Lieutenant."

Danny setzte sich und richtete seine Aufmerksamkeit auf die Monitore, die das Pult vor der gläsernen Wand übersäten. Vor jedem der insgesamt zehn Sitzplätze war der gleiche Satz Bildschirme angebracht; fünf zeigten die Kanzeln in Innenansicht, ein Sechster stellte eine taktische Darstellung des Zielgebiets dar, ein Siebter das virtuelle Schiff in Nahaufnahme, sodass man einzelne Bewegungen der Geschütze sehr genau erkennen konnte, und ein Achter schließlich die Manöver, wie sie sich im All ausgenommen hätten.

Lieutenant Tannen ließ die Männer und Frauen im Simulator mit der Mission beginnen. Während vor der Glasscheibe der ohrenbetäubende Lärm wieder losbrach, breitete sich in der Kabine erneut eine grabesähnliche Stille aus. Danny spürte das Vibrieren des Simulators, das durch die schalldichten Wände nicht abgeschirmt werden konnte und einen Eindruck von den Energien vermittelte, die im Inneren der Maschinen tosten, aber er schob die Wahrnehmung beiseite und konzentrierte sich völlig auf die Simulation. Vor allem die taktische Darstellung und den Schirm, auf dem er die Flugmanöver verfolgen konnte, behielt er gespannt im Blick. Er beobachtete und analysierte die Fähigkeiten des Piloten und verglich sie mit seinen eigenen.

Der Lieutenant in der Pilotenkapsel war deutlich langsamer, als er selbst es gewesen wäre, und schaffte es nur selten, die Freiheit, die ein Flug in allen drei Raumdimensionen gewährte, voll auszunutzen. Oftmals wirkte sein Vorgehen planlos und wenig vorausschauend; vermutlich sah er die Möglichkeiten, die sich ihm boten, nicht einmal.

Danny prägte sich jedes Detail ein, begutachtete auch die Geschützmänner, merkte sich ihre Reaktionszeiten und nahm sich vor, besonders sorgsam auf die seiner eigenen Kanoniere zu achten. Sie waren es schließlich, auf die er sich einstellen musste.

Mit einem Rest seiner Aufmerksamkeit bekam er mit, dass die Blicke der fünf Männer und Frauen in der Kabine nicht auf den Monitoren, sondern auf ihm ruhten. Sie musterten ihn so angespannt, als wollten sie aus seiner Mimik und Gestik herauslesen, was er dachte. Er sagte nichts und verschloss seine Gedanken in sich. Es war ihm längst klar, dass er seine Schlüsse für sich behalten musste, denn wenn die anderen sie nicht als pure Angabe abtaten, würden sie die Kluft zwischen ihm und ihnen vergrößern, wie Mady bereits gestern so treffend bemerkt hatte.

Das Training des Teams ging still zu Ende. Die Männer und Frauen im Simulator schlossen die Mission mit so geringem Erfolg ab, wie Mady es ihm beschrieben hatte, kletterten aus den Kanzeln und suchten die Kabine auf. Als er merkte, dass Lieutenant Tannen mit allen Mitgliedern ihres Teams noch über die letzte Mission sprechen wollte, erhob er sich wortlos und verließ die Kabine, sich der zehn Augenpaare, die ihm folgten, wohl bewusst. Er nutzte die Zeit, um sich den Simulator genauer anzusehen, als es ihm gestern vor dem Test mit Captain Wilding möglich gewesen war, musste jedoch feststellen, dass ihm kein Detail entgangen war. Im Grunde hatte er auch nichts anderes erwartet, er war nun einmal ein Gambler.

Lieutenant Tannen entließ ihr Team bald darauf, nickte ihm zum Abschied zu und strebte auf das Schott zu, doch bevor sie es erreichte, öffnete es sich und gab Lieutenant Thornsburg den Weg in den Raum frei. Die beiden Lieutenants grüßten sich zurückhaltend, dann fiel Thornsburgs Blick an Lieutenant Tannen vorbei auf ihn, und er blieb abrupt stehen.

Lieutenant Tannen zögerte und sah ihn und Thornsburg mit gerunzelter Stirn nacheinander an, bevor sie den Raum verließ. Ihr Kopfschütteln war kaum wahrnehmbar, trotzdem bemerkte er es, und er wusste es auch zu deuten. Augenblicklich nahm er Haltung an, salutierte vor dem Lieutenant und meldete sich zur Stelle.

Thornsburg sagte nichts. Es dauerte einige Sekunden, bis wieder Leben in ihn kam, dann trat er auf ihn zu, musterte ihn kritisch von oben bis unten und schritt schließlich mit ausdrucksloser Miene einmal um ihn herum. Danny behielt seine starre Haltung bei, den Rücken durchgestreckt, die Augen geradeaus, und doch verfolgte er jede von Thornsburgs Bewegungen aus dem Augenwinkel. Sein Vorgesetzter konnte davon allerdings nichts bemerken. Er hatte es sich schon auf der *Gambler-Circus* angewöhnt, andere zu beobachten, ohne dass es ihnen auffiel, und das war dort sicher schwieriger gewesen als auf der Erdorbitalstation.

Das Gesicht des Lieutenants war unbewegt, als er sich wenig später dicht vor ihm aufbaute. Danny fühlte sich unwillkürlich an Merwyn Gaze erinnert. Thornsburg war noch größer als der Direktor der *Gambler-Circus* und auch breiter. Er schluckte und vergrub sein Unbehagen tief in seinem Inneren.

„Stehen Sie bequem, Fähnrich", schnarrte Thornsburg.

Danny tat es, achtete aber darauf, dass seine neue Haltung nicht zu bequem wirkte. Auch hiervon besaßen die Offiziere der Erdflotte klare Vorstellungen, das hatte er bereits beobachten können.

Die Augen des Lieutenants bohrten sich in die seinen. „Sie haben sich das Training von Lieutenant Tannens Team angesehen?"

Danny richtete seinen Blick auf Lieutenant Thornsburgs Kragen. „Ja, Sir, allerdings nur die letzte Mission."

„Konnten Sie daraus etwas lernen?"

„Ja, Sir", gab Danny einsilbig zurück und hoffte, dass der Lieutenant nicht genauer nachfragte.

Zum Glück tat er es nicht.

„Das ist gut, denn Sie werden noch sehr viel lernen müssen, bis Sie für einen Einsatz gegen die Hewitts bereit sind."

Danny blickte überrascht auf. „Sir?"

„Denken Sie etwa anders darüber, Fähnrich?", fragte Thornsburg eisig.

Danny spürte, wie die Flamme des Zorns in ihm wuchs, und biss sich auf die Lippen, bevor er antwortete. „Nein, Sir."

„Das will ich hoffen, Mr. Sims. Selbstüberschätzung ist der gefährlichste Gegner im Kampf."

„Ich weiß, dass ich mich noch steigern muss."

„Tatsächlich? Sagen Sie mir - wie viele Flugstunden haben Sie bereits hinter sich gebracht, Fähnrich?"

„13.897", antwortete er sofort.

Für einen Moment erschien ein ratloser Ausdruck auf Thornsburgs Gesicht und fegte seine kühle Selbstbeherrschung hinfort. „Woher wissen Sie das so genau?"

„Ich habe mitgezählt, Sir."

Die Miene des Lieutenants wurde wieder starr. „Bald werden Sie mehr zeigen müssen als die Fähigkeit, Zahlen im Kopf zu behalten."

„Dessen bin ich mir bewusst, Sir."

Thornsburg sah von oben auf ihn herab, was ihm angesichts seiner überlegenen Körpergröße hervorragend gelang. „Kommen wir auf Ihre Flugerfahrung zurück, Fähnrich. Sind Sie jemals taktische Manöver geflogen?"

„Nein, Sir."

„Haben Sie Hochgeschwindigkeitsrennen absolviert?"

„Nein, Sir."

„Besitzen Sie Erfahrungen im Staffelflug?"

„Nein, Sir."

Lieutenant Thornsburg kniff die Augen zusammen. „Was in aller Welt haben Sie die vielen langen Stunden im Weltraum gemacht?"

Danny hasste es, ihm antworten zu müssen. „Ich war Artist auf meinem Heimatschiff."

Die Brauen des Lieutenants gingen in die Höhe. „Artist?"

So wie er das Wort aussprach, war es eine unverhohlene Beleidigung, doch Danny ließ nicht zu, dass er damit Emotionen in ihm schürte, sondern bemühte sich um einen möglichst neutralen Tonfall.

„Ja, Sir."

„Dann gehe ich vermutlich recht in der Annahme, dass sich Ihre Flugerfahrung darauf beschränkt, in einer wie auch immer gearteten Vorstellung aufzutreten?"

„Ja, Sir, ich flog in den letzten fünf Jahren einen Kurs durch ein künstliches ..."

Thornsburg unterbrach ihn mit einer heftigen Geste. „So genau will ich das gar nicht wissen. Fest steht, dass keine Ihrer bisherigen Flugerfahrungen die Qualität der Übungen und Manöver besitzt, die ein Soldat der Erdflotte im Verlauf seiner Ausbildung absolvieren muss. Die Flotte bereitet ihre Leute sorgfältig auf mögliche Kampfeinsätze vor, Sie hingegen haben sich Ihre Zeit im Weltall mit Spielchen vertrieben, die Sie in keiner Weise dafür rüsten können, gegen einen tödlichen Feind zu bestehen."

Danny schaffte es nicht mehr, seine Wut gänzlich zu unterdrücken. „Wie Sie meinen, Sir", presste er hervor.

Thornsburg rückte ein Stück näher und funkelte ihn an. „Es geht hier nicht um meine Meinung, sondern ich präsentiere Ihnen Fakten, Fähnrich. Oder sind Sie etwa anderer Ansicht?"

„Nein, Sir", sagte Danny tonlos.

„Dann sind wir uns einig, dass Sie noch ganz am Anfang stehen, Fähnrich Sims. Sie sollten das nicht wieder vergessen."

„Das werde ich nicht, Sir", erwiderte Danny mit gesenktem Kopf, und er besaß noch genug Selbstbeherrschung, um zu verhindern, dass sich seine Hände zu Fäusten ballten.

„Gut", kommentierte Lieutenant Thornsburg plötzlich ausgesprochen fröhlich. „Damit Sie im Ernstfall richtig handeln, werde ich Sie jetzt in die Einzelheiten des Notfallprotokolls einweisen. Kommen Sie!"

Thornsburg winkte ihm, und sie suchten gemeinsam die Kontrollkammer auf. Der Lieutenant rief die taktische Darstellung auf den Schirm, die auch Commander Birch am gestrigen Abend benutzt hatte. Danny sah den Schwarm der Hewitts in gelber Farbe und die Erdorbitalstation und die Halbkugelformation der Abfangjäger als hellblaue Symbole. Rot und Braun standen für die *Joker* und die *Ace*. Der rote Punkt glühte im Inneren des Schwarms.

„Können Sie wiederholen, welche Anweisung Commander Birch für den Fall gegeben hat, dass einer der Kanoniere von einem Hewitt berührt wird, Fähnrich?"

Danny zögerte keine Sekunde. „Falls ein Hewitt eindringen und es ihm trotz Gegenwehr gelingen sollte, einen der Kanoniere zu berühren, wird die Mission sofort abgebrochen und das Ersatzschiff übernimmt den Einsatz. Laut Professor Hewitts Aussage sind nur knapp sechs Minuten Zeit, um den Geschützmann in einem solchen Fall zu retten. Es ist vorgesehen, dass der Ausfall eines Geschützmanns über ein Warnsignal dem Piloten gemeldet wird, der danach sofort einen Notsprung einleitet. Die Koordinaten werden von der Erdorbitalstation aus in die Navigationscomputer eingespeist werden und das Schiff bis auf eine kurze Distanz an die Station heranführen. Die verbleibende Zeit müsste dem Piloten genügen, das Schiff in den Hangar zu steuern. Ein medizinisches Notfallteam wird dort stets bereitstehen und darauf vorbereitet sein, den Hewitt zu entfernen und Wiederbelebungsmaßnahmen zu ergreifen."

Bis auf wenige geringfügige Änderungen war das genau das, was der Commander gesagt hatte. Selbst der überaus kritische Lieutenant würde daran nichts auszusetzen haben.

Doch er täuschte sich. Lieutenant Thornsburg verzog unwillig das Gesicht.

„Sie sagen das daher, als ginge Sie das alles nichts an, Fähnrich. Sie sind der Pilot, und in Ihrer Verantwortung liegt es, ob die Kanoniere unversehrt zurückkehren oder überleben werden, wenn Sie bereits einen Fehler gemacht haben."

„Ich bin mir der Verantwortung für meine Crew bewusst, Sir", antwortete Danny steif.

Thornsburg kniff die Augen zusammen und musterte ihn abfällig. „Das will ich hoffen, Fähnrich. Ein Einsatz gegen die Hewitts ist nämlich kein *Spiel*."

Danny kämpfte massiv gegen seinen Zorn. Er musste sich zusammenreißen, ganz gleich, wie wütend ihn der Lieutenant machte. Zum Glück behielt er die Oberhand und schwieg.

„Antworten Sie gefälligst, Fähnrich", schnauzte Thornsburg ihn plötzlich an.

Danny zuckte erschrocken zusammen, und sein Herz begann zu rasen, so wie stets, wenn jemand ihm gegenüber laut wurde. Er hasste es, wenn das geschah. „Ja, Sir, ich habe verstanden, Sir", gab er nur noch mühsam kontrolliert zurück.

Lieutenant Thornsburg runzelte die Stirn. „Sie müssen sich darüber vollständig im Klaren sein, Fähnrich, es wird nämlich von Ihrer Entscheidung abhängen, ob der Notsprung durchgeführt werden wird oder nicht. Anders als Sie denken mögen, wird dieser Sprung nicht automatisch eingeleitet."

Das hatte er nicht gedacht, denn schließlich war davon nie die Rede gewesen, doch er schwieg dazu, und um nicht wieder angebrüllt zu werden, stellte er die einzige Frage, die ihm im Augenblick sinnvoll erschien. „In welchen Bereichen bewegt sich meine Entscheidungsfreiheit? Welche Parameter habe ich dabei zu berücksichtigen?"

„An erster Stelle steht das Leben der Kanoniere, das sollte selbst Ihnen klar sein", blaffte Thornsburg. „Ist es das?"

Danny knirschte mit den Zähnen. „Ja, Sir."

„Dann denken Sie einmal gut nach, Fähnrich Sims. Unter welchen Bedingungen ist ein Notsprung *nicht* sinnvoll?"

„Das hängt von mehreren Faktoren ab, Sir", antwortete er und zwang sich dabei zur Ruhe, damit seine Worte sich nicht überschlugen. Die Gefahr bestand immer, wenn er so schnell zu sprechen versuchte, wie er dachte. Blitzschnell ging er die Möglichkeiten durch, und ein anderer Teil seines Bewusstseins registrierte gleichzeitig, dass Lieutenant Thornsburg seinen gesamten Denkprozess nicht einmal als Zögern erkennen konnte.

„Solange der Energieschild existiert, ist der Notsprung vermutlich die einzige Möglichkeit, dem Schwarm wieder zu entkommen. Die Hewitts haben es der *Arrow* zwar gestattet, den Schild auf normalem Weg zu durchdringen, doch da sie offenbar an den Menschen interessiert sind, ist nicht anzunehmen, dass sie es einem Schiff erlauben würden, den Schwarm auf dem gleichen Weg wieder zu verlassen. Ist der Schild bereits erloschen, besteht die Möglichkeit, im Normalraum zur Station zurückzukehren, gesetzt den Fall, die Station ist nicht zu weit entfernt. Wenn es in der für die Rettung des Berührten verbleibenden Zeit möglich ist, die Station zu erreichen, wäre es besser, auf einen Sprung zu verzichten, da Kurzsprünge innerhalb eines Sonnensystems stets mit einem gewissen Risiko behaftet sind. Ein minimaler Berechnungsfehler könnte das Schiff in einen Planeten oder in die Sonne schleudern. Im schlimmsten Fall könnte die *Joker* sogar inmitten der Erdorbitalstation aus dem Hyperraum fallen."

Lieutenant Thornsburg lockerte seinen starren Blick nicht einmal andeutungsweise, obwohl er nichts übersehen hatte. „Wenigstens scheinen Sie nicht dumm zu sein, Fähnrich."

Welche anderen Eigenschaften er ihm zudachte, sagte er nicht, aber sie waren ganz gewiss nicht positiver Natur. Danny ignorierte es. Er war noch nicht am Ende mit dem, was er zu sagen hatte.

„Es wäre jedoch durchaus möglich, dass sich der Schild der Hewitts dennoch von innen durchdringen lässt. Beim ersten Schwarm hat ein Teil der Hewitts die Innenseite des Schilds bedeckt und dabei ein relativ gleichmäßiges Muster eingenommen. Vielleicht sind es vor allem diese

250.000 Amöboiden, die für die Stabilität des Energiefelds verantwortlich sind. Falls ein Geschütz ausfällt, könnten die drei anderen Kanoniere eine Stelle auf der Innenseite des Schirms unter Beschuss nehmen und auf einer Fläche mit weit mehr als dreihundert Meter Durchmesser alle Hewitts töten.

Ich halte es für denkbar, dass der Energieschirm bei einer derartigen Aktion nicht stabil bleiben wird, denn im Gegensatz zu den Schüssen, die von außen auf den Schutzschild abgegeben worden sind, können wir die Hewitts direkt treffen und nicht nur das Energiefeld. Damit versuchen wir im Grunde nicht, es zu durchbrechen, was bei der doch eher geringen Stärke der Waffen der *Joker* wohl auch kaum Aussicht auf Erfolg hätte, sondern beseitigen vielmehr seine Quelle. Und wenn der Schirm durch die Vernichtung der Hewitts auf seiner Innenseite instabil wird, könnte das Schiff den Schwarm verlassen."

Lieutenant Thornsburg starrte ihn an, als hätte er vorgeschlagen, die *Joker* kampflos den Hewitts zu überlassen. „Dazu werde ich niemals meine Zustimmung geben", zischte er. „Damit würden Sie nicht nur den bereits Berührten gefährden, sondern auch die anderen Kanoniere in größte Gefahr bringen!"

„Bei allem Respekt, Sir, das ist nicht wahr. Sobald einer der Geschützleute ausfällt, ist die übrige Besatzung ohnehin in großer Gefahr, da eine Flanke der *Joker* ungedeckt bleibt. Natürlich kann ich das ausgefallene Geschütz für kurze Zeit übernehmen, aber es wird nicht einfach sein, diese Aufgabe zusätzlich zur Navigation zu erfüllen, zumindest nicht, wenn ich auf alle Richtungen achten muss. Bei meinem Vorschlag müsste ich das Geschütz lediglich auf die Innenseite des Energieschilds richten, und ein anderer der Kanoniere könnte in dieser Zeit unseren Rückzug decken."

„Sie sollen das Geschütz überhaupt nicht bedienen. Falls Sie einen Ausfall haben, sollen Sie die Erdorbitalstation informieren, damit man dort Ihren Rücktransfer berechnen kann. Nur in dem Fall, den Sie selbst beschrieben haben, können Sie von dem Sprung absehen, und das ist der einzige Grund, warum wir keine Automatik an das Warnsignal angeschlossen haben."

„Ich muss das Geschütz auf jeden Fall übernehmen. Es wird mir gar nichts anderes übrig bleiben, selbst wenn ich sofort die Erdorbitalstation informiere und von dort der Nottransfer eingeleitet wird. Die Berechnung eines Kurzsprungs ist aufwendig und langwierig. Selbst die besten Computer benötigen dafür bis zu einer halben Minute, falls sich das Schiff gleichförmig bewegt, und das wird bei der *Joker* ganz gewiss nicht der Fall sein. Sie muss auch nach dem Ausfall eines Geschützes, sogar gerade dann, heftige Ausweichmanöver fliegen. Das erschwert die Berechnung.

Im Zweifelsfall kann es über eine Minute dauern, bis die Navigationsdaten an die Sprungtriebwerke der *Joker* geliefert werden können. Überlegen Sie sich die Möglichkeiten: Falls der Schwarm sich bereits in der Nähe der Erde befindet, wäre es sicher sinnvoller zu versuchen, den Schwarm von innen zu durchdringen, als auf die Navigationsdaten zu warten. Es ließe sich beides sogar koppeln. Während wir gegen den Schild angehen, könnte die Erdorbitalstation die Daten berechnen, für den Fall, dass wir nicht erfolgreich sind, und selbst wenn es misslingt, ergäbe sich durch dieses Vorgehen noch ein Vorteil. Wenn sich die *Joker* dem Schild nähert, behält sie einen Vektor ihrer Bewegung relativ stabil bei, und das wird die Berechnung des Sprungs erleichtern und die Daten schneller verfügbar machen."

„Glauben Sie wirklich, Professor Hewitt, Captain Wilding und Commander Birch hätten diese Möglichkeit nicht in Betracht gezogen, Fähnrich?"

„Sie haben sie nicht erwähnt."

„Weil sie sie nicht für geeignet hielten, andernfalls hätten sie davon gesprochen."

„Vielleicht haben sie sie aber auch nicht bedacht."

„Aber Sie haben natürlich daran gedacht, Fähnrich, nicht wahr?", fragte Thornsburg lauernd.

„Es sieht ganz so aus", erwiderte Danny wütend.

„Wer glauben Sie eigentlich, wer Sie sind, Fähnrich? Sie befinden sich noch keinen Tag auf der Station, haben kein einziges Training absolviert, sondern nur eine abgespeckte Testmission geflogen, und trotzdem halten Sie sich bereits für einen Experten! Das ist nicht die Einstellung, die von einem Soldaten, von einem *Fähnrich* der Erdflotte erwartet wird!"

„Es waren vier Missionen, und ich glaube auch nicht, dass Captain Wilding sie mit anderen Parametern durchgeführt hat als die, die Sie im Training ablaufen lassen."

„Das berechtigt Sie noch lange nicht, sich in die strategische Planung der Verteidigung einzumischen."

„Ich habe doch nur einen Vorschlag gemacht, Sir. Tragen Sie ihn Commander Birch, Captain Wilding oder Professor Hewitt vor, dann wird sich zeigen, ob er überflüssig war oder nicht."

„Das werde ich nicht tun, Fähnrich, und damit ist die Diskussion beendet."

„Aber wenn Sie diese Möglichkeit außer Acht lassen, gefährden Sie ..."

„Halten Sie sofort den Mund!", schrie Thornsburg, und für einen Moment sah es so aus, als wolle er seine Worte mit physischen Mitteln unterstreichen.

Danny rückte unwillkürlich einen Schritt von ihm ab, seine Fäuste waren jedoch geballt, seine Haltung angespannt. Eine Alarmsirene schrillte irgendwo in seinem Kopf und riet ihm, sich nicht auf eine Konfrontation einzulassen, doch sie war längst da, und wenn er sie jetzt nicht weiterführte, waren es später vielleicht die vier Mädchen seiner Crew, die den Preis dafür zahlen mussten.

In dem Bewusstsein, eine klare Befehlsverweigerung zu begehen, holte er tief Luft. Doch bevor er etwas sagen konnte, glitt plötzlich das Schott zur Kontrollkabine auf.

27. Kapitel

An diesem Morgen war Mady früh wach. Sie beeilte sich mit dem Waschen und Ankleiden und fuhr sich zuletzt mit der Bürste durch ihre rotbraunen Haare, doch viel in Ordnung zu bringen gab es bei ihrer Frisur nicht. Seit sie ihre Haare hatte kurz schneiden lassen, blieb ihr eine längere Prozedur am Morgen erspart.

Als sie sich fertig angezogen hatte, sah sie ein zweites Mal auf das Chronometer. Es blieb ihr noch eine gute Stunde bis zum Beginn des Trainings. Trotzdem verließ sie ihr Quartier, schlenderte, ohne innezuhalten, an Jenns Kabine vorbei, da ihre Teamkollegin mit Sicherheit noch schlief, und ging weiter, bis sie vor Dannys Tür stand. Ihr Gefühl sagte ihr, dass er bereits wach war, und so aktivierte sie den Signalton.

Sie wartete eine Weile und kam dann zu dem Schluss, dass Danny bereits in die Messe gegangen sein musste. Sie schlug den gleichen Weg ein, obwohl sie den Speisesaal an diesem Morgen am liebsten gemieden hätte. Die Aussicht, bald im Weltraum trainieren und vielleicht ebenso bald gegen die Hewitts fliegen zu müssen, schlug ihr auf den Magen und raubte ihr jeden Appetit.

In der Messe angekommen sah sie sich suchend um, konnte Danny jedoch nirgends entdecken. Sie schloss daraus, dass er sein Frühstück bereits beendet hatte, und fragte sich, wo er sich aufhalten mochte. Die Möglichkeiten waren begrenzt, und sie wäre jede Wette darauf eingegangen, dass er gleich nach dem Frühstück zum Simulator marschiert war. Leider war Lieutenant Thornsburg ebenfalls jeden Morgen weit vor Beginn des Trainings dort aufgetaucht, und somit würden sich die beiden unweigerlich über den Weg laufen.

Sie hatte eine ziemlich klare Vorstellung davon, wie Lieutenant Thornsburg mit Danny umspringen würde, deshalb wartete sie nicht mit dem Frühstück, bis sich die anderen Teammitglieder zu ihr gesellten, sondern schlang ihr Essen herunter und verließ die Messe hastig in Richtung Simulatorraum.

Kaum hatte sich die Tür des Trainingsraums vor ihr geöffnet, fiel ihr Blick auf Thad Thornsburg und Danny. Die beiden standen sich in der Kontrollkabine gegenüber und machten den Eindruck, als wollten sie sich im nächsten Moment gegenseitig an die Kehle fahren.

Mady fluchte leise und eilte durch den Raum. Die zwei Streithähne hatten sie noch nicht bemerkt. Heftige Worte schienen zwischen ihnen hin und her zu gehen, sie konnte jedoch nicht verstehen, was sie sagten, da die Kabine auch nach außen hin schalldicht war. Aber die Blicke und Haltungen der beiden waren aussagekräftig genug. Thornsburg hatte sich wie ein Gebirgsmassiv vor Danny aufgebaut und brüllte von oben auf ihn herab.

Danny wich eben einen Schritt zurück, aber seine Gestalt blieb angespannt, und seine Hände waren zu Fäusten geballt. Sie ahnte, dass er gleich eine Riesendummheit begehen würde, sprintete den letzten Meter bis zum Schott und trat ein.

Lieutenant Thornsburg und Danny fuhren beide zu ihr herum, und Danny klappte den Mund wieder zu. Mady nahm es erleichtert zur Kenntnis.

„Guten Morgen", flötete sie und hoffte, dass nur sie selbst den schrillen Unterton in ihrer Stimme wahrnahm. Wie selbstverständlich schob sie sich an Dannys Seite.

Danny warf ihr einen langen, schwer zu deutenden Blick zu, aber Mady fand keine Zeit, sich um ihn zu kümmern. Lieutenant Thornsburg funkelte sie an, als wolle er sie bei lebendigem Leibe auf kleiner Flamme rösten. Schnell wurde ihr klar, dass sie ihm tatsächlich einen Anlass dazu geliefert hatte. Sie salutierte zackig und meldete sich korrekt zur Stelle.

Lieutenant Thornsburg kniff die Augen zusammen und wirkte keineswegs besänftigt. Sie war sehr froh, dass ein Teil der Wut, die in seinen Augen glomm, wohl eher Danny als ihr galt.

„Raus!", schnauzte er sie und Danny an.

Mady wollte sich unverzüglich in Bewegung setzen, Danny jedoch zögerte. Als sie sah, wie er tief Luft holte, handelte sie augenblicklich. Ihre Hand schoss vor und stieß ihn in den Rücken. Er zuckte zusammen, wandte sich halb zu ihr um und musterte sie fragend. Sie sagte nichts, sondern rollte lediglich mit den Augen. Er musste sie auch so verstehen.

Lieutenant Thornsburg setzte eben zu einem neuerlichen Gebrüll an, als Danny endlich reagierte. Er wandte sich steif von ihrem Vorgesetzten ab und verließ die Kabine. Mady hielt sich hinter ihm, immer bereit, ihn erneut in die richtige Richtung zu stupsen, falls er sich noch einmal umdrehen sollte. Doch er tat es nicht. Er ging mehrere Schritte, bis er direkt vor der Pilotenkapsel des Simulators stand, blieb stehen und wandte der Kontrollkammer betont den Rücken zu.

Mady folgte ihm nicht ohne Sorge. Sie kannte ihn nicht gut, aber der Kontrast zu der eisernen Selbstbeherrschung, die er gestern an den Tag gelegt hatte, war überdeutlich und ließ sie vermuten, dass er kurz vor einer emotionalen Explosion stand. Seine Wangen waren gerötet, seine Haltung war die eines Bollwerks, das sich gegen eine schwere See anstemmte, und seine Augen blitzten zornig. Sie war sicher, dass sie noch nie einen derart ungebrochenen Ausdruck der Wut bei einem anderen Menschen gesehen hatte, und noch während sie das dachte, war sie froh, dass er sich nicht gegen sie richtete. Dannys Zorn konnte vermutlich wie eine Flutwelle alles und jeden mit sich reißen, falls er ihn einmal nicht mehr unter Kontrolle behielt.

Sie berührte ihn leicht am Arm, hoffte, dass sie ihn so beruhigen konnte, doch viel Erfolg hatte sie nicht. Er sah sie nicht einmal an, sondern starrte regungslos auf den Simulator, und sie spürte, dass er zitterte.

„Was ist passiert?", fragte sie leise.

Es dauerte mehrere Sekunden, bis er ihr antwortete. „Nichts."

Mady sah zwischen ihm und Thornsburg, der in der Kontrollkabine so tat, als sei er beschäftigt, und jeden Blick zu ihnen heraus vermied, hin und her. Zum Glück ließ die schallisolierte Wand keines ihrer Worte zu ihm durch. Allein deshalb wagte Mady nachzuhaken. „Nichts?"

Danny presste die Lippen aufeinander.

„Für nichts solltest du dich nicht mit ihm anlegen", mahnte sie.

Danny schwieg.

„Thornsburg sitzt am längeren Hebel."

Dannys Haltung wurde noch angespannter.

„Er ist dein Vorgesetzter."

„Das weiß ich", platzte er heraus. „Ich hatte nicht vor, mich mit ihm zu streiten, aber er ist so ... so ..."

Er brach ab, weiß im Gesicht vor Zorn.

„So dumm?", half Mady aus.

Danny nickte.

„So ignorant?"

„Ja."

„So unfair?"

„Ja, verdammt!"

„Daran wirst du dich gewöhnen müssen."

Danny fuhr zu ihr herum. „Das kann ich nicht - nicht, wenn er dadurch den Einsatz gefährdet!"

Mady erschrak. „Wie meinst du das?"

„Ich habe ihm einen Vorschlag gemacht, wie sich das Schiff im Notfall aus dem Schwarm befreien kann, aber Thornsburg weigert sich, Professor Hewitt oder Captain Wilding darüber zu informieren. Er sagt, sie hätten alle Möglichkeiten bedacht."

„Und du glaubst das nicht?"

„Nein, sonst hätten sie es schließlich erwähnt."

Er zitterte noch immer vor Wut.

„Denkst du, dein Vorschlag könnte hilfreich sein?"

„Ja."

Mady überlegte nicht lange. „Dann trage ihn Captain Wilding persönlich vor."

Zum ersten Mal an diesem Morgen waren seine Augen nicht voller Zorn, sondern nahmen einen fragenden Ausdruck an. „Das ist nicht die übliche Vorgehensweise, oder?"

„Das nicht, aber in diesem Fall spielt es keine Rolle. Unser Leben sollte wichtiger sein als der korrekte Dienstweg."

„Mir ist es das!"

„Captain Wilding wird genauso denken. Rede mit ihr, sobald sich die Gelegenheit dazu ergibt."

Danny zog die Stirn in Falten. „Das wird Lieutenant Thornsburg sicher nicht gefallen."

„Ganz sicher nicht."

Danny versank in ein kurzes Grübeln.

„Wird dich das davon abhalten, mit Captain Wilding zu sprechen?", fragte Mady besorgt, als er nach einer halben Minute noch immer schwieg.

Er schreckte wie aus einem Tagtraum hoch, zögerte jedoch nicht mit seiner Antwort, und plötzlich blitzten seine Augen wieder. „Nein, natürlich nicht."

Mady seufzte. „Das beruhigt mich."

Er erwiderte nichts, sondern wandte sich langsam um, bis er in die Kontrollkabine hineinsehen konnte. Sein Blick sprach Bände.

„Danny?"

„Ja?"

„Du musst ruhig bleiben, ganz gleich, wie sehr Thornsburg dich auch provoziert."

Sein Gesicht verschloss sich. „Ich werde es versuchen."

Mady wäre es lieber gewesen, wenn er es fest versprochen hätte. In einem Anflug eigener Wut starrte sie Thornsburg an. Sie hatte die Entwicklung zwischen ihm und Danny vorausgeahnt, aber deshalb gefiel sie ihr nicht besser. Solange sich Thornsburgs Attacken gegen sie selbst gerichtet hatten, hatte sie sich zwar darüber geärgert und sich ihre eigene, recht unfreundliche Meinung über den Lieutenant gebildet, doch sie war damit zurechtgekommen. Wenn Thornsburg aber auf Danny losging, bekamen seine Sticheleien eine neue Qualität. Danny war der Pilot der *Joker*, und damit hing ihr Leben so wie das der anderen Mädchen davon ab, dass er sich ausreichend konzentrieren konnte. Hoffentlich ließ er sich von Thornsburg nicht allzu sehr ablenken.

Schweigend warteten sie auf die restlichen Teammitglieder. In den folgenden Minuten trafen nacheinander Ellie, die männlichen Mitglieder des Teams und zu guter Letzt auch Val und Jenn ein. Als sie eintraten, warf Mady einen raschen Blick auf die Uhr. Wollten die beiden einen persönlichen Rekord aufstellen, indem sie die Zeit, die bis zum Beginn des Trainings oder der Besprechungen noch offen war, stets knapper werden ließen? Dieses Mal waren es noch genau fünfzehn Sekunden, die beim Eintreten der beiden noch zu der angegebenen Zeit fehlten.

Sie hatten sich kaum in die Reihe der Wartenden eingefügt, als Lieutenant Thornsburg aus der Kontrollkabine hervorkam und sich vor ihnen aufbaute. Er sah sie der Reihe nach an, bedachte Danny mit einem übellaunigen Blick, nahm den unterbrochenen Streit jedoch nicht wieder auf, wie Mady für eine Sekunde befürchtet hatte.

„Das heutige Training wird anders verlaufen als das an den Tagen zuvor", erhob Thornsburg seine Stimme. „Wie Commander Birch gestern bereits erläutert hat, soll die Simulation noch stärker an einen möglichen realen Einsatz angeglichen werden. Das bedeutet zunächst einmal, dass Sie bei jeder weiteren Übungsmission Raumanzüge tragen werden, so wie es auch in der *Joker* und der *Ace* der Fall sein wird, sobald wir im Raum operieren."

Mady stöhnte im Stillen auf. Die Simulatorkapseln allein waren schon unbequem genug, die Vorstellung aber, in einen engen, stickigen Raumanzug eingepfercht zu werden, während sie ihr Training abhielten, würde dem Ganzen die Krone aufsetzen.

Trotz allen Unbehagens vermied sie es jedoch sorgsam, ihren Unmut nach außen dringen zu lassen. Bei Lieutenant Thornsburgs mieser Stimmung war das auch kaum zu empfehlen.

Auch die anderen nahmen die Botschaft über die Veränderung des Trainings ungerührt auf, Mady ahnte aber, dass sie ähnliche Gedanken bewegen mussten. Nur Danny schien es tatsächlich nichts auszumachen, denn er stand ruhig neben ihr. An seinen langsamer werdenden Atemzügen erkannte sie, dass seine Wut allmählich verrauchte.

„Die Anzüge finden Sie in den Schränken in der Kontrollkabine", erklärte der Lieutenant. „Sie sind auf Ihre jeweilige Körpergröße abgestimmt, deshalb achten Sie darauf, dass der Anzug, den Sie anlegen, mit Ihrem Namensschild versehen ist."

Die Mitglieder des Teams eilten durch das Schott in die Kontrollkammer. Die Schränke mit den Anzügen befanden sich an der hinteren Wand. Einer von ihnen trug die Aufschrift *Joker*, ein Zweiter die Aufschrift *Ace*. Damit sich nicht alle vor den beiden Schränken drängen mussten, trat Mady allein an sie heran und reichte den anderen ihre Anzüge. Auch für Lieutenant Thornsburg gab es einen. Er nahm ihn wortlos entgegen, ohne ihn allerdings überzustreifen. Stattdessen beobachtete er mit wachsamen Blicken, wie sie sich mit den Monturen abmühten. Offenbar hatte er nicht vor, ihnen zu erklären, wie sie korrekt angelegt wurden. Sie sollten es wohl selbst herausfinden.

Mady betrachtete ihren Anzug sorgfältig, bevor sie ihn anzog. Schon auf den ersten Blick bemerkte sie, dass er nicht so unbequem sein würde, wie sie befürchtet hatte. Das silbrige Material, aus dem er gefertigt worden war, fühlte sich erstaunlich dünn und anschmiegsam an, und die Heizelemente sowie die Kühlung und die Kommunikationseinheit waren fest in ihn integriert. Der gesamte Anzug bestand aus einem Stück, und selbst die Stiefel waren nahtlos mit ihm verschweißt.

Während sie ihn noch in der Hand hielt, beobachtete sie, wie Lieutenant Connay seine Stiefel und seine Uniform auszog. Lediglich in Unterwäsche bekleidet stieg er vorsichtig mit den Füßen voran in den Anzug, zog ihn sich über die Hüften und fuhr danach mit den Armen in die Ärmel, die in Handschuhen endeten. Wie die Schuhe mit den Beinen waren sie fest mit den Ärmeln verbunden.

Mady tat es ihm ohne zu zögern gleich, denn soviel wusste sie von den Raumanzügen, mit denen sie in den Vorlesungen auf der Akademie vertraut gemacht worden war, dass man nie eine Uniform darunter trug. Sie legte ihre Uniform sorgsam beiseite, dann streifte sie den Anzug über. Er passte wie maßgeschneidert.

Als sie mit den Armen in die Ärmel tauchte, stellte sie erfreut fest, dass auch das Material der Handschuhe sehr dünn und anschmiegsam war. Es würde sie kaum behindern, zumal es sich fest um ihre Finger legte, ohne jedoch deren Bewegungsfreiheit einzuschränken. Neugierig fuhr sie mit ihren behandschuhten Händen über die nächstbeste Oberfläche, die ihr in diesem Fall der Schrank bot, und nickte zufrieden. Das Tastvermögen wurde durch die Handschuhe keinesfalls reduziert, es schien sich sogar leicht verbessert zu haben. Erstaunt fragte sie sich, aus welchem Material der Anzug bestehen mochte. Einen Stoff mit derartigen Eigenschaften hatte sie nie zuvor zu Gesicht bekommen.

Von den Hüften aufwärts bis zum Kragen befand sich ein Saum, mit dem der Anzug geschlossen werden konnte. Mady fuhr ihn mit den Fingern ab, konnte aber nicht feststellen, nach welchem Prinzip der Verschluss funktionierte. Als sie die beiden Hälften des Saums jedoch zusammenlegte und erneut mit der Hand darüber strich, schloss sich der Anzug augenblicklich, und man konnte die Naht, die an dieser Stelle zurückblieb, kaum noch erkennen. Mady zweifelte nicht daran, dass er tatsächlich dicht war.

Nachdem sie den Saum bis zum Kragen geschlossen hatte, wandte sie sich dem Helm zu. Er glich, bevor er geschlossen wurde, einer durchsichtigen Kapuze. Die Kommunikationsanlage war nicht in den Helm integriert, sondern bestand aus zwei Ohrstöpseln und einem kleinen Mikrofon, das an dem einen Ende eines metallenen Bügels angebracht war, dessen anderes Ende mit Hilfe einer Schlaufe an einem Ohr befestigt wurde. Kurze Kabel gingen von den Ohrstöpseln und der Schlaufe aus, um irgendwo im Kragen des Anzugs zu verschwinden.

Besonders stabil wirkte die Konstruktion nicht, und Mady befürchtete, sie würde bei der kleinsten Bewegung von ihrem Ohr herunterrutschen, aber das war nicht der Fall. Kaum hatte sie die Schlaufe angelegt, zog sie sich ein wenig zusammen und passte sich gleichzeitig den Konturen ihrer Ohrmuschel perfekt an. Probehalber übte sie einen leichten Zug auf den

Bügel aus, doch die Schlaufe löste sich nicht. Sie saß sicherer, als ihr Aussehen es vermuten ließ.

Den Helm schloss sie noch nicht. Lieutenant Thornsburg würde mit Sicherheit inspizieren, ob ihre Anzüge richtig angelegt worden waren, und bevor sie das nicht bestätigt bekommen hatte, wollte sie sich nicht von der Außenluft abschneiden. Nicht selten waren bereits Kadetten in nicht korrekt angelegten Anzügen beinahe zu Tode gekommen.

Nachdem auch die anderen soweit waren, dass nur noch der Helm geschlossen zu werden brauchte, setzte sich Lieutenant Thornsburg in Bewegung und schritt die Reihe, in der sie sich aufgestellt hatten, langsam ab. Jeden Einzelnen nahm er dabei genau unter die Lupe. Auch Mady musste sich seinem prüfenden Blick unterziehen und hoffte inständig, keinen Fehler gemacht zu haben. Sie war nicht in Stimmung dafür, von dem Lieutenant zusammengebrüllt zu werden.

Zum Glück schien sie alles richtig gemacht zu haben. Thornsburg bemaß sie mit einem letzten, kurzen Blick und ging zu Danny weiter, ohne etwas zu ihr gesagt zu haben.

Mady stöhnte in Gedanken auf, als sie sah, wie der Lieutenant ihn von oben bis unten geringschätzig musterte und sich seine Lippen zu einem dünnen Strich zusammenpressten.

„Legen Sie Ihre Anzüge immer so an, Fähnrich Sims?"

Schnell warf Mady Danny einen Blick zu, konnte aber an seinem Anzug nichts entdecken, was auf einen Fehler hingewiesen hätte. Er schien das genauso zu sehen.

„Ja, Sir."

„Ihnen sind Raumanzüge dieser Art also vertraut, Fähnrich?"

„Ja, Sir. Auf der *Gambler-Circus* benutzten wir ähnliche Anzüge während der Vorstellungen."

Ein Blick in Thornsburgs Gesicht bewies Mady, dass es nicht klug von Danny gewesen war, den Namen des Schiffs zu nennen, von dem er kam. Eine atemlose Stille hing mit einem Mal im Raum.

„Wenn Sie den Anzug so gut kennen, wieso haben Sie dann so lange gebraucht, ihn anzuziehen?", schrie Lieutenant Thornsburg plötzlich los.

Danny erstarrte förmlich. „Sie haben uns kein Zeitlimit gesetzt, Sir."

Mady stöhnte leise.

„Die Hewitts bestimmen die Zeit, Fähnrich. Haben Sie den Commander gestern Abend nicht verstanden? Die *Joker* muss so schnell wie möglich einsatzbereit sein, wenn sie die Hewitts aufhalten soll, doch bevor Sie sich in Ihren Anzug bequemt haben, ist der Schwarm schon längst über die Erde hergefallen!"

Mady warf Danny einen warnenden und gleichzeitig flehenden Blick zu. Er fing ihn auf, zögerte, dann nickte er unmerklich; seine angespannte Haltung lockerte sich, und selbst in seine Stimme kehrte die Ruhe zurück.

„Ich werde beim nächsten Mal schneller sein, Sir."

„Das will ich Ihnen auch geraten haben, Fähnrich", knurrte Thornsburg.

Danny wich weder seinem Blick aus, noch geriet er erneut aus der Ruhe.

Thornsburg brach das Blickduell ab und wandte sich dafür dem Rest der Gruppe zu. „Das Gleiche gilt auch für Sie", fuhr er gereizt fort, wenn auch in etwas gemäßigterem Tonfall als zuvor. „Sie haben viel zu lange gebraucht, um in Ihre Anzüge zu kommen. Sie werden das sofort wiederholen. Ziehen Sie die Anzüge aus, platzieren Sie sie im Schrank, und danach legen Sie sie erneut an, verstanden?"

„Ja, Sir", scholl es ihm im Chor entgegen.

Während sich Mady ihres Anzugs entledigte, bedachte sie Lieutenant Thornsburg mit einigen der hässlichsten Flüche, die ihr einfielen. Es war wirklich erstaunlich, wie er es fertigbrachte, ihre schlechte Meinung über ihn mit jeder weiteren Minute des Trainings zu vertiefen.

Wenigstens gab ihm Danny bei diesem Durchgang keinen Anlass für Kritik. Mady glaubte, ihren Augen nicht zu trauen, als sie sah, wie schnell er seinen Anzug angelegt hatte. Er benötigte dafür nicht einmal ein Drittel der Zeit wie sie selbst oder die anderen, dabei war sie sich sicher, dass sich alle beeilt hatten.

Lieutenant Thornsburg ignorierte Danny betont und setzte seine Erläuterungen fort, als wäre nichts geschehen.

„Da die Anzüge möglichst leicht sein sollten, befindet sich die Sauerstoffversorgung extern in den Kapseln des Simulators. Entsprechende Einrichtungen sind natürlich auch in der *Joker* und der *Ace* vorhanden. Allerdings sind die Anzüge allein ebenfalls raumtauglich, wenn auch nur für kurze Zeit. Wenn Sie über den Rückenteil des Anzugs tasten, werden Sie zwei kleine Platten bemerken, die dort in das Material eingelassen sind. Es sind regenerative Einheiten, die die Luft im Anzug für etwa eine Stunde atembar halten können. Mit Hilfe kleiner Heizelemente kann der Anzug über etwa die gleiche Zeit die in ihm gespeicherte Wärme halten, selbst wenn in seiner Umgebung eine Temperatur nahe dem absoluten Nullpunkt herrscht."

Mady nickte. Der Sinn dieser Konstruktion war ihr klar. In Kampfeinsätzen, jedenfalls in solchen, in denen ein Gegner mit ähnlichen Schiffen und Waffen zu Werke ging wie die Erdflotte selbst, konnte ein Schiff so stark beschädigt werden, dass es seine atembare Atmosphäre verlor. In einem solchen Fall waren die Anzüge ausreichend, das Überleben der Besatzung zu sichern, bis Hilfe eintraf. Gegen die Hewitts allerdings waren die Anzüge so gut wie nutzlos. Mit einem kurzen Sprung konnten die Amöboiden sie sicherlich genauso gut durchqueren wie jede andere Materie.

„Für die Simulation gelten ab sofort neue Regeln“, fuhr Lieutenant Thornsburg fort. „Bisher war jede Mission auf dreißig Minuten begrenzt. Dieser zeitliche Rahmen entfällt ab sofort. Sie werden es schon mitbekommen, wenn die Hewitts die Erde erreichen, denn das ist nun ebenfalls Bestandteil der Simulation. Außerdem wird der Verlust eines Kanoniers nicht mehr ignoriert, wie das bisher der Fall war. Tritt ein Verlust ein, wird die Mission sofort abgebrochen und die Simulation in der Weise beendet, die dem Notfall im echten Kampf entspricht.“ Er warf Danny einen finsteren Blick zu. „Das heißt im Klartext, dass der Pilot die Erdorbitalstation informiert und entscheidet, ob ein Notsprung schneller als die normale Rückkehr zur Station zur Rettung des Opfers führt oder nicht. Andere Wege werden nicht beschritten. Haben Sie mich verstanden, Fähnrich Sims?“

„Ja, Sir“, erklärte Danny steif.

Mady war froh, dass er seine Emotionen im Zaum behielt, obwohl sie spürte, dass der Zorn erneut in ihm zu brodeln begann. Sie hoffte, dass sein Ärger auf Thornsburg keinen Einfluss auf seine Flugkünste haben würde, denn es käme dem Lieutenant gewiss sehr zupass, sollte Danny beim heutigen Training schlechter abschneiden als bei dem Test unter Captain Wildings Aufsicht. Vielleicht spekulierte Thornsburg in seinem krankhaften Ehrgeiz gar darauf, Danny doch noch aus der ersten Reihe des Geschehens verdrängen zu können und versuchte deshalb derart hartnäckig, seine Fähigkeiten zu untergraben.

Thornsburg führte indessen seine Belehrung weiter. „Natürlich müssen Sie sich nicht wehrlos dem Hewitt ergeben. An der Seite jedes Sitzes ist eine Strahlenpistole befestigt, die denen entspricht, die Sie auch in der *Joker* und der *Ace* vorfinden werden. Sie können sie mit einem einfachen Handgriff erreichen; bedenken Sie jedoch, dass das Abfeuern einer Waffe in einem derart begrenzten Raum auf jeden Fall Folgen für das Schiff haben wird. Der Strahl sowie die daraus entstehenden Schäden werden im Training realitätsgetreu nachgestellt werden. Zielen Sie gut, auch in Ihrem eigenen Interesse. Ein eingedrungener Hewitt wird vom Computer in Form eines Hologramms sichtbar gemacht werden. Haben Sie noch Fragen dazu?“

Danny meldete sich, was ihm einen verächtlichen Blick des Lieutenants eintrug.

„Ja, Fähnrich Sims?“, fragte Thornsburg gedehnt, als habe er sich gleich denken können, dass ausgerechnet Danny noch nicht alles begriffen hatte.

Danny holte tief Luft - Mady war sicher, dass er in der gleichen Sekunde seinen Ärger herunterschluckte - und stellte seine Frage.

„Sir, Sie sprachen bislang lediglich von dem Fall, dass ein Kanonier berührt wird. Welches Notfallprotokoll gibt es für den Fall, dass die Hewitts den Piloten ausschalten?“

Thornsburg zog die Augenbrauen hoch. „Ich weiß nicht, worum Sie sich Sorgen machen, Fähnrich. Der Pilotensitz befindet sich tief im Inneren der *Joker*. Bis dorthin werden die Hewitts kaum vordringen. Wie Sie sich vielleicht erinnern, ist ihre Sprungdistanz beschränkt."

„Das wird sie kaum aufhalten, immerhin könnten sie mehrere Sprünge nacheinander vollziehen und so bis zum Kern des Schiffs gelangen", erwiderte Danny ungerührt.

Thornsburg hielt seinem Blick nur kurze Zeit stand, dann machte er eine abfällige Geste. „Für den unwahrscheinlichen Fall, dass ein Hewitt bis in die Pilotenkapsel vordringt und den Piloten außer Gefecht setzt, existiert eine Sicherheitsschaltung. Sie überträgt die Steuerung automatisch an den Kanonier im Alpha-Geschütz. Sollte der ebenfalls ausgefallen sein, geht die Steuerung auf das Beta-Geschütz über."

Mady seufzte beruhigt. Es war gut zu wissen, dass sie auch ohne Piloten aus dem Schwarm entkommen konnten.

„Das Team der *Joker* beginnt mit dem Training, meine Crew kommt mit mir in den Kontrollraum und verfolgt die Simulation", ordnete Thornsburg übergangslos an.

Mady, Danny und die anderen bestätigten den Befehl und wandten sich den Simulatorkapseln zu. Als Mady in die Geschützkanzel kletterte, atmete sie erleichtert auf. Die Konfrontation zwischen Danny und Thornsburg war nicht völlig eskaliert, und solange sie trainierten, ergab sich vermutlich keine Situation mehr, über die die beiden in Streit geraten könnten. Allerdings graute ihr schon jetzt vor den Phasen des Trainings, in denen die zuvor absolvierten Missionen besprochen und auf Fehler untersucht wurden. Sie konnte nur hoffen, dass Danny so gut war, wie sein Testergebnis es vermuten ließ.

Entschlossen, ihren Teil zu einer erfolgreichen Simulation beizutragen, verdrängte sie energisch alle anderen Gedanken aus ihrer Aufmerksamkeit und sah sich nach dem Anschluss um, über den sie ihren Anzug mit den Lebenserhaltungssystemen des Schiffs verbinden konnte.

„Fähnrich Sims meldet sich bereit zur Simulation", klang in diesem Moment Dannys Stimme in ihren Ohrstöpseln auf. Mady staunte nicht schlecht darüber, wie flink er gewesen war, und ahnte sofort, dass er bewusst versuchte, Thornsburg keinen weiteren Anlass mehr zur Kritik zu geben. Das beruhigte sie.

Sie selbst entdeckte endlich den Anschluss am Ende einer kleinen Aufhängung direkt an der Rückenlehne des Sitzes, trat näher und drehte ihn zwischen den Fingern. Das Passstück ließ sich genau am rückwärtigen Teil ihres Kragens einfügen und war über einen Schlauch mit den Tanks im Inneren des Simulators verbunden. Eine grüne Signallampe am Rande ihrer Kontrollen leuchtete auf, nachdem sie es an ihrem Anzug angeschlossen hatte, und bedeutete ihr, dass sie nun den Helm schließen konnte.

Sie zog die durchsichtige Haube über ihren Kopf, und unter dem Druck der durch den Schlauch von außen einströmenden Luft entfaltete sie sich und nahm eine stabile Form an. Mady sog prüfend Luft ein - es war alles in Ordnung - und tastete gleichzeitig mit den Fingern über die Wölbung des Helms. Sie konnte ihn leicht eindrücken, doch die Elastizität war nicht störend, sondern eher von Vorteil. So konnte sie ihren Kopf bequem an die Kopfstütze des Sitzes anlehnen, nachdem sie Platz genommen hatte, was mit einem unnachgiebigen Helm nur schwer möglich gewesen wäre.

Erstaunlicherweise behinderte sie nicht einmal das Passstück in ihrem Nacken. Es war so flach gehalten, dass es die Kopfstütze kaum berührte, und der Schlauch war so geschickt in der Aufhängung untergebracht, dass er ihren jeweiligen Bewegungen folgte und sie keine Angst zu haben brauchte, er könnte sich irgendwo verheddern.

Mit einem letzten prüfenden Blick auf die Aufhängung schloss sie ihre Sicherheitsgurte und meldete sich ebenfalls bereit. „Beta-Geschütz ist einsatzbereit."

Nacheinander folgten Ellie, Val und Jenn ihrem Beispiel. Ellie hatte sich in das Gamma-Geschütz, Val in das Alpha- und Jenn in das Delta-Geschütz begeben.

Lieutenant Thornsburg ergriff das Wort. Seine Stimme klang ebenfalls in ihren Ohrstöpseln auf, und sie hoffte, es mochte ihm nicht wieder einfallen, herumzubrüllen.

„Sie werden diese Aufteilung in allen folgenden Simulationen und auch im Kampf beibehalten", wies er sie an - in angemessenem Tonfall, wie sie erleichtert bemerkte. „Damit geben Sie dem Piloten die Chance, sich an Sie und Ihre Reaktionen zu gewöhnen."

Angespannt lauschte Mady, ob sich der Lieutenant zu einer weiteren Stichelei gegen Danny hinreißen ließ, doch sie blieb aus.

„Die Simulation wird dieses Mal nicht mitten im Einsatz beginnen, sondern mit der Startsequenz. Auf diese Weise kann der Pilot sich damit vertraut machen, das Schiff aus dem Hangar zu steuern. In einem gewissen Sicherheitsabstand zur Erdorbitalstation erfolgt der Sprung in den Schwarm, danach läuft die Simulation so, wie Sie es bereits kennen, abgesehen vom Ende. Fähnrich Sims, Sie können Ihren Kanonieren letzte Anweisungen erteilen."

Sofort meldete sich Danny zu Wort. „Ja, Sir. Sehen Sie bitte auf die Holografie."

Vor ihren Augen entstand ein kleines holografisches Abbild der *Joker*. Mit seiner Hilfe erklärte ihnen Danny, welches Geschütz welche Flanke der *Joker* schützen sollte.

„Das ist besonders beim Eintritt in den Schwarm wichtig", betonte er. „In diesem Moment werden uns die Hewitts am nächsten sein, und da wir eine gewisse Eigengeschwindigkeit besitzen, werden wir ihnen auf jeden Fall gefährlich nahe kommen. Ich werde die *Joker* gleich nach dem Sprung so drehen, dass die Beta-Flanke in Bewegungsrichtung zeigt. So wird die Wahrscheinlichkeit, dass ein Hewitt in eine der Geschützkapseln eindringen kann, gesenkt. Die Waffen werden Sie auf mein Kommando unmittelbar vor dem Sprung aktivieren. Der Sicherheitsabstand zur Erdorbitalstation ist so bemessen, dass die Geschütze sie nicht gefährden, und Sie sparen die Reaktionszeit ein, die Sie am Ende des Sprungs sonst benötigen würden."

Während Mady seinen einfachen und doch präzisen Anweisungen zuhörte, stieg ihre Achtung vor seinen Fähigkeiten. Nur eins hatte sie an Dannys Worten gestört.

„Danny, sei nicht so förmlich, wir sind ein Team", sprach sie ihn an, und es war ihr egal, ob Lieutenant Thornsburg zuhörte oder nicht. Es ging schließlich um ihren Flug, nicht um seinen. „Ich schätze, es wäre ziemlich zeitraubend, wenn du uns während der Simulation oder später im Kampf stets mit vollem Namen und Rang oder über unsere Geschützkennzeichnung ansprechen würdest. Unsere Kurznamen sind besser geeignet." Sie wartete nicht ab, ob die anderen ihr zustimmten, sondern begann, Danny ihre Kameradinnen mit deren Spitznamen vorzustellen. „Am Alpha-Geschütz sitzt Val, an Gamma Ellie und an Delta Jenn."

„He, Danny", fiel Jenn ein, „das Sie kannst du dir auch sparen."

„Danke, Jenn", antwortete er ihr nach kurzem Zögern.

Mady atmete auf. Wenigstens schien Jenn begriffen zu haben, worum es ihr ging. Ellie und Val hingegen sagten gar nichts. Ihnen schien dieser Akt der Verbrüderung nicht zu gefallen, doch immerhin erhoben sie keine Einwände, und das wertete sie auch schon als Erfolg.

„Wenn Sie mit Ihrem Geplapper fertig sind, könnten Sie vielleicht endlich mit der Simulation beginnen", knurrte Thornsburg.

„Das werden wir, Sir", erwiderte Danny fest. „Seid ihr bereit?"

Mady und die anderen bestätigten. Die Simulation begann.

28. Kapitel

Als Danny nach den Kontrollen griff und der Simulator um ihn herum zum Leben erwachte, fiel der Ärger, der eben noch in ihm rumort hatte, mit einem Schlag von ihm ab. Er vergaß ihn einfach und wandte seine gesamte Aufmerksamkeit der Übungsmission zu. Auf einem kleinen Bildschirm auf der linken Seite seines Kontrollpults konnte er den Hangar sehen, in dem die *Joker* und die *Ace* zurzeit standen und von dem aus sie in Kürze starten würden.

„Funkleitzentrale, die *Joker* erbittet Starterlaubnis", rezitierte er das Protokoll, das stets dem Start eines Schiffs von der Erdorbitalstation zugrunde lag.

„Die Hangartore werden in zwanzig Sekunden geöffnet", antwortete eine Stimme aus den Ohrstöpseln.

Erfreut registrierte er, dass nicht Lieutenant Thornsburg den Part der Abflugkontrolle übernommen hatte, so wie Captain Wilding es gestern im Verlauf des Tests getan hatte, sondern der Computer. Für die Zeit der Simulation war er vermutlich vor den unangenehmen Spitzen des Lieutenants sicher.

Auf dem Bildschirm konnte er mitverfolgen, wie sich die letzten, simulierten Techniker hastig aus dem Teil des Hangars, den die *Joker* auf dem Weg zur Schleuse durchqueren musste, zurückzogen.

Als der Countdown bei drei angelangt war, machte er sich bereit, und bei null hob er das Schiff sanft vom Startsockel ab. Wenig später schwebte die *Joker* dicht vor dem Hangartor, das sich langsam zu öffnen begann.

Unruhig starrte Danny auf die auseinandergleitenden Schotthälften. Es fiel ihm schwer, seine Ungeduld zu zügeln. Er wollte endlich fliegen und er wollte dem aufgeblasenen Lieutenant zeigen, dass er den Platz, den Captain Wilding ihm gegeben hatte, verdiente.

Es schien ewig zu dauern, bis der Ausschleusungsvorgang beendet war, doch dann stand das äußere Schott endlich offen. Danny aktivierte das Hologramm, sah den fiktiven Schwarm hellgelb darin aufleuchten, führte die *Joker* zügig in einem perfekt abgezirkelten Bogen um die Erdorbitalstation herum in den freien Raum und brachte sie auf Kurs.

„Der Sprung erfolgt in zwei Minuten", gab der computergenerierte Funkleitoffizier bekannt. „Halten Sie mit der *Joker* auf die Koordinaten X-2.5/Y-0.7/Z-3.1 zu. Wir benötigen einen gleichförmigen Kurs zur Berechnung der Sprungdaten."

Der so bezeichnete Punkt im Raum leuchtete in der Holografie auf, aber Danny sah kaum hin. Das Schiff hatte längst die entsprechende Richtung eingeschlagen.

„Eine halbe Minute bis zum Sprung."

Auf einem der Bildschirme in der Kapsel erschien der Countdown bis zum Sprung. Danny spürte, wie sich sein Herzschlag beschleunigte. Das Blut wurde ihm heftiger als zuvor durch die Adern getrieben, und seine Hände und Finger fühlten sich wärmer an als sonst. Es war keine Täuschung. Tatsächlich erhöhte sich seine Hauttemperatur, und sein gesamter Körper passte sich an seine erhöhte Konzentration an. Er lächelte, als er die Hitze auf seinen Wangen spürte. Er war bereit.

Bei fünfzehn angelangt begann der Computer, den Countdown auch laut zu zählen. Danny tippte bei jeder weiteren Zahl kaum merklich gegen seine Kontrollen.

„...Zehn..."

„...Neun..."

Bei Sieben wandte er sich an seine Geschützleute. „Schwenkt die Geschütze auf die Flanken ein."

Die Simulation war wirklich hervorragend. Er konnte spüren, wie sich die Geschützkapseln bewegten, obwohl sie gar nicht direkt mit seiner Kanzel verbunden waren.

„...Fünf..."

Er griff nach seinen Kontrollen und aktivierte den Semiautopiloten, der während des gesamten Ablaufs der Mission dafür sorgen sollte, dass das Schiff nicht aus dem Schwarm fiel. Augenblicklich flog die *Joker* eine spitze Kehre, die in dieser präzisen Ausführung selbst ihm schwergefallen wäre, und im nächsten Moment flogen sie in die gleiche Richtung wie die Hewitts. Zudem passte der Autopilot die Geschwindigkeit des Schiffs der des Schwarms an.

„...Zwei..."

„Geschütze aktivieren, breite Zielerfassung einstellen!"

„...Eins..."

„Feuer!"

„Sprung."

Es ging blitzschnell. In dem Moment, in dem die Geschütze ihre gleißenden Lichtbahnen zu verschleudern begannen, erfolgte der Sprung. Danny handelte in dem Sekundenbruchteil, den das Schiff für den Kurzsprung benötigte. Die *Joker* drehte sich leicht, bewegte sich mit der Beta-Flanke voran. Dann erschien auf der Holografie der Schwarm der Hewitts. Danny begriff sofort, dass der Semiautopilot tadellos arbeitete. Die Eigenbewegung des Schiffs und des Schwarms stimmten hundertprozentig überein, sodass der Eindruck entstand, als stünde die *Joker* regungslos im Schwarm.

Aber das blieb nicht lange so. Die Energiebahnen der *Joker* rissen breite Breschen in die Reihen der Amöboiden. „Achtung", schrie Danny, als sich die erste Reaktion auf den Beschuss zeigte. Die zunächst relativ gleichmäßig wirkende Formation der Hewitts geriet in Unordnung.

Kleinere Pulks lösten sich aus dem Gefüge und rasten in unglaublichem Tempo auf die *Joker* zu.

Er wich ihnen geschickt aus und ließ das Schiff gleichzeitig kreiseln, sodass die Geschütze die auf sie zujagenden Wesen mit ihren tödlichen Strahlen bestrichen. Die Geschützkanzeln selbst waren voll beweglich, doch sie mussten ihre Bewegungsfreiheit kaum ausnutzen.

„Sie greifen uns an!“, schrie eine Stimme auf.

Mit einem Rest unbenötigter Aufmerksamkeit ordnete er sie Val zu.

„Wir sie auch, Val“, gab er zurück, ohne seine Augen auch nur für einen Sekundenbruchteil von der Holografie zu nehmen.

Sein Herz schlug ihm hart gegen die Rippen. Tatsächlich stürzten die Hewitts von allen Seiten auf sie zu und schlossen sich gefährlich eng um sie.

„Mady, halte dein Geschütz gerade“, befahl er und wartete genau so lange, wie sie seines Wissens nach benötigte, um seiner Anweisung Folge zu leisten. Dann richtete er die *Joker* so aus, dass Madys Kanzel in die Bewegungsrichtung wies, und versetzte das Schiff in eine kreiselnde Bewegung, deren Achse durch ihr Geschütz und die Pilotenkapsel verlief. Der Kegelstrahl, der von Madys Geschütz ausging, schuf auf diese Weise eine Gasse, die groß genug war, um die *Joker* hindurchschlüpfen zu lassen.

„Wir stoßen durch!“

Sie schafften es. Die Hewitts kamen nicht bis auf die gefährliche Distanz heran. Die Massen der Organismen, die sich eben noch um die *Joker* zusammengeballt hatten, blieben hinter ihnen zurück. Vor ihnen lag ein Bereich des Schwarms, der ausgedünnt wirkte, aber schon formierten sich die Hewitts neu. Der Schwarm zog sich zusammen, schien auf diese Weise die Verluste ausgleichen zu wollen, die die Geschütze der *Joker* ihm zugefügt hatten. Das Manövrieren wurde immer schwieriger. Das war schwerer als im Test.

Mit hoher Geschwindigkeit raste die *Joker* durch den Schwarm und stieß auf das schillernde Energiefeld zu. Danny ließ das Schiff so rotieren, dass die Hewitts den Geschützen scharenweise zum Opfer fielen, doch noch war ein Erfolg ihrer Mission nicht in Sicht. Er senkte die Geschwindigkeit leicht, zog die *Joker* in einer haarnadelscharfen Kurve herum und stieß in die gleiche Richtung, aus der sie gekommen war, ins Innere des Schwarms zurück. Er konnte den Kurs jedoch nur Sekunden beibehalten. Die Hewitts rotteten sich vor ihnen zusammen und schossen auf die *Joker* zu, als wären sie Eisenfeilspäne, die von einem riesigen Magneten angezogen wurden.

Jenn schrie erschrocken auf, als ihre Kapsel dicht an einer Ansammlung Hewitts vorbeistrich und es ihr nicht gelang, alle Amöboiden mit ihrem Geschütz zu erfassen. Danny kroch eine Gänsehaut den Nacken hinauf. Er hatte Jenns Reaktionszeit überschätzt. Nur mit einem blitzartigen Manöver konnte er die Kapsel noch vor dem Zusammenstoß mit den Hewitts bewahren.

Sein Blick brannte sich in die Holografie, als er nach einem neuen Kurs suchte. Er fand ihn augenblicklich, wich einigen Hewittansammlungen aus und brachte sie gleichzeitig vor Ellies und Vals Geschütze. Sie stoben unter dem Ansturm der zerstörerischen Energien auseinander. Einige schafften es noch, sich zurückzuziehen, die meisten aber vergingen in dem verzehrenden Feuer der Laserstrahlen.

Die Anspannung nahm zu. Immer dichter rückten die Hewitts heran. Mehr als einmal wurde es knapp, und nicht immer waren die langsameren Reaktionszeiten der Mädchen dafür verantwortlich. Seine eigenen gelangten beinahe an ihre Grenzen.

Doch wann immer er das dachte, pulste ein neuer Adrenalinstoß durch seine Adern, ließ ihn noch schneller werden und peitschte ihn in einen geradezu euphorischen Rauschzustand hinein. Nie zuvor hatte er sich derart *lebendig* gefühlt. Er sah alles, spürte alles, ahnte noch mehr voraus, und stets stand der Schwarm der Hewitts als vollständiges Bild vor seinem inneren Auge. Er wusste intuitiv, wohin er die *Joker* fliegen musste. In seinen Ohren dröhnten die Geräusche des Simulators. Sie waren mit einem Mal viel lauter geworden, und unter seinen Fingern ertastete er die Kontrollen, nahm jede noch so kleine Unebenheit und Rille in ihnen wahr.

Ein Rest seiner Aufmerksamkeit teilte ihm lakonisch mit, dass man ihn auf der *Gambler-Circus* zum Teufel gejagt hätte, wäre er dort derartige Manöver geflogen. Das Gefühl, die *Joker* trotz der irrwitzigen Geschwindigkeit vollständig beherrschen zu können, berauschte ihn. Er hätte es nie für möglich gehalten, dass er so harmonisch mit einem Schiff verschmelzen könnte, und mehr als jemals zuvor erkannte er, dass er seine eigenen Grenzen noch längst nicht ausgelotet hatte.

Sofort ging er daran, zu ihnen vorzustoßen, aber er erreichte die Grenze des Simulators eher als seine eigene. Eins seiner heftigen Manöver ließ kurzzeitig eine leichte Andruckkraft durchschlagen, die sich wie ein zentnerschweres Gewicht auf seine Brust legte und ihm für eine Sekunde den Atem nahm. Auch die Mädchen stöhnten, aber der Druck verschwand so schnell, wie er gekommen war, und die *Joker* raste weiter. Dann, ganz plötzlich, war es vorbei. Der schillernde Energieschild um den Schwarm erlosch, und gleichzeitig nahm auch die bedrückende Enge um die *Joker* ab. Die Hewitts zerstreuten sich.

„Ihnen nach!", schrie Mady.

Danny schlug sofort einen Kurs ein, der das Schiff hinter dem Gros der Hewitts herführte. Die Geschütze feuerten unablässig. Da die Gegner nicht mehr so dicht standen, trafen sie nicht mehr so häufig, aber das war gleichgültig. Sie würden nicht ein einziges der Wesen entkommen lassen.

Auf der Holografie erschienen neue Markierungen. Die Abfangjäger und die *Ace* griffen die Überreste des Schwarms an. Auch das war also in die Simulation eingebaut worden. Danny flog einen weiten Bogen, um die ihnen entgegenkommenden Schiffe nicht zu gefährden, und jagte dann einigen tausend Hewitts nach, die weiterhin hartnäckig ihren Kurs zur Erde beibehielten. Gegenüber der vorherigen Phase der Simulation war das nur noch ein Kinderspiel.

„Mission erfolgreich abgeschlossen", meldete der Computer nur wenig später. „Abschussquote 100%, Verluste: keine."

Es war ein Grund zur Freude, doch niemand jubelte. Danny hörte die schweren Atemzüge der vier Mädchen, und auch er selbst brachte keinen Ton heraus. Als er die *Joker* auf einen Kurs zur Erdorbitalstation einschwenkte, fiel sein Manöver heftiger aus, als er es eigentlich geplant hatte. Fassungslos sah er auf seine Hände herab. Es schien fast so, als hätten sie sich selbstständig gemacht. Er wollte sie lediglich in normaler Geschwindigkeit bewegen, doch sie reagierten viel schneller als üblich auf seine Gedanken. Erst als sich sein rasender Puls langsam beruhigte, konnte er sich wieder annähernd normal bewegen.

„Fähnrich Sims, fliegen Sie die *Joker* in den Hangar zurück", erklärte Lieutenant Thornsburg übergangslos.

Danny lauschte dem Klang seiner Stimme angespannt nach. Es reizte ihn, sich auszumalen, wie der Lieutenant seinen Erfolg aufnehmen würde, aber er ließ es bleiben. Thornsburgs Einstellung zu ihm würde sich durch seine gute Leistung ohnehin nicht bessern, sondern eher verschlechtern.

Er zuckte mit den Schultern, als der Gedanke wirkungslos an ihm abglitt. Der Rausch des Fluges hatte jeden Ärger aus seinem Herzen verbannt, und angesichts der Hochstimmung, die er im Augenblick empfand, würde es selbst dem Lieutenant schwerfallen, ihn erneut in Rage zu versetzen.

Erstaunlicherweise hielt sich Thornsburg mit seinen Kommentaren zurück. Er wies ihn lediglich an, sich sogleich für eine weitere Simulation bereitzuhalten. Die Mädchen stöhnten, Danny jedoch störte sich nicht daran. Das Adrenalin in seinem Blut schrie ohnehin danach, den Kampf fortzusetzen.

Als der Lieutenant ihn und seine Crew allerdings nach der zweiten Mission ohne Pause in eine Dritte starten ließ, verzog Danny unwillig den Mundwinkel, denn er erinnerte sich an Madys Worte vom Vorabend. Sie hatte gesagt, dass die Teammitglieder im Training keine dritte Simulation fliegen konnten, ohne drastisch in ihren Leistungen abzufallen, und Thornsburg wusste das natürlich. Er wollte, dass er versagte.

Danny biss grimmig die Zähne aufeinander und war fest entschlossen, ihm den Gefallen nicht zu tun. Er würde den Schwarm aufhalten, ganz gleich, wie schwer es wurde.

Es wurde verdammt schwer. Val und Jenn brachen völlig ein, nur Mady und Ellie reichten halbwegs an die vorherigen Zeiten heran. Er brauchte jeden Funken seiner Aufmerksamkeit, um ihre Schwäche durch noch schnellere, vorausschauendere und geschicktere Manöver auszugleichen. Seine angestrengte Konzentration trieb ihm den Schweiß auf die Stirn, aber er ließ nicht locker. Auch dieser Durchgang endete mit einer hundertprozentigen Abschussquote und ohne Verlust, doch er hatte deutlich länger gedauert.

Als er die fiktive *Joker* anschließend in den Hangar zurückflog, zitterten ihm die Hände, und seine Augen weigerten sich, länger die Einzelheiten in der Holografie wahrzunehmen. Er war viel erschöpfter als nach den vier Testmissionen, die Captain Wilding ihm abverlangt hatte, aber in deren Verlauf waren die Leistungen der Kanoniere auch gleich geblieben. Er hoffte inständig, dass Lieutenant Thornsburg ihm und den anderen nicht einen weiteren Flug aufzwang. Noch einmal würde es ihm nicht gelingen, den Abfall der Reaktionszeiten bei den Mädchen aufzufangen, denn auch seine eigenen würden unter seiner Ermüdung leiden.

Zum Glück wies Thornsburg sie an, den Simulator zu verlassen. Danny öffnete mit einer ungewöhnlich fahrigen Bewegung seinen Helm, faltete ihn über seinen Kopf zurück und löste sich vom Anschluss der Kapsel. Mit wackligen Knien verließ er den Simulator. Seinen Mitstreiterinnen erging es nicht besser, sie sahen sogar noch müder aus, als er sich fühlte. Doch Erschöpfung war nicht der einzige Ausdruck, der in ihren Augen stand. Die vier Mädchen starrten ihn geradezu erschüttert an, die Augen geweitet, die Gesichter reglos. Sie tauschten kurze Blicke untereinander, Blicke, die viel aussagten.

Er wünschte, er könnte die verborgenen Botschaften darin nicht verstehen, doch sie waren so deutlich wie gesprochene Worte. Er konnte sie gar nicht übersehen. Mit einem engen Gefühl im Hals blickte er zu Boden.

Erst als ein Schatten vor ihm auftauchte, hob er den Kopf und blieb gleichzeitig stehen. Das andere Team kam ihnen entgegen, und Lieutenant Thornsburg trat auf ihn zu und baute sich vor ihm auf.

„Sie und Ihr Team können sich jetzt ausruhen, Fähnrich“, verkündete er.

Er schrie nicht wirklich, dennoch dröhnten seine Worte Danny wie Donnerschläge in den Ohren. Seine gesamten Sinne waren noch immer überreizt.

„Aye, aye, Sir“, gab er entsprechend leiser zurück.

Lieutenant Thornsburg wandte sich abrupt ab, ohne ein weiteres Wort zu sagen, und der Rest seines Teams zog, einer schweigenden Prozession gleich, an Danny vorbei.

29. Kapitel

Auf dem Weg in die Kontrollkabine schluckte Mady mehrfach heftig, um das einschnürende Gefühl, das sich im Verlauf der Simulationen immer stärker um ihre Kehle gezogen hatte, zu vertreiben, aber es wollte ihr nicht recht gelingen. Ihr schlotterten die Knie wie einem hundertjährigen Greis, der gerade den Pazifik durchschwommen hatte, und als sie zitternd Atem holte, war ihr, als säße eine Elefantenherde auf ihrem Brustkorb, die ihr mit ihrem Tonnengewicht die Lungen platt drückte.

Die bleierne Erschöpfung, die gegen Ende der letzten Übungsmission von ihr Besitz ergriffen hatte, war für ihren kläglichen Zustand allerdings nur zum Teil verantwortlich, wie sie sich schmerzlich eingestehen musste. Die eigentliche Ursache war das fassungslose, fast schockierte Staunen, das sich tief in ihre Seele gegraben hatte und sie wie mit stählernen Klauen umschlossen hielt. In ihrem Inneren tobte ein Sturm der Gefühle, fochten widerstreitende Gedanken und Empfindungen einen verbissenen Kampf miteinander aus, und es war noch nicht klar, welche der Seiten als Sieger daraus hervorgehen würde.

Rational betrachtet sollte es nicht den Hauch eines Zweifels geben, aber gerade im Augenblick hatte ihre Vernunft nur wenig Einfluss auf das, was in ihr vorging. Ihr war zum Lachen und gleichzeitig zum Weinen zumute - zum Lachen, weil sie offensichtlich viel weniger Angst vor einem Einsatz gegen die Hewitts zu haben brauchte, als sie befürchtet hatte, und zum Weinen, weil sie sich niemals zuvor derart klein und ungenügend gefühlt hatte wie angesichts Dannys Ehrfurcht gebietenden Fähigkeiten, deren Zeuge sie gerade geworden war. Am liebsten hätte sie einen lauten Schrei ausgestoßen, nur um die Anspannung in ihrem Inneren zu mildern.

Erschüttert dachte sie an Dannys Manöver während der Simulation zurück. Obwohl sein Testergebnis bereits gezeigt hatte, dass er besser war als Thornsburg oder die anderen Piloten, war sie in keiner Weise auf das vorbereitet gewesen, was sie eben erlebt hatte. Die Gerüchte, die die phänomenalen Fähigkeiten der Gambler bestaunten, enthielten ohne jeden Zweifel mehr als nur ein Körnchen Wahrheit, und soweit sie es beurteilen konnte, waren sie sogar noch stark untertrieben.

Der Schock saß tief und ließ sie Danny entgeistert anstarren, als er aus seiner Kapsel kletterte. Es war, als sähe sie ihn zum ersten Mal, und er wirkte auch tatsächlich völlig verändert. Jede seiner Bewegungen war so kontrolliert, fließend und präzise wie seine Flugmanöver. Er zeigte nicht die allerkleinste Regung zu viel, als er aus seiner Kanzel stieg und langsam auf die Kontrollkabine zuging. Unwillkürlich fragte sie sich, wie schnell er sich wohl bewegen könnte, wenn er seine Selbstbeherrschung und Zurückhaltung aufgab. Ein Schauer rann ihr kalt den Rücken hinab, und ihr Mund wurde plötzlich trocken, als sei sie tagelang ohne Wasser durch die Wüste geirrt.

Mühsam riss sie ihren Blick von ihm los und beeilte sich, die Kontrollkabine aufzusuchen. Hinter sich hörte sie, wie sich Lieutenant Thornsburg kurz an Danny wandte, dann hatte sie das gläserne Abteil erreicht und ließ sich schwer in einen der Sessel fallen. Jenn nahm neben ihr Platz. Sie war bleich im Gesicht und suchte ihre Augen mit den ihren. Wortlos tauschten sie ihre Gedanken aus; Val und Ellie taten das Gleiche, dann sahen alle wie auf ein geheimes Kommando nach draußen.

Danny verharrte noch immer an einer Stelle zwischen Simulator und Kontrollkabine. Die vielen Deckenleuchten schufen um ihn einen Kranz aus Schatten, der sich in alle Richtungen erstreckte und doch nichts berührte. Er bewegte sich mit ihm, als Danny weiterging und auf die Kabine zuschritt.

Mady zuckte zusammen, als er durch das Schott trat und sein Blick sie traf. Er war jünger als sie, doch im Augenblick hatte er nichts Kindliches, nicht einmal mehr etwas Jugendliches an sich. Sein Gesicht wirkte viel markanter als vor der Simulation, seine Bewegungen waren sparsamer und gleichzeitig geschmeidiger, aber am stärksten hatten sich seine Augen verändert. Ihr blauer Farbton hatte sich so stark vertieft, dass sich das Licht in ihnen fing, und sie glitzerten im Schein der Lampen wie kristallklare, kalte Bergseen, die so unergründlich waren, dass die Strahlen der Sonne niemals den Boden erreichen konnten. Man konnte nur erahnen, was sich in ihren Tiefen verbarg.

Sein Blick war hypnotisch. Mady konnte sich nicht davon losreißen, obwohl ihr bereits schwindelte. Ihre Hände umklammerten die Armlehnen des Sessels, sie drückte ihr Kreuz gegen die Rückenlehne, und während sie ihn anstarrte, spürte sie, wie groß seine Überlegenheit tatsächlich war.

Ohne dass sie es wollte, fragte sie sich, wie er über sie und die anderen denken mochte. Was sah er in ihnen? Wünschte er sich nicht bereits, dass andere Gambler und nicht derart armselige Krücken wie sie, Jenn, Val und Ellie mit ihm flogen?

Plötzlich veränderten sich seine Augen. Von tief unten tauchte ein neuer Ausdruck auf. Mady brauchte einen Moment, bis sie ihn erkannte. Es war Schmerz - oder Kummer - und in der gleichen Sekunde wandte er den Blick von ihr ab. Mit gesenktem Kopf ging er zu einem der Sessel, die am Rand des Kontrollpults standen, und setzte sich.

Erst jetzt ließ sie die Luft entweichen, die sie unbewusst angehalten hatte, froh, dass Danny den Blickkontakt unterbrochen hatte. Sie selbst hätte es wohl nicht vermocht. Ihr Herz klopfte heftig gegen ihre Rippen, so heftig, als säßen sie noch immer im Simulator.

Übergangslos fiel ihr auf, wie still es in der Kontrollkabine war. Niemand sprach, und sie hatte den Eindruck, dass Jenn neben ihr nicht einmal wagte, tief durchzuatmen. Es war ein beredtes Schweigen, das hörbar wie ein gesprochenes Wort war und wie eine unsichtbare Hand auf Danny zeigte, ihn einhüllte und von ihnen trennte wie eine Erdbebenspalte, die sich zwischen ihnen aufgetan hatte.

Sie sah, wie Dannys angespannte Haltung plötzlich von ihm abfloss. Seine Schultern sanken herab, die Ausstrahlung von Kraft, Schnelligkeit und höchster Konzentration endete so abrupt, als habe er tief in seinem Inneren eine Tür zugeschlagen, und als er zögernd den Kopf hob und sie anschaute, waren auch seine Augen wieder normal. Nur eins war geblieben - der Kummer.

Und da begriff sie, dass er ihre Blicke und die der anderen sehr wohl mitbekommen hatte und sie ganz sicher auch zu deuten wusste. Hastig sah sie sich im Raum um. Val und Ellie vermieden es betont, in Dannys Richtung zu sehen; Jenn tat es zwar, aber auf eine Art und Weise, die ihn ebenfalls ausgrenzte. Ihre Blicke wanderten immer wieder zu ihm herüber, doch sie riss sie schon nach Sekundenbruchteilen wieder fort, so als fürchte sie, er könne ihren Blick mit seinen Augen einfangen und nicht mehr loslassen. Mady konnte es ihr nicht verdenken. Sie empfand ähnlich, doch sie wusste auch, dass es ihm wehtun musste, so geschnitten zu werden. Er war ein Teil des Teams - er war sogar dessen Herz.

Entschlossen drängte sie ihr Erschrecken über seine übermenschlichen Leistungen beiseite. Sie durfte nicht zulassen, dass das Schweigen im Raum weiter anhielt.

„Danny?", fragte sie und verfluchte ihre Stimme, die plötzlich wie ein Reibeisen klang.

Er sah auf, gleichzeitig hörte sie, wie Jenn neben ihr die Luft anhielt.

Ihre Gedanken rasten. Was konnte sie nur sagen? Wie sollte sie mit ihm reden?

Danny musterte sie fragend, und das machte es ihr schwer, einen klaren Gedanken zu fassen, ebenso wie der kummervolle, wissende Ausdruck in seinen Augen es tat.

„Fliegst du immer so?", brach es schließlich aus ihr hervor, die Frage, die sie am meisten beschäftigte, die aber im Grunde auch reichlich unpassend war.

Er zögerte kurz, bevor er antwortete. „Ich denke ja."

Jenn stöhnte, und Val und Ellie verzogen die Gesichter, als sei ihnen plötzlich ein übler Geruch in die Nase gestiegen.

Mady versuchte verzweifelt ein Lächeln. „Dann brauchen wir uns keine Sorgen zu machen, wenn wir gegen die Hewitts antreten."

Danny ließ nicht erkennen, ob er sich über das Lob freute. Sein Gesicht blieb ernst. „Wenn der nächste Schwarm sich ähnlich verhält wie der erste, werden wir es vermutlich schaffen, ihn aufzuhalten."

Mady entging nicht, dass Ellie eine Augenbraue hochzog und den Mund öffnete. Sie wollte ihr ins Wort fallen, doch Jenn kam ihr zuvor. Ihre Stimme vibrierte ängstlich, während sich ihre Augen fest auf Danny hefteten.

„Und was passiert, wenn der nächste Schwarm anders ist?"

Danny zögerte, sah erst Jenn an, dann glitt sein Blick über Val und Ellie hinweg und richtete sich schließlich auf sie. „Ich werde trotzdem versuchen, uns heil herauszubringen."

Mady erkannte die Angst in seinen Augen, die ein Spiegelbild ihrer eigenen zu sein schien, und plötzlich war er ihr gar nicht mehr so fremd. „Du wirst uns sicher durch den Schwarm führen, ganz gleich wie die Bedingungen sind", erklärte sie spontan und mit einer Überzeugung, die sie selbst erstaunte.

Danny zog die Stirn in Falten. „Glaubst du das wirklich?"

„Ja. Wir alle haben eben miterlebt, wie unglaublich gut du fliegen kannst. Du bist den Hewitts mit Leichtigkeit ausgewichen und hast mir und den anderen die Ziele praktisch frei Haus geliefert. Lieutenant Thornsburg und Lieutenant Yate hätten das nie geschafft. Ich denke, wenn deine Fähigkeiten nicht ausreichen, um die Erde zu schützen, wird es niemand können."

Danny sah sie lange an, ein Blick, der ihr Herz schon wieder schneller schlagen ließ.

„Danke", sagte er schließlich leise.

„Ich bin ganz Madys Meinung", fügte Jenn hinzu, und zum ersten Mal seit Betreten der Kabine begegnete sie Dannys Blick freimütig.

Er nickte auch ihr dankbar zu, doch Mady fiel auf, dass er es vermied, Val und Ellie anzusehen. Und das zu Recht. Die beiden schwiegen beharrlich und hatten ausgesprochen ablehnende Mienen aufgesetzt. Noch äußerten sie sich nicht offen, aber vermutlich würden sie sich nicht mehr lange zurückhalten.

Mady schüttelte bedauernd den Kopf. Es würde offenbar sehr viel schwerer werden, aus Danny und ihnen ein echtes Team zu bilden, als sie gehofft hatte. Seine Fähigkeiten waren Hindernis genug auf diesem Weg, aber die Vorurteile, die Val und Ellie ins Gesicht geschrieben standen, würden sich wahrscheinlich als noch größere Stolpersteine erweisen.

30. Kapitel

Missgestimmt betrachtete Elaine das Schott, das sie nun schon viel zu lange in der kleinen Aufzugskabine einschloss. Der Lift brachte sie nach 45U, somit musste er, da sie auf Ebene 00L, in der Nähe ihres Büros, zugestiegen war, eine gewaltige Strecke bewältigen. Er schaffte es in einer Zeit, die viele in Erstaunen versetzte, Elaine hingegen hätte am liebsten vor Ungeduld an ihren Fingernägeln geknabbert. Sie wollte endlich mit eigenen Augen sehen, wie weit die Umbauarbeiten in Sektion H fortgeschritten waren.

Commander Birch hatte sie am Morgen davon in Kenntnis setzen wollen, doch statt ihn in ihr Büro zu bitten, hatte sie den Anlass genutzt, um ihrem Schreibtisch zu entfliehen, und sie war froh darüber. Sie hatte allmählich das Gefühl, dass sie sich in eine der Zierpflanzen ihres Büros verwandelte, da die unterschiedlichsten Berichte über den Fortschritt der Verteidigungsmaßnahmen sie dort bewegungslos festhielten. Es war wirklich an der Zeit gewesen, wieder einmal die Luft der Station zu schnuppern. Ihr Bewegungsdrang verlangte energisch nach mehr Raum.

Und so kam es, dass sie wie ein Hundertmeterläufer beim Start aus der Kabine schnellte, als der Lift schließlich sein Ziel erreicht hatte, und erst einen Moment später die offene Wartungsluke sah, die im Boden dicht vor dem Schott klaffte. Sie besaß zu viel Schwung, um anhalten zu können, deshalb sprang sie über den kleinen Schacht hinweg, stieß dabei gegen ein paar Ersatzteile, von denen zwei scheppernd hinabfielen. Eins traf auf Metall, wie der hohle, klirrende Laut bewies, das Zweite jedoch erzeugte einen satten, dumpfen Ton, gefolgt von einem Schmerzensschrei.

Mit einem Schmunzeln auf den Lippen blieb Elaine neben dem Schacht stehen und lauschte den Flüchen, die zu ihr heraufdrangen, gefolgt von einem wuscheligen Haarschopf, in dem vereinzelte Schleifspäne hingen.

„Könnt ihr nicht aufpassen?", knurrte der Techniker, noch bevor er gänzlich zum Vorschein gekommen war. „Ihr seid ..."

In diesem Moment erreichten seine Augen den Rand des Schachtes. Er entdeckte ihre Stiefel, ihre Uniform, unterbrach sich und ließ seinen Blick von unten nach oben an ihrer Gestalt entlang wandern, dann bekam er plötzlich rote Ohren.

„Captain", grüßte er mit einem unglücklichen Ausdruck im Gesicht, natürlich ohne zu salutieren, denn er benötigte seine eine Hand, um sich an der Leiter, die in den Schacht unter der Luke hinabführte, festzuhalten, und mit der anderen umklammerte er mehrere Werkzeuge.

Elaine zog in gespieltem Ernst die Augenbrauen hoch und blickte mit ebenfalls wenig ernst gemeinter Strenge auf den Techniker herab. „Ich würde vorschlagen, dass Sie die Luke absichern, Crewman."

Der Mann blickte flüchtig zum Lift hinüber, der gute zwei Meter entfernt war - eine ausreichende Distanz, um das Loch im Boden zu bemerken und ihm auszuweichen - falls man nicht gerade versuchte, den Rekord im Kurzstreckensprint zu brechen.

„Aye, aye, Captain."

Sie nickte ihm freundlich zu, dann sah sie sich um. Sektion H war ihr nicht unbekannt, allerdings hatte sich ihr Erscheinungsbild stark verändert, seit sie die Umbaumaßnahmen in Auftrag gegeben hatte. Geblieben war im Grunde nur der lange Gang, der geradewegs vom Aufzug fortführte und nach etwas über dreißig Metern auf ein Schott traf, hinter dem sie den Hangar wusste. Früher hatte er dazu gedient, die Transportfähren aufzunehmen, mit denen ab und an ein Admiral von der Erde zur Station heraufkam, und auch ihr eigenes, kleines Shuttle war dort untergebracht gewesen. Nun parkte es jedoch in einem anderen Hangar, der weiter vom zentralen Kern der Station entfernt war, und auch die hohen Herren der Erdflotte müssten, falls sie sich derzeit zu einem Besuch der Station entschlössen, einen längeren Weg durch die verschlungenen Korridore in Kauf nehmen als zuvor. Der Hangar in Sektion H auf Omega 45U wurde anderweitig gebraucht. In ihm sollten die *Joker* und die *Ace*, die im Augenblick noch in einem Hangar des äußeren Sektors Eta untergebracht waren, einen optimalen Liegeplatz finden.

Ebenfalls optimiert wurde die Entfernung zwischen den Besatzungen und den Schiffen. Die Türen, die in regelmäßigen Abständen links und rechts des Korridors lagen, waren die Zugänge zu den zukünftigen Quartieren der Mannschaften der *Joker* und *Ace*, die somit die Prototypen im Falle eines Alarms in kürzester Zeit erreichen konnten, unterstützt von dem Transportband, das sich in der Mitte des Ganges von einem Ende bis zum anderen erstreckte. Im Augenblick war es noch nicht in Betrieb, und auch nach Freigabe der Sektion würde es nur im Alarmfall angeschaltet werden, denn üblicherweise wurden für Strecken von dreißig Metern auf der Erdorbitalstation keine Transportbänder installiert.

Elaine schritt den Korridor langsam herunter und sah sich um. Die Schotten zu den Quartieren standen offen, grelles Licht flutete von innen auf den Gang hinaus, ein Zeichen, dass der Sektionscomputer für das Kabinenambiente noch keiner Feinabstimmung unterzogen worden war. Zwischen zwei Türen klaffte ein großes Loch in der Wand, vor dem ein weiterer Techniker stand und mit einem wuchtigen Schweißgerät zu Werke ging. Heiße, blendend weiße Lichtbögen schlugen aus dem Abstrahlpol der Apparatur und schmolzen das Metall der Wand, wo auch immer sie mit ihm in Berührung kamen. Knisternde Laute erfüllten die Luft ebenso dicht wie der intensive Ozongeruch und die Elektrizität, die Elaine die Haare auf den Armen zu Berge stehen ließ.

Noch bevor der Korridor in den Hangar mündete, wurde er von einem anderen gekreuzt, und um eine der Ecken hallte das Wummern eines anderen, schweren Arbeitsgeräts, vermischt mit den Stimmen der Techniker, die sich gegenseitig Anweisungen zuriefen. Elaine lauschte ihnen und bemerkte, dass der lockere Umgangston, der innerhalb der Mannschaften oftmals gepflegt wurde, im Augenblick verschwunden war. Es gab kein Lachen, kein Feixen, kein Schmunzeln oder Klagen, sondern lediglich eine fast körperlich spürbare Anspannung, die auf großen Eifer und Konzentration schließen ließ.

Sie nickte zufrieden. Jeder schien sich darüber im Klaren zu sein, dass der Umbau so schnell wie möglich abgeschlossen werden musste, damit alles bereitstand, wenn die Hewitts zurückkehrten. Sie wünschte nur, die Arbeiten wären schon weiter vorangeschritten.

Auf dem Weg zum Hangar musste sie mehrfach über Bauabfälle hinwegsteigen und Maschinen umrunden, und über allem hing ein feiner Schleier hellen Staubs, der bei irgendwelchen Schleifarbeiten am anderen Ende der Sektion aufgewirbelt wurde. Sie konnte das leise Summen des Aggregats den Gang hinunter hören.

Kurz bevor sie das Schott zum Hangar erreichte, öffnete sich links von ihr eine Tür. Elaine erhaschte einen Blick in den dahinterliegenden Raum, dann konzentrierte sie sich auf Commander Birch, der ihr durch das Schott entgegentrat.

„Captain“, grüßte er sie förmlich, und seine Blicke huschten bereits bei der letzten Silbe an ihr vorbei, rastlos auf der Suche nach etwas, das seiner Kontrolle bedurfte.

„Wie sieht es aus, Commander?“, fragte Elaine ohne Umschweife. „Wann steht die Sektion bereit?“

Commander Birch schien seinen Blick nur mit Mühe zu ihr zurückzwingen zu können. „Morgen.“

„Tatsächlich?“, rief Elaine erstaunt, runzelte die Stirn und sah sich um. „Weder die Kabinen noch der Rest der Sektion machen den Eindruck, als wären sie bald einzugsbereit.“

„Die Leiter der Bauteams versicherten mir, dass die Arbeiten noch heute abgeschlossen werden können“, erklärte der Commander steif. „Lassen Sie sich nicht davon täuschen, dass im Korridor noch so viele Arbeiten zu erledigen sind. Die Arbeiter haben bewusst alle anderen Räume zuerst fertiggestellt.“

„Führen Sie mich herum, Commander.“

Er nickte und wies auf die Tür, durch die er gekommen war. „Dort liegt die Funkleitzentrale, von der aus die Manöver der Prototypen gesteuert werden. Sie wird derzeit von Chief Prent und seinem Team mit der Hauptzentrale verbunden.“

„Gehen wir hinein“, forderte Elaine.

Die Funkleitzentrale war nur ein Schatten des riesigen Saals, von dem aus die gesamten Raumbewegungen rund um die Station gesteuert wurden, hatte eine viel kleinere Grundfläche als dieser, und auch die Holografie wirkte winzig, obwohl sie immerhin einen Durchmesser von etwa vier Metern besaß.

Elaine zog die Stirn in Falten. Daran würde sie sich erst einmal gewöhnen müssen, aber zumindest gab es hier keine Schweißgeräte mehr und es hing kein Staub in der Luft. Alle gröberen Arbeiten schienen tatsächlich beendet zu sein, und die Kontrollpulte, die in Form eines großen L's um die Holografie angeordnet waren, waren zum Teil bereits zu blinkendem Leben erwacht. Die leisen Signaltöne, die auch die große Funkleitzentrale stets erfüllten, tanzten auch hier zur Decke empor und schufen gemeinsam mit dem Halbdunkel, in dem die Holografie erst richtig zur Geltung kommen konnte, eine durchaus vertraute Atmosphäre.

Elaine schenkte der taktischen Holografie für einen Moment ihre volle Aufmerksamkeit. Kleine rote und blaue Punkte markierten Raumschiffe, wobei Rot militärische Schiffe symbolisierte und Blau für den zivilen Raumverkehr stand. Die roten Punkte besaßen feste Positionen oder flogen klar zu erkennende Routineschleifen, die blauen Markierungen hingegen näherten sich der Erde oder einer der Stationen auf den Monden und Planeten. Es gab heute nicht besonders viele davon, aber das war, seit der erste Schwarm über die Erde hergefallen war, kein ungewöhnliches Bild. Der Flugverkehr zwischen der Erde und ihren Kolonien hatte noch längst nicht wieder auf das normale Maß zurückgefunden.

Sie wandte sich von der Holografie ab, als Chief Prent, ein bulliger Mann mit einem kugelrunden Gesicht, zu ihr und Commander Birch trat, salutierte und ihr Bericht erstattete.

„Die Funkleitzentrale wird in drei Stunden voll einsatzbereit sein, Captain."

„Steht die Verbindung zur Hauptzentrale?", fragte sie zurück.

„Mein Stellvertreter, Mr. Serrault, arbeitet gerade an den letzten Abstimmungen."

„Und wie ist es mit den Schiffen? Funktioniert die Telemetrie?"

„Ja, Captain. Wir haben mehrere Testphasen durchlaufen und bekamen stets klare Daten aus den Kapseln herein. Sie werden den Gesundheitszustand der Besatzungsmitglieder der *Joker* und der *Ace* genauestens überwachen können."

Elaine entließ ihn. „Danke, Chief, Sie und Ihr Team haben gute und vor allem schnelle Arbeit geleistet."

Das Gesicht des Chiefs wurde noch ein wenig runder, als er ernst nickte. „Wir alle wussten, dass wir uns beeilen müssen", erwiderte er, wandte sich ab und kehrte an seine Arbeit zurück.

Übergangslos wurde sich Elaine wieder ihres Stellvertreters gewahr, der neben ihr von einem Fuß auf den anderen trat. Er war auch schon früher oft angespannt gewesen, doch seit die Hewitts die Erde angegriffen hatten, schaffte er es überhaupt nicht mehr, stillzustehen. Sie konnte ihn gut verstehen, wünschte aber, er würde seine innere Unruhe nach außen besser verbergen.

„Haben Sie bereits eine Kommandocrew für die Funkleitzentrale ausgewählt?", schoss der Commander seine Frage auf sie ab, kaum dass sie sich zu ihm umgedreht hatte.

„Ja. Commander Morley und Lieutenant Aston werden aus der großen Funkleitzentrale abgezogen und hierher versetzt. Eine Liste mit drei weiteren Teams habe ich ebenfalls zusammengestellt, doch wenn es einen Alarm gibt, will ich, dass Commander Morley und Lieutenant Aston in der Zentrale Dienst tun."

„Das ist eine gute Wahl. Die beiden sind ein gutes Team."

Elaine lächelte. „Das Beste, mit dem ich je in der Funkleitzentrale zusammengearbeitet habe."

„Sie werden in dieser Sektion Quartier beziehen müssen, damit sie jederzeit erreichbar sind", warf der Commander ein.

„Das ist kein Problem. Wenn ich die Unterlagen richtig im Kopf habe, werden in der Sektion dreißig Quartiere ausgebaut. Zehn davon benötigen wir für die Besatzungen der Prototypen, weitere zehn für Professor Hewitt, seine Assistentin Melba Zaykan und das in Schichten arbeitende Personal der Krankenstation, und zwei für Chief Prent und seinen Stellvertreter. Die Restlichen sind frei. Dort werden der Commander und der Lieutenant wohnen."

„Ich werde sie davon in Kenntnis setzen, Captain."

Elaine nickte nur. „Lassen Sie uns weitergehen."

Sie verließen die Funkleitzentrale und besichtigten nacheinander alle Räume der Sektion. Commander Birch behielt tatsächlich recht. Nirgends sahen die Arbeiten so unvollendet aus wie auf dem Korridor, im Gegenteil wirkten die meisten Räume sogar, als wären sie bereits für die Benutzung freigegeben worden.

„So wie es aussieht, kann die nächste Phase des Trainings morgen beginnen", erklärte Elaine, nachdem sie und Commander Birch den kleinen Bereitschaftsraum aufgesucht hatten, der direkt an die Funkleitzentrale grenzte und dem kommandierenden Offizier als Rückzugsort diente. Für ihren Geschmack hatte er viel zu viel Ähnlichkeit mit ihrem Büro. Nun, sie hatte ja schließlich auch vor, so oft wie möglich selbst in Sektion H zu verweilen.

Commander Birch wirkte plötzlich noch unruhiger als während des gesamten Rundgangs. „Sie denken daran, die Besatzungen der Prototypen schon morgen in den Raum starten zu lassen?", fragte er stirnrunzelnd.

„Ich wüsste nicht, was dagegen spräche, Commander. Lieutenant Thornsburg hatte mehrere Tage, um die Kadetten und den Rest des Teams auf ihre Aufgabe vorzubereiten. Ich gebe zwar zu, die Zeit war knapp, aber es ist mir lieber zu riskieren, dass die jungen Soldaten morgen bei einem Realflug noch ein wenig überfordert sind, als wenn sie gegen einen Schwarm kämpfen müssten, ohne zuvor die echten Schiffe kennengelernt zu haben. Da wir nicht wissen, wann die Hewitts wiederkommen, können wir ihnen nicht mehr Zeit zugestehen."

„Sie haben recht, Captain. Ich denke nur, dass ..."

Er unterbrach sich und sah zu Boden.

„Sie können offen sprechen, Commander."

Commander Birch blickte ruckartig auf. „Es geht um Danny Sims, Captain. Er macht mir Sorgen."

Elaine winkte ab. „Mr. Sims wird zurechtkommen. Nach dem zu urteilen, was ich im Verlauf des Tests von seinen Flugkünsten zu sehen bekommen habe, benötigt er nicht mehr als einen Tag im Simulator, um sich an das Schiff und an seine Crew zu gewöhnen, vermutlich sogar weniger."

Der Commander trat einen Schritt näher. „Das mag stimmen, Captain, aber ist es nicht auch eine wichtige Frage, ob sich die Crew an *ihn* gewöhnen wird?"

„Wie meinen Sie das?"

„Ich habe die Soldaten beobachtet, als Sie Mr. Sims' Ergebnisse bekannt gaben. Die meisten haben sofort erkannt, was er ist, und ich hatte nicht den Eindruck, als hätte es ihnen gefallen."

„Mir sind die verblüfften Gesichter ebenfalls nicht entgangen, und der eine oder andere mag auch unfreundliche Gedanken gehegt haben, aber ich erwarte dennoch von Mr. Sims' Crew nur wenig Schwierigkeiten. Ich habe mit voller Absicht nur die Mädchen seiner Besatzung zugewiesen, denn ihnen wird es sicherlich leichterfallen, ihn als Pilot der *Joker* zu akzeptieren, als das bei den männlichen Soldaten der Fall sein dürfte. Es ist zumindest meine persönliche Erfahrung, dass sich Männer weitaus schwerer als Frauen damit tun, von einer jüngeren Person Befehle entgegenzunehmen."

„Es geht nicht um sein Alter, Captain. Er ist ein Gambler."

„Das ist richtig, aber daran sollte sich niemand stoßen. Wenn sich seine Leistungen als konstant erweisen, woran ich, ehrlich gesagt, nicht eine Sekunde lang zweifle, ist er unser Trumpf bei der Verteidigung der Erde. Lieutenant Thornsburg und die anderen Piloten hätten noch Wochen benötigt, bis sie durch die Simulationen auf einen Einsatz gegen die Hewitts vorbereitet gewesen wären, und im Grunde bezweifle ich sogar stark, dass sie es jemals geschafft hätten, ausreichende Grundfähigkeiten zu entwickeln."

„Seine Leistungen sind eine Sache, seine Herkunft eine andere. Es wurden bislang noch nie Gambler in die Erdflotte aufgenommen, und Mr. Sims musste nicht einmal eine Ausbildung absolvieren."

„Was hätte er uns genützt, wenn wir ihn erst vier Jahre auf die Akademie geschickt hätten, bevor wir ihn gegen die Hewitts einsetzen, Commander? Der Junge ist jetzt bereits besser als die Piloten, die wir ausgebildet haben, und das gilt sowohl im fliegerischen als auch im strategisch-taktischen Bereich. Er braucht keine weitere Ausbildung, um die Aufgabe, die vor ihm liegt, bewältigen zu können."

„Es gibt noch andere Faktoren, die bei einem Einsatz des Gamblers berücksichtigt werden müssen. Wenn ich früher von seiner Ankunft gewusst hätte, hätte ich Ihnen entsprechende Anmerkungen vorlegen können, doch da ich erst kurz vor der Einsatzbesprechung davon erfahren habe, war das nicht möglich."

Elaine horchte auf und zog eine Augenbraue steil in die Höhe. „Und was wären das für Anmerkungen gewesen, Commander?"

„Die Gambler sind kein Teil der Gesellschaft. Sie grenzen sich aus und halten sich von den anderen Menschen fern."

„Das dürfte auf Gegenseitigkeit beruhen", bemerkte sie kühl.

„Das ist noch nicht alles, Captain. Die Gambler interessieren sich nicht für den Rest der Menschheit. Sie vertreiben sich die Zeit mit ihren Spielen und scheuen jede Aufgabe, die ernst zu nehmen ist."

„Das sind doch lediglich Gerüchte, Mr. Birch. Mr. Sims' Anwesenheit auf der Station bezeugt das Gegenteil. Warum hätte er sich bewerben sollen, wenn er kein Interesse am Schicksal der Menschen auf der Erde hat?"

Der Commander gestikulierte heftig mit den Händen, und seine innere Anspannung schien noch einmal sprunghaft zuzunehmen. „Ich weiß es nicht. Wer mag schon wissen, was in den Köpfen dieser Leute vor sich geht?" Seine Miene verhärtete sich. „Ist es etwa normal, wenn sich ein siebzehnjähriger Junge für eine potenziell tödliche Aufgabe meldet?"

„Halten Sie das wirklich für so ungewöhnlich? Denken Sie an unsere Kadetten. Sie sind nur ein Jahr älter als Mr. Sims, wenn sie in die Akademie eintreten, und sie wissen ebenfalls, dass der Dienst in der Flotte gefährlich und auch lebensbedrohlich sein kann. Trotzdem gehen viele Menschen diesen Weg, ohne zu zögern."

„Das können Sie nicht vergleichen, Captain. Die Kadetten wissen, dass sie vier Jahre lang ausgebildet werden, und wenn sie sich Gefahren stellen müssen, sind sie längst über zwanzig Jahre alt und damit reif genug, um ihnen angemessen begegnen zu können."

„Auf die Kadetten, die durch den Test für die Geschütze der *Joker* und der *Ace* ausgewählt wurden, trifft das nicht zu. Madelaine Thompson ist nur anderthalb Jahre älter als Mr. Sims. Ist sie deshalb auch *unnormal*, Commander?"

„Natürlich nicht. Bei Fähnrich Thompson und den anderen ehemaligen Kadetten kenne ich die Voraussetzungen, unter denen ihre Ausbildung begonnen hat, und ich kann ihre Gedanken nachvollziehen. Mit dem Gambler ist das völlig anders. Die Beweggründe für sein Handeln sind undurchsichtig."

„Dass Sie sie nicht verstehen, heißt nicht, dass sie unverständlich wären, Commander."

„Verstehen Sie sie denn?"

Elaine zögerte.

„Ich habe also doch recht", konstatierte Commander Birch zufrieden.

Elaine spürte, wie allmählich der Ärger in ihr zu brodeln begann. Sie hatte mit Problemen gerechnet, immerhin hatte sie sehr wohl mitbekommen, wie schockiert die Soldaten auf Danny Sims' Leistungen reagiert hatten, aber sie hatte nicht erwartet, dass ausgerechnet ihr Stellvertreter, der sich allein schon aufgrund seiner hohen Position auf der Station um Objektivität bemühen sollte, sie so gänzlich vermissen ließ.

„Sie haben unrecht, Commander", erklärte sie schroff. „Ich kann nicht mit Sicherheit sagen, dass ich Mr. Sims' Beweggründe verstehe, aber das liegt nicht daran, dass er ein Gambler ist, sondern weil ich ihn erst seit gestern kenne. Als führender Offizier sollte man sich stets die Zeit nehmen, seine Untergebenen gut kennenzulernen, bevor man sie beurteilt - oder verurteilt."

„Im Normalfall würde ich Ihnen sofort zustimmen, Captain."

„Aber?"

„Wenn nur die Hälfte von dem stimmt, was über die Gambler gesagt wird, haben wir uns mit dem Jungen ein erhebliches Problem an Bord der Station geholt."

„Sie tragen nicht eben dazu bei, es zu verringern, Commander."

„Das Problem ist da, auch ohne dass ich darauf hinweise, und ich sehe es als meine Pflicht an, das zu tun. Ich muss Ihnen die Nachteile des Gamblers aufzeigen."

„Die da wären?"

„Er ist extrem unzuverlässig."

„Das können Sie nicht wissen."

„Captain, Sie selbst haben mir erzählt, dass er auf seinem Schiff suspendiert wurde, weil er die Anweisungen des Direktors nicht befolgt hat. Glauben Sie, dass er hier besser dazu in der Lage sein wird?"

Elaine ließ sich mit der Antwort Zeit, ging ihre Begegnung mit Danny Sims gedanklich noch einmal durch und nickte schließlich. „Ich bin davon überzeugt, dass er sich sehr schnell einfügen wird. Das Bemühen war ihm bereits gestern deutlich anzumerken."

„Dann haben Sie offensichtlich heute Morgen noch keine Nachrichten auf den öffentlichen Kanälen verfolgt."

„Ich wüsste nicht, was die Presse mit unserem Gesprächsthema zu tun hat. Mr. Sims' Anwesenheit auf der Station ist nach wie vor geheim."

„Das ist sie nicht", erklärte Commander Birch mit einem Gesichtsausdruck, den sie nur als triumphierend interpretieren konnte. Er zog ein Datenpad aus einer Tasche seiner Uniform und reichte es ihr.

„Was ist das, Commander?"

„Es ist der Beweis, dass sich der Gambler nicht einmal an eine einfache Anweisung halten kann. Soweit mir bekannt ist, ist er im Antwortschreiben der Erdflotte eindringlich darauf hingewiesen worden, über seine Reise zur Station Stillschweigen zu bewahren, aber er hat sich nicht daran gehalten. Die Presse ist voll mit Meldungen, die zu berichten wissen, dass ein Gambler die Station erreicht hat und gegen die Hewitts eingesetzt werden soll."

„Das kann ich nicht glauben", entfuhr es Elaine impulsiv. „Ich kann mir nicht vorstellen, dass der Junge bei seiner Ankunft öffentlich herausposaunt hat, wer er ist. Warum sollte er das tun? Außerdem hatte er nach dem Anlegen seines Schiffs kaum die Zeit oder die Gelegenheit, sich mit anderen Menschen zu unterhalten."

Commander Birch zuckte mit den Schultern. „Sehen Sie sich den Bericht an. Er wird Sie überzeugen."

Elaine nahm ihm abrupt das Pad aus der Hand und aktivierte es. Das Logo der EBC, der Earth Broadcasting Company, füllte übergangslos den kleinen Bildschirm des Datenspeichers aus. Als es verschwand, trat eine Frau an seine Stelle. Es war Sally Bright, die Starreporterin des populären Senders. Ihre auf beinahe lächerliche Weise bedeutungsschwangere, dabei um betonte Seriosität bemühte Miene ließ augenblicklich Ärger in Elaine emporsteigen. Die Stimme theatralisch gesenkt, als verkünde sie ein streng gehütetes Geheimnis, begann Sally Bright mit ihrem Bericht.

„Guten Abend, hier spricht Sally Bright von EBC. Aus sicherer Quelle ist uns zu Ohren gekommen, dass bei den Vorbereitungen zur Verteidigung der Erde ungewöhnliche Maßnahmen ergriffen werden. Über die neuartigen Schiffe, die gegen die Hewitts zum Einsatz kommen sollen, haben wir bereits berichtet, doch so, wie es scheint, wird dies nicht die einzige Neuerung in der Erdflotte sein. Ein Gambler wurde auf die Erdorbitalstation gebeten, und es ist höchstwahrscheinlich, dass er einen der Prototypen fliegen wird."

Die Reporterin schwieg kurz, so als müsste sie die Ungeheuerlichkeit dieser Nachricht erst einmal verdauen. Elaine knirschte mit den Zähnen. Menschen wie jener Frau war es zu verdanken, dass die Gambler in der Gesellschaft allenfalls ein Schattendasein führten. Obwohl sie es nicht ausdrücklich gesagt hatte, ließ ihr vorwurfsvoll-schockierter Tonfall keinen Zweifel daran aufkommen, welche emotionalen Reaktionen auf diese Enthüllung sie ihren gebannten Zuschauern zu entlocken gedachte.

„Als unser Sender bei der Erdflotte anfragte, wollte man das weder bestätigen noch dementieren. Wir sind jedoch in der Lage, Ihnen ein Interview mit einem Mann zu präsentieren, der dem Gambler kurz nach seiner Ankunft auf der Station begegnet ist."

Das Bild auf dem Schirm wandelte sich. Elaine erkannte im Hintergrund augenblicklich eine der großen Empfangshallen wieder, die Reisende bei der Ankunft oder beim Verlassen der Station unweigerlich durchqueren mussten. Vor dieser betriebsamen Kulisse fand das Gespräch zwischen dem Reporter und einem Mann statt, der von der Kleidung her ein Techniker im zivilen Bereich der Erdorbitalstation sein musste. Commander Birch gab ihr einen Wink, und sie pausierte die Aufzeichnung, bevor das Interview begann. Die beiden Personen auf dem Schirm erstarrten.

„Ich habe die Identität des Mannes überprüfen lassen", erklärte der Commander. „Er heißt Gent Darby und arbeitet im Lambda-Sektor als Techniker der unteren Ebene. Laut Dienstplan hatte er gestern zu der Zeit Pause, in der der Gambler eingetroffen ist. Kollegen bestätigen, dass sich Mr. Darby in seinen Pausen oft in der Cafeteria der Empfangshalle aufhält. Es ist somit gut möglich, dass er dem Gambler begegnet ist."

„Das wird sich noch herausstellen." Elaine musste sich sehr darum bemühen, ihren Ärger nicht offen zu zeigen. Es gefiel ihr nicht, wie sehr ihr erster Offizier es vermied, den Namen des Fähnrichs in den Mund zu nehmen, als sei Danny Sims eine gesichtslose Monstrosität, die man am besten in einem finsteren Loch vor sich hin modern ließ. Außerdem versuchte der Commander ihre Meinung zu beeinflussen, bevor sie sich selbst eine bilden konnte, und das schätzte sie ganz und gar nicht.

Sie ließ die Aufzeichnung weiter ablaufen.

„Das ist Gent Darby", stellte der Reporter sein Gegenüber den Zuschauern vor. „Mr. Darby, Sie haben den Gambler gesehen, als er auf der Station eintraf?"

Der Techniker nickte eifrig. In übertriebenem Ernst blickte er in die Kamera. „Ich habe ihn gesehen", bestätigte er mit glänzenden Augen. „Er kam gestern zur späten Mittagszeit auf der Erdorbitalstation an."

„Haben Sie mit ihm geredet?"

„Ja, ich habe ihn angesprochen, weil der Junge so offensichtlich neu auf der Station war." Er grinste. „Ich kenne das. Die meisten sehen ziemlich orientierungslos aus, wenn sie die Station zum ersten Mal betreten."

„Der Gambler auch?", hakte der Reporter nach.

„Na ja, eigentlich nicht. Der marschierte zielstrebig auf den Informationsterminal zu. Dabei weiß doch jeder, dass ein normaler Mensch mit den Karten der Station sowieso nichts anfangen kann."

„Aber nicht so der Gambler."

„Nee, der nicht. Der hat nur einen Blick auf die Karte geworfen und schon schien ihm alles klar zu sein."

Als sie das hörte, konnte sich Elaine ein Schmunzeln nicht verkneifen, denn in dieser Hinsicht konnte sie die offensichtliche Verwunderung des Technikers gut verstehen. Es hatte sie selbst überrascht, wie mühelos sich Danny Sims anhand der Karten orientieren konnte.

„Und woher wissen Sie, dass der Junge zum militärischen Teil der Station wollte? Er hätte ja auch ein normaler Reisender sein können."

„Weil ich ihn gefragt habe", erklärte Darby sofort. Vermutlich hatte er die Worte vorher genau einstudiert. „Er wollte zu Captain Wilding. Das kam mir gleich komisch vor, denn was sollte schon so ein junger Bursche vom Captain wollen?"

Der Reporter fasste noch einmal zusammen. „Sie sind also einem jungen Mann begegnet ..."

„Der war noch ein Kind", rief der Techniker dazwischen.

„... der auf dem Weg zum Captain war."

„Höchstens fünfzehn Jahre alt."

„Wieso sind Sie sich so sicher, dass er ein Gambler war?"

„Weil er es zugegeben hat. Er hat es selbst gesagt."

Der Reporter bedankte sich für das Gespräch und gab an seine Kollegin zurück. Sally Bright ergriff wieder das Wort.

„Wie Sie sehen, gibt es kaum einen Zweifel daran, dass sich der Gambler tatsächlich auf der Station befindet. Die Zeugen sprechen dafür, außerdem kann man nicht umhin, eine gewisse Logik im Handeln der Erdflotte zu erkennen. Die Gambler sind dafür bekannt, außerordentlich gute Reaktionszeiten zu besitzen und herausragende Piloten zu sein. Was wäre naheliegender, als einen von ihnen gegen die Hewitts fliegen zu lassen?"

Sally Bright ließ ihre Worte kurz wirken und setzte abermals ihre unheilschwangere Miene auf. „Dennoch ist die Nachricht, dass die Verteidigung der Erde offenbar in den Händen eines Gamblers ruht, nicht so beruhigend, wie es vielleicht auf den ersten Blick den Anschein hat. Der Gambler, der auf die Station gekommen ist, ist offensichtlich noch fast ein Kind. Es ist also zweifelhaft, ob er die nötigen Fähigkeiten besitzt, die zum Schutz der Erde erforderlich sein werden. Und noch eine Frage bleibt zunächst offen: Wird der Gambler den Kampf gegen die Hewitts nicht nur als Spiel betrachten? Wir hoffen, dass das nicht so sein wird, denn es sind unzählige Menschenleben in Gefahr."

Damit schloss sie den Bericht und ging zu anderen Nachrichten über.

Elaine schaltete ab und schüttelte betrübt den Kopf. „Es war mir nicht klar, dass die Gambler ein so schlechtes Ansehen in der Gesellschaft genießen."

„Es geht immerhin um die Verteidigung der Erde", erwiderte der Commander. „Man kann den Leuten nicht verdenken, dass sie nervös sind."

„*Den Leuten* nicht, aber uns, Mr. Birch. Wir sollten nicht nervös werden, denn wer unsicher ist, macht Fehler, und die können wir uns gerade zurzeit nicht erlauben."

Der Commander verzog keine Miene und wies mit einer heftigen Geste auf das Pad. „Unsicherheit und Vorsicht sind immer noch zwei unterschiedliche Qualitäten, Captain. Erstere mag störend sein, aber Letztere ist unerlässlich. Sie müssen doch zugeben, dass der Gambler wirklich keinen besonders verlässlichen Eindruck macht, wenn er sich nicht einmal an eine klare Order halten kann. Er hat ohne Zweifel trotz gegenteiligen Befehls bei seiner Ankunft mit Mr. Darby geredet und ihm mehr erzählt, als gut wäre."

„Davon bin ich noch nicht überzeugt. Der Bericht des Technikers mag authentisch sein, aber mein Instinkt sagt mir, dass Mr. Darby zumindest an der Stelle übertrieben hat, als er behauptete, Mr. Sims hätte zugegeben, ein Gambler zu sein."

„Warum sollte er das tun?"

„Liegt das nicht auf der Hand?"

„Nein, Captain."

„Dann haben Sie ihn nicht gut genug beobachtet. Mr. Darby fühlte sich ein bisschen zu wohl vor der Kamera."

„Das muss nicht bedeuten, dass er gelogen hat."

„Das vielleicht nicht, aber sein Geltungsbedürfnis dürfte seine Sicht verzerrt haben."

„Sie erkennen also immer noch nicht, dass der Gambler gegen die Vorschriften verstoßen hat - trotz des Interviews?"

„Ich bin nicht bereit, das zu glauben, solange ich nur die Aussage des Technikers dazu gehört habe, denn wenn man eine Sache über die Gambler verallgemeinern kann, dann wohl die Tatsache, dass sie nicht damit hausieren gehen, zu dieser Minderheit zu gehören. Spätestens seit der Welle von Gewaltakten gegen die Gambler vor dreißig Jahren sind sie in dieser Hinsicht sehr zurückhaltend geworden, und auch für Mr. Sims gab es keinen Grund, damit zu prahlen."

Im Gegenteil - der Junge war ganz allein auf die Station gekommen, in eine potenziell ablehnende oder gar feindselige Umgebung. Er würde sich hüten, jedem, dem er begegnete, zu erzählen, wer er war. Vermutlich hatte der Techniker allein aus Mr. Sims' Umgang mit der Karte des Terminals die richtigen Schlüsse gezogen. Aber wie es nun genau zu dem Interview gekommen war, ließ sich leicht herausfinden.

Entschlossen trat sie hinter den Schreibtisch und nahm über die Komvorrichtung, die zum Glück bereits aktiviert war, Kontakt mit ihrem Vorzimmer auf. Ian Fellmer meldete sich sofort.

„Ian, rufen Sie bitte im Simulatorraum an und bitten Sie Lieutenant Thornsburg, Fähnrich Sims umgehend zu mir zu schicken."

„Aye, Captain", antwortete er und schaltete wieder ab.

„Sie wollen mit dem Gambler reden, Captain?", fragte Commander Birch erstaunt.

„Es ist durchaus keine ungewöhnliche Prozedur, bei einem derartigen Vorfall den Betroffenen herzuzitieren und von ihm eine Stellungnahme zu verlangen, oder sind Sie vielleicht anderer Meinung?"

„Nein, Captain."

„Gut, also hören wir uns an, was Mr. Sims zu Ihren Vorwürfen zu sagen hat."

„Ich soll bleiben?"

„Ja. Sie scheinen sich Ihr Urteil über Fähnrich Sims bereits gebildet zu haben. Ich kann aber nicht glauben, dass mich mein erster Eindruck derart getäuscht haben soll. Meine Güte, er hat mich sogar um Erlaubnis gebeten, seine Eltern darüber informieren zu dürfen, dass er auf der Station bleibt! Das sieht für mich nicht wie das Verhalten eines Menschen aus, der eine Anweisung auf die leichte Schulter nimmt. Falls ich recht habe, wird sich das im Gespräch mit Fähnrich Sims herausstellen, und es kann sicher nicht schaden, wenn Sie es aus erster Hand erfahren."

„Bei allem Respekt, Captain, wie wollen Sie herausfinden, ob der Gambler Ihnen Ihre Fragen wahrheitsgemäß beantwortet?"

„Treiben Sie es nicht zu weit, Commander", fuhr Elaine ihn erzürnt an. „Es ist eine Sache, Mr. Sims gegenüber skeptisch zu sein, weil er ein Gambler ist, aber es ist eine andere, ihn als Lügner zu bezeichnen. Was mich betrifft, genügt mir sein Wort, so wie mir das Wort eines jeden Soldaten auf der Station genügt. Ich bin nicht bereit, auf ihn von vornherein andere Maßstäbe anzulegen, und Sie sollten das auch nicht tun."

„Wie Sie meinen, Captain", gab der Commander steif zurück.

Sie winkte ihm. „Kommen Sie! Ich möchte nicht, dass Mr. Sims vor uns in meinem Büro ankommt. Und noch etwas: Sie halten sich im Hintergrund, sobald Fähnrich Sims eintrifft. Ich werde mit ihm reden."

„Aye, Captain."

31. Kapitel

In der Kontrollkabine herrschte noch immer tiefe Stille. Die Crew der *Joker* hatte sich der Raumanzüge entledigt und vor dem lang gestreckten Kontrollpult Platz genommen. Val und Ellie saßen für sich am anderen Ende des Raums und beobachteten stumm die laufende Simulation. Mady, Jenn und Danny taten das Gleiche, und auch sie sprachen nicht miteinander. Mady hatte es mehrfach versucht, aber es wollte ihr nicht recht gelingen, ein Gespräch am Leben zu erhalten. Insgeheim verfluchte sie ihre Unsicherheit im Umgang mit Danny und die Tatsache, dass sie nie vergessen konnte, wer er war. Wenn sie es vergessen oder auch nur für einen Moment verdrängen könnte, hätte sie vielleicht unbefangener mit ihm reden können, so aber lastete das Schweigen schwer in der kleinen Kabine.

Eigentlich war das auch in Ordnung, immerhin sollte ihre Crew keinen Schwatz abhalten, sondern Lieutenant Thornsburgs Mission verfolgen, aber leider konnte das nicht darüber hinwegtäuschen, dass sie auch dann nicht miteinander gesprochen hätten, wenn keine Simulation gelaufen wäre. Sie machte sich in dieser Hinsicht nichts vor, und Danny würde es ganz sicher auch nicht tun. So wie sie ihn nach der kurzen Zeit, die sie ihn nun schon kannte, einschätzte, entging seiner Aufmerksamkeit nur wenig, und er würde die richtigen Schlüsse daraus ziehen.

Mady fiel es schwer, ihre Gedanken von ihm zu lösen, und obwohl sie im Grunde wie die anderen die Simulation hätte studieren müssen, glitt ihr Blick immer wieder zu Danny hinüber. Er saß rechts neben ihr, hatte sich über seinen Teil des Kontrollpults gebeugt und starrte konzentriert auf die Bildschirme, auf denen Thornsburgs Flug von unterschiedlichen Standorten aus dargestellt war. Er saß so still wie eine Statue, schien nicht einmal zu atmen, und sein Gesicht hatte wieder jenen seltsamen Ausdruck angenommen, den es auch nach dem Verlassen des Simulators gezeigt hatte. Er musste ein Zeichen seiner hohen Konzentration sein.

Ab und an sah sie, wie seine Hände zuckten, als wolle er Schalter und Hebel bewegen, und sie ahnte, dass er Manöver erdachte, die mit Sicherheit um Welten effektiver waren als jene, die Lieutenant Thornsburg im Schwarm vollführte. Vermutlich erlebte er den Flug des Lieutenants in Gedanken so intensiv mit, als säße er selbst hinter dem Steuer.

Mady seufzte leise, als ihr klar wurde, dass sie auf dem besten Weg war, Danny zu mystifizieren. Jede einzelne seiner Handlungen und Regungen, jedes Wort und jede Geste betrachtete sie allein vor dem Hintergrund seiner Herkunft, und ihre Vorstellung malte ihr in bunten Farben die göttergleichen Fähigkeiten aus, die er besitzen mochte und ihnen bislang nur noch nicht enthüllt hatte. Sie wollte ihre Fantasie nicht derart ausufern lassen, das Problem war nur, dass sie nicht *wusste*, was ein

Gambler tatsächlich zu vollbringen vermochte. Einen tieferen Einblick in seine Fähigkeiten hatte die Simulation geliefert, doch wie sich sein Anderssein in anderen Bereichen des Lebens ausdrückte, war ihr gänzlich unbekannt. Das wusste vermutlich niemand außer den Gamblern selbst. Wie fühlten sie? Wie dachten sie? Wie war es, soviel mehr wahrzunehmen?

Sie pfiff sich energisch zurück, als sie bemerkte, dass die Fragen sie sehr dicht an die hässlichen Gerüchte herangetragen hatten, die über die Gambler kursierten. In ihrem Licht wollte sie Danny nicht betrachten. Das wäre nicht fair und würde es ihr endgültig unmöglich machen, normal mit ihm umzugehen. Leider war es sehr, sehr schwer, dem Gerede keine Beachtung zu schenken.

Lieutenant Thornsburg hatte soeben die zweite Mission gestartet, als die Stationskommunikation ansprach.

„Büro des Captains an Simulator Omega 40D-03S. Lieutenant Thornsburg?"

Ellie, die älteste im Raum, ging zur Komstation und nahm die Anfrage entgegen. Mady stand auf und trat zu ihr, Val, Jenn und nach einem kurzen Zögern auch Danny taten es ihr gleich. Auf einem kleinen Schirm erschien das Gesicht des Adjutanten, der regelmäßig im Vorzimmer von Captain Wilding Dienst tat.

„Fähnrich Craine spricht, Sir. Lieutenant Thornsburg befindet sich im Augenblick zusammen mit dem Team der *Ace* im Simulator. Soll ich eine Mitteilung an ihn weiterreichen?"

Der Adjutant sah sich suchend um, und als sein Blick auf Danny fiel, der wie sie alle in den Bereich der Bildschirmerfassung getreten war, schüttelte er den Kopf.

„Das wird nicht nötig sein, Fähnrich Craine. Fähnrich Sims, Sie werden gebeten, sich unverzüglich im Büro des Captains zu melden."

„Aye, aye, Sir", bestätigte Danny sofort.

Der Adjutant nickte zufrieden und schaltete ab.

Mady zog die Stirn in Falten. Was mochte Captain Wilding von Danny wollen? Es war ungewöhnlich, dass sie einen einfachen Fähnrich zu sich bestellte. Andererseits war Danny alles andere als ein gewöhnlicher Soldat.

Sie hätte ihn gern gefragt, ob er wusste, worum es ging, doch seine Mimik war verschlossen und er wandte sich sofort zum Gehen, sodass sie nicht mehr die Gelegenheit erhielt, ihn anzusprechen. Ohnehin war es besser, ihn nicht aufzuhalten, immerhin sollte er sich *unverzüglich* bei Captain Wilding melden, und das duldete keinerlei Aufschub.

Am Schott der Kontrollkabine blieb er jedoch noch einmal stehen und drehte sich zu ihr um. „Könntest du mich bei Lieutenant Thornsburg entschuldigen, Mady? Ich möchte nicht, dass er denkt, ich hätte mich ohne Grund aus dem Simulatorraum entfernt."

Sie nickte. „Natürlich."

Ein dankbarer Blick aus seinen tiefblauen Augen belohnte sie, dann wandte er sich ab - gerade noch rechtzeitig, denn Mady spürte, dass ihr das Blut in die Wangen schoss. Er hatte sich an sie gewandt, also musste er wissen, dass sie ihn ohne Vorurteile betrachtete - oder es zumindest versuchte.

Als Danny die Tür zum Simulatorraum öffnete, drang für kurze Zeit der Höllenlärm, den die gewaltige Maschine verursachte, zu ihnen herein. Mady schnitt eine Grimasse und hielt sich die Ohren zu, bis sich das Schott hinter ihm geschlossen hatte. Durch das Glas der Kabine verfolgte sie ihn mit ihren Blicken. Er sprintete flink wie eine Gazelle durch den Raum, und sie konnte ihm seine Hast nicht verdenken. Außerhalb der Kontrollkabine war der Lärm vermutlich kaum auszuhalten.

Die anderen sahen Danny ebenfalls schweigend nach, doch als er durch das Außenschott ihren Blicken entschwunden war, kam plötzlich Leben in die Kabine. Val fuhr zu Mady herum.

„Musstest du das unbedingt tun?", fragte sie ärgerlich.

„Was?", fragte Mady irritiert.

„Du hättest den Gambler nicht so loben sollen."

Mady seufzte. „Und wieso nicht?"

Val schnaubte verächtlich. „Der ist gut genug, und so wie du ihn in den Himmel gehoben hast, wird er nun gar nicht mehr von da oben auf den Boden der Tatsachen zurückkommen."

„Danny hat das Lob verdient. Sein Flug war fantastisch, oder willst du etwas anderes behaupten?"

„Kunststück für einen Gambler."

„Danny ist, was er ist. Warum sollten wir ihn anders behandeln, nur weil er von Geburt an mehr kann als andere? Außerdem solltest du nicht vergessen, dass wir schon sehr bald von ihm und seinen Fähigkeiten profitieren werden."

„Das stell dir nur nicht so einfach vor. Du vergisst wohl, dass der Gambler bislang nie in einem echten Einsatz geflogen ist. Er hat überhaupt keine Erfahrung. Wie können wir sicher sein, dass er nicht beim ersten echten Angriff völlig versagen wird?"

Mady machte eine wegwerfende Handbewegung. „Das ist so ziemlich das Lächerlichste, was ich jemals gehört habe, und du kannst das nach seiner Leistung heute Morgen bestimmt selbst nicht glauben. Danny wird gegen die echten Hewitts genauso gut fliegen wie gegen die simulierten, da bin ich mir sicher. Und was die Erfahrung angeht: Du bist auch noch keinen echten Einsatz geflogen, Val. Wieso spielt das nur bei Danny eine Rolle, aber nicht bei dir selbst?"

„Das kannst du nicht vergleichen. Ich weiß, wer ich bin, und ich kenne mich. Außerdem bin ich in der Akademie immerhin schon ein paar Manöver mitgeflogen. So ganz ohne Erfahrung stehe ich also nicht da. Jenn im Übrigen auch nicht und Ellie erst recht nicht."

Ellie nickte zustimmend.

Plötzlich meldete sich Jenn zu Wort. „Ich finde, wir sollten fair bleiben. Manöver sind nicht das gleiche wie ein Einsatz, und ihr beide wisst das auch. Somit stehen wir alle ganz am Anfang, was echte Kampferfahrung angeht."

„Jenn hat recht", setzte Mady sofort nach. „Keiner von uns kann mit Sicherheit vorhersagen, wie er sich beim ersten Einsatz gegen die Amöboiden verhalten wird, und deshalb sind die Ergebnisse im Training vorerst das Einzige, worauf wir uns beziehen können."

Ellie und Val verzogen unwillig die Gesichter.

„Ihr könnt nicht anzweifeln, dass Dannys Leistungen überragend waren", fuhr sie eindringlich fort. „Im Gegensatz zu Lieutenant Thornsburg oder den anderen Piloten ist er der Aufgabe, die *Joker* zu steuern, tatsächlich gewachsen, und das sollte das Einzige sein, das zählt."

Ellie bedachte sie mit einem herablassenden Blick. „Du hast nicht weit genug gedacht, Mady, aber das wundert mich nicht, immerhin bist du noch ..."

„Jetzt nenn mich bloß nicht wieder Küken", fiel Mady ihr ins Wort. Plötzliche Wut packte sie.

„Bitte, ganz wie du wünschst", gab Ellie pikiert zurück. „Das ändert jedoch nichts an der Tatsache, dass wir ihm nicht trauen können."

„Das ist nicht dein Ernst!"

„Es ist mir sogar bitter ernst damit. Wir können, wie Val richtig erkannt hat, nicht wissen, was uns mit dem Gambler als Pilot erwartet. Er könnte ..."

„Wir sind bei ihm sicherer, als wir es bei Thornsburg wären", unterbrach Mady sie heftig.

„Mit solchen Bemerkungen beweist du nur wieder deine Kurzsichtigkeit. Du siehst nur seine Fähigkeiten als Pilot, die zugegebenermaßen recht beachtlich sind, aber bei einem Kampfeinsatz ist neben seinen und unseren Fähigkeiten auch entscheidend, dass wir uns aufeinander verlassen können, und unter dem Gesichtspunkt betrachtet sieht die Sache schon anders aus. Gambler sind wahrlich nicht dafür bekannt, zuverlässig zu sein."

„Außerdem sind sie emotionslos und ohne Skrupel", ergänzte Val aufbrausend. „Es mag ja sein, dass dieser Danny besser fliegt als Lieutenant Thornsburg, aber wer garantiert uns, dass es ihn überhaupt kümmert, was mit uns geschieht? Ganz sicher sind wir ohnehin für ihn nur Menschen zweiter Klasse."

„Was soll das, Val? Arroganz ist sehr viel mehr Thornsburgs Problem als Dannys."

„Ach ja? Und wieso redet er dann nicht mit uns?"

„Habt ihr denn versucht, mit ihm zu reden?"

„Soll denn jeder Kontakt von uns ausgehen?"

„Nicht jeder, aber ein Teil davon. Kommunikation kann nicht laufen, wenn eine Seite eisig schweigt."

„Du lenkst vom Thema ab. Fakt ist, für den Gambler ist der Flug gegen die Hewitts nichts weiter als ein Spiel und uns betrachtet er lediglich als Einsatz."

„Das kannst du nicht wissen", rief Mady empört.

„Natürlich kann ich das. Alles, was ich bisher über die Gambler gehört habe, spricht dafür."

„Das sind nichts weiter als Gerüchte."

„Komm schon, Mady", mischte Ellie sich wieder ein, „denk nach! Die Gerüchte über die Fähigkeiten der Gambler haben offensichtlich mehr als nur einen wahren Kern. Wieso sollte es mit den anderen anders sein?"

„Das eine hat mit dem anderen gar nichts zu tun", erwiderte Mady wütend. „Die Fähigkeiten der Gambler lassen sich objektiv beurteilen, aber alles Übrige, was über sie gesagt wird, sind doch boshafte Unterstellungen! Ich konnte zumindest nicht feststellen, dass sich Danny irgendwie anders verhalten hat, als es bei jedem anderen der Fall gewesen wäre."

Ellie schenkte ihr ein überlegenes Lächeln. „Wieso gibt er sich dann so distanziert? Er ist seit gestern auf der Station, und er wusste, dass er mit uns fliegen würde. Trotzdem hat er sich bislang von uns ferngehalten. Weder gestern Abend noch heute Morgen beim Frühstück hat er sich zu uns gesetzt. Wenn das kein Anzeichen von Desinteresse ist ..."

„Wenn das für euch ein Kriterium ist, müsste Thornsburg auch ein Gambler sein."

„Der Lieutenant ist unser Vorgesetzter", ereiferte sich Val sofort. „Du kannst nicht erwarten, dass er mit uns plaudert, als stünden wir alle auf einer Stufe."

„Nein, wie dumm von mir", spottete Mady. „Natürlich geht das nicht. Aber dass Danny gestern Abend einfach zu müde gewesen ist, um mit uns zu essen, auf den Gedanken seid ihr offenbar nicht gekommen."

„Und heute Morgen?", hakte Ellie nach.

„Was weiß ich! Vielleicht wollte er einfach früh im Simulator sein. Mir ging es nicht anders. Falls du dich daran erinnerst, habe ich auch nicht mit euch gegessen."

„Da macht sich bereits sein schlechter Einfluss bemerkbar", konstatierte Val.

Mady setzte zu einer zornigen Entgegnung an, als Jenn ihr plötzlich eine Hand auf den Arm legte und gleichzeitig Val und Ellie ansah.

„Wir kennen Danny noch nicht lange genug, um über ihn urteilen zu können. Wir sollten abwarten, wie sich die Angelegenheit entwickelt."

„Wie kann ich in Ruhe abwarten?", rief Val aufgebracht. „Nicht mehr lange, und mein Leben wird davon abhängen, ob der Gambler die Hewitts ernst nimmt oder nicht. Dabei ist es hinreichend bekannt, dass die Gambler eigentlich nichts richtig ernst nehmen."

„Womit wir wieder bei den Gerüchten wären", bemerkte Mady.

„Und bei ihrem wahren Kern", setzte Ellie nach.

Verzweifelt verdrehte Mady die Augen. „Habt ihr euch schon einmal Gedanken darüber gemacht, wie es sich auf ihn auswirkt, wenn ihr ihm derart feindselig gegenübersteht? Wie soll er sich auf die Hewitts und seine Aufgabe als Pilot konzentrieren, wenn er sich nicht sicher sein kann, ob ihr ihm in den Rücken fallt? Angesichts der Tatsache, dass unser Leben von ihm abhängen wird, finde ich es ziemlich dumm von euch, euch derart über ihn das Maul zu zerreißen. Lasst ihn diese dämlichen Gerüchte über die Gambler bloß nicht hören!"

Val verzog spöttisch die Mundwinkel. „Darum geht es also. Du möchtest, dass wir unseren Piloten bei Laune halten."

„Wenn du es so plump ausdrücken willst - ja. Und ihr solltet das Gleiche tun."

„Ich finde, du übernimmst diese Aufgabe gut genug für uns alle", bemerkte Ellie unterkühlt.

Das war Vals Stichwort. „Genau, man könnte glatt den Eindruck bekommen, du hättest dich in den Gambler verliebt." Sie starrte Mady herausfordernd an. „Na, wie sieht es aus, Mady, gefällt er dir so gut?"

Mady fühlte, wie ihr Herz einen Sprung tat. Vals Frage traf einen wunden Punkt, denn Danny war, um es milde auszudrücken, faszinierend. Trotzdem war ihre Unterstellung eine Frechheit. „Du solltest lieber vor deiner eigenen Tür kehren. So wie du Lieutenant Thornsburg anhimmelst ..."

„Das geht dich gar nichts an!"

„Das geht mich sehr wohl etwas an! Du hetzt doch nur deshalb gegen Danny, weil er deinen geliebten Thornsburg auf den zweiten Platz verdrängt hat!"

„Einer muss die Angelegenheit schließlich im rechten Licht betrachten. Der Lieutenant hat sich seit dem Angriff der Hewitts abgemüht, um die Verteidigung aufzubauen, uns auszubilden und vorzubereiten. Er hätte es verdient, der wichtigste Mann im Kampf gegen den Schwarm zu sein, doch stattdessen kommt dieser Gambler daher, fliegt eine lächerliche Simulation und bekommt den Pilotensitz der *Joker* nachgeworfen."

„Nachgeworfen kann man das kaum nennen. Danny hat im Test vier Missionen absolviert und mit seinen Leistungen *bewiesen*, dass er der beste Pilot ist. Die Simulationsdaten lügen nicht, und ich für meinen Teil bin froh darüber, ihn hinter der Steuerung der *Joker* zu wissen."

Val stieß verächtlich Luft aus.

„Wärst du lieber mit Thornsburg geflogen?"

„Natürlich, dann hätte ich wenigstens gewusst, was mich erwartet."

Just in diesem Moment warf Mady einen Blick auf die Daten der laufenden Simulation. Ein helles Warnlicht war auf einem der Bildschirme aufgeleuchtet und zeigte den Verlust eines Kanoniers an. Sie wies auf den Monitor. „Das hätte dich erwartet, Val. Bist du so erpicht darauf, mit einem Hewitt Bekanntschaft zu machen?"

Val presste die Lippen aufeinander und schwieg.

„Das beweist gar nichts", erklärte Ellie für sie.

„Tatsächlich nicht? Thornsburg hat bislang noch keine Mission ohne Verluste überstanden, Danny hingegen jede Einzelne."

Jetzt schwiegen sie beide, Val mit zornig geröteten Wangen, Ellie mit einem hochnäsigen Kopfschütteln.

Mady hatte plötzlich keine Lust mehr, den Streit noch weiterzuführen. „Ihr müsst Danny nicht mögen, aber ihr solltet ihn in unser aller Interesse in Ruhe lassen."

Damit wandte sie sich ab.

„Wir werden sehen, wer von uns recht behält", rief Ellie ihr nach.

Mady fuhr herum. Sie war nicht gewillt, den beiden das letzte Wort zu überlassen. „Ja, das werden wir. Und ich bin mir sicher, dass nicht ich es sein werde, die am Ende ihren Irrtum eingestehen muss."

Das hoffte sie zumindest, doch nach dem Streit mit Val und Ellie war sie fester als je zuvor entschlossen, jeden Gedanken an die Gerüchte über die Gambler massiv aus ihrer Aufmerksamkeit zu verdrängen und Danny wie einen normalen Menschen zu behandeln. *Sie* würde ihm nicht das Gefühl geben, ein Aussätziger zu sein, den alle mit Argwohn betrachten mussten.

32. Kapitel

Der Lärm der Aggregate sprang Danny mit der Macht eines hungrigen Raubtiers an, als er die gläserne Kontrollkabine verließ und in den Simulatorraum hinaustrat. Augenblicklich verfiel er in Laufschritt, wagte es aber nicht, so schnell zu rennen, wie er es gekonnt hätte, da er sich der vier Augenpaare, die ihm bei jeder Bewegung folgten, auf unangenehme Weise bewusst war.

Doch schon nach der Hälfte der Strecke hätte er nicht mehr zu sagen vermocht, was schlimmer war: Sich vor den Mädchen seiner Crew endgültig als unmenschlich zu entlarven oder vom Getöse der Simulatoren länger als nötig malträtiert zu werden. Das Dröhnen der schweren Maschinen brannte sich schmerzhaft in seine Sinne, fraß sich vibrierend in jede Faser seines Körpers und ließ ihn schwindeln, lange bevor er das Schott erreichte.

Endlich taumelte er auf den Gang hinaus und musste sich mit einer Hand an der Wand abstützen, sonst hätte ihn der Schwindel zu Boden gezogen. Obwohl sich das Schott hinter ihm geschlossen hatte und das Geräuschspektakel damit verstummt war, rauschte es in seinen Ohren so heftig, dass er keinen anderen Laut vernehmen konnte. Ihm war danach, sich zu setzen, bis sich seine überreizten Sinne wieder beruhigt hatten, aber die Situation ließ ihm keine Zeit dazu. Er setzte sich vorsichtig in Bewegung, blieb jedoch mit der Hand in der Nähe der Wand. Seine Schritte waren unsicher, und er fühlte sich, als müsste er über eine dicke Schicht Watte laufen, in der er in jeder Sekunde zu versinken drohte. Nur ganz allmählich nahm das Summen in seinen Ohren ab, und im gleichen Maße ging auch das Schwindelgefühl zurück.

Danny war erleichtert, als der Boden unter seinen Füßen endlich zu schwanken aufhörte, und er nahm sich vor, nicht noch einmal den Simulatorraum zu durchqueren, während eine Übungsmission am Laufen war. Nun begriff er, warum man auf der *Gambler-Circus* in allen Bereichen so viel Wert auf eine gute Schallisolierung gelegt hatte.

Auf dem Weg zum nächsten Lift erholte er sich gänzlich von dem Lärm, lediglich ein leichtes Zittern blieb in ihm zurück. Jetzt, wo er sich nicht mehr darauf konzentrieren musste, einen Schritt vor den anderen zu setzen, drangen andere Dinge in seine Aufmerksamkeit. Er fragte sich, was im Augenblick in der Kontrollkabine vor sich ging. Vermutlich stritten die Mädchen miteinander. Die Missbilligung, die Ellie und Val der Tatsache gegenüber empfanden, dass Mady und Jenn mit ihm geredet hatten, hatte ihnen deutlich ins Gesicht geschrieben gestanden, und es würde ihn nicht überraschen, wenn sie sie sofort offen ausgesprochen hatten, nachdem er den Simulatorraum verlassen hatte.

Aber zu einem Streit würde es nur dann kommen, wenn Mady und Jenn für ihn Partei ergriffen, und er war sich nicht sicher, ob sie das tun würden. Ihre Blicke hatten sich nicht wesentlich von denen unterschieden, mit denen Val und Ellie ihn bedacht hatten, als er aus der Pilotenkanzel geklettert war, und zumindest das Unbehagen, das seine Flüge im Simulator ihnen bereitet hatten, war ihnen allen gemeinsam.

Und noch etwas anderes beschäftigte ihn. Er konnte sich keinen Grund vorstellen, warum er zum Captain gerufen worden war, außer dem, dass es Ärger gegeben hatte. Hatte er vielleicht einen Fehler begangen, den er nicht bemerkt hatte?

Sofort ging er in Gedanken die Zeit durch, die er bereits auf der Station verbracht hatte, und er fand bald eine Antwort. Der Techniker, mit dem er in der Ankunftshalle zusammengetroffen war, hatte vermutet, er sei ein Gambler, und wenn er in Betracht zog, was er bereits über die Beziehung zwischen den Menschen und den Gamblern erfahren hatte, war es möglich, dass der Mann seine Begegnung laut herausposaunt hatte. Und die Tatsache, dass er ihn ausgerechnet nach Captain Wildings Büro gefragt hatte, gab ihm sogar einen ziemlich deutlichen Hinweis darauf, aus welchem Grund er zur Station gekommen war. Beides - seine Identität als Gambler und den Zweck seiner Reise - hatte er aber geheim halten sollen.

Danny fluchte über sich selbst. Wenn er sich nicht hätte provozieren lassen, wenn er ruhig geblieben wäre, statt sich dem Techniker gegenüber überlegen zu zeigen, hätte der Mann nicht erkannt, wer er war. Er hätte nachdenken sollen, bevor er den Mund auftat, statt dem Drang seiner Emotionen zu folgen und sich Schwierigkeiten einzuhandeln. Auf der *Gambler-Circus* wäre das noch entschuldbar gewesen, aber nicht hier. Auf der Erdorbitalstation durfte er sich keinen Fehler erlauben.

Doch was geschehen war, war geschehen, und er konnte es im Nachhinein auch durch seine Einsicht und seine Reue nicht mehr ändern. Was blieb, war die Frage, wie Captain Wilding mit ihm umspringen würde.

Sein Hals wurde ihm eng. Natürlich war seine Überlegenheit eine sichere Bank. Captain Wilding konnte es sich nicht leisten, ihn wegen einer Bagatelle wieder fortzuschicken, aber es könnte ziemlich unangenehm werden, wenn er sie gegen sich aufgebracht hatte. Ihm reichte es schon, von Thornsburg geschunden zu werden, und es wäre noch schlimmer, falls der Captain in die gleiche Kerbe schlug.

Das Herz klopfte ihm plötzlich bis zum Hals. Er versuchte, sich zu beruhigen, aber es gelang ihm nicht. Er kannte Captain Wilding einfach zu wenig, um vorhersagen zu können, wie sie auf den Zwischenfall reagieren würde, und das machte ihm Angst.

Der Adjutant, der im Vorzimmer des Captains saß, winkte ihn sofort durch, als Danny eintrat. Er ging weiter und stand gleich darauf in Captain Wildings Büro. Mit einem einzigen Blick erfasste er die Lage. Captain Wilding war nicht allein. Ihr erster Offizier war bei ihr, und er starrte ihm ausgesprochen unfreundlich entgegen. Danny schluckte nervös, als er daraufhin gezwungen war, den Commander in die Reihe derer einzuordnen, die in ihm ein Ärgernis sahen; nach außen versuchte er jedoch, gelassen zu bleiben.

Captain Wilding saß hinter ihrem Schreibtisch und schaute ihm abwartend entgegen. Ihr Blick war eher fragend als anklagend, aber ganz sicher hätte er das nicht zu sagen gewusst, da sie ihre Miene betont verschlossen hielt.

„Fähnrich Sims meldet sich wie befohlen zur Stelle“, erklärte er und salutierte korrekt.

Captain Wilding winkte ihm. „Stehen Sie bequem, Fähnrich. Ich möchte Ihre Stellungnahme zu einer bestimmten Angelegenheit hören.“

Danny verschränkte die Arme hinter dem Rücken.

„Erinnern Sie sich noch an das Antwortschreiben, das Sie von der Erdakademie erhalten haben?“

„Ja, Captain.“

„Dann wissen Sie also, dass Sie zunächst über Ihre Ankunft auf der Erdorbitalstation Stillschweigen bewahren sollten.“

„Ja.“

„Offenbar ist sie dennoch bekannt geworden. Kennen Sie den Techniker Gent Darby?“

Danny sah seine Ahnung bestätigt. Fieberhaft überlegte er, wie er sich verhalten sollte, und entschied, dass ihm nur eine Wahl blieb. Er musste, soweit es eben ging, ehrlich bleiben.

„Nicht dem Namen nach, ich bin allerdings gestern in der Empfangshalle einem Techniker begegnet, kurz nachdem mein Passagierschiff angedockt hatte.“

„Sehen Sie sich den Mann genau an“, forderte Captain Wilding ihn auf und reichte ihm ein Datenpad.

Danny warf nur einen flüchtigen Blick auf das Pad. Er erkannte den Techniker sofort. „Das ist der Mann, dem ich begegnet bin.“

„Sie haben mit ihm geredet?“

„Ja, Captain.“

„Warum?“

„Er hat mich angesprochen, als ich die Empfangshalle betrat, und mir Hilfe angeboten. Durch mein Gepäck war ich vermutlich leicht als Neuankömmling zu erkennen. Ich habe ihn daraufhin nach dem Weg zu Ihrem Büro gefragt. Ich dachte, ich könnte so schneller zu Ihnen gelangen.“

Captain Wilding runzelte plötzlich die Stirn.

„Wieso haben Sie schließlich doch den Terminal benutzt?", mischte sich unvermittelt Commander Birch ein. „Auf diese Weise konnte der Mann eindeutig auf Ihre Fähigkeiten rückschließen."

„Ich wusste zu diesem Zeitpunkt noch nicht, dass das der Fall ist, Sir. Mir ist erst später klar geworden, dass meine Möglichkeiten, mit den Karten umzugehen, sich von denen anderer unterscheiden."

Das entsprach der Wahrheit, aber er verschwieg, dass er sich dem Techniker gegenüber in gewisser Weise hatte hinreißen lassen. Der Commander fixierte ihn ohnehin schon wie eine Schlange ein hilfloses Kaninchen.

Der erste Offizier wollte etwas erwidern, aber Captain Wilding kam ihm zuvor. „Sie haben noch nicht auf Commander Birchs Frage geantwortet, Fähnrich. Tun Sie es!"

„Ich musste den Informationsterminal verwenden, weil Mr. Darby mir keine Antwort geben wollte. Er wollte zuerst wissen, warum ich auf die Station gekommen bin und was ich von Ihnen wollte."

„Ich verstehe", murmelte Captain Wilding, und ihr Blick wirkte auf einmal geistesabwesend. Sie schien über etwas nachzudenken.

„Sie hätten Mr. Darby auf gar keinen Fall sagen dürfen, wer sie sind!" Commander Birch starrte ihn finster an.

Danny hielt seinem Blick ohne Mühe stand, denn die Anschuldigung des Commanders entsprach *so* formuliert nicht der Wahrheit. „Das habe ich nicht getan, Sir."

„Sind Sie sicher, Fähnrich?", knurrte der Commander.

Danny war froh, dass seine Hände noch immer hinter seinem Rücken verborgen waren. So konnte niemand sehen, dass sie sich zu Fäusten ballten. „Ja, Sir", erwiderte er kontrolliert.

„Und das sollen wir Ihnen ..."

„Commander", fuhr Captain Wilding ihren Stellvertreter plötzlich zornig an.

Commander Birch klappte den Mund zu, presste die Lippen zu einem schmalen Strich zusammen und schwieg.

Danny sah zwischen ihm und Captain Wilding hin und her. Sie schien tatsächlich aufgebracht zu sein, aber ihre Wut galt nicht ihm, das konnte er erkennen, als sie sich ihm zuwandte. „Sie können in den Simulatorraum zurückkehren, Fähnrich Sims, denn ich bin nun ausreichend über die Geschehnisse in der Empfangshalle informiert."

Danny zögerte.

Captain Wilding nickte ihm zu. „Machen Sie sich keinerlei Gedanken, Fähnrich. Sie trifft keine Schuld."

„Danke, Captain", stieß Danny erleichtert hervor, salutierte und verließ so schnell wie möglich den Raum.

33. Kapitel

„Wieso haben Sie den Gambler nicht energischer zur Rede gestellt, Captain Wilding?", rief Commander Birch aufgebracht, kaum dass der Junge den Raum verlassen hatte.

Elaine knallte mit einer Hand lautstark auf die Tischplatte. „Sie sollten Fähnrich Sims mit Namen anreden, Commander."

Greg Birchs Gesicht verhärtete sich. „Wenn Sie es wünschen, Captain."

„Das tue ich in der Tat. Fähnrich Sims verdient Ihren Respekt, so wie jeder Soldat an Bord der Station."

„Er verdient es auch, bestraft zu werden, wenn er gegen die Regeln verstoßen hat! Oder gelten für ihn andere Maßstäbe?"

Elaine stand auf und trat ein paar schnelle Schritte auf ihren ersten Offizier zu. „Sie verkennen die Lage, Commander. Fähnrich Sims hat keinen Fehler begangen, er war lediglich bestrebt, so schnell wie möglich der Anweisung Folge zu leisten, die man ihm über das Schreiben hat zukommen lassen."

„Er hätte nicht mit dem Techniker reden dürfen."

„Das Gespräch konnte er kaum umgehen. Er war neu auf der Station, und er wollte sich rasch orientieren. Man kann ihm kaum zum Vorwurf machen, dass er einen Ortskundigen um Rat gefragt hat."

„Aber ..."

„Außerdem war es allein mein Fehler, dass der Junge überhaupt nach dem Weg fragen musste. Ich wusste, wann die *Journey* anlegen würde. Ich hätte ihm einen Fähnrich entgegenschicken können, der ihn beim Fährschiff abholt und in den militärischen Bereich führt. Damit wäre die gesamte unerfreuliche Episode vermieden worden."

Greg Birch widersprach nicht, aber seine ohnehin schon schmalen Lippen formten einen dünnen Strich, dessen Enden deutlich nach unten wiesen.

Elaine stemmte verärgert die Hände in die Seiten. „Und noch besser wäre es gewesen, wenn die Erdflotte ein Schiff gesandt hätte, um Mr. Sims im System von *Longway* abzuholen, denn in dem Fall wäre er überhaupt nicht mit Menschen in Berührung gekommen, die nichts von seiner Anwesenheit auf der Erdorbitalstation hätten erfahren sollen. Aber die Admiralität hat sich dagegen entschieden, weil sie glaubte, so Gerüchten begegnen zu können, Gambler würden in unseren Reihen bevorzugt behandelt. *Das* sind die Maßstäbe, die an Fähnrich Sims angelegt werden."

„Er ist Zivilist."

„Falsch, er *war* Zivilist. Jetzt ist er ein Mitglied der Verteidigungsstreitkräfte, und als solches werden Sie ihn auch behandeln, Commander. Das ist im Übrigen kein Vorschlag, sondern ein Befehl."

Commander Birch zuckte leicht zusammen, dann nahm er Haltung an. „Aye, aye, Captain."

Elaine nahm es zur Kenntnis, aber sie war noch nicht fertig mit ihm. „Sie sind der erste Offizier der Station, und damit lastet eine große Verantwortung auf Ihnen. Sobald die *Joker* im Raum zu trainieren beginnt, werden die Medien ihre Vermutung über die Natur des Piloten sehr schnell bestätigt sehen, und dann werden die Gerüchte sprunghaft zunehmen. Ich muss mich darauf verlassen können, dass Sie zur Vernunft aufrufen und selbst die gleiche walten lassen werden."

Sie hielt inne und musterte ihn eindringlich. „Wie sieht es aus, Commander? Kann ich mich darauf verlassen?"

Commander Birch zögerte merklich, bevor er antwortete. „Ja, Captain."

Elaine schüttelte missmutig den Kopf, aber mehr als ein Lippenbekenntnis hatte sie wohl nicht bekommen können. Vorurteile ließen sich kaum von einem Tag auf den anderen überwinden, und ihr heutiger Tadel mochte seine verstockte Haltung gegenüber Danny Sims eher verschlimmern als verbessern. Zum Glück würde er kaum etwas mit dem jungen Gambler zu tun bekommen. Das Training unterstand Lieutenant Thornsburg, und um die richtigen Einsätze würde sie sich beizeiten selbst kümmern. Angesichts der wenig enthusiastischen Einstellung ihres Stellvertreters war das zweifellos auch angeraten.

„Sie können gehen, Commander", entließ sie ihn förmlich.

Er salutierte und entfernte sich. Kaum hatte sich die Tür hinter ihm geschlossen, als auf dem Schreibtisch ein Signallicht aufleuchtete und ihr Adjutant ihr ankündigte, dass ein Gespräch für sie eingegangen war. Sie ahnte sofort, wer sie zu sprechen wünschte, und ließ das Gespräch durchstellen. Tatsächlich erschien nur wenige Augenblicke später Admiral Jennings' Gesicht auf dem Bildschirm.

„Admiral", grüßte sie ihn mit einem respektvollen Kopfnicken und runzelte gleichzeitig die Stirn. Lloyd Jennings' schmales Gesicht wirkte ungewöhnlich dunkel, als hätte sich ein Schatten darüber gelegt.

„Captain Wilding, haben Sie heute Morgen die Nachrichten verfolgt?"

„Das habe ich, Sir."

„Es hat mich erstaunt, dass Mr. Sims' Anwesenheit auf der Erdorbitalstation bereits bekannt geworden ist. Wie konnte es dazu kommen?"

Noch klang kein Tadel in seiner Stimme mit, und er beschuldigte auch nicht sofort den Fähnrich, für das Informationsleck verantwortlich zu sein. Elaine wertete es als gutes Zeichen und beeilte sich, die Angelegenheit klarzustellen.

Der Admiral hörte sich ihren Bericht schweigend an und nickte schließlich ernst. „Das klingt einleuchtend. Aber wieso hatte der Techniker überhaupt die Gelegenheit, mit Mr. Sims zu sprechen? Haben Sie ihn nicht an seinem Fährschiff abholen lassen?"

Beschämt senkte Elaine den Kopf. „Das habe ich versäumt, Sir."

„Wollten Sie ihn etwa auf die Probe stellen?"

Elaine holte tief Luft. „Ja, Sir."

Das Gesicht des Admirals wurde noch starrer als gewöhnlich, und er erwiderte nichts.

Elaine spürte, wie sich ihre Rückenmuskulatur unangenehm verkrampfte. „Es tut mir leid, Sir. Ich wollte herausfinden, ob er tatsächlich ein so gutes Orientierungsvermögen besitzt, wie allgemein behauptet wird. Deshalb habe ich darauf gewartet, dass er sich seinen Weg selbst sucht. Das war ein grober Fehler."

„Ihnen ist doch sicher klar, dass der Junge Ihren Fehler jetzt ausbaden muss, Captain."

„Das ist es, Admiral."

Er musterte sie eindringlich, und einen Moment lang schien sein Gesicht wie aus Stein gemeißelt zu sein. „Ihre Einsicht in allen Ehren, Captain, nützen wird sie nun nichts mehr. Die Presse ist nicht gerade sanft mit Danny Sims umgesprungen. Das könnte unliebsame Folgen haben."

Elaine dachte an den wenig hoffnungsvollen Bericht der EBC zurück und hätte sich am liebsten selbst geohrfeigt. Dass sie Danny Sims nur ein Standbild des Technikers gezeigt hatte, war letztlich ein hilfloser Versuch gewesen, die Meinung der Presse von ihm fernzuhalten. Früher oder später würde er erfahren, wie die Menschen über ihn dachten. Sie konnte nur hoffen, dass ihn das nicht in seinem Entschluss, für die Erde zu fliegen, beeinflusste.

„Was werden Sie in dieser Angelegenheit unternehmen?", fragte sie gepresst.

Der Admiral zuckte mit den Schultern. „Dementieren können wir die Nachricht nicht, schließlich ist sie wahr, und das wird sich ohnehin nicht mehr lange geheim halten lassen. Zudem wäre es nicht gut, Mr. Sims zu verärgern, indem wir ihn verleugnen. Die Admiralität versucht derzeit, die Bestätigung seiner Anwesenheit auf der Station noch zurückzuhalten. Sobald der Junge allerdings seinen ersten Erfolg gegen die Hewitts erreicht haben wird, werden wir ihn ins Licht der Öffentlichkeit rücken. Das dürfte dem Gerede den Wind aus den Segeln nehmen."

„Das wäre zu hoffen, Sir."

Ein intensiver Blick seiner strahlend grauen Augen traf sie. „Gibt es bereits Schwierigkeiten, Captain Wilding?"

„Leider ja. Mein Erster Offizier, Commander Birch, zeigt nur wenig Begeisterung über Mr. Sims' Anwesenheit. Außerdem ist Lieutenant Thornsburg, der die *Ace* fliegen wird, nicht erfreut darüber, dass er von

Mr. Sims in die zweite Reihe gedrängt worden ist. Sein Gesicht sprach Bände, als ich die Positionen in der Verteidigungslinie zuteilte."

„Damit habe ich gerechnet. Beobachten Sie das Verhalten der beiden Offiziere, aber lassen Sie den Dingen vorerst ihren Lauf. Wenn Danny Sims erst einmal seine Zuverlässigkeit und seine Fähigkeiten unter Beweis gestellt hat, wird sich die Stimmung gegen ihn ganz sicher bessern."

„Oder verschlechtern."

„Glauben Sie, dass nicht alle Menschen einen Erfolg des Gamblers begrüßen werden?"

„Manchen wäre es vermutlich lieber, ihre Vorurteile bestätigt zu sehen."

„Dennoch werden sich die Menschen an Danny Sims Einsatz und Ihre Soldaten an die Zusammenarbeit mit ihm gewöhnen müssen, wenn nicht erneut ein Schwarm Hewitts über die Erde herfallen soll", erklärte Lloyd Jennings energisch.

„Mich müssen Sie davon nicht überzeugen, Admiral", erwiderte Elaine nicht weniger bestimmt. „Ich habe gesehen, was der Junge leisten kann. Ohne ihn würde ich dem Team keine Chance geben, aber er garantiert ihr Überleben - und das der Menschen auf der Erde."

„Wann wird die *Joker* für einen realen Einsatz bereit sein?"

„Mit Ihrer Zustimmung wird ab morgen das Training im Weltall beginnen."

„Die haben Sie, Captain, denn je eher der Junge im echten Schiff sitzt, desto besser."

„So wie ich Mr. Sims derzeit einschätze, wird er nach ein oder zwei Probedurchgängen dazu bereit sein, die Erde zu verteidigen. Vielleicht ist er das sogar jetzt schon. Für ihn macht es vermutlich keinerlei Unterschied, ob er in einem Simulator oder in einem realen Schiff sitzt."

„Das hoffe ich. Ich werde bald selbst auf die Station kommen und die Verteidigungsmaßnahmen beaufsichtigen. Vielleicht kann ich dann auch dem einen oder anderen Gerücht Einhalt gebieten. Sorgen Sie dafür, dass Mr. Sims bis dahin gut aussieht."

Elaine winkte ab. „Dafür wird er selbst sorgen."

34. Kapitel

Nachdem Danny das Büro des Captains und das Vorzimmer hinter sich gelassen hatte, atmete er tief durch. Er war noch einmal glimpflich davongekommen. Zwar wusste er nicht genau, was Captain Wilding über die Angelegenheit dachte, aber sie gab ihm nicht die Schuld, und das war alles, was zählte.

Trotzdem hatte ihm die Sache einen gehörigen Schrecken eingejagt. Captain Wilding hatte versucht, der unangenehmen Situation die Spitze zu nehmen, aber er hatte natürlich erkannt, dass die Aufnahme des Technikers aus einer laufenden Fernsehsendung stammte. Also wurde über ihn und seine Anwesenheit auf der Station berichtet, und da Captain Wilding es vermieden hatte, ihm den Bericht zu zeigen, war er vermutlich wenig erfreulich.

Kurz überlegte er, ob er auf dem Rückweg zum Simulator in seiner Kabine vorbeischauen und sich in die öffentlichen Fernsehkanäle einklinken sollte, doch er entschied sich dagegen. Es war schwer genug, die ablehnenden Blicke von Lieutenant Thornsburg, Commander Birch, Ellie, Val und einigen anderen auf sich ruhen zu fühlen, und er wollte sich nicht auch noch mit dem Wissen um die öffentliche Meinung belasten. Sie war sicher nicht gut, soviel stand fest, aber solange er sie nicht genau kannte, konnte er sie ignorieren. Sobald er sie aber einmal erfahren hatte, würde er sie nicht mehr vergessen können. Manchmal hatte es auch Nachteile, ein unfehlbares Gedächtnis zu besitzen.

Mit hängendem Kopf machte er sich auf den Rückweg. Verschiedene Gefühle rangen in ihm miteinander. Ein Teil von ihm war erschrocken über die Ablehnung, die er auf der Erdorbitalstation erfuhr, und riet ihm, sich die Sache noch einmal gut zu überlegen. Ein anderer hielt dagegen, rief ihm machtvoll zu, dass er dem Ziel seiner Träume so nah war wie nie zuvor und sich nicht von ein paar griesgrämigen Mienen einschüchtern lassen sollte.

Entschlossen ballte er die Hände zu Fäusten. Er wollte gegen die Hewitts fliegen und er wollte den Menschen der Erde helfen, das stand außer Frage, aber er traute sich selbst und seiner Standhaftigkeit nicht recht über den Weg. Es war durchaus denkbar, dass die ängstliche Stimme in ihm an Stärke gewann, falls die Ablehnung gegen ihn wuchs. Er würde sich sehr vorsehen müssen, damit das nicht geschah, denn das Letzte, was er wollte, war, unverrichteter Dinge zur *Gambler-Circus* zurückzukehren und in aller Augen als Feigling dazustehen. Dann könnte er sich selbst nicht mehr ins Gesicht sehen. Allein der Gedanke an eine Rückkehr zur *Gambler-Circus* ließ ihn in kalten Schweiß ausbrechen und ihm die Knie weich werden.

Übergangslos wurde ihm klar, wie schwach er sich tatsächlich fühlte. Seine Beine schienen nur noch aus Pudding zu bestehen, und ihm schwindelte leicht. Er versuchte, seinen Kopf mit ein paar tiefen Atemzügen zu klären, aber es half nicht viel. Er blieb stehen, stützte wieder eine Hand gegen die Wand und lauschte in sich hinein. Die Schwäche war durchdringend und ließ ihn zittern.

Er lehnte sich mit dem Rücken an die Wand. Gänzlich unbekannt war ihm ein derartiger Erschöpfungszustand nicht. Als er noch klein gewesen war und im Training und den Vorstellungen an die Grenzen seiner Leistungsfähigkeit hatte herangehen müssen, war er ebenfalls anschließend ausgelaugt gewesen, deshalb hätte er damit rechnen müssen, dass es ihm nach den Simulationen ebenso erging, denn heute hatte er sich seinen Grenzen weitaus mehr genähert als in den letzten acht, neun Jahren.

In diesem Moment trat ein Lieutenant Commander aus einem Seitengang auf den Korridor hinaus. Sein Blick fiel auf Danny, er runzelte die Stirn und kam zu ihm herüber.

„Ist alles in Ordnung mit Ihnen, Fähnrich?"

Danny winkte ab. „Es ist nichts."

Die Augenbrauen des anderen zogen sich zusammen. „Für *nichts* sehen Sie aber ziemlich blass aus."

„Es geht schon", erwiderte Danny ausweichend. Er wollte für den heutigen Tag nicht noch mehr Aufmerksamkeit auf sich ziehen. Leider machte ihm sein Magen einen Strich durch die Rechnung, denn er begann plötzlich lautstark zu knurren.

Sein Gegenüber schmunzelte. „Ich schlage vor, dass Sie etwas essen, bevor Sie umfallen, Fähnrich."

„Das geht nicht. Ich werde im Simulator zurückerwartet."

„Läuft dort gerade eine Simulation?"

Danny griff auf sein Zeitgefühl zu. „Ja, Sir. Sie wird in etwa elf Minuten beendet sein."

„Dann haben Sie noch genug Zeit, um auf dem Weg in einer Messe vorbeizuschauen und sich wenigstens einen Snack einzuverleiben. Bevor die Simulation nicht beendet ist, können Sie den Simulatorraum ohnehin nicht betreten."

Danny nickte. „Sie haben recht. Danke, Sir."

„Nichts zu danken", wiegelte der andere ab und setzte seinen Weg fort.

Danny sah ihm nach und fragte sich, wie der Mann mit ihm geredet hätte, hätte er gewusst, dass er ein Gambler war. Wäre er dann auch noch so freundlich gewesen?

Erschrocken pfiff er sich zurück, als er den Gedanken bemerkte. Er durfte derartige Überlegungen nicht zulassen, sonst verlor er tatsächlich seine Objektivität. Sein Entschluss, sich keine Medienberichte über seine Anwesenheit auf der Station anzusehen, wurde durch den Vorfall noch bestärkt. Er musste sich davon so lange fernhalten, bis er sich sicher war, dass er gegen die Hewitts fliegen würde, ganz gleich, welche Schwierigkeiten ihm auch begegnen mochten.

Wie der Offizier ihm geraten hatte, suchte er auf dem Weg zum Simulator eine Messe auf. Es fiel ihm nicht schwer, anhand der Karten der Station, die er sich wie ein Hologramm vor Augen rufen konnte, die zu finden, die am nächsten lag. In der Messe angekommen, entschied er sich für ein Konzentrat aus Kohlenhydraten, denn so konnte er seinen Magen am ehesten zum Schweigen bringen.

Es half, und er fühlte sich schon wieder erheblich besser, als er schließlich den Simulatorraum erreichte. Die rote Signallampe brannte noch, aber sie erlosch nur kurze Zeit später. Danny betrat den Raum und huschte in die Kontrollkabine, bevor Lieutenant Thornsburg und sein Team die Kapseln verlassen hatten. Die Mädchen empfingen ihn in tiefem Schweigen, und es fiel ihm sofort auf, dass Mady und Jenn auf der einen und Val und Ellie auf der anderen Seite des Kontrollpults Platz genommen hatten und sich betont gegenseitig ignorierten. Also hatten sie sich doch gestritten.

Danny war seltsam erleichtert darüber. Es tat gut zu wissen, dass nicht alle gegen ihn waren. Vor allem Madys Wangen glühten noch in zornigem Rot, was bewies, dass das Ende des Streits noch nicht lange zurücklag. Aber als ihre Augen die seinen trafen, wich die Wut aus ihnen und machte einem weicheren Ausdruck Platz. Sie winkte ihm.

Er ging zu ihr und Jenn und ließ sich auf den Sessel neben ihnen fallen. Sie sahen ihn neugierig an, und ganz sicher wollten sie wissen, warum er zum Captain gerufen worden war, doch da betrat Lieutenant Thornsburg die Kontrollkabine und zog energisch alle Aufmerksamkeit auf sich. Beide Mannschaften analysierten gemeinsam die Flüge, die zuvor von ihnen absolviert worden waren. Danny hielt sich mit seinen Kommentaren zurück, obwohl er viel zu den Missionen des Lieutenants hätte sagen können. Thornsburgs Blick riet ihm, es nicht zu tun.

So geriet die Besprechung kurz, denn auch die anderen hatten nur sehr wenig anzumerken, und nach einer kurzen Pause ging das Training weiter. Danny und seine Crew machten wieder den Anfang, aber immerhin ließ der Lieutenant sie nun nur noch zwei Missionen fliegen, bevor die Mannschaften die Plätze tauschten.

Als die Crew der *Ace* mit ihrer Simulation begonnen hatte, sprach Mady Danny sofort an.

„Was wollte Captain Wilding von dir?“

Danny zögerte unmerklich. Er wusste nicht, ob er offen über das Gespräch mit dem Captain reden durfte. Es war gut möglich, dass er damit schon wieder einen Fauxpas beging, aber zu schweigen wäre auch keine bessere Alternative. Mady und Jenn waren neugierig, das hieß, sie nahmen Anteil an dem, was mit ihm geschah. Eine positivere Einstellung zu seiner Person konnte er sich im Augenblick nicht wünschen, und er musste eine ähnliche Offenheit zeigen, wenn er sie erhalten wollte.

Und so beschloss er, Mady zu antworten. In den nächsten Minuten berichtete er den beiden Mädchen von der Pressemeldung, die Captain Wildings Unwillen erregt hatte, und schilderte ihnen, wie es dazu gekommen war, wobei er allerdings auch jetzt ausließ, zu welchem Verhalten ihn der Techniker provoziert hatte. Das ging, so wie die Dinge im Augenblick standen, nur ihn etwas an.

„Dich trifft tatsächlich keine Schuld", meinte Mady, als er geendet hatte. „Der Techniker ist geltungssüchtig, und das kann man nun wirklich nicht dir anlasten."

„Richtig", stimmte Jenn zu. „Außerdem hätte der Captain jemanden schicken können, der dich von der Andockrampe abholt, dann wärst du schneller hier gewesen und hättest nicht nach dem Weg zu fragen brauchen."

Danny horchte auf. „Wäre das die übliche Vorgehensweise?"

„Natürlich", rief Mady. „Es wäre sogar problemlos möglich gewesen, dich mit einer Fähre von *Longway* abzuholen."

„Ich frage mich, warum sie es nicht getan hat", murmelte Jenn.

Er erkannte den Grund dafür sofort, sprach ihn jedoch nicht aus. Madys erschrockener Blick zeigte ihm, dass sie es ebenfalls ahnte.

„Sie wird wohl ihre Gründe gehabt haben", meinte Jenn unbedarft.

Danny sah sie nicht an, denn sein Blick war noch immer mit Madys verschränkt. Sie verstand es wirklich.

„Sie wird so etwas sicher nicht noch einmal tun", sagte Mady zaghaft.

Danny biss sich auf die Lippen. „Das hoffe ich."

Er riss seinen Blick von ihr los und ließ ihn in die Runde schweifen, bemerkte Ellies und Vals verstockte Gesichter und spürte, wie sich ein tiefer Seufzer einen Weg durch seine Kehle bahnte. Er ließ ihn zu.

„Das hoffe ich wirklich."

Er sah den Schatten, der über Madys Gesicht huschte. Sie zögerte, dann berührte sie ihn leicht am Arm.

Danny verstand ihre Geste und nickte ihr dankbar zu. Kurz dachte er an die Szene im Büro des Captains zurück, ließ seinen Blick noch einmal über die vier Mädchen gleiten und senkte traurig den Kopf. Durch seine Anwesenheit hatten sich auf der Station neue Fronten gebildet - und er stand genau dazwischen.

35. Kapitel

Eine knappe halbe Stunde nach dem Ende ihrer Trainingsschicht ließ sich Mady über ein Transportband der nahen Messe entgegentragen. Sie war zwar erst in einigen Minuten mit Jenn dort verabredet, dennoch hatte sie sich beeilt, sich in ihrer Kabine frisch zu machen. Jenn hätte es mit einem grinsenden Hinweis auf ihre spezielle goldene Regel quittiert, aber heute hätte sie unrecht. Heute gab es einen besonderen Grund für ihre Hast.

Als sie in die Nähe der Messe kam, sprang sie behände vom Band und hielt mit zügigen Schritten auf das Schott zu. Es wich vor ihr zurück, und sofort schlug ihr ein Schwall angenehm temperierter Luft entgegen. Mady lächelte, als sie über ihre Wangen strich und an ihren kurzen Haaren zupfte. In der Messe war es stets ein paar Grad wärmer als in allen anderen Räumen der Station. Vielleicht lag es an den warmen Mahlzeiten, die dort aufgetragen wurden, vielleicht an den Leibern der Menschen, die sich dort in regelmäßigen Abständen dicht zusammendrängten, möglicherweise war aber auch die Temperatur mit Absicht so hoch eingestellt worden, schließlich war der Speisesaal ein Ort, an dem man sich wohlig und entspannt fühlen sollte.

In der Messe herrschte, da nicht nur ihr Training, sondern in allen Bereichen der Station die erste Tagschicht zu Ende gegangen war, reger Betrieb. Männer und Frauen in den unterschiedlichsten Uniformen nahmen die Plätze rund um die vielen Tische ein, aßen, relaxten, schwatzten miteinander oder besprachen Probleme, die sie über die Arbeitszeit hinaus beschäftigten. Mady seufzte, denn sie ahnte, dass auch die Hewitts Eingang in die Gespräche bei Tisch finden würden. So war es in den vergangenen Tagen stets gewesen, und es gab keinen Grund, warum es heute anders sein sollte.

Sie sah sich suchend um, und gleich darauf entdeckte sie Danny an einem der Tische in der Mitte des Speisesaals. Er saß allein, und inmitten der munteren Reden, die rings um ihn herumgeführt wurden, fiel seine stumme, reglose Haltung besonders auf. Er aß nicht, sondern hatte sich bislang lediglich etwas zu trinken bestellt. Aus dem Becher, der vor ihm stand und den er mit beiden Händen umfasste, stiegen kleine Dampfwölkchen empor.

Mady schloss daraus, dass er noch nicht lange hier sein konnte, denn das Getränk wäre sicher kalt geworden, wenn er schon länger als ein paar Minuten versucht hätte, Löcher in den Boden des Bechers zu starren. Er wirkte noch kontrollierter als während des Trainings, und bislang hatte er noch nicht ein einziges Mal aufgeblickt. Es schien, als nähme er das bunte Treiben um sich herum gar nicht wahr - oder ignorierte es.

Unwillkürlich fragte sie sich, ob er vielleicht ungestört sein wollte, doch sie hatte den Gedanken kaum beendet, als sie bereits den Kopf schüttelte. Entschlossen setzte sie sich in Bewegung und hielt auf seinen Tisch zu. Danny sah auf, als sie noch ein paar Meter davon entfernt war. Ihr Herz schlug schneller, als sein Blick sie traf, und sie begriff nicht mehr, wie sie bei ihrer ersten Begegnung hatte glauben können, er sei nur fünfzehn Jahre alt. Es ging ein Flair von ihm aus, das ganz und gar nicht zu einem Jugendlichen passte, auch jetzt, obwohl er seine Fähigkeiten im Augenblick nicht nutzen musste. Doch entspannen konnte er sich sicherlich auch nicht.

„Hallo", begrüßte sie ihn und bemühte sich, nicht anders zu klingen, als wenn sie Jenn angesprochen hätte. Es gelang ihr halbwegs. Sie setzte das Lächeln auf, das sie irgendwo tief in ihrer Seele empfand, und wies auf einen der freien Stühle am Tisch. „Darf ich mich zu dir setzen?"

Danny nickte sofort. „Natürlich."

Mady ließ sich mit einem Ächzen in den Sessel ihm gegenüber fallen und streifte wie zufällig den Becher mit einem Blick. „Hast du schon gegessen?"

„Nein."

„Das ist gut. Ich bin hier mit Jenn verabredet. Wir können auf sie warten und dann alle gemeinsam essen."

„Das wäre schön", erwiderte Danny, und seine Worte klangen eindeutig erleichtert.

Mady ahnte, dass er deshalb noch nicht gegessen hatte, weil er darauf gehofft hatte, mit ihr und dem Rest des Teams eine Tischgemeinschaft bilden zu können. Ganz sicher wollte er ebenso wenig wie jeder andere in diesem Raum allein sein.

Sie schickte einen abfälligen Gedanken an Ellies und Vals Adresse. Soviel zur Distanz, die sie Danny unterstellt hatten.

Ihr fiel plötzlich auf, dass zwischen ihr und Danny Schweigen herrschte. Sofort richtete sie sich in ihrem Sessel auf und schaute ihn an. Er erwiderte ihren Blick, sagte jedoch nichts. Sie spürte, wie sie rote Ohren bekam. Hastig suchte sie nach einem Aufhänger für ein Gespräch und fand ihn in dem Becher, der noch immer vor Danny stand. Die Dampfwolken waren inzwischen deutlich kleiner geworden.

„Dein Getränk wird kalt", bemerkte sie und hätte sich in der gleichen Sekunde am liebsten selbst geohrfeigt. Warum klang jedes Wort, das sie an ihn richtete, nur so ungeheuer unbeholfen und plump?

Er schien es nicht bemerkt zu haben. Er zuckte lediglich mit den Schultern, nahm einen Schluck und setzte den Becher wieder ab. „Das macht nichts. Es ist ohnehin fast alle."

Mady startete einen neuen Versuch. „Was trinkst du da?"

„Kakao."

„Tatsächlich?"

„Ja."

Mady stöhnte im Stillen. Das war auch nicht besser gewesen. Aber Danny machte es ihr auch nicht gerade leicht. Warum musste er sich nur so verdammt einsilbig geben?

Für einen Moment starrte sie frustriert auf die polierte Tischplatte, doch eine Bewegung Dannys ließ sie wieder aufblicken. Er hatte beide Hände zum Gesicht gehoben und rieb sich die Augen. Als er sie wieder sinken ließ, fiel Mady plötzlich auf, wie erschöpft er aussah. Sie zögerte einen Moment, dann gab sie sich einen Ruck und sprach ihn darauf an.

„Du siehst müde aus."

„Das bin ich auch", antwortete er nach einem langen Atemzug, zögerte und fügte hinzu: „Das Training war ziemlich anstrengend."

„Das kannst du laut sagen", bekräftigte sie sofort. „Thornsburg hat es bislang in jeder Schicht geschafft, uns so zu schikanieren, dass wir anschließend garantiert nicht mehr daran denken, Ausflüge durch die Station zu unternehmen."

„Wäre das denn möglich?", fragte Danny. Er wirkte verblüfft.

„Also, normalerweise sind die Soldaten nicht in den militärischen Sektoren eingesperrt. Wir können uns in unserer freien Zeit über die gesamte Station bewegen, außer wir sind ausdrücklich darauf hingewiesen worden, uns in Bereitschaft zu halten." Sie grinste säuerlich. „Bei uns ist das leider der Fall."

„Ich habe ohnehin kein Interesse daran, jetzt noch durch die Korridore zu laufen", bemerkte Danny und gähnte hinter vorgehaltener Hand.

„Es wäre schon eine gelungene Abwechslung. Spätestens wenn du ein paar Tage lang immer nur die gleichen Räume um dich herum gesehen hast, denkst du anders darüber."

Danny runzelte die Stirn. „Ich glaube, das macht mir nichts aus. Auf meinem Schiff habe ich ein Leben lang dieselben Räume um mich gehabt."

Seine Stimme wurde gegen Ende des Satzes immer leiser. Mady horchte auf. War er deshalb zur Erde gekommen? Hatte er einen Tapetenwechsel gebraucht?

Sie wischte den Gedanken sofort energisch beiseite. So über ihn zu denken, war auch nicht viel besser als das, was Ellie und Val über ihn gesagt hatten.

„Was wirst du in deiner freien Zeit tun?", brachte sie das Thema zurück.

„Heute?"

„Ja."

„Ich schätze, ich werde sie zum Schlafen nutzen."

„Aber unsere nächste Schicht fängt erst morgen um acht Uhr an", rief Mady erstaunt. „Willst du die gesamte Zeit im Bett verbringen?"

„Du nicht?"

„Nein. Ich könnte zwar keine Bäume mehr ausreißen, aber ich bin auch nicht so müde, dass ich im Stehen einschlafen könnte."

„Ich schon", erklärte Danny matt, und sein Aussehen bestätigte seine Worte. Sein Gesicht war blass, seine Augenlider wirkten schwer und auch seine Haltung spiegelte seine Erschöpfung wider, obwohl sie noch immer kontrolliert war. Aber man sah ihm die Aufmerksamkeit an, die ihn die Kontrolle kostete, und das war eine echte Veränderung.

„Ist das bei dir normal?", platzte Mady impulsiv heraus. Nur einen Moment später wurde ihr klar, wie ihre Frage auf ihn wirken musste, und biss sich auf die Zunge.

Zum Glück schien Danny nicht beleidigt zu sein. Er zuckte lediglich mit den Schultern. „Bevor ich mich an eine neue Aufgabe angepasst habe, schon, aber später nicht mehr."

„Wie meinst du das?"

„Als ich vor fünf Jahren den Asteroidenkurs übernahm, war ich nach jeder Vorstellung ziemlich erschlagen, und im Training erging es mir nicht anders. Er hat mich damals an meine Grenzen geführt, so wie der Schwarm es heute tut. Aber ich habe mich daran gewöhnt. Ich könnte heute fünfzehn Mal hintereinander durch das Asteroidenfeld fliegen, ohne an Konzentration einzubüßen oder müde zu werden. Bei den Simulationen wird das ähnlich sein, es braucht nur noch etwas Zeit."

„Das ist gut", murmelte Mady erleichtert.

Ihr Tonfall trug ihr einen langen Blick von ihm ein, und sie musste sich sehr beherrschen, um nicht rot zu werden. Wenn er sie so ansah, hatte sie das schier übermächtige Gefühl, er könnte ihre Gedanken lesen, und gerade eben hatte sie dem wenig schmeichelhaften Gedanken Raum gegeben, dass er ihnen nicht viel gegen die Hewitts nützen könnte, wenn er beim Auftauchen des nächsten Schwarms vom Training erschöpft im Tiefschlaf lag.

Jenn erlöste sie aus der peinlichen Situation. Mady sah sie beim Schott auftauchen, bemerkte, dass auch Danny sie entdeckt hatte und plötzlich wieder starr auf die Tischplatte blickte. Mady zog verwundert die Augenbrauen hoch, doch dann begriff sie, was sein Verhalten zu bedeuten hatte. Er schien niemanden durch Blickkontakt nötigen zu wollen, sich zu ihm zu setzen. Sie lächelte, denn das sprach eindeutig für ihn.

Sie selbst war weit weniger zurückhaltend. Sie winkte Jenn heftig, und ihre Kameradin setzte sich sofort in Bewegung, als sie sie entdeckte. Sie grinste breit, als sie sich in den Sessel neben Mady drückte.

„Hallo zusammen!"

Danny sah auf und nickte ihr zu, dann glitt sein Blick an ihr vorbei, so als suche er etwas. Auch Mady schaute unwillkürlich zum Schott, wartete ein paar Sekunden und wandte sich schließlich an Jenn.

„Val befindet sich heute nicht in deinem Schlepptau, oder?"

„Ich habe sie nicht gefragt, ob sie mich begleitet", gab Jenn ohne Zögern zurück.

Mady nickte zufrieden, sie empfand nämlich nicht die geringste Lust dazu, den Disput mit Val fortzusetzen, schließlich war jetzt Feierabend, und da wollte sie ihre Ruhe haben.

„Hoffentlich setzt sie sich nicht zu uns", murmelte sie.

„Das glaubst du doch selbst nicht", knurrte Jenn. „Ich schätze, sie wird sich zusammen mit Ellie einen anderen Platz suchen."

Mady warf Danny einen prüfenden Blick zu. Er sah nicht besonders glücklich aus, aber das konnte sie ihm auch nicht verdenken.

„Lasst uns das Essen bestellen", forderte sie die anderen auf. „Mir knurrt allmählich der Magen."

Während sie auf ihre Gerichte warteten, betrat Val die Messe. Ellie war tatsächlich bei ihr, und sie kamen nicht einmal in die Nähe ihres Tisches. Sie setzten sich zu Gary Kaley und John Raff aus Thornsburgs Crew, die nur eine Minute vor ihnen den Saal betreten hatten. Mady erinnerte sich an die Blicke, mit denen die beiden Fähnriche Danny bedacht hatten, und konstatierte für sich, dass sich mit dem Quartett eindeutig die richtigen zusammengefunden hatten. Sie mochte sich gar nicht vorstellen, welche Gesprächsthemen an dem Tisch gepflegt wurden. Leider ahnte sie es nur zu gut, und Danny wusste es ganz sicher auch. Sie erkannte es daran, wie betont er es vermied, in die Richtung der anderen zu schauen.

Ihr Essen war gerade in den Ausgabefächern des Tisches erschienen, als Robert Connay und Alexander Dow die Messe betraten. Sie steuerten zunächst auf den Tisch mit ihren Teamkollegen zu, aber statt eines gemütlichen Plauschs schien sich zwischen ihnen bald ein Streitgespräch zu entwickeln. Mady beobachtete, wie Robert Connay auf die anderen einredete, schließlich jedoch mit den Schultern zuckte, sein Tablett nahm und aufstand. Alexander Dow folgte seinem Beispiel nach nur kurzem Zögern.

Die beiden kamen auf ihren Tisch zu.

„Können wir uns zu euch setzen?", fragte der hagere Lieutenant.

Die Frage war den Worten nach an alle gerichtet, doch er sah Danny an.

Ein leichtes Lächeln erschien auf Dannys Lippen, das Erste, das sie bei ihm am heutigen Tag gesehen hatte.

„Gern."

„Danke", erwiderte Robert und ließ sich neben Danny nieder. Alexander nahm neben Jenn Platz, schob umständlich sein Tablett zurecht und rieb sich den Nacken.

„Dort drüben herrschte ziemlich schlechte Luft", erklärte er unsicher.

Jenn grinste. „Hier ist sie besser."

Robert Connay nickte ernst. „Das merkt man.“ Er wandte sich an Danny. „Das Verhalten der anderen ist nicht symptomatisch für die Soldaten der Station.“

Danny sah zwischen beiden Tischen hin und her. „Wir sitzen hier zu fünft, die anderen sind zu viert. Damit wäre ich sehr zufrieden, selbst wenn es die typische Meinungsverteilung auf der Station widerspiegelt.“

„Du vergisst Thornsburg“, erinnerte ihn Mady.

„Das habe ich nicht, aber er ist unser Vorgesetzter.“

Jenn kicherte. „Und er neigt dazu, das nie zu vergessen, obwohl in der Messe die Ränge von niemandem sonst beachtet werden.“

„Deshalb wird er für sich allein sitzen“, schloss Danny.

Mady schaute ihn erstaunt an und fragte sich, wie er das wissen konnte. Er hatte Thornsburg immerhin weder gestern Abend noch heute Morgen in der Messe erlebt.

„Wenn man vom Teufel spricht“, murrte Alexander plötzlich.

Mady fuhr herum und blickte zum Schott hinüber. Alle anderen taten es ihr gleich, nur Danny zeigte mehr Selbstbeherrschung. Thornsburg hatte den Saal betreten und steuerte direkt auf ihren Tisch zu.

Mady spürte, wie sich ihr der Magen zusammenzog. Allein Thornsburgs Anblick genügte, um ihr den Appetit zu verderben.

„Sie werden sich morgen nicht im Simulatorraum, sondern in Sektor Omega, Ebene 45U, Sektion H zum Training melden“, knurrte Thornsburg auf sie herab, und Mady fragte sich, ob er es je fertiggebracht hatte, nicht missgelaunt zu klingen.

„Und seien Sie pünktlich, wir werden dort vom Captain erwartet.“

„Aye, aye, Sir“, scholl es ihm fünfstimmig entgegen.

Nicht ohne einen letzten unfreundlichen Blick auf Danny wandte sich Thornsburg ab und ging zum Tisch der anderen hinüber. Mady grinste, als sie Vals Gesicht sah. Sie wusste nur zu gut, was sie sich wünschte, aber sie wurde enttäuscht. Thornsburg suchte sich einen Platz, der von beiden Tischen weit entfernt war, nachdem er auch die anderen informiert hatte.

„Quod errat demonstrandum“, konstatierte Jenn.

Mady lachte und Alexander und Robert schmunzelten, nur Danny blieb ernst. Seine Gedanken schienen sich längst mit etwas anderem zu beschäftigen.

„Was hat das zu bedeuten?“, fragte Alexander, nachdem er das Grinsen wieder aus seinem Mundwinkel verbannt hatte.

Er sah Danny dabei an, was Mady nicht weiter wunderte. Sie hätte die Frage instinktiv ebenfalls an ihn gerichtet.

„In Sektion H stand früher Captain Wildings Shuttle, und die Fähren hoher Funktionäre konnten dort einfliegen“, erklärte er ihnen ohne Zögern. „Ich vermute, dass man nun die *Joker* und die *Ace* dort untergebracht hat. Sie hätten von dort aus eine gute Startposition, da

Ebene 45U hoch oberhalb der Hauptkopplungsebene und damit auch über den Anflugrouten des zivilen Verkehrs liegt."

„Wenn du recht hast, werden wir sicher bald die echten Prototypen fliegen", schloss Jenn und fröstelte sichtlich. „Ich weiß nicht, ob mir das gefällt."

„Es ist unumgänglich, dass wir mit den echten Schiffen üben", antwortete Danny ernst.

„Gibt es denn Unterschiede zwischen dem Simulator und den Schiffen?", fragte Mady besorgt.

„Das weiß ich nicht, dazu müsste ich die *Joker* erst einmal fliegen. Aber ich weiß, dass es auf jeden Fall etwas anderes ist, ob man in einem Simulator sitzt, der von wohltemperierter Luft umgeben ist, oder ob man ein Raumschiff durch die Kälte des Alls steuert. Nur dort kann man die Reaktionen eines Schiffs wirklich kennenlernen."

Mady starrte Danny verblüfft an. Seine Augen leuchteten, sein Gesicht zeigte wieder einen Hauch jenes hoch konzentrierten Ausdrucks, der auch nach der Simulation auf ihm gelegen hatte, und ein Teil seiner Erschöpfung schien auf beinahe magische Weise von ihm abgefallen zu sein. Eifer, Begeisterung und Überzeugung strahlten beinahe körperlich fühlbar von ihm aus. Sie gestand sich ein, dass sie ihm fast alles glauben würde, wenn er so sprach. Und Fakt war, dass er weit mehr Erfahrung in solchen Dingen hatte als jeder andere am Tisch. Es war schon seltsam mit ihm.

36. Kapitel

Nach dem Essen suchte Danny sofort seine Kabine auf und ging zu Bett, so wie er es Mady gesagt hatte. Er ließ den Computer das Licht löschen, schloss die Augen, und keine Minute später überkam ihn die Müdigkeit mit der Macht einer gewaltigen, dunklen Woge. Sie riss ihn mit sich fort, obwohl ihm einige Szenen aus den Simulationen im Kopf herumspukten.

In der Nacht geisterten die Hewitts durch seine Träume, doch die Bilder waren verschwommen und ohne erkennbaren Sinn, sodass er es vorzog, sie zu ignorieren. Dennoch hinterließen sie ein ungutes Gefühl in ihm, als er am Morgen kurz vor dem Weckruf des Computers erwachte, aufstand und sich zum Dienst fertig machte. Er drängte es entschlossen zurück, und der Gedanke, dass er vermutlich noch heute mit der *Joker* in den Raum starten durfte, half ihm dabei. Auf der *Gambler-Circus* hätte er sich unbändig gefreut, die *Challenge* fliegen zu dürfen, und obwohl im Training im Gegensatz zu den kaum ernst zu nehmenden Vorstellungen der *Gambler-Circus* über jedem Flug der *Joker* der Schatten der Gefahr lag und von dem Gedanken an die unzähligen Opfer, die die Amöboiden gefordert hatten, begleitet wurde, stellte sich auch heute Morgen die gleiche Aufregung ein.

Die Flüge, die ihm nun bevorstanden, waren zwar keine unbeschwerten Auftritte mehr, doch gerade das erfüllte sein Herz mit tiefer Freude und Entschlossenheit. Endlich befand er sich genau an dem Ort, an dem er sein wollte, und trug Verantwortung. Im Kontrast zu seinem ereignislosen Leben auf der *Gambler-Circus* wurde ihm bewusst, wie sehr er sich nach einer achtbaren Aufgabe gesehnt hatte. Jetzt hatte er sie bekommen, und er würde seine gesamten Fähigkeiten einsetzen, sie zu aller Zufriedenheit zu erfüllen. In der Messe traf er auf Mady und Jenn, und nach kurzer Zeit gesellten sich auch Robert Connay und Alexander Dow zu ihnen. Es schien, als hätte sich wie von selbst eine feste Tischgemeinschaft gebildet, und er rechnete es Mady und den anderen hoch an, dass sie sich darum bemühten, sich von der Kluft, die zwischen ihnen lag, nicht abschrecken zu lassen. Sie versuchten, ihn kennenzulernen und ihn so zu akzeptieren, wie er nun einmal war, und obwohl ihr Umgang miteinander noch alles andere als unbefangen war, war doch ein guter Anfang gemacht worden. Darauf konnte man aufbauen.

Danny war wirklich froh darüber. Er war schon zu lange allein gewesen, und im Gegensatz zur *Gambler-Circus* konnte er hier nicht auf die Gesellschaft seiner Eltern zurückgreifen und so vor sich selbst verstecken, dass er mit Gleichaltrigen nur wenig gemein hatte. Doch seltsamerweise schien genau das, was ihn auf der *Gambler-Circus* von den übrigen Gamblern getrennt hatte, an Bord der Erdorbitalstation ein Band zwischen ihm, Mady und den anderen zu schaffen. Sie alle waren letztlich aus dem gleichen Grund hier, sie alle besaßen ein Motiv, das er bei seinen Leuten niemals gefunden hatte und das es dort wohl auch nicht gab, ansonsten hätten sich außer ihm noch andere Gambler zur Verfügung gestellt, der Erde zu helfen.

Gegen Ende des Frühstücks kam Lieutenant Thornsburg zu ihnen und wies sie an, sich um 7.50 vor dem nächstgelegenen Lift einzufinden. Ihre kleine Gruppe traf dort kurz vor Ellie, Val und den beiden anderen Kanonieren der *Ace* ein; Thornsburg schloss natürlich zuletzt zu ihnen auf.

Die Kabine war groß genug, um sie alle auf einmal aufnehmen zu können. Die Türen schlossen sich, und für einen Sekundenbruchteil spürte Danny einen deutlichen Andruck, als der Lift wie ein Projektil nach oben katapultiert wurde. Die anderen verzogen keine Miene, also hatten sie es wohl nicht bemerkt, doch er dachte bei sich, dass die Andruckneutralisatoren der Kabine einer neuen Feineinstellung bedurften. Er fragte sich, ob er darüber Meldung machen sollte, aber er ließ es bleiben. Da nur er die Beschleunigung wahrgenommen hatte, lag die Funktion der Absorber vermutlich noch innerhalb gängiger Parameter, und er hatte nicht vor, dadurch aufzufallen, dass er sich in Angelegenheiten einmischte, die ihn nichts angingen.

Der Lift schoss sie innerhalb weniger Sekunden in Stockwerk 45U hinauf. Als die Schotten vor ihnen zurückwichen, traten sie geschlossen hinaus. Danny sah sich flüchtig um und zog sofort die Stirn in Falten. Vom Fahrstuhl aus erstreckten sich drei Gänge, einer nach links, einer nach rechts, und einer führte in gerader Linie davon fort. Ein Transportband zierte den Boden jenes letzten Korridors; es entsprang dicht vor dem Lift und brach kurz vor dem Ende des Gangs wieder ab. An den Wänden lagen sich in regelmäßigen Abständen auf jeder Seite kleine Schotten gegenüber, zwölf an der Zahl, und nach der Kreuzung mit einem anderen Gang, die im hinteren Drittel des Korridors lag, fanden sich noch zwei weitere Türen.

Das alles entsprach ganz und gar nicht mehr dem Plan der Sektion, den er sich vorgestern Abend angesehen hatte. Sie war vollständig umgebaut worden; das einzige Element, das gleich geblieben zu sein schien, war das große Schott am anderen Ende des Ganges, hinter dem vorher der Hangar für die Fähre des Captains gelegen hatte. Er dürfte auch nach dem Umbau noch immer als Hangar dienen, nun jedoch für die *Joker* und die *Ace*.

Alles andere in der Sektion H war brandneu, und selbst wenn er die vorherige Karte nicht gekannt hätte, wäre es ihm aufgefallen. Ein intensiver Geruch nach Lösungsmitteln, Schmierstoffen, Gummierungen und frisch verarbeitetem Kunststoff drang auf ihn ein, brannte sich in seine Nase und seine Kehle und brachte seine Augen zum Tränen. Er räusperte sich verhalten, aber viel half es nicht, sondern trug ihm lediglich einen fragenden Blick von Mady ein.

Doch er kam nicht dazu, eine Bemerkung zu machen, da seine Augen längst Captain Wilding erspäht hatten, die vor dem großen Schott stand und mit einem bullig wirkenden Techniker sprach. Als sie die Besatzungen der Prototypen entdeckte, schickte sie den Mann fort und kam zu ihnen herüber.

Thornsburg brachte sie mit bösen Blicken und halblaut geknurrten Befehlen dazu, in einer schnurgeraden Reihe Aufstellung zu beziehen, bevor der Captain sie erreichte. Zum Glück war der Gang breit genug dazu.

Nach den üblichen Begrüßungsritualen wandte sich Captain Wilding an sie alle. „Sie sehen hier Ihr neues Zuhause vor sich, Soldaten. Sektion H wird im Kampf gegen die Hewitts eine entscheidende Rolle spielen. Die *Joker* und die *Ace* befinden sich im Hangar jenseits dieses Schottes. Sie sind jederzeit startbereit, und damit Sie es auch sind, werden Sie ab sofort die Kabinen beziehen, die Sie links und rechts des Korridors sehen."

Sie wies mit einer schwungvollen Geste auf die zwölf Türen. „Die Kabinen sind Ihnen namentlich zugewiesen worden. Lieutenant Thornsburg wird Sie später darüber aufklären. Sie werden, nachdem Sie in Ihre neuen Quartiere umgezogen sind, diese Sektion bis auf Weiteres nicht mehr verlassen, da wir jederzeit mit einem neuen Angriff der Hewitts rechnen müssen. Für Ihr leibliches Wohl ist aber auch hier gesorgt. Sie finden die Messe, wenn Sie an der Kreuzung nach links gehen. Das Transportband, das zu Ihren Füßen liegt, wird im Übrigen im Falle eines Alarms aktiviert, sodass Sie so schnell wie möglich zu Ihren Schiffen gelangen können."

Mady, die während Captain Wildings Rede stumm neben Danny gestanden hatte, bewegte plötzlich den Kopf. Er sah die Regung aus dem Augenwinkel und schaute zu ihr hin. Sie flüsterte etwas, das er nicht verstehen konnte, da ihre Worte selbst für ihn zu leise waren, doch er las sie von ihren Lippen ab und nickte. Es war tatsächlich alles so eingetroffen, wie er es vorausgesagt hatte. Das Problem, sich zu verirren, würde Mady von nun an nicht mehr haben.

Captain Wilding winkte ihnen. „Folgen Sie mir. Ich werde Sie mit den beiden wichtigsten Einrichtungen der Sektion vertraut machen."

Sie schritten den Korridor entlang und betraten gleich darauf einen der Räume, die in unmittelbarer Nähe zum Hangar lagen. Sofort sah Danny den zweiten Eingang, der direkt an den Hangar grenzte, und nickte. Neugierig schaute er sich um.

„Sie sehen hier die Funkleitzentrale vor sich, von der aus die Verteidigung der Erde gegen den Schwarm geleitet werden wird", erklärte Captain Wilding. „Sie werden während Ihrer Flüge ihr allein unterstehen, somit entfällt für Sie der Funkverkehr mit der Hauptzentrale der Station."

Danny fiel auf, dass sie deutlich leiser als auf dem Korridor sprach, und auch er selbst hielt unwillkürlich den Atem an. Ein schummeriges Dämmerlicht erfüllte die Zentrale, wob die wenigen Geräusche, die von den Kontrollpulten ausgingen, wie in eine dicke Decke ein und dämpfte sie zu einem murmelnden Raunen herab. Vor dem dunklen Hintergrund hob sich das beherrschende Element der Funkleitzentrale strahlend ab, und auch von ihrer Größe her dominierte die taktische Holografie den Raum. Ihre mehrere Meter durchmessene Kugelgestalt schwebte wie eine gewaltige Seifenblase über dem Boden, und für einen Moment erwartete Danny fast, auf ihrer Oberfläche bunt schimmernde Schlieren zu sehen, die sich bei jedem Luftzug zu neuen Formen verwirbelten.

Die Illusion zerplatzte, als er seine Augen tiefer in die Holografie eintauchen ließ. Auf ihrer smaragdgrünen Grundfarbe wurde durch weiße Geraden und Kreise ein Koordinatensystem aufgespannt, in dessen Mittelpunkt die Sonne stand und das das gesamte Planetensystem umfasste. Kleine orange und blaue Punkte markierten Raumschiffe, die sich wie an unsichtbaren Fäden aufgehängt durch die Holografie bewegten. Klar umrissene Schriftzüge wanderten dicht neben ihnen her und ließen jederzeit Informationen über Position und Geschwindigkeit der Schiffe erkennen, und wies man mit einem Lichtzeigestab auf eine der Markierungen, gab der Computer in sprachlicher Form oder als Darstellung auf einem gesonderten Display weitere Einzelheiten über das entsprechende Objekt bekannt.

Er kannte derartige Vorrichtungen von der Brücke der *Gambler-Circus*. Die Holografie wurde auf zwei Seiten von lang gestreckten Kommandopulten eingerahmt. Hinter jedem Schenkel stand ein Sessel, die beide mit ihrem Fuß in einer Schiene versenkt waren, die es den Funkleitoffizieren ermöglichte, mit geringen Bewegungen von einem Ende der Kontrollen bis zum anderen zu gleiten. Auf einer dritten Seite fand sich leicht abgesetzt der Platz des kommandierenden Offiziers. Er war wie die beiden anderen Sessel der Holografie zugewandt. Dicht neben dem Schott zum Korridor gab es drei weitere Sitze, doch die hatten sicherlich nichts mit dem eigentlichen Zweck der Zentrale zu tun, da sie keinerlei Kontrollen besaßen. Vermutlich waren sie für Beobachter in beratender Funktion bestimmt.

Die Kontrollen der Funkleitzentrale waren besetzt. Zwei Offiziere sahen ihnen aufmerksam entgegen, erhoben sich und traten zu ihnen. Einer von ihnen war noch recht jung, etwa Mitte zwanzig. Sein Abzeichen wies ihn als Lieutenant aus. Der andere, der etwa fünfzehn Jahre älter war, bekleidete den Rang eines Commanders. Captain Wilding stellte ihnen die beiden Männer vor.

„Das sind Commander Benton Morley und Lieutenant Tom Aston. Sie bilden die Alpha-Besetzung der Zentrale, das heißt, sie werden im Alarmfall, aber auch im Verlauf Ihres Trainings, die Kontrollen bedienen. Sie werden in den nächsten Tagen viel mit ihnen zu tun haben."

Danny und die anderen salutierten, so wie es den höherrangigen Offizieren gegenüber angemessen war. Die beiden nickten ihnen zu, Tom Aston mit einem freundlichen Lächeln, Benton Morley mit einem Blick, der sie alle auf einmal zu erfassen und abzuschätzen schien.

Neugierig betrachtete Danny die Männer genauer. Tom Aston war auffallend schlank und hochgewachsen. Er besaß dunkelbraunes, lockiges Haar, und der freundliche, offene Ausdruck auf seinem Gesicht verschwand auch nicht, als er ihm einen langen Blick zuwarf, auch wenn er in diesem Moment nachdenklicher wirkte.

Benton Morley hingegen war klein, aber ebenfalls schlank. Stunden hoher Konzentration hatten zwei tiefe Falten in seine Stirn gegraben, und auch der angestrengte Zug um seine grauen Augen und schmalen Lippen ließ erahnen, dass der Commander seinen Aufgaben stets mit einer gehörigen Portion Verbissenheit nachzugehen pflegte. Auch er sah Danny länger an als die anderen, wandte sich dann jedoch abrupt Captain Wilding zu.

Sie stellte den beiden Offizieren die Crew der *Joker* und der *Ace* vor, obwohl sie vermutlich bereits wussten, wen sie vor sich hatten, anschließend sprach sie wieder zu den Besatzungen der Prototypen.

„Lieutenant Aston wird Sie im Verlauf der Übungsmissionen und bei realen Einsätzen mit den Koordinaten für die Kurzsprünge versorgen. Er ist ebenfalls Ihr Ansprechpartner bei der Startroutine und kümmert sich um die Ortung. Falls sich eine neue Situation ergibt, werden Sie es von ihm erfahren."

Der Lieutenant nickte bestätigend.

„Commander Morley untersteht die Kommunikation mit der großen Funkleitzentrale der Station. Er wird dafür sorgen, dass sich zivile Schiffe und alle militärischen Raumfahrzeuge, die nichts mit der Abwehr des Schwarms zu tun haben, aus Ihrem Operationsgebiet fernhalten, und er behält Sie mit Hilfe von telemetrisch gewonnenen Daten im Auge. Ferner wird er das Training leiten und die Kommandogewalt übernehmen, sollten die Hewitts erneut angreifen und ich nicht zugegen sein, doch wann immer es sich einrichten lässt, werde ich persönlich das Kommando über diese Zentrale innehaben. Das bedeutet für Sie, dass Sie während der Realraumsimulationen meinem Befehl direkt unterstehen.

Maßgebend ist für Sie jedoch die Strategie, die Commander Birch Ihnen erläutert hat. Innerhalb des Rahmens, der dadurch abgesteckt wird, haben Sie völlige Bewegungsfreiheit. Ich werde nur in Ihre Flugmanöver eingreifen, falls sich bei einem Angriff der Hewitts eine Situation ergibt, die durch die bisherige Taktik nicht erfasst wird." Sie hielt kurz inne, um sich zu sammeln, und fuhr dann fort. „Ihnen sind vielleicht die Sitze neben der Tür aufgefallen. Dort können Beobachter Platz nehmen und die Verteidigungsmaßnahmen verfolgen. Professor Sherman Hewitt wird auf jeden Fall bei einem erneuten Angriff der Hewitts anwesend sein und mir als Berater zur Seite stehen. Mit seinem Wissen über die Amöboiden sollte es eigentlich möglich sein, auf alle Eventualitäten schnell und richtig zu reagieren."

Keiner sagte etwas, doch niemand nahm in diesem Moment den Blick vom Captain. Ihr Gesicht war hart geworden.

„Damit Sie gut auf die Hewitts vorbereitet sind, werden Sie ab sofort nur noch mit den echten Schiffen fliegen und noch heute Morgen zu Ihrem ersten Raumflug mit der *Joker* und der *Ace* aufbrechen. Das Trainingsprotokoll für den heutigen Tag sieht vor, dass Sie sich zunächst mit den Schiffen vertraut machen. Das gilt vor allem für die Piloten."

Sie sah Danny und Lieutenant Thornsburg an. Er nickte stumm, der Lieutenant tat es ihm einen Moment später gleich.

„Danach werden Sie mit den Prototypen die Kurzsprünge durchführen, die Sie bei einem Angriff direkt in den Schwarm bringen sollen, und zu guter Letzt wird das Geschwader der Abfangjäger zu Ihnen stoßen, das Sie auch bei einem Angriff der Hewitts unterstützen wird. Zusammen mit diesen Schiffen werden Sie die Verteidigungsformation üben, die auch bei dem Auftauchen eines Schwarms eingenommen werden soll. Sollten die Sprünge und der Formationsflug problemlos gelingen, werden Sie ein Trainingsmanöver im Weltraum abhalten.

Dabei wird durch den Computer der Funkleitzentrale eine Simulation generiert werden, die über Funk an die Ortungsgeräte der Prototypen gekoppelt ist, sodass der Anschein eines in das System eingedrungenen Schwarms erzeugt wird. Alle anderen Ortungsdaten, sowohl die der Funkleitzentrale als auch der schiffsinternen Systeme, werden die Realität widerspiegeln, also kommen Sie nicht auf die Idee, ein Hindernis zu ignorieren. Es ist Ihre Aufgabe, auch auf Schiffe zu achten, die sich in Ihrem Operationsgebiet aufhalten werden. Natürlich wird Commander Morley alles versuchen, Ihr Operationsgebiet frei zu halten, doch ob das bei der Plötzlichkeit, mit der der Angriff vermutlich erfolgen wird, möglich sein wird, lässt sich schlecht vorhersagen. Somit ist der zivile Raumflugverkehr eine Größe, die Sie ständig im Auge behalten müssen.

Und noch etwas: Die Waffensysteme der *Joker* und der *Ace* sind bereits vollständig installiert worden. Die Energiebahnen, die Sie in der Übungsmission abfeuern werden, besitzen somit die Zerstörungskraft, die sie gegen die Hewitts entwickeln sollen. Halten Sie einen Sicherheitsabstand zur Station und zu anderen Schiffen ein, wenn Sie feuern. Das gilt vor allem für jenen Teil der Simulation, in dem der Schild des Schwarms gefallen sein wird und die *Joker* und die *Ace* gemeinsam mit den Abfangjägern auf die versprengten Hewitts Jagd machen werden. Schießen Sie sich nicht gegenseitig ab."

„Aye, aye, Captain", erwiderte das Team einstimmig.

Captain Wilding quittierte es mit einem zufriedenen Kopfnicken, dann führte sie sie aus der Funkleitzentrale hinaus. Sie überquerten den Gang und traten gleich darauf durch das gegenüberliegende Schott. Ein lang gestreckter Raum, der unter den hellen Deckenleuchten in grellem Glanz erstrahlte, nahm sie auf. Ein antiseptischer Geruch schlug ihnen wie eine dichte Wolke entgegen und reizte Danny zum Niesen. Er schaffte es nur mit Mühe, den Reflex zu unterdrücken, rieb sich dafür die Nase und blinzelte ein paar Mal heftig, um das Brennen in seinen Augen zu mindern. Aber einen Vorteil hatte der Geruch: Er teilte ihm unmissverständlich mit, wo er sich befand - in der Krankenstation.

Mit tränenden Augen sah er sich um. Rechts neben dem Schott ragte ein wuchtiges Computerpult auf. Es verdeckte einen guten Teil der Wand und war mit unzähligen Monitoren übersät, sodass er das Gefühl bekam, ein tausendäugiges Monster starre ihn von der Seite her an. Links vom Eingang führte ein kurzer Flur zum nächsten Schott, das direkt an den Hangar grenzte, und in der Mitte des freien Raumes standen zwei Liegen, die wohl bei der medizinischen Erstversorgung eine Rolle spielen würden.

Der Rest der Krankenstation war in zehn drei mal drei Meter große Kabinen aufgeteilt, die sich in zwei Reihen gegenüberlagen, sodass sich zwischen ihnen ein Gang formte. Jede Kabine besaß ein großes Fenster, durch das man in sie hineinblicken konnte. In jeder von ihnen stand ein Bett, das inmitten der komplizierten Apparaturen, die es umgaben, deplatziert und verloren wirkte. Die weißen, glatt gestrichenen Laken schienen so gar nicht zu dem polierten, glänzenden Metall der medizinischen Geräte zu passen.

„Diese Station ist Professor Hewitts Reich", erklärte Captain Wilding. „Er und sein Team werden so wie Sie noch heute in Sektion H Quartier beziehen, damit sie Sie jederzeit ausreichend medizinisch betreuen können. Im Falle eines Angriffs, aber natürlich auch beim Training, wird die Station besetzt sein, und falls sich einer von Ihnen eine Verletzung zuziehen oder gar von einem Hewitt berührt werden sollte, kann er nach seiner Rückkehr sofort behandelt werden, da der Hangar gleich nebenan liegt."

Danny hörte Mady erleichtert seufzen, und auch er empfand den Anblick der Krankenstation, auch wenn sie kahl und steril wirkte, als ausgesprochen beruhigend. Captain Wilding hatte wirklich alles nur Erdenkliche getan, um sie beim Kampf gegen die Hewitts zu unterstützen und abzusichern.

Plötzlich fühlte er ihre Augen auf sich ruhen. „Am liebsten wäre es mir jedoch, wenn wir die Station niemals benutzen müssten."

Danny schluckte nervös. Das war es, war sie von ihm verlangte - nicht mehr und nicht weniger. Doch noch während sich die Last auf seinen Schultern noch schwerer auf ihn herabsenkte, flammte die Entschlossenheit in seinem Herzen neu auf. Wenn die Hewitts sich nur andeutungsweise wie in den Simulationen verhielten, konnte er es schaffen. Er streckte den Rücken durch, hielt Captain Wildings Blick sicher stand und nickte leicht.

Für eine Sekunde lockerte sich ihre starre Miene auf, aber sie verhärtete sich sofort wieder, als sie ihnen winkte, ihr zu folgen. „Ich denke, es wird Zeit, dass Sie sich die Schiffe ansehen. Kommen Sie."

Sie gingen nicht mehr auf den Korridor hinaus, sondern betraten den Hangar von der Krankenstation aus. Als das Schott auffuhr, flutete ihnen ein Schwall kühlerer Luft entgegen. Sie war mit vielen unterschiedlichen Geräuschen und weißem Licht getränkt, das von den hoch über dem Boden liegenden Deckenlampen herunterstrahlte und auf dem glatten Hangarboden seinen glänzenden Widerschein fand. Inmitten des gewaltigen Saals erhoben sich zwei wuchtige, symmetrische Silhouetten, die jeden Blick sofort auf sich zogen. Captain Wilding wies ruckartig in ihre Richtung.

„Sehen Sie genau hin. Dort stehen die *Joker* und die *Ace*."

37. Kapitel

Als Danny die *Joker* und die *Ace* erblickte, vergaß er alles um sich herum. Fasziniert trat er mehrere Schritte vor, ließ seine Blicke über die Schiffe schweifen und schlug wie von selbst die Richtung zu dem Prototyp ein, auf dessen Flanke in schwarzen Lettern der unübersehbare Schriftzug *Joker* prangte. Der tetraedrische Leib des Schiffes glänzte unter dem Schein der Hangarbeleuchtung, als sei er in flüssiges Silber getaucht worden. Wuchtig wie ein Berg ragte es vor ihm auf, jeder Zoll ein Maß für die Bedrohung, die es für einen Feind bedeutete, und seine Kraft und Stärke kumulierte sich in den Geschützkanzeln, die dort saßen, wo die Seiten des Tetraeders aneinandergestoßen wären, wäre seine Form ungebrochen geblieben. Eine der Kanzeln thronte in über dreißig Meter Höhe, die anderen drei befanden sich in Bodennähe.

Die *Joker* ruhte mit einer ihrer Flanken auf einem knapp übermannshohen Sockel, der die gleiche Form wie die Grundfläche des Schiffs besaß. Die drei unteren Geschützkapseln wurden nicht von ihm gestützt, sondern schwebten frei über dem Boden. Vor jeder von ihnen befand sich eine hydraulisch gesteuerte Treppe, die nach oben gefahren worden war und mit dem oberen Absatz direkt an die Luke stieß, durch die die Kanoniere in die Geschützkanzeln einsteigen konnten. Die vierte konnte über eine kranartige Vorrichtung, die aus einem Steuerungsblock, einem in Ruhe zusammengefalteten Ausleger und einem hüfthohen Metallkorb bestand, erreicht werden.

Die Kapseln selbst waren kugelförmig und gerade groß genug, um den Kanonieren zwischen dem technischen Ambiente der Geschütze Platz zu bieten. Ihre Abstrahlpole schimmerten gefährlich im Licht der Deckenbeleuchtung. Links und rechts der Kapseln setzte das Halbrund der doppelt leibesdicken Aufhängung an, von der die Kanzeln getragen wurden und die es ihnen ermöglichte, so weit nach vorn zu kippen, dass die Geschütze eine Fläche parallel zu den Flanken der *Joker* und keine Handbreit davon entfernt bestreichen konnten. So konnten auch Hewitts abgefangen werden, die der *Joker* bereits sehr nahe gekommen waren. Darüber hinaus war die Rotation eingeschränkt, sodass nicht die Gefahr bestand, dass ein Kanonier bei einem heftigen, übersteuerten Manöver das Schiff selbst traf.

Dennoch waren die Kanzeln erstaunlich beweglich. Die Aufhängung mündete hinter ihnen in einen starken Sockel und schuf so die Verbindung zum Rumpf der *Joker*. Die Geschütze waren um den Sockel frei drehbar, sodass sie in alle nur erdenklichen Richtungen zeigen konnten; letztlich lag nur die ihnen gegenüberliegende Flanke des Schiffes im toten Winkel, aber die konnte von den drei anderen Kanzeln erfasst und verteidigt werden.

Das alles erfasste Danny mit nur einem einzigen Blick, dann beachtete er die Geschütze nicht weiter. Mit klopfendem Herzen trat er dicht an die *Joker* heran, reckte sich und strich mit den Fingerspitzen über das kühle Metall des Rumpfs. Es war so glatt poliert, dass es sich anfühlte, als läge ein dünner Feuchtigkeitsfilm darauf. Er sah nach oben. Die Strahlen der Deckenlampen brachen sich schimmernd rings um die Auslassöffnungen der Steuerdüsen, die jede der Flanken des Schiffes in einem komplizierten Muster bedeckten.

Er schloss unwillkürlich die Augen, als die machtvolle Vision der zum Leben erwachten *Joker* nach ihm griff. Er sah sich selbst in der Pilotenkanzel sitzen, spürte, wie sich seine Hände um die Steuerung schlossen und fließend die Manöver eingaben, die das Schiff aus dem Hangar brachten und von der Erdorbitalstation fortführten. Ein zweites Bild überlagerte die Vorstellung. In ihm sah er die Steuerdüsen gemäß seiner Flugbewegungen aufflammen und konnte mitverfolgen, wie sich der symmetrische Leib der *Joker* seinem Willen fügte.

Ein wilder Impuls ließ ihn die Lider wieder öffnen, und seine Augen suchten wie von selbst die Luke, die ins Innere des Schiffes führte. Er entdeckte sie hoch über seinem Kopf im Mittelpunkt der Flanke, vor der er gerade stand. Wie gern wäre er sofort in den zweiten Korb gestiegen, der neben dem Startsockel nur darauf zu warten schien, ihn seiner Bestimmung entgegenzutragen. Er wollte die *Joker* fliegen, und er wollte es jetzt gleich tun. Er wollte nicht länger warten.

„Sind Sie zufrieden mit dem, was Sie sehen?“, klang plötzlich eine Stimme dicht hinter ihm auf.

Danny fuhr erschrocken herum, erkannte aber noch in der Bewegung Captain Wildings Stimme und erinnerte sich daran, ihre Schritte näher kommen gehört zu haben. Er hatte ihnen nur keine Aufmerksamkeit geschenkt. Das Blut stieg ihm in die Wangen.

„Ja, Captain.“

Ein Schmunzeln glitt über ihr Gesicht. Angesichts ihrer sonst so ernsten und energischen Miene gab es ihr unvermittelt einen völlig neuen Ausdruck. „Sie werden sich noch einen kleinen Moment gedulden müssen, Fähnrich“, raunte sie ihm zu und wandte sich wieder von ihm ab.

Verblüfft starrte er ihr hinterher. Captain Wilding winkte die beiden Crews in der Mitte zwischen den beiden Schiffen zusammen, und als sie sprach, scholl ihre Stimme laut und klar durch die Halle. Erst jetzt wurde ihm bewusst, wie ruhig es hier war. Noch schwiegen die meisten Maschinen, aber das würde sich ganz gewiss sehr bald ändern.

„Ich denke, Sie haben die Schiffe fürs Erste genug bestaunt. Kehren Sie in Ihre bisherigen Kabinen zurück und packen Sie Ihre Sachen. Sie haben eine Stunde Zeit, den Umzug in Sektion H abzuschließen, danach werden Sie mit den Prototypen starten. Gibt es sonst noch Fragen?“

Die anderen schüttelten den Kopf, doch Danny dachte an seinen Streit mit Lieutenant Thornsburg vom gestrigen Morgen zurück und an Madys Rat, mit dem Captain persönlich über die Möglichkeit zu sprechen, den Energieschild des Schwarms von innen zu durchdringen. Gestern hatte er nicht die Gelegenheit dazu gefunden, doch jetzt wäre zweifellos ein guter Augenblick, die Sache zur Sprache zu bringen. Ihm war klar, dass er Lieutenant Thornsburg damit vor Captain Wilding bloßstellen würde, aber darauf durfte er keine Rücksicht nehmen, immerhin ging es darum, die Überlebenschancen aller Teammitglieder höher zu schrauben. Dass der Lieutenant eine Gelegenheit dazu ignorierte, nur weil er mit ihm als Gambler Probleme hatte, war nicht nur seine eigene Schuld, sondern auch im höchsten Maße verantwortungslos.

„Captain?"

„Ja, Fähnrich Sims?"

„Ich habe keine Frage, sondern einen Vorschlag."

Captain Wildings Augenbrauen gingen schlagartig in die Höhe, und von dem Schmunzeln, mit dem sie ihn eben noch bedacht hatte, war nicht einmal mehr ein Hauch zu sehen. Geblieben waren jedoch ihr Schneid, ihre Hingabe und ihre Härte. „Lassen Sie hören!"

Danny atmete tief durch, dann unterbreitete er ihr seinen Vorschlag. Während er sprach, behielt er gleichzeitig die Veränderungen in den Gesichtern seiner Mitstreiter im Auge. Mady nickte zufrieden und erleichtert, wie es ihm schien, Jenn und Alexander musterten ihn erstaunt, und Robert Connay lauschte ihm aufmerksam. Die anderen, allen voran Lieutenant Thornsburg, reagierten weniger freundlich. Ihre Mienen wurden starr, ihre Augen zogen sich zornig zusammen, und vermutlich hielt nur Captain Wildings Anwesenheit sie davon ab, ihre ganz sicher unschönen Gedanken über ihn lautstark zu äußern. Die Spannung zwischen ihnen hing trotzdem mit einem Mal deutlich fühlbar im Raum.

Captain Wilding hörte ihm schweigend zu, ohne ihn zu unterbrechen. Als er geendet hatte, bedachte sie ihn mit einem langen, überaus nachdenklichen Blick, bevor sie ihm antwortete. „Ihr Vorschlag enthält einen interessanten Grundgedanken, Fähnrich. Ich werde mit Professor Hewitt darüber beraten."

„Danke, Captain."

Sie sah ihn noch immer prüfend an, und er begann, sich angesichts ihrer intensiven Musterung unwohl zu fühlen.

„Wie lange tragen Sie den Vorschlag schon mit sich herum?"

„Seit gestern Morgen."

Captain Wilding stemmte die Hände in die Hüften. „So lange schon? Wieso habe ich nicht gleich davon erfahren?"

Danny setzte zu einer Antwort an, aber sie ließ ihn nicht zu Wort kommen.

„Sie sind noch nicht lange auf der Station, deshalb ist Ihr Versäumnis entschuldbar, Fähnrich Sims, aber wenn Sie das nächste Mal eine Idee haben, die in die Verteidigungsstrategie eingebaut werden könnte, wenden Sie sich sofort an Lieutenant Thornsburg, damit er sie an mich weiterleiten kann. So gibt es keine unnötigen Verzögerungen, und mir und meinem Kommandostab bleibt noch genügend Zeit, die Angelegenheit zu überdenken."

„Das habe ich getan, Captain."

Ihre Augenbrauen gingen noch weiter in die Höhe. „Wie darf ich das verstehen?"

Danny hielt ihrem intensiven Blick auf einmal problemlos stand. „Ich habe Lieutenant Thornsburg meinen Vorschlag unterbreitet, Captain."

Irgendjemand aus dem Team sog scharf Luft ein, und aus dem Augenwinkel heraus sah Danny, dass Lieutenant Thornsburg erstarrte.

Es blitzte hell in Captain Wildings Augen auf. Abrupt fuhr sie zu Thornsburg herum. „Klären Sie mich auf, Lieutenant!"

„Fähnrich Sims erläuterte mir seinen Vorschlag gestern Morgen vor dem Training", erwiderte Thornsburg steif. „Ich war der Meinung ..."

„Ihre Meinung interessiert mich nicht, Lieutenant", fiel Captain Wilding ihm brüsk ins Wort. „Es wäre Ihre Pflicht gewesen, mich zu informieren!"

Thornsburg wurde bleich. „Ich war der Überzeugung, dass diese Möglichkeit von Ihnen und Ihrem Stab längst bedacht und als wenig Erfolg versprechend zu den Akten gelegt worden war."

„Und wie kamen Sie auf diesen Gedanken?"

„Sie haben nichts dergleichen erwähnt."

„Wir sind keine Götter, Lieutenant Thornsburg! Jeder von uns kann etwas übersehen, und das gilt für mich oder Admiral Jennings genauso wie für einen einfachen Soldaten. Deshalb ist der Informationsaustausch so immens wichtig. Haben Sie das verstanden, Lieutenant?"

„Ja, Captain."

„Aber?"

„Ich glaube nicht, dass ein solches Vorgehen erfolgreich sein kann. Wir wissen noch viel zu wenig über die Hewitts, um ein derartiges Risiko eingehen zu können. Die *Joker* könnte bei dem Versuch, den Schild von innen zu durchdringen, zerstört werden."

„Sie haben recht, Lieutenant, trotzdem haben Sie nicht weit genug gedacht. Wir wissen tatsächlich nur wenig über die Hewitts, deshalb könnte sich Ihre Skepsis durchaus als gerechtfertigt herausstellen. Es wäre aber auch möglich, dass der Schild auf diese Weise sehr viel schneller zerstört werden kann als allein durch Vernichtung einer Vielzahl von Hewitts. Gerade unser Unwissen macht es unbedingt erforderlich, dass wir *alle* Vorschläge genau prüfen. Wir können es uns nicht leisten, etwas außer Acht zu lassen."

Thornsburg senkte den Blick. Zornige rote Flecken brannten auf seinen weißen Wangen. „Sie haben recht, Captain."

„Ihre Einsicht kommt ein bisschen spät, Lieutenant. Sie sind lange genug Soldat der Erdflotte, um zu wissen, dass nur eine reibungslos funktionierende Gemeinschaft aller die größte Effektivität besitzt. Merken Sie sich das in Zukunft, und lassen Sie sich nicht wieder von *Meinungen* leiten!"

Die Art, wie sie das Wort betonte, ließ nicht nur Danny, sondern auch alle anderen aufhorchen. Es bewies, dass sie sich auch über die hintergründigen Implikationen der Situation im Klaren war, und so kamen ihre Worte einer Warnung gleich, die nicht nur an den Lieutenant, sondern an alle Teammitglieder gerichtet war. Danny fand es beruhigend, dass sie ein Auge auf die Beziehung zwischen ihm und den anderen hatte, Thornsburg hingegen schluckte so hart, dass sein Adamsapfel wild auf und ab sprang.

„Aye, Captain", presste er kaum hörbar hervor.

Für Captain Wilding war die Angelegenheit damit erledigt. Sie entließ sie. In tiefem Schweigen kehrten Danny und die anderen zum Fahrstuhl zurück, doch die Blicke, die zwischen ihnen hin und her gingen, waren beredt genug. Dabei hätte er Thornsburg nicht einmal ansehen müssen, um zu erkennen, wie sehr er den Zorn des Lieutenants durch sein Verhalten geschürt hatte. Zum Glück würde er in den Realraumsimulationen weit weniger mit ihm zu tun haben, als das noch im Simulator der Fall gewesen war.

38. Kapitel

Eine Stunde später betrat Danny mit seinem Raumanzug bekleidet den Hangar, der nun von hektischen Bewegungen und Geräuschen erfüllt war. Ein Stab von zwanzig Technikern war unter der Leitung des bulligen Mannes damit beschäftigt, die *Joker* und die *Ace* auf den bevorstehenden Flug vorzubereiten. Die sonore Stimme des Technikers erhob sich lautstark über das Summen und Brummen der Maschinen, und sein Team hastete wie eine Horde aufgescheuchter Ameisen hin und her, um seinen Anweisungen möglichst schnell Folge zu leisten. Lediglich die Prototypen ragten unbeeindruckt von allem wie erhabene Berge inmitten des Trubels auf, warteten stumm und geduldig auf ihren Einsatz.

Danny wünschte, er könnte das Gleiche von sich behaupten. Sein Herz schlug im schnellen Stakkato einer Trommel, und seine Wangen glühten wie die Oberfläche eines Ofens. Er war dem Rest seines Teams längst viele Schritte voraus, erreichte als Erster die *Joker*, stieg in den stählernen Korb, der ihn zum Pilotensitz hinauftragen sollte, und schloss dessen Tür. Augenblicklich ging ein Ruck durch den Korb, und er fuhr automatisch an der Flanke des Schiffes entlang in die Höhe.

Danny sah nicht auf den zurückbleibenden Boden des Hangars hinunter, sondern heftete seine Blicke fest auf die Luke. Es dauerte nur wenige Sekunden, bis der Ausleger sie erreicht hatte. Der Korb glitt bis unmittelbar an das Schott heran, und die Tür öffnete sich vor ihm. Einen Wimpernschlag später stand er im Inneren der *Joker*, und die Luke schloss sich wieder. Vor ihm lag ein schmaler Gang, der zum Herz des Schiffes führte. Eine Leuchtröhre zog sich wie ein glühender Speer schnurgerade über die Decke des Korridors und wies auf das kleine Schott, das den Gang von der Pilotenkanzel trennte.

Das Blut rauschte ihm in den Ohren, als er langsam einen Schritt vor den anderen setzte, die Hände weit vom Körper weggestreckt. Seine Fingerspitzen strichen über die glatten Seitenwände des Ganges, und er schüttelte, ohne es zu wollen, immer wieder den Kopf. Sein Traum wurde Wirklichkeit. Erst jetzt konnte er daran glauben; erst jetzt konnte er es tatsächlich begreifen.

Sein Tastsinn trug ihm einen lebendigen Eindruck der Aggregate zu, die das Innere des Schiffes ausfüllten und längst vorgewärmt wurden. Ein kaum spürbares, auf seine Weise jedoch sehr intensives Vibrieren auf niedriger Frequenz ging von den Wänden aus und versetzte sogar die Luft in Schwingungen. Es ließ ihn die urtümliche, ungestüme Kraft erahnen, die den Maschinen der *Joker* innewohnte.

Hinter den Wänden des Korridors knisterte und knackte es leise, als würden kleine Mäuse zwischen den Kabeln, Rohren, Energieleitungen und Isolierungen hin und her huschen. Das Schiff war noch so neu, dass sämtliche seiner Materialien noch wenig beansprucht und etwas starr waren. Der Anstieg der Temperatur im Inneren brachte sie zur Ausdehnung und ließ sie raschelnd aneinander reiben. Es würde noch eine Weile dauern, bis sich das verlor, ebenso wie der Geruch nach Lacken, Farben, Kunststoffen und Metallen. Das Schiff roch, als wäre es gerade frisch aus der Fertigung gekommen. Es war ähnlich wie mit dem Simulator, und doch anders. Die *Joker* war eben ein *echtes* Schiff.

Danny ging schneller und stand gleich darauf vor der Pilotenkapsel. Das Schott fuhr nicht automatisch zurück, als er davor trat, aber er hatte längst die Schaltfläche entdeckt, über die es geöffnet werden konnte. Er legte ohne zu zögern die Hand darauf.

Der Anblick der Pilotenkanzel bot ihm wenig Neues, denn der Simulator war ein perfektes Abbild der engen Kabine gewesen, die ihn aufnahm. Er zwängte sich an den Wänden und Kontrollen vorbei zum Sitz, griff nach dem Anschluss, über den sein Raumanzug mit den Lebenserhaltungssystemen des Schiffes verbunden werden sollte, und spürte, wie beide klickend ineinander schnappten. Das grüne Signallicht am Passstück leuchtete im gleichen Sekundenbruchteil auf. Er überprüfte gewissenhaft den Sitz der Ohrstöpsel und des Mikrofons, danach zog er sich den Helm über den Kopf. Die Luft aus den Tanks der *Joker* füllte den Helm und dehnte ihn aus, bis er eine elastische Kugel formte. Anschließend rutschte er in den Sitz, schnallte sich sorgfältig an und schloss die Luke zur Kanzel per Knopfdruck.

„Fähnrich Sims bereit“, meldete er Lieutenant Aston.

Am Ende der Komleitung klang ein überraschter Atemzug auf, doch der Lieutenant bestätigte in freundlichem Tonfall.

„Ich habe verstanden, Fähnrich. Geben Sie mir Bescheid, wenn auch Ihre Crew soweit ist.“

„Aye, Sir.“

Während Danny wartete, wanderte sein Blick immer wieder zu den vier kleinen Signallampen hinüber, die an einer gut einsehbaren Stelle der Kontrollen wie Perlen an einer Schnur aufgereiht waren. Sie würden ihm anzeigen, ob einer seiner Kanoniere von einem Hewitt befallen worden war. Allein der Gedanke daran ließ ihm den Hals eng werden, und er hoffte inständig, die Lichter niemals in Aktion zu sehen.

Das Warten fiel ihm schwer, und er rutschte längst unruhig auf seinem Sitz hin und her, als die Mädchen ihm meldeten, dass sie ihre Plätze eingenommen hatten. Jenn war die Letzte, was ihn nicht weiter überraschte, und er atmete auf, als auch sie endlich soweit war. Die *Joker* konnte starten.

„*Joker* an Funkleitzentrale, wir sind bereit und erbitten Starterlaubnis“, wandte er sich über die Komleitung an Lieutenant Aston.

„Genehmigt, *Joker*, Sie haben Startfreigabe bei Tminus20.“

Der Countdown wurde auch im Hangar gezählt. Danny verfolgte über die Bildschirme mit, wie die Techniker vom Schiff zurückwichen, ihre Gerätschaften mit sich zogen und in unverkennbarer Eile den Weg zwischen der *Joker* und dem Schleusentor räumten.

Als sie fort waren, hatte der Countdown Tminus5 erreicht. Er legte seine Hände auf die Kontrollen, atmete tief durch und versuchte, das wilde, aufgeregte Trommeln seines Pulsschlags zu ignorieren. Es gelang ihm nicht. Die Zeit zwischen den Sekunden dehnte sich zur Ewigkeit aus.

„...Zwei..."

„...Eins..."

„...Null."

Das Wort war noch nicht verhallt, als die *Joker* bereits vom Startsockel abhob und in die Höhe schwebte. Er ließ sie bis auf vier Meter über den Boden steigen, dann hielt er sie auf gleicher Höhe und gab ihr einen Steuerungsimpuls nach vorne. Das Schiff sprang auf das sich öffnende Schleusentor zu, glitt mit sanftem Schwung hinein und kam in der Mitte der Schleuse zur Ruhe. Das innere Schott schloss sich.

Danny deaktivierte alle Sichtschirme bis auf den einen, der ihm den Blick auf das äußere Schott ermöglichte, und schaltete die Holografie ein. Sie entfaltete sich wie die Knospe einer Blume dicht vor ihm, und er tauchte mit seinen Augen in sie ein, veränderte ihren Fokus und erfasste die nähere Umgebung der Station über die Ortung. Jedes Schiff, jeden Jäger, jeden Transporter und jedes noch so kleine Detail nahm er wahr bis hin zu den Bewegungsmustern auf den Kopplungsebenen und Raumschiffsrouten. Und so wusste er, was ihn erwartete, als sich nach zwanzig Sekunden die Hälften des Außenschotts auseinanderzogen und den Blick auf die Sterne freigaben. Er brachte die *Joker* aus der Schleuse und hielt sie dabei exakt in der Mitte der Öffnung. Selbst Benjamin Gaze hätte daran seine Freude gehabt.

Noch bevor sich die *Joker* gänzlich von der Station gelöst hatte, löschte er auch den letzten Direktsichtschirm. Im All war die Holografie alles, was er benötigte, um sich zu orientieren.

Die tiefe, atemlose Stille des Weltraums nahm ihn auf. Lautlos glitt die *Joker* auf die Warteposition zu, die Lieutenant Aston ihm auf der Holografie anzeigte. Die *Ace* folgte ihnen. Sie hatte erst deutlich nach ihnen den Hangar verlassen, obwohl jeder der beiden Prototypen über seine eigene Schleuse verfügte.

„Lieutenant Thornsburg, Fähnrich Sims", meldete sich übergangslos Captain Wilding zu Wort. Sie stand in der Funkleitzentrale und überwachte das Training. „Sie bekommen eine halbe Stunde Zeit, um die Steuerung der Schiffe zu erproben. Lieutenant Aston wird Ihnen unterschiedliche Gebiete für die Probeflüge zuweisen."

„Aye, aye, Captain", bestätigten beide.

Die Koordinaten lagen nur einen Moment später vor, und gleich darauf war die *Joker* auf dem Weg zum Zielgebiet. Dort angekommen, setzte er sich mit seinen Kanonieren in Verbindung. „Ich werde einige komplexe Manöver fliegen, um die Grenzen der *Joker* zu testen."

„In Ordnung", sagte Mady. Jenn, Val und Ellie schlossen sich ihr an, die beiden Letztgenannten allerdings erst nach einem merklichen Zögern.

„Ich beginne."

Danny griff nach der Steuerung. Er zwang die *Joker* in einer engen Spirale durch den Raum, wechselte, ohne die Spiralbahn zu verlassen, ständig den Kurs und beschleunigte dabei mit Werten, von denen er, solange er seinen Gleiter geflogen hatte, nur hatte träumen können. Dann brach er die Spirale ab, zog die *Joker* in unglaublich engen Haarnadelkurven herum, flog symmetrische Figuren und komplizierte Muster, die, wäre er noch auf der *Gambler-Circus* gewesen, jeden Zuschauer in atemloses Staunen versetzt hätten.

Die *Joker* fügte sich widerspruchslos seinem Willen. Kaum hatte er die Kontrollen berührt, nahm sie auch schon den gewünschten Kurs ein, ohne die Trägheit, mit der sein Gleiter behaftet gewesen war. Ihre Bewegungen waren viel geschmeidiger, als die Simulation es ihn hatte hoffen lassen, und ihre Aggregate vermittelten ihm den Eindruck der Kraft eines zum Sprung bereiten Raubtiers.

„Was für ein Schiff", hörte er Madys atemlose Bemerkung über Funk.

Er gab ihr im Stillen recht und flog ein Manöver, das für nahezu jedes andere Raumschiff unmöglich gewesen wäre. Längst ging es ihm nicht mehr darum, sich an die *Joker* zu gewöhnen, nein, er wollte sie testen, er wollte herausfinden, welchen Belastungen er sie aussetzen konnte und zu was sie fähig war. Beides überstieg seine Erwartungen, obwohl er bereits im Simulator nach ihren Grenzen gesucht hatte. Nun wurde ihm klar, dass sie sogar jenseits seiner eigenen Fähigkeiten lagen, und das bedeutete, dass die *Joker* jedes Manöver, das er zu fliegen gedachte, auch fliegen konnte, ohne Ausfallserscheinungen zu zeigen.

Und während er noch immer beschleunigte, tauchte ein Lächeln auf seinen Lippen auf, wuchs mit jedem neuen Manöver und brachte eine Saite in ihm zum Schwingen, die nie zuvor so klar, so hell und so jubilierend geklungen hatte wie heute. Die *Joker* war sein Schiff. Er verschmolz mit ihr zu einer lebendigen, pulsierenden Einheit und spürte jede ihrer Bewegungen, als sei sie nichts anderes als die natürliche Erweiterung seines Körpers. Er flog die *Joker*. Er *war* die *Joker*!

39. Kapitel

Elaine hatte einen Fluch auf den Lippen, während sich ihre Finger fest in die Lehne ihres Sessels krallten und sie mit weit aufgerissenen Augen in die Holografie starrte. Sie hatte Tom Aston die Ortung auf das Zielgebiet der *Joker* ausrichten lassen, damit sie Danny Sims' Flug mitverfolgen konnte, und obwohl sie sich darum bemüht hatte, auf alles vorbereitet zu sein, hatte es ihr die Sprache verschlagen. Der Junge flog wie der Teufel. Niemand außer ihm hätte derartige Manöver aus der *Joker* herauskitzeln können.

In der Funkleitzentrale war es noch stiller als gewöhnlich. Lieutenant Aston war bleich geworden, sodass der grüne Widerschein der Holografie seinem Gesicht eine ungesunde Färbung verlieh. Commander Morleys Miene war starr, doch so sehr er sich auch um Selbstbeherrschung bemühte, er konnte sie nicht halten. Hin und wieder schüttelte er den Kopf - eine Geste der Fassungslosigkeit, die sie in dieser Form noch nie zuvor bei ihm erlebt hatte -, aber sie verstand ihn nur zu gut. Sie selbst war in jeder Sekunde dicht davor, es ihm gleich zu tun, doch sie ließ es nicht zu. Wenn sie es tat, würde es sich noch zu einer hartnäckigen Marotte auswachsen.

Als die halbe Stunde, in der die Piloten frei üben konnten, vorbei war, stieß Lieutenant Aston einen erleichterten Seufzer aus. Mit rauer Stimme beorderte er die beiden Schiffe auf die Warteposition zurück. Die *Joker* war zuerst zur Stelle, gleich darauf nahm die *Ace* den Platz dicht neben ihr ein. Regungslos schwebten beide Schiffe im Raum, während Fähnrich Sims und Lieutenant Thornsburg auf ihre neuen Anweisungen warteten.

Normalerweise hätte sie die Piloten gefragt, wie sie auf dem ersten Flug mit den Schiffen zurechtgekommen waren, doch angesichts dessen, was sie eben von Mr. Sims zu sehen bekommen hatte, erübrigte sich die Frage, und sie wollte Lieutenant Thornsburg nicht bloßstellen, indem sie ihn allein darauf ansprach. So blieb ihr tatsächlich nur, die nächste Trainingsphase einzuleiten.

„*Joker*, Sie werden als Erste die Kurzsprünge üben. Schlagen Sie Route 14 ein."

„Aye, Captain", bestätigte Danny Sims sofort.

„Die Berechnung der Sprungkoordinaten läuft", meldete Lieutenant Aston. „Der Sprung erfolgt in zwanzig Sekunden."

Der Computer begann sogleich, den Countdown herunterzuzählen. Elaine umklammerte die Lehne ihres Sessels noch fester.

„Fünf, vier, drei ..."

Sie schloss unwillkürlich die Augen und wünschte, die Sprungtriebwerke wären schon häufiger getestet worden. Vielleicht hätte sie zuerst die *Ace* springen lassen sollen.

„Sprung."

Sie hielt den Atem an. Der Marker der *Joker* verschwand aus der Holografie und tauchte mit unmerklicher Verzögerung an anderer Stelle wieder auf. Erleichtert ließ sie die Luft wieder entweichen.

„Der Sprung ist gelungen", erklärte Lieutenant Aston, nachdem er einen tiefen Atemzug getan hatte.

„Wie sieht es bei Ihnen aus, Fähnrich Sims?", fragte Elaine.

„Die Aggregate der *Joker* arbeiten einwandfrei, Captain", scholl ohne Verzögerung die Antwort aus den Lautsprechern.

Elaine seufzte noch einmal, riss sich dann aber zusammen. „Die *Joker* wird noch einige weitere Sprünge durchführen, danach ist die *Ace* an der Reihe. Anschließend werden beide Schiffe und die Abfangjäger die Verteidigungsformation einnehmen."

Auch die restlichen Sprünge der *Joker* verliefen glatt. Es kam zu keinerlei Ausfällen, die Einstellungen des Sprungtriebwerks und die Synchronisation zwischen dem Stationscomputer und dem des Schiffes bewegten sich innerhalb der erlaubten Parameter, und die Sprünge waren sogar genauer ausgefallen, als die Techniker vorgegeben hatten.

Elaine fiel ein gewaltiger Stein vom Herzen. Es war stets ein Risiko damit verbunden, ein Schiff im System so kurze Distanzen im Hyperraum überwinden zu lassen, aber im Kampf gegen die Hewitts war es unvermeidbar, und deshalb war es gut, dass sie sich auf die *Joker* verlassen konnte.

Als die *Joker* auf die Warteposition zurückkehrte und die *Ace* sich anschickte, ihre Sprungtriebwerke zu testen, zog sie sich in den Bereitschaftsraum zurück. Sie hatte ihn, nachdem ihr gestern Abend der endgültige Abschluss der Baumaßnahmen gemeldet worden war, in ein zweites Büro für sich umwandeln lassen. So konnte sie dem Training der *Joker* und der *Ace* nahe sein, ohne ihre eigentlichen Pflichten zu vernachlässigen. Ihr Adjutant übertrug ihr alle wichtigen Berichte in den Bereitschaftsraum, und sie konnte von dort aus alle Sektoren der Station problemlos erreichen.

Der Raum war kleiner als ihr Büro und ließ das gemütliche Mobiliar vermissen, doch das störte sie nicht weiter. Sie zwang sich schicksalsergeben in den Sessel hinter dem Schreibtisch und vertiefte sich in die Dossiers, Meldungen und Gesuche.

Eine geraume Weile später wurde sie von einem schrillen Signalton aufgeschreckt. Sie fuhr in ihrem Stuhl hoch, ließ sich aber gleich wieder fallen und bat den draußen Stehenden herein. Sherman Hewitt betrat den Raum. Seine Schritte wirkten etwas zögerlich, und er schaute, während er durch das Schott kam, über die Schulter zurück, als wolle er noch einen letzten Blick auf die Holografie erhaschen. Sein Gesicht zeigte aufgeregte rote Flecken, und sie konnte ihm ansehen, wie es hinter seiner hohen Stirn arbeitete. All das sagte ihr, dass die *Joker* bereits mit einer Simulation begonnen haben musste, die der Professor von der Funkleitzentrale aus verfolgt hatte. Es fiel ihm sogar schwer, seine Augen vom Schott loszureißen, nachdem es sich geschlossen hatte. Elaine befürchtete, dass er in der nächsten Sekunde über seine eigenen Füße stolperte, wenn er nicht endlich nach vorn sah.

„Setzen Sie sich, Professor", bot sie ihm an, um seine Aufmerksamkeit auf sich zu lenken.

Es wirkte. Sherman Hewitt wandte sich ihr zu, fuhr sich mit einer fahrigen Geste durch sein kurz geschnittenes, weißes Haar und schüttelte den Kopf, ohne jedoch etwas zu sagen. Aber das musste er auch gar nicht.

„Ist die Krankenstation einsatzbereit?", fragte sie ihn, nachdem er in dem Sessel auf der anderen Seite ihres Schreibtischs Platz genommen hatte.

Der Professor atmete tief durch. „Ja, Captain Wilding. Mein Stab und ich sind in die Sektion umgezogen, und ich habe dafür gesorgt, dass die Station stets mit mindestens zwei Mann besetzt ist. Im Alarmfall werden ich und meine langjährige Assistentin Melba Zaykan ebenfalls zugegen sein und eventuell nötige Rettungsmaßnahmen selbst einleiten."

„Hoffen wir, dass es niemals dazu kommt", murmelte Elaine.

Der Professor wollte etwas darauf erwidern, aber sie ließ ihn nicht zu Wort kommen. „Einer unserer Piloten hat mir einen interessanten Vorschlag unterbreitet", erklärte sie übergangslos. „Ich möchte wissen, was Sie davon halten."

„Worum geht es, Captain?"

„Um den Schwarm. Halten Sie es für möglich, dass die *Joker* den Energieschild von innen durchdringen kann?"

„Sie meinen, indem sie die Hewitts auf der Innenseite abschießen?"

„Ja."

Er runzelte die Stirn und strich sich über das Kinn. „Ich weiß nicht. Es könnte möglich sein, aber sicher ist das keinesfalls. Vielleicht ist der Schild von innen genauso undurchdringlich wie von außen."

„Ihre Worte sind nicht besonders hilfreich, Professor."

„Das ist mir klar, aber ich bin nicht dazu in der Lage, eine Voraussage zu treffen, wie erfolgreich ein derartiges Vorgehen sein kann. Dazu weiß ich noch viel zu wenig über die Schwärme. Es ist zumindest denkbar, dass die Hewitts an der Innenseite des Schirms aktiv an der Aufrechterhaltung des Energiefeldes beteiligt sind. Die Zusammenballung an dieser Stelle ist schon recht auffällig, und über die Eigenschaften der Amöboiden, vor allem in hyperphysikalischer Hinsicht, lässt sich ohnehin noch so gut wie nichts mit Sicherheit sagen. Was sie können oder nicht können, ist noch ein völliges Rätsel."

„Haben Sie nicht wenigstens eine Vorstellung davon, was geschehen könnte?"

Der Professor zögerte.

„Ich verlange keine exakten Daten von Ihnen, Professor, ich möchte nur wissen, ob die *Joker* das Risiko eingehen soll, indem sie den Versuch wagt oder nicht."

„Also schön, Captain. Wenn Sie meine Meinung dazu hören wollen ..."

„Das will ich in der Tat."

„Wenn man bedenkt, wie schnell sich die Hewitts innerhalb des Schwarms bewegen, wird es außerordentlich schwer werden, den Schild auf diese Weise von innen zu zerstören. Es könnte gelingen, da sich die Amöboiden sehr leicht töten lassen, aber das ist nicht das Problem. Ich fürchte, dass sie von allen Seiten herbeiströmen und die Verluste wettzumachen versuchen werden, wenn die *Joker* einen Punkt des Schilds unter Beschuss nimmt. Das könnte das Schiff und seine Besatzung in größte Gefahr bringen; zudem glaube ich nicht, dass sie so mehr als eine zeitweilige Instabilität im Energiefeld erreichen können."

„Wäre sie ausreichend, um das Schiff hindurchschlüpfen zu lassen?"

„Vielleicht."

Elaine seufzte.

„Genaueres kann ich Ihnen jetzt nicht sagen", entschuldigte sich Professor Hewitt, „aber ich werde eine der Robotsonden darauf programmieren, Daten zu sammeln, die uns darüber Aufschluss geben können." Er hielt inne, und ein dunkler Schatten fiel mit einem Mal über sein sonnengebräuntes Gesicht. „Vorausgesetzt natürlich, es gelingt überhaupt, die Robotsonden mit Hilfe eines Sprungs in den Schwarm zu befördern."

Elaine ballte die Fäuste. Sherman Hewitt schien ihre Gedanken zu erraten und fuhr rasch fort, als wolle er ihre Hoffnung auf eine wissenschaftliche Lösung des Problems bereits im Keim wieder ersticken. „Laut meiner Untersuchungen sind die Hewitts Wesen, die eine starke Affinität zu hyperdimensionalen Erscheinungen haben. Ich traue ihnen zu, dass sie genau kontrollieren können, was durch den Hyperraum in den Bereich ihres Schwarms eindringt. Aber selbst wenn sie die Sonden tatsächlich einlassen sollten, werden sie höchstwahrscheinlich einen Weg finden, sie zu neutralisieren. Ich bin davon überzeugt, dass die Prototypen nur deshalb unbehelligt in den Schwarm gelangen können, weil die Hewitts an den Menschen interessiert sind."

„Darüber besteht doch längst allgemeiner Konsens."

„Das ist richtig, aber eins habe ich bislang nicht erwähnt: Es wäre möglich, dass die *Joker* den Schwarm im Notfall nicht durch einen Sprung verlassen kann. Wenn die Hewitts den Hyperraum in ihrer Umgebung so stark kontrollieren können, wie ich es befürchte, werden sie vielleicht in der Lage sein, die *Joker* im Schwarm festzuhalten."

Elaine sprang auf, knallte die Handfläche auf den Tisch und beugte sich halb über ihn. „Das sagen Sie erst jetzt?"

Sherman Hewitt zuckte mit den Schultern. „Es hätte nichts geändert, wenn ich es vorher erwähnt hätte. Wenn sich meine Befürchtungen als wahr erweisen, sind die *Joker* und die *Ace* die einzige Waffe, die wir gegen die Amöboiden ins Feld führen können, und dann bleibt uns gar keine andere Wahl, als die Besatzung der Schiffe der tödlichen Gefahr auszusetzen. Die vielen hunderttausend Menschen, die durch einen Schwarm auf der Erde ihr Leben verlieren könnten, lassen keine andere Entscheidung zu."

Elaine ließ sich schwer in ihren Sessel zurückfallen. „Ich wünschte, Sie würden keine derart düsteren Prognosen abgeben, Mr. Hewitt."

„Ich versuche nur, realistisch zu sein."

„Ich weiß. Trotzdem muss ich Sie bitten, Ihre Einschätzung für sich zu behalten. Vor allem die Besatzungen der *Joker* und der *Ace* möchte ich nicht mit dem Gedanken in den Einsatz starten lassen, dass sie im Notfall keine Rückzugsmöglichkeit besitzen."

„Es kommt mir unfair vor, es ihnen zu verschweigen."

„Die Führung einer Station hat nur selten etwas mit Fairness zu tun, Professor, und in diesem speziellen Fall geht es ums Überleben. Das lässt, wie Sie eben sagten, in vielerlei Hinsicht keine Wahl zu."

Sherman Hewitt zog zweifelnd die Augenbrauen in die Höhe.

„Haben Sie sich einmal die Gesichter der beiden Crews genau angesehen?", fragte Elaine eindringlich. „Die meisten von ihnen sind unter 25 Jahre alt, und nur vier von ihnen haben eine vollständige Ausbildung durchlaufen. Sie haben Angst, glauben Sie mir, Professor, und ich habe nicht vor, sie noch zu schüren. Ich brauche ein Team, das einsatzbereit und mental stark ist, wenn der nächste Schwarm kommt, und keins, das starr vor Furcht ist."

„Aber sollten sie sich nicht auf die Möglichkeit vorbereiten können, dass sie im Einsatz ihr Leben lassen?"

„Glauben Sie wirklich, das ist ihnen nicht bewusst? Die Besatzungen trainieren seit Tagen den Einsatz gegen die Hewitts. Sie wissen sehr genau, worauf sie sich einlassen und wie groß die Gefahr ist."

Professor Hewitt runzelte nachdenklich die Stirn. „Sie haben vermutlich recht, Captain", lenkte er nach einer Weile ein. „Es ist mir allerdings fremd, dass Informationen bewusst zurückgehalten werden."

Elaine lachte, aber es war kein Laut der Freude. „Haben Sie nicht das Gleiche getan, Professor? Warum haben Sie mir nicht längst von Ihrer Befürchtung erzählt, wenn Ihnen soviel daran liegt, alles offen zu legen?"

„Ich ... ich war mir nicht sicher, und ich wollte niemanden beunruhigen, solange ich nicht über mehr Fakten verfüge."

„Da haben Sie es. Ihre und meine Beweggründe sind gar nicht so verschieden, wie Sie glauben."

Die Falten auf seiner Stirn vertieften sich.

„Und selbst wenn es nicht so wäre, gäbe es keinerlei Diskussion über diesen Punkt", fuhr Elaine energisch fort. „Ich muss Sie sicher nicht daran erinnern, dass Sie während Ihrer Anwesenheit auf der Station meinem Kommando unterstehen. Sie gelten zwar offiziell weiterhin als Zivilist, doch Ihre Rolle in der Verteidigung der Erde macht es unerlässlich, dass Sie sich trotzdem in die Hierarchie der Station einfügen - und das beinhaltet, dass Sie meinen Anordnungen Folge leisten, auch wenn Sie nicht damit einverstanden sind. Ich hoffe, wir sind uns darüber einig."

„Ja, Captain, das war mir bewusst, als ich dem Ruf des Admirals folgte."

„Was Sie freiwillig getan haben."

„Das stimmt, und ich bereue es nicht. Ich werde mich Ihnen unterordnen, Captain Wilding. Allerdings wird mich das nicht davon abhalten, ab und zu meine Meinung zu sagen."

Während er sprach, lächelte er versöhnlich, sein Blick aber hielt ihrem stand.

Elaine verschränkte die Arme vor der Brust. „Damit kann ich leben, solange Sie mir nicht vor meinen Leuten offen widersprechen."

„Ich werde mich daran erinnern, Captain."

„Das hoffe ich, denn wenn nicht, werde ich es tun."

„Ich habe verstanden."

„Gut. Gibt es sonst noch etwas, Professor?"

Sherman Hewitt nickte bedächtig. „Ich habe mir vorhin einen Teil der Simulation angesehen, die die *Joker* absolviert hat. Obwohl ich keine eigenen Erfahrungen als Pilot besitze, war ich tief von Mr. Sims beeindruckt. Die Fähigkeiten des Jungen könnten einem glatt unheimlich sein."

„Kommen Sie auf den Punkt, Professor!"

„Wie Sie wünschen, Captain, dann sage ich es gerade heraus. Ich möchte Danny Sims untersuchen. Es muss einen biologischen Grund für seine unglaublichen Leistungen geben, und ich will ihn wissen!" Die Enden seines mächtigen Schnauzbarts zitterten plötzlich, als stünde er unter Strom, sein Blick war eine einzige Herausforderung.

Elaine blinzelte verdutzt. „Ist das denn nicht bekannt? Ich dachte, es gäbe mittlerweile einen Berg wissenschaftlicher Abhandlungen über die Gambler und ihre Fähigkeiten, immerhin sind sie nicht erst gestern aufgetaucht!"

Der Professor sah sie an, als sei sie nicht ganz richtig im Kopf. „Treiben Sie keine Späße mit mir, Captain“, rief er erzürnt. „Sie wissen genauso gut wie ich, dass nicht *eine einzige* Untersuchung über die Biologie der Gambler existiert!“ Er schnaubte abfällig. „Zumindest keine, die öffentlich zugänglich wäre. Soweit es die Universitäten und wissenschaftlichen Institute betrifft, gibt es keine Gambler. Keine Forschungsgelder, keine Artikel in Fachzeitschriften, keine Vorlesungen und Seminare. Gar nichts!“ Seine buschigen weißen Augenbrauen zogen sich grimmig über seiner Nasenwurzel zusammen, und seine Hände ballten sich zu Fäusten.

Elaine holte tief Luft, wusste nicht, was sie den vorwurfsvollen Worten des Professors entgegenhalten sollte. Es gefiel ihr ganz und gar nicht, was Sherman Hewitt damit andeutete, und es gefiel ihr noch weniger, dass sie nicht zu sagen vermocht hätte, ob er recht hatte oder nicht. Sollte er tatsächlich die Wahrheit sagen, warf das eine ganze Reihe von Fragen auf, deren Implikationen so schwerwiegend waren, dass ihr für einen Augenblick schwindelte.

Bisher hatte sie geglaubt, der Posten des Captains der Erdorbitalstation sei eine bedeutende und verantwortungsvolle Aufgabe, die ihr einen Einblick in die Komplexität des militärischen und politischen Machtgefüges erlaubte, der den meisten anderen zeit ihres Lebens verwehrt bleiben würde, doch nun spürte sie zum ersten Mal den vagen, beunruhigenden Anflug eines Zweifels, der zaghaft an den Rändern ihres Bewusstseins zupfte und ihre Selbstsicherheit ins Wanken brachte.

Wusste sie wirklich, was hinter den verschlossenen Türen der Admiralität vor sich ging? Wie viel von dem, was sie für selbstverständlich hielt, waren lediglich Requisiten eines sorgfältig komponierten Bühnenstücks, das für die ahnungslosen Beobachter im Zuschauerraum gespielt wurde, und was geschah in dieser Zeit *hinter* der Bühne? War sie lediglich ein Teil der Requisite, nur der Aufseher eines effektheischenden Glitzerdings im Orbit um die Erde, das die Blicke der Massen auf sich zog, während an anderer Stelle die Gesellschaft unbemerkt in eine neue Form gegossen wurde?

Denn eins war klar: Es war völlig ausgeschlossen, dass in den letzten 200 Jahren niemals über die Gambler geforscht worden war, dass es keine einzige wissenschaftliche Erkenntnis über die biologischen Grundlagen der erstaunlichen Gambler-Fähigkeiten geben sollte - außer jemand hatte massiv von außen eingegriffen und das verhindert.

Mit einer energischen Willensanstrengung schob sie ihre fruchtlosen Grübeleien fürs Erste in den Hintergrund und wandte ihre Aufmerksamkeit wieder dem Professor zu. „Sie möchten also, dass ich Ihnen gestatte, Ihre Wissenslücke zu schließen.“

„Ja, Captain.“ Sherman Hewitt fixierte sie aus funkelnden Augen, als erwarte er jede Sekunde, dass sie hinter ihrem Schreibtisch hervorsprang und sich auf ihn stürzte. „Ich möchte aber betonen, dass ich mich keinesfalls mit Informationen aus zweiter Hand zufriedengeben werde. An irgendeinem lapidaren Dossier von Ihrem Admiral oder einem der anderen hohen Tiere, das eines Tages kommentarlos zu mir in die Krankenstation flattert, bin ich nicht interessiert. Ich selbst werde die Untersuchungen durchführen und auswerten, das ist unabdingbar!"

Elaine wusste nicht, was sie mehr erboste - der schroffe Tonfall des Professors oder die Tatsache, dass er ihr seine Anschuldigungen und Unterstellungen so wahllos wie Konfetti an den Kopf schleuderte. Sie straffte sich. „Mr. Sims ist nicht auf die Station gekommen, um für Sie das Versuchskaninchen zu spielen, Professor! Im Übrigen kann ich nicht zulassen, dass er durch Ihre Untersuchungen vom Training abgelenkt wird. Er wird bei einem Angriff der Hewitts seine gesamte Kraft und Aufmerksamkeit brauchen, um gegen sie zu bestehen."

Das Gesicht des Wissenschaftlers verhärtete sich, als habe sie ihn tödlich beleidigt. „Es geht mir nicht nur darum, meine persönliche Neugier zu befriedigen, Captain. Sie scheinen so sehr von der Überlegenheit des Jungen geblendet zu sein, dass sie offenbar ganz vergessen, dass auch er nur ein Mensch ist. Er könnte durchaus wie die anderen irgendwann einmal bei einem seiner Einsätze von einem der Amöboiden berührt werden!"

Elaine krallte ihre Finger um die Tischkante. „Worauf wollen Sie hinaus?"

„Die faszinierenden Fähigkeiten, die der Junge am Steuer der *Joker* an den Tag legt, weisen darauf hin, dass es deutliche, vielleicht sogar gravierende Unterschiede zwischen seiner Körperchemie und der normaler Menschen gibt. Bei einer Behandlung könnten deshalb entscheidende, möglicherweise nicht wiedergutzumachende Fehler begangen werden."

„Sie meinen, wir könnten ihn aufgrund einer fehlerhaften Behandlung verlieren?"

„Wenn ich mich nicht eingehend mit diesen Unterschieden vertraut gemacht habe: Ja, Captain."

Elaine biss sich auf die Lippen. Das war ein gutes Argument, ein so gutes, dass sie sich ihm nicht verschließen konnte.

„Also schön. Ich fürchte, ich habe keine andere Wahl, als Ihnen die Untersuchung zu gestatten. Aber ich habe eine Bedingung."

„Ich werde jede Ihrer Bedingungen akzeptieren."

„Das hoffe ich, andernfalls werde ich meine Zusage sofort zurückziehen. Sie werden den Jungen mit Ihren Tests nicht überlasten und Sie werden sie in einem zeitlichen Rahmen ausführen, der ihm noch genügend Raum für Erholung lässt. Außerdem werden Sie ihn nicht wie ein x-beliebiges Labortier behandeln. Ich weiß, wie viele Menschen über die Gambler denken, und da ich Sie nicht lange genug kenne, um einschätzen zu können, wie Sie zu den Gamblern stehen, sage ich es Ihnen in aller Deutlichkeit: Sprechen Sie mit Mr. Sims, als hätten Sie einen normalen Menschen vor sich, und behandeln Sie ihn auch so."

Der Professor schenkte ihr ein dünnes Lächeln. „Ich verstehe, Captain. Auch meine Familie lebt auf der Erde. Ich werde ganz gewiss nichts tun, was Ihren wertvollsten Besitz verärgern könnte."

Elaine knirschte mit den Zähnen. Das war zwar nicht ganz die Einstellung, die sie sich von Sherman Hewitt gegenüber Danny Sims gewünscht hätte, aber es war die beste, die sie verlangen konnte. Außerdem war sie ihrer eigenen sehr viel ähnlicher, als ihr lieb war.

40. Kapitel

Um 12.00 kehrte Elaine, innerlich aufgewühlt und auf eine Weise verunsichert, wie sie es lange nicht mehr erlebt hatte, aus dem Bereitschaftsraum in die Funkleitzentrale zurück, sah den Simulationen im Weltall eine Weile zu und brach das Training kurz vor 13.00 ab. Im Hangar wartete sie darauf, dass die Schiffe zurückkamen. Die *Joker* tauchte zuerst aus ihrer Schleuse auf, schwebte durch den Saal und kam schließlich auf dem Startsockel zur Ruhe.

Auch bei diesem Manöver bewies Danny Sims eine ungewöhnlich hohe Präzision. Lieutenant Thornsburg mochte bis gestern der beste Pilot der Erdflotte gewesen sein, aber an Fähnrich Sims' Leistungen würde er sein Lebtag nicht heranreichen können, selbst bei so geringen Übungen, wie es die Landung der Prototypen darstellte.

Nach außen gelassen, innerlich jedoch voller Ungeduld verfolgte sie mit, wie sich die Geschützkapseln in ihre Ruhestellungen drehten und sich anschließend nacheinander die Luken des Schiffes öffneten. Wenig später standen die Besatzungen der *Joker* und der *Ace* vor ihr. Sie musterte die angespannten und von Erschöpfung gezeichneten Gesichter und fällte noch im gleichen Augenblick eine Entscheidung. Sie hatte das heutige Training früher als gewöhnlich abgebrochen, um Danny Sims die Möglichkeit zu geben, sich auszuruhen, bevor er am Nachmittag Sherman Hewitts Untersuchungen über sich ergehen lassen musste, doch nun entschloss sie sich, den Trainingsplan der Besatzungen gänzlich zu ändern.

„Sie werden sich vielleicht wundern, warum die Übungen für heute bereits von mir beendet wurden, aber das hat einen guten Grund", wandte sie sich an die zehn jungen Soldaten. „Sie müssen sich nun nicht mehr den Simulator mit drei anderen Teams teilen, sondern Ihnen stehen die *Joker* und die *Ace* rund um die Uhr zur Verfügung. Deshalb werden Sie ab morgen keine sechsstündigen Schichten mehr durchführen, sondern Ihre Trainingszeit wird sich auf zwei Schichten mit je drei Stunden verteilen. Die erste läuft von 8.00 bis 11.00, die zweite von 16.00 bis 19.00. Durch die längeren Ruhepausen zwischen den Übungsphasen müsste es Ihnen möglich sein, sich ausreichend zu erholen, und Sie sollten die Zeit entsprechend nutzen."

Sie musste nicht erst erklären, warum das so wichtig war. Die Gesichter zeigten ihr, dass man sie nur zu gut verstanden hatte.

„Aye, aye, Captain", scholl es ihr im Chor entgegen.

„Für heute ist Ihr Dienst zu Ende. Wegtreten", wies sie die zehn Soldaten an, winkte Danny Sims jedoch, als auch er sich abwenden wollte.

„Sie nicht, Mr. Sims. Ich möchte noch etwas mit Ihnen besprechen."

Der Junge blieb stehen, und für eine Sekunde huschte ein Ausdruck von Sorge über sein Gesicht. Gleich darauf verschwand er wieder hinter seiner Maske der Selbstbeherrschung, andere jedoch vermochten ihre Miene nicht so gut wie er zu verschließen. Madelaine Thompson wirkte beunruhigt, ein paar der anderen fragten sich offensichtlich, worum es gehen mochte, und Lieutenant Thornsburg machte den Eindruck, als fasse er es als persönliche Beleidigung auf, dass er nicht auch zum Bleiben aufgefordert worden war.

Elaine presste ärgerlich die Lippen aufeinander. Als wenn das impertinente Misstrauen ihres Stellvertreters und die irritierenden Andeutungen des Professors allein nicht schon genügt hätten, stieß ihr das Verhalten Thornsburgs in zunehmendem Maße sauer auf. Auch früher war ihr sein übersteigerter Ehrgeiz bereits negativ aufgefallen, doch seit die Bedrohung durch die Hewitts ihren Anfang genommen hatte und seit Fähnrich Sims' Ankunft auf der Station traten seine Einschränkungen deutlicher zutage als je zuvor. Wäre er nicht ein so guter Pilot gewesen, hätte sie nicht gezögert, ihn von dem Gambler fernzuhalten. Es war offensichtlich, dass die beiden nicht miteinander auskamen, und das lag allein in Lieutenant Thornsburgs Verantwortung, wie der Vorfall am Morgen bewies.

Sie wartete, bis alle anderen den Hangar verlassen hatten, dann winkte sie Fähnrich Sims, und er folgte ihr bis in ihren Bereitschaftsraum. Sie setzte sich; er blieb in korrekter Haltung vor ihrem Schreibtisch stehen.

„Professor Hewitt hat mich darauf aufmerksam gemacht, dass wir keine medizinischen Daten über Sie besitzen, Fähnrich. Da es an Bord der Erdorbitalstation üblich ist, eine derartige Datei über jeden Piloten zu führen, werden wir mit Ihnen einen medizinischen Check-up vornehmen. Professor Hewitt wird die Untersuchungen persönlich vornehmen."

„Aye, Captain", erwiderte der junge Fähnrich; sein Gesicht blieb ausdruckslos, ließ nicht erkennen, was er über die Angelegenheit dachte.

„Sie werden um 15.00 Uhr in der Militärklinik der Station erwartet. Sie finden sie in Omega 02D-C." Sie zögerte kurz, beschloss dann, einen Schuss ins Blaue abzugeben. „Wie Sie sicher bereits vermuten, wird es dabei auch darum gehen herauszufinden, inwieweit sich Ihre Körperchemie von der anderer Menschen unterscheidet, damit wir keine unliebsame Überraschung erleben, sollte es einmal darauf ankommen." Sie hielt inne, musterte den Jungen aufmerksam. „Ich bedaure, dass Sie für diese Untersuchung einen Teil Ihrer Freizeit opfern müssen. Vielleicht kann man die Prozedur jedoch verkürzen, indem Sie mir und dem Professor berichten, was Sie bereits über die physiologischen Grundlagen Ihrer Fähigkeiten wissen."

Fähnrich Sims blickte plötzlich zu Boden. „Das kann ich nicht, Captain."

Elaine hob die Augenbrauen. „Und warum nicht?"

„Weil ich nichts darüber weiß."

Sie runzelte die Stirn, und ein Echo von Sherman Hewitts grimmigen Vorwürfen schien spöttisch durch ihren Schädel zu hallen. „Sie wissen nichts darüber?"

„Nein."

„Das überrascht mich. Ich bin davon ausgegangen, dass man unter Ihren Leuten darüber Bescheid weiß."

„Das ist gut möglich, aber mir hat man nie etwas gesagt." Er wirkte auf einmal angespannt.

Sie hatte das Gefühl, dass er noch etwas sagen wollte, deshalb winkte sie ihm, weiterzusprechen.

Er atmete tief durch. „Auf der *Gambler-Circus* wird nicht über das geredet, was uns von anderen Menschen unterscheidet. Jeder meidet das Thema leidenschaftlich, und es gibt nicht einmal in den Wissensspeichern des Schiffes etwas darüber zu finden, dafür hat unser Direktor gesorgt. Jede Information über unsere Eigenarten wurde von ihm unzugänglich gemacht und alle beugen sich der Parole, über unser Anderssein zu schweigen."

Ein schmerzlicher Ausdruck erschien in seinen Augen. Elaine hob eine Braue. Es schien, als habe der Junge sich dem nicht fügen wollen, doch zweifellos war er auf heftigen Widerstand gestoßen. Sie wollte wirklich nicht in seiner Haut stecken. Die Gambler lebten weitaus isolierter, als sie bislang angenommen hatte. Für einen intelligenten, tatkräftigen und entschlossenen Menschen wie Danny Sims musste dieses Leben wie ein unerträgliches Gefängnis angemutet haben.

Mit einem Mal umspielte ein Lächeln ihre Mundwinkel. „Ich bin fest davon überzeugt, dass Professor Hewitt Ihre Fragen nach der Untersuchung beantworten kann."

Die blauen Augen des Jungen begannen intensiv zu leuchten. „Danke, Captain."

Sie nickte ihm zu, aber erst nachdem er bereits gegangen war, begriff sie, wofür er sich bedankt hatte. Mit einem anderen Captain hätte das Gespräch ganz anders verlaufen können, und er wusste das natürlich.

Ohne ihr Zutun tauchte plötzlich die Frage in ihren Gedanken auf, wie überlegen Danny Sims gewesen wäre, wenn man ihn auf der *Gambler-Circus* nicht von allen wichtigen Wissensbereichen abgeschnitten und ihm nicht untersagt hätte, seine Grenzen zu erkunden. Die Antwort war nur verschwommen, und sie musste sich eingestehen, dass sie es gar nicht so genau wissen wollte.

41. Kapitel

Thad zitterte vor Wut, als er den Hangar verließ und Captain Wilding dort allein mit dem Gambler zurückblieb. Wie kam sie dazu, ihn auszuschließen? Er war der Teamführer, und nicht der Gambler! Wenn es etwas zu besprechen gab, sollte er davon erfahren, doch Captain Wilding schien ihn offenbar auf diese Weise für seine angebliche Nachlässigkeit bestrafen zu wollen.

Sein Zorn wuchs, als er daran zurückdachte, wie sie ihn vor dem Flug zurechtgewiesen hatte. Dabei hatte er sich völlig korrekt verhalten. Warum begriff sie das bloß nicht? Ihre Stärke, ihr Schwung und die Klarheit ihrer Befehle, die er sonst so an ihr bewundert hatte, verwandelten sich in jämmerliche Abziehbilder ihrer einstigen Größe, sobald der Gambler in ihrer Nähe war. Er hatte sie längst viel stärker beeinflusst, als ihr bewusst war.

Verächtlich stieß Thad Luft aus. Er konnte es ihr nicht einmal verdenken. Der Gambler tat alles, um sie zu blenden. Auch beim heutigen Training hatte er, wie zu erwarten gewesen war, wieder eine große Show abgezogen. Er war wahnwitzige Manöver geflogen und hatte dabei nicht nur sich selbst und die Crew, sondern auch das Schiff gefährdet, als er es über jede vernünftige Grenze hinaus belastet hatte. Er war ein schrecklicher Aufschneider, und leider hatte er Erfolg damit.

Thad ballte wütend die Fäuste. Es war ihm unerträglich, mit ansehen zu müssen, wie sich der Captain, die Fähnriche Goddard und Thompson und sogar zwei Leute aus seiner eigenen Crew auf die Seite des Gamblers schlugen. Dabei hatte der nun wirklich nichts getan, was das Vertrauen der anderen gerechtfertigt hätte, und sobald der erste Schwarm auftauchte, würde er es unweigerlich enttäuschen. Es war traurig, dass niemand sonst das zu erkennen schien.

In dumpfes Grübeln versunken erreichte Thad seine Kabine, ging dort unruhig auf und ab und versuchte, den Gambler aus seinem Kopf zu bekommen, aber es gelang ihm nicht. Er hatte sich dort wie ein Egel festgesetzt und saugte ihm die Kraft aus seinem Gehirn, so wie er auch auf der Station viel mehr Raum einnahm, als ihm gebührte.

Thad presste die Hände gegen die Schläfen, um die unliebsamen Gedanken zu vertreiben, kniff die Augen zusammen und versuchte mit aller Macht, sich auf etwas anderes zu konzentrieren. Es klappte nicht. Frustriert stieß er einen wilden Schrei aus, riss die Lider auf und nahm die Wanderung durch sein Quartier mit neuer Heftigkeit wieder auf. Jedes Mal, wenn er eine der Wände erreichte, sah er das Gesicht des Gamblers vor sich und hätte ihm am liebsten einen Schlag versetzt, nur um zu sehen, wie die Selbstgefälligkeit und Arroganz aus seinen Augen wich.

Aber dem Jungen gewaltsam Vernunft einzubläuen war keine Lösung, jedenfalls keine, die für ihn gangbar wäre. Solange Captain Wilding nicht einsah, dass der Gambler mehr Nachteile als Vorteile brachte, würde sie sich schützend vor ihn stellen, und er hatte nicht vor, wegen dem Kerl seine Karriere zu gefährden.

Thad hielt abrupt inne. So würde sie im Augenblick reagieren, doch falls ihr jemand die Einschränkungen des Gamblers vor Augen führte, mochte sie ihre Meinung ändern.

Grimmige Entschlossenheit stieg in ihm auf. Er würde es tun. Er würde Captain Wilding zeigen, was für ein Kuckucksei sie sich an Bord der Station geholt hatte. Dazu würde er nicht einmal Gewalt anwenden müssen. Es gab andere Mittel und Wege, und der beste davon war, dafür zu sorgen, dass sich der Gambler selbst vor Captain Wilding als ungeeignet entlarvte. Er wusste sogar schon, wie er das bewerkstelligen konnte. Er brauchte nichts weiter zu tun, als während der nächsten Simulation dafür Sorge zu tragen, dass der Gambler mit einem Verlust eines seiner Kanoniere konfrontiert wurde. Wenn er so ruhmsüchtig war, wie sein Auftreten es vermuten ließ, würde er sich nicht darum kümmern, das Notfallprotokoll ignorieren und stattdessen versuchen, die Übung trotzdem mit einer hundertprozentigen Abschussquote zu beenden. Captain Wilding aber würde dadurch begreifen, dass der Gambler an nichts anderem als an sich selbst interessiert war.

Keine drei Sekunden später saß Thad an seinem Computer, aktivierte den Bildschirm und rief seine Programmierhilfen auf. Er kannte sich inzwischen gut genug mit den Computern der *Joker* und der *Ace* aus, um eine Befehlsfolge entwerfen zu können, die sich harmonisch in ihre Programmierung einfügen würde, und er beglückwünschte sich selbst dafür, dass er Floyds Generalschlüssel in den letzten Tagen darauf verwandt hatte, unbemerkt in den Speichern der beiden Prototypen zu forschen. So war er jetzt nicht einmal darauf angewiesen, den Schlüssel für sein Vorhaben zu benutzen. Es gab einfachere Möglichkeiten, sein Programm dem der Simulation hinzuzufügen, und er würde sie nutzen, bevor er andere Wege ging. Es wäre ohnehin nicht gut, wenn jemand erfuhr, dass er den Generalschlüssel zum Militärnetz besaß. Das konnte ihm eine Menge Ärger oder gar den Ausschluss aus der Erdflotte einbringen. Zum Glück war Floyd inzwischen in seinen Urlaub aufgebrochen, also würde niemand Verdacht schöpfen.

Er beschloss, das Programm durch einen Mittelsmann in den Computer der *Joker* einschleusen zu lassen, und er wusste auch schon, wer dafür in Frage kam. Die Gruppe, die bei den Mahlzeiten abseits des Gamblers speiste, war noch nicht seinem verderblichen Einfluss erlegen, und deshalb konnte er auf ihre Loyalität und Mithilfe sicherlich bauen. Allerdings besaßen nur Elisabeth Craine und Valerie Haver die

Gelegenheit, sein Programm einzugeben, und auch zwischen diesen beiden musste er die beste Wahl treffen.

Es fiel ihm nicht schwer. Die Craine war steif, unnahbar und verschlossen. Obwohl sie offensichtlich nur wenig für den Gambler übrig hatte, wusste er nicht, worauf sich ihre Meinung gründete, und er war sich nicht sicher, ob sie bereit war, etwas gegen ihn zu unternehmen.

Valerie Haver hingegen war viel einfacher einzuschätzen. Sie empfand genau das richtige Maß an Antipathie für den Gambler, zu ihm aber blickte sie voller kuhäugiger Bewunderung auf. Thad ließen die Gefühle, die ihm die massige, unattraktive Valerie entgegenbrachte, völlig kalt, dennoch würden sie sich nun als ausgesprochen nützlich erweisen, und er würde nicht zögern, sie für sich und seine Pläne einzusetzen.

42. Kapitel

Pünktlich um 15.00 betrat Danny durch ein großes Schott die Militärklinik der Station. Vor ihm öffnete sich eine weite Empfangshalle, die durch ihre kahlen, weiß gestrichenen Wände und die hellen, weißglühenden Deckenlampen einen ausgesprochen nüchternen Eindruck machte. In ihrem Zentrum erhob sich eine wuchtige, bogenförmig geschwungene Rezeption, links davon standen ein paar Bänke für Besucher, die im Augenblick allerdings verlassen waren und lediglich das kalte Licht der Lampen widerspiegelten, es auf die Wände warfen und das strahlende Weiß noch greller wirken ließen.

Die wenigen Kunstblumen, die zwischen den Bänken, neben den Türen und der Rezeption in kleinen, ebenfalls weiß getünchten Kübeln steckten, waren zu spärlich und zu sorgfältig platziert, als dass sie die kühle, sterile Atmosphäre der Halle hätten auflockern können, und da ihre Plastikblüten keinen Duft verströmten, gab es nichts, was den durchdringenden antiseptischen Geruch zu mildern vermocht hätte, der wie ein dichter Schleier über dem Raum lag und Danny in der Nase biss, als hätte er gerade an einem Fläschchen Ammoniak geschnuppert.

Hastig trat er an die Rezeption heran, an der zwei Männer und eine Frau, deren weiße Uniformen sie als Angehörige des medizinischen Stabs auswiesen, Dienst taten. Die Frau saß in einem Sessel, hatte sich weit zurückgelehnt und die Füße gegen die Kante des Tisches gestützt. Auf ihren Knien lag ein Datenpad, und ihre angespannte Mimik ließ ihn vermuten, dass sie keinen Arbeitsbericht, sondern einen Roman las. Die beiden Männer standen ein wenig abseits über einen Monitor gebeugt, tippten abwechselnd etwas in die Tastatur und versuchten sich gegenseitig lautstark davon zu überzeugen, dass das eigene Vorgehen besser als das des anderen war.

Danny räusperte sich, mehr, um das Kratzen in seinem Hals zu mindern, als um auf sich aufmerksam zu machen, doch er erreichte trotzdem, dass die Frau von ihrer Lektüre aufsah. Für einen Moment wirkte sie nervös, doch nur eine Sekunde später hatte ihr geübter Blick sein Rangabzeichen erfasst und sie entspannte sich wieder. Immerhin legte sie das Pad zur Seite und stand auf.

„Sie wünschen, Fähnrich?“, fragte sie in einem Tonfall, der genauso nüchtern klang, wie die Halle aussah.

„Ich soll mich bei Professor Hewitt zu einer Untersuchung melden. Mein Name ist Danny Sims.“

Die Augen der Frau weiteten sich erstaunt, und das Streitgespräch zwischen den Männern verstummte plötzlich. Übergangslos befand er sich im Mittelpunkt der allgemeinen Aufmerksamkeit.

„Sie sind der Pilot der *Joker*?“, fragte der ältere der beiden Männer überrascht und kam näher.

Danny stieß einen lautlosen Seufzer aus. Offenbar hatte Captain Wildings Geheimhaltung nicht viel gefruchtet. Allerdings war es auch nicht schwer zu erraten, wer er war, nachdem die Presse die Anwesenheit eines Gamblers auf der Station herausposaunt hatte, und Professor Hewitt würde kaum einen gewöhnlichen Soldaten zur Untersuchung zu sich bestellen.

„Ja, Sir“, erwiderte er und beantwortete damit auch die unausgesprochen gebliebene Frage.

Die drei sahen ihn von oben bis unten an. Ihre Blicke klebten mit derart ungenierter Neugier auf ihm, dass er sich unvermittelt fühlte, als würde er nackt durch die Korridore der Erdorbitalstation hoppeln. Er biss sich auf die Unterlippe, als er spürte, wie die Flamme des Zorns in ihm wuchs, sah fort und versuchte, ihr Starren zu ignorieren. Er tat sich selbst keinen Gefallen damit, wenn er sich immer wieder über die Reaktionen der anderen Menschen ärgerte.

Der ältere der Männer kam hinter der Rezeption hervor und winkte ihm. „Professor Hewitt erwartet Sie bereits. Ich werde Sie zu ihm führen.“

„Danke, Sir.“

Natürlich wäre es völlig ausreichend gewesen, wenn einer der drei ihm gesagt hätte, in welchem Raum sich der Professor aufhielt, doch er sah davon ab, sie darauf hinzuweisen. Eins hatte ihn der Vorfall mit dem Techniker Gent Darby gelehrt: Mit Hinweisen auf seine besonderen Fähigkeiten ging er besser sorgsam um, auch wenn viele inzwischen bereits wussten oder zumindest zu ahnen schienen, wer und was er war.

Der Weg zum Untersuchungszimmer war weit und verschlungen und führte durch lange, weiße Korridore, die in bedrückender Stille vor ihnen lagen. Nur ab und an kamen sie an einem anderen Soldaten in weißer Uniform oder an einem Patienten vorbei, die sie allerdings nicht weiter beachteten. Auch sein Führer machte keinerlei Anstalten, ihn in ein Gespräch zu verwickeln, obwohl die Blicke, die er ihm immer wieder zuwarf, nichts von ihrer Penetranz verloren hatten. Danny knirschte mit den Zähnen. Wenn der Kerl so wissbegierig war, warum fragte er dann nicht einfach, was ihn interessierte? Stattdessen gaffte er ihn an, als wäre er einem Zoo entsprungen. Oder einem Zirkus!

Die Wahrheit in seinen Gedanken ließ ihn verbittert den Kopf senken, und er blickte nicht mehr auf, bis sie am Ziel angelangt waren. Der Mann blieb vor einem breiten Schott stehen und bediente die Ruftaste, die im Inneren des Raums ein Signal ertönen lassen würde.

„Ja, bitte?“, fragte eine weibliche Stimme zurück. Sie klang ebenso professionell und unemotional wie die der Frau an der Rezeption.

„Fähnrich Danny Sims für Professor Hewitt", sagte der Mann, ohne ihn dabei aus den Augen zu lassen.

Danny sah von ihm weg auf das Schott. In seinen Fingern zuckte es, und er musste sich eisern beherrschen, damit sie sich nicht zu Fäusten ballten.

„Er soll hereinkommen."

Der Mann nickte ihm zu. „Sie haben es gehört. Gehen Sie einfach hinein."

„Danke, Sir", erwiderte er steif. Mit einem schnellen Schritt trat er durch das Schott.

Der Raum, der ihn aufnahm, war ziemlich groß, wenn auch nicht so weitläufig wie die Empfangshalle. Der antiseptische Geruch drang hier noch stärker auf ihn ein, raubte ihm für einen Moment den Atem. Danny hustete krächzend, während seine Augen in einem blitzschnellen Reflex alle Details des Zimmers erfassten. Sein Herzstück war eine kugelförmige Kammer, die in Hüfthöhe eine Öffnung besaß. Eine gepolsterte Liegefläche ragte von dort in den Raum hinein. Sie konnte vermutlich auf Knopfdruck in die Kammer hineingefahren werden, und er ahnte, dass er darauf liegen würde, wenn das das nächste Mal geschah. Die Vorstellung heiterte ihn keineswegs auf.

Der Professor und eine schlanke, hochgewachsene Frau standen, konzentriert irgendwelche Monitore betrachtend, vor einem Kontrollpult, wandten sich jedoch zu ihm um, als er eintrat.

„Fähnrich Sims meldet sich zur Untersuchung zur Stelle", erklärte Danny, unterließ es jedoch zu salutieren, da Sherman Hewitt kein Angehöriger der Flotte, sondern nach wie vor Zivilist war.

„Gut, dass Sie da sind, Fähnrich", sagte der Professor und kam ihm lächelnd entgegen. „Wir haben bereits auf Sie gewartet." Er winkte der Frau, die daraufhin an seine Seite trat. „Das ist Melba Zaykan, meine Assistentin. Sie wird mir bei den Untersuchungen zur Hand gehen."

Danny nickte ihr zu. „Ma'am."

Sie erwiderte seine Geste, wandte sich dann aber gleich wieder von ihm ab und kehrte an das Pult zurück.

Der Professor hingegen blieb dicht vor ihm stehen und musterte ihn aufmerksam. Seine Blicke waren nicht weniger neugierig als die des Klinikpersonals zuvor, ihnen fehlte allerdings die unverhohlene Sensationsgier der anderen. Dennoch spürte Danny, wie er sich innerlich verkrampfte.

Sherman Hewitt schien ein ausgezeichneter Beobachter zu sein, denn er trat einen Schritt zurück, und sein Lächeln vertiefte sich. „Sie müssen mir verzeihen, Mr. Sims", sagte er mit seiner angenehmen Bassstimme und machte eine entschuldigende Handbewegung. „Captain Wilding hat der Untersuchung nur unter der Bedingung zugestimmt, dass ich Sie wie einen normalen Menschen behandle, aber ich will ganz offen zu Ihnen sein. Ich kann Sie nicht wie einen normalen Menschen behandeln, weil Sie keiner sind. Wenn Sie es wären, wären Sie jetzt nicht hier."

Danny schluckte. „Ich danke Ihnen für Ihre Aufrichtigkeit, Professor Hewitt. Die meisten anderen starren mich nur stumm an, wagen es aber nicht, ihre Neugier zuzugeben, obwohl sie mehr als offensichtlich ist."

Der Professor nickte, und seine buschigen weißen Augenbrauen zogen sich drohend über seiner Nasenwurzel zusammen. „Da sprechen Sie mir aus der Seele, mein Junge. Ich kann Ihnen jedoch versichern, dass ich nicht zu dieser Sorte Mensch gehöre. Ich bin Wissenschaftler. Anders als gewisse andere Personen ziehe ich es vor, die Dinge beim Namen zu nennen." Sein Blick glitt zum Schott, und Danny ahnte sofort, wen er mit seinen Worten gemeint hatte. Wenngleich noch nicht lange auf der Station, schien Sherman Hewitt bereits mit Captain Wilding aneinandergeraten zu sein. Das ließ, wenn man bedachte, dass noch nicht einmal der nächste Schwarm aufgetaucht war, nicht viel Gutes für die Zukunft erwarten.

Melba Zaykan gab dem Professor einen Wink. Sein Gesicht hellte sich auf. „Kommen Sie, die Maschine für die erste Untersuchung ist einsatzbereit!"

Damit trat er auf die kugelförmige Kammer zu und klopfte mit einer Hand auf das Polster der Liegefläche. „Das ist ein Tiefenscangerät. Mit seiner Hilfe kann ich die Struktur Ihres Körpers bis hin zur intrazellulären Ebene erfassen und vermessen."

„Damit wäre ich ein gläserner Mensch!"

„So könnte man es ausdrücken. Der Tiefenscan wird jede Abweichung, die es bei Ihnen gegenüber anderen Menschen gibt, feststellen. Es können sogar pathologische Veränderungen aufgespürt werden, lange bevor sie sichtbare oder spürbare Symptome hervorrufen."

Danny betrachtete die wenig vertrauenerweckende Apparatur misstrauisch.

Sherman Hewitt legte ihm verständnisvoll die Hand auf die Schulter. „Machen Sie sich keine Sorgen. Sie werden nichts davon spüren. Der gesamte Scan dauert eine Stunde, und da Sie sich während der Abtastung nicht bewegen dürfen, wird Ms. Zaykan Sie in einen künstlichen Schlaf versetzen."

Danny zuckte zusammen. Damit hatte er nicht gerechnet. Unsicher ging sein Blick zwischen dem Professor, seiner Assistentin und der Kammer hin und her.

„Es ist so, als würden Sie eindösen und gleich wieder aufwachen", erzählte Hewitt im Plauderton. „Viele Menschen fühlen sich hinterher so entspannt, dass sie am liebsten gleich noch mal in die Röhre wollen!"

Sein mächtiger Schnauzbart zuckte amüsiert. „So, genug getrödelt! Ziehen Sie sich bitte aus und legen Sie sich hier auf die Liege!"

Schweigend befolgte Danny die Anweisung, fühlte sich jedoch äußerst unbehaglich, als er seine Uniform abstreifte und schließlich nackt vor Sherman Hewitt und seiner Assistentin stand. Melba Zaykan nahm seine Sachen mit unbewegtem Gesicht entgegen, aber das machte es auch nicht leichter für ihn. Er wünschte sich nichts mehr, als diese peinliche Situation so schnell wie möglich hinter sich zu bringen. In diesem Licht betrachtet, erschien ihm die Narkose plötzlich nicht mehr so schlimm.

Hastig schwang er sich auf die Liege. Das dicke, weiche Polster der Liegefläche passte sich seinen Körperkonturen perfekt an, kaum dass er sich darauf ausgestreckt hatte. Professor Hewitt gab ihm einige Hinweise, wie er seine Lage korrigieren sollte, anschließend legte er eine Hand auf einen Schalter.

„Sobald ich den Schalter betätige, wird sich das Polster verfestigen und Ihre Bewegungsfreiheit stark einschränken. Nur so können wir verhindern, dass Sie sich trotz der Narkose im Schlaf bewegen und die Messungen ruinieren. Sind Sie bereit?"

Danny nickte ergeben.

Professor Hewitt legte den Schalter um, und augenblicklich wurde aus dem weichen Polster eine steinharte Klammer, die Danny am ganzen Körper umschlang. Trotz der Vorwarnung erschrak er, als er so plötzlich eingeschnürt wurde, und versuchte unwillkürlich, nach Luft zu schnappen, schaffte es aber nicht, weil auch sein Brustkorb wie von einer Riesenfaust zusammengepresst wurde. Panik flackerte in ihm auf, und seine Augen rollten wild hin und her, aber da er den Kopf nicht mehr drehen konnte, war sein Blickfeld stark eingeschränkt. Er konnte weder den Professor noch seine Assistentin sehen, nur seine Stimme drang durch das Polster dumpf zu ihm durch.

„Ms. Zaykan sorgt jetzt für die Narkose. Lehnen Sie sich nicht gegen die einschläfernde Wirkung des Medikaments auf, dann wirkt es schnell und sicher."

Danny wollte den Professor aufhalten, wollte ihm sagen, dass er nach einer Stunde in diesem Folterinstrument längst erstickt sein würde, doch seine Kehle war zu rau zum Sprechen, und da spürte er bereits eine kalte Düse auf seinem linken Arm. In der gleichen Sekunde war ihm, als würden seine Adern mit Polarwasser geflutet. Die Müdigkeit schlug über ihm zusammen wie eine dunkle Woge, sein Wille versickerte irgendwo in der Finsternis, sein Blick verschwamm.

„Wir sehen uns in einer Stunde", klang noch einmal die Stimme des Professors auf. Danny sah noch, wie die Liege in die Kammer hineinglitt, dann riss ihn die Dunkelheit endgültig mit sich fort.

43. Kapitel

Irgendwann durchbrachen schemenhafte Lichter die Schwärze, die seinen Geist umfing. Danny wurde sich ihrer gewahr, aber noch waren seine Gedanken zu träge, um etwas mit ihnen anfangen zu können. Sie waren nichts weiter als kleine Blitze und Punkte, die ihn in der Tiefe seines Schlafs störten.

Nach einer Weile drangen auch Stimmen an sein Ohr, und ganz allmählich erahnte er, dass er eigentlich nicht schlafen sollte. Probehalber versuchte er, seinen geistigen Fokus zu bündeln, doch sein Wille entglitt ihm immer wieder und drohte, in einer erneuten Welle der Müdigkeit zu ertrinken. Wieso sollte er auch wach werden? Die Dunkelheit war warm, versprach Geborgenheit und Stille. Es war verlockend, sich ihr hinzugeben und in ihr zu treiben, ohne je an ein Ende zu gelangen.

Doch stattdessen wurden die Lichter heller und die Stimmen lauter. Sie zogen ihn aus der Tiefe empor, auch wenn er nichts dazugab, um sein Erwachen zu beschleunigen, aber erst als er erkannte, zu wem die Stimmen gehörten, erinnerte er sich wieder daran, wo er war und warum er überhaupt geschlafen hatte. Die Narkose - sie schien nun nachzulassen.

Eine Berührung an der Schulter erschreckte ihn. Die Hand war kalt und schien fest in sein Fleisch zu drücken. Er versuchte, sie wegzuschieben, aber die Narkose hielt ihn noch so fest im Griff, dass er nicht mehr als eine angedeutete Bewegung zustande brachte. Die Finger blieben. Sie umfassten seine Schulter mit unnachgiebiger Härte und rüttelten ihn leicht.

Sein Puls beschleunigte sich, und er kämpfte darum, wach zu werden. Ein Bild flammte vor seinem inneren Auge auf, zeigte ihm sich selbst, wie er nackt und bloß auf der Liegefläche des Tiefenscangeräts lag, während Sherman Hewitt und seine Assistentin rings um ihn werkelten. Der Gedanke peitschte seinen Willen auf und riss einen Spalt in die Schwärze. Er schaffte es, tief Luft zu holen, und mit jedem Atemzug wichen die Seiten des Spalts weiter auseinander. Grelles Licht flutete hindurch und brannte sich in seine Augen. Leise stöhnend schob er einen Arm vors Gesicht, erst einen Moment später begriff er, dass er die Kontrolle über seinen Körper zurückgewonnen hatte. Er war wach.

„Mr. Sims?“, sprach Sherman Hewitt ihn an. Der Richtung, aus der die Worte gekommen waren, nach zu urteilen musste er dicht neben der Liege stehen.

Danny ließ den Arm vorsichtig wieder sinken und blinzelte. Gleichzeitig spürte er in sich hinein, erkannte, dass das Polster um ihn herum wieder weich geworden war und ihn nun nicht mehr wie ein Granitblock einschnürte, und fühlte den flauschigen Stoff der Decke, die der Professor oder seine Assistentin über ihn gebreitet hatten. Er grub die

Finger um ihren Saum, zog sie bis zum Kinn und bedachte die beiden mit einem dankbaren Gedanken.

Endlich hatten sich seine Augen an den hellen Schein der Lampen gewöhnt, und er sah Professor Hewitt, der tatsächlich neben ihm stand. „Sind Sie wieder bei sich, Fähnrich?“

Danny rieb sich ein letztes Mal die Augen. „Ich denke schon.“

Noch während er sprach, schickte er sich an, sich aufzusetzen, doch der Druck von Hewitts Hand auf seine Schulter verstärkte sich. „Seien Sie vorsichtig, Mr. Sims. Die Narkose hinterlässt bei manchen Leuten ein kurzzeitiges Schwindelgefühl.“

Er nickte, und Sherman Hewitt nahm seine Hand fort. Danny ließ sich Zeit, atmete noch dreimal tief durch, bevor er sich aufzurichten begann; trotzdem traf es ihn wie ein Schlag. Bereits beim Ansatz der Bewegung begann sich der Boden unter ihm zu drehen, als säße er in einem Gleiter, der völlig außer Kontrolle geraten war und um die eigene Achse rotierend dem nächsten Mond entgegenstürzte. Er sog erschrocken Luft ein und krallte die Hände in das Polster, doch obwohl er nun wieder auf dem Rücken lag, schien er noch immer kopfüber in einer wild umherwirbelnden Zentrifuge zu stecken, die sein Gehirn wie einen feuchten Klumpen Lehm in seinem Schädel herumkugelte und seinen Magen unaufhaltsam seine Kehle hinauftrieb.

Die Hand des Professors kehrte zurück und hielt ihn fest. Danny benutzte die Berührung als Anker, richtete seine Augen gleichzeitig auf einen festen Punkt der Decke, konzentrierte sich und brachte den Schwindel mit purer Willenskraft unter Kontrolle. Trotzdem dauerte es noch einen Moment, bis sein Blick nicht mehr zur Seite auswanderte und das Gefühl des Fallens nachließ. Als es sich endlich so weit abgeschwächt hatte, dass er nicht mehr befürchten musste, die hübsche weiße Decke des Professors mit seinem halb verdauten Mittagessen zu verschönern, atmete er erleichtert durch.

„Versuchen Sie nicht sofort wieder, sich aufzurichten“, hörte er Sherman Hewitt sagen. Seine Stimme klang gedämpft, wie durch einen Nebel. „Sie reagieren ungewöhnlich heftig auf das Medikament. Ms. Zaykan, notieren Sie das bitte. Jedes noch so kleine Detail kann sich als ein wichtiger Teil des Gesamtbilds herausstellen. Und bringen Sie mir den Blutdruckmesser!“

Die Assistentin tippte etwas in den Computer ein. Anschließend nahm sie ein Gerät zur Hand, trat an die Liege heran und reichte es dem Professor. Hewitt wandte sich zu Danny um, presste die kleine, runde Metallscheibe auf die Innenseite seines Handgelenks und betätigte eine Taste. Danny erhaschte einen Blick auf die Zahlen, die auf dem Display an der Oberseite des Messinstruments aufleuchteten, und zog die Stirn in Falten.

„Das ist etwas niedrig, oder?"

„Ja. Offenbar benötigen Sie noch ein wenig Zeit, um sich von der Narkose zu erholen. Warten wir, bis sich Ihr Blutdruck normalisiert hat."

Nach fünf Minuten wiederholte Hewitt die Prozedur, doch erst nach einer dritten Messung, die wiederum die gleiche Zeitspanne später erfolgte, war er zufrieden. „In Ordnung, Sie können jetzt aufstehen."

Danny ließ seine Finger vorsichtshalber tief im Polster vergraben, als er den zweiten Versuch wagte, stellte jedoch erleichtert fest, dass das Schwindelgefühl nicht zurückkehrte. Sherman Hewitt stand dicht neben ihm, bereit zuzufassen, falls er stürzen sollte.

Danny zog die Decke vor seiner Brust zusammen und winkte ab. „Es geht mir gut."

Der Professor bemaß ihn mit einem letzten, prüfenden Blick und nickte schließlich. „Das Schlimmste haben Sie hinter sich. Alles, was jetzt noch kommt, ist so harmlos wie ein Kaffeekränzchen mit meiner Großmutter." Sein weißer Schnurrbart zuckte fröhlich. „Sie können Ihre Hose übrigens wieder anziehen. Auf alle anderen Kleidungsstücke müssen Sie leider noch einen Augenblick verzichten."

Danny nickte stumm. Er war froh, sich aus der Decke wickeln und seine Hose überstreifen zu können. Das genügte schon, um ihm das Gefühl zu geben, wieder halbwegs menschlich zu sein.

Er folgte dem Professor und seiner Assistentin auf nackten Fußsohlen über den kühlen, glatten Boden des Raums in ein Nebenzimmer. In der nächsten halben Stunde wurden seine Reflexe überprüft, sein Blutdruck noch mehrfach gemessen, ein EKG angefertigt, ein EEG aufgezeichnet und zu guter Letzt eine Blutprobe entnommen.

„Kann die Narkose die Werte nicht beeinflussen?", fragte Danny skeptisch. Nach der starken Reaktion, die er vorhin auf das Medikament gezeigt hatte, konnte er sich nicht vorstellen, dass die Blutprobe besonders aussagekräftig sein würde.

Der Professor schüttelte den Kopf. „Das ist unwahrscheinlich. Das Mittel wird im Körper sehr schnell abgebaut, und wir haben bei Ihnen ohnehin länger gewartet, als der Prozess normalerweise in Anspruch nimmt. Trotzdem haben Sie nicht ganz unrecht. Wir werden weitere Blutproben von Ihnen benötigen, damit wir die Untersuchung vervollständigen können. Eine davon werden wir morgen früh, gleich nachdem Sie aufgestanden sind, abnehmen." Er sah Danny aufmerksam an. „Das Routineprogramm haben Sie nun absolviert, aber ich würde gern noch einige zusätzliche Tests mit Ihnen durchführen. Fühlen Sie sich fit genug dazu?"

„Ja, Sir. Ich spüre keine Nachwirkungen der Narkose mehr."

„Hervorragend!" Sherman Hewitt klatschte so begeistert in die Hände, als hätte er gerade eine neue Bakterienart entdeckt. „Ich möchte Ihre Reaktionszeiten testen. Kommen Sie bitte mit!"

Nachdem sie erneut den Raum gewechselt hatten, wurde Danny von dem Professor zu einem mächtigen Instrumentenpult dirigiert, in den davor platzierten Sessel gedrückt und von Melba Zaykan unter einem Berg von Elektroden begraben, die sie ihm mit geschäftsmäßiger Miene auf die nackte Haut presste. Im Folgenden musste er nach dem Aufleuchten einer Lampe einen Hebel betätigen, die gleiche Aufgabe auch für akustische und Berührungsreize lösen und schließlich auf einem Bildschirm, auf dem in willkürlicher Reihenfolge und Geschwindigkeit verschiedenfarbige Lichter aufblitzten, mit einem Elektrodenstift so schnell wie möglich die Stelle berühren, an der ein rotes Licht erschienen war.

Danny löste die Aufgaben konzentriert, obwohl sie ihm nicht die geringste Anstrengung abverlangten. Die Tests waren so lächerlich einfach, dass sich nicht einmal sein Herzschlag beschleunigte. Ihm war klar, dass seine Reaktionszeiten unter solchen Bedingungen bei Weitem nicht an die heranreichten, auf die er während eines Raumflugs zurückgreifen konnte. Schließlich teilte er seine Bedenken Sherman Hewitt mit.

Der Professor blickte ihn verdutzt an. „Sie meinen, die Aufgaben, die ich Ihnen gestellt habe, fordern Sie nicht genug heraus?"

„So ist es, Sir."

Sherman Hewitt fluchte leise. „Die Tests gehören zu den Standardverfahren, mit denen die Reaktionszeiten von Piloten und anderen Angehörigen der Flotte bestimmt werden. Bislang waren sie stets ausreichend, und es gibt keine anderen."

„Dann habe ich einen Vorschlag, Professor. Lassen Sie mich in den Simulator steigen und eine Mission gegen die Amöboiden fliegen, während Sie Ihre Messungen vornehmen. Im Verlauf einer Simulation muss ich bis an meine Grenzen gehen. Einen besseren Test gibt es nicht."

Der Wissenschaftler schlug mit der geballten rechten Hand in seine linke Handfläche. „Das ist es! So werden wir vorgehen. Ich werde sofort Captain Wilding bitten, den Simulator für die Untersuchung freizugeben."

Captain Wilding stimmte dem Vorschlag des Professors zu, trotzdem dauerte es noch beinahe eine halbe Stunde, bis Melba Zaykan die für die Messungen notwendigen Apparaturen in tragbarem Format aufgetrieben hatte und sie endlich aufbrechen konnten.

Als Danny den Simulatorraum betrat, zog er nachdenklich die Stirn in Falten. Erst gestern hatten er und die anderen hier trainiert, doch es kam ihm so vor, als wäre seitdem viel mehr Zeit vergangen. Die echte *Joker* hatte die Eindrücke, die der Simulator hinterlassen hatte, zur

Bedeutungslosigkeit verurteilt. Für den folgenden Test jedoch war der Simulator gut genug, zudem wäre es schwierig gewesen, die Sensoren, die ihm der Professor und Melba Zaykan nun anlegten, unter dem Raumanzug zu tragen.

Als sie damit fertig waren, sah er skeptisch an sich herab. An seinem linken Handgelenk hatten sie ein Gerät befestigt, das seinen Puls und seinen Blutdruck kontinuierlich messen sollte, auf seiner Brust klebten ganze Heerscharen von Elektroden wie eine bizarre Plattenrüstung, und bei dem Gedanken an die kalten Metallscheiben, die seine Stirn, seine Schläfen und seinen Nacken bedeckten, kam er sich endgültig wie ein monströser Aliencyborg vor, der gerade aus seinem Nährstofftank gekrochen war.

Probeweise bewegte er den Kopf, weil er befürchtete, die Sensoren könnten bei einer unbedachten Bewegung herunterfallen, doch sie schienen ausreichend festzusitzen.

Sherman Hewitt schaute ihn fragend an. „Können wir beginnen?"

Danny nickte, betrat die Kontrollkabine und beugte sich über die Tastatur des Computers. Professor Hewitt sah ihm über die Schulter, während Melba Zaykan die Geräte für die physiologischen Messungen aufstellte.

„Ich werde eine komplette Simulation eines Einsatzes gegen die Hewitts aufrufen", erklärte er den beiden. „Der Computer wird dabei für die Kanoniere übernehmen und die Geschütze entsprechend der Reaktionszeiten bedienen, die meine Crew im Training erreicht hat."

Kurz darauf waren die Vorbereitungen abgeschlossen und Danny kletterte in die Pilotenkapsel. Professor Hewitt und Melba Zaykan blieben in der Kontrollkabine zurück. Von dort aus würden sie die Simulation beobachten und alle Daten des Trainingscomputers mit den medizinischen Daten verknüpfen.

Die Mission begann wie gewohnt mit der Startsequenz, und obwohl es nur eine Simulation war, begann sich sein Puls zu beschleunigen, kaum dass er die fiktive *Joker* aus dem Hangar herausgebracht hatte. Ein Lächeln huschte über seine Lippen, als er seine Vermutung bestätigt sah. Nur eine Simulation oder ein realer Flug konnten dem Professor substanzielle Daten über ihn verschaffen.

Der Sprung in den Schwarm gelang reibungslos. Augenblicklich vergaß Danny jeden Gedanken an den Test, richtete seine alleinige Konzentration auf die Mission, und sogleich fing sein Herz noch heftiger an zu schlagen, die Geräusche um ihn herum wurden intensiver und seine Reflexe schneller. Routiniert suchte er sich einen Kurs durch den Schwarm und ließ die *Joker* tänzeln und kreiseln, sodass die Kanoniere möglichst viele Hewitts erfassen konnten.

Als der letzte Amöboid im Strahlenfeuer verging, glühten seine Wangen, Adrenalin rauschte wie ein wilder Gebirgsbach durch seine Adern und versetzte ihn in eine euphorische Stimmung, und seine Nervenenden schienen knisternde Funken zu sprühen, so lebendig und energiegeladen fühlte er sich. Deshalb störte es ihn auch nicht, als Sherman Hewitt um einen zweiten Durchgang bat. Es gelang ihm, seine Reaktionsgeschwindigkeit noch einmal zu steigern, noch tiefer abzutauchen in die Simulation, beinahe eins zu werden mit dem Raumschiff und den in irrwitzigen Mustern um ihn herumwirbelnden Amöboiden.

Als seine Kanoniere schließlich kein Ziel mehr fanden, meldete sich Hewitt bei ihm. „Ich denke, das genügt vorerst. Sie können die Kanzel verlassen."

Danny befolgte die Anweisung schweigend. Sein Körper fühlte sich noch immer wie flüssiges Metall an, glatt und geschmeidig und bereit, den Kampf augenblicklich wiederaufzunehmen, und seine Sinne waren derart geschärft, dass er glaubte, die übermütigen Bewegungen einzelner Luftmoleküle auf seiner Haut zu spüren und das leise Flüstern weit entfernter Stimmen durch die Decken und Wände der Erdorbitalstation an sein Ohr dringen zu hören.

„Haben Sie alle Daten bekommen, die Sie benötigen?", fragte er, als er zu Sherman Hewitt und seiner Assistentin in die Glaskabine trat.

Der Professor schaute von seinen Monitoren auf. „Wir brauchen noch eine weitere Blutprobe von Ihnen", sagte er. Kurz schien es, als wolle er noch etwas hinzufügen, doch er schwieg und winkte Melba Zaykan, die sich von ihrem Platz erhob, Danny die Elektroden von Brust und Schädel pflückte und ihm mit geübten Handgriffen eine kleine Kanüle Blut abzapfte.

Anschließend nickte der Professor Danny zu. „Bis morgen früh sind Sie damit entlassen. Ich kann allerdings nicht versprechen, dass keine weiteren Untersuchungen notwendig sein werden."

„Soweit Captain Wilding es gestattet und mein Trainingsplan es erlaubt, stehe ich Ihnen gern zur Verfügung. Es interessiert mich selbst, was Ihre Untersuchungen ergeben."

Sherman Hewitt bedachte ihn mit einem eindringlichen Blick. „Captain Wilding erwähnte, dass Sie nicht wissen, worauf Ihre Fähigkeiten beruhen. Ich schätze, es ist erfreulich, dass die gegenwärtige Situation Ihren Interessen entgegenkommt."

Danny nickte zögernd. „Das ist es wohl", gab er unbestimmt zurück. „Wann werden die Ergebnisse vorliegen?"

„Die Laboruntersuchungen der Blutproben werden schnell vonstattengehen, aber die Auswertung des Tiefenscans dauert eine Weile. Selbst die hochmodernen Computer der Militärklinik brauchen mehrere

Stunden, um die gewaltigen Datenmengen eines Scans zu verarbeiten. Vor heute Abend ist nicht mit einem aussagekräftigen Ergebnis zu rechnen, doch morgen früh werde ich Ihnen sicher bereits Näheres sagen können."

Danny senkte enttäuscht den Kopf. Er hätte lieber sofort etwas erfahren. Andererseits hatte er auf der *Gambler-Circus* jahrelang erfolglos auf die Beantwortung seiner Fragen gewartet, sodass es ihm eigentlich nicht schwerfallen sollte, nun die nötige Geduld aufzubringen. Denn eins hatte sich inzwischen maßgeblich verändert: Auf der Erdorbitalstation wurde er nicht mehr wie ein Kind behandelt. Man würde ihn nicht länger als nötig im Ungewissen lassen, und das war eine Grundlage, auf der es sich zu warten lohnte.

44. Kapitel

Thad arbeitete die Stunden bis zum Abend konzentriert an seinem Programm. Es war ihm wichtig, es noch vor dem Abendessen fertigzustellen, damit er Valerie Haver nach dem Essen abpassen und es ihr übergeben konnte. Morgen früh würde er vielleicht nicht die Gelegenheit dazu bekommen, und er wollte die Sache schnell in Gang bringen. Je eher der Gambler sich als Gefahr für die Verteidigung der Erde entlarvte, desto besser.

Er hätte sie natürlich auch in ihrer Kabine aufsuchen können, doch das wollte er, wenn es eben möglich war, vermeiden. Zwar brauchte er ihre Hilfe, aber spät abends heimlich an ihre Tür zu klopfen, hätte ihr ganz sicher einen falschen Eindruck von seinen Absichten vermittelt.

Zum Glück schaffte er es, das Programm rechtzeitig zu beenden, und machte sich eilig auf den Weg zur Messe. Danny Sims und seine Tischgenossen beachtete er mit keinem Blick, schließlich wollte er sich nicht den Appetit verderben, dafür behielt er Valerie Haver und die anderen Gegner des Gamblers aufmerksam im Auge. Als sie sich anschickten, die Messe wieder zu verlassen, folgte er ihnen, und als sie ihn auf dem Korridor bemerkten, salutierten sie zackig.

Er bedeutete ihnen mit einem Wink, weiterzugehen, lediglich Valerie Haver, die, wie er es erwartet hatte, länger als die anderen zögerte, sich von ihm abzuwenden, hielt er zurück.

„Fähnrich Haver?"

Sofort leuchteten ihre Augen auf, als hätte er ihr gerade seine unsterbliche Liebe bekundet. „Ja, Sir?"

„Ich habe Sie und die anderen während des Abendessens beobachtet. Die Stimmung schien nicht besonders gut zu sein."

Das Gesicht der jungen Frau nahm einen harten Ausdruck an. „Nein, Sir."

„Warum nicht?"

„Darf ich offen sprechen, Sir?"

„Natürlich."

„Es ist der Gambler. Ich will nicht in seinem Team sein. Ich will nicht mit ihm fliegen."

Thad frohlockte innerlich. „Und warum nicht, Ms. Haver? Mit seinen Leistungen als Pilot müssten Sie eigentlich zufrieden sein."

Sie stieß verächtlich Luft aus. „Sie meinen seine Show?"

„Ich verstehe, was Sie meinen, Fähnrich."

„Tatsächlich?"

„Ja, darauf können Sie sich verlassen."

Valerie Haver senkte ihren massigen Schädel und brummte eine unverständliche Bemerkung.

Thad lächelte dünn. „Wie sind Sie am Morgen beim Realflug zurechtgekommen, Fähnrich?"

„Ich denke gut, danke der Nachfrage, Sir." Ein grimmiger Zug legte sich plötzlich auf ihre Lippen. „Ich dachte schon, alle Welt sei nur noch an den Ergebnissen des Gamblers interessiert."

„Die Besatzung der *Joker* ist ein Team. Fähnrich Sims kann nicht besser sein, als Sie es sind."

Sie verdrehte die Augen. „Oh, vielen Dank, Sir."

„So war das nicht gemeint, Ms. Haver ... Valerie. Sie sollten nur wissen, dass ich nach wie vor das gesamte Team im Auge behalten werde. Ich bin für Sie alle verantwortlich, immerhin bin ich Ihr Vorgesetzter."

Sie warf ihm einen langen, schmachtenden Blick zu. Thad bemühte sich, ihn nicht zu lange zu erwidern.

„Sie alle sind wichtig", fuhr er fort. „Allein hätte selbst der Gambler keine Chance gegen die Hewitts. Er braucht Sie und die anderen Kanoniere."

„Wenn es nur so wäre."

„Es ist so! Er kann nicht allein gegen die Hewitts antreten. In einem realen Einsatz muss er sich auf Sie verlassen und Sie sich auf ihn."

„Können wir das denn?", platzte es aus Valerie Haver heraus. „Können wir uns auf den Gambler verlassen? Ich wage gar nicht, an den ersten echten Einsatz zu denken!"

„Was fürchten Sie?", fragte er scheinheilig.

„Ist das nicht offensichtlich, Sir? Denken Sie nur an das, was man über die Gambler so sagt. Das sind nicht bloß Gerüchte!"

Thad setzte eine bekümmerte Miene auf. „Das befürchte ich ebenfalls, Ms. Haver."

„Dann wissen Sie sicher, wie mir zumute ist. Der Gambler nimmt die Gefahr gar nicht wahr! Für ihn ist das nur Spaß, aber für mich nicht! Es ist immerhin unser Leben, das wir im Kampf gegen die Hewitts verlieren könnten. Mir ist nicht wohl bei dem Gedanken, dass ich im Einsatz völlig von einem Spieler abhängig sein werde. Wer weiß, ob er tatsächlich umkehrt, falls einer von uns von einem Hewitt berührt wird! Wahrscheinlich wird er mehr darauf aus sein, den Schwarm zu zerstören und sich in seinem Ruhm zu sonnen, als unser Leben zu retten."

„Möchten Sie herausfinden, wie sich der Gambler in einem Notfall verhalten wird?"

„Ja, Sir."

„Gut, mir ist ebenfalls daran gelegen, das zu erfahren. Ich muss wissen, ob ich mich auf meine Leute verlassen kann. Wenn nur einer dabei ist, der seine Kameraden im Stich lässt ..."

„Was kann ich tun, Sir?", fragte sie begierig.

„Wenn die *Joker* morgen zu einem neuen Übungsflug aufbricht, können Sie der Simulation einen neuen Parameter hinzufügen. Ihr Geschütz wird als Verlust gemeldet werden."

„Soll ich absichtlich schlechter schießen als sonst, damit mich die Holohewitts erwischen?"

„Natürlich nicht. Sie werden einen Ausfall vortäuschen."

Sie runzelte die Stirn. „Wie soll das möglich sein, Sir? Ich dachte, die Verluste werden über den Computer an den Piloten gemeldet. Wie könnte ich darauf Einfluss nehmen?"

Thad steckte die Hand in die Tasche, holte die Hülle mit dem Datenträger hervor und streckte ihn ihr entgegen. „Hiermit."

Sie nahm die Datenplakette und betrachtete sie neugierig. „Was ist das?"

„Ein Programm, das den Ausfall Ihres Geschützes der Simulation hinzufügt. Sobald es sich aktiviert, wird Ihr Geschütz nicht mehr feuern können, und der Computer wird dem Piloten den Verlust melden. Alles wird so aussehen, als hätten Sie einen Fehler gemacht, der in der Simulation zum Ausfall Ihres Geschützes führte, doch da Sie zuvor nicht schlechter als üblich geschossen haben, wird der Gambler nicht darauf vorbereitet sein."

Ein breites Grinsen erschien auf Valerie Havers hässlichem Gesicht und machte es noch unattraktiver, als es ohnehin schon war. „Das dürfte ihm sein arrogantes Mundwerk stopfen. Bislang ist es ihm stets gelungen, uns ohne Ausfall durch eine Simulation zu bringen."

„Gerade deshalb ist es so wichtig, dass wir herausfinden, wie er mit einem Verlust umgeht."

Sie grinste noch immer, und ein boshaftes Glitzern trat in ihre Augen.

„Wie kann ich das Programm aktivieren?"

„Sie müssen es vor dem Start in den Computer Ihres Geschützes überspielen. Ich habe es so ausgelegt, dass es sich den Weg zum Hauptcomputer der *Joker* von selbst suchen wird. Anschließend aktiviert es sich automatisch. Ich habe dafür einen Zeitpunkt vorgesehen, der etwa drei Minuten nach Eintauchen in den fiktiven Schwarm liegt."

„Ich werde es gleich morgen tun."

„Beim ersten Flug?"

„Beim ersten Flug!"

Thad nickte zufrieden. Er zweifelte nicht im Mindesten am Ausgang ihres kleinen Experiments. Und wenn der Gambler erst bloßgestellt und von Captain Wilding zurück in das Loch gejagt worden war, aus dem er es gewagt hatte hervorzukriechen, musste sie der *Ace* den Platz einräumen, der ihr von Anfang an zugestanden hatte.

45. Kapitel

Es war schon nach 11.00 Uhr, als Elaine endlich den letzten Tagesbericht durchgelesen, mit Anmerkungen versehen und beiseitegelegt hatte. Mit tränenden Augen betrachtete sie die leuchtenden Ziffern auf dem Display ihres Chronometers, gähnte und wünschte, sie könnte endlich zu Bett gehen; doch noch war ihr Tagewerk nicht abgeschlossen. Mit einer trägen Bewegung aktivierte sie den Stationskom und stellte eine Verbindung zu Sherman Hewitt her. Der Wissenschaftler hielt sich, wie der Computer ihr verriet, noch immer in einem der Labors der Militärklinik auf.

„Wie weit sind Sie mit der Auswertung Ihrer Untersuchungen, Professor?", fragte sie schroff. Ihre Höflichkeit litt meist, wenn sie einen bestimmten Grad der Mattigkeit erreicht hatte, und noch immer lagen ihr Hewitts Vorwürfe vom Morgen wie ein Stein im Magen und nagten an ihrer Konzentration.

Der Professor runzelte die Stirn, und seine Augen wurden schmal. „Ich bin so gut wie fertig, Captain", knurrte er ebenso unwirsch zurück.

Elaine spürte, wie neuer Ärger in ihr emporquoll. „Ich will unverzüglich über alles informiert werden!"

Sherman Hewitt holte tief Luft, schien eine scharfe Entgegnung auf der Zunge zu haben, doch dann nickte er bloß und sagte knapp: „Ich bin gleich bei Ihnen, Captain."

Elaine unterbrach die Verbindung, reckte ihre vom langen Sitzen steifen Glieder und stand auf. Sie zwang sich dazu, eine rasche Wanderung durch ihr Büro aufzunehmen, denn sie wollte Sherman Hewitt nicht allzu schlaftrunken gegenübertreten. Es half tatsächlich. Der Schleier der Müdigkeit hob sich, und sie wurde sogar wach genug, um ungeduldig zu werden.

Als endlich der Signalton aufklang, kehrte sie in ihren Sessel zurück, setzte sich zurecht und rief: „Kommen Sie herein!"

Sherman Hewitt betrat den Raum, marschierte schnurstracks zu dem Sessel, der vor ihrem Schreibtisch stand, und ließ sich steif darauf nieder. „Es überrascht mich, dass Sie so begierig darauf sind, von meinen Untersuchungsergebnissen zu erfahren", sagte er und fixierte sie mit seinen dunklen Augen, die einen eigentümlichen Kontrast zu seinen buschigen weißen Augenbrauen bildeten. „Schließlich ist Mr. Sims nur ein Gambler unter vielen. Er kann kaum so außergewöhnlich sein, dass Sie dafür Ihre wohlverdiente Nachtruhe opfern!"

„Meine Nachtruhe lassen Sie meine Sorge sein, Professor", erwiderte Elaine, und ihr Blick war nicht weniger herausfordernd wie der Sherman Hewitts. „Erzählen Sie mir, was Sie herausgefunden haben!"

„Nun gut, Captain." Der Wissenschaftler lehnte sich zurück, schlug die Beine übereinander und setzte eine geschäftsmäßige Miene auf. „Für den unwahrscheinlichen Fall, dass Sie tatsächlich noch weniger über die Gambler wissen sollten als ich, bin ich Ihnen gerne behilflich, Ihre Neugier zu befriedigen." Er lächelte dünn. „Wie nicht anders zu erwarten war, weist Mr. Sims' Nervensystem einige herausragende Besonderheiten auf. Ich nehme an, Ihnen ist bekannt, dass Gambler ein eidetisches Gedächtnis besitzen?"

Elaine nickte knapp.

„Ich weiß jetzt, warum dies so ist. Im Gehirn von Mr. Sims sind die Nerven ungewöhnlich dicht verschaltet, und anders als bei normalen Menschen scheinen sich unbenutzte Synapsen nicht wieder zu lösen, sondern bleiben erhalten. Außerdem gibt es feste Bahnungen zwischen vielen Nervenzellen, die die Informationsübertragung erheblich erleichtern. Auch im normalen Gehirn treten derartige Ganglioside auf, aber nicht in einem solchen Umfang. Die Chemie seines Gehirns ist ebenfalls leicht verändert, und dadurch wurden in der Entwicklungsphase mehr Rezeptoren freigelegt als üblich."

Elaine machte eine unwillige Handbewegung. „Und was bedeutet das?"

„Mr. Sims' Gehirn kann auf jeden Input stärker, schneller und differenzierter reagieren, als das bei Ihnen oder bei mir der Fall wäre. Jede Information wird aufgenommen und in das Netzwerk des bisherigen Wissens eingebaut. Nichts, wirklich gar nichts, was er einmal gesehen hat, wird er jemals wieder vergessen."

„Deshalb kann er sich auch so hervorragend anhand der Karten auf der Station orientieren", überlegte Elaine laut.

Sherman Hewitt schaute sie an, und ein nachdenklicher Ausdruck huschte über sein Gesicht. Dann nickte er. „Das gute Orientierungsvermögen ist ein eigenes Phänomen. Auch im dafür zuständigen Gehirnbereich sind die Nerven außergewöhnlich gut entwickelt. Zudem hat sich herausgestellt, dass Mr. Sims eine ausgeprägtere Wahrnehmungsfähigkeit aufweist als normale Menschen. Sinneseindrücke wirken auf ihn intensiver als auf andere."

Elaine merkte auf. „Deshalb hat er sich also gestern ständig geräuspert."

Professor Hewitt hob fragend eine Augenbraue.

„Als ich die zehn Soldaten gestern in der neuen Sektion herumführte, hatte ich den Eindruck, dass Mr. Sims nicht richtig durchzuatmen wagte", erklärte sie ihm. „Es roch in der Sektion noch ziemlich stark nach Farben und Plastik. Ich selbst fand es schon unangenehm, aber wenn seine Sinnesleistungen besser sind, dürfte es für ihn kaum erträglich gewesen sein."

„Sie haben recht, Captain. Ich habe eine ähnliche Beobachtung gemacht, als Mr. Sims heute Nachmittag in die Klinik kam. Der allgegenwärtige antiseptische Geruch schien ihm nicht sonderlich gut zu bekommen."

„Also hat es zumindest auch einen Nachteil, ein Gambler zu sein", murmelte Elaine.

Der Professor nickte ernst. „Nicht nur einen. Laut meiner Untersuchungsergebnisse ist Mr. Sims deutlich schmerzempfindlicher als andere Menschen. Durch sein spezielles Nervensystem werden Schmerzinformationen schneller und intensiver an das Gehirn gemeldet."

„Könnte das zu einem Problem werden?"

„Das glaube ich nicht. Solange er gesund bleibt und sich keine Verletzungen zuzieht, werden sich seine Eigenarten nur positiv auswirken. Er wird wie bisher besser als jeder andere fliegen."

„Konnten Sie herausfinden, warum er derart überragende Reaktionszeiten besitzt?"

„Ja. Der Tiefenscan hat in dieser Hinsicht einige interessante Details ans Licht gebracht. Die Struktur seiner Nerven, besonders der schnell leitenden Alpha-Fasern, ist leicht abgewandelt. Die Axone sind dicker und von dichteren Myelinscheiden umgeben."

„Professor", rief Elaine protestierend. „Ich besitze durchaus eine gewisse biologische Allgemeinbildung, doch die liegt lange zurück, es ist spät und ich bin nicht in der Stimmung, mich mühsam an Einzelheiten zu erinnern. Reden Sie also Klartext mit mir!"

„Wie Sie wünschen, Captain", erwiderte der Wissenschaftler pikiert. „Grob formuliert könnte man sagen, dass Danny Sims' Nerven eine grundsätzlich höhere Leitungsgeschwindigkeit besitzen."

„Aber das ist noch nicht alles, oder?"

„Nein. Überraschenderweise verfügen Gambler über ein zusätzliches Hormon, und soweit ich das beurteilen kann, ist es für die meisten Unterschiede zwischen gewöhnlichen Menschen und Gamblern verantwortlich. Seine Wirkungen sind gravierend."

Er machte eine kurze Pause. Elaine winkte ihm ungeduldig. „Fahren Sie fort, Professor!"

Hewitt beugte sich ein Stück nach vorn. „Ich habe es zunächst nicht bemerkt, und ich hätte es sicherlich übersehen, wenn ich Mr. Sims lediglich mit den Standardmethoden untersucht hätte. Er wies mich jedoch darauf hin, dass die Tests für ihn unzureichend seien, deshalb ließ ich ihn, wie Sie wissen, eine Simulation durchführen. In der Blutprobe, die ich Mr. Sims gleich danach entnommen habe, habe ich das neue Hormon entdeckt. Vorher war es in seinem Blut nur in einer verschwindend geringen Konzentration enthalten, und ich weiß inzwischen, dass es erst in Verbindung mit Adrenalin und Noradrenalin aktiviert wird. Vorher liegt es hauptsächlich in einer inaktiven, wenig auffälligen Form vor."

„Und was bewirkt das Hormon?"

„Es erhöht die Leitungsgeschwindigkeit der Nerven noch weiter, indem es Widerstände im Axon senkt, es sorgt für eine Erhöhung der maximal möglichen Impulsfrequenz, indem es die Zeit, die ein Nerv nach einer Erregung benötigt, um wieder informationsleitend zu werden, erheblich verkürzt, und es wirkt zudem auf die Synapsen ein. Die Übertragung wird zügiger, da zusätzliche Rezeptoren aktiviert werden und gleichzeitig der Ausgangszustand schneller wiederhergestellt wird."

„Und wie kann die Muskulatur auf eine derartig forcierte Übertragung reagieren?"

„Das Hormon wirkt sich auch auf die Muskelzellen aus. Der Kontraktionsprozess wird beschleunigt, zudem wird die Erregung viel rascher über den Muskel verbreitet als im Normalzustand."

„Und das Gehirn?"

„Es erhält einen gleichförmigen Leistungsschub. Der gesamte Stoffwechsel wird durch das Hormon auf ein höheres Niveau gehoben. Die Nerven leiten schneller, die Muskeln reagieren schneller, das Gehirn erfasst die Lage schneller und beschleunigt seine Aktivität. Am erstaunlichsten ist dabei die Tatsache, dass das Hormon auch auf das Enzym wirkt, das Energie durch die Spaltung einer chemischen Verbindung freisetzt. So wird der beschleunigte Stoffwechsel mit genügend Brennstoff versorgt."

Es kostete Elaine einige Mühe, diesen Wust neuer Informationen zu verarbeiten. Erst nach einer Weile gelang es ihr, eine Frage zu formulieren, die ihres Erachtens noch offen geblieben war. „Wie gerät Mr. Sims in den Zustand der Anspannung, von dem Sie eben gesprochen haben?"

„Nicht anders als ein normaler Mensch. Wie ich schon sagte, wird die Aktivität des Gambler-Hormons über den Adrenalinspiegel kontrolliert. Konzentration, Stress und Aufregung können diesen anheben, und als Folge davon wird das Gambler-Hormon aktiv. Soweit ich das feststellen konnte, liegt es im inaktiven Zustand im Blut, vor allem aber in den Nerven- und Muskelzellen vor und reagiert, sobald der Adrenalinspiegel ein bestimmtes Niveau erreicht hat, schubartig."

„Das klingt faszinierend", murmelte Elaine staunend.

„Das ist es auch", sagte Sherman Hewitt, und seine Stimme vibrierte vor mühsam unterdrückter Begeisterung. Zumindest für den Augenblick schien er ihren unsinnigen Disput vergessen zu haben. „Bereits in Ruhe sind Mr. Sims' Reaktionszeiten gegenüber denen normaler Menschen um etwa 25% verkürzt, doch durch das Gambler-Hormon wird er bis zu 40% schneller als ein gewöhnlicher Mensch."

Elaine schluckte. „Das würde einiges erklären."

Sherman Hewitt nickte so heftig, dass sein mächtiger Schnurrbart wie ein nervöses Pelztier auf und ab wippte. „Das tut es in der Tat. Es ist einfach unglaublich, dass es eine derartig positive Mutation gibt! So vieles musste zusammenkommen! Am unbegreiflichsten ist die höchst ausgewogene, vielfältige Wirkung des Hormons auf das Nervensystem."

Nachdenklich zog Elaine die Stirn kraus. „Haben Hormone nicht stets vielfältige Wirkungen?"

„Nicht unbedingt, das kommt ganz darauf an, ob unterschiedliche Zielzellen für das Hormon vorhanden sind. Ohne entsprechende Rezeptoren wäre das Hormon völlig wirkungslos - aber auch die gibt es bei den Gamblern, und zwar so passend, dass es sich fast wie ein Wunder ausnimmt!"

„Wie ist es mit normalen Menschen?", hakte Elaine nach. „Kann man das Gambler-Hormon künstlich herstellen und normalen Menschen injizieren? Und wenn ja, wird der Stoffwechsel dieser Personen dadurch ebenfalls beschleunigt?"

„Ich muss Sie leider enttäuschen, Captain. Ich habe die Proben des Hormons, die ich aus Fähnrich Sims' Blut isoliert habe, bereits am Gewebe normaler Menschen getestet. Es zeigte keinerlei Reaktion, und ein Vergleich mehrerer Tiefenscans mit dem von Mr. Sims hat ergeben, dass den gewöhnlichen Menschen nicht nur das Hormon, sondern auch die dazugehörigen Rezeptoren fehlen. Sie werden also auch weiterhin mit nur einem Gambler auskommen müssen."

„Verdammt!", fluchte Elaine und senkte den Kopf. „Ich hätte dem Jungen gern wenigstens einen Teil der Verantwortung von den Schultern genommen."

Sherman Hewitt schaute sie lange nachdenklich an, dann sagte er mit belegter Stimme: „Ich teile Ihre Sorge, Captain. Zumindest wissen wir nun, dass Danny Sims' Fähigkeiten eine unverrückbare, physiologische Grundlage besitzen. Er wird nicht versagen."

Elaine seufzte, auf merkwürdige Weise berührt von dem linkischen Trost des Professors. „Das hoffe ich", sagte sie leise. „Das hoffe ich wirklich."

46. Kapitel

Am nächsten Morgen war Danny früher als am Tag zuvor auf den Beinen, da Professor Hewitt ihn in der Militärklinik erwartete. Melba Zaykan nahm ihm zwei weitere Blutproben ab, anschließend erklärte ihm der Professor, was die Untersuchungen bislang ergeben hatten. Danny hörte ihm fasziniert zu, und je länger Sherman Hewitt sprach, desto besser fühlte er sich. Endlich waren die Unterschiede zu den anderen Menschen nicht mehr unerklärlich für ihn. Er konnte mehr leisten, weil er objektiv anders war, und auch wenn seine Fähigkeiten auf eine Laune der Natur zurückgingen, waren sie doch stabil. Er konnte sich auf sie verlassen, und das war ein gutes und sehr beruhigendes Gefühl.

Zum ersten Mal, seit er auf die Station gekommen war, ja zum ersten Mal seit Langem fühlte er sich richtig wohl in seiner Haut. Allerdings erhielt seine gehobene Stimmung einen kräftigen Dämpfer, als er mit dem Lift nach Sektion Omega 45U-H zurückkehrte, denn als er aus der Kabine trat, fiel sein Blick auf Lieutenant Thornsburg, der soeben sein Quartier verlassen haben musste und unglücklicherweise genau in seine Richtung sah.

Augenblicklich setzte sich der Lieutenant in Bewegung und kam mit wuchtigen Schritten auf ihn zu. „Wie kommen Sie dazu, die Sektion zu verlassen, Fähnrich?", schnauzte er ihn an. „Captain Wilding hat uns allen den ausdrücklichen Befehl erteilt, hier ständig in Bereitschaft zu bleiben!"

Danny zuckte innerlich zusammen, als ihm Thornsburgs Worte in den Ohren dröhnten, doch nach außen hin blieb er ungerührt. Er streckte den Rücken durch und sah seinem Gegenüber ohne Zwinkern in die Augen. „Ich bin mir des Befehls bewusst, Sir."

„Ich habe soeben einen anderen Eindruck gewonnen."

„Sie irren sich, Sir. Ich habe die Sektion auf Anordnung von Captain Wilding verlassen."

Für einen Moment wirkte Thornsburg irritiert. „Davon weiß ich nichts."

„Sie können sich bei ihr danach erkundigen, wenn Sie mir nicht glauben."

„Das werde ich, Fähnrich", knurrte er.

Danny glaubte ihm nicht. So wie er Captain Wilding einschätzte, wäre sie nicht erfreut darüber zu erfahren, dass der Lieutenant einem seiner Untergebenen unterstellte, ein Lügner zu sein, und Thornsburg wollte nach der gestrigen Zurechtweisung sicher nicht erneut bei ihr in Ungnade fallen.

„Wie Sie meinen, Sir", erwiderte er gelassen und wollte sich abwenden.

Doch da schob sich ihm der Lieutenant in den Weg. „Warum haben Sie die Sektion verlassen, Fähnrich? Und wieso weiß ich nichts davon?"

Danny enthielt sich der spöttischen Bemerkung, die ihm auf der Zunge lag. „Professor Hewitt erwartete mich für eine Untersuchung in der Militärklinik der Station."

Sofort bekam Thornsburgs Blick einen lauernden Ausdruck. „Sind Sie etwa krank, Fähnrich?"

Danny ahnte, dass ihm das sehr zupasskäme, und er enttäuschte ihn gern. „Nein, Sir. Professor Hewitt untersuchte die physiologische Grundlage meiner Gamblerfähigkeiten."

Thornsburg schluckte heftig, und hinter seiner Stirn begann es zu arbeiten. „Liegen die Ergebnisse bereits vor?"

„Ja, Sir."

„Berichten Sie mir davon!"

„Bei allem Respekt, Sir, meine medizinischen Daten gehen nur mich etwas an."

Der Lieutenant lief rot an. „Ich bin Ihr Ausbilder, Fähnrich. Sie werden mir sofort alles sagen, was ich von Ihnen wissen möchte!"

Danny verschränkte die Arme. „Das werde ich nicht tun."

„Und wie soll ich über Ihren Einsatz entscheiden, wenn ich nicht über alles informiert bin? Können Sie mir das verraten?"

Thornsburg schrie schon wieder und kam Danny dabei viel näher, als ihm lieb war, doch er wich keinen Deut zurück.

„Captain Wilding ist über die Ergebnisse informiert, und da sie alle maßgeblichen Entscheidungen über das Training trifft, können Sie davon ausgehen, dass meine Fähigkeiten richtig eingesetzt werden. Aber wenn Sie glauben, dass Sie ebenfalls darüber Bescheid wissen müssen, wenden Sie sich an sie. Wenn Captain Wilding Ihnen die Ergebnisse mitteilt, habe ich nichts dagegen einzuwenden. Allerdings frage ich mich, warum sie es noch nicht getan hat, wenn es für die Erfüllung Ihrer Pflichten so wichtig wäre, wie Sie sagen. Sie scheinen nicht einmal von der Untersuchung gewusst zu haben."

Thornsburg wurde übergangslos bleich, und seine Miene verhärtete sich. „Sie scheinen sich Ihrer Position sehr sicher zu sein, Fähnrich, aber ich warne Sie. Wenn Sie einen Fehler machen, kann sich das Blatt für Sie ganz schnell wenden."

„Ich werde keine Fehler machen", erklärte Danny fest.

Thornsburg Gesicht verschloss sich plötzlich, und er sah von oben auf ihn herab. „Wir werden sehen, Fähnrich. Wir werden sehen." Er wandte sich abrupt ab und verschwand in seinem Quartier, obwohl es inzwischen Zeit zum Frühstück war.

Danny zuckte mit den Schultern. Ihm konnte es gleichgültig sein, ob der Lieutenant vor Neid und Missgunst seinen Appetit verlor. Ihn zog es in den Speisesaal, denn er wusste, dass dort Mady, Jenn, Robert und Alexander bereits auf ihn warteten.

47. Kapitel

In seinem Zimmer angekommen, schlug Thad mit einem wütenden Aufschrei gegen die Wand. Der krachende Laut dröhnte durch den Raum, und er drosch gleich noch einmal zu. Seinen Zorn konnte er so jedoch nicht besänftigen. Wie gern hätte er den Gambler statt der Wand geschlagen! Seine Arroganz war auf einem neuen Höhepunkt angelangt, und sein Verhalten grenzte an offene Befehlsverweigerung. So sehr war er also schon von seiner Unentbehrlichkeit überzeugt, so fest glaubte er daran, dass Captain Wilding ihm alles durchgehen lassen würde, nur um ihn auf der Station zu halten.

Das musste mit der Untersuchung zu tun haben, die Sherman Hewitt mit ihm durchgeführt hatte. So wie es aussah, hatte das Ergebnis den Gambler in all seinen negativen Eigenschaften bestärkt. Offenbar war er sich seiner Überlegenheit nun endgültig sicher.

Thad fluchte vor sich hin. Entschlossen schob er sich hinter die Tastatur seines Computers, installierte den Generalschlüssel und tauchte in den Pfad ein, der ihn schon einmal zur Personaldatei des Gamblers geführt hatte. Dort würde er alle Informationen finden, die er haben wollte und die der Gambler ihm verweigert hatte.

Wenig später tauchten die Ergebnisse der Untersuchung auf dem Schirm auf. Thad las sie, schluckte heftig und las sie noch einmal. Seine Finger verkrampften sich, und es fiel ihm schwer, mit der gleichen Eleganz wie auf dem Hinweg den Rückweg zu seinem Terminal anzutreten und seine Spuren dabei sorgfältig zu verwischen. In seinen Gedanken tobte es, und am liebsten hätte er laut gebrüllt, doch nur ein dumpfes Grollen entwich seiner zugeschnürten Kehle.

Als er den Computer schließlich abschaltete, zitterten seine Hände, und er fuhr sich fahrig über die Stirn. Es war einfach nicht fair! Es war schlimm genug, dass der Gambler hierher kam, ihm den ersten Platz in der Mission vor der Nase wegschnappte und es verstand, alle wichtigen Leute auf seine Seite zu ziehen, doch Sherman Hewitts Ergebnisse setzten dem Irrsinn die Krone auf. Der Gambler war ein biologischer Albtraum, eine bizarre Laune der Natur. Und schockierenderweise war er klar im Vorteil. Er war es von Geburt an gewesen. Nicht Arbeit, Training oder eigene Leistungen hatten ihn zu dem gemacht, was er war, nein, er hatte einfach nur das Glück gehabt, mit den mutierten Genen seiner Eltern ausgestattet zu werden.

Thad gab es nicht gern zu, aber die Untersuchungen ließen keinen anderen Schluss zu: Niemand konnte dem Gambler hinsichtlich seiner Leistungen als Pilot das Wasser reichen. Er nicht, niemand aus seinem Team und kein anderer Mensch war dazu in der Lage.

Seine Hände ballten sich so fest zusammen, dass seine Knöchel protestierend knirschten und sich seine Fingernägel wie Messer in sein Fleisch bohrten. Seine Hoffnung war dahin. Er konnte üben, soviel er wollte, er konnte sein Team bis zur völligen Erschöpfung antreiben, ohne jemals damit Erfolg zu haben. Die Vorzüge, die diese Missgeburt von vornherein mitbrachte, waren einfach zu groß.

Ein erschreckender Gedanke ließ ihn plötzlich zusammenfahren. Wenn die Gerüchte über die Fähigkeiten der Gambler der Wahrheit entsprachen, traf das sicher auch auf die über ihr psychologisches Grundprofil zu. Der Gambler selbst hatte, seit er auf der Station war, mehr als genug Beweise für ihre Richtigkeit abgeliefert. Er spielte allen etwas vor, blendete den Captain mit seinen Leistungen und hielt sich gleichzeitig auf sicherer Distanz zu allen anderen Menschen, auf die er ohne Zweifel mit höhnischer Verachtung herabsah. Das Schicksal seiner Crew und das der Menschen auf der Erde waren ihm völlig gleichgültig. Was für andere eine tödliche Bedrohung war, besaß für ihn lediglich die Qualität einer neuen Herausforderung, eines aufregenden Spiels.

Thad knirschte grimmig mit den Zähnen. Es war gut, dass er längst beschlossen hatte, dem Gambler Einhalt zu gebieten. Man durfte ihm einfach nicht die Verteidigung der Erde überlassen!

Sein Blick ging in Richtung Tür. Schon heute Morgen würde Fähnrich Haver sein Programm in die Simulation einfügen, und der Teufel würde seine wahre Gesinnung preisgeben. Er würde seine hässliche Fratze enthüllen, und dann würde jeder erkennen, was für ein Monstrum sich wirklich hinter der glatten Fassade verbarg.

48. Kapitel

Nach dem Frühstück kehrte Danny in seine Kabine zurück, legte den leichten Raumanzug an und suchte den Hangar auf. Obwohl die *Joker* erst in einigen Minuten in den Raum starten sollte, beeilte er sich, marschierte mit schnellen, ausgreifenden Schritten den Korridor entlang. Denn etwas war anders als gestern, ließ seine Nerven vor brennender Ungeduld vibrieren und vertrieb die dunklen Schatten der Ungewissheit, die noch bis vor kurzem dumpf und schwer auf ihm gelastet hatten. Er wusste jetzt, warum er so war, wie er war, und das gab ihm ein völlig neues Gefühl der Sicherheit. Endlich konnte er an seine Grenzen herangehen, ohne die leise Warnung in seinen Gedanken zu hören, dass seine bisherigen Leistungen vielleicht auf tönernen Füßen standen. Das Gegenteil war der Fall. Seine Fähigkeiten ruhten auf einem soliden, unverrückbaren Fundament, auf das er vertrauen konnte.

Durch seine Hast saß er lange vor seinen Crewmitgliedern in der *Joker*, und auch das Schiff war noch nicht für den Einsatz bereit. Auf den Bildschirmen liefen noch die Computerroutinen ab, die vom Start des gesamten Systems zeugten. Er verfolgte die Zeilen, die rasend schnell über den Monitor glitten, um sich von seiner Unrast abzulenken. Bedauerlicherweise hatte er nur mäßigen Erfolg damit, und so war er froh, als seine Crew sich bald darauf ebenfalls im Schiff einfand. Er stellte die Verbindung zur Funkleitzentrale her und informierte Commander Morley, dass sie startbereit waren. Captain Wilding war heute Morgen nicht zugegen.

Der Commander gab ihnen grünes Licht, und die *Joker* schwebte aus dem Hangar. Auf dem üblichen Sammelpunkt stießen die *Ace* und das Geschwader der Abfangjäger zu ihnen. Gleich darauf hatten die Schiffe die Verteidigungsformation eingenommen, und die Simulation konnte beginnen. Lieutenant Aston meldete sich zu Wort.

„Ich starte die Simulation in einer halben Minute. *Joker*, halten Sie sich für den Sprung in den fiktiven Schwarm bereit. Sie erhalten die Koordinaten zwanzig Sekunden nach Beginn der Simulation."

„Aye, aye, Sir", erwiderte Danny, wartete, bis der simulierte Schwarm in seinem Holoradar auftauchte, dann drückte er den Beschleunigungshebel weit nach vorn und brachte die *Joker* von der Formation fort. Trotz der Andruckabsorber, die jegliche Trägheit kompensierten, hatte er das Gefühl, die enorme Beschleunigung körperlich spüren zu können. Er lächelte versonnen. Kein anderes Schiff konnte so schnell an Geschwindigkeit gewinnen wie die *Joker* und die *Ace*.

„Ich führe die *Joker* zum Absprungpunkt", meldete er dem Lieutenant.

Das Schiff raste weiter, während der Countdown zum Sprung heruntergezählt wurde.

Bei Tminus5 wandte sich Danny an seine Kanoniere. „Schwenkt die Geschütze auf die Flanken ein."

Auch seine folgenden Befehle glichen denen, die er inzwischen schon ein Dutzend Mal gegeben hatte - im Simulator und gestern bei der Realraumsimulation.

Der Sprung gelang tadellos. Von einer Sekunde zur anderen war die *Joker* auf allen Seiten von dichten Ballungen der Hewitts umgeben; im Hintergrund glomm bedrohlich das flimmernde Energiefeld. Danny erschrak bei dem Anblick, obwohl er wusste, dass es nur eine Simulation war und obwohl er sich durch das Training längst daran gewöhnt haben sollte, aber er konnte einfach nicht den Gedanken verdrängen, dass die *Joker* das nächste Mal bereits in einen echten Schwarm eintauchen mochte.

Energisch rief er sich zur Ordnung und erstickte seine Furcht unter seiner angespannten Konzentration. Nach außen hin war nicht einmal eine Zehntelsekunde vergangen, und so begann die *Joker,* ohne für einen Menschen wahrnehmbare Verzögerung durch den Schwarm zu tänzeln, während nach allen Seiten die vernichtenden Energiebahnen davonjagten und Hunderte der Wesen in den Tod rissen.

Danny achtete nicht auf die Freudenrufe, die Mady, Jenn oder die anderen beiden ab und an ausstießen, wenn sie eine besonders dichte Ballung der Hewitts erwischt hatten. Hoch konzentriert suchte er den besten und sichersten Weg für das Schiff; nur eins registrierte er mit einem Rest unbenötigter Aufmerksamkeit: Sein Team wurde besser. Er und die Mädchen stimmten sich allmählich aufeinander ein. Ihre Reaktionszeiten waren zwar die gleichen geblieben, aber sie schienen seine Manöver instinktiv vorauszuahnen und richteten ihre Geschütze entsprechend aus. Das war eine ausgesprochen erfreuliche Entwicklung, die optimistischer in die Zukunft blicken ließ.

Doch plötzlich flammte ein rotes Licht auf seinen Kontrollen auf, gleichzeitig scholl die warnende Stimme des Computers durch die Kabine.

„Achtung! Verlust des Alpha-Geschützes. Achtung! Verlust des Alpha-Geschützes."

Das war Vals Geschütz. Danny schrak irritiert zusammen. Die Simulation hatte keinen Hewitt in der Nähe ihrer Kanzel gezeigt. Es konnte kein Verlust aufgetreten sein, aber wenn der Computer dennoch einen anzeigte, konnte das nur zweierlei Gründe haben, und keiner der beiden gefiel ihm. Noch während er die *Joker* in eine ruhige Zone des Schwarms brachte, versuchte er, Val über Funk zu erreichen.

„Val, melde dich! Was ist los bei dir?"

Er erhielt keine Antwort, und so angestrengt er auch lauschte, der Funk war und blieb tot, so als wäre er abgeschaltet. Oder aber Val war nicht mehr in der Lage, ihn zu bedienen.

Angespannt ging er die Alternativen durch, die in dieser Situation sinnvoll waren, sortierte mehrere aus und wandte sich an Lieutenant Aston, während er gleichzeitig heftige Ausweichmanöver flog, um den Ausfall des Geschützes auszugleichen und die *Joker* in den ruhigeren Zonen des Schwarms zu halten. Es war zwar nur eine Simulation, aber solange sie lief, musste er sich so verhalten, als sei die Bedrohung echt.

„Lieutenant Aston, wir haben ein Problem. Ich ersuche um die Erlaubnis, die Simulation abbrechen zu dürfen."

„Ich friere die Simulation ein", erwiderte der Lieutenant sofort.

Danny brachte die *Joker* zum Stehen, und um ihn herum erstarrte auch der fiktive Schwarm. Einem stummen, gespenstischen Abbild der Wirklichkeit gleich zeichnete er sich regungslos auf dem Holoradar ab.

„Wie ist Ihr Status, *Joker*?", fragte Tom Aston.

„Der Computer zeigt den Verlust des Alpha-Geschützes an."

„Das kann ich bestätigen. Die gleiche Anzeige bekomme ich auch über die Telemetrie. Wieso haben Sie nicht die Notsprungsequenz aktiviert?"

„Weil kein Hewitt die Kanzel berührt hat."

„Sind Sie sicher?"

„Ja. Prüfen Sie die Simulationsdaten, dann sehen Sie es."

Es dauerte einen Moment, bis der Lieutenant sich wieder meldete. „Sie haben recht, Fähnrich Sims. Offenbar ist es zu Unstimmigkeiten im Ablauf der Simulation gekommen."

„Es ist mehr als das", sagte Danny nervös. „Ich kann Fähnrich Haver nicht erreichen."

„Ich breche die Simulation ab, Fähnrich", gab Lieutenant Aston zurück, und im gleichen Moment verschwanden die Hewitts aus der Ortung. „Bringen Sie die *Joker* auf Kurs zur Station und warten Sie auf die Koordinaten für den Notsprung."

Danny setzte fast der Herzschlag aus, als er den Befehl hörte. „Die *Joker* darf nicht springen!", rief er erschrocken und beschleunigte das Schiff gleichzeitig auf Maximum.

„Erklären Sie das, Fähnrich!"

„Da der Computer eine Situation anzeigt, die nicht existiert und auch nicht in den Simulationsparametern vorgesehen ist, muss eine grobe Fehlfunktion vorliegen, und die könnte sich auch auf einen Sprung auswirken."

„Aber Sie wissen nicht, wie Fähnrich Havers Zustand ist?"

„Nein, Sir. Der Computer hat mir lediglich den Ausfall ihres Geschützes gemeldet."

„Die Telemetrie zeigt mir ebenfalls nur, dass Ms. Haver von einem Hewitt befallen worden ist. Ich habe nur Null-Werte auf meinem Monitor. Wir verfügen somit über keinerlei objektive Daten über ihren Zustand. Sie könnte in ernsten Schwierigkeiten sein. Vielleicht hat der Computer sie von den Lebenserhaltungssystemen abgekoppelt."

Der kalte Schweiß trat Danny auf die Stirn. Ihm war klar, dass seine Entscheidung Val das Leben kosten konnte, wenn Lieutenant Aston recht hatte, und er wäre dafür verantwortlich, weil er den Sprung nicht durchführen wollte. Natürlich war es die einzig vernünftige Entscheidung, aber das machte es auch nicht einfacher für ihn. Seine Stimme klang wie ein Reibeisen, als er sein Handeln zu erklären versuchte.

„Es ist mir klar, dass diese Möglichkeit besteht, trotzdem werde ich die Notsprungsequenz nicht aktivieren. Wenn die *Joker* mit einem fehlerhaft arbeitenden Computer in den Sprung geht, könnte das gesamte Schiff zerstört werden!"

„Aber ..."

„Fähnrich Sims hat recht", mischte sich plötzlich Commander Morley ein. „Ein Sprung unter diesen Bedingungen wäre ein unkalkulierbares Risiko. *Joker*, Sie kehren auf normalem Weg zur Station zurück!"

Danny atmete tief erleichtert auf. „Aye, Sir."

49. Kapitel

Danny erreichte die Station in Rekordzeit, bremste das Schiff ab und bugsierte es in den Hangar. Er tat es schneller, als es vielleicht sinnvoll gewesen wäre, aber er wollte keine einzige Sekunde verschwenden, die sich für Val als kostbar erweisen konnte. Er ahnte zwar, dass sie nicht in Gefahr war, aber solange sie nicht vor ihm stand, konnte er es nicht genau wissen, und deshalb musste er vom schlimmsten Fall ausgehen.

Zum Glück konnte er sich auf seine Reaktionen verlassen, und so sank das Schiff nur wenig später sanft auf den Sockel nieder. Die Bildschirme zeigten, dass Sherman Hewitt und zwei seiner Helfer in der Nähe standen und darauf warteten, dass sich die Geschützkapseln in ihre Ruheposition drehten.

In Windeseile löste er die Sicherheitsgurte, streifte den Helm ab, trennte sich von den Lebenserhaltungssystemen der *Joker* und lief durch den Gang zur Luke. Als sie sich vor ihm öffnete, war der Korb bereits nach oben gefahren. Er sprang hinein und ließ sich nach unten tragen.

Als er den Boden erreichte, wollte Sherman Hewitt eben die Luke zu Vals Geschütz öffnen, aber sie glitt von selbst zurück, und Val kletterte unversehrt heraus. Danny atmete erleichtert auf, spürte aber, wie sich noch im gleichen Moment seine Muskeln anspannten. Dass Val nichts zugestoßen war, war zwar erfreulich, bedeutete jedoch zweifellos Ärger für ihn.

Tatsächlich ignorierte Val den Professor, der sich besorgt nach ihrem Wohlergehen erkundigte, stürzte an ihm vorbei und kam mit wutverzerrtem Gesicht auf Danny zu.

„Du verdammter Gambler“, schrie sie ihn an. „Du wolltest mich da draußen krepieren lassen!“

Danny wich vor ihr zurück, denn Val schien darauf aus zu sein, ihre Wut auch in handfester Form an ihm auszulassen. Sie folgte ihm zähnefletschend.

„Ich musste eine Entscheidung treffen“, erwiderte er möglichst ruhig.

„Das ist nicht wahr! Das Protokoll ist klar und eindeutig. Du hättest sofort den Notsprung aktivieren müssen!“

„Das hätte ich getan, wenn ein Hewitt in deine Kapsel vorgedrungen wäre, aber das war nicht der Fall.“

„Das konntest du nicht wissen!“

„Ich habe gesehen, dass es nicht so war.“

„Du bist nicht allmächtig, du elender Mistkerl! Ist dir nie in den Sinn gekommen, dass du einen Hewitt übersehen könntest?“

„Nein. Ich habe noch nie etwas übersehen. Ich kann mich auf meine Wahrnehmungen verlassen.“

„Dummes Geschwätz“, knurrte Val erbost. „Es sind über vierzehn Minuten seit der Verlustmeldung vergangen! Ich wäre tot, wenn der Hewitt echt gewesen wäre!“

„Lass Danny in Ruhe, Val“, klang plötzlich Madys Stimme auf.

Danny blieb stehen und wandte den Kopf, und auch Val fuhr herum. Mady und Jenn kamen zu ihnen, Ellie näherte sich von einer anderen Seite. Und im Hintergrund standen Professor Hewitt, sein Stab und einige Techniker. Sie alle verfolgten den Disput mit großem Interesse.

Danny begriff sofort, dass sich von ihnen niemand einmischen würde, und er fragte sich, ob Professor Hewitt es als Fortsetzung seiner Untersuchung betrachtete, ihn nun bei einer konflikthaften Interaktion mit seinen Teamkollegen beobachten zu können. Vermutlich würde er sich seine Reaktionen genau merken und später dem medizinischen Bericht hinzufügen. Allein Mady setzte sich für ihn ein und nahm es dabei sogar in Kauf, Vals Zorn auf sich zu ziehen.

Er traf sie prompt. „Halt du dich da raus, Mady!“, entgegnete Val grimmig. „Das ist eine Sache zwischen mir und dem Gambler. Er hätte mich kaltblütig geopfert!“

„Es war nur eine Simulation“, fuhr Mady beschwichtigend fort und trat neben Danny.

„Was spielt das für eine Rolle?“, schrie Val mit überschlagender Stimme. „Wie soll ich mich jemals wieder auf ihn verlassen können? Wie soll ich wissen, dass er mich bei einem echten Notfall nicht ebenfalls hängen lässt? Das ist kein Spiel, Mady, das ist bitterer Ernst! Du scheinst das genauso wenig wie der Gambler zu begreifen.“

Mady wollte etwas erwidern, doch Danny hielt sie mit einer knappen Geste zurück. So sehr er auch ihren Beistand schätzte, das hier war sein Kampf, und er gedachte, ihn allein zu führen.

„Der Ausfall war fingiert. Warum hätte ich also mit der üblichen Notfallprozedur darauf reagieren sollen?“

„Warst du dir hundertprozentig sicher, dass ich mich absichtlich nicht melde und den Verlust nur vortäusche?“

„Nein. Es bestand auch die Möglichkeit, dass der Computer eine Fehlfunktion aufweist und du in echten Schwierigkeiten bist.“

Vals Gesicht wurde noch röter, als es ohnehin schon war. „Wenn du das dachtest, hättest du alles tun müssen, um mich so schnell wie möglich zur Station zurückzubringen. Wenn mich der Computer von der Lebenserhaltung abgekoppelt hätte, wäre ich jetzt tot. Nur mit einem Notsprung hätte man mich noch rechtzeitig retten können.“

„Wenn du über Funk mein Gespräch mit Lieutenant Aston mitgehört hast, müsste dir klar sein, warum ich den Sprung nicht durchführen wollte.“

„Ich habe allerdings mitgehört, und deshalb weiß ich auch, dass du mich ohne mit der Wimper zu zucken hättest sterben lassen!"

„Das ist nicht wahr. Ich musste mich zwischen deiner und der Sicherheit aller entscheiden."

„Und ganz sicher ist dir die Wahl sehr leichtgefallen. Dein eigenes Leben steht für dich an erster Stelle!"

Danny verschränkte die Arme vor der Brust. „Commander Morleys Befehl gibt mir recht."

Val trat einen schnellen Schritt vor und spie ihm ihre Antwort ins Gesicht. „Deine Arroganz widert mich an! Du glaubst tatsächlich, dass du immer recht hast, nicht wahr? Aber das hast du nicht, und es wird die Stunde kommen, in der du dich irrst, und dann möchte ich nicht auf dich angewiesen sein, du verdammte Missgeburt!"

Danny zuckte zusammen, und ein harter Knoten bildete sich in seinem Magen. Eine atemlose Stille hing mit einem Mal im Raum. Niemand wagte etwas zu sagen, aber alle Augen waren ausnahmslos auf ihn gerichtet. Er sah sich langsam um, begegnete den Blicken seiner Crew, des Professors, der Angehörigen des medizinischen Stabs und der Techniker und fand in vielen von ihnen den gleichen Ausdruck, der auch in Vals Augen stand.

Er schüttelte den Kopf, und die Bewegung breitete sich wie eine Welle über seine gesamte Statur aus, brachte seine Hände zum Zittern und seine Zähne zum Knirschen.

Eine Lautsprecherdurchsage zerriss die angespannte Situation. „Die Besatzungsmitglieder der *Joker* können sich bis auf Weiteres in ihre Quartiere zurückziehen. Das Training wird fortgesetzt, nachdem die *Joker* von der Technik wieder für den Start freigegeben wird."

Eigentlich hätten die Techniker nun gehen müssen, doch sie verharrten auf der Stelle, und auch die Crew, Sherman Hewitt und seine Begleiter blieben regungslos. Sie alle warteten noch immer auf seine Antwort.

Danny starrte sie wütend an. „Ich habe dazu nichts mehr zu sagen."

Damit wandte er sich ab und verließ den Hangar.

50. Kapitel

Mady war noch wie erstarrt, als Danny durch das Schott verschwand, und auch die anderen im Raum blieben wie Statuen auf ihren Plätzen stehen. Über ihnen hing wie ein unsichtbares Fanal die Beschimpfung, die Val Danny an den Kopf geworfen hatte.

Missgeburt.

Zwei-, dreimal ließ Mady das Wort in ihrer Erinnerung widerhallen, dann platzte ihr der Kragen. „Bist du endlich zufrieden?", schrie sie Val an. „Jetzt hast du es endlich geschafft, unser Team zu ruinieren. Gratuliere!"

Val verschränkte die Arme vor der Brust. „Ich habe nichts weiter getan, als die wahre Gesinnung des Gamblers offen zu legen. Er schert sich einen Dreck um unser Leben."

„Das ist Blödsinn, und wenn du nur für einen einzigen Moment deine Vorurteile vergessen und vernünftig nachdenken würdest, wäre dir klar, dass Danny gar nicht anders handeln konnte!"

Val starrte sie zornig an. „Gilt es für dich als vernünftig, einen Kameraden zu opfern?"

„Natürlich, wenn es dazu dient, andere zu schützen. Ich weiß ja nicht, welche Illusionen du dir gemacht hast, als du dich an der Akademie beworben hast, aber falls du noch immer denken solltest, in der Flotte könntest du im Mittelpunkt der Aufmerksamkeit stehen, hast du dich geirrt. Es wird immer wieder Situationen geben, in denen die Entscheidung lautet, den einzelnen oder mehrere Menschen zu retten, und jedem Soldaten außer dir scheint klar zu sein, dass in einem solchen Fall die Mehrheit Vorrang hat. Glaubst du im Ernst, Commander Morley hätte zugelassen, dass Danny die *Joker* und das Wohl der restlichen Besatzung riskiert, nur um *ein* Leben zu retten?"

„Nicht der Commander hat die Wahl getroffen!"

„Das ist wahr. Danny hat sich für das Schiff entschieden, und er hat recht damit getan. Weiß Gott, ich beneide ihn nicht darum, dass er zwischen deiner Sicherheit und der des Schiffes abwägen musste. Glaubst du, das ist ihm leichtgefallen?"

„Er hat sich sehr schnell entschlossen, das sagt doch wohl alles."

„Das sagt gar nichts. Danny ist ein Gambler, hast du das schon vergessen? Er kann nicht nur besser fliegen, sondern auch sehr viel schneller denken als wir. Er kann die Handlungsalternativen viel gründlicher und rascher erfassen, als es dir oder irgendeinem anderen möglich wäre, aber das heißt nicht, dass er ohne jede Emotion seine Entscheidung trifft."

„Wenn du meinst", knurrte Val. „Was mich angeht, kann ich nur hoffen, dass Captain Wilding den Bastard postwendend dahin zurückschickt, wo er hergekommen ist. Für einen Killer wie ihn ist kein Platz in unseren Reihen!“

Mady schüttelte ärgerlich den Kopf. „Nicht Danny, sondern du selbst solltest um deinen Platz fürchten. Ist dir eigentlich klar, was du getan hast? Du hast die Simulation manipuliert und uns allen einen gehörigen Schreck eingejagt! Das ist kein harmloser Akademiestreich!“

„So habe ich es auch nicht verstanden. Irgendjemand musste dem Captain klarmachen, wie sich der Gambler im Notfall verhalten wird.“

Mady lachte rau. „Das ist dir sogar gelungen. Nach dem Vorfall wird Captain Wilding wissen, dass sie sich auf Danny verlassen kann.“

„Das ist nicht wahr“, schrie Val. „Er hat einen *Fehler* gemacht!“

„Du bist diejenige, die einen Fehler gemacht hat, und wenn jemand mit Strafe zu rechnen hat, dann du! Du kannst froh sein, wenn sie dich nicht rauswirft. Auf der Erde sind schon Leute aufgrund weitaus geringerer Vergehen von der Akademie geflogen. Wenn du klug bist, entschuldigst du dich bei Danny, und zwar nicht nur dafür, dass du die Simulation manipuliert hast.“

„Darauf kannst du lange warten. Ich habe jedes Wort ernst gemeint.“

Mady bemaß sie mit einem langen Blick. „Ja, ich schätze, das hast du wirklich. Du bist dumm genug dazu.“

Val blitzte sie zornig an, und für einen Moment sah es so aus, als wolle sie sich auf sie stürzen. Doch obwohl Mady klar war, dass Val sehr viel stärker als sie selbst war, wich sie keinen Zentimeter vor ihr zurück, sondern sah ihr herausfordernd ins Gesicht.

„Komm nur, Val, komm her und prügle dich mit mir, dann weiß Captain Wilding endgültig, dass du als Soldat der Erdflotte völlig ungeeignet bist!“

Val starrte sie für einen Moment mit hochrotem Gesicht an, dann wandte sie sich abrupt ab und verschwand durch das Schott. Ellie folgte ihr mit hochmütig erhobenem Haupt.

Mady schaute ihnen nach, und erst als sich das Schott hinter ihnen schloss, bemerkte sie den Schmerz, der sich in ihre Handfläche biss. Nur mit einem gehörigen Willensaufwand gelang es ihr, ihre verkrampften Finger, deren Nägel sich tief in ihre Haut eingegraben hatten, zu lockern. Sie war so wütend wie nie zuvor, und der Zorn verging auch nicht, als Val und Ellie nun ihren Blicken entschwunden waren. Wild fuhr sie herum.

„Warum stehen Sie alle noch immer hier herum und halten Maulaffen feil? Die Show ist vorbei! Ich hoffe, Sie sind auf Ihre Kosten gekommen!“

Ein paar Männer und Frauen zuckten zusammen und wichen ihrem Blick aus, Professor Hewitt hob erstaunt die Augenbrauen, und wieder andere machten sich stillschweigend davon. Mady funkelte ihnen wütend hinterher.

„Schweigen Sie nur weiter", rief sie ihnen nach. „Sie und ich wissen, auf welche Seite Sie sich hätten stellen müssen! Wie konnte ich bloß erwarten, dass sich auch nur einer von Ihnen moralisch einwandfrei verhält, wenn es um einen Gambler geht!"

Plötzlich stand Jenn neben ihr und legte ihr eine Hand auf den Arm. „Mady, findest du nicht, dass du etwas zu weit gehst?"

Mady machte sich mit einer ruckartigen Bewegung von ihr los. „Bist du wirklich dieser Meinung, Jenn?"

„Ich ..."

„Sei ehrlich!"

„Nein."

„Und warum hast *du* nichts gesagt? Warum hast du Danny nicht verteidigt? Er hätte Beistand gebrauchen können!"

Jenn senkte beschämt den Blick. „Ich weiß. Es tut mir leid."

„Ich weiß nicht, ob das jetzt noch etwas hilft", knurrte Mady. „Denkt hier überhaupt noch jemand nach? Wenn wir Danny vergraulen, stehen wir gegen die Hewitts schutzlos da!"

„Mady ...", setzte Jenn an, doch sie ließ sie nicht zu Wort kommen.

„Die gesamte Angelegenheit bereitet mir Übelkeit. Hast du gehört, wie Val Danny genannt hat?"

Jenn nickte und wirkte plötzlich traurig. „Ja."

„Findest du, dass er das verdient hat?"

Sie richtete die Frage nicht nur an Jenn, sondern auch an alle anderen, die noch im Hangar standen und ihr zuhörten, darunter auch Professor Hewitt. Doch er blieb stumm, so wie alle anderen.

Erbost sah Mady in die Runde und wandte sich zum Gehen. Jenn hielt sie auf.

„Wohin gehst du?"

„Wohin wohl? Zu Danny natürlich! Ich werde mit ihm reden. Ich glaube, das ist jetzt bitter nötig."

Jenn hielt sie noch immer am Arm fest. „Mady?"

„Ja?"

„Sag ihm bitte, dass es mir leidtut. Ich war eben zu feige, aber von jetzt an werde ich mich klar auf seine Seite stellen, so wie du es getan hast."

Mady nickte knapp. „Ich hoffe, dafür ist es nicht zu spät."

Gleich darauf verließ sie den Hangar und ließ die unglückliche Jenn und eine Reihe betreten schweigender Menschen zurück.

51. Kapitel

Ein würgendes Gefühl umklammerte seinen Hals, als Danny aus dem Hangar stürzte. Er wollte nicht länger dort sein, wollte sich nicht länger den Blicken aussetzen, die Val, Ellie und die anderen ihm zuwarfen.

Missgeburt - das war ein grausames Wort, und er hätte nie gedacht, dass es irgendjemand einmal auf ihn anwenden würde. Und doch war es genau das, woran die Menschen dachten, sobald sie ihn musterten. Es war keine Neugier, keine Scheu, die durch die Gerüchte über die Gambler entstand, sondern Ekel.

Die Erinnerung an den Abscheu, mit dem ihm Val ihre Beschimpfung entgegengeschleudert hatte, ließ ihm bittere Galle in die Kehle steigen. Endlich erreichte er das Schott zu seiner Kabine, öffnete es und trat hastig ein. Noch immer mit seinem Raumanzug bekleidet, ließ er sich auf die Bettkante sinken. Ihm war elend zumute, und irgendwo tief in seinem Inneren konnte er die Stimmen derjenigen flüstern hören, die ihm davon abgeraten hatten, die *Gambler-Circus* zu verlassen. *Sie werden dich hassen*, hatte seine Mutter ihm prophezeit. Angesichts dessen, was heute geschehen war, musste er ihr wohl oder übel Glauben schenken.

Er schlang sich die Arme um den Leib, doch er konnte nicht verhindern, dass der Schmerz, der von dem harten Knoten in seinem Magen ausging, sich in jede Faser seines Körpers ausbreitete. Zum ersten Mal, seit er auf der Station war, empfand er ein ebenso plötzliches wie heftiges Heimweh. Auf der *Gambler-Circus* hätte er sich nicht mit Leuten wie Thornsburg, Val oder Ellie herumschlagen müssen, die ihn hassten, obwohl er doch nur helfen wollte.

Ein Signalton schreckte ihn auf. Er hob den Kopf und erblickte das kleine gelbe Licht, das direkt neben der Tür angebracht war und anzeigte, dass jemand draußen stand und um Einlass bat. Für einige Sekunden starrte er es regungslos an und fragte sich, wer mit ihm sprechen wollte. Nach seinem Empfinden hatte er für heute das Maß an unerfreulichen Begegnungen, das er ertragen konnte, bereits ausgeschöpft.

Da es aber höchst unwahrscheinlich war, dass Val oder Ellie vor seiner Tür standen, langte er schließlich zu der Schaltung herüber, die das Schott auffahren ließ.

Mady trat ein. Sie schenkte ihm ein Lächeln, doch es wirkte verkrampft und unsicher. „Hier steckst du also."

Er lachte bitter. „Wo sollte ich sonst sein? Immerhin wird das Training fortgesetzt werden, sobald die *Joker* wieder bereit ist. Unter diesen Umständen kann ich kaum eine Besichtigungstour durch die Station machen."

Mady setzte sich und versuchte, ihr Lächeln zu vertiefen. „Du solltest dir Vals Verhalten nicht so zu Herzen nehmen."

Danny spürte, wie ein scharfer Schmerz durch seine Körpermitte zuckte. „Wie könnte ich das nicht? Wie würdest du dich fühlen, wenn du ständig angestarrt wirst wie ein Fisch im Aquarium oder ein Tiger im Zoo? Und wie würdest du dich fühlen, wenn dich alle Welt als Miss..."

„Val hat nur für sich selbst gesprochen", fiel Mady ihm ins Wort.

„Das glaube ich nicht."

„Nur weil mehrere Idioten den gleichen Unsinn von sich geben, entspricht er noch lange nicht der Wahrheit."

„Aber sie hat recht. Ich bin anders."

„Natürlich bist du das, aber das gibt Val noch lange nicht das Recht, dich derart mit Dreck zu bewerfen."

„Du weißt nicht genug über mich, um das beurteilen zu können."

Mady musterte ihn erschrocken. „Wie meinst du das?"

Danny spürte, wie sich seine Schultern verkrampften. „Ich bin gestern von Professor Hewitt untersucht worden. Ich bin objektiv anders als andere Menschen. Meine Nerven sind anders, mein Gehirn, meine Sinne, einfach alles. Wie würdest *du* das nennen?"

„Auf jeden Fall nicht Missgeburt. Weißt du, was ich darunter verstehe?"

„Nein, und ich will es auch nicht wissen."

„Ich erzähle es dir trotzdem. Eine Missgeburt ist ein Mensch, der so verkrüppelt und verunstaltet zur Welt kommt, dass er nicht lebensfähig ist, und das kann man von dir nun wirklich nicht behaupten. Wenn du unbedingt benennen möchtest, was du bist, dann sag eine Mutation dazu."

„Das hört sich aber auch nicht sehr viel besser an."

„Wieso nicht? Im Gegensatz zu Vals unqualifiziertem Gekeife ist es ein wissenschaftlicher und damit vollkommen neutraler Begriff, und er beschreibt treffend, warum du dich von anderen unterscheidest. Außerdem gibt es noch die Unterscheidung zwischen negativen und positiven Mutationen, und du gehörst eindeutig in die letzte Kategorie."

„Und wenn schon!"

Mady schaute ihn eindringlich an. „Ich an deiner Stelle wäre froh darüber. Positive Mutationen wie die, die mit deinen Genen geschehen ist, sind es, die die Evolution der Menschheit vorangebracht und uns zu dem gemacht haben, was wir nun sind, und ihr Gambler seid der Anfang einer Weiterentwicklung."

Danny schüttelte unwirsch den Kopf. „Ich lege keinerlei Wert darauf, auf der Leiter der Evolution weiter oben zu stehen als andere."

„Das glaube ich dir nicht. Du weißt, wer und was du bist, und du willst es auch nicht anders, denn wenn es so wäre, wärst du ganz bestimmt nicht hier, sondern würdest weiterhin für deinen Zirkus Kreise fliegen."

„Das ist nicht ...“, fuhr Danny auf, brach aber gleich wieder ab und ließ den Kopf sinken. „Du hast recht. Es tut mir leid.“

„Was?“

„Dass ich so grob zu dir war. Du bist eine der wenigen, die sich mir gegenüber anständig benimmt. Ich sollte meine Wut nicht an dir auslassen, aber ich ...“

Er konnte nicht zu Ende sprechen. Die plötzliche Enge in seiner Kehle erstickte die Worte, die er hatte sagen wollen.

Mady legte ihm kurz eine Hand auf den Arm. „Ich kann verstehen, dass du sauer bist. Mir erginge es nicht anders, wenn Val so mit mir umgesprungen wäre.“

„Val ist nur die Spitze des Eisbergs“, erwiderte er leise.

„Wie meinst du das?“

Danny zögerte, und er wagte nicht einmal mehr, sie anzuschauen. Bisher war sie stets freundlich zu ihm gewesen, aber was war, wenn sie ihn irgendwann mit den gleichen Augen wie Val oder Ellie sah? Konnte es überhaupt einen Menschen geben, der das nicht tat? Er war anders, und jetzt, da er sich unter normalen Menschen aufhielt, war das selbst für ihn offensichtlich.

„Val verabscheut mich“, begann er gepresst. „Es würde mich nicht wundern, wenn sie Captain Wilding darum bittet, in ein anderes Team versetzt zu werden.“

„Dem würde der Captain niemals zustimmen“, erklärte Mady fest.

Danny zuckte mit den Schultern. „Das mag sein, aber für mich stellt sich trotzdem die Frage, wie groß meine Crew wäre, wenn jeder freiwillig entscheiden könnte, mit wem er fliegt.“

„Val ist vermutlich die Einzige, die dumm genug ist, sich gegen dich zu entscheiden.“

„Vielleicht, vielleicht aber auch nicht.“

„Du kannst mir ruhig glauben, Danny.“

„Was ist mit dir? Würdest du auch gern das Team wechseln?“

„Ich?“, rief Mady überrascht. „Glaubst du wirklich, ich würde lieber mit einem aufgeblasenen, hintertriebenen Ar... Armleuchter wie Thornsburg fliegen als mit dir?“

„Ich ... ich weiß es nicht.“

„Nein, danke! Ich kann mir wirklich Besseres vorstellen.“

„Dann würdest du also auch aus eigenem Antrieb in meiner Crew bleiben?“

„Natürlich. Du bist die bessere Alternative, und das weißt du auch.“

„Weil ich ein Gambler bin.“

„Das ist nicht der einzige Grund. Selbst wenn du kein Gambler wärst und deine Leistungen denen Thornsburgs glichen, würde ich lieber mit dir fliegen als mit ihm.“

„Tatsächlich?"

„Darauf kannst du wetten. Außerdem sind nicht alle Menschen an Bord der Erdorbitalstation so dumm, dass sie etwas auf die unsäglichen Gerüchte geben, die über die Gambler im Umlauf sind."

Danny zuckte zusammen. „Was erzählt man sich denn so über meinesgleichen?"

Mady wurde plötzlich sehr ernst. „Das willst du nicht wirklich wissen, oder?"

Er zögerte, dann schüttelte er den Kopf. „Nein, nicht wirklich." Er ahnte ohnehin bereits mehr darüber, als ihm lieb war.

Mady wirkte erleichtert. „Das meiste davon ist sowieso völliger Unfug. Das muss dich nicht kümmern."

„Andere kümmert es."

„Nimm Val nicht so wichtig. Sie hat dir heute Schwierigkeiten gemacht, aber ihre Meinung ist letztlich nicht entscheidend."

Danny schüttelte bekümmert den Kopf. „Du irrst dich, wenn du glaubst, dass es bei dem Vorfall heute nur um mich und Val ging."

„Was meinst du damit?"

„Warum, glaubst du, habe ich keinen Hewitt in der Nähe von Vals Kapsel bemerkt?"

„Es war keiner da?"

Danny wünschte, sie hätte es nicht als Frage formuliert. „Richtig, es war keiner da. Lieutenant Aston hat das bestätigt, und das wirft die Frage auf, warum der Computer trotzdem den Ausfall des Geschützes gemeldet hat. Da alle Anzeigen in der *Joker* durch die Simulation gespeist werden, hätte das eigentlich nicht der Fall sein dürfen, deshalb muss Val den Computer manipuliert haben. Sie wollte mich bloßstellen. Vermutlich hat sie gedacht, ich würde den Flug trotz des Verlustes fortsetzen. Hätte ich so gehandelt, hätte es so ausgesehen, als wäre mir euer Leben völlig egal."

„Das ist doch Unsinn. Ich weiß, dass du nicht so denkst. Du hast dir doch sogar Sorgen um Val gemacht!"

„Du magst das so sehen, aber diejenigen, die der Überzeugung sind, ich sei nicht mit dem nötigen Ernst bei der Sache, werden die Angelegenheit auf ihre Weise interpretieren, und genau das wollte er erreichen."

„Wer?"

„Thornsburg."

„Du glaubst, er steckt dahinter?"

„Natürlich. Oder traust du Val zu, dass sie soviel Eigeninitiative entwickelt?"

„Nein, im Grunde nicht."

„Ich auch nicht. Thornsburg hat sie angestiftet, den Computer zu manipulieren, und hat ihr vermutlich sogar das Material dazu geliefert.

Ich hätte es wissen müssen! Du hast mich von Anfang an vor ihm gewarnt."

Mady wurde bleich. „Nach Fehlern zu suchen ist eine Sache, das, was Val getan hat, eine andere. Damit haben sie versucht, dir etwas unterzuschieben."

„Vielleicht waren sie es leid, auf Fehler zu warten", gab Danny bitter zurück.

„Und was willst du jetzt tun?"

„Was sollte ich schon unternehmen?"

„Du könntest Captain Wilding sagen, welchen Verdacht du hegst."

„Das werde ich nicht. Was könnte ich damit erreichen? Ich habe keine Beweise für meine Vermutung, und selbst wenn ich sie hätte, ist es nicht meine Sache, die Angelegenheit zu klären. Das ist Captain Wildings Aufgabe. Entweder sie sieht mich unvoreingenommen, dann wird sie wissen, dass ich keinen Fehler gemacht habe, und sich ihren Teil zu Vals Aktion denken, oder aber sie misstraut mir wie die anderen, und dann kann ich es auch nicht ändern."

„Es spricht für sich, dass sich Val absichtlich nicht gemeldet hat, nachdem der Computer den Ausfall angezeigt hat. Captain Wilding wird wissen, was sie davon zu halten hat."

Danny zuckte stumm mit den Schultern.

„Du wirst sehen, sie wird sich auf deine Seite stellen."

„Nach dem Vorfall im Hangar kann ich darauf nicht gerade uneingeschränkt vertrauen."

„Es sind nicht alle gegen dich, Danny, auch wenn es im Augenblick so aussehen mag."

Er schaute sie lange an und versuchte ein Lächeln. „Ich habe nicht vergessen, dass du dich für mich einsetzen wolltest. Ich bin dir dankbar dafür."

Mady hatte plötzlich Schwierigkeiten, seinem Blick standzuhalten, und eine leichte Rötung erschien auf ihren Wangen. „Ich stehe nicht allein auf deiner Seite. Jenn hat gesagt, dass es ihr leidtut, geschwiegen zu haben, und versprochen, das nächste Mal nicht so feige zu sein."

„Tatsächlich?", fragte Danny verblüfft.

„Ja, und wenn Alexander und Robert im Hangar gewesen wären, hätten sie Val ganz bestimmt auch den Kopf gewaschen."

Danny atmete ein paar Mal tief durch und spürte, wie seine Entschlossenheit zu ihm zurückkehrte. Er war, wo er sein wollte, und im Grunde hatte sich daran nichts geändert. Außerdem hatte er sich vor seinem Aufbruch von der *Gambler-Circus* geschworen, sich nicht von ein paar kleineren oder größeren Schwierigkeiten davon abhalten zu lassen, seinen Weg zu gehen. Er wollte und konnte sich nicht selbst untreu werden. Da musste schon weit mehr geschehen, als dass Val, die offensichtlich von Thornsburg aufgehetzt worden war, ihn eine Missgeburt schimpfte.

„Woran denkst du?", fragte Mady.

Als er zu ihr hinsah, bemerkte er, dass sie ihn aufmerksam und auch etwas besorgt musterte. Er zuckte mit den Schultern. „Ich hoffe, dass die Techniker die *Joker* bald wieder in ihren Ausgangszustand zurückversetzt haben. Es wäre nicht gut, wenn uns noch mehr Trainingszeit verloren ginge."

Mady strahlte über das ganze Gesicht. „Die werden das sicher bald wieder hinbekommen. Solange wir warten, könnten wir uns unterhalten."

„Und worüber?"

„Du hast vorhin gesagt, dass Professor Hewitt dich untersucht hat. Wenn es dir nichts ausmacht, könntest du mir erzählen, was er herausgefunden hat."

Danny zog die Stirn in Falten. „Du möchtest also mehr über die positive Mutation erfahren?"

Mady schüttelte heftig den Kopf. „Nein, ich möchte mehr über *dich* erfahren."

Da lächelte er. „Gern."

52. Kapitel

Das Summen des Laufbandes veränderte seine Frequenz, als Elaine die Geschwindigkeit erhöhte. Der Ton wurde schriller und eindringlicher, ein perfektes Hintergrundgeräusch für ihr morgendliches Fitnesstraining. Sie passte ihre Schritte dem neuen Tempo an und fand sehr schnell den monotonen, rhythmischen Takt, der es ihr erlaubte, auch längere Zeit auf dem Laufband auszuharren.

Doch heute Morgen war ihr nicht daran gelegen, ihre Ausdauer zu testen. Es war schon ein purer Glücksfall, dass es ihr überhaupt gelungen war, zwischen der Erledigung all ihrer Pflichten Zeit für ein wenig körperliche Ertüchtigung einzuschieben. Sie hatte die wenigen Minuten, die ihr zum Training blieben, von ihrer Nachtruhe abgezwackt und zudem darauf verzichtet, beim heutigen Flug der *Joker* von Anfang an in der kleinen Funkleitzentrale anwesend zu sein. Zwar hatte sie kein gutes Gefühl dabei, aber sie wies sich selbst energisch an, ihre Gedanken davon abzuziehen. Gestern hatte es keine Probleme gegeben, und selbst wenn es heute der Fall sein sollte, so sollte sie doch auf Commander Morleys und Lieutenant Astons Fähigkeiten vertrauen, Konfliktsituationen lösen zu können.

Elaine beschleunigte das Laufband weiter, bis sie ihre persönliche Grenze erreichte. Schweiß begann in feinen Tropfen über ihre Stirn zu perlen, während ihre Füße einen schnellen Takt auf das Band schlugen, und sie genoss es zu spüren, wie sich der Sauerstoff, den sie durch ihre tiefen Atemzüge einsog, in ihrem Blut verteilte, sie berauschte und ihr ein Gefühl von Stärke verlieh.

Sie verließ das Band, bevor sie körperlich erschöpft war, und nutzte den Adrenalinschub, um ein paar Schattenboxübungen durchzuführen. Manchmal bedauerte sie es, dass sie so wenig Zeit hatte, um ihre Kampfkunst zu verfeinern; es gelang ihr ja kaum, sie auf einem Level zu halten. Vor ihrem Eintritt in die Akademie hatte sie es in ihrer Heimatstadt immerhin einmal zu einem Regionalmeistertitel gebracht, und darauf war sie noch immer stolz. Außerdem hatte es unschätzbare Vorteile, wenn man für sich selbst die Gewissheit besaß, dass man auch große Kerle wie Thornsburg im offenen Vergleich nicht zu fürchten brauchte. Nicht dass sie sich jetzt noch mit anderen messen müsste, das lag, wie ihre Kadettenzeit, schon eine Weile zurück, aber es verlieh ihr doch eine gewisse Befriedigung zu wissen, dass sie sich nicht nur rhetorisch, sondern auch körperlich durchzusetzen verstand, sollte es einmal nötig werden.

Nach einer Viertelstunde brach sie ihr Training ab, duschte und stellte ihr repräsentatives Aussehen wieder her, anschließend machte sie sich auf den Weg zu ihrem Büro. Bevor sie es jedoch erreichte, meldete sich

Commander Morley bei ihr. Er sagte nicht klar, worum es ihm ging, erklärte nur, dass sich eine Situation ergeben hatte, über die sie Kenntnis haben sollte. Das klang ernst genug, um sie dazu zu veranlassen, sofort die Richtung zu ändern.

Auf dem Weg zu Sektion H musste sie wieder einmal gegen ihre Ungeduld kämpfen. Je mehr es sie danach drängte zu erfahren, was geschehen war, desto langsamer wurden die Fahrstühle und Transportbänder.

Ihre Anspannung erreichte einen Höhepunkt, als sie die kleine Funkleitzentrale betrat. Ein Blick auf die Holografie und die Sichtschirme zum Hangar zeigte ihr, dass die *Joker* nicht im Raum war, wo sie eigentlich hingehörte. Sie gab Commander Morley einen knappen Wink, ihr in ihren Bereitschaftsraum zu folgen, während Lieutenant Aston die Simulation, die die *Ace* derzeit flog, im Auge behielt. Benton Morley erstattete ihr Bericht über die Vorfälle des Morgens. Elaine unterbrach ihn, kaum dass er den unerwarteten Ausfall des Geschützes erwähnt hatte.

„Wie konnte es dazu kommen?", fragte sie erschrocken. „Sind die Prototypen noch derart störanfällig?"

„Nein, Captain", antwortete der Commander ruhig. „Fähnrich Haver hat sich absichtlich nicht gemeldet."

Sie runzelte die Stirn. „Ist das sicher?"

„Ja. Die Techniker haben mir bereits berichtet, dass ihr Funk über den gesamten Zeitraum der Simulation hinweg einsatzbereit war."

„Das bedeutet, sie hat den Ausfall nur vorgetäuscht."

„Ja."

„Und wie ist sie dabei vorgegangen?"

„Vermutlich hat sie den Computer der *Joker* manipuliert."

Elaine ballte die Hände zu Fäusten. Sie hatte mit Spannungen zwischen Danny Sims und den anderen Besatzungsmitgliedern gerechnet, aber das, was sich heute Morgen an Bord der *Joker* abgespielt hatte, ging weit über ihre schlimmsten Befürchtungen hinaus. Doch darum konnte sie sich später kümmern. „Haben Sie Mr. Prent zum Schiff geschickt, damit er die Software überprüft?"

„Mr. Prent ist heute Morgen nicht verfügbar, aber sein Stellvertreter Mr. Serrault ist bereits in der *Joker* und versucht, das zusätzliche Programm zu löschen."

„Wann wird er damit fertig sein?"

„Er sagte mir, dass er die Systeme komplett durchchecken will, damit sich später keine unliebsamen Komplikationen ergeben, deshalb ist das Schiff voraussichtlich erst in einer Stunde wieder startbereit."

Elaine fluchte. „Damit ist der halbe Vormittag verloren."

„Nicht unbedingt. Die *Joker* könnte heute Mittag länger im Raum bleiben, und wenn auch die Nachmittagsschicht verlängert wird, kann die versäumte Zeit aufgeholt werden."

„Gut, Commander, geben Sie der Besatzung die entsprechende Anweisung, wenn sie wieder startet."

„Aye, Captain."

Doch damit war die Angelegenheit noch nicht erledigt. Ein wichtiger Teil des Berichts stand noch aus. „Was geschah nach der Verlustmeldung?"

Commander Morley erzählte es ihr. Sie hörte schweigend zu, und je länger er sprach, desto weniger gefiel ihr das Geschehen. Als der Commander geendet hatte, schüttelte sie verärgert den Kopf.

„Sie hätten Mr. Sims mit der Entscheidung nicht allein lassen dürfen, sondern ihm gleich befehlen müssen, im Normalraum zur Station zurückzufliegen."

Der Commander hob entschuldigend die Schultern an. „Das hätte ich auch getan, Captain, aber ich muss zugeben, Fähnrich Sims war mir voraus. Während ich noch über die Situation nachdachte, hat er bereits mit der besten Handlungsweise aufgewartet. Wie es scheint, ist er nicht nur am Steuer eines Raumschiffs sehr schnell."

„Das ist mir durchaus bewusst. Aber wenn ich Sie recht verstanden habe, haben Sie es dem Fähnrich überlassen, seine Entscheidung gegenüber Lieutenant Aston zu verteidigen."

„Das mag ein Fehler gewesen sein, aber da er den Entschluss nun schon einmal gefällt hatte, wollte ich auch wissen, wie er ihn begründet."

„Ist denn jeder an Bord der Station darauf aus, den Jungen auf die Probe zu stellen?", rief Elaine entnervt.

Der Commander wich ihrem Blick nicht aus. „Sehen Sie es von der guten Seite, Captain. Sie wissen jetzt, dass Mr. Sims auch dann etwas taugt, wenn es ernst wird. Er hat ohne zu zögern die richtige Wahl getroffen, obwohl ihm die unangenehmen Konsequenzen, die sich daraus hätten ergeben können, sehr wohl bewusst waren. Fähnrich Haver ist, auch wenn es hart klingt, ersetzbar. Für das Schiff trifft das nicht zu, und das hat Mr. Sims sofort erkannt. Andere hätten in seiner Situation nur auf die naheliegende Gefahr reagiert und weiterreichende Folgen erst gar nicht bedacht oder sogar bewusst ignoriert, um sich dem Dilemma, zwischen dem Leben mehrerer Menschen entscheiden zu müssen, zu entziehen. Ich muss Ihnen nicht sagen, wie viele Anwärter an der Akademie im psychologischen Aufnahmetest scheitern, weil sie dazu nicht in der Lage sind."

Elaine nickte stumm. Jeder Kadett wurde im Verlauf der vier Ausbildungsjahre, ohne es zu wissen, einmal einer Situation ausgesetzt, die scheinbar lebensbedrohlich war und ihn in genau jenen Konflikt stürzte, den der Commander beschrieben hatte. Es war der Test mit der höchsten Durchfallquote.

„Außerdem muss ihm klar gewesen sein, dass Fähnrich Haver von seiner Handlungsweise wenig begeistert sein würde“, fuhr der Commander fort. „Er hat es in Kauf genommen und damit das Interesse der Flotte über sein eigenes gestellt. Das ist bemerkenswert, vor allem wenn man sein geringes Alter und die Reserviertheit vieler auf der Station ihm gegenüber in Betracht zieht.“

„Ist es zu einem Streit zwischen Mr. Sims und Fähnrich Haver gekommen?“

„Ja. Über die Bildverbindung zum Hangar konnte ich mitverflogen, wie Fähnrich Haver auf Fähnrich Sims zustürzte, kaum dass sie aus dem Schiff gestiegen waren. Ich habe versucht, die Konfrontation zu beenden, indem ich die Crew der *Joker* in ihre Quartiere geschickt habe, aber ich glaube, einige unschöne Worte sind dennoch gefallen.“

„Hat sich jemand in den Wortwechsel eingemischt?“

„Nur Fähnrich Thompson.“

„Und wer war im Hangar zugegen?“

„Die Crew der *Joker*, Professor Hewitt, zwei seiner Helfer und einige Techniker.“

„Sie haben alle schweigend dabeigestanden?“

„Ja.“

Elaine knirschte mit den Zähnen. „So werden wir Mr. Sims nicht davon überzeugen, dass wir sein Engagement zu schätzen wissen. Commander, rufen Sie Fähnrich Haver zu mir! Sie wird mir einiges zu erklären haben.“

„Aye, Captain.“

53. Kapitel

Elaine saß im Kommandosessel der kleinen Funkleitzentrale, als Fähnrich Haver eintrat. Sie drehte sich nicht zu ihr um, ignorierte sie vollständig und sah, scheinbar konzentriert, der Simulation zu, die die *Ace* unter dem Kommando von Lieutenant Thornsburg flog. Erst als sich das Training dem Ende zuneigte, schwenkte sie ihren Sessel zu dem Fähnrich herum.

Valerie Haver hatte die ganze Zeit über strammgestanden. Elaine musterte sie für einen Moment stumm. Die junge Frau wirkte befangen, aber ihre angespannte Haltung kündete auch von der Wut, die sie erfüllte, und in ihren Augen leuchtete die Überzeugung, einen Sieg errungen zu haben. Es kostete Elaine ihre gesamte Willenskraft, um nicht augenblicklich ihren geballten Zorn auf sie zu entladen. Ms. Haver hatte es vermutlich nicht verdient, trotzdem wollte sie ihr die Chance geben, aus eigenem Antrieb zur Einsicht zu kommen. Seit dem Abbruch der Simulation war inzwischen eine gute halbe Stunde vergangen. Das war genug Zeit, um nachzudenken.

Elaine winkte ihr, bequem zu stehen. „Fähnrich Haver, was haben Sie mir zu sagen?"

Valerie Haver richtete sich zu voller Größe auf und sah ihr geradewegs in die Augen. Ihre Stimme klang fest und entschlossen, als sie antwortete. „Captain, ich bitte Sie darum, in eine andere Crew wechseln zu dürfen."

Elaine zog eine Augenbraue steil in die Höhe. „Tatsächlich?"

Valerie Haver zögerte, hielt ihrem Blick jedoch stand. „Ja, Captain."

Lieutenant Aston schaute kurz von seiner Arbeit auf, bedachte den Fähnrich mit einem langen, missbilligenden Blick und schüttelte den Kopf. Elaine nahm seine Reaktion am Rande zur Kenntnis.

„Ich nehme an, der Grund für Ihre Bitte liegt in der besonderen Natur Ihres Piloten."

„Ja, Captain. Ich kann nicht mehr mit ihm fliegen. Er ist eine Gefahr für uns Kanoniere."

Elaine runzelte grimmig die Stirn. „Und wie kommen Sie zu dieser Auffassung, Fähnrich?"

„Nach dem Ausfall meines Geschützes hätte er das Notfallprotokoll befolgen müssen, aber das hat er nicht getan. Er ist auf normalem Weg zur Station zurückgekehrt, obwohl das im Ernstfall meinen Tod bedeutet hätte."

Elaine fixierte ihr Gegenüber starr. „Soweit ich informiert bin, lag kein Notfall vor. Stimmt das, Fähnrich?"

Ms. Haver schaffte es nicht mehr, ihr in die Augen zu sehen. Sie blickte zu Boden. „Ja, Captain."

„Und Sie waren dafür verantwortlich?"

„Ja, Captain, aber nur, weil ich wissen wollte, wie sich ..."

Elaine fiel ihr grob ins Wort. „Ihre Motive liegen klar auf der Hand, Fähnrich, aber das macht sie nicht besser. Sie haben die Simulation manipuliert und Ihre Kameraden in Angst und Schrecken versetzt, und das ist mit *nichts* zu rechtfertigen! Haben Sie eigentlich über die Konsequenzen Ihres Handelns nachgedacht?“

Valerie Haver hielt den Blick am Boden und schwieg.

„Sie haben durch Ihre Manipulation wesentlich mehr Schaden angerichtet, als lediglich kostbare Übungszeit zu verschwenden“, schrie Elaine sie an. „Stellen Sie sich vor, die *Joker* muss ihren ersten realen Einsatz fliegen und Ihr Geschütz wird als Verlust gemeldet. Wie kann sich der Pilot sicher sein, dass Sie nicht erneut simulieren?“

„Ich ... ich weiß es nicht.“

„Er kann es nicht, denn Sie haben durch Ihr Verhalten Zweifel gesät. Die Crew der *Joker* ist ein Team, Fähnrich, und sie muss auch ein Team sein, um gegen die Hewitts bestehen zu können. Sie haben das Team gefährdet, das Vertrauen, das sie alle ineinander setzen müssen, untergraben und damit nicht nur Ihr eigenes Leben, sondern das aller für den Fall eines realen Einsatzes in Gefahr gebracht. War der kurze Moment des Triumphs, in dem Sie glaubten, Ihre Vorurteile gegenüber Mr. Sims bestätigt zu sehen, das wirklich wert?“

„Nein, Captain“, gab die junge Frau kleinlaut zurück.

„Ihre Einsicht kommt zu spät, Fähnrich. Wenn ich einen gleichwertigen Ersatz für Sie hätte, würde ich Sie auf der Stelle zur Akademie zurückschicken und dafür sorgen, dass man dort im Verlauf eines Disziplinarverfahrens überprüft, ob Sie für den Dienst in der Flotte überhaupt geeignet sind. Soweit es mich angeht, sind Soldaten, die ihren Kameraden in den Rücken fallen und gegen sie intrigieren, so wie Sie es getan haben, untragbar.“

Plötzlich glitzerten Tränen in Fähnrich Havers Augen. „Das Ganze war nicht meine Idee.“

Für eine Sekunde war Elaine überrascht, dann wurde ihr klar, dass Fähnrich Haver tatsächlich nicht der Typ war, der eine derartige Aktion allein durchzog. „Wer hat Sie dazu angestiftet?“

Valerie Haver trat unruhig von einem Fuß auf den anderen. „Lieutenant Thornsburg.“

Elaine knallte mit der flachen Hand auf die Lehne ihres Kommandosessels. Ein abgehackter Laut fuhr durch die Zentrale und ließ Fähnrich Haver zusammenzucken. Elaine funkelte sie an.

„Lassen Sie mich raten, Fähnrich. Lieutenant Thornsburg hat Sie eindringlich darauf hingewiesen, wie wichtig es sei, die Gesinnung des Gamblers auf Herz und Nieren zu prüfen.“

„Ja, Captain.“ Es war kaum mehr als ein Flüstern.

Elaine warf einen kurzen Blick auf die taktische Holografie und sah, dass die *Ace* noch immer Simulationen flog. Ihre Hände krallten sich tief in die Lehnen ihres Sessels. Sie hatte geahnt, dass der Lieutenant aufgrund seines überzogenen Ehrgeizes über seine Rolle bei der Verteidigung der Erde nicht gänzlich glücklich sein konnte, aber dass er sich zu einer derart dummen Tat hinreißen ließ, hätte sie nicht erwartet. Sie war so wütend, dass sie am liebsten sofort den Abbruch der Übung befohlen hätte, um sich Lieutenant Thornsburg vorzunehmen, und allein der Gedanke, dass jede Minute Training der Besatzung der *Ace* bei einem Angriff der Hewitts zugutekommen würde, ließ sie davon absehen.

Stattdessen schaltete sie sich in das Kommunikationsnetz der Sektion ein. „Hier spricht Captain Wilding. Die Besatzungsmitglieder der *Joker* haben sich umgehend im Hangar der Prototypen einzufinden."

Sie fuhr zu Fähnrich Haver herum. „Und Sie kommen mit mir."

Sie verließen die Funkleitzentrale und betraten auf direktem Weg den Hangar. Elaine bedeutete dem Fähnrich, an einer bestimmen Stelle stehen zu bleiben, dann hielt sie selbst inne und wartete. Danny Sims und Madelaine Thompson folgten als Erste ihrem Ruf. Das Gesicht des Jungen wirkte hart, doch nicht so verschlossen, wie sie befürchtet hatte. Er und Fähnrich Thompson tauschten sogar einen beredten Blick aus, und es schien ihr, als wolle das Mädchen Fähnrich Sims aufheitern. Zudem schob es sich betont zwischen ihn und Valerie Haver, als sie sich neben ihr aufreihten.

Als wenig später Jennifer Goddard und Elisabeth Craine in den Hangar kamen, wiederholte sich das Geschehen. Fähnrich Goddard trat hastig vor, obwohl sie üblicherweise nicht dazu neigte, sich schneller als nötig zu bewegen, und nahm den Platz an der anderen Seite des jungen Gamblers ein. Sie und Fähnrich Thompson standen dichter bei ihm, als es die Situation erfordert hätte, und hielten sowohl Valerie Haver als auch Elisabeth Craine halb den Rücken zugewandt.

Elaine nahm ihr Verhalten erleichtert zur Kenntnis.

Die Crew salutierte geschlossen. Elaine winkte ihnen, bequem zu stehen, dann nahm sie sich kurz die Zeit, die Gesichter der jungen Soldaten zu mustern. Fähnrich Haver wich ihrem Blick aus, Elisabeth Craine, Madelaine Thompson und Jennifer Goddard sahen ihr erwartungsvoll entgegen, wenn auch sicherlich mit unterschiedlichen Hoffnungen, und Danny Sims' Blick war eine einzige, offene Frage. Sie hatte vor, sie sofort und eindeutig zu beantworten.

„Ich habe nicht viel zu sagen, aber Sie sollten dennoch gut zuhören, denn ich werde es nicht wiederholen. Sie fünf sind ein Team, und ich erwarte, dass Sie sich wie ein solches verhalten. Fähnrich Haver allerdings hat mich darum gebeten, in das andere Team versetzt zu werden."

Sie sah, wie Danny Sims' Gesicht eine Nuance starrer wurde. Seine Selbstbeherrschung war nach wie vor gut, aber sie musste auch nicht von seiner Mimik ablesen können, was er empfand. Das war nur zu offensichtlich.

„Dem werde ich nicht stattgeben", erklärte sie mit gehobener Stimme. „Sie alle sind hier, weil Sie sich freiwillig für den Dienst in der Erdflotte entschieden haben. In Ihrem Fall bedeutet das, dass Sie gegen die Hewitts fliegen werden, und Sie werden es in der augenblicklichen Crewzusammensetzung tun. Es ist unverantwortlich, dass Sie die Vorbereitung auf Ihre überaus gefährliche Aufgabe mit kleinlichen Vorurteilen und Zänkereien überschatten. So benehmen sich keine Soldaten, denen das Leben vieler hunderttausend Menschen auf der Erde anvertraut wurde, und ich erwarte, dass so etwas nicht noch einmal vorkommt. Haben Sie mich verstanden?"

„Ja, Captain", erwiderten die fünf wie aus einem Mund.

„Sobald das Technikerteam die *Joker* in ihren ursprünglichen Zustand zurückversetzt hat, werden Sie Ihre Übungsflüge wiederaufnehmen. Die Zeit läuft uns davon. Zu jeder Stunde können die Hewitts von Neuem im System erscheinen. Sie müssen sich der Bedrohung jederzeit bewusst sein. Alle anderen Gedanken haben dahinter zurückzustehen."

„Aye, aye, Captain."

„Noch etwas", fuhr Elaine fort und wandte sich nun ausschließlich an die weiblichen Crewmitglieder. „Fähnrich Sims ist Ihr Pilot, und als solcher sind Sie ihm formal unterstellt. Solange es um die Übungsflüge oder die echten Einsätze geht, haben Sie seinen Anweisungen uneingeschränkt Folge zu leisten. Lieutenant Thornsburg ist von heute an nur noch für seine Mannschaft verantwortlich. Mit Ihren Simulationen hat er nichts mehr zu schaffen."

Elaine sah, wie sich Elisabeth Craine und Valerie Haver einen schockierten Blick zuwarfen. Sie drehte sich abrupt um und schritt zum Schott des Hangars hinüber. Währenddessen lauschte sie aufmerksam, doch hinter ihrem Rücken blieb es still. Kein Besatzungsmitglied der *Joker* schien ihren Anweisungen noch etwas hinzuzufügen zu haben - was zweifellos auch klüger war. Jetzt musste sie sich nur noch mit dem intriganten Lieutenant befassen. Den heutigen Tag würde er nicht so schnell vergessen, soviel stand fest.

54. Kapitel

Es fiel Thad schwer, sich an diesem Morgen auf die Simulation zu konzentrieren. Da die Verbindung zwischen der Funkleitzentrale und der *Joker* und *Ace* über die gleiche Frequenz lief, hatte er mitverfolgen können, wie der Gambler auf Valerie Havers Verlust reagierte, und ärgerlicherweise war der Mistkerl nicht so blind in sein Verhängnis gestolpert, wie Thad es sich erhofft hatte.

Aber das war kein Zeichen, dass er sich in dem Gambler geirrt hatte, sondern es bewies nur, dass er zu plump vorgegangen war. Der Bursche war schlau. Wahrscheinlich hatte er die Falle sofort gewittert und die Angelegenheit zu seinen Gunsten genutzt. Und durchtrieben, wie er war, hatte er natürlich genau das Verhalten gezeigt, das Captain Wildings Augen noch mehr zum Glänzen bringen musste und den verschlagenen Teufel für die Verteidigung der Erde noch unersetzlicher machte.

Valerie Haver hingegen würde sich, nachdem der Captain mit ihr fertig war, mit Sicherheit wünschen, heute Morgen im Bett geblieben zu sein, und auch für sich selbst ahnte Thad nichts Gutes. So wie er die moralische Integrität der jungen Frau einschätzte, würde sie aus seiner Beteiligung an dem Plan höchstwahrscheinlich kein Geheimnis machen, sondern vermutlich sofort versuchen, ihm die alleinige Verantwortung in die Schuhe zu schieben.

Und so kam es, dass er mehr darüber nachdachte, wie er sein Vorgehen gegenüber Captain Wilding rechtfertigen konnte, als sich auf die Übungsmissionen zu konzentrieren. Dementsprechend miserabel waren seine Ergebnisse. Er schaffte es nicht, auch nur eine Einzige von ihnen erfolgreich oder ohne Verlust abzuschließen, so wie es dem Gambler jedes Mal wieder spielend gelang. Aber wie sollte er sich auch mit dem Wesentlichen befassen, wenn er sich ständig in Gedanken mit diesem widerlichen Mutanten beschäftigen musste? Wären Captain Wilding und die anderen Offiziere der Station nur ein wenig achtsamer gewesen, läge die Verantwortung nicht allein auf seinen Schultern, und er könnte auf seinem eigentlichen Aufgabenfeld bessere Leistungen erbringen.

Am Ende der Vormittagsschicht rief Captain Wilding die *Ace* in den Hangar zurück. Thad wertete es als schlechtes Zeichen, dass sie in der Funkleitzentrale anwesend war, denn am Morgen hatte Commander Morley das Training geleitet. Wenn er sie hinzugerufen hatte, nahm er den Vorfall mit Fähnrich Haver offenbar ziemlich ernst.

Die Geräusche, die vom Antrieb der *Ace* verursacht wurden, waren kaum verstummt, als sich Lieutenant Aston bei ihm meldete.

„Lieutenant Thornsburg, der Captain möchte Sie sprechen."

Thad spürte, wie seine Anspannung augenblicklich anstieg. „Jetzt gleich?"

„*Sofort*! Captain Wilding wartet in der Zentrale auf Sie."

„Ich bin unterwegs."

Er verließ die *Ace* mit schweißfeuchten Händen und dem unschönen Gefühl, gerade die Klinge des Scharfrichters in seinem Nacken gespürt zu haben. Der ruppige Tonfall des Lieutenants verhieß eindeutig Ärger.

Zornig ballte er die Hände zu Fäusten, doch noch war nicht alles verloren. Hastig erinnerte er sich an die Argumente, die er Captain Wilding vortragen wollte, und hielt gedanklich daran fest. Sie musste einfach einsehen, dass er korrekt gehandelt hatte!

Auf dem Weg durch den Hangar sah er, dass die *Joker* von einer Gruppe Techniker umgeben war, die das Schiff auf einen erneuten Start vorbereiteten. Offenbar sollte die Crew das Training wiederaufnehmen; von dem Gambler und den anderen war allerdings nichts zu entdecken. Entweder sie saßen bereits im Schiff, oder sie hielten sich noch in ihren Kabinen auf.

Thad war das nur recht so. Er legte keinen Wert darauf, in die überhebliche Fratze des Gamblers starren zu müssen. Er hatte es verstanden, heute Morgen einen Sieg zu erringen, und ganz sicher würde er diesen Triumph wie eine Krone auf seinem hoch erhobenen Haupt tragen. Der Gedanke daran war einfach unerträglich.

Als er die Funkleitzentrale betrat, sahen die beiden Offiziere auf - ein schlechtes Zeichen, wenn man bedachte, dass Tom Aston die *Joker* im Augenblick auf den Start vorbereiten sollte und Commander Morley eigentlich das Operationsgebiet der Prototypen im Auge behalten müsste.

Captain Wilding saß in ihrem Kommandosessel. Ihr schmales Gesicht wirkte verschlossen, und als ihr Blick ihn traf, fuhr er unwillkürlich zusammen. Sie hatte sich ihr Urteil bereits gebildet. Sie wartete, bis er direkt vor ihr innehielt, dann stand sie auf, und obwohl sie soviel kleiner war als er selbst, hatte er das Gefühl, dass sie von oben auf ihn herabsah.

„Lieutenant Thornsburg, Sie haben einen unverzeihlichen Fehler begangen!"

„Ich kann es erklären, Captain. Ich ..."

Mit einer herrischen Geste schnitt sie ihm das Wort ab. „Sie müssen mir nichts erklären, Lieutenant. Ich weiß sehr wohl, wie ich Ihr Verhalten zu interpretieren habe." Sie schüttelte den Kopf, und ihre Augen glitzerten wie bei einem Raubtier kurz vor dem tödlichen Biss. „Ich werde Ihnen keine Predigt halten, und ich werde Ihnen auch nicht auseinandersetzen, welche Folgen Ihr dummes Possenspiel für das Team der *Joker* hat, denn darüber müssten Sie sich selbst im Klaren sein. Sie sollen jedoch wissen, dass ich Ihrer Akte einen Verweis hinzugefügt habe."

„Ein Verweis?", keuchte Thad erschrocken. „Aber Captain, ich wollte doch nur prüfen, ob der Gambler für den Einsatz gegen die Hewitts taugt! Ich sah es als meine Pflicht an, mich zu vergewissern ..."

„Sind Sie sicher, dass Sie sich selbst über die Motive Ihres Handelns im Klaren sind?"

„Ich war um das Wohl der Kanoniere der *Joker* besorgt."

„Das ist nicht mehr Ihr Problem, Lieutenant." Captain Wildings Stimme war plötzlich kalt wie Eis. „Die Besatzung der *Joker* ist von heute an Fähnrich Sims direkt unterstellt. Sie haben keinerlei Befehlsgewalt mehr über Fähnrich Sims und die restliche Crew des Schiffes."

Thad schluckte schwer. „Was ist mit der *Ace*?", presste er erstickt hervor.

„Die *Ace* bleibt weiterhin in Ihrer Obhut. Ich rate Ihnen jedoch dringend, sich Ihrer Verantwortung von nun an bewusster zu sein, als Sie es heute unter Beweis gestellt haben."

„Aye, aye, Captain", krächzte er.

Captain Wilding sah noch immer auf ihn herab, und ihr Blick war so verächtlich, als sei er nichts weiter als eine Schabe, die sie mit einem beiläufigen Tritt zu zermalmen gedachte. „Eins darf nicht ungesagt bleiben, Lieutenant. Wenn ich mehr Leute zur Verfügung hätte, um die *Joker* und die *Ace* zu bemannen, wären Sie bereits jetzt aus dem Team ausgeschlossen, und das unwiderruflich. Ich kann keinen Soldaten gebrauchen, der aus egoistischen Motiven heraus das Gesamtziel gefährdet. Ohnehin halte ich es für zweifelhaft, ob ein solcher Mensch überhaupt für eine Offizierslaufbahn geeignet ist. Einen entsprechenden Wortlaut habe ich im Übrigen dem Verweis in Ihrer Akte als Kommentar hinzugefügt."

Thad wankte, als hätte sie ihm ein Messer in die Brust gerammt. Wenn sie das getan hatte, waren seine Hoffnungen auf eine schnelle und steile Karriere dahin. Mit einem derartigen Makel behaftet, war das Aufwärtsstreben in der Hierarchie der Flotte in etwa so leicht, als liefe man in einem aktivierten Windkanal einer Luftschiffswerft gegen den Sturm an.

„Ich habe verstanden, Captain", hauchte er.

„Ich hoffe, dass haben Sie wirklich, Lieutenant. Sie können jetzt gehen."

„Aye, aye, Captain."

Er musste sich mit Gewalt zwingen, sich abzuwenden und dabei den lauten Schrei, der in seiner Brust emporquoll, zu unterdrücken. Hass explodierte in ihm, Hass auf den Captain und auf den Gambler, dem er den ganzen Albtraum zu verdanken hatte.

Als das Schott hinter ihm zuglitt, taumelte er noch zwei Schritte weiter, dann lehnte er sich schwer atmend gegen die Wand. Vor neun Jahren war er in die Akademie eingetreten, und in der gesamten langen Zeit wäre er nie auf die Idee gekommen, dass er am Ende seiner Laufbahn nicht den Rang eines Captains oder eines noch höheren Offiziers bekleiden könnte.

Dafür hatte er gearbeitet, dafür hatte er gelernt, dafür hatte er *gelebt*. Jede Faser seines Körpers war auf dieses große Ziel eingeschworen. Und das wollte sie ihm nehmen?

Er schüttelte sich, als hätte jemand einen Kübel Eiswasser über ihm geleert. Die Kälte, die sich in sein Herz gegraben hatte, war ebenso intensiv wie die Hitze, mit der der Zorn in ihm brannte. Wie hatte er nur so dumm sein können? Wie hatte er nur glauben können, Captain Wilding würde seine lauteren Absichten begreifen und sich auf seine Seite stellen? Der Gambler hatte sie längst um den Finger gewickelt und sie so völlig von seiner Unersetzbarkeit überzeugt, dass sie von sich aus keinen Fehler an ihm erkennen konnte. Das hätte er wissen und berücksichtigen müssen, als er seinen Plan ersann.

Er verachtete sie für ihre Schwäche. Sie war nicht mehr in der Lage, das Offensichtliche zu sehen. Erkannte denn niemand außer ihm selbst, wie geschickt es der Gambler vermochte, sich stets im besten Licht zu präsentieren? Mit Fähnrich Havers Hilfe hatte er den verlogenen Heiligenschein der Kreatur zerstören wollen, stattdessen war er es plötzlich, auf den der Schatten fiel.

Entschlossen, das Blatt wieder zu wenden, ballte Thad die Fäuste. Er durfte die Missgeburt nicht gewähren lassen. Das Problem war nur, einen Weg zu finden, der selbst Captain Wilding die Augen öffnete und sie von der wahren Gesinnung ihres teuflischen Schützlings überzeugte, ohne dass sie zugleich die Gelegenheit erhielt, das Versagen des Gamblers auf irgendwelche äußeren Umstände abzuwälzen.

Eins musste er dabei aber auf jeden Fall bedenken: Er durfte seine eigene Karriere nicht weiter gefährden. Erneut schalt er sich einen Narren, weil er im Vertrauen auf die Einsicht und Vernunft des Captains derart offen gehandelt hatte. Das würde ihm nicht noch einmal passieren, und ganz sicher würde er Fähnrich Haver nicht noch einmal in seine Pläne einweihen. Jemand, der bei der geringsten Unannehmlichkeit umkippte und zum Feind überlief, verdiente seinen Respekt nicht. Fähnrich Havers Illoyalität war erbärmlich und absolut unverzeihlich; sie konnte froh sein, dass sie nicht mehr seinem Befehl unterstand, andernfalls ...

Thad unterbrach den Gedankengang und kehrte mit seinen Überlegungen zum Gambler zurück. Wie konnte er das Vertrauen des Captains in dessen Qualitäten untergraben? Wie sollte man gegen jemanden bestehen, der so wenig Einschränkungen besaß und von Natur aus derart begünstigt war?

Er war schneller als jeder andere Mensch, konnte sich besser orientieren und nichts, was ihm einmal unter die Augen gekommen war, würde er jemals wieder vergessen. Das Schlimmste dabei war, dass nichts daran etwas ändern konnte und dass sich sowohl der Gambler selbst als auch Captain Wilding dieser Vorzüge durchaus bewusst waren.

Doch plötzlich zuckte der Schatten einer Idee durch seine düsteren Grübeleien. Als Thad energisch zufasste, wurde ihm sehr schnell klar, wie er vorgehen musste. Die Stärken des Gamblers würden auch seine Schwächen sein.

55. Kapitel

Die *Joker* stand regungslos im Schwarm. Die Hewitts wogten zu Millionen in dichten Wolken um ihre Flanken, stießen mit spitzen Dornen, die aus Tausenden der Amöboiden bestanden, nach dem Schiff und versuchten, es zu ergreifen. Danny sah sie, und doch schenkte er ihnen keinerlei Aufmerksamkeit. Die Simulation war zur Bewegungslosigkeit erstarrt. Die Hewitts konnten ihnen nichts anhaben. Über Funk sprach er mit der Funkleitzentrale.

„Offenbar ist es zu Unstimmigkeiten im Ablauf der Simulation gekommen", hörte er Lieutenant Astons Stimme.

Die Worte sprudelten wie von selbst aus ihm hervor. „Ich kann Fähnrich Haver nicht erreichen!"

„Ich breche die Simulation ab, Fähnrich."

Die Hewitts verschwanden schlagartig aus der Ortung.

„Setzen Sie die *Joker* auf Kurs zur Station."

Danny presste den Beschleunigungshebel nach vorn.

„Warten Sie auf die Koordinaten für den Notsprung."

Er schrak zusammen. „Die *Joker* darf nicht springen!"

„Erklären Sie das, Fähnrich."

„Da der Computer eine Situation anzeigt, die nicht existiert und auch nicht in den Simulationsparametern vorgesehen ist, muss eine grobe Fehlfunktion vorliegen, und die könnte sich auch auf einen Sprung auswirken."

„Aber Sie wissen nicht, wie Fähnrich Havers Zustand ist?"

Eine plötzliche Rückkopplung im Funk verschaffte Lieutenant Astons Worten ein vielfaches Echo. Danny wollte antworten, aber sobald er ansetzte, dröhnte die Frage des Offiziers erneut auf ihn ein. Er spürte, wie die Sekunden verrannen, unerbittlich, unwiderruflich, und eine Lanze aus Finsternis schien sich in sein Herz zu bohren.

„Lass die *Joker* springen", befahl eine Stimme aus der Ferne.

„Nein!"

„Lass sie springen!"

„Nein!"

„Val wird sterben. Val wird sterben."

Seine Hände umklammerten schmerzhaft die Steuerung. Mit purer Gewalt versuchte er, das Schiff mit maximaler Geschwindigkeit voranzutreiben, doch auf dem Holoradar änderte sich ihre Position kaum. Stimmen klangen rings um ihn auf, forderten, drängten, höhnten und umschlangen ihn wie gierige kleine Egel, saugten sich an ihm fest und pressten ihm den Atem ab.

Ein Gefühl tief in seinem Inneren sagte ihm, dass etwas nicht stimmte, dass etwas an dieser Situation nicht so war, wie es sein sollte, aber die schiere Panik riss jeden klaren Gedanken mit sich fort. Sein Puls raste, und er brannte seine Augen in die Holografie, schrie, nur damit die *Joker* schneller flog, aber sie tat es nicht. So wie ein von der Sonne beschienener Satellit der Erde gemächlich über das Firmament glitt, zog sie langsam ihre Bahn durch den Raum.

„Flieg doch schneller!", flehte er erstickt und presste seine Finger mit aller Macht gegen die Beschleunigungshebel.

Sie begannen plötzlich zu wackeln. Erschrocken nahm er die Hände fort, sah, wie die Schalter wild ein- und ausrasteten, beinahe aus dem Pult sprangen. Hebel bewegten sich wie von Geisterhand, und die *Joker* begann zu driften. Ihr Kurs führte nicht mehr auf die Station zu, sondern bogenförmig daran vorbei.

Danny packte die Steuerung erneut. Das würde er nicht zulassen. Val musste auf die Station. Nur dort konnte sie gerettet werden.

Die Tasten und Hebel gebärdeten sich wie toll, waren kaum zu beherrschen, kratzten über seine Haut, und je stärker er auf sie einzuwirken versuchte, desto heftiger wurde ihre Gegenwehr. Seine Muskeln verkrampften sich vor Anstrengung, zitterten, und Schweißtropfen rannen ihm in die Augen. Er blinzelte, doch es half nichts. Der Schleier wurde dichter und dichter, das Brennen stärker. Verzweifelt rang er darum, die Augen offen zu halten, aber er schaffte es nicht. Seine Lider klebten wie verschweißt aufeinander. Er bekam sie nicht mehr auf, konnte nichts mehr sehen.

In wilder Panik griff er auf seinen Orientierungssinn zu, versuchte, die Richtung blind beizubehalten. Die Geräusche der *Joker* drangen plötzlich von allen Seiten auf ihn ein. Sie ließen ihn schwindeln, aber er kämpfte gegen sie an, ließ seinen Geist auf ihnen schwimmen wie auf einer großen Welle, und sie trugen ihn.

Ganz plötzlich war die Station direkt vor ihm. Er riss die Augen auf, schrie, als seine Lider mit einem scharfen Schmerz auseinander rissen, und brachte die bockende *Joker* in die Schleuse. Dumpfe Schläge hallten durch das Schiff, als sein Leib links und rechts gegen die Wände prallte. Instinktiv erwartete er, dass sich Risse quer durch die Pilotenkanzel zogen, aber sie vibrierte nur wie die Saite eines riesigen Basses, und im nächsten Moment sprang die *Joker* aus der Schleusenkammer in den Hangar.

Er versuchte, sie so schnell wie möglich auf dem Startsockel aufzusetzen, aber es gelang ihm nicht. Immer wieder glitt sie darüber hinaus, kippte zur Seite ab oder legte sich schräg. Erst im fünften Anlauf brachte er sie endlich zum Stehen.

Das Bild wechselte. Die harten Schläge seines Herzens hämmerten gegen seine Rippen, als er auf Vals Kanzel zustürzte. Sherman Hewitt und zwei Helfer waren bereits dort. Sie hatten die Kapsel geöffnet, und der Professor langte hinein und zog Vals schlaffen Körper hervor.

Danny drängte sich an einem der Helfer vorbei. „Was ist mit ihr?“, keuchte er.

Sherman Hewitt ließ Vals reglosen Körper zu Boden gleiten. Noch verdeckte er ihm die Sicht auf das Mädchen, doch als sich der Professor umwandte, sah Danny Vals weit offenstehende, starre Augen.

„Sie ist tot“, erklärte Hewitt.

„Nein!“, schrie Danny auf und fiel neben ihr auf die Knie. Verzweifelt tastete er nach ihrem Handgelenk, suchte nach einem Puls, aber er fand nichts als dunkle Kälte.

„Das kann nicht sein“, rief er und packte Sherman Hewitt am Arm. „Sie sind Arzt. Tun Sie etwas! Helfen Sie ihr!“

Der Professor wich zwei Schritte vor ihm zurück und sah mitleidlos von oben auf ihn herab. „Sie ist tot.“

„Nein!“

„Sie ist tot.“

„Nein!“

„Du bist schuld!“

„Nein!“

Schreiend fuhr Danny in seinem Bett auf. Sein Puls raste und krachte wie ein Hammer auf einen Amboss gegen die Innenseite seines Schädels. Seine Hände schmerzten, so fest hatten sie sich in das Bettlaken verkrallt, und vor seinem inneren Auge standen noch immer die Bilder seines Albtraums.

„Computer, Licht!“, rief er mit zitternder Stimme.

Es wurde schlagartig hell um ihn. Schwer atmend saß er im Bett und vermochte nicht, sich zu rühren. Jede Faser seines Körpers bebte. Er schlotterte wie Espenlaub. Sein Pyjama war schweißnass und klebte feucht auf seiner Haut, und seine Haare hingen ihm in wirren Strähnen in die Stirn. Erst nach ein paar langen, quälenden Minuten gelang es ihm, die Starre zu durchbrechen.

Mit Gewalt löste er seine verkrampften Finger vom Saum der Bettdecke, ließ sich auf den Rücken zurücksinken, rollte sich auf der Matratze zusammen und hob einen Arm vors Gesicht. So wartete er reglos, bis seine Pulsfrequenz abnahm, sein Atem sich beruhigte und das Zittern nachließ.

Es dauerte lange - so lange, dass er zu frösteln anfing, da der Schweiß auf seiner Haut zu trocknen begann. Er stöhnte leise und zog die Decke über sich, aber viel half das nicht gegen die eisige Kälte, die ihn umfangen hielt. Nichts konnte dagegen helfen. Er fühlte sich, als hätte sich sein Innerstes nach außen gekehrt.

Er stöhnte ein zweites Mal, doch dann riss er sich zusammen. Er durfte sich nicht von dem Albtraum beherrschen lassen. Er musste ihn zurückdrängen, bevor er zu viel Macht über ihn gewann. Unwillkürlich dachte er an seine frühe Kindheit zurück, dachte an die Serie von Albträumen, die ihn damals in Angst und Schrecken versetzt hatte, nachdem es im Verlauf des Trainings einen Unfall gegeben hatte und Steven Gedemer, ein Junge in seinem Alter, verletzt worden war. Es war Steven nichts Ernstes geschehen, trotzdem hatte der Vorfall ihm bewusst werden lassen, dass der Weltraum auch gefährlich sein konnte, und diese Erkenntnis hatte sich wochenlang in seinen Träumen niedergeschlagen.

Es war übel gewesen. Manchen Morgen war er schreiend erwacht und hatte erst wieder damit aufhören können, nachdem sein Vater ihn fest in den Arm genommen hatte, und allein der Anblick eines Gleiters hätte ihn damals in pure Panik versetzen können. Trotzdem hatte sein Vater darauf bestanden, dass er weiterhin sein Training durchführte. Damals hätte er ihn dafür hassen können, doch im Laufe der Jahre hatte er begriffen, worum es seinem Vater gegangen war. Albträume waren gefährlich. Sie konnten einen lähmen und so schlimm werden, dass sie jede Minute des Tages mit ihren Schreckensbildern überlagerten.

Danny schluckte, als er an Cecilia Doi dachte. Sie hatte den Kampf verloren, war vor dem Schrecken in ihr Innerstes geflohen und nicht wieder zurückgekommen. Er hatte bis heute nicht ihre starre, apathische Miene vergessen. Sie war völlig teilnahmslos geworden, unfähig, auf Reize der Umwelt zu reagieren oder auch nur die kleinste Handlung aus eigenem Antrieb zu unternehmen. Lediglich wenn ihre Augen in ihren Höhlen wild hin und her zu rollen begannen, konnte man erkennen, dass die Bilder ihrer Träume sie heimsuchten.

Noch immer zitternd, richtete er sich in seinem Bett auf. Es gab nur einen Weg, Albträume zu überwinden und ihre Macht zu brechen. Man musste sich der Angst stellen, man musste ihr den Ansatzpunkt entziehen und sie gegenstandslos machen.

Aber das war leichter gesagt als getan. Val hätte gestern sterben können, und es wäre seine Schuld gewesen. Oder sie hätten alle sterben können, wenn er doch gesprungen wäre, und auch dafür hätte er die Verantwortung getragen. So etwas konnte er nicht einfach als Lappalie abtun.

Als er spürte, dass die Angst wieder nach ihm griff und seinen Puls beschleunigte, atmete er ein paar Mal tief durch. Seine Hände ballten sich zu Fäusten, während er sich die Situation aus dem gestrigen Training ins Gedächtnis rief. Wort für Wort ging er sie durch, wich dann aber abrupt von den wahren Ereignissen ab. Übergangslos sah er Val vor sich, die regungslos auf dem Boden des Hangars lag. Ihre Augen standen weit offen, ihr Blick war leer, ihr Atem erloschen.

Er schluckte heftig, als die Panik ihn erneut in den Würgegriff nahm, doch er kämpfte entschlossen dagegen an. Er hatte gewusst, dass es so enden konnte, als er sich geweigert hatte, den Notsprung durchzuführen, und er hatte die Konsequenzen akzeptiert. Sein Verstand zumindest hatte das getan, sein Gefühl offenbar nicht, wie sein Albtraum bewies. Er versuchte, beides zusammenzubringen, aber es gelang ihm nicht. Die Stimme der Furcht war zu laut und durchdringend - was auch nicht weiter verwunderte, denn der Vorfall von gestern war letztlich nur ein Ausdruck eines viel größeren Problems.

Übergangslos versank er in ein dumpfes, unerquickliches Brüten und musste sich sehr bald eingestehen, dass er sich, trotz der überzeugenden Worte, die er beim Abschied von seinen Eltern und auch gegenüber Merwyn Gaze gefunden hatte, nicht wirklich klargemacht hatte, worauf er sich einließ und was es bedeutete, die *Joker* zu fliegen.

Vielleicht lag es daran, dass er in der Show so lange allein geflogen war, vielleicht hatte er aber auch absichtlich nicht über die Verantwortung nachgedacht, die es nun einmal mit sich brachte, wenn man eine Besatzung an Bord hatte. Nachdem er sie gestern das erste Mal hatte übernehmen müssen, spürte er jedoch, wie schwer sie auf seinen Schultern lasten konnte, und noch übler würde es zweifellos werden, wenn er die *Joker* gegen die Hewitts in den Kampf führte. Im Schwarm zählten allein seine Entscheidungen. Niemand konnte sie ihm dort abnehmen oder ihn vor den Folgen bewahren. Und leider war der Ausfall eines Geschützes nicht die einzige Situation, in der sich seine Verantwortung zeigte. Sie ging sehr viel weiter.

Ein heftiger Schauder ließ ihn frösteln, als er sich, ohne es zu wollen, an die Fehlschüsse der Mädchen im Training erinnerte und daran, wie haarscharf die eine oder die andere Kapsel der Begegnung mit einem Hewitt entronnen war. Im echten Einsatz hätte eine Berührung den Befall eines Crewmitglieds durch einen Amöboiden und vielleicht sogar dessen Tod bedeutet.

Damit hatte er nicht gerechnet. Er war von der irrigen Annahme ausgegangen, dass sich die gewöhnlichen Menschen nicht allzu sehr von den Gamblern unterschieden. Darin aber hatte er sich gründlich getäuscht, und deshalb hatte er das Risiko gewaltig unterschätzt. Säßen andere Gambler an den Geschützen, könnte er dem nächsten Schwarm relativ gelassen entgegen sehen, so aber ...

Sein Magen krampfte sich schmerzhaft zusammen. Es war ihm überdeutlich bewusst, dass das Leben der Mädchen zu einem ganz entscheidenden Anteil in seinen Händen lag. Er musste auf ihre Fehler gefasst sein, er musste sie ausgleichen und darauf achtgeben, dass kein Hewitt ihnen zu nahe kam. Ein gewöhnlicher Pilot wäre dazu nicht in der

Lage, doch er war es, und das war eine Verpflichtung, der er sich nicht entziehen konnte.

Mit tief gerunzelter Stirn fragte er sich, ob er ein derart schweres Joch überhaupt tragen wollte. Es hingen viele Menschen daran, und die meisten von ihnen respektierten ihn nicht einmal. Ihm drängte sich die Frage auf, ob er die *Gambler-Circus* auch dann verlassen hätte, wenn er eine genauere Vorstellung von dem gehabt hätte, was ihn erwartete.

Er fand die Antwort in seinem Herzen. Sie war klar und eindeutig, und sie half ihm, mit dem Schrecken der Nacht auf halbwegs konstruktive Weise umzugehen. Denn letztlich hatte der Traum keine Gedanken und Gefühle ausgelöst, mit denen er sich nicht ohnehin hätte auseinandersetzen müssen, und es war vermutlich gut, dass er eher früher als später damit anfing.

Obwohl ihm ein Blick auf das Chronometer zeigte, dass noch eine gute Stunde Zeit bis zum Weckruf war, schwang er seine Beine aus dem Bett und stand auf. Sein Vater hatte ihm beigebracht, dass er auf gar keinen Fall weiterschlafen sollte, wenn er einen Albtraum gehabt hatte, denn mit über neunzigprozentiger Wahrscheinlichkeit kehrte der Traum zurück, und darauf konnte er nun wirklich verzichten. Es war schon schwer genug, sich beim ersten Mal aus seiner geistigen Umklammerung zu lösen; nach einem zweiten Albtraum kurz hintereinander wäre es unvergleichlich schwerer.

Deshalb war auch seine Mutter so oft in der Nacht aufgeblieben. Sie litt immer wieder unter Albträumen, und er fragte sich düster, was ihr zugestoßen sein mochte, dass sie die normalen Menschen so sehr fürchtete. Es konnte nicht nur eine harmlose Streiterei gewesen sein, andernfalls hätte sie nicht noch immer solche Angst.

Als ihm klar wurde, dass ihre Furcht zu seiner werden konnte, wenn er erst herausgefunden hatte, was ihr widerfahren war, kamen ihm starke Zweifel, ob er es wirklich wissen wollte. Er hatte mit seinen eigenen Sorgen mehr als genug zu tun.

Es gab noch eine zweite Regel, die ihm sein Vater im Umgang mit Albträumen eingeprägt hatte. Sie hieß ihn, den Raum zu wechseln, und deshalb straffte er seine Gestalt, ging ins Bad und machte sich schon jetzt dienstbereit. Anschließend verließ er seine Kabine und suchte die Messe auf. Da die anderen aus seiner Schicht noch nicht aufgestanden waren, lag der Raum verlassen da, aber das machte ihm nichts aus. Er ließ sich an einem der Tische nieder und bestellte sich einen heißen Kakao.

Wenig später stand die Tasse mit dem dampfenden Getränk vor ihm. Er umfasste sie mit beiden Händen, wärmte seine noch immer klammen und verkrampften Finger an dem heißen Becher und trank mit Bedacht. Während er an seinem Kakao nippte, schwächte sich das Beben in seinem

Inneren langsam ab und der dumpfe Schmerz unter seiner Schädeldecke ließ nach.

Die Minuten verstrichen, dann eine halbe Stunde, und ganz allmählich kam Leben in die Messe. Mehrere Techniker betraten den Saal, vermieden jedoch bewusst seine Nähe und zogen sich an einen weit entfernten Tisch zurück. Danny sah ihnen nicht nach und ignorierte ihre teils neugierigen, teils unfreundlichen Blicke.

Noch ein paar Minuten später betrat Mady den Speisesaal. Sie war stets die Erste, ganz gleich ob es ums Essen oder um das pünktliche Erscheinen zu Beginn des Trainings ging. Sie entdeckte ihn sofort, kam zu ihm und setzte sich ihm gegenüber an den Tisch.

Ihr morgendlicher Gruß wurde von einem besorgten Stirnrunzeln begleitet. „Hast du nicht gut geschlafen?"

Danny seufzte. „Sieht man mir das an?"

„Ja. Du siehst aus, als hättest du kein Auge zugetan."

„So schlimm war es nicht. Ich bin erst vor etwas über einer Stunde wach geworden, allerdings habe ich schlecht geträumt."

„Ging es um Val?"

„Ja."

Mady fluchte unterdrückt und sah plötzlich wütend aus. „Denk nicht mehr an Vals dummes Geschwätz! Sie wird sich hüten, sich noch einmal einen Fehltritt zu leisten, und Thornsburg bist du auch los. In dieser Hinsicht hatte der miese Plan der beiden auch etwas Gutes."

Danny winkte müde ab. „Solange ich nicht gänzlich allein stehe, komme ich mit den bösen Blicken einzelner zurecht."

Mady beugte sich leicht über den Tisch. „Und wovor hast du Angst?", fragte sie leise.

Danny zögerte. Seinem Vater hätte er seinen Albtraum sofort anvertraut, denn die dritte Regel besagte, unbedingt darüber zu sprechen; Mady aber kannte er letztlich kaum, und er hatte noch nie mit jemandem außerhalb der Familie über etwas geredet, das so intim und privat wie ein Albtraum war. Damit würde er ihr einen Blick in den Abgrund seiner Seele gestatten.

„Du musst es mir nicht sagen, wenn du nicht möchtest", erklärte Mady nach einem langen Moment des Schweigens.

Er sah sie an, fing einen tiefen Blick ihrer graugrün gesprenkelten Augen ein und erkannte, dass es ihr ernst war. Sie würde es ihm nicht übel nehmen, wenn er schwieg, sie war einfach nur besorgt um ihn. Das gab den Ausschlag.

„Ich habe geträumt, dass Val tot ist."

56. Kapitel

Mady lauschte gebannt, als Danny ihr seinen Albtraum erzählte. Er hielt den Blick gesenkt und starrte in seine Tasse, so als würde sich auf ihrem Grund ein Abbild des nächtlichen Schreckens widerspiegeln. Sein Gesicht war blass und wurde immer bleicher, je länger er sprach. Feine Schweißperlen glitzerten plötzlich auf seiner Stirn, und ein leichtes Beben ging über seine schmale Gestalt. Seine Hände umklammerten die Tasse so fest, dass seine Knöchel weiß hervortraten.

Mady wagte kaum zu atmen. Dannys Beschreibung war so plastisch, dass sie ohne eigenes Zutun die Bilder seines Albtraums in ihrer Fantasie auftauchen sah, seine Furcht auf sie übergriff und ein intensives Gefühl der Beklemmung sie wie eine Stahlklaue umschlang und sich mit jedem weiteren seiner Sätze enger um ihren Brustkorb zog. Sie krallte ihre Finger um die Tischkante und hielt sich an ihr fest, doch der Schmerz, der von ihren verkrampften Fingern ausging, kam ihr kaum zu Bewusstsein. Ihre gesamte Aufmerksamkeit war auf Danny gerichtet. Sie sah nur ihn, hörte nur seine Worte und fühlte nur seine Angst.

Dann war es vorbei. Danny schwieg so abrupt, wie sein Albtraum zu einem Ende gekommen war. Sie tat es ihm gleich. Unfähig zu sprechen, starrte sie ihn an und fühlte das Zittern, das ihn ergriffen hatte, als ließe es sie selbst beben. Er sah nicht auf, und sie ahnte, dass das Schweigen ewig dauern würde, wenn sie nicht etwas unternahm. Danny war noch zu sehr in der Erinnerung gefangen.

Entschlossen kämpfte sie gegen die Enge an, die ihren Magen und ihre Kehle fest im Griff hatte. Sie holte ein paar Mal tief Luft und schaute sich aufmerksam in der Messe um, nur um den Fantasiegebilden, die seine Worte heraufbeschworen hatten, eine gehörige Portion Realität entgegenzusetzen. Dann löste sie eine Hand von der Tischkante, langte quer über den Tisch und berührte Dannys starre Finger, die sich nach wie vor wie aus Stein gemeißelt um seine Tasse schlossen.

„Danny?", sagte sie fragend. Sie war sich nicht sicher, wie viel der tatsächlichen Umgebung er im Augenblick wahrnahm.

Doch er sah sofort auf, und als der Blick aus seinen strahlend blauen Augen sie traf, fuhr sie zusammen. Hastig zog sie ihre Hand zurück. Sie hätte ihn nicht eine Sekunde länger berühren können, ohne wie ein Hummer in kochendem Wasser rot anzulaufen. Auch jetzt hatte sie Mühe, ihre Verlegenheit zu unterdrücken.

Seine kummervolle Miene half ihr dabei. „Es tut mir leid, Danny", sagte sie beklommen. „Ich hätte nicht danach fragen sollen. Aber ich hätte nicht gedacht, dass du ..."

Als er wie in Zeitlupe den Kopf schüttelte, brach sie ab.

„Es ist in Ordnung", sagte er leise. Seine Stimme klang, als käme sie von sehr weit her.

„Wirklich?"

„Ja. Es hilft, darüber zu reden."

„Aber es schien, als würdest du den Traum noch einmal erleben."

„Das habe ich auch."

„Mit allen negativen Begleiterscheinungen?"

„Ja."

„Also war mein Eindruck doch nicht falsch."

„Wenn das dein Gefühl war, war es richtig."

Mady schüttelte sich. „Ich könnte nicht so ruhig bleiben wie du. Ich habe durch deine Beschreibung schon Angst bekommen. Wie muss es dir erst gehen?"

Danny zuckte leicht mit den Schultern. „Es ist nicht so schlimm, wie du glaubst. Die Gefühle und Bilder sind zwar die gleichen wie im Traum, aber wenn ich wach bin, kann ich damit umgehen."

„Das ist aber nicht so einfach, wie es sich anhört, oder?"

Danny seufzte. „Nein."

Mady fluchte herzhaft. „Am liebsten würde ich Val und Thornsburg gehörig in ihre dummen Hintern treten! Sie sind schuld an deinem Traum."

„Das ist richtig, aber ich glaube, sie haben mir trotzdem einen Gefallen getan."

„Wie meinst du das?", fragte sie verblüfft.

„Ich war nicht darauf vorbereitet, was es heißt, die Verantwortung für das Leben anderer zu tragen."

„Jetzt bist du es?"

Danny fuhr mit einem Finger nachdenklich den Rand seiner Tasse entlang. Sein Gesicht war ernst. „Ja, ich denke schon. Gestern musste ich zwar nur Vals Leben gegen eure Sicherheit aufwiegen, aber davon ausgehend kann ich extrapolieren, wie es sein wird, gegen einen echten Schwarm zu fliegen und die Menschen der Erde in Gefahr zu wissen."

Mady schluckte, als sich unversehens die Last der Verantwortung auch auf ihre Schultern herabsenkte. „Du stehst nicht gänzlich allein gegen die Hewitts", sagte sie schnell. „Jenn, Val, Ellie und ich sind im Kampf an deiner Seite."

„Das weiß ich. Aber euer Erfolg wird zum größten Teil von mir abhängen. Wenn ich versage, versagen wir alle, und auf der Erde werden sich erneut die Leichenberge türmen."

Mady schauderte. „Vielleicht ist es gar nicht gut, sich darüber so viele Gedanken zu machen. Vielleicht sollten wir nicht an die Hewitts denken, bis der nächste Schwarm auftaucht."

Danny lächelte schwach. „Bist du dazu in der Lage?"

Mady sah zu Boden. „Nein."

„Ich auch nicht, und ich würde es auch nicht versuchen. Ich muss mich innerlich auf den ersten Kampf einstellen. Ich muss mir vorher der Verantwortung bewusst werden, denn nur dann werde ich frei fliegen können. Val und Thornsburg haben mir den Anstoß geliefert, um in die richtige Richtung zu denken, und ich glaube, das war gut so."

Während sie ihm zuhörte, musste Mady unwillkürlich an ihre erste Begegnung mit Danny denken. Ihr erster Eindruck von ihm war gewesen, dass er noch ein Kind war, der Sohn eines Offiziers vielleicht, der durch die Protektion seines Vaters in Bereiche vordringen durfte, die andere erst durch Leistung erreichten. Wie sehr hatte sie sich in ihm getäuscht!

Sie schüttelte langsam den Kopf. „Ich weiß nicht, ob ich das so sehen könnte wie du. Du versuchst wirklich, das Beste aus der Angelegenheit zu machen."

„Habe ich eine Wahl?"

Es klang wie eine rhetorische Frage, doch Mady fuhr trotzdem zusammen. Danny mochte keine Alternative für sich sehen, aber das änderte nichts daran, dass es sie gab. Doch sie würde den Teufel tun, ihn darauf hinzuweisen.

„Wenigstens hat Captain Wilding das Vorgehen der beiden angemessen geahndet", sagte sie stattdessen. „Val hat ihre Standpauke bekommen, und Thornsburg musste sogar einen offiziellen Verweis einstecken."

Danny wirkte plötzlich angespannt. „Woher weißt du das?"

„Ich habe gestern Abend in der Messe gehört, wie Lieutenant Aston mit jemandem darüber sprach. Er und Commander Morley sind dabei gewesen, als Captain Wilding Thornsburg zusammenstauchte."

„Das wird ihm nicht gefallen haben", murmelte Danny düster.

„Er kann sich nicht dafür an dir rächen", erklärte Mady hastig, bevor seine dunkle Stimmung auch auf sie übergriff. „Du bist ihm nicht mehr unterstellt, und auch sonst gibt es kaum noch Berührungspunkte."

„Ich hoffe, dass du recht behältst."

„Das werde ich."

Danny sagte nichts mehr dazu, warf ihr dafür einen intensiven Blick zu, der ihr durch Mark und Bein ging und ihre Knie weich werden ließ. Ihr war, als wolle er mit einem einzigen Blick ihre Seele erkunden.

Sie sah hastig weg. Es gab vieles, was er nicht wissen sollte - jedenfalls nicht, bevor sie sich selbst klarer über ihre Gefühle geworden war.

Als Mady wieder aufsah, blickte Danny erneut in seine Tasse, und plötzlich wirkte er so einsam, dass sie ihn am liebsten noch einmal berührt hätte; doch ihre Hand stoppte, noch bevor sie sich richtig in Bewegung gesetzt hatte. Als sich ihre Augen das nächste Mal trafen, fuhr ihr ein siedend heißer Schauer den Rücken hinunter, und sie begriff. Ihre Gefühle waren längst viel klarer, als sie vermutet hatte.

57. Kapitel

Danny saß wie gestern früher als seine Crew im Raumschiff. Er hatte nur wenig gegessen, da ihm der Albtraum noch zu sehr auf den Magen schlug, aber immerhin fühlte er sich besser als direkt nach dem Aufstehen. Es hatte ihm tatsächlich geholfen, mit Mady zu reden, und es machte ihm weniger aus, als er zuvor angenommen hatte, dass sie nun einen so tiefen Einblick in seine Psyche gewonnen hatte. Seine Eigenarten als Gambler hatten sie nicht davon abgehalten, sich ihm gegenüber freundschaftlich zu verhalten, und deshalb würden es seine Nöte und Ängste wohl auch nicht tun. Vielleicht ließen sie ihn sogar ein wenig menschlicher erscheinen.

Aber wie menschlich er tatsächlich auf sie wirkte, konnte er nicht abschätzen. Sie sah ihn manchmal länger an, als normal gewesen wäre, und die Frage, was sie dabei denken mochte, beunruhigte ihn. Denn so sehr er ihr Verständnis für seine Situation auch zu schätzen wusste, so brachte es doch die Sorge mit sich, ob er es nicht auch wieder verlieren konnte. Es schien, als hätte er darauf nur wenig Einfluss.

Um sich abzulenken, richtete er seine gesamte Aufmerksamkeit wie gestern auf den Ablauf der Routinen, die über die Bildschirme der *Joker* huschten. Plötzlich stutzte er, und seine Augen wurden schmal. Einer der Monitore zeigte ein ungewöhnliches Muster. Es verschwand sofort wieder, war nur für Sekundenbruchteile sichtbar gewesen, aber in seiner Erinnerung existierte dennoch ein klares Abbild davon. Hastig verglich er es mit dem aus seinem Gedächtnis, erschrak und nahm augenblicklich Kontakt mit der Funkleitzentrale auf.

„Fähnrich Sims spricht. Ich glaube, es gibt ein Problem."

„Welcher Art?", fragte Lieutenant Aston zurück.

„In den Startroutinen der *Joker* ist eine Veränderung aufgetreten. Ich weiß nicht genau, worauf sie sich bezieht, aber ich kann Ihnen die entsprechende Befehlszeile nennen."

Der Lieutenant gab einen nachdenklichen Laut von sich. „Seltsam. Der Computer besitzt ein ausgefeiltes Autodiagnoseprogramm. Es hätte einen Fehler melden müssen. Geben Sie den Code X-44-Beta, dann wird auf dem Bildschirm direkt vor Ihnen eine Statusmeldung erscheinen."

„Aye, Sir", erwiderte Danny. Seine Finger flogen über die Tasten, und keine Sekunde später antwortete der Computer.

„Das Programm konnte keinen Fehler entdecken", gab er das Ergebnis an den Lieutenant weiter.

„Aber Sie sind sicher, dass Sie etwas bemerkt haben?"

„Ja, Sir, völlig sicher."

„Gut, ich rufe Captain Wilding hinzu."

Es dauerte einen Moment, bis Captain Wilding aus ihrem Bereitschaftsraum in die Funkleitzentrale gekommen und von Lieutenant Aston informiert worden war, dann klang ihre Stimme über Funk auf.

„Beschreiben Sie mir die Veränderung, Fähnrich."

Er tat es, indem er ihr die ursprüngliche und die jetzige Zeile nannte.

„Warten Sie, ich werde bei Chief Prent nachfragen, was die Veränderung zu bedeuten haben könnte."

Es dauerte fast drei Minuten, bis sie sich wieder meldete, und als sie es tat, klang ihre Stimme angespannt.

„Fähnrich Sims, Sie müssen den Start abbrechen. Es sieht so aus, als hätte der Computer der *Joker* ein erhebliches Softwareproblem."

Ihre Worte brachten den Schrecken der Nacht in seine Aufmerksamkeit zurück. „Aye, aye, Captain", antwortete er gepresst.

Als er die Sicherheitsgurte löste, zitterten seine Hände. Mit einem defekten Computer konnte im Weltraum *alles* geschehen.

58. Kapitel

Mit sorgenvoll gerunzelter Stirn wanderte Elaine in der kleinen Funkleitzentrale auf und ab. Die Laute, die ihre glatten Kunststoffsohlen auf dem ebenso glatten Belag des Raums erzeugten, vereinten sich mit den gedämpften Geräuschen, die von den unterschiedlichen Konsolen aufklangen, und ab und an mischten sich auch Commander Morleys und Lieutenant Astons Stimmen darunter. Die beiden verfolgten die Übung der *Ace*, gaben Anweisungen und hielten den zivilen Raumfahrtverkehr aus dem Trainingsgebiet fern.

Wie üblich konnten die Manöver der *Ace* über die große, grün schimmernde Holografie in der Mitte des Raums verfolgt werden, doch im Moment hatte sie keinen Blick dafür übrig. Düstere Gedanken erfüllten sie, seit Chief Prent vor vierzig Minuten an Bord des Tetraederschiffs gegangen war, um nach dem Fehler in der Software der *Joker* zu suchen, und mit jeder weiteren Minute, die ohne seine Meldung verstrich, wurde ihre Nervosität größer. Es war einfach zum Haare raufen, dass schon wieder so viel Zeit für die Crew der *Joker* verloren ging. Sie sollte jetzt wie die *Ace* im Weltraum sein, üben und sich auf den Ernstfall vorbereiten, stattdessen war sie abermals zur Untätigkeit verurteilt.

Doch viel schlimmer als der Trainingsausfall selbst war die Tatsache, dass es überhaupt dazu gekommen war. Ein Fehler im Programm der *Joker* konnte sich fatal auswirken und eine Situation heraufbeschwören, die der des gestrigen Tages glich, allerdings mit dem folgenschweren Unterschied, dass dieses Mal kein böser Wille von Seiten der Mannschaft notwendig wäre, um eine Katastrophe auszulösen.

Elaine fluchte unterdrückt vor sich hin, als sie sich zum wiederholten Male fragte, welche Ursachen der Veränderung in der Software zugrunde liegen mochten. Hatte Fähnrich Havers Manipulation weiterreichende Konsequenzen, als das gestern noch abzusehen gewesen war? War es Mr. Serrault nicht gänzlich gelungen, den ursprünglichen Zustand wiederherzustellen? Oder war - was mit Abstand die schlimmste aller Möglichkeiten darstellte - die Software der *Joker* an sich noch fehlerbehaftet?

Das wäre denkbar, so sehr sie sich auch wünschte, es möge nicht der Fall sein. Die Schiffe waren neu und hatten keine ausreichende Testphase durchlaufen. Natürlich hatten die Techniker durch die Flüge, die die beiden Teams in den vergangenen Tagen absolviert hatten, eine Menge Daten gewonnen, und es hatte bisher den Anschein gehabt, als würden die Prototypen die in sie gesetzten Erwartungen sogar deutlich übertreffen, aber letztlich konnten bei derart neuen Konstruktionen jederzeit Mängel auftreten, die man nicht vorhergesehen hatte. Wenn sich doch nur Chief Prent endlich melden würde!

Commander Morley und Lieutenant Aston schauten ab und an zu ihr hin, während sie gereizt durch den Raum stiefelte. Sie spürte, dass ihr Verhalten die beiden Männer nervös machte, aber sie konnte sich trotzdem nicht setzen. Mit einer gehörigen Willensanstrengung gelang es ihr wenigstens, stehen zu bleiben und mit geballten Fäusten auf den Bildschirm des Komgeräts zu starren.

Endlich hatte das nervenzerrende Warten ein Ende. Es knackte, dann erklang Chief Prents Stimme aus den Lautsprechern. Er benutzte den Kanal, der üblicherweise Danny Sims und seine Crew während des Trainings mit der Funkleitzentrale verband.

„Chief Prent an Captain Wilding. Ich habe meine Untersuchung abgeschlossen."

Elaine beugte sich unwillkürlich vor. „Was haben Sie gefunden?"

„Nichts, Captain. Ich habe das gesamte Programm gecheckt, aber ich konnte keinen Fehler entdecken."

Verwirrt runzelte Elaine die Stirn. Mit vielem hätte sie gerechnet, aber nicht damit. „Sind Sie sicher, Chief? Ich möchte auf keinen Fall Ihre Kompetenz in Frage stellen, aber die Angelegenheit ist so wichtig, dass jede Eventualität ausgeschlossen werden muss."

„Ich bin mir sogar *hundertprozentig* sicher! Es wäre zu zeitraubend, Ihnen im Detail zu erklären, wie ich vorgegangen bin, aber Sie können gewiss sein, dass mir ein Fehler nicht entgangen wäre, hätte es ihn gegeben."

„Haben Sie die Information berücksichtigt, die uns Fähnrich Sims gegeben hat?"

„Ja, Captain. Ich habe in der von ihm benannten Zeile mit der Überprüfung des Programms begonnen, aber das ändert nichts an den Tatsachen. Ich habe weder die Veränderung gefunden, die Mr. Sims beschrieben hat, noch irgendeine andere Unstimmigkeit entdecken können."

„Wie ist das möglich?"

„Vermutlich hat sich Ihr Mann geirrt. Die Routinen laufen ziemlich schnell über den Bildschirm. Selbst ein ... selbst Mr. Sims dürfte nicht in der Lage sein, ihnen bewusst zu folgen."

„Da wäre ich mir an Ihrer Stelle nicht so sicher, Chief. Wenn Mr. Sims etwas gesehen hat, müssen wir das ernst nehmen."

„Ich sagte nicht, dass ich es nicht ernst genommen habe. Gefunden habe ich trotzdem nichts."

„Bleiben Sie für einen Moment in der Leitung, Chief. Fähnrich Sims, hier spricht Captain Wilding. Melden Sie sich umgehend in der Funkleitzentrale!"

Seine Antwort kam sofort, so als hätte er in seinem Quartier bereits ungeduldig auf ihren Ruf gewartet. „Aye, aye, Captain."

Wenig später stand er vor ihr. „Fähnrich, sprechen Sie mit Mr. Prent. Es ist ihm bisher nicht gelungen, den Fehler aufzuspüren, den Sie in den Routinen der *Joker* bemerkt haben. Es könnte sein, dass ich Ihre Angaben falsch an ihn weitergeleitet habe, deshalb sollten Sie ihm besser noch einmal persönlich beschreiben, was Sie vorhin gesehen haben."

„Aye, Captain."

Elaine hörte zu, wie er mit Chief Prent sprach, aber er wiederholte lediglich das, was er ihr schon vor dem Start gemeldet hatte.

„In dieser Zeile habe ich bereits nachgesehen", erklärte Mr. Prent bestimmt. „Ich konnte keine Veränderung feststellen."

„Das kann nicht sein", erwiderte Danny Sims, und sein Blick ging unruhig zwischen ihr und der Sprechanlage hin und her. „Ich habe es *gesehen*!"

„Sind Sie sicher, dass Sie sich nicht geirrt haben, Mr. Sims?", fragte Chief Prent in einem Tonfall, der irgendwo zwischen ungeduldig und abfällig pendelte.

Elaine sah, wie der Junge erstarrte. „Ich habe mich noch nie geirrt!"

Bei jedem anderen hätte das vermutlich arrogant geklungen, aber bei ihm nicht. Und sie glaubte ihm, immerhin war er fähig, alle Karten der Station im Kopf zu behalten. Warum sollte er also eine derartige Kleinigkeit wie eine Befehlszeile verwechseln? Fakt war allerdings, dass es die Änderung, von der er sprach, nicht gab.

„Führen Sie die Prüfung des Systems noch einmal durch, Mr. Prent. Ich will absolute Gewissheit."

„Die haben Sie bereits jetzt, Captain. *Ich* habe nichts übersehen!"

„Tun Sie es trotzdem", knurrte sie gereizt. Sie mochte es nicht, wenn sie ihre Befehle wiederholen musste.

„Aye, aye, Captain", erwiderte der Chief und klinkte sich ziemlich abrupt aus der Kommunikation aus.

Elaine wandte sich Fähnrich Sims zu. „Die zweite Überprüfung wird zeigen, ob Sie recht hatten, Fähnrich. Kehren Sie solange zu Ihren Kameraden oder in Ihr Quartier zurück."

Der junge Gambler salutierte und zog sich zurück. Elaine sah ihm nach und bemerkte, dass seine Schultern auf dem Weg zum Schott merklich herabsanken, so als laste ein schweres Gewicht auf ihnen. Sie nahm es erstaunt und besorgt zur Kenntnis.

Während Chief Prent die zweite Diagnose der Software durchführte, hoffte sie inständig, dass er fündig wurde, leider ohne Erfolg. So unfassbar und unverständlich es auch war, Fähnrich Sims hatte sich geirrt. Das relativierte Professor Hewitts Untersuchungsergebnisse auf bedenkliche Weise.

Ein kalter Schauder lief ihr den Rücken herab. So wie es aussah, war das eidetische Gedächtnis des Jungen doch nicht unfehlbar - und das gleiche mochte auch für seine anderen Fähigkeiten gelten. In diesem Fall aber wäre sein Einsatz ein Risiko.

Natürlich war ihr klar, dass niemand anderem ein derartiger Irrtum angekreidet worden wäre, aber ihn durfte sie nicht mit normalen Maßstäben messen. Seine Besonderheiten waren es, die für die Verteidigung der Erde von größter Bedeutung waren, und wenn sie sich als unzuverlässig erwiesen, war das ein echtes Problem. Sie würde mit großer Achtsamkeit verfolgen müssen, wie sich die Angelegenheit weiterentwickelte, und im Zweifelsfall geeignete Maßnahmen finden.

Während sie die Komanlage aktivierte, um Danny Sims über das Ergebnis zu informieren, bedachte sie den Jungen mit einem mitleidigen Kopfschütteln. Sie ahnte, was sein Irrtum für ihn bedeuten musste, und wusste, dass er sich über die Implikationen völlig im Klaren war. Sie wollte jetzt wirklich nicht in seiner Haut stecken.

59. Kapitel

Captain Wildings Anruf erreichte Danny in seiner Kabine, und er traf ihn so tief, dass er wie erstarrt sitzen blieb, obwohl sie ihm befohlen hatte, mit seinem Team das Training wiederaufzunehmen. Heftige Schauer jagten über seinen Körper und ließen ihn zittern, als hätte sich ein Panzer aus Eis um seine Brust geschlossen, und sein Magen schien sich mit einem Mal in einen Klumpen Stahlbeton verwandelt zu haben. Es war ihm unbegreiflich, wie er sich derart hatte irren können. So etwas war ihm noch nie passiert, er hatte nicht einmal geahnt, dass das überhaupt möglich war.

Angestrengt versuchte er, sich das Aussehen der Befehlszeilen vor Augen zu rufen. Es fiel ihm nicht schwer, so wie es für ihn stets ein Kinderspiel gewesen war, das zu memorieren, was er zuvor gelesen oder auch nur mit einem flüchtigen Blick gestreift hatte. Das Resultat blieb das gleiche. Die beiden Zeilen unterschieden sich definitiv voneinander. Genau das war, wie die Tatsachen bewiesen, jedoch nicht der Fall.

Es kostete ihn unsägliche Mühe, sich aus dem unerquicklichen Kreislauf zu lösen und seine Crew in den Hangar zu rufen, und seine Gedanken waren weit mehr nach innen gerichtet als nach außen, als er mit schleppenden Schritten sein Quartier verließ. Auf dem Korridor traf er Mady. Sie musterte ihn fragend, und ein Schatten fiel auf ihr Gesicht.

„Du siehst nicht gerade glücklich aus. Ist etwas Ernstes mit dem Schiff?"

Er senkte bekümmert den Kopf. „Mit dem Schiff ist überhaupt nichts."

„Sollte dich das nicht freuen?"

Es fiel ihm schwer, sie anzusehen. „Ich habe mich geirrt", brachte er mühsam hervor.

Mady zuckte die Achseln. „Das kann passieren."

„Nicht mir."

„Ist dir etwa noch nie ein Fehler unterlaufen?"

Danny verspürte unvermittelt einen bitteren Geschmack im Mund. „Du vergisst, was ich bin. Ich bin ein Gambler. Ich sollte ein eidetisches Gedächtnis haben. Ein derartiger Irrtum sollte nicht möglich sein. Verdammt, ich begreife das einfach nicht!"

„Dann ist die Angelegenheit nicht so harmlos, wie sie scheint?"

„Harmlos ist wirklich nicht das richtige Wort dafür", erwiderte Danny heftig. Er war so außer sich, dass er einfach weiterredete. Er fühlte sich nicht imstande, seine Angst in sich zu verschließen.

„Bisher habe ich noch nie einen Grund gehabt, an meinen Fähigkeiten zu zweifeln. Lange Zeit habe ich ja nicht einmal geahnt, wie sehr ich mich von anderen Menschen unterscheide. Für mich war das, was ihr anderen so bestaunenswert findet, so gewöhnlich wie für euch das Luftholen. Ich besitze ein eidetisches Gedächtnis, einen unfehlbaren Orientierungssinn und eine überdurchschnittlich gute Reaktionsfähigkeit. Das sind für mich bislang unverrückbar feststehende Tatsachen gewesen. Sie waren so selbstverständlich, dass ich sie nicht einmal *beachtet* hatte. Doch jetzt ist auf einmal alles unsicher geworden."

„Du musst nicht an dir zweifeln", erklärte Mady bestimmt, als er eine Pause machte, um Atem zu holen. „Professor Hewitts Ergebnisse haben schwarz auf weiß belegt, dass es für deine Fähigkeiten eine biologische Ursache gibt - und dass sie *stabil* sind."

Danny stieß den Atem abrupt wieder aus. „Was nützt mir das jetzt noch? Mein eidetisches Gedächtnis hat heute ohne den geringsten Anlass versagt. Kannst du dir nicht vorstellen, was das für mich bedeutet? Wie kann ich jetzt noch sicher sein, dass mich meine anderen Gambler-Fähigkeiten nicht auch aus unerfindlichen Gründen im Stich lassen?"

Mady stemmte die Hände in die Seiten. „Du hast dich geirrt, schön, das kann wohl niemand leugnen. Trotzdem ist es dir selbst gegenüber ungerecht, wenn du nun kübelweise Asche über dein Haupt kippst. Denk nur daran, dass dir so etwas noch nie passiert ist."

„Das ist kein Trost, sondern macht es nur noch schlimmer."

„Es wird sicher nicht noch einmal vorkommen."

„Das weißt du nicht."

„Du auch nicht." Mady sah ihn eindringlich an. „Hör zu, Danny, ich verstehe, warum du so besorgt bist, aber du tust dir wirklich keinen Gefallen, wenn du dich wegen deines Irrtums selbst zerfleischst. Er hatte keine negativen Folgen für uns, also besteht kein Grund für dich, dich unnötig aufzuregen. Akzeptiere einfach, dass es geschehen ist."

„Das kann ich nicht!"

„Versuche es! Jenn und ich, nein, *alle* Menschen müssen ständig mit dem Gedanken leben, dass uns etwas entgehen oder ein Fehler unterlaufen könnte. Das ist völlig normal, also warum sollte es für dich anders sein? Man kann sich anstrengen, man kann sich konzentrieren und sein Möglichstes tun, aber niemand kann mit Sicherheit einen Irrtum vermeiden, auch du nicht. So ist nun einmal der Lauf der Dinge."

„Ich bin ein Gambler!"

„Das tut doch nichts zur Sache! Du bist in vielen Bereichen besser als andere, aber das heißt noch lange nicht, dass du von dir verlangen müsstest, unfehlbar zu sein. Du bist schließlich auch nur ein Mensch!"

Ihre Worte schnürten ihm schmerzhaft den Magen ein. Wie gern hätte er ihr geglaubt. Wie gern hätte er auch für sich das Recht in Anspruch genommen, Fehler machen zu dürfen, aber er konnte und durfte es nicht.

„Ich bin euer Pilot. Sobald wir gegen die Hewitts fliegen, seid ihr darauf angewiesen, dass mir keine Fehler unterlaufen. Euer Leben hängt davon ab. Wie soll ich einen sicheren Kurs durch den Schwarm finden, wenn ich Sachen sehe, die überhaupt nicht existieren? Und wie kann ich mir jetzt noch sicher sein, dass meine Wahrnehmungen exakt sind? Vielleicht übersehe ich ein paar Hewitts, so wie ich heute übersehen habe, dass es doch keine Veränderung in den Routinen gab!"

Mady verzog das Gesicht. „Du kannst einem wirklich Mut machen, weißt du das?"

„Ich muss daran denken. Euer Leben liegt in meiner Verantwortung, und auch die Menschen auf der Erde verlassen sich darauf, dass ich einwandfrei funkti..."

Er brach ab, als die Schreckensbilder seines Albtraums mit neuer Macht nach ihm schlugen. Sie tauchten vor seinem inneren Auge auf, ohne dass er es gewollt hätte oder hätte verhindern können, und überlagerten seinen Blick auf die wirkliche Umgebung. Beide Wahrnehmungen rangen miteinander, und die Realität verlor schon bald an Substanz. Doch ehe sie gänzlich verblassen konnte, spürte er plötzlich einen harten Griff um seinen rechten Arm.

„Danny, hör auf damit", forderte eine feste, energische Stimme.

Er schüttelte sich, stemmte sich gegen die Albtraumbilder und schaffte es, sie zurückzudrängen. Die Finger, die sich schmerzhaft in seinen Oberarmmuskel bohrten, halfen ihm dabei, dienten ihm als Anker in der Realität.

Von einem Moment zum anderen sah er wieder Mady, die vor ihm stand und ihn mit bleicher Miene musterte. Ein furchtsamer Ausdruck stand in ihren geweiteten Augen, und er begriff sofort, dass sie ahnte, was mit ihm geschehen war.

Hastig machte er sich von ihr los und sah von ihr weg. Er hatte ihr am Morgen und auch eben viel zu viel erzählt; nur deshalb konnte sie erkennen, was in ihm vorging, und das war nicht gut. Ihre Angst vor den Hewitts war groß genug, da durfte er sie nicht auch noch mit seinen Problemen belasten. Außerdem hatte er seine Sorgen von jeher allein in Angriff genommen und gelöst. Warum sollte das jetzt anders sein?

Eine plötzliche, tiefe Entschlossenheit erfüllte ihn. Er wusste auch schon einen Weg, wie er gegen die Saat des Zweifels in seinem Inneren vorgehen konnte.

„Wir sollten uns beeilen", erklärte er rau. „Je eher wir das Training wiederaufnehmen, desto besser."

„Bist du wirklich in ..."

„Gehen wir", unterbrach er sie schroff und beschleunigte seine Schritte.

Sie zögerte einen Moment und blieb hinter ihm zurück, doch dann hörte er, dass sie ihm folgte.

60. Kapitel

Als Mady nach dem Ende des Trainings ihren Sicherheitsgurt löste, atmete sie erleichtert auf. Ihr zitterten die Knie, und das lag nicht nur daran, dass Commander Morley ihr Training entsprechend des Zeitverlustes am Morgen verlängert hatte. Noch immer ganz unter dem Eindruck der Simulationen stehend, schälte sie sich aus ihrer Kapsel, trat neben das Schiff und wartete auf Danny und Jenn.

Obwohl Jenns Kanzel auf der Spitze der *Joker* thronte und sie somit den längsten Weg besaß, stand sie bereits neben Mady, bevor Danny auch nur in der Luke auftauchte; das war wirklich ungewöhnlich, vor allem wenn man bedachte, dass Jenn es bislang noch nie darauf angelegt hatte, sich bei irgendetwas zu beeilen.

Val und Ellie entstiegen indessen ebenfalls ihren Geschützständen. Sie warfen ihnen abfällige Blicke zu.

Mady sah schnell weg. Im Augenblick war sie nicht in der Stimmung, mit den beiden zu streiten. Sie hatte wahrlich andere Sorgen.

Val und Ellie waren eben aus dem Hangar verschwunden, als Danny durch das Schott in der Flanke der *Joker* in den Korb trat, der bereits geduldig auf ihn wartete. Mady erschrak, als ihr Blick auf ihn fiel, und auch Jenn sog hörbar Luft ein.

Dannys Gesicht war bleich, unter seinen Augen lagen dunkle Ringe, und seine Schultern hingen herab, als laste das Gewicht der Welt auf ihm. Als er am Boden ankam und aus dem Korb kletterte, bewegte er sich so langsam, wie sie es noch nie bei ihm erlebt hatte.

Mady fluchte leise. Danny hatte sich im Verlauf des Trainings in nahezu fanatischem Eifer bis an seine eigenen Grenzen und vielleicht sogar darüber hinaus angetrieben. Ihr wurde der Hals eng, sobald sie nur daran dachte.

Kopfschüttelnd nahm sie ihn in Empfang. „War das wirklich nötig?"

Ein langer, gequälter Blick war seine einzige Antwort, aber er war beredt genug.

„Wenn du noch einmal so fliegst, werden die Hewitts auf der Stelle kehrtmachen und in die nächste Dunkelwolke flüchten", mischte sich Jenn ein.

Danny schwieg noch immer.

„Schön wär's", murmelte Mady und musterte Danny bekümmert. Es war offensichtlich, dass seine schier unglaubliche Leistung ihn nicht darüber hinwegtrösten konnte, dass er einen Fehler gemacht hatte. Er stierte ausdruckslos auf den Hangarboden, lediglich seine Augen verrieten seine starke Konzentration.

Sie ahnte, was in ihm vorging. „Danny, jetzt hör schon auf, an die Flüge zu denken!"

Er zuckte zusammen und sah sie kurz an. Sie erkannte, dass sein Blick viel verschleierter war, als er sein sollte. Selbst während er ihr antwortete, schienen seine Gedanken weit fort zu sein.

„Das tue ich nicht."

„So? Und woran denkst du dann?"

Er antwortete nicht, und sie war sich nicht sicher, ob er ihre Frage überhaupt gehört hatte. Er wirkte so abwesend und verschlossen, dass ihr das Herz schwer wurde.

Die Stimmung war und blieb gedrückt, auch als sie die Messe erreichten. Ellie und Val hielten sich dort auf, ansonsten war der Saal leer, da die übliche Mittagszeit bereits vorüber war. Mady war froh darüber, denn so konnten sie sich ihren Platz frei wählen. Zielsicher steuerte sie auf den Tisch zu, der am weitesten von dem entfernt war, an dem ihre Teamkolleginnen saßen. Jenn und Danny folgten ihr.

Mady und Jenn bestellten sich ihr Essen, und auch Danny tippte eine Zahl in die kleine Sensorfläche auf der Tischplatte vor ihm. Anschließend lehnte er sich in seinem Sitz zurück und schloss die Augen. Es hätte sie nicht gewundert, wenn er auf der Stelle eingeschlafen wäre, und sie machte sich instinktiv darauf gefasst, ihn aufzufangen, falls er aus dem Sessel kippen sollte.

Ihre Sorge war unbegründet. Danny rieb sich lediglich die Schläfen, dann hob er die Lider wieder, wenn auch mit deutlich erkennbarem Widerwillen.

Im Stillen dankte sie dem Commander dafür, dass er ein Einsehen mit ihnen gehabt und ihre zweite Schicht im gleichen Ausmaß wie die erste verschoben hatte, sodass ihre Ruhepause gleich blieb. Die Zeit sollte eigentlich reichen, um gut zu essen und ein wenig zu schlafen. Nach diesem Morgen hatten sie das vermutlich alle nötig.

Das Essen ließ nicht lange auf sich warten. Während sie sich über ihre Fleisch- und Gemüseportionen hermachten, kehrte allmählich wieder etwas Farbe auf Dannys Wangen zurück, und der starre Ausdruck in seinen Augen verschwand. Sie nahm es erleichtert zur Kenntnis und versuchte, ein Gespräch in Gang zu bringen, aber Danny ging auf ihre Bemühungen ebenso wenig ein wie Jenn, sodass sie ihr Mahl in Schweigen beendeten.

Danny stand auf, kaum dass er mit dem Essen fertig war, doch immerhin brach er endlich sein stures Schweigen. „Entschuldigt mich. Ich haue mich ein wenig aufs Ohr."

Mady nickte ihm zu. „Geh nur. Wir werden auch nicht mehr lange hier sitzen. Die Pause ist kurz genug."

Er wandte sich ab. Sie sah ihm nach, und ein schmerzhafter Stich durchzuckte ihren Magen. Noch heute Morgen hatte er offen mit ihr gesprochen, fast so, als wären sie Freunde. Jetzt war es wieder vorbei. Er schloss sie von seinen Gedanken aus.

Als das Schott hinter ihm zuglitt und er ihren Blicken entschwand, seufzte sie tief.

„Denkst du das Gleiche wie ich?", fragte Jenn, kaum dass sie allein waren.

Es fiel Mady schwer, ihren Blick vom Schott loszureißen und sich ihrer Kameradin zuzuwenden. „Ich weiß nicht. Das kommt darauf an."

„Komm schon, Mady, stell dich bitte nicht dumm! Ich möchte wissen, was du von der Angelegenheit hältst."

„Du meinst die Lappalie heute Morgen?"

„War es wirklich eine?"

„Natürlich", brauste Mady auf. „Ich messe Dannys Irrtum keinerlei Bedeutung bei! Außerdem ist es mir allemal lieber, er sieht einmal zu oft hin als einmal zu wenig!"

„Ihm scheint es aber große Sorgen zu machen."

„Wundert dich das? Denk daran, in welcher Lage er sich befindet. Als Pilot der *Joker* ist er für unser Leben und letztlich auch für das der Menschen auf der Erde verantwortlich. Es ist nur zu verständlich, dass er einen Fehler, der für andere nicht einmal beachtenswert ist, derart ernst nimmt."

„Mag sein, aber ..."

„Wäre es dir lieber, wenn er sich überhaupt keine Gedanken darüber machte? Damit wäre uns auch nicht geholfen, im Gegenteil!"

„Natürlich nicht. Aber ich hoffe, er verkrampft beim ersten Flug gegen die Hewitts nicht völlig, nur weil er ständig an diesen Fehler denkt."

Mady ballte verärgert die Hände zu Fäusten. „Hat Danny heute etwa verkrampft auf dich gewirkt?"

„Nein, nicht wirklich."

„Sei gerecht, Jenn. So schnell, sauber und gnadenlos haben wir noch nie mit den simulierten Hewitts aufgeräumt, und das war allein sein Verdienst. Wir mussten kaum etwas dazu tun. Er war so gut drauf wie nie zuvor!"

„Also, als gut drauf würde ich das nicht bezeichnen. Es kam mir eher so vor, als wollte er sich selbst etwas beweisen. Und uns wohl auch."

„Trotzdem hat er die Übungsmissionen fantastisch absolviert."

„Das ist zwar richtig, aber hast du ihn dir eben einmal genau angesehen? Er hat sich völlig verausgabt."

„Und wenn schon! Manchmal muss man sich selbst stärker antreiben als üblich. Ich schätze, ihm liegt viel daran, seine Grenzen zu erweitern."

„Willst du oder kannst du die Gefahr nicht sehen, die sich darin verbirgt?", fragte Jenn ärgerlich. „Wenn Danny derart übertreibt und nach dem Training total erschöpft ist, kann uns das alle in Teufels Küche bringen! Wir wissen nicht, wann die Hewitts das nächste Mal auftauchen. Stell dir nur vor, sie wären heute direkt nach dem Training erschienen."

Mady schluckte hart. „Er hätte sie trotzdem aufgehalten."

„Bist du dir da wirklich sicher? Ich glaube es nicht, und ich denke, du auch nicht."

Mady presste verstockt die Lippen aufeinander. „Du solltest ihn nicht unterschätzen."

„Und du solltest ihn nicht überschätzen. Auch Danny hat Grenzen, das hat sich heute Morgen deutlich gezeigt."

Mady fuhr wütend aus ihrem Sitz hoch. „Musst du eigentlich immer wieder darauf herumreiten? Danny nimmt sich die Angelegenheit genug zu Herzen, und es dürfte ihm wahrlich nicht helfen, wenn hinter seinem Rücken darüber getuschelt wird."

Jenn packte ihren Arm und zog sie in den Sessel zurück. „Ich tuschle nicht über ihn, sondern ich rede mit dir darüber. Er wird nichts davon erfahren, denn ich habe nicht vor, ihm gegenüber auch nur ein Sterbenswort von dem zu erwähnen, was ich zu dir gesagt habe. Du hast mich erst gestern darauf hingewiesen, dass wir uns auf Dannys Seite stellen müssen, und das habe ich nicht vergessen."

„So? Und warum tust du es dann nicht?"

„Weil es leichter gesagt als getan ist. Hast du etwa keine Angst, Mady? Gottverdammt, unser Leben wird sehr bald von ihm abhängen! Ist es da nicht mein gutes Recht, beunruhigt zu sein, wenn er einen Fehler macht oder sich bis zum Rande eines Zusammenbruchs schindet?"

„Und ist es nicht sein Recht, dass man ihm einen Vertrauensvorschuss gewährt? Er hat ihn verdient, oder bist du darüber etwa anderer Ansicht?"

„Ich ..."

„Jenn, denk nach! Wenn *du* schon glaubst, Dannys Fähigkeiten in Zweifel ziehen zu müssen, wie werden dann erst andere auf seinen Fehler reagieren?"

„Du meinst, es wird Gerede geben?"

„Es sollte mich nicht wundern, wenn Dannys Fauxpas bereits das Tagesgespräch Nummer eins ist. Zumindest in dieser Sektion wird sich die Kunde davon wie ein Kabelbrand in einer reinen Sauerstoffatmosphäre ausbreiten."

„Captain Wilding wird das nicht gutheißen."

„Was kann sie schon dagegen tun? Der Captain ist meist der Letzte, der die internen Gerüchte zu Gehör bekommt, und dann sind sie bereits derart verbreitet, dass jeder Befehl, nicht weiter darüber zu reden, längst zu spät kommt."

Jenn schüttelte betrübt den Kopf. „Langsam verstehe ich, worum es dir geht. Ich verspreche dir, ich werde meine Gedanken demnächst nicht mehr so offen äußern."

„Du solltest sie auch nicht weiterhin derart deutlich zeigen. Als Danny vorhin noch bei uns war, bist du auf keinen meiner Versuche, mit ihm und dir ein Gespräch anzufangen, eingegangen. Glaubst du, er weiß nicht, warum du abgeblockt hast?“

Jenn schwieg betreten.

„Er weiß es, dessen kannst du dir sicher sein“, fuhr Mady fort. „Und du solltest immer daran denken, was das für Konsequenzen haben kann. Danny ist unser Pilot, und er sollte einen klaren Kopf haben, wenn wir gegen die Hewitts fliegen. Doch wenn er sich weiter mit Typen wie Thornsburg oder Val und Ellie herumärgern muss und auch noch zu spüren bekommt, dass wir anfangen, ihm zu misstrauen, wird er mit Sicherheit nicht seine besten Leistungen zeigen können. Weiß Gott, wenn mich jemand als Missgeburt bezeichnet hätte, hätte ich umgehend meine Sachen gepackt und wäre verschwunden!“

Jenn schauderte plötzlich heftig. „Du hast noch immer Angst, er könnte einfach alles hinwerfen? Das ... das glaube ich nicht! Das wird er nicht tun!“

Mady warf ihr einen säuerlichen Blick zu. „Heute vielleicht nicht und morgen auch nicht, aber mit Sicherheit ausschließen kannst du das nicht.“

„Aber er kann doch nicht die Erde im Stich lassen! Wer soll gegen die Hewitts fliegen, wenn er es nicht tut? Und wer soll mit *uns* fliegen?“

„Bisher ist ihm sein Einsatz nicht gerade gedankt worden. Thornsburg hat ihn wie den letzten Dreck behandelt, Val hat ihn als Missgeburt beschimpft, und ich habe noch eine Menge anderer Sachen gehört. Die Gerüchte, die über Danny im Umlauf sind, sind sehr farbenfroh und verworren, doch eins haben sie alle gemeinsam: Einen freundlichen Kern besitzen sie nicht. Wenn er auch nur einen Teil davon zu hören bekommt, muss er sich ernsthaft fragen, was ihn die Erde überhaupt schert, und ich könnte das sogar verstehen.“

„Captain Wilding wird ihn nicht gehen lassen!“

„Es würde ihr nicht gefallen, da hast du recht, aber ich weiß nicht, ob sie ihn wirklich halten könnte, wenn er gehen wollte. Er ist nicht wie wir, Jenn. Er war noch vor wenigen Tagen Zivilist, und er ist noch zu jung, um ein Mitglied der Erdflotte zu sein. Dich oder mich hätte man in dem Alter nicht einmal in die Akademie aufgenommen.“

„Verdammt“, fluchte Jenn. „Du hast vermutlich recht.“

„Das habe ich. Deshalb ist es auch so wichtig, dass wir uns klar auf seine Seite stellen. Das ist das Mindeste, was wir tun können, und im Grunde sollten wir noch viel mehr unternehmen.“

„Und was?“, fragte Jenn und hob hilflos die Schultern.

Mady ballte die Hände zu Fäusten. „Ich weiß es nicht. Aber ich werde nicht aufhören, darüber nachzudenken.“

61. Kapitel

Die Trainingseinheit am Nachmittag unterschied sich stark von den vorherigen. Captain Wilding informierte Danny vor dem Beginn der Schicht persönlich darüber, dass er die Mädchen in die Steuerung der *Joker* einweisen sollte, damit sie im Notfall in der Lage waren, das Schiff auch ohne ihn zur Station zurückzubringen.

Danny wusste, dass es sich um eine vernünftige Maßnahme handelte, aber er fragte sich dennoch, ob es ein Zufall war, dass der Captain gerade heute darauf bestand. Zeigte sich darin vielleicht bereits das Misstrauen in seine Fähigkeiten, für das der Keim durch seinen unerklärlichen Fehler gelegt worden war?

Die Antwort darauf war leicht, und sie gefiel ihm nicht, ebenso wenig wie ihm der unverhohlene Eifer gefiel, den Ellie und Val an den Tag legten. So wissbegierig hatte er die beiden noch nie erlebt, und das hatte sicher nur wenig damit zu tun, dass die Kontrolle über das Schiff bei seinem Ausfall zuerst an Val überging.

Jenn und Mady äußerten sich überhaupt nicht zum veränderten Training, aber ihr Schweigen sagte genug. So wie es schien, traute ihm niemand mehr, und er konnte es ihnen nicht einmal verübeln. Ihm selbst erging es schließlich nicht anders.

Deshalb hatte er am Morgen versucht, in den Simulationen alles zu geben; er hatte es sogar vermocht, seine Grenzen abermals zu erweitern, und es war nicht die kleinste Unsicherheit aufgetreten. Aber was bewies das schon? Der erste Fehler war völlig unerwartet aufgetaucht, weitere konnten ihm deshalb ebenso ohne Vorankündigung unterlaufen. Ganz gleich, wie gut er auch heute, morgen oder übermorgen flog, konnte er doch nicht sicher sein, wie seine Leistungen in drei Tagen oder später aussahen.

Die Bemühungen seiner vier Crewmitglieder verfolgte er nur mit halber Konzentration. Mehr benötigte er auch nicht, um hier und da lenkend eingreifen oder sie auf Feinheiten der Bedienung hinweisen zu können. Seine Gedanken gingen andere, unerquickliche Wege, während er untätig in der Pilotenkanzel hockte.

Ein Teil seiner Aufmerksamkeit richtete sich auf seinen Körper. Trotz der Pause zwischen den beiden Schichten war er noch immer erschöpft, und das dumpfe Gefühl hinter seiner Stirn war auch noch da, wenngleich nicht mehr so ausgeprägt wie am Mittag. Von daher war es gut, dass Captain Wilding den Trainingsplan geändert hatte. Er hätte bei weiteren Simulationen keine Leistung zeigen können, die mit der am Morgen vergleichbar gewesen wäre.

Ein eisiger Schauer rann ihm den Rücken herunter, als er daran dachte, welche Folgen sein kindischer Versuch, sich selbst etwas zu beweisen, hätte haben können, und er schalt sich selbst einen Narren, weil er am Morgen so wenig gegessen hatte. Zusammen mit seiner übermäßigen Anstrengung hatte sich sein leerer Magen fatal ausgewirkt. Mehrfach wäre er beinahe ohnmächtig geworden, nachdem er die *Joker* verlassen hatte und mit Mady und Jenn zur Messe gegangen war.

Mady hatte geglaubt, er sinne über die Flüge nach, aber damit hatte sie völlig falsch gelegen. Er hatte seine gesamte Konzentration benötigt, einen Fuß vor den anderen zu setzen, das Schwindelgefühl, das ihn straucheln lassen wollte, zu bekämpfen und sich nicht der wabernden Schwärze zu ergeben, die am Rande seines Blickfelds lauerte.

Mit eiserner Willenskraft hatte er sich darum bemüht, sich nichts anmerken zu lassen. Es war schlimm genug, dass er einen Fehler gemacht hatte, aber wäre er mitten im Hangar einfach umgekippt, hätte er sich endgültig seinen Passageschein zurück zur *Gambler-Circus* eingehandelt. Er musste in Zukunft unbedingt darauf achten, genug zu essen, auch wenn ein Albtraum seinen Magen in einen harten, unnachgiebigen Stein verwandeln sollte, denn das dürfte in den nächsten Tagen noch häufiger geschehen. Und er musste seine Anstrengungen im Training so bemessen, dass er trotzdem noch jederzeit in der Lage war, es mit den Hewitts aufzunehmen.

Am Ende der Nachmittagsschicht brachte er die *Joker* in den Hangar zurück. Wie stets hielt er das Schiff dabei so, dass die Pilotenkanzel beim Einflug exakt den Mittelpunkt des Hangartors passierte, und platzierte die *Joker* schließlich so sorgfältig auf dem Sockel, dass man schon sehr genau hätte hinsehen müssen, um zu erkennen, dass beide nicht aus einem Stück waren. Heute tat er es zum ersten Mal bewusst.

Mady und Jenn nahmen ihn in ihre Mitte, als sie sich wenig später auf den Weg zum Speisesaal machten. Die beiden plauderten munter über ihre Erfolge im Training und versuchten redlich, ihn in das Gespräch mit einzubeziehen, aber er blieb einsilbig und steuerte nur ab und an eine Bemerkung bei. Es gab ohnehin nicht viel, was er zu den Fortschritten der Mädchen hätte sagen können. Ihn könnten sie an der Steuerung der *Joker* niemals ersetzen, und es würde auch noch eine Weile dauern, bis sie das Schiff einigermaßen sicher beherrschten. Das aber konnte er ihnen nicht sagen, wollte er ihnen nicht den Mut nehmen.

Als sie die Messe betraten, schlug ihnen lautes Stimmengewirr entgegen. Lieutenant Thornsburg hielt sich im Saal auf, obwohl die *Ace* die üblichen Zeiten des Trainings auch am Nachmittag eingehalten hatte und die Crew deshalb schon vor einer geraumen Weile zur Erdorbitalstation zurückgekehrt war. Alexander und Robert waren nirgends zu sehen, dafür verteilten sich gut zwei Dutzend Männer und Frauen, die als Techniker im Hangar arbeiteten, an den Tischen. Als er,

Mady und Jenn eintraten, verstummten die Gespräche schlagartig, und alle Gesichter wandten sich ihnen zu.

Danny betrachtete sie schweigend. Einige sahen ihn skeptisch an, andere so unfreundlich, als hätten sie eine spitze Bemerkung auf der Zunge - welcher Art sie war, konnte er sich spätestens seit gestern ziemlich gut vorstellen - und wieder andere gaben sich Mühe, möglichst unbeteiligt zu wirken. Als wenn ihr Starren allein nicht schon Aussage genug gewesen wäre!

Er schluckte hart. Es war unverkennbar, dass alle im Saal von seinem Fehler gehört und bis eben heftig darüber diskutiert hatten.

Eine Sekunde später setzte er sich abrupt in Bewegung, trat zwischen Mady und Jenn hindurch, die unsicher auf der Stelle verhielten, und ging zu einem Tisch, der nicht besetzt war. Mady und Jenn folgten ihm, so wie die meisten Augen im Saal. Er bemerkte es und spürte, wie der Zorn in ihm wuchs. Es war fast so, als wäre er zurück an Bord der *Gambler-Circus*. Nachdem Merwyn Gaze ihn aus der Show geworfen hatte, war die Situation für ihn sehr ähnlich gewesen - Starren und Schweigen. So wurden seine Fehler geahndet, ganz gleich, wo er sich aufhielt und wer ihn beurteilte.

Die unnatürliche Stille in der Messe dauerte an, bis er und die Mädchen Platz genommen hatten, dann setzte hier und da ein leises Raunen ein. Die Gespräche wurden, wenn auch nur mit einem Bruchteil ihrer vorherigen Lautstärke, wieder aufgenommen.

Danny versuchte gar nicht erst, die Worte zu verstehen, sondern gab mit einer heftigen Geste den Code ein, der ihm ein üppiges Abendessen bescheren würde. Mady und Jenn taten es ihm gleich, auch wenn sie etwas vorsichtiger mit den Tasten umgingen.

Sie aßen schweigend, und währenddessen leerte sich die Messe merklich. Lieutenant Thornsburg jedoch blieb, sah auffällig oft zu ihnen herüber und stand auf, als Danny seine Mahlzeit eben beendet hatte. Danny wusste sofort, dass er zu ihnen kommen würde, und in der Tat trat der Lieutenant forschen Schrittes auf ihren Tisch zu. Mady, die neben ihm saß, sah ihn ebenfalls kommen, erstarrte förmlich und fixierte Thornsburg, als wäre er ein Hewitt vor der Zielerfassung ihres Geschützes. Jenn bemerkte ihre Blicke, wandte sich um und murmelte ein kaum hörbares: „Das gibt Ärger."

Danny ahnte längst, wie das bevorstehende Gespräch verlaufen würde. Thornsburg würde Salz in die Wunden streuen und versuchen, seine Angst und Verunsicherung noch zu schüren. Vielleicht erhoffte er sich gar, Kapital aus seinem Fehler vom Morgen zu schlagen.

Allein der Gedanke daran ließ heiße Wut in ihm hochkochen. Er stand langsam auf, salutierte jedoch nicht, denn in der Messe galten keine

Ränge. Der Lieutenant baute sich vor ihm auf und blickte verächtlich auf ihn herab, die Hände in die Hüften gestemmt.

Danny streckte entschlossen den Rücken durch. Er hatte sich von Merwyn Gaze nicht einschüchtern lassen, und Thornsburg wollte er einen derartigen Triumph erst recht nicht gönnen.

„Was wollen Sie?", fragte er kühl, machte eine wohlbedachte Pause und fügte hinzu: „Sir."

In den Augen des Lieutenants blitzte es ärgerlich auf. „Sie können froh sein, dass Sie nicht mehr meinem Kommando unterstehen, Fähnrich."

In Gedanken formulierte Danny darauf eine passende Antwort, aber er behielt sie für sich. Es war ohnehin offensichtlich, wie sie lauten musste.

„Ich weiß nicht, ob es klug war, Ihnen die Aufsicht über das Training der *Joker* zu geben", ereiferte sich Thornsburg. „Wie ich hörte, haben Sie bereits einen Fehler gemacht."

Danny zuckte mit keiner Wimper. „Keinen, der mir einen Verweis eingetragen hätte."

Mady und Jenn fuhren zusammen, und Lieutenant Thornsburg wurde zunächst bleich, dann rot, und es schien, als wolle er sich auf ihn stürzen. Während er noch darum kämpfte, seinem Gesicht wieder einen normalen Farbton zu verleihen, stellte sich Mady direkt neben Danny, und auch Jenn erhob sich von ihrem Platz und trat dicht an seine Seite. Thornsburg schnaubte abfällig.

„Der reinste Kindergarten", knurrte er.

„Wohl kaum", gab Jenn bestimmt zurück. „*Wir* werden gegen die Hewitts fliegen!"

„Das werdet ihr nicht überleben."

„Das ist nicht wahr", erwiderte Mady und warf Danny einen vielsagenden Blick zu. „Der beste Pilot der Flotte sitzt am Steuer der *Joker*."

Thornsburg schnappte vor Zorn nach Luft. „Sie sind wirklich so dumm, wie ich von Anfang an vermutet hatte! Nur Idioten können dem Gambler noch vertrauen, nachdem sich gezeigt hat, dass er nicht so perfekt ist, wie er es uns allen vorzuspielen versucht hat."

Mady wollte etwas erwidern, aber Danny kam ihr zuvor. „Ich habe nichts vorgespielt. Ich kann, was ich kann."

„Sind Sie sich da sicher? Nach dem Vorfall von heute Morgen müsste selbst Ihnen klar sein, dass Sie nicht für die Verteidigung der Erde geeignet sind."

„Ich bin der richtige Pilot für die *Joker*. Ich tue, was ich kann, und das ist weitaus mehr, als Sie jemals zustande bringen könnten."

„Fähnrich, ich rate Ihnen ..."

„Sparen Sie sich Ihren Rat. Sie haben in keiner der Trainingsmissionen ein Ergebnis erzielt, das auch nur in die Nähe meiner Leistungen kommt. Mit welchem Recht glauben Sie also, mich beurteilen zu dürfen?"

„Ich schließe mich der Meinung der Mehrheit an."

„Die Mehrheit hat keine Ahnung davon, was ich kann."

„Dafür weiß eine Minderheit es umso besser einzuschätzen, und zu ihr gehören zum Glück auch die wichtigsten Vertreter der Presse."

Danny erschrak. „Was soll das heißen?"

Thornsburg grinste hämisch. „Sie und Ihre Stümperei sind das Topthema auf allen Kanälen der regionalen und überregionalen Sender. Wussten Sie das nicht?"

Ohne es zu wollen, musste Danny an seine Eltern, vor allem an seine Mutter, denken. Wenn sie die Berichte sah ...

„Das kann nicht sein", rief er erstickt.

„Ist Ihnen das etwa unangenehm, Fähnrich?", fragte Thornsburg kalt. „Ich habe die Berichterstattung des Nachmittags mit großem Interesse verfolgt. Sie wirft ein faszinierendes Licht auf Sie und Ihre Gesinnung."

Danny schluckte, und es gelang ihm nur mit Mühe, nach außen hin ruhig zu bleiben. „Das interessiert mich nicht."

„So? Das sollte es aber, und ich war so frei, Ihnen eine Kopie der wichtigsten Reportagen anzufertigen."

Von einem Moment zum anderen hielt Thornsburg ein kleines Datenpad in der Hand.

„Geben Sie es mir", mischte sich Mady ein und riss es ihm aus der Hand, bevor er es aus ihrer Reichweite entfernen konnte oder Danny sich entschlossen hatte zuzugreifen.

Thornsburg hatte nicht einmal einen abfälligen Blick für sie übrig. „Sie sollten sich die Aufzeichnung nicht entgehen lassen, Fähnrich. So wie Sie dort beschrieben werden, wird Sie bald jeder an Bord der Station sehen, selbst Captain Wilding. Sie sollten mir dankbar sein, dass ich Sie darauf vorbereite."

Damit wandte er sich ab und verließ den Speisesaal. Danny sah ihm nicht nach, sondern starrte wie hypnotisiert auf das Pad.

„Ich will es sehen", verlangte er und streckte die Hand danach aus.

Mady zögerte. „Bist du sicher?"

„Natürlich bin ich sicher", fuhr er sie wütend an. „Warum in aller Welt versucht nur jeder, für mich zu entscheiden, was ich wissen soll und was nicht?"

„Lieutenant Thornsburg hat sicherlich nicht gerade die objektivsten Berichte aufgezeichnet", gab sie zu bedenken.

„Das ist mir gleich. Ich habe lange genug die Augen vor der Wahrheit verschlossen."

Mady zierte sich weiterhin. Ihre Augen wanderten zwischen ihm und dem Pad hin und her, und wenn ein Abfallkonverter in der Nähe gewesen wäre, hätte sie es vermutlich einfach hineingeworfen.

„Mady, bitte! Wenn du es mir nicht gibst, werde ich in mein Quartier gehen und mir dort die laufenden Sendungen anschauen. Das käme aufs Gleiche heraus."

„Warum willst du das tun?", fragte Jenn. „Was kümmert es dich, was irgendwelche Schreiberlinge über dich denken?"

„Hast du nicht gehört, was der Lieutenant gesagt hat? Er schließt sich der Meinung der Mehrheit an. Und woher kommt diese Meinung? Die Presse macht sie. Soviel weiß selbst ich, obwohl ich mein ganzes Leben lang auf der *Gambler-Circus* isoliert war."

„Die Meinung der Öffentlichkeit ist doch überhaupt nicht relevant für dich. Du bist Soldat, und nur Captain Wilding kann entscheiden, ob du eingesetzt wirst oder nicht. Und glaub mir, sie wird sich ganz bestimmt nicht von irgendwelchen überzogenen Presseberichten beeinflussen lassen, ganz gleich, was Thornsburg sagt."

„Jenn hat recht", stimmte Mady zu. „Der Lieutenant will dich nur verunsichern. Er hat von deinem Fehler gehört und will ihn für sich ausnutzen."

„Glaubst du wirklich, das weiß ich nicht? Ich bin mir völlig darüber im Klaren, was Thornsburg versucht, aber darum geht es für mich längst nicht mehr."

„Gestern hast du noch gesagt, dass du nicht wissen willst, welche Gerüchte es über die Gambler gibt", erwiderte Mady und machte ein unglückliches Gesicht.

„Ich habe meine Meinung geändert. Jetzt geht es nicht mehr um die Gambler, sondern ausschließlich um mich. Und jetzt gib mir bitte das Pad!"

Er rechnete damit, dass sie es nicht tat, und machte sich bereit, die Messe zu verlassen, doch Mady senkte den Kopf und legte ihm das Pad in die Hand.

Seine Finger schlossen sich darum. „Danke."

Sie sah ihn bekümmert an. „Danke mir lieber nicht."

Danny zögerte nicht länger, sondern aktivierte die Aufzeichnung. Sally Bright erschien auf dem Display. Hinter ihr schimmerte wie ein düsteres Fanal eine Holografie der Erdorbitalstation. Mit unheilschwangerer Miene blickte sie in die Kamera.

„Guten Abend, hier spricht Sally Bright von EBC. Wie wir bereits angedeutet hatten, werden wir von EBC Sie über die Verteidigungsmaßnahmen der Erdflotte auf dem Laufenden halten. Schon vor einigen Tagen hatten wir davon berichtet, dass ein Gambler zur Erdorbitalstation gerufen worden war. Eine offizielle Bestätigung dieses

Sachverhalts konnten wir bisher jedoch nicht einholen, da sich die Admiralität bedeckt hält, aber gestern ist es uns gelungen, zumindest eine inoffizielle Stellungnahme eines ranghohen Offiziers zu bekommen. Es befindet sich tatsächlich ein Gambler auf der Erdorbitalstation, und nach den derzeitigen Plänen wird er in der ersten Reihe gegen die Hewitts fliegen, sollten sie noch einmal auftauchen."

Sie machte eine wohlberechnete Pause, und ein Schatten fiel auf ihre hübschen Züge, als habe sie grauenvolle Dinge zu verkünden. „Natürlich hoffen wir von EBC, dass das niemals geschehen wird, denn der Einsatz eines Gamblers ist zweifellos äußerst bedenklich. Wir haben erfahren, dass der Gambler im gestrigen Training den Ausfall eines seiner Geschützmänner ignoriert hat. Im Ernstfall hätte das den Tod des Kanoniers bedeutet. Doch dürfen wir uns wirklich darüber wundern? Sollte es uns tatsächlich überraschen, dass der Gambler sein Spiel nicht unterbrechen wollte? Ich denke, die meisten von Ihnen kennen die Antwort."

Danny schluckte schwer.

„Auch am heutigen Tag sind die militärischen Übungen nicht reibungslos verlaufen, wie wir aus sicherer Quelle erfahren haben", berichtete Sally Bright weiter. „Der Gambler glaubte, im Computersystem des ihm anvertrauten Schiffs einen Fehler bemerkt zu haben, doch eine spätere Überprüfung erbrachte, dass er sich geirrt hatte. Es gab keinen Fehler, also muss man annehmen, dass er halluziniert hat. Und das" - sie senkte dramatisch die Stimme - „macht ihn nicht gerade zu einer verlässlichen Größe, wenn es um die Verteidigung der Erde geht. Was geschieht, wenn ihm beim Angriff des nächsten Schwarms das Gleiche passiert? Was ist, wenn er erneut Dinge sieht, die nicht existieren, und dafür die Hewitts, die *reale* Gefahr, übersieht? Nicht nur seine Crew geriete dadurch in höchste Gefahr."

Ihre Augen weiteten sich voller Furcht, und sie wirkte plötzlich so zart und verletzlich wie ein junges Reh. „Unsere Kinder, unsere Familien könnten beim nächsten Angriff betroffen sein, und es sollte von Seiten der Regierung wirklich alles getan werden, damit sie einen ausreichenden Schutz bekommen. Wir von EBC glauben, dass der Einsatz des Gamblers einen solchen Schutz nicht gewährleistet, und wir wollen Ihre Meinung dazu hören. Rufen Sie uns an. Sagen Sie uns, was Sie von dem Gambler in der Erdflotte halten."

Ein Code, der es den Zuschauern ermöglichte, sich in die laufende Sendung einzuschalten, blinkte im Hintergrund auf.

Danny wusste nicht, ob Lieutenant Thornsburg die Anrufe der Zuschauer auch noch aufgezeichnet hatte, und er erfuhr es auch nicht, da Jenn zu ihm trat und ihm das Pad aus der Hand riss.

„Bist du jetzt zufrieden?", maulte sie ihn an.

Danny biss sich auf die Unterlippe, bis er Blut schmeckte. Seine Gedanken rasten, und doch herrschte in seinem Inneren eine beklemmende Leere. Er schüttelte stumm den Kopf.

Mady berührte ihn flüchtig am Arm, aber er sah nicht auf.

„Wir hätten es dir nicht zeigen sollen", murrte Jenn.

Danny ballte die Fäuste so fest zusammen, dass die Nägel seiner Finger schmerzhaft in die Haut seiner Handflächen stachen. „Das hätte nichts geändert", brachte er mühsam hervor.

Irgendwann hätte er doch erfahren, wie die Menschen über ihn dachten. Auf der Erdorbitalstation gab es einfach zu viele Möglichkeiten, das Gerede der Leute zu hören. Wenn er allerdings auf der *Gambler-Circus* geblieben wäre ...

Seine Schultern sanken herab. Sicher - dort hätte er niemals mitbekommen, wie es um den Ruf der Gambler tatsächlich bestellt war, aber dort hätte er auch niemals so fliegen können, wie er es sich erträumt hatte. Und er träumte noch immer davon. Eine leise Stimme aus der Tiefe seiner Seele fragte ihn jedoch auch, ob es das wert war.

Mady berührte ihn noch einmal. „Nicht alle denken so wie Sally Bright. Jenn und ich tun es ganz gewiss nicht. Wir wissen, dass du der beste Pilot bist, und wir wissen, dass du uns sicher aus dem Schwarm zurückbringen wirst."

„Das könnt ihr nicht", sagte er, innerlich bebend. „Es kann zu viel geschehen."

„Das mag stimmen, aber bei jedem anderen Piloten wäre unser Leben noch mehr in Gefahr."

„Versucht ihr deshalb, mich von der Gerüchteküche abzuschirmen? Glaubt ihr, ich könnte sonst einfach alles hinwerfen, wenn ich erfahre, wie man über mich denkt?"

Mady und Jenn erröteten.

In diesem Moment fühlte sich Danny so einsam wie nie zuvor. „Ihr braucht euch keine Sorgen zu machen", erklärte er und behielt nur mit Gewalt die Kontrolle über seine Stimme. „Man sagt zwar über die Gambler, sie seien unzuverlässig, aber ich habe nicht vor, die Erdorbitalstation zu verlassen, nur weil irgendjemandem meine Nase nicht passt. Es ist mir sogar gleichgültig, ob sie überhaupt jemandem passt. Das tut sie ohnehin nicht, hier nicht und auch nirgendwo anders." Nicht einmal auf der *Gambler-Circus.*

„Danny ...", setzte Mady an.

Er ließ sie nicht zu Wort kommen. „Ich habe gar keine Wahl, das habt ihr selbst gesagt. Ich kann besser fliegen als jeder andere in der Flotte, und ich werde meine *positive Mutation* gegen die Hewitts zum Einsatz bringen!"

Ohne noch ein weiteres Wort der beiden abzuwarten, wandte er sich ab und verließ den Speisesaal. Er wollte nicht länger mit ihnen reden, wollte seinen Kummer nicht mit ihnen teilen und sie am allerwenigsten die Furcht bemerken lassen, die ihn eisern umklammert hielt. Ihm war, als könne er noch immer Sally Brights Stimme hören.

Was geschieht, wenn er erneut Dinge sieht, die nicht existieren?

Der Gedanke daran bohrte in ihm wie ein Messer. Wie sollte er sich jemals wieder dessen, was er sah und was er nicht sah, sicher sein?

62. Kapitel

Mit einem lauten Stöhnen ließ sich Elaine in ihrem Sessel zurücksinken, schloss die Augen und versuchte, zumindest für den Moment den gewaltigen Stapel kleiner Datenpads, hastig vollgekritzelter Memoblätter und sonstiger Aufzeichnungen zu vergessen, der sich auf ihrem Schreibtisch türmte und trotz ihres heroischen Einsatzes während der letzten Stunden nur unwesentlich kleiner geworden war. Die Verzögerung des Trainings der *Joker* am Morgen hatte auch ihr kostbare Zeit geraubt, der sie nun vergeblich hinterher hechelte, und so wie es aussah, stand ihr auch heute wieder ein langer, vergnüglicher Abend bevor.

Als ein heller Signalton die lastende Stille ihres Arbeitsraums durchschnitt, seufzte sie erleichtert auf, wischte mit einer entschlossenen Handbewegung ein unansehnliches Häufchen prall gefüllter Datenträger beiseite, die lemminggleich aus allen Teilen der Station in ihr Büro geströmt waren, und aktivierte die Komverbindung.

Ein Bildschirm flackerte auf und zeigte Ian Fellmers Gesicht.

„Captain Wilding, Admiral Jennings möchte Sie sprechen."

Ihre Freude über die unerwartete Ablenkung schwand dahin, und sie spürte, wie sie sich innerlich verkrampfte. Ungewollt und mit Macht drängte die Erinnerung an Sherman Hewitts anklagende Worte zurück in ihre Aufmerksamkeit, an seine empörenden Vorwürfe und das bohrende Gefühl des Zweifels, als sie sich eingestehen musste, dass sie vielleicht weniger Einblick in den militärischen Machtapparat der Erde besaß, als sie bislang geglaubt hatte.

Damit einher ging die unangenehme Frage, wie viel Lloyd Jennings, ihr unmittelbarer Verbindungsmann zum obersten Führungsgremium der Flotte und Ansprechpartner in allen administrativen und verwaltungstechnischen Belangen, in all den Jahren ihrer Bekanntschaft vor ihr verschwiegen hatte und noch immer verschwieg. Amüsierte er sich im Stillen über ihre Naivität und Unbedarftheit, über die Tatsache, dass sie die eklatanten Widersprüche in Bezug auf die Gambler bisher nicht einmal bemerkt hatte, oder war ihm ihre jämmerliche Unwissenheit vollkommen gleichgültig? Wie sollte sie nun, angesichts der Abgründe, die sich so unvermittelt vor ihr aufgetan hatten, mit ihm umgehen?

Die Angelegenheit einfach offen zur Sprache zu bringen, war zwar verlockend, erschien ihr aber als zu riskant, bedachte man den für eine Geheimhaltung dieser Größenordnung erforderlichen Aufwand und die damit verbundenen politischen und militärischen Implikationen. Klüger war, Augen und Ohren offen zu halten und zu versuchen, mehr über die Gambler in Erfahrung zu bringen, ohne sich zu weit aus dem Fenster zu lehnen. Sie gab sich einen Ruck.

„Stellen Sie ihn zu mir durch, Ian!"

Einen Sekundenbruchteil später änderte sich das Bild auf dem Schirm. Das Gesicht ihres Adjutanten wurde durch das des Admirals ersetzt.

Elaine warf nur einen Blick darauf und wusste, dass sein Anruf nichts Gutes bedeuten konnte. Der Admiral besaß ein schmales Gesicht, aber so hager wie heute hatte es noch nie gewirkt. Er war blass, unter seinen Augen lagen dunkle Ringe, und seine Züge waren so angespannt, als seien sie von einem Moment zum anderen zu Stein erstarrt.

Er begann sofort zu sprechen. „Captain Wilding, was in aller Welt tun Sie eigentlich da oben?"

Elaine runzelte die Stirn. „Sir?"

„Haben Sie sich die Nachrichten angesehen?"

„Nein, Sir." Neben all ihren Pflichten und der Aufsicht über das Training der *Joker* war sie dazu nicht gekommen.

„Dann werde ich Ihnen vorspielen, was die EBC heute gesendet hat, und danach habe ich einige Fragen an Sie, Captain."

Elaine schluckte. Als das bekannte Logo der EBC auf ihrem Bildschirm auftauchte, hielt sie unwillkürlich den Atem an, und während sie den Bericht verfolgte, vergaß sie beinahe gänzlich zu atmen. Ihre Hände umklammerten die Lehnen ihres Sessels, und je länger die Reportage dauerte, desto größer wurde ihr Zorn und desto tiefer gruben sich ihre Nägel in den Kunststoff hinein. Nur der Gedanke daran, dass Admiral Jennings über den Kanal jedes ihrer Worte hören konnte, verhinderte, dass sie ihren Gefühlen lautstark Luft machte.

Der Admiral ließ sie die gesamte Sendung sehen, und als wieder sein Gesicht auf dem Monitor erschien, hielt es sie kaum noch in ihrem Sessel.

„Wie konnte das geschehen?", knirschte sie in ohnmächtiger Wut.

„Das frage ich Sie, Captain. Aber bevor wir diesen Punkt klären, hätte ich gern gewusst, was es mit den Halluzinationen auf sich hat, von denen im Bericht die Rede war. Gibt Mr. Sims' Zustand in irgendeiner Form Anlass zur Sorge?"

„Nein, Sir. Die Darstellung der Vorgänge war völlig übertrieben und verzerrt."

„Und wie nimmt sich der Sachverhalt aus, wenn er objektiv geschildert wird?"

„Mr. Sims hat lediglich einen kleinen Fehler gemacht, Sir. Es war nichts Bedeutsames, und da sich seine Leistungen ansonsten auf dem gleichen Level gehalten haben, habe ich Ihnen keine Meldung erstattet."

„Ich würde gern selbst entscheiden, ob etwas bedeutsam ist oder nicht."

„Natürlich, Admiral." Elaine schluckte ihren Ärger über die Schroffheit seiner Worte herunter und erzählte ihm ausführlich, was am Morgen geschehen war.

Der Admiral lauschte ihr konzentriert. Als sie geendet hatte, war sein Gesicht noch einen Deut starrer geworden. „Ein derartiger Vorfall ist wichtig! Sie wissen doch, dass Gambler ein eidetisches Gedächtnis besitzen."

„Ja, Sir. Trotzdem habe ich mich bemüht, die Angelegenheit auch unter einem anderen Aspekt zu betrachten. Fähnrich Sims ist noch sehr jung für die große Verantwortung, die auf seinen Schultern lastet. Ich glaube, er war einfach übereifrig oder nervös, und das kann ich ihm nicht verdenken. Trotzdem werde ich natürlich aufmerksam darauf achten, ob sich ein derartiger Irrtum bei ihm wiederholt und ob und wie sich das auf seine Qualifikation als Pilot auswirkt. Im Augenblick schlage ich jedoch vor abzuwarten."

Lloyd Jennings schüttelte entschieden den Kopf. „Sie haben mich missverstanden, Captain Wilding. Es geht mir nicht darum, Mr. Sims anzuklagen. Im Gegenteil - ich weiß, dass er keinen Fehler gemacht hat."

„Wie können Sie sich dessen so sicher sein?"

„Sie sollten eigentlich die gleiche Gewissheit haben, aber ich fürchte, Sie haben nicht konsequent zu Ende gedacht. Ein Gambler *kann* sich nicht irren. Das eidetische Gedächtnis ist eine Fähigkeit, die sie alle besitzen, auch die, die sich in anderen Bereichen nicht so stark von den übrigen Menschen unterscheiden. Danny Sims aber ist nicht *irgendein* Gambler. Aufgrund der medizinischen Untersuchung, die Professor Hewitt mit ihm durchgeführt hat, bin ich zu dem Schluss gekommen, dass er ein sehr weit entwickelter Gambler ist und selbst viele seiner Leute um Längen schlagen kann - und auch geschlagen *hat*."

Elaine horchte auf. Offensichtlich kannte sich der Admiral mit der Gambler-Mutation erheblich besser aus als sie selbst. Sie beugte sich neugierig vor. „Wissen Sie das genau?"

Admiral Jennings nickte. „Ja. Bevor ich Fähnrich Sims' Bewerbung akzeptierte, habe ich mit dem Direktor der *Gambler-Circus* gesprochen, und er hat es mir bestätigt. Die Reaktionszeiten des Fähnrichs sind unschlagbar, sein Geschick als Pilot unübertroffen und sein Gedächtnis unfehlbar. Auch Nervosität und psychische Belastungen werden daran nichts ändern. Erinnern Sie sich an die Ergebnisse von Professor Hewitts Untersuchung. Stress und Anspannung setzen das Gambler-Hormon frei, und das *verbessert* Fähnrich Sims' Fähigkeiten, anstatt sich negativ darauf auszuwirken. Sie können also getrost davon ausgehen, dass er niemals, unter gar keinen Umständen, irgendetwas vergessen wird, das er gesehen hat. Hat er Ihnen das nicht gesagt?"

„Das hat er, Sir. Aber Sie müssen mir zugestehen, dass es schwierig ist, darauf zu vertrauen, da die Fakten so klar dagegensprechen. Der Fehler, den Mr. Sims gemeldet hat, war nicht zu finden. Wie soll ich mir das erklären? Eine Programmzeile ändert sich nicht einfach. Entweder sie ist korrekt oder sie ist es nicht."

„Wissen Sie genau, dass der Fehler nicht da war?"

„Chief Prent hat sich persönlich darum gekümmert. Er war von Anfang an für die Computersoftware der *Joker* und der *Ace* verantwortlich und kennt sich deshalb bestens damit aus. Wenn es einen Fehler gegeben hätte, hätte er ihn mit Sicherheit gefunden."

„Vielleicht hat er das ja auch."

„Sie glauben, Chief Prent hätte gelogen?", fragte Elaine schockiert.

„Wäre das wirklich so verwunderlich?"

„Bei allem Respekt, Sir, ich denke schon, dass es das wäre. Ich bin auf Mr. Prent und sein Team sowie auf eine Menge anderer Leute angewiesen. Ich wüsste nicht, wo mir der Kopf stünde, wenn ich allen um mich herum misstrauen müsste."

Ein intensiver Blick aus den eisgrauen Augen des Admirals traf sie. „Vergessen Sie niemals, dass Fähnrich Sims kein gewöhnlicher Soldat ist. Er erregt viel Aufmerksamkeit, und seine Anwesenheit auf der Station aktiviert bei vielen Menschen latente Vorurteile."

„Glauben Sie, Vorurteile wären ein ausreichendes Motiv für das, was Sie Chief Prent unterstellen?"

„Ich bin davon überzeugt. Hat nicht gerade erst gestern Lieutenant Thornsburg aus dem gleichen Grund versucht, Danny Sims in Verruf zu bringen? Dem Fähnrich einen Fehler zu unterstellen, den er nicht begangen hat, und der außerdem Zweifel an seinen überdurchschnittlichen Fähigkeiten aufkommen lässt, zielt genau in die gleiche Richtung. Und wenn Sie darüber nachdenken, werden Sie vermutlich feststellen, dass Ihr Chief Prent kein Freund der Gambler ist."

Sie brauchte nicht einmal lange darüber nachzusinnen. „Es stimmt, ich habe bei Chief Prent Ressentiments gegenüber Fähnrich Sims bemerkt. Trotzdem fällt es mir schwer, mir vorzustellen, dass er tatsächlich so weit gegangen sein könnte. Sich gegenüber dem Jungen abweisend zu geben und zu lügen, um ihn zu diskreditieren, sind zwei Verhaltensweisen, die weit auseinanderliegen."

„Finden Sie sich damit ab, Captain. Wenn es um einen Gambler geht, könnten auch Ihre besten und vertrauenswürdigsten Leute nicht mehr rational handeln. Den Fähigkeiten des Jungen können Sie hingegen uneingeschränkt vertrauen. Er hat bislang jeden Trainingseinsatz erfolgreich abgeschlossen und Lieutenant Thornsburg und seine Crew weit hinter sich gelassen, und es gibt keinen Hinweis darauf, dass sich das ändern wird. Im Gegenteil! Ich habe mir die Aufzeichnungen der Missionen, die er am heutigen Morgen - nach seinem vermeintlichen Irrtum - geflogen ist, angesehen, und ich bin sicher, Sie werden mit mir darin übereinstimmen, dass er heute seine bislang besten Leistungen erbracht hat. Ich konnte keine Unsicherheit, keine Andeutung einer Schwäche oder eines Makels in seinem Flug erkennen. Seine Fähigkeiten sind ohne jeden Zweifel stabil. Wenn sie sich veränderten, dann nur in eine Richtung: Er *kann* und er *wird* seine Grenzen noch erweitern."

Elaine dachte einen Moment über die Worte des Admirals nach, wog die Ereignisse des Morgens und die Eindrücke, die sie bislang von Danny Sims gesammelt hatte, sorgfältig gegeneinander ab und nickte schließlich. „Sie haben recht, Admiral. Es ist wahrscheinlicher, dass Mr. Prent gelogen hat, als dass Fähnrich Sims tatsächlich etwas gesehen hat, das nicht da war. Leider wird man dem Chief das kaum nachweisen können, außer ich ziehe einen anderen Spezialisten zu Rate. Aber selbst dann ist es unwahrscheinlich, dass etwas entdeckt wird, das dem Ansehen des Chiefs schaden könnte."

Admiral Jennings winkte ab. „Daran können weder Sie noch ich etwas ändern, aber das ist im Augenblick auch nicht entscheidend. Wichtig ist, dass Sie die Situation nun richtig einschätzen und die Augen offen halten können. Ich will ganz ehrlich zu Ihnen sein, Captain. Ich brauche Ihre volle Unterstützung, um den Gambler auf der Station zu halten."

„Zeigt die tendenziöse Berichterstattung der EBC bereits eine derartige Wirkung in der Bevölkerung?", fragte Elaine beunruhigt.

„Leider ja. Die Admiralität ist bereits nach der Sendung, in der Sally Bright zum ersten Mal die Vermutung geäußert hat, ein Gambler könnte in die Verteidigung einbezogen werden, mit einer Flut von Anfragen bombardiert worden, in denen mehr oder weniger offen die Forderung laut geworden ist, den Einsatz des Gamblers zu überdenken, obwohl zu diesem Zeitpunkt niemand in der Öffentlichkeit sicher über seine Anwesenheit auf der Station Bescheid wusste. Heute haben sich ebenfalls einige große Organisationen an die Admiralität gewandt und nun völlig unverhüllt verlangt, Mr. Sims abzuservieren. Hinzu kommen die Anrufe besorgter Bürger. Die Leitungen stehen überhaupt nicht mehr still, und wenn das so weitergeht, könnte die Position des Jungen tatsächlich ins Wanken geraten."

„Aber wir *brauchen* ihn!", entfuhr es Elaine erregt. „Wenn wir ihn nicht gegen die Hewitts einsetzen, wird der nächste Schwarm ganz sicher die gleichen Verwüstungen anrichten wie der erste. Ich habe genug Trainingseinheiten der *Joker* und der *Ace* verfolgt, um genau zu wissen, dass Lieutenant Thornsburg nicht in der Lage ist, einen Schwarm aufzuhalten."

„Das wissen Sie, und ich weiß es auch, aber es gibt eine Menge Leute, die daran zweifeln. Ich habe vorhin eine Pressekonferenz abgehalten, denn nach den Berichten der EBC mussten wir unsere Stillhaltetaktik leider aufgeben. Ich habe versucht, die Wogen zu glätten, ich fürchte jedoch, ich habe nicht viel erreicht. Die Reporter wollten nichts von

Fähnrich Sims' vorbildlichem Einsatz hören, obwohl ich ihnen sogar einige Filmsequenzen aus dem Training gezeigt habe. Dabei hätte jeder, selbst ein ignoranter Narr, der den Kopf voller Vorurteile hat und auf eine gute Quote fixiert ist, begreifen müssen, dass Mr. Sims unser einziger Trumpf im Kampf gegen die Hewitts ist!"

„Sie waren nicht beeindruckt?", fragte Elaine verblüfft. „Ich kann mir kaum vorstellen, dass jemand von Fähnrich Sims' Flugkünsten unberührt bleibt. Mich schlägt es jedes Mal erneut in seinen Bann, wenn ich ihm zusehe, dabei weiß ich inzwischen, womit ich bei ihm rechnen kann."

Das Gesicht des Admirals schien plötzlich im Schatten zu liegen, und seine eisgrauen Augen wirkten mit einem Mal stumpf und mutlos. „Sie waren sogar *sehr* beeindruckt. Ich fürchte nur, davon werden wir nichts in den Nachrichten zu hören bekommen." Er holte tief Luft. „Diese Dummköpfe ahnen vermutlich nicht einmal, was sie mit ihrer Hetzkampagne gegen Fähnrich Sims anrichten können, und selbst wenn sie sich darüber im Klaren wären, wäre es ihnen wahrscheinlich dennoch gleichgültig."

Elaine erschrak, als die Worte des Admirals eine düstere Zukunftsvision heraufbeschworen. „Sie glauben, es könnte wieder gewalttätige Übergriffe auf die Gambler geben?"

„Das würde mich nicht überraschen. Als die Gambler vor dreißig Jahren beinahe ein halbes Jahrzehnt lang drangsaliert wurden, war eine lächerliche Straßenschlägerei der Anlass. Trotzdem wurden die Gambler damals an den Rand der Gesellschaft gedrängt, und es gibt nur sehr wenige, die seitdem die Gambler-Vereinigungen verlassen haben. Und jetzt denken Sie an den Bericht, Captain. Sally Bright hat es verstanden, die Tatsachen so zu verdrehen, dass es den Anschein haben muss, Danny Sims sei der Feind und nicht die Hewitts. Ich mag gar nicht daran denken, wie sich das in der Bevölkerung auswirken wird."

„Mir scheint, um der Gambler willen können wir froh sein, dass sie sich so weit aus der Gesellschaft zurückgezogen haben. Sie besitzen nur noch wenige Berührungspunkte mit den übrigen Menschen, und das mag sie trotz der negativen Presse noch eine Weile schützen."

„Das hoffe ich." Im Gesicht des Admirals zuckte ein Muskel, Zeichen seiner großen inneren Anspannung. „Leider ist die Presse nicht unser einziges Problem. Der Bericht der EBC beruht auf Tatsachen, auch wenn Sally Bright sie derart entstellt hat, dass man sie selbst mit gutem Willen nicht mehr als Wahrheit bezeichnen kann. Es beunruhigt mich zutiefst, dass es auch in unseren Reihen Leute gibt, die den Gamblern ohne zu zögern in den Rücken fallen würden, und das, obwohl gerade den Soldaten klar sein müsste, wie wichtig Fähnrich Sims' Einsatz für die Erde ist."

„Irgendjemand muss die EBC mit Informationen versorgt haben", sagte Elaine zornig.

„Das ist unübersehbar. Nur ein Insider kann von den Problemen, die sich gestern und heute beim Training ergeben haben, Kenntnis besitzen, von Fähnrich Sims' Anwesenheit auf der Station einmal ganz zu schweigen. Vermutlich gehört er sogar zu den Leuten, die in der neuen Sektion arbeiten. Jeder von ihnen könnte es sein, angefangen bei den Kommunikationsoffizieren in der Funkleitzentrale über die Wartungstechniker bis hin zu den Programmierern." Er musterte sie eindringlich. „Vielleicht verstehen Sie jetzt, warum ich Chief Prent durchaus eine Lüge zutraue."

Elaine nickte voller Grimm. Am liebsten wäre sie sofort aus dem Raum gestürzt, um den gesamten Stab, der mit der *Joker* und der *Ace* zu tun hatte, zusammenzurufen und zu verhören. „Ich werde alle Kontakte, die die Mitarbeiter der neuen Sektion in den vergangenen Stunden hatten, genauestens überprüfen", knurrte sie. „Und wenn ich den Schuldigen finden sollte, kann er sich warm anziehen. Solche intriganten Ränkespiele werde ich auf meiner Station nicht dulden!"

Admiral Jennings schaute sie ernst an. „Beeilen Sie sich mit Ihren Nachforschungen. Wir können es uns nicht leisten, dass weiterhin von der Erdorbitalstation aus Gerüchte und Halbwahrheiten über Mr. Sims verbreitet werden. Möglicherweise wäre es angeraten, den militärischen Bereich der Station bis auf Weiteres von der Außenwelt zu isolieren, um das Informationsleck zu stopfen."

Elaine hob erstaunt die Augenbrauen. „Sie wollen Defense-Status-Alpha ausrufen? Soweit ich mich erinnern kann, ist DSA außerhalb von Übungen seit Entstehung der Erdorbitalstation noch nie verhängt worden."

Der Admiral ging mit einer knappen Geste über ihre Überraschung hinweg. „Die derzeitige Situation erfordert ungewöhnliche Maßnahmen. Die Bedrohung durch die Hewitts lässt die Fronten zwischen den Menschen und den Gamblern, über die in den letzten dreißig Jahren Gras gewachsen war, wieder aufbrechen, und weiß Gott, ich möchte nicht noch einmal erleben, wie Gambler wie Tiere durch die Straßen gejagt oder von Splitterbomben in Stücke gerissen werden!"

Ein eisiger Schauder rann Elaine den Rücken hinab. „Vielleicht wäre DSA tatsächlich die beste Lösung für unsere Probleme. Dann hätte niemand mehr die Möglichkeit, Informationen nach außen weiterzugeben."

Die Miene des Admirals wurde finster. „Bedauerlicherweise ist das nicht so einfach, wie es sich anhört. Eine derart weitreichende Entscheidung kann ich nicht allein tragen. Ich habe dem Flottenoberkommando bereits einen entsprechenden Antrag vorgelegt, aber er ist abgewiesen worden. Die meisten der anderen Admiräle können oder wollen nicht erkennen, wie prekär die Lage ist."

Elaine erschrak. „Sie sagten vorhin, dass Sie meine Unterstützung bräuchten, um Danny Sims auf der Station halten zu können. Machen die anderen Mitglieder der Admiralität etwa bereits Front gegen seinen Einsatz?"

„Noch nicht, aber die Stimmung im Rat beginnt umzuschlagen. Einige wenige Admiräle sind auf meiner Seite, andere wollen noch abwarten, und einige schließen sich der Meinung der Presse an. Es ist reines Glück, dass bisher noch keiner gefordert hat, ein neues Votum über den Einsatz von Mr. Sims abzugeben. Wenn das geschieht, fürchte ich, dass ich die nötige Zustimmung verlieren werde, denn Fakt ist, dass der Druck aus der Bevölkerung mit jedem weiteren Tag größer wird."

Elaine schüttelte betrübt den Kopf. „Ich wünschte, ich hätte Ihre Anweisung genauer befolgen können."

„Welche Anweisung?"

„Sie sagten, ich solle dafür sorgen, dass der Gambler gut aussieht."

Das Gesicht des Admirals wurde hart. „Ich erinnere mich daran, und ich erinnere mich auch an Ihre Antwort. Sie meinten, dafür werde er selbst sorgen."

„Davon bin ich nach wie vor überzeugt. Aber damit er die Gelegenheit dazu erhält, müssten die Hewitts zurückkehren."

„Ich hoffe, sie tun es bald."

„Das hoffe ich auch", flüsterte Elaine. Es war wirklich kein frommer Wunsch, doch so, wie es im Augenblick aussah, konnte allein ein Erfolg auf Danny Sims' Seite die angespannte Lage bereinigen - vielleicht.

63. Kapitel

Für seine Verhältnisse war Thad an diesem Abend ziemlich guter Laune. Sie hatte eingesetzt, als er den Bericht der EBC zum ersten Mal gesehen hatte, und da er es sich nicht nehmen ließ, ihn immer wieder durchlaufen zu lassen, hob sie sich stetig, bis sie in einem breiten, selbstzufriedenen Grinsen kulminierte. Und das nicht ohne Grund, denn sein Plan war ein voller Erfolg gewesen. Der Gambler war verunsichert, die Medien veranstalteten einen mittelschweren Aufruhr, und selbst Captain Wilding waren Zweifel an ihrem Schützling gekommen, sonst hätte sie die Kanoniere der *Joker* nicht mit der Notfallsteuerung üben lassen. Der kleine Irrtum des Gamblers hatte eine wahrlich große Wirkung gezeigt.

Natürlich war es kein Irrtum gewesen, aber außer ihm selbst wusste das niemand, und es würde auch niemand erfahren. Thad beglückwünschte sich für seine kluge Vorgehensweise. Es hatte sich gelohnt, die gesamte Nacht aufzubleiben und das Programm zu schreiben, das für den „Fehler" des Gamblers verantwortlich war.

Sein Programm war ein komplexes, kleines Meisterwerk, und es hatte viel mehr vermocht, als lediglich die Befehlszeile in den Routinen der *Joker* zu ändern; immerhin hatte er sicherstellen müssen, dass die Veränderung nur dann eintrat, wenn der Gambler auch tatsächlich in der Pilotenkapsel saß. Deshalb hatte er die Telemetrie, mit der die medizinischen Daten des Piloten und der Geschützmänner überwacht wurden, in seine Strategie miteinbezogen. Sobald sie die Werte des Gamblers empfangen hatte, war sein Programm, das zuvor in einem unbenutzten Speicherplatz geruht hatte, aktiviert und die Befehlszeile ausgetauscht worden.

Thad setzte eine grimmige Miene auf. Nach der Lektüre von Sherman Hewitts Untersuchungsergebnissen hatte er gewusst, dass dem Gambler die Veränderung keinesfalls entgehen konnte, und ebenso war klar gewesen, dass er sofort versuchen würde, vor Captain Wilding Eindruck zu schinden und mit einer neuen Kostprobe seiner überlegenen Mutantenkräfte aufzuwarten.

Und da Thad damit gerechnet hatte, besaß sein Programm eine zweite Hälfte, in der die Veränderung wieder rückgängig gemacht wurde, sobald sie über Funk gemeldet worden war oder aber der Gambler die Kabine verließ. Anschließend hatte es sich selbst zerstört. Niemand, nicht einmal die Programmierer der *Joker*, konnte es danach noch aufspüren, denn er hatte es nie fest in den Computern des Schiffs verankert gehabt, sondern in dem der Funkleitzentrale. Als die Telemetrie die Anwesenheit des Gamblers in der Pilotenkanzel gemeldet hatte, war es als kleiner, kaum wahrnehmbarer Bliep auf der Funkträgerwelle zur *Joker* gelangt und hatte dort zu wirken begonnen. Auf dem gleichen Weg war der Virus, der das Programm nach seinem Abschluss vernichtet hatte, wieder in die

Funkleitzentrale zurückgekehrt, ohne in der *Joker* auch nur die geringste Spur zu hinterlassen.

Mit einer fast liebevoll anmutenden Handbewegung strich Thad über den Speicherstick, auf den er sich Floyds Generalschlüssel kopiert hatte. Mit seiner Hilfe war es ein Kinderspiel gewesen, sein Programm von seinem Computer aus direkt in den der Funkleitzentrale zu schleusen, und auch die letzten verräterischen Spuren hatte er längst beseitigt. Durch den Einsatz des Schlüssels war er nicht nur in der Lage, die Funkprotokolle im Nachhinein so zu manipulieren, dass die Übertragung des Programms von der Zentrale an die *Joker* nicht mehr nachweisbar war, sondern er hatte ebenso den Virus wieder in seinen Computer zurückholen können, sodass auch eine genaue Analyse der Speicher in der Funkleitzentrale keinen Hinweis mehr auf die wahren Vorgänge enthüllen konnte.

Und genau so sollte es sein. Da sich niemand an Bord der Erdorbitalstation von der Vernunft leiten ließ und die Missgeburt dorthin zurückschickte, wo sie hergekommen war, musste er den Leuten eben ein wenig auf die Sprünge helfen. Captain Wilding hielt zwar noch immer an dem Gambler fest, aber der Keim eines Zweifels war gesät, und er würde wachsen, dafür würde er beizeiten zu sorgen wissen.

Vorerst aber hatte er genug getan. Der Verweis des Captains hatte ihm überdeutlich klargemacht, dass er sich bedeckt halten musste, und wenn sie erfuhr, dass er es gewesen war, der die Medien informiert hatte, würde es ihm mehr als nur eine Bemerkung in seiner Akte einbringen. Zum Glück hatte sie keinerlei Möglichkeit, das herauszufinden. Natürlich konnte sie die Kontakte überprüfen, die die Mitglieder der Station mit der Erde oder anderen Planeten gehabt hatten, aber sein Gesprächspartner war völlig unverdächtig. Seine Schwester Tammy hatte seine Informationen weitergeleitet, wobei sie nicht namentlich, sondern ausschließlich als anonyme Quelle in Erscheinung getreten war.

Doch nicht allein die Tatsache, dass er einen engen Familienangehörigen und nicht etwa die EBC direkt kontaktiert hatte, machte ihn unverdächtig, sondern auch der Zeitpunkt des Kontakts. Er hatte seine Schwester bereits gestern Abend angerufen. Damit schied er aus, wenn es um die Frage ging, wer die Reporter über das heutige Missgeschick des Gamblers informiert hatte. Es konnte schließlich niemand wissen, dass der Vorfall inszeniert gewesen war.

Alles in allem konnte er wirklich zufrieden sein. Das Geschrei, das die Medien veranstalteten, würde den Druck der Öffentlichkeit auf Captain Wilding erhöhen, und es war durchaus wahrscheinlich, dass der Gambler die längste Zeit an Bord der Erdorbitalstation sein Unwesen getrieben hatte. Ein Stachel jedoch blieb trotz allem und schmerzte ihn mit jedem Tag mehr: der Verweis in seiner Akte.

Entschlossen und mit tiefem Zorn im Herzen formulierte Thad einen stummen Schwur: Er würde nie vergessen, wem er den Verweis zu verdanken hatte und dem Gambler die Erniedrigung mit Zins und Zinseszins zurückzahlen. Heute hatte er lediglich den Anfang gemacht.

Fortsetzung in: Der Gambler II - „Abgrund"

Weitere Bücher von Susanne Gavénis

SF- und Fantasy-Romane

Der Gambler II - „Abgrund“, kindle direct publishing 2017

„Shai'lanhal – Die Legende vom ewigen Kampf“, kindle direct publishing 2016

„Der Dunkelelf“, kindle direct publishing 2017

„Wächter des Elfenhains“, kindle direct publishing 2018

Gwailor-Chronik I - „Im Schatten der Prophezeiung“, kindle direct publishing 2019

Gwailor-Chronik II - „Schicksalspfade“, kindle direct publishing 2019

„Der Zorn des Purpurdrachen“ kindle direct publishing 2020

Schreibratgeber

„Aller Anfang ist *gar nicht* schwer“, kindle direct publishing 2017

Mehr Informationen über diese Romane und die Autorin selbst finden Sie auf:

www.susanne-gavenis.de

www.facebook.com/susannegavenis

Printed in Great Britain
by Amazon

21014943R00253